# 薛化松

历史学博士,江苏洋河酒厂股份有限公司中国酿造史研究中心主任、研究员,中国民主促进会江苏省委社会专门委员会副主任委员,南京大学新中国史研究院特聘研究员,酿造学社高级研究员。主要研究方向为区域经济史、民俗文化史、食品工业史。已出版专著《酒图像里的近代中国》(山西人民出版社,2022)、《酒精简史》(东方出版社,2024),主编《中国近代酒文献选辑·〈申报〉卷》(社会科学文献出版社,2020),发表《"新记"〈大公报〉社评主旨演变略识》《当代江淮民俗文化发展探析》《中国白酒发展史与中国地域文明考察方法探索》等文。

# 大渔师

薛化松 著

中国文联出版社

图书在版编目（CIP）数据

大酒师 / 薛化松著. -- 北京：中国文联出版社，
2025.3. -- ISBN 978-7-5190-5818-0
Ⅰ．I247.5
中国国家版本馆CIP数据核字第2025VB8274号

著　　者　薛化松
责任编辑　冯　巍　赵小慧
责任校对　丁金琐
封面设计　贾闪闪

出版发行　中国文联出版社有限公司
社　　址　北京市朝阳区农展馆南里10号　　邮编　100125
电　　话　010-85923025（发行部）　010-85923092（总编室）
经　　销　全国新华书店等
印　　刷　三河市龙大印装有限公司

开　　本　889毫米×1194毫米　1/32
印　　张　19.125
字　　数　427千字
版　　次　2025年3月第1版第1次印刷
定　　价　78.00元

版权所有·侵权必究
如有印装质量问题，请与本社发行部联系调换

在静静的历史河流之中,
总有一些深沉的时刻,
在回旋的余波里久久不能平息。

献给我们的父辈

# 目　录

楔　子　　　　　　　　　　　　　　001

第一部分　漂泊羁旅　　　　　　　　011

    1　惶然颠沛　　　　　　　　　　013
    2　新家许庄　　　　　　　　　　025
    3　兄弟之约　　　　　　　　　　034
    4　鸿沟隐现　　　　　　　　　　044
    5　寿宴纷争　　　　　　　　　　053
    6　事端平息　　　　　　　　　　071
    7　桂消香散　　　　　　　　　　080
    8　酒缘肇端　　　　　　　　　　086
    9　父亲之死　　　　　　　　　　093
    10　顶门立户　　　　　　　　　104

第二部分　浮萍生根　　　　　　　　115

    11　何以立命　　　　　　　　　117
    12　拜师学酒　　　　　　　　　125
    13　欺新受压　　　　　　　　　136

| | | |
|---|---|---|
| 14 | 天道酬勤 | 143 |
| 15 | 情窦初开 | 150 |
| 16 | 人情练达 | 162 |
| 17 | 曲酒双修 | 173 |
| 18 | 出徒宏愿 | 180 |
| 19 | 技压尊师 | 189 |
| 20 | 情深缘浅 | 198 |

## 第三部分　世之沧桑　　　　　　　　203

| | | |
|---|---|---|
| 21 | 丧母之痛 | 205 |
| 22 | 百年同舟 | 210 |
| 23 | 新婚突变 | 215 |
| 24 | 亡命天涯 | 223 |
| 25 | 收徒传技 | 229 |
| 26 | 飞来横祸 | 240 |
| 27 | 血衣故人 | 255 |
| 28 | 蒸酒救军 | 263 |
| 29 | 桃源汇财 | 268 |
| 30 | 为后再婚 | 278 |

## 第四部分　换了人间　　　　　　　　283

| | | |
|---|---|---|
| 31 | 高阳新风 | 285 |
| 32 | 踌躇失地 | 294 |

| | | |
|---|---|---|
| 33 | 鼎源空袭 | 304 |
| 34 | 惊鸟北逃 | 316 |
| 35 | 战时酒师 | 331 |
| 36 | 朱霞惊乱 | 347 |
| 37 | 血流漂橹 | 353 |
| 38 | 恶贯满盈 | 358 |
| 39 | 渡尽厄劫 | 364 |
| 40 | 赴任醴泉 | 371 |

## 第五部分　折桂飘香　　　　　　　　　381

| | | |
|---|---|---|
| 41 | 新人风波 | 383 |
| 42 | 双星聚首 | 401 |
| 43 | 技术比武 | 417 |
| 44 | 新式酿法 | 432 |
| 45 | 掌舵易主 | 448 |
| 46 | 黄河谈话 | 463 |
| 47 | 开枝散叶 | 483 |
| 48 | 粮荒停工 | 515 |
| 49 | 浴火涅槃 | 530 |
| 50 | 问鼎酒魁 | 545 |

尾　声　　　　　　　　　　　　　　　585
后　记　　　　　　　　　　　　　　　593

楔　子

大涵師

火车驶入站前轨道，压制了月台上嘈杂的人声。人群乱得不能再乱，车门口的木板一搭上月台，暴露脚踝的草鞋、露着指头的蓝布鞋、解放牌胶鞋、黑皮鞋，就一拥挤上了火车。火车仿佛披着一身晒干的鱼鳞片斑驳掉皮，热情的列车员引导着人们找到车厢。

我和许谦拄着拐杖，来到餐车上，列车员笑脸相迎。许谦身材匀称高大，身着灰色中山装，一张国字脸，额头宽广，左眉上有一条红蚯蚓似的细长疤，头发稀疏，柔软的银发，如落雪的高粱垂首，一副老花镜下，一双星目炯炯有神，左手虽拄着拐杖，身体却站得笔直。

许谦道："桂生，我们往前面走，你视力不大好，我来引路。"

列车员忙转向右前方，朝我鞠躬，我微微咳嗽了几声。我身高不过一米六，驼着背，穿着一件汗衫，外面套着马褂，全身散发着淡淡的酒醅味道，一张方脸，双目汪洋深邃，两个沉重的淡黑眼袋，抓着拐杖的一双手，关节粗大，皮肤皲裂，指甲发黄却修理得整齐而洁净。

眼见许谦小瞧我，我哈哈大笑："不打紧，我这驼背也不过是早年落下的病根，我现在退休，天天锻炼，可比许谦你身子骨还硬朗着哩。"

列车员礼貌引导我们来到餐车中部，请我们同列而坐。但我还未坐下,鼻子便嗅到一股蟹肉香味与酒香,这蟹肉清甜鲜美,而这酒香绵柔清醇,散发着小麦独有的馥香,再仔细嗅,还能闻到大麦的紧实冲鼻,长驱直入抵达味蕾深处,犹有一股玉蜀黍的香甜,宛如一个人沉浸在一片广袤无垠的青纱帐里,幕天席地,感受着纯属于天地万物的柔软。

我抬头,看见我的前一桌,一男一女正对着我,女人怀里抱着婴儿,男人身前摆放着一只物事,两根稻草纵横将之捆缚成十字,金爪、黄毛、青背、白肚、壮体——这一切都诠释着它大闸蟹的身份,很快他从背包里托出一瓶宝蓝色壶身的酒,阳光折射下,我瞧见其中流淌着蓝金色的酒液。

"能在餐车上弄上这么一顿,简直比我下馆子还痛快!中午就把这最后一只大闸蟹解决了。"男人迅速扯下稻草,拧断螃蟹的蟹钳、八腿,掀开蟹背壳,除去蟹肠的排泄物,抠下蟹鳃、蟹心、蟹胃,他喉结蠕动,咽了一口唾沫后,咬下蟹爪的尖牙,用力吮吸蟹腿两头的白肉,仿佛青蛙在水面上来回扫荡,卷着舌头清扫战场,蟹肉顺着他的喉头蠕动着钻进胃里。

旁边的女人轻轻摇着孩子,调笑道:"就着一只大闸蟹就要喝完一瓶白酒?大哥,你这么抠门,就不能多点些吃的,下肚也爽快些!"

男人口中带着沪腔:"小妹妹,你讲得不对,这只蟹在我这醴泉大曲里头洗个澡,找到归宿,是它的福分。我的醴泉大曲来头可大呢,俗话说,一只大闸蟹,配上醴泉酒,越喝越有,蟹肉香,搭醴泉酒香,味道好得不得了,多少人想喝都喝不到的。"

女人道:"哦哟,原来你是上海人啊,那我就同你讲上海话。"女人忽而换调，转为上海调调，笑道，"你讲的醴泉大曲真的有这么好？"

男人道："绝对的，我的醴泉大曲，是经过多年酿造，选料讲究，工艺精湛，每一滴都是精华。"

女人道："哦，听你这么一讲，我倒是有点相信了。不过，你倒一杯给我尝尝，我倒要看看，你的醴泉大曲，是不是真的有你讲的那么神。"

男人从背包里掏出一个瓷缸杯，斟上一指甲盖高的薄面，端给女人。

"嗯？"女人满脸狐疑，眉头微微皱起，她的鼻翼轻轻扇动，似乎在捕捉着空气中的每一丝气味。当她抬起瓷缸杯，眉毛舒展，眼神由警惕转为好奇，抿一口之后，嘴唇微分，双眼睁大，仿佛味蕾上一切细胞如乱草迎风兴奋。女人赞叹这杯中醇厚的酒香，随后嘴角上扬，眼睛半闭，似乎在享受这突如其来的味觉盛宴。她的脸颊泛起淡淡的红晕，如同晚霞中最温柔的一抹，表明她折服于这天下闻名的醴泉大曲。

男人见她满足，胆子大了，拿着一根筷子，朝酒杯中沾了少许酒水，朝女人怀中的孩子伸去，那男婴以为此时如往常，是母亲用筷子沾着奶水逗弄自己，便乐呵地吮吸这筷子。

小孩子哪里喝得了酒，多半感到上当，舌尖非但没有奶水甜味，更是传来一股辛辣，舌头上越发辣得像火烧似的，不觉攒眉吸气，当即"哇"地大哭。

那女人立马反应过来，笑骂男人死不正经，男人摊摊手，笑嘻嘻地道："这是男娃的童子功，叔叔给你打打基础。莫怪叔叔，今天尝了这醴泉大曲的味儿，以后喝遍天下都不怕。"

男人说罢,哈哈大笑,女人也多是嗔怪男人几句,便罢了。

大人用筷子沾酒,来逗小孩,在我们苏北顶常见。多年以前,我也曾是被逗酒的小孩,后来变成了以酒筷逗小孩的大人。我见到这一幕,也不禁莞尔一笑,酒中蕴藏福祸,我曾因酒闯下大祸,家道日渐零落,血亲早亡,但也倚仗着烤酒,养活了自己,在几十年前的乱世中,有幸苟存下来。咱们苏北的酒坊全国知名,每村每镇,多半有三两个有名的酒坊,这酒仗着运河的地利,输到南方各地,故而苏北人多少略懂些酒。

这时,这上海男人身后,传来一个苍老的声音,中气十足:"好酒,好酒!小伙子,你讲的醴泉大曲,我听着有点耳熟啊。"

男人转身往声音来处望去,正是穿着中山装的许谦,他和我正仰头,嗅着飘来的酒香。

男人道:"哦?老伯,您也知道醴泉大曲?"

许谦道:"何止知道,在我旁边的这位……"

我见许谦立马要夸我大话,道出我微不足道的身份,便拍了拍许谦的肩膀,眼神制止,我哈哈大笑:"是啊,我就是醴泉大曲的老酒徒啊,你这酒可不孬,我们可是逢年过节才敢享用,你单单就着一只大闸蟹,就要喝完这酒,小伙子,你也很好这一口啊!"

男人笑道:"这位老伯,你并没品尝,哪里知道这酒的好恶?"

我笑道:"你一闻酒气,便该知道,这是藏了十二年的醴泉大曲,岂有不好的道理?"

男人笑道:"老伯,我绕着酒瓶子打转二十年,自认酒道上的学问不凡,早知这是十年左右的醴泉大曲酒,但要辨出不多不少恰好是十二年,却不容易,你倒是能说得这么准?莫不是瞎猜的?"

我见他哈哈大笑,神情雍容轻松,料想他多半以为,我这老头儿夸大其词。

男人继续笑道:"老伯若是不嫌,便请过来喝一杯如何?"他端起酒杯,遥遥地敬了我和许谦。

我见这酒徒倒也豪迈,索性便不计较这种小事,连连感谢,忙不迭开口道:"这样的好酒,小伙子你留着喝,我们刚刚吃了药,酒就不喝了,我们是苏北人,看到有人喝我们苏北的酒啊,我们高兴!"

男人恍然大悟:"那您老注意身体,我替你们享受这醴泉大曲,在老酒鬼面前喝酒,希望不会馋到你们。"说罢,男人又埋头自顾自地就着蟹肉,喝起醴泉大曲来。

"桂生,刚刚为什么不介绍自己?"许谦侧头问道。

"假如你吃了一个鸡蛋觉得不错,何必认识那下蛋的母鸡呢?这是你以前教给我的一句话。我作为酒师,只希望人人都能喝上一口我酿的酒,认识了我的酒,就像认识我一样。刚刚那个后生,他虽然不知道我的名字,却知道我最引以为傲的手艺,这便是认识我了。"我微微一笑,手搭在许谦的肩上。

许谦点点头:"哈哈哈,你现在超脱了,要是我,我非得吹吹牛,全国名酒之一的醴泉大曲,是我酿造的,干什么不说?"

"你呀你,你还是和小时候一样爱争强好胜,许谦,你还记得咱俩第一次爬韩山吗?那时候你我才十几岁,我跑到山腰的梧桐树下睡了一个午觉,你才追上来,害得我以为你迷路了!你那时候真是个倔脾气,身上的汗能腌入味了,气喘吁吁,可还是不肯停下来。"

"是啊,那时候的咱们,争强好胜的劲头可真足。"许谦呆呆盯着我,仿佛我的头发由白变黑,脸上一撮撮的皱纹,就此消失,我成了十几岁的我。

"那时你年少轻狂,才十二岁,就要朝你爸讨酒喝,还哄骗我,可惹出了不少祸事。"我语气一沉,顿了顿,忽然说道,"说起来,许谦,我们认识多少年了?"

"你爸一直在我家做长工,自我四岁,就一直同你耍,到现在咱们也算认识六十多年哩。"

六十多年的光影斑驳,现在怎么也抓不住了,我怅然若失,额间冷汗涔涔,我感到前尘旧事像流水哗哗,一洒就蒸发了。岁月弯曲了我的脊椎,但我这一生,从未摧眉折腰,向谁认输。我倚着车窗,双目远眺,远方的麦浪层层叠叠,但麦田实在算不上工整,麦苗深一道,浅一道,纵横交错。这里历史上爆发过数十次战争,曾陈尸遍野,一切无名的骸骨成尘化土,已化作粮食的养料。

"日子过得这样快哩!"我盯着窗外喃喃道。这片土地哺育了我的祖先,祖先们两脚一蹬,盖棺合墓,滋养了红绿青紫的粮食,而我则把粮食酿成酒,那么,我是否算是将大地酿成一壶酒,将祖先或是先烈的血肉酿成一壶酒呢?

我望着列车上各色人群,他们担着各样的行李。俗话说:"母弱出商贾,父强做侍郎。豪族留原籍,家贫走四方。"他们就是走四方的人啊,下海经商,总有一方属于自己的金矿可挖。几十年前，我又何尝不是家贫走四方？这一路上，道路崎岖，四方涂炭，我翻越一座座青山、蹚过一道道江河，若是我不能酿酒，哪能苟免于难、幸存至今？恐怕早已化为麦田中的一束，成尘成土。我面对眼前的麦田，感到格外亲切，像是跟无言的老友对话。

随着汽笛一声巨响，火车头也凄凉地长啸，火车向前疾驰，徒留滚滚烟尘在后，抛下江河，遗弃群山，我的思绪随着窗外苍翠的麦田遽然倒退，宛如电影胶片开始倒带，一格一格，无数的血与火，像回力镖，砰然砸中我的脑神经，掩埋在记忆棺椁里的物与人，或如灰暗的霉菌，或如发酵的酒醅，他们像水一样悠悠地漫进窗口，瞬间将我淹没。

# 第一部分　漂泊羁旅

大漁師

# 1 惶然颠沛

多年以后,面对滚滚烟尘,黄沙飞扬,我仍会想起父亲带我逃离大泽县牛泊集的那个夜晚。暴雨突至,山洪来得毫无预兆,宛如万千水奔马摧毁了万千房屋,父亲在睡梦中惊醒,一骨碌爬下床,膝盖冰凉,发现茅屋已经遭水浸泡多时。那时我不过五岁稚童,仍在睡梦中贪恋着芽糖的甜蜜,母亲匆忙摇醒我,我家四壁萧然,父母慌忙收拾些许粮食与钱币,背起我便往外走,这一走,再也没有回头。

我睡眼惺忪,望见天上的大圆盘,亮亮的,好漂亮,父亲的脊背伟岸而坚挺,我能嗅到淡淡的汗臭与稻草香,转头看一旁的母亲,眼塘子通红,映着天上的月亮。懵懂的我伏在父亲的背上,看到邻家的叔伯戟指骂天,婶姨们慌乱尖叫。

"爸爸,小鸡漂在水上。"

我咯咯地笑,眼前的一切非常好玩,洪水齐膝,稻草漂浮,盆碗往返,黑白蓝灰的衣裤在游弋,好多鸡、鸭、猫、狗在水面上睡觉,原本我家过年才能吃到的鱼,竟然在母亲的脚边出现好几条,但母亲脸上毫无笑容,眉头紧得像我家生锈的老锁。

很快,我也笑不出声,大抵洪水冲没了茅坑,便溺浮上地表,空气中腺臭连连,惹人肠胃不适。父亲带我走了不知多久,母亲累得秀脸苍白,而我因想睡而不得,哇哇大哭。

"桂生莫哭，爸妈带你走，我们去找芽糖吃。"

我虽然名为桂生，却并未给家庭带来好运。原本我生于九月，桂花开遍，我生下来后，父亲正准备河边打水为我沐浴，他提桶直起身子之时，只闻到一股扑鼻的清香，抬头望去，头顶是一棵桂花树，那些细密的金色繁星，花瓣的露珠砸在父亲的眼睛、鼻子、嘴里，醇香至极——没想到我出生的这天，桂花开得如此放肆、旺盛，明艳地直逼珠目，父亲一拍大腿，挑着扁担两头的水桶，两道浓眉散成一排直上青天的云。在桂花粲然绽放的时节降生于世，桂生，也是"贵生"，穷苦的老百姓盼来盼去，不就是图个富贵吗？儿子出生在桂树花开的季节，这娃的命好着呢！

事实上，我出生后，家道反而越发中落。我家三年前，本有三亩地，但后来家中生养我，父亲一人劳作，种不过来，便卖了一亩地，谁知第二年秋天淮河泛滥，整个牛泊集都遭水泡着，父亲还没来得及秋收，便眼睁睁瞧见一年的辛劳化为泡影。一天前，我们还在大泽县牛泊集安然住着，而现在又遭水泡，不得不远走他乡。

俗话说，白水汪汪，白银光光。从前我爷爷也是有十来亩地，也是遭洪水一冲，一夜破产。只因这淮河是一条魔河，从豫西南的山间一泻而下，将中国分为南北，尤其至东南下游一带，更是恣肆汪洋、桀骜不驯。它在辽阔的大地上，陡然另辟一土，两地隔河相望，却存天壤之别，淮南为橘，淮北为枳，尚属先天注定。淮南雨水丰沛，鱼米丰饶，布满食肉的富户，肥沃丰腴的土地，使得淮南书香传家，殊非难事。而淮北之地，地处黄河流域，屡遭黄河袭扰，大河泛滥，经年改道，纵然人们劳作一年，依然颗粒无收。

一般从春种之后到秋收之间，庄稼人只需要每天基本打点，一般在家赋闲。但我父亲是一个"活陀螺"，且我家祖训也说"力气越用越有"，他每天晚上便在家磨豆腐，第二天早上便立刻推小车出去卖两板豆腐。我一岁时，因为洪水，家中颗粒无收，且家里豆腐生意吃紧，也需要本钱，家中三口人吃饭也要用钱，仅有的两亩地，他一人也种不过来，再加上早前找村中富户租借的水牛、磨子，请了佃户帮忙，欠了不少外债，因着这一场水灾，便更难还上了。他将剩下的两亩地都卖给富户，可仍有小债在身，索性也给富户当长工，租人家地来种，用来还债。没想到，我五岁时，黄河改道，淮河泛滥，这次比先前更急更猛，整个牛泊集彻底沦为一片汪洋。

田租还不上，茅屋抛入汪洋，父母只好带着我远走他乡，好在我已跑跳如小鹿，精力充沛。这一路，我们逃得窘迫辛苦，风餐露宿，跟着远走他乡的，少说几千人，便溺遍地，污水肆流，蚊虫滋生。

父亲说，要找一个安定的村庄好好过日子，但眼下得解决吃饭问题。我们饿得前胸贴后背，一路沿着溉江走，有时候运气也好，碰上货船侧翻，有好些货物侧翻在水中，漂在上头，我们见好多人在江边扒拉吃食，父亲跑到岸边，捞出来半箱被水浸透了的芝麻糊，用手刮出来，抹在饥肠辘辘的我嘴里，我毕竟还小，一舔到芝麻糊，立刻不哭。我父母一人只能抹一口，剩下的芝麻糊收在包裹里。

此时是在溉江北岸，周围除了高低起伏的岩崖，还有一片片苍翠的竹林。父亲让母亲带着我在竹林找到一块草地，尽快生火烤干身体,他曾来浉江北岸卖过豆腐,这里的船队曾经过一片极狭长的江心洲,似乎叫枫火洲,位于大泽县与洪县之间,两边的农民多年为这块地方的归属大打出手。

父亲很快在一片芦苇荡的尽头看到一个鱼塘,鱼塘旁是一条泥巴小路,有路即意味着有人家,有人家就好办了。他便立刻循着原路找到我和母亲,我们便继续往前走,可是走了好久,母亲猛地抱住我,捂住我眼睛。

"桂生,不要看,朝前走。"

就在前方村口大树下,有一个井台。井口呈圆形,周围用一圈青石板垫高。六七个小孩子围靠在井口,互相依靠着一动不动,脸上斑点密布,看上去睡着了好久。

"妈妈,我要看。"一路上街有饿殍、路有倒卧,母亲实在捂不住,我还是看见了。

"秀秀,让桂生看吧。"父亲沉声道。

"爸爸,为什么有这么多哥哥姐姐在这里睡觉?"

"因为他们爸妈吃不上饭,实在顾不上他们,让他们独自留在井边,自生自灭。"

"桂生不想离开爸爸妈妈,不想待在井边。"

父亲查看了整个村子,空无人烟,可能这村早早遭洪水淹没,村民四处逃散,而另有远方来的乞食者在此抛妻弃子。很快我们离开枫火洲,回到岸上。

我们路过荡子坡时,一群官兵正抓了土匪,三十年河东,三十年河西,当官的也抓土匪,抓住就杀,干净利落。他们也抓我们这些流民来看杀头。原本到处觅食的流民,就被这群官兵逮住,轰赶到荡子坡的东门菜市场看热闹。一群官兵哄哄嚷嚷："马上要杀土匪啦，马上要杀土匪啦！都不许走！你们要好好记住县太爷杀匪的功绩！"

杀土匪？怎么杀呢？直接砍头！一群土匪遭麻袋蒙着脸，乌压压地跪了好几排人，刽子手面无表情，砍瓜切菜一样，这群土匪的头颅宛如秋天的柚子一样，到了成熟的时刻，"当当当"，砰然坠地，土匪的身子，稻草人一样木然，一排一排地倒下去，就像被推倒的木桩子，直戳戳地僵死在地上，连收尸的人都没有，突然蹿出几条野狗，眼冒绿光，张开血盆大口，叼起一颗"柚子"，一边啃，一边走。

父亲是个老实人，瞥了一眼，没敢看下去，母亲面如白纸。后来父亲听人说才知道，这次足足杀了百十号人。可是，土匪多如牛毛，当官的只想杀光，堵不如疏，土匪像野草疯长，杀不绝，死不透，杀了一茬又冒出一茬。当官的不开仓救济，只是杀匪示众——有时候，父亲也忍不住看着这群死人，眼冒绿光，人忍饥挨饿，惶恐度日，活着总要有口饭吃，当土匪总比活活饿死的好。饥饿如毒蛇，缠绕着无数逃荒的流民，入草为寇几乎是唯一的活路了，但父亲不愿为寇，何况还拖家带口。

父亲每路过一个村镇，三番五次都要被赶去看土匪杀头，因为去看了能领一升小米，再继续逃。父亲总听当地人说，被砍头的土匪，都不过臭鱼烂虾，那些真正的大匪首，早就打点好人事，不但没人去抓，反而还和那些官老爷、乡绅称兄道弟，甚至不少乡绅族长以此为资，在这乱世，家里养着土匪头子，一口一个英雄好汉地叫着，捧着，还跟他们一起供奉土匪的祖宗盗跖。父亲虽觉得这些乡绅可耻，但转念一想，自己若是家大业大，保不齐也这么做，毕竟兵患年月，讲不得道理的，谁横谁就是爷爷，有土匪撑腰，睡觉就能安稳些。

后来，我们到了流竹县的张庄，没想到我们刚进北城门，便看到一个巨大的铺子在施粥，铺子内有一个三旬的小吏正叉腰立住，分派手下去乡镇上搜集木桶、水瓢和面饼。

父亲好奇地问他们这是要做什么。小吏道："天气这么热，你们这些难民必然又饿又渴，准备点水和干粮放在路边给食点，方便取用。"

父亲霎时对这小吏充满感激，真是个怀有悲悯之心的好官。不料小吏下一句便道："让你们吃饱喝足，好有力气尽快上路。"

父亲一惊，问道："上路？眼前这么多老弱病残，你们不管吗？"

小吏双手一摊："流竹县是个小地方，哪里收容得了？赶快礼送出境，别让你们祸害本地就好。"

父亲本来听说流竹县广施善意，没想到，竟是如此。流竹县虽小，却每天都有大案，好几起杀人抢劫的，这里的官还不如荡子坡，连流窜的匪寇都不敢抓，见了土匪，就像老鼠见猫，跑得比老鼠还快，老百姓苦不堪言，住得稍微偏僻一些的人户，晚上都不敢在家里睡觉，每晚都要带着细软，逃出来，躲在田间地头。

没过一周，我父母拉着我又继续东逃，连走两日，我们三人一屁股窝在一处江边的滩坡上，眺望这一片泗江汪洋，沉默良久，最终父亲打破沉默。他说："咱们去投奔我陈波兄弟，就在东边的洪波县陈集，他是我大姨的孩子，听说在陈集卖鱼，生意不错，肯定愿意给我一个安脚的地方。"

我家是一脉单传，爷爷是独生子，父亲也是独生子，而我目前也是父亲唯一的孩子，父亲在牛泊集没有任何亲戚，能想到的只有自家的兄弟。许多年前，我奶奶便是从陈集嫁到了牛泊集，而姨奶奶便嫁给了陈集的一个渔夫。

我们从张庄走到风渡，为安全起见，我们选择半夜离开。摇船的是四个精壮汉子，都是张庄附近的乡亲，那夜正值农历十月十九，天气阴霾，云层低厚，四野仿佛浸在浓浓淡淡的墨水里，河流、树木、村庄，可以依稀辨认。船在寂静中前进，四个船工，两人一班，一人掌橹，一人拉绷[1]，"一十"一换。我的耳朵里充满的是船头激水的声音，哗啦，哗啦。

我们到达陈集后，父亲依着记忆，摸索探路，可是无论如何都没有找到陈波叔的居所，他这才找过路的篾匠打听，谁知那篾匠"嘿嘿"一笑，朝我们说："你朝着这土路走到尽头的竹林，再右转到第三间屋子，那便是陈集渔王陈老爷的家了。"

父亲听完连连道谢，原来陈波叔是换居所了，想必靠卖鱼赚大钱换了新府，想着待会儿得好生恭贺才是。我们依着篾匠的话，寻到这屋子，可这哪是什么新府，几间茅屋前静悄悄的，柴门半掩，三只小麻雀站在竹篱上"啾啾"叫着，一个男人坐在竹篱旁浇水。我觉得有趣，便在一旁逗弄麻雀。

"波弟，好久不见！"我父亲上前寒暄，里里外外说着家常。

陈波独自端上两碗玉蜀黍薄粥，放到桌上。

---

[1] 绷，指船上的绳索。拉绷，就是拉船上的绳索，通过用力牵拉这些绳索，配合掌橹的动作，借助绳索的拉力，保证船按照需要的方向和速度行驶。

母亲见状眉头一挑,我父亲见情况不对,耐着性子问道:"弟媳呢?怎么不见她?"

陈波眉头一皱,直接说道:"桂平哥,你这次来有什么事便直说吧,咱们各自成家后,你也没来第二次,怎么今天拖家带口来我这儿?怎么,是想找我借钱?"

我父亲赔笑道:"实在不瞒你,我的确有事。我们牛泊集遭了洪水,这白水汪汪、白银光光的,我租的田地没了收成,几间草屋也塌了,我家一脉单传,没有别的兄弟帮衬,思来想去也只有找你陈集渔王陈老爷帮衬我们一下,但实在没想到,波弟你也不如意。"

"他妈的,别再跟我提陈集渔王陈老爷。"陈波叔愤愤不平,"我现在就是一穷光棍。"

陈波脸色涨红,自觉失态,自己倒了一杯水喝下,才慢慢说他的沉浮。多年以后,我父亲早早远去,母亲有一次卧病在床,她才跟我提及陈波的遭遇。起先陈波在洪湖之上打鱼发家,生意都快做到省城去了,他便一鼓作气,租了百来户渔民的船,做大买卖,谁知遭遇一夜大风雨,一百二十艘船,翻了八九十条,人都死了五六十个,他的渔行直接宣布破产,他最大的债主是一个姓黄的富户,在陈集声名赫赫,派人押了他媳妇抵债,得给姓黄的生三个大胖小子才能回去。

陈波说完这些,招呼我们留下吃饭,我父母都是晓事的人,如今陈波度日艰难,又能比我们好多少?双方一番客套话下去,陈波的热情便咽回肚子。

这时,母亲开口道:"陈波兄弟,这附近有没有渡口能到沂水庄?我想回娘家探望一下我的哥哥。"

太阳明晃晃的，天空澄澈如洗。陈波听着母亲的询问，一径坐在竹荫下，一边用扇子驱赶着苍蝇和飞虫，一边朝旁边的巷子指了指，对母亲道："你听见锣鼓声了吗？"母亲静心一听，远处果然有锣鼓声隐隐传来。

陈波温和道："你们出了这个巷子，往东一拐，就可以看见渡口的船了。不过要快一点，陈集的锣鼓队的锣鼓一停，船就要开了。"

我们走进了一条覆满地衣的阴暗的巷子，听到锣鼓声渐渐平息，不由得加快了步子。跑到巷子口，我们看见不远处的树林边有一片狭窄的河湾，水面上长满了茂密的芦苇。一批身背腰鼓、穿红挂绿的锣鼓队员正在上船。他们排着队，在走上跳板的时候，仍然在打着腰鼓。

在炎热的阳光下，我们慌不择路赶到了渡口，迅速登上了船。虽然花光了所有积蓄，但好在一路顺利，我们抵达了沂水庄，下船之后，机油的气味越来越远，母亲凭借记忆的小径，寻找舅舅的住处——大沭县泗水镇沂水庄。

舅舅的屋子在小坡上，周围的屋子是茅房，唯独他家是砖房，房坡上盖了灰瓦，四梁八柱，稳稳当当，然而屋子是紧闭的，母亲找邻居打听了才知道，此时舅舅和舅妈在田地里忙活。

我们一家三口，缩在屋檐下遮阳，母亲打量四周，眼神定住一般，这里就是她的娘家，她怎能不熟悉？

我们等了许久，才远远地看到一个身材魁梧的男人走来。

"秀秀，你怎么回来了？"舅舅一愣，仔细盯着我的脸庞，"这是桂生娃吧？想不到都已经这么大了，来舅舅抱抱。孩子他娘,赶紧去把昨日买的豆腐烧了,今天煮一顿好菜,招呼一下妹妹和妹夫,拿点芽糖给桂生尝尝。"

舅舅一把将我抱起,粗壮的大手捏着我的脸颊,我眼珠子滴溜转,想不到舅舅会给我吃芽糖,我不禁吞咽唾沫。

我们吃过午饭,舅舅便转过话题:"今晚都住在这儿,明天再走吧。"

"哥哥,我们的确有事求你帮忙。"母亲突然开口道。舅舅沉默得像一座坟墓,从母亲手中抱过我,逗弄着我的脸颊,示意父母好好解释一番。

我的父母便将牛泊集的惨状与一路逃难的经历仔细道来,舅舅听罢,只说:"说完了?喝口水吧。"舅妈给父母倒上一碗水。

舅舅道:"秀秀,桂平,你们远道而来,我心中自是欢喜,但你们也知道,我这家境贫寒,实在难以为你们提供长久的庇护。况且,嫁出去的女儿,那就是泼出去的水。秀秀,咱们村要是嫁出去的女儿,再回到村里,那便是没人能瞧得起的。"

"哥,你怎么能这么说?"母亲怒声道。

"我可没乱说。咱东边的大陈家的女儿,拖家带口回到咱们沂水庄,咱们村谁待见他了?你又不是不知道,你那会儿在家没看见?从前爸娘还在时,桂平来我们这儿卖豆腐,你便看上了他,是谁帮你们凑成一对的?那时,是谁给你们找的媒人?你才二十七岁,桂平三十二岁,头年便生下桂生,是谁给你们上门送酒的?"

父母结婚,功劳在舅舅。自家妹妹的心思,哥哥怎能看不出来呢?舅舅知道我母亲中意一个小伙子,还听说这小伙子会做豆腐，便主动说媒。磨豆腐，绝不是懒汉能干的。常言道，世上三般苦——撑船、打铁、磨豆腐，这磨豆腐是个既累人又磨人的活计。父亲又种田，又帮工，还能磨豆腐，想必怎么也能养活他的妹子。舅舅打听得差不多了，便跟我外祖母提起我父亲，起初外祖母有些犹豫，也是舅舅从旁说了不少好话，才凑成了这段姻缘。

舅舅转头对着父亲怒斥道："桂平，你是个男人，就该好好养活自己的媳妇，现在来找我，这算什么本事？"

母亲道："哥哥，我们知道你不易，但眼下我们无路可走，只求能有个安身之所。"

"我理解你们的难处，但你们也知道，这年头，谁家不是勉强度日？"

"桂平，你是男人，怎么如今混成这般模样？你听说许庄没有？那里的富户许忠厚正在招长工，土地肥沃，收成不错，说起来，这许忠厚还是我们的表亲，是秀秀的表姐夫，我表姐便是嫁给了这许忠厚，你带着媳妇孩子，若能去那里，肯拼下气力，或许能有个新的开始。"

母亲皱眉道："许庄？我们听说那里的工头苛刻，日子也不好过。"

舅舅道："苛刻是苛刻，但至少能混口饭吃。你们还年轻，有的是力气和机会。眼下这年头，能找到吃饭家伙便不错了，你们只要肯吃苦，日子总会慢慢好起来的。"

母亲仿佛噎住一般，不愿再说话。舅舅叹了一口气，拍拍母亲的肩膀："秀秀，我何尝不想你们留下。但眼下生计便是这样，你们去许庄，不仅能为自己找到一条生路，也能减轻我的负担。这不是抛弃,是为了我们大家都能活得更好。你们身上也没有多少钱,我会帮你们准备一些路上的干粮,再给你们一些银两,以备不时之需。"

父亲见事已至此,便道:"哥哥,你的恩情,我们记在心里。我们会去许庄,争取在那里安顿下来。"

舅舅点点头:"这才是我的好妹妹和好妹夫。牛泊集遭水冲了,没什么,只要你们肯干,总能再建上一间屋子,到时候再添个孩子,无论走到哪里,我们都是一家人。我会时常去许庄看望你们。希望你们早日安定下来。"

# 2 新家许庄

第二天一早,舅舅收拾好一个包裹,递给我们,里面是五升小米,我们便走土路朝许庄走。从前父亲来过许庄卖豆腐,这个地方隶属于大沭县泗水镇,地处苏、鲁、豫三省交界地,因为偏僻难找,故而异常安宁,就这样逃了两年的我们,就此停歇。

这一年我父母在许庄重新安定下来,多年以后,面对战火纷飞中的各种风雨,我总会想起父母带我沿江逃荒的每一时刻,而最后在这许庄生活。

许庄不大,一共三十几户,二十七户都姓许,其中有两三家,勉强称得上大户,住的是有瓦的房子,余下的人家,不论姓不姓许,住的都是三面不透风、干打垒的茅草屋。富裕的人家会用石头把房子垫起来一些,这样万一遭了洪水,房子便不至于被冲倒,除了大户,谁也比谁强不了太多,都是吃不饱、饿不死的,故而许庄也相对比较安宁和善。这大户自然都姓许,其中又以许忠厚最为富裕。

父亲特意打听了许忠厚的为人,得知他虽富庶,为人却还算和善,乡里之间有事,都爱找他论公道,庄子上来了外姓人,也都要到他家里打个招呼。许忠厚威望不低,在十里八乡颇有乡绅的地位,却不见庄子里有人称他作族长,除了几个外姓的佃户,也不见有人叫他老爷,可见他人不错。父亲见识了刁蛮的乡绅，他们盖土炮楼、养着刀枪队，领教了欺男霸女、为富不仁的各种手段，这许忠厚面相和善，少有为难村邻的传闻，生活简简单单，顶多也就算是个温饱户，正因如此，反而更遂了父亲的心意，他原本就是不看人脸色，本本分分地靠力气吃饭。

据说许家是从皖北靠近山东的地方迁来的，故而许庄的人骨子里，既有安徽人的精明，又有山东人的豪迈。他们忠厚的血脉，配上勉强硬实的家底，庄子里有了少见的太平，虽然也有富欺穷、众欺寡发生，但彼此总要留几分薄面，不至于把人逼到绝路。

许庄得天之佑，未遭兵患，地形平坦，水系纵横，竟然还有几亩水田，虽不很肥，但这绝对算是上等的水田了。乱世之中，冥冥之中早注定你富或你贫，不吃人的地方，便算是好地方了，更何况父亲坚信祖训："力气越用越有。"力气是用不完的，用完了还会再长出来。再瘦再薄的地，只要肯下力，总是能长出粮食的。

父亲租了许家的田，租田在庄子西北角上，一般是春天种下玉蜀黍，玉蜀黍收了以后种萝卜，萝卜收了以后，再将萝卜缨晾干以备春荒。庄子里种麦，时不常野地上蹿出一茬高粱，但是本地人不喜欢吃高粱，且高粱不如玉蜀黍和麦子叫得上价，所以特意种高粱的人家并不多。每年秋季，麦子与玉蜀黍犹如金枪与青枪插在田里，麦穗与玉蜀黍须宛如长枪缨子点缀在枪头，麦浪层叠，煞是好看，金风拂面，好不惬意。

就这样，我们在这儿落下脚，盖起了三间土坯房，围起了小院落。院子距离租田不远，院门口有两棵笨槐，歪脖弓腰地立着，虽然生得瘦弱，但一直也未见倒下，有一年还曾生出一枝繁茂的树杈，探进了院里，沿着院墙，洒下一片带着绿意的阴凉。

父亲干活肯下力气，因此我家的日子越过越好，虽不富裕，但屋上苫的稻草，每年换一茬新的，屋里的高粱椽子熏黑了些，但只有薄薄的一层灰。母亲说，堂屋原本只是通长的一间，不久也隔成了三间，她在中屋当间摆了张木头桌子，那是父亲得了钱后新添置的，桌子周围四张木头板凳，每张都有三尺长，半尺宽，厚实得很。母亲和父亲过日子，宛如家里的木板凳，稳稳当当。堂屋东间里靠墙处，放着一张椿木床，床边一架乌黑的木柜子。堂屋的西间里，有一架用自家泡桐树打的床，父亲砍了树干做架子，用泡桐树皮捻上劲搓成麻绳，横一条竖一条，绷到床架子上，便绷成了床屉，树皮藤绷得疏密有致，托住了麦秸秆子。这架床，横竖都绷了二十几道，密密实实的，我最喜欢在上头睡觉，摇摇晃晃，在上面度过了许多个阴凉的日夜。

来到许庄后，父亲种地之余，还在周围卖豆腐，农闲时，我家的头两板豆腐都会背到附近的庄子去卖，赶在人家午饭之前，父亲就要把附近的几个庄子走上一遍，待到中午回来，草草吃了午饭，又要再做一板，在许庄里走上一遍。

豆腐是个好东西。在穷苦人家，豆腐是小荤，黄豆原本是可以榨油的，清汤寡水的菜里放上几片煎过的豆腐，便立时有了香气。若是有半碗肉汤，用肉汤将豆腐卤过，真是可当肉吃。穷人家过年也都靠着一盆豆腐当家，一条鱼，二斤肉，恨不得从大年三十摆到正月十五，吃几块沾了鱼味、肉味的豆腐，就当是吃过鱼肉了，那就是一个肥年。富庶人家虽不拿豆腐当肉吃，但也用途多多，炒菜做汤，也同肉一起炖煮，这豆腐便能格外鲜美。旁边庄子有个富户家的厨子曾和父亲说过，用豆腐和鲜鱼一同熬煮，微火慢熬，待到将鱼熬化，鱼味都浸到豆腐里，那豆腐比鱼还鲜。父亲不知道那是什么味道，只是觉得好好的一条鱼，熬化了，未免太过可惜。

父亲自从会做豆腐，每夜的工作如此循环，先把泡得白胖的豆子一勺一勺填进石磨里，水从磨顶的口袋里一点点流下来，洁白的豆浆缓缓地从石磨四周落下，汇成了乳白色的一股，流进陶罐里。两根木棍摆成十字形，吊在西厢的房梁上，粗厚的纱布用木棍吊住四角，做成一个兜子，父亲操把两根木棍摇来摆去，时不时抬头看一眼母亲，有时母亲也正好在看他，两人便相视一笑，夫妻间哪怕望彼此一眼，心中便是无限欢喜。

多少个夜晚，父母就这样彻夜忙碌着，熬走黑夜，迎来黎明。磨豆腐是顶累人的活，可是两人配合起来却是得心应手，他们心中有盼头、有欢喜，这足以驱赶走所有的劳累。我们是贫苦的庄稼人，只要有了希望，还有什么咽不下的苦呢？

磨豆腐会剩下豆渣，这豆渣富人视为糟糠，但对穷人而言，却是一大宝贝。磨豆腐滤过的浆先是一缕一缕，后是一滴一滴，落入兜子下的大木盆里，兜子中便剩下了一块饼状的豆渣。母亲手巧，总能将豆渣饼变成香喷喷的吃食。她爱在豆渣中添上一点白面，放到灶边烤成饼子，这豆饼，虽吃着不如白面饼子细腻，但因豆子是油料，烤过后反倒有一种醇厚的香味。母亲偶尔为我变换吃食，她将豆饼滴上几滴油，将同日腌的萝卜缨子一起炒了，便是一道不错的咸食，下酒下饭都指望得上。赶上年节，还能将豆腐渣混了猪油炸成丸子，放在肉锅里一起炖了，虽不是肉，却有七成肉香，招待贵客虽然上不了台面，但是给孩子们解馋，给父亲下酒，都算得上一道好菜。

豆花是母亲最喜欢的花，浮在清水里，大朵大朵，呈乳白色，那可比出淤泥的荷花更为洁净，母亲总会将滤过的豆浆用大火烧开，放到大缸里点卤。一边点一边搅，搅着搅着，缸里便开出一大朵一大朵乳白色的花来。待到豆花定了型，白色的浆子变成了清水，便可以压豆腐了。心情好时，她会在缸边看上一会儿，笑吟吟地对着父亲说："桂生爸，你快来看，今日这豆花开得真好，像棉絮一样，看着就让人喜欢。"对挣扎在饥寒边缘的人来说，棉絮远比天边的白云要美得多。而这像棉花一样漂亮的豆花，那可是夫妻俩辛劳一夜的胜利果实。在艰苦年月里，每夜清水绽放的豆花，既是夫妻俩心血的凝结，更是情愫的升华，豆花给了我家衣食住行的基础保障。

压豆腐是父母两人一起做的活儿，将豆花舀到铺好的纱布上，两人一人攥住纱布的两角，然后四下一兜，打上一个结实的包袱，再放进槽子里，盖上木盖，再压上一块大石。等到不再有水从包袱里被压出来，豆腐便好了。

父亲将豆腐背出去卖，或卖现钱，或换些米面灯油，若路上遇见卖芽糖的，便是我的好运来了。父亲总会上前问问人家，用豆腐换可行？若是换得了，便藏在怀里带回去，且不会进门就给，总是要等到吃饭时，一桌人坐齐了，先问过一通才会给我。问题不外乎就那几个，今日都做了些什么，有没有惹母亲生气？有没有帮母亲做活？问时总先问我，我自然是答得好,父亲便再看向母亲,母亲也点头笑着应了,他方才把糖掏出来交给我。聪明的我尝蜜思甜,每次父亲回家,我便满脸堆笑望着父亲,巴望着他掏出一块芽糖来。

人说世上三般苦,撑船、打铁、磨豆腐,这磨豆腐的苦又比前两苦多一苦,起早贪黑,三更起来做豆腐,把人累得半死不活,天一亮又要赶早走街串巷,没有半点空闲。再说这豆腐娇贵,夏天容易馊,冬天容易冻,这冻了还好,依然能吃,但这一馊就难免要折损本钱。如此折腾了几次,折了不少豆本。母亲便和父亲商量,在地里也种些豆,虽然许庄没人种豆,但娘家的沂水庄里倒有几户种的。但许庄田少,良田更少,有限的田地都种上高粱、玉米,这些庄稼收成高,是农民的主粮。

初时父亲觉得附近几个庄子人口不多,豆腐匠也有两三个,豆腐生意终究只是个添头儿,做不了太多,为了这点添头儿,占块地,不划算,而且他又没种过豆子,不晓得怎么打理,怕弄不好,反而折了种子本,便没有同意。母亲当时并没说啥,不过一直留心这事,来年四月便自己默默地在院子后头开了一小块地出来,又问娘家沂水庄的豆农讨了豆种,试着种一小块,没想到直接种成了。有了这小块豆子地,家里做豆腐也就不用额外再搭豆子本,即便偶尔剩得多了些,或是有些折损,也不怕了,也敢多做一些,收入自然也比以往要多一些。

我家安定后不久,母亲便有了身孕,我七岁后的端午,妹妹出生了,爸爸给她取名为"桂香",与我的名字"桂生"相称。母亲怀孕时常不顾父亲劝阻,挺着个肚子跟着忙来忙去,父亲拦也拦不住。家中吃食不多,母亲营养不良,又奶水不足,妹妹生时便比一般的孩子要小上一些,刚满月便生病,昼夜啼哭，直至嗓子喑哑，一双粉拳搏命一般，朝着天上挥击。我年幼懵懂，却也得知妹妹难受，却又帮不上忙，于是更围着妹妹的小床打转。

我就一直盼着妹妹出生，但妹妹生来病恹恹的，面黄肌瘦，皮肤黄得厉害。有一次我探下身，想把妹妹从小床上抱起来。妹妹柔若无骨，我才轻托起她身，她头便朝后仰去，我大吃一惊，赶紧将她放回去。

母亲刚帮父亲把豆腐压上，回屋正好看见这一幕，她红着眼眶，抱着我说："娃儿长大了啊，知道照看妹妹了。"

我答道："妈，妹妹一直哭，是不是病得很厉害，我去烧碗热汤给她喝好不好？"

母亲怀孕的时候，我学会了烧热汤，她身子重，父亲常年在耕作，我便缠着她学的。她本不肯教，怕旺火热汤烫到我，我缠了母亲许久，母亲才肯让我去做，我在灶上烧汤，母亲就一直站在灶边看着，一会儿让我小心别碰着锅沿，一会儿让我看着莫被滚水烫到，而且做妈的终究比做爸的要多操心几分，后来我烧汤都烧得老到得不成了，母亲还是会担心，还是会赶到灶台边上嘱咐我几句要小心的话。

只是，年幼的我，又哪里知道，我妹妹还在吃奶，喝不得热汤，我只知道自己发寒的时候，母亲总是给我熬上一碗热姜汤，一碗汤喝下去，再盖上被子捂上一宿，痛痛快快出一身汗，第二天便没事了。

"妹妹还小，不能喝热汤，桂生抱抱妹妹，跟她说说话，就很快能好了。"母亲一面说，一面引着我托住小娃儿的屁股，再扶住头，轻轻地把妹妹抱了出来。

她跟父亲已经商议好了，如果今日孩子病情还不好转，明日他们便抱着妹妹去前面庄子找顾郎中看看。大家都说顾郎中是个好人，走街串巷看了半辈子的病，治病的偏方很多，药钱也便宜，附近庄子的人多半是找他看的。

父亲和母亲这些年也没生过什么大病，没看过郎中，也舍不得看郎中，只有一年我发了高热，连着两日没退烧，找顾郎中看过一次，两服药下去，热就退了。而妹妹是从昨天开始发热的，烧了一夜也没有退，今天早上，母亲就开始琢磨着，带妹妹去看看郎中，她听人家说，最近好多地方都发了一种瘟疫，专门祸害小孩子，她非常害怕，今年年成又实在不好，虽说顾郎中看病收费公道，但多少也算一笔不菲的开支。

父亲人厚道，待她也好，这个母亲心里是知道的，毕竟在很多人家，生了女娃是要遭丈夫白眼的，这样生来有病的女娃，就更别提了，不但闺女可怜，连带着当妈的，也跟着可怜。

母亲爱跟我讲故事，那时我不过十几岁，哪里明白她的忧愁，权当听一乐。她曾跟我说，她娘家庄子里，有户冯姓人家，但因庄子大多姓彭，冯乃是小姓，冯家人日子过得也苦，当家的就一直想多生，将来好能多几个劳力。在咱们农村，多生一个，打架都能多一个劳力，他媳妇可劲争气，一连生了三个儿子，第三个儿子还没断奶，便又怀上了第四个。半大小子吃死老子，若又是儿子，咬咬牙便算了。不承想，冯家媳妇第四胎生了个女孩儿，更倒霉的是，女孩儿刚落地，不哭不闹，那姓冯的怎么也不肯答应给女儿看病，他媳妇还没出月子，夜夜跪下求他。姓冯的却说："生了个赔钱货就算了，还生下来就病，十有八九是来讨债的，趁着没吃家里多少米，早死早托生倒还好些。"姓冯的说话时,我母亲正好跟着进门,冯家媳妇奶水不足,母亲好心熬了一罐子米汤,专程送去。那男人嗓门大,脖子暴起青筋,眼神凶狠,母亲撞进便吓了一跳,放下米汤就回家了。

父亲老实靠谱,早就摸清楚了枕边人的担忧。母亲几次三番,想找郎中,话到一半,欲说还休,父亲却先开了口:"孩子妈,若这一天还不好,便带着桂香去寻郎中,你可莫要担心,莫累坏了身子。"

父亲见母亲不肯动身,便沉声道:"桂香是我生的,我便要尽当爸的责任,我有的是力气,就算吃再多苦,要得养活这两个娃娃。"

母亲性子温软,听了这暖人话,眼圈里便转了泪花,赶紧转身抹了一把,心中庆幸,得了这样一个担当、宽厚的好男人。

妹妹身子不见好转,父亲和母亲抱她看了顾郎中,老天保佑,好在不是大病,花了七毛钱,拿了三服药,便退了热。不过郎中还说,妹妹底子弱,若是调理不好,以后怕是不能干重活儿。

母亲听完皱眉,父亲倒是双眉舒展,直说:"我们养得仔细些便是了。"

转眼过了一个月,妹妹笑得舒朗,不再闹病,我抱着她在院子里溜达,她的眼睛宛如一泓清泉,眉毛弯成月牙,鼻子笔挺,鼻翼扇动,就像粉嘟嘟的蝴蝶展翅,听着我的逗声,她也乐呵呵,手脚动个不停,母亲的心怦然安放,我常对她说:"妹妹长得可真好看。"母亲总是笑着应道:"桂生要好好照顾妹妹啊。"

# 3 兄弟之约

我家虽并不富贵，但我因是独子，父母格外疼娃，养得要比寻常人家仔细得多。寻常人家的孩子八九岁便都随着父母下田干活儿了，我虽也跟着下田，但只是做些掰玉米、拔草之类的轻巧活儿，且都是边玩边做，并不真正拿我当个劳力，故而我到了十二岁头上，都还没碰过锄头镰刀。但我是孝顺的，打小知道父母不易，一心想帮着家里多做些，但是父亲不肯，怕我被锄头镰刀伤到。在我的软磨硬泡下，父亲终于答应。

起初父亲不让我用镰刀，那我便拔杂草，一拔就是一整天，手上都勒出了血印子，父亲拗不过我，许了我，又反反复复教了我许多遍才算放心。

"娃啊，你要记得，每次用镰刀前，都要先看看刀头和把子连得是否牢靠，若不牢靠千万使不得，一不小心刀头甩到自己腿上可不得了，莫要怕麻烦，一定要仔仔细细看过才能用。"

"爸，我知道了。"

"娃啊，你要记得，不论是割草还是割麦，刀都要贴着地皮走，切记不要用大力，你刚刚开始做，慢一点不妨事，切不可图快，伤了自己。"

"爸，我知道了。"我不耐道。

"娃啊，你看着点啊，手莫晃啊。小心割到自己啊。"

"手，手莫要把那么低，小心割到手，不是这只手，把着草的那只手。"父亲不放心,一直跟在我后面看着。

"爸,知道了,知道了,你忙你的,我自己会小心的。"我双目含星,兴奋至极,准备大展拳脚,被父亲这样跟着,好像戴了脚镣,力气受缚,又有些不耐烦。那一日,我割了二分地,回来的路上,把头仰得跟打了胜仗的小公鸡一样。

光阴如梭,我的个头越发蹿高,肩膀发宽,双腿更加紧绷修长。那天傍晚,夕阳稍落,清风捎带着一丝凉爽,我在水田帮父亲忙完,正往回走,只听见身后有人喊:"桂生哥,桂生哥!"

我回头,迎面撞见一个少年,他身穿长衫,个子高我一头,国字小脸白净红润,浓眉稠稠似蘸满墨画上的两笔。少年打老远朝我跑来,一面跑,一面摇着手。

虽离得远,但我一眼就认出了他,可不就是许谦?他今天可放学真早,我刚干完农活儿,就看到我回家。整个庄子,属他和我玩得最好。

许谦今年十岁,比我小上两岁,但家中餐餐鱼肉,吃得精细,营养丰厚,身量比我还高,我们两家连着亲。第一次见许谦时,许谦才一岁,母亲让我喊许谦表弟,让许谦唤我作表哥。日子久了,许谦嫌表哥表弟不亲近,便省去了那个"表"字,许谦喊我叫桂生哥。我们岁数相仿,又连着亲,整日玩在一起,互叫兄弟也无妨。后来许谦七岁时,便被送去二十里外的庄子念私塾,虽然天天回家,但是我们却不得日日见面了。

"许谦,你今天又要给我讲故事吗?我跟你说,父亲给我做了李元霸的擂鼓瓮金锤,还有关二爷的青龙偃月刀!"上个月,父亲给我做了好些木头玩具,西间屋子沿着墙根摆着一排木头棍子,颇为直溜,这些都是父亲拾柴时特意留下的,乃是我的宝贝,有的被称作擂鼓瓮金锤,有的被称作五钩神飞亮银枪、青龙偃月刀,每根木头后头都有传奇故事,全是我从好兄弟许谦那里听来的。

许谦是许忠厚的独子,他长得白净秀气,能去私塾读书,我很羡慕,他在学堂听了好多故事。别看许谦人小,懂得可真多。《隋唐演义》《三国演义》《水浒传》,许谦讲得神乎其神,我沉浸其中。大侠义士的十八般兵器,如何神威盖世,英雄救美,到了夜里纷纷入我梦中。我幻想着有一天,像这些英雄豪杰一样,执剑天涯,行侠仗义。

"有比讲故事更好玩的事,哥,你忙完没?忙完我跟你说。"许谦问。

"忙完了,有事儿回家说呗,眼看就到家门口了。"我应道。

许谦点点头,他跟着我,回到了我家,母亲正坐在院子里,拣着冬荒剩下的萝卜缨,见许谦来了,忙招呼他坐,起身给他烧水喝。

许谦连忙拦住她说道:"姨,您莫要忙,我跟桂生哥说两句话就回了。"说完,又朝着正在灶间泡豆子的父亲喊了一声姨丈。母亲点头,依旧去了灶间,父亲也去帮忙拾掇拾掇。

"哥,你知道咱们庄子东边的韩山不?"许谦道。

"韩山?有多远?"我摇摇头。

"也就二十多里地吧。"

"二十多里地?"我皱眉。我从没独自出远门,最远只一个人到过沂水庄的我舅家,离这儿不过五里地,比许庄热闹,每十天便有一回大集，集上有卖朝牌①和芽糖的，我跟着爸去过几次。有一次爸带去的两板豆腐都卖光了，心里高兴，便给我买了一块芽糖。我两口就吸溜干净了，可惜吃得太快了，我忍不住舔了舔拿芽糖的右手。刚得到，便又失去，心里闹得慌，我年纪还小，憋得慌就哭，一边哭，一边喊着芽糖。父亲疼我，便又给我买了一块，我不敢再嚼，一直含在嘴里，甜了一路。

"二十多里，就在沿河集的边上，今天先生讲课有意思，讲大将军韩信受胯下之辱，说那韩山，原本叫作武德山，是韩信曾经屯兵操练的地方，明日先生有事，我不用上学，咱俩去玩玩呗。"

"什么胯下之辱？"我没大听懂。

"就是从人裤裆下面钻过去，钻人裤裆子。"

"不是大将军吗？为啥要钻人裤裆？"

"韩信大将军还是小孩儿的时候，被同庄子的小孩儿欺负，强迫他钻裤裆子。"许谦跟着解释道。

"哦，那这人挺厉害的，从小被欺负，长大了还能当大将军。"我应道。

"是啊，先生跟我们说，英雄不问出处，只要肯上进，日后都能有出息。"

"这个我懂，我爸常说，井水越打越多，力气越使越有，只要肯下力，总能过上好日子。"

---

① 朝牌是一种流行于山东南部和江苏北部地区的面食，尤其以江苏沭阳颜集出产的最为有名。其外表金黄，香气扑鼻，口感酥脆，常与油条一起食用，是当地人民喜爱的食品之一。朝牌的形状类似古代大臣上朝时手里拿的笏板，因此得名。

"就是这个意思,那你去不去?据说那上面还有大将军的碑呢!看了大将军的碑,以后咱们都做大将军。"

"我可做不了大将军。"我笑了笑,偷眼去望父亲,玉蜀黍都已经种下了,最近田里倒是没有紧急的农活儿,可是我从没出过远门。

"就让桂生哥跟我去呗。"许谦向来聪明,他一溜烟跑到灶间,去求父亲应允爬山一事。

"韩山可不近呢,你家里有大人跟着啊?"父亲问道。

"这点路,不用大人跟着,您放心,这一路太平得很,我每日十几里,都是自己一个人来去,韩山我去过好几回了,路熟得很。"

父亲听完,侧目盯着许谦,许谦明明比我还小上两岁,却已经能出远门,比我更熟悉外界,我本就没钱上学,怎么也要让我历练才是,便答道:"行,那你们去吧。"

母亲添柴的手顿了一下,蹙眉说:"他爸,二十几里呢,桂生可没出过那么远的门。"

她转头见我满脸笑脸,不好拂了我的意,轻叹一声,便说:"你俩可千万小心点。"

当晚,母亲躺在床上,翻来覆去睡不着,憋了许久,道:"要不明儿个,你跟着娃儿点,那么远,别出点什么事儿。"

"行,我明儿远远地望着他们些,韩山那条路,倒是太平的,你不用太担心。"

第二日,天才蒙蒙亮,我就起了床,坐到堂屋里,等着许谦来寻我,母亲盛了一碗热面汤给我,上面盖一块煎过的豆腐,面多汤少,我觉着稀奇,通常只有父亲过寿的时候,我才能吃上这么扎实的一碗面条。

"妈?"我疑惑道。

"你没赶过那路,那么长,不知道赶路多耗力气。快吃吧,一会儿许谦就要来了。"

我点点头,闷头狼吞虎咽,吃了一整碗面条,连汤舔净,放下碗后,我握着拳头,仿佛能再插三百束秧苗。

许谦找我时,太阳已升得老高,母亲又给我塞了一个小包袱,我一摸,知道里面有饼,是几块顶扎实的朝牌,母亲叮嘱,路上饿了再吃。

"姨,你不用麻烦了,韩山旁边就有个集,今天正好是开集的日子,我带了一块钱,我请桂生哥去集上吃芽糖。"

母亲缩了缩手,我看出意思,一把接过了包袱,拴在了腰里:"集上有啥好吃的啊,还是妈妈做的朝牌最好吃。"说完我拉着许谦,一溜烟跑出了门。

许谦一点都没带错路,可见真是轻车熟路,一路上也真的太平,父亲一直悄悄地在后头跟着,一直跟出了将近二十里地,才放下了心,折了回去。

五月时节,韩山苍翠入目,满山雪白的槐花。只是我疑惑,爸说,山是又高又大的,一眼望不到顶的,可这韩山也没多大啊,我不但一眼就望到顶,还片刻就爬到了山顶。虽然不是大山,但我从未登过高,体验新奇,疑惑转瞬即逝,我在山顶又蹦又跳,肆意呐喊,瞬间沉浸在山顶的风光之中。

"许谦你看!那些房子,好小啊。"我指着山下,惊叫着。

"是啊,真小。"许谦答道。

韩山是我们庄子附近唯一能登高的地方,每年许谦他爸都要带许谦来上几趟,许谦早就来熟了,自己还偷着来过几趟,瞒着他爸。只是之前不知道韩信大将军的故事,今日知道了,便觉得格外有趣。

"哥,我们去找韩将军的碑吧,先生说,韩山上有韩将军的碑。找到了韩将军的碑,咱们以后就都能当大将军。"许谦兴致勃勃。

"好!"我也想当大将军,一跃而起,我们在小土坡上,左蹦右跳,上看下看,前坡后坡,跑了一圈,也不见石碑。

正当我筋疲力尽商量着下山时,许谦在一个下坡踩到一块石头,那里满落了雪色槐花,竖着一块黑色的石头,半截埋在土里,石头的侧边,齐齐整整的,很像是块碑的样子,而且石头上还刻了字,许谦认得不全,但认得一个"韩"字,便说:"这便是韩大将军的碑。"

我和许谦,一左一右,坐在石头跟前,石头断得几乎只剩个根儿了,身下铺陈着满山雪白的槐花。

"哥,你长大了想干啥?"许谦问道。

"我啊,还能干啥,跟我爸一样,种地、磨豆腐呗,不过我想好了,我得攒劲买上一垧地,跟你爸一样,也雇人来种,让我爸妈都好好歇着,享福,吃现成的。"

"你要是跟我爸一样,那有什么意思啊?整天就在庄子里,除了地,就是地。"许谦不以为然,他读了书,他爸经常跟他说:"娃啊,你要好好念书,念好了书给许家光宗耀祖,不能跟大一样,整天围着这两垧地转。"

我听得蒙,便问道:"不种地,那你想干啥?"

"我想统率十万大军,跟韩大将军一样。"许谦不过十四岁,哪里知道十万是多少,只是觉得听来气派,许谦是私塾里孩子王,屁股后面跟着七八个孩子,便已经很威风了。

"那我也做大将军,跟你大战三百回合!"我跳起来,仿佛手里持着刀剑,神勇无比,佯装要刺许谦。"三百回合"这词儿,自然是我从许谦那儿听来的,许谦的私塾先生上课只讲故事,一说到打仗,便是大战三百回合,孙大圣打妖精大战三百回合,楚霸王项羽大战三百回合,韩信大将军也是大战三百回合。

许谦听了精彩的故事,便来讲给我听,只是他年纪也小,学舌只学大概,一长段孙悟空大闹天宫,到了许谦的嘴里,便剩下了不到十句话:"玉皇大帝特别欺负人,蟠桃宴居然不请孙大圣,孙大圣特别厉害,大闹天宫,打败了玉帝手底下好多天兵天将,一打他们就一个大马趴。"

我不知道什么是蟠桃宴,什么是天宫,但我眼中无比羡慕——孙大圣真厉害,只用一招,就把天兵天将打一个大马趴!我觉得念书真好,念书能听着好多好听的故事。

"不行,不行,你不能和我大战三百回合,咱俩是一头儿的,你得和我一起打别人三百回合。"许谦也跳了起来,站到了我身边,用手比画,我俩是一头儿的。

"那我当啥?"

"你当我的副将,咱俩一起跟坏人大战三百回合。"许谦答道。

"好,咱俩是一头儿的,一起跟坏人大战三百回合。"我跟着应道。

回去的路上,许谦给我讲了好几个故事,还背了一段书,什么"韩信受胯下之辱,张亮有进履之谦"。我不爱听,想让他多讲几个孙大圣的故事。可许谦说,孙大圣的故事先生只讲了那一回,后来就再没有讲过,想来是孙大圣把坏人都打死了,故事就没了。

许谦路过沿河集的时候,硬要拉着我一起去逛逛,我身上也有两毛钱,是临出门前父亲塞给我的,让我带着,买自己喜欢吃的。我虽年纪小,但也知道两毛钱能买五斤粮,烙一筐箩朝牌,这两毛钱是不能花的。

我们挽着手穿过沿河集,沿河集真热闹:滚的汤锅里不知煮着什么,酱菜店里的酸黄瓜、布匹店里的绫罗绸缎,肉铺里挂着成溜的猪肉,一头驴子在磨黄豆,满集都是小磨豆粉的香味,卖胭脂粉、卖肥皂梳子的什么春斋,卖篾竹的,卖丝线的,打把式卖膏药的,吹糖人的,耍蛇的,耍杂戏的……沿河集比我舅舅家的沂水庄要大得多,我嘴里吞着唾沫,什么都想看看。许谦一劲地推我:"快走!快走!"

"哥,走啊,快走啊,我请你吃油炸馓子,可香了。"许谦虽年纪比我小,但个子却比我高,硬是半拖半拽,拉我进了集里,集上的朝牌是撒了芝麻的,看着就香。

我俩沿着小吃街,路过一个吃食摊子,许谦就问我一次:"哥,你吃这个不?"

我总是摇摇头,答说:"不了,我爱吃母亲烙的朝牌。"

终于到了油馓子的摊子前,这次许谦不问我,直接买了两只油馓子,硬塞了一个到我手里,我吃了一半,剩下一半包进了装朝牌的包袱里,又拿了一个朝牌给许谦,许谦接了过来,三口两口吃了下去。

不过我却没吃朝牌，今日我吃了一个满碗面，还吃了半个油馓子，力气已经用不完，剩下的朝牌得带回家，给父亲和母亲吃，我家三五天才能吃上一回朝牌，一回也就烙上六七个，母亲给我装了四个，家里想来是不够吃的。

我俩回到庄子时，月亮早就冒出来了。许谦妈站在庄子口，远远看见我俩，她拉过许谦，没好气地喊道："你到哪块儿去了，书也不温，一整日都不见踪影，你爸中午见你没回来吃饭，便生了气，晚饭依旧没见你，气得整个庄子找你，原来你是跟着人家出去野去了。"

我听见许谦妈的埋怨，只觉得冤枉，刚想回嘴，却听见许谦抢道："是我错了，我喊桂生哥同我到沂水庄玩的，玩得高兴便忘了时间，妈你别生气，我们快回去吧。"许谦小声趴在我耳边说："我没跟爸妈说咱们去韩山，你莫说漏了嘴。"

许谦妈见儿子接了话，便没再说什么，吩咐了我赶快回家，便领着许谦也往家里去了。

# 4 鸿沟隐现

我回到家里的时候,父亲和母亲已经吃完了晚饭,桌上还留着一碗薄汤和一块朝牌,罩在一个倒扣的笸箩里。

见我进门,母亲赶紧迎了上来,我喜滋滋地掏出包袱,拿出三块朝牌和半块油馓子:"妈,这是沿河集上的油馓子,你快尝尝。"

母亲有些疑惑地望向我:"你咋有钱买这个?"

父亲在一边说道:"临出门我给了娃两毛钱,大小伙子出门,身上没钱多屈得慌。"

母亲愣了一下,"哦"了一声,随后又接着问道:"这馓子多少钱,两毛钱都花了?不是带着朝牌呢吗,干啥还花这冤枉钱?"

我笑了一笑,掏出两毛钱,递给了母亲,接着说道:"没,我咋舍得花呢,这馓子是许谦买给我吃的,妈你快尝尝。"

母亲听完也笑了一笑,说道:"许谦这孩子,心肠倒是真好,将来他当了东家,咱们日子一定好过。"

父亲听了我的话,脸上却沉了一沉,琢磨了一会儿,也没再说啥,不过隔天一早便拿了四块豆腐,送去许忠厚家,送完才挑了担子赶去卖豆腐。

待到中午回来,母亲给父亲端了饭,父亲闷声不响地吃了,便坐到堂屋里叹气,看起来好像有什么心事,母亲便上来问他咋了。

父亲答道:"今日早上我去许家,听见他们在院子里商量组织自卫队的事情。"

母亲一惊:"咋了,是又闹土匪了吗?"

父亲应声道:"应该是吧。"

母亲叹了口气,这不是第一回建自卫队,每次一传有土匪,就要建自卫队,这建自卫队原本是好事,可是每次都把我家父亲安排在大半夜里,实在让人气得慌。每日夜里都是两人轮班,一个上半夜,一个下半夜,若是上半夜还勉强能凑合,值了夜再回来做豆腐,不过是夜里睡不得觉而已,父亲是个吃得苦的,挨一挨也就忍下来了,只是母亲看着心疼。若是下半夜,那豆腐生意便要耽误掉大半,提前做出来的豆腐不如刚做出来的新鲜,生意总归要差些,若要提前把豆腐做出来,也是前半夜睡不得觉的,是既受了累又少了进项。

不过这也是没办法的事情,谁让父亲不姓许呢,虽然也跟许忠厚家沾着亲,但毕竟是外姓,庄子里的规矩:"好田,姓许的先挑;苦差事,外姓人家顶着。"

"要不,我带上些礼,去他家说说,说不定这次能不派你守夜。"母亲闷声一阵,叨咕道。

父亲摇了摇头:"算了吧,置礼还得花钱,有那两个钱,给娃儿存着吧。"母亲叹了一口气,也没再说下去。

果然,刚吃过了晚饭,许忠厚就上了门,告诉父亲让他守上半宿的夜。父亲应了,脸上带着笑将许忠厚送了出去。

这些事情我并不知道,这两天我都还沉浸在许谦的那些故事里——孙大圣的故事怎么就完了呢?韩大将军到底为啥要钻人家裤裆?受欺负他不会跑吗?私塾先生到底是个啥?为啥知道那么多故事？我要是也能去私塾听先生讲故事该多好。

我一骨碌从床上爬起来，走到堂屋，我大就坐在桌前，我鼓足了勇气往跟前凑了凑，开口道："爸，我能去念书吗？"

"啥？"父亲脑子里还想着守夜的事儿，我声音又小。

"爸，我想念书。"我夯着胆子，提高嗓门，"许谦说，私塾里的先生会讲好多好听的故事，还说，读了书，以后能当大将军。"

"许谦？你还敢提许谦，你跟人家比个啥，你跟人家能比吗？人家是少爷的身子，少爷的命，还读书听故事，你有那个命吗？赶紧回屋睡觉去。"

原来，昨天许谦买了油馓子给我，父亲今早特意拿了豆腐想去还情，可到了许家才知道，原来许谦是瞒着家里去的韩山。昨日许谦回到家里，被许忠厚一问两问盘出了破绽露了底，被罚在堂屋跪了半宿。许忠厚因知道我是与他一同去的，故而嗔怪我，但毕竟是许谦撺掇我去的，他也不好找我家的麻烦，故而才没上门到我家。谁知父亲倒是上了他的门。许忠厚见着了人，心中有气，便旁敲侧击地数落了父亲一顿，语气颇重，让父亲好好管教孩子。又说，毕竟两家连着亲，我又大些，该有些做哥哥的样子，知道许谦要去韩山就该劝说，劝说不了，就该来告诉大人，是不该跟着一起去。

许忠厚还责怪父亲，说许谦一个人也没那么大的胆子，怕不是两个男娃儿凑在一起，互相壮了胆子，才能做出这样的事情。言下之意再明白不过，是因有我撺掇着，许谦才做出了这样的荒唐事。

父亲有心辩驳，但想想又算了，毕竟没出什么大事，许忠厚又在气头上,犯不着火上浇油,父亲知道许忠厚并非要为难我们,便忍了这口气。要是许忠厚真开口骂了,父亲反倒还畅快些,省得他这般阴阳怪气。

本来这件事情,父亲回来也没同任何人讲,有气独自受了就算了,不想让儿子、媳妇再跟着委屈一遭。可这时,父亲刚刚得了守夜的信儿,心里本来就不痛快,我又跑出来说什么要读书,火上浇油,故而又把晨起的这档子事儿勾了出来,他连带着口气也重了些。

父亲一向疼我,极少训人。我不敢再吱声,灰溜溜回西间。我真想念书,却也不怪父亲,念书要花不少钱,整个庄子,也只有几个富户家的孩子是念书的。我只怪自己,被许谦的故事勾了魂,不该跟父亲说想念书的。

这次土匪闹得时间长,父亲守夜守得久,小三个月过去,眼塘子迅速坑陷下去,三十多岁,头发飘雪一般全白了。父亲三个月都没睡过什么囫囵觉,有时候母亲实在心疼,眼珠子汪汪,哭得通红,便说:"他爸,今日咱们不做豆腐了,你好好睡上一觉。"但父亲却怎么也不肯,他还是带着紫黑沉重的眼塘子,光着膀子,冒着日头,去田地里收粮食,终于挨到收完了粮,种下了萝卜,人便悄无声息地倒下。母亲一直不放心,我去地里喊他吃晌午饭,才发现,他窝在田埂边上,一动不动。

这一病,就病了小半个月,我再也没提念书的事儿,就连许谦寻我出去玩,我全都推了。父亲病着的时候,母亲种在地里的豆子,让人薅去了一大片,母亲心疼,但瞒着父亲,没敢让他知道,他知道了生气,会病得更厉害。

在农村，谁拳头硬，谁有理。干农活的都是男人，谁家男人多，儿子多，在村子里便硬气几分。庄子里有几户地痞，爱占便宜的人，领头的叫许久红，他们仗着自己都姓许，是大姓，便拧在一起，欺负我们几个小姓的人家，今天薅你一把豆子，明天挖你一筐萝卜，你若不吱声也就罢了，若是拦阻了他们，第二日，他们便会纠结起其他几户人家，专门到你地里，随便找个借口，连拿带踩，祸害你一番。哪怕你去找许忠厚去说理，若是糟蹋得不多，许忠厚一般都会劝被欺负的小姓人家说："他们几个的德行你也知道，犯起浑来，我的话也是不听的，你们忍忍，也就算了。"若是糟蹋得实在过了，许忠厚也不过就是申斥两句，想要赔钱，是断然没有可能的。

反过来，你若是不小心踩到了他们几家的地里，那却一定是被讹上的——少时，赔个一两毛；多时，一块半块也是有的。我家不远，有户姓柳的，我一般喊大柳叔。大柳叔有些扎纸的手艺，前些年，庄子里的一个富户家中没了老人，请他去扎了全套的纸活儿，完活儿给了五元银洋。许久红知道了，看得眼热，连夜躲在自己家的田边，待到大柳叔经过的时候，故意出来吓唬人，人受惊之下，摔进他家田里，许久红足足讹了两元银洋。大柳叔被吓得不轻，又摔了一跤，再加上千般委屈、万般气愤，无处申冤，便生了大病，看郎中抓药，又花了两块多钱，整个一场白干，还耽误了自己地里的活儿。此后，他再也不愿接许庄的活儿，都往外庄去。

这许久红跟许忠厚是同宗同辈，但不是亲兄弟，而是叔伯兄弟。家里有上辈子人留下来的六七亩地，长工是请不起的，但农忙时，总会喊几个人来帮忙，只是帮完忙总是克扣人钱，要么按照说好的价钱少给人几毛钱,要么干脆不给,给上点粮食,就把人打发了。

我曾听母亲说,父亲刚来许庄时,在许久红家帮工最卖力,却吃亏最多。后来便不太爱到他家帮忙,但是又不好跟他直接闹翻,于是他来叫个三五次,也还是会去上一次,也不实指着挣钱,就权当是出点力气,换个平安,反正力气是用不完的,越用越有。

父亲与别人不同,别的外姓人,实在推不过去,帮忙时总不情不愿,临走时,也免不了和许久红吵上一架,虽然次次吵,次次没用,但是总要叨咕上几句,似乎才能出了心里这口气。

父亲每次去的时候,便是拿定了要吃亏的,所以去得也不墨迹,总是痛痛快快地去,高高兴兴地去。许久红给多少,他便拿着多少,也不计较,不讨价还价,还要恭维上许久红两句,什么庄家打理得好,儿子有出息,妹妹长得漂亮之类的,所以那几户人家平日里欺负父亲少些,像今早这般薅去大片地的豆子,还是头一回。

家里豆子被偷,我看在眼里,恨得我咬牙切齿,但是父亲卧病在床,家里没有主心骨话事,如何解决这样明目张胆的打压?我很长一段时间闷闷不乐,许谦来寻我,见我这副样子,便缠着我,非要问个究竟,我便同他说许久红如何为非作歹。

许谦吃了一惊,没想到自己表叔是个大浑蛋,他本是少爷秉性,又是独子,整个许庄,就他爸最大,许谦向来横着走。他又是个有胆子、有主意的,瞒着父母出远门,跑出二十多里地,一个招呼不打,更不知道,他素来在私塾中做了多少出格的事情。平日里他见那几家的孩子欺负我,也不知拦了多少回,那几家的孩子也都学乖了,不敢再当着许谦的面欺负我。

许谦听完怒不可遏,他素来要当大将军,路见不平,拔刀相助,他拍了拍我的肩膀,沉声道:"桂生哥,你是我哥,我决不能让你家吃亏。我表叔做了那么多坏事,我会帮你出口恶气!"我怕他又惹出大祸,刚想叫住他,他头也不回地大迈步回去了。

过了三天,他便又来见我,他穿着一个宽大的袍子,怀里藏了四五根青秆玉米,塞在我怀里。许庄向来没有甘蔗,青玉米秆嚼起来有甜味,农家的孩子未必都买得起糖、吃过甘蔗,向来把青玉米秆当作甘蔗,许谦怎么突然弄来这么多玉米秆?

许谦笑吟吟地说:"怎么样,哥们仗义吧?这玉米可甜,你快吃了吧!"

我昨天听说许久红家的田地糟了匪,乡亲们都在思忖谁敢抢他家的地,但他家被抢,所有人都出了一口恶气,饶是如此,我分外吃惊:"难道你去你表叔玉米地,干抢劫啦?"

许谦哈哈大笑,并不否认。原来许谦回去后,当天夜里,许谦喊了几个本家的半大小子,特意没叫我,本家的孩子不知道他要捣什么鬼,但每人收了五块芽糖和一把花生,众孩子听了这报酬,便都跟着来了。许谦将人带到了许久红家的玉米地里,指了指玉米地,又拍了每个人肩膀,沉声道:"把这里的玉米秆全折了,你们能吃多少是多少。"

几个本家半大小子听完大喜,又掳了一把回来给许谦,许谦却说:"你们能不能大方点,这么几根,打发叫花子呢?我不到片刻就吃完了。再多去弄点来,我还要带去给我念书的同窗吃。先生说了,这叫同甘共苦。"

"那要折多少?"同来的一个孩子问道。

"一人折上十根给我。"许谦答道。

同来的孩子有些迟疑了,一人十根,眼下少说也有七八个孩子,那也是好大一捆了,当下玉米正是挂花季节,玉米棒子还没饱满,折断这么多玉米有些不妥。虽然都姓许,但是除了许谦,其他孩子因为父母都是给家里做活儿的,知道这么多秆子能出多少玉米,所以便不太下得去手。

"你们去不去?不去,把芽糖还我。"许谦发了脾气,几个孩子互相看了一下,有的孩子芽糖已经进了肚子,上哪里去找来还给他,就算没吃的也是舍不得还的。

"现在这么晚了,又没人知道是你们弄的,怕啥?"许谦跟着煽风点火。

"算了,也不是我家的田。"其中一个孩子,胆子大,一低头,钻进了田里,有许谦给他们撑腰,便更加肆无忌惮,其他几个孩子见有人挑了头也纷纷跟着钻了进去,他们在玉米地里偷偷折了半片地。

第二日,许久红便来找许忠厚,哭天抢地,说自家的玉米遭了盗匪,可是刚进门便看见了堆在他家院里的青玉米秆子,去了叶子截成小段,一捆一捆地躺在地上。可来时他见着了,许忠厚家的地齐齐整整的还没割,全庄子的地都齐齐整整的,只有他家的地,秃头似的缺了一块儿。

许久红见了许忠厚家院子里的青玉米秆,便少了一半声势,杀千刀、死全家之类的诅咒,也收了声,强压怒火,责问许忠厚。许忠厚自然是不知道,听完大吃一惊,于是便找了家里人来问，一来二去便知道了是许谦的事儿。

许谦自然不会说是为了我报仇，只说是学里的同窗没尝过甘蔗，托他带些去尝尝。许久红听了，只能自认倒霉，他低声下气地说："许谦，你要跟叔说啊，叔割好了，给你送来，你犯不着偷，那上头的玉米棒子还青着呢。"

"偷？谁偷了，不是我家地吗？难道我收了叔你家的？"许谦一脸困惑，大为不解，过了一会儿又挠了挠脑袋，"如果是真的话，那应该是天黑，我看错了，我以为是我家地呢，也不是故意的，叔你要是心疼，让父亲赔给你就是了，犯不着这么说我。先生说过，偷盗乃是大罪，被学里知道了，是要退学的。"

许久红脸色一黑，许忠厚就这么一根独苗，送许谦上学不知打点了多少人情，若是任他再说下去，污了许谦的名声，怕是和许忠厚的梁子就此结下了。他知趣，赶紧改口："不是，不是，是叔看错了，叔看错了。你们忙，我先回了。"

我听许谦说完，忙说："许谦，你不必为我出头的。那你呢？你爸肯定又罚你了！"

许谦笑着翻了两个筋斗，准备翻第三个时，膝盖一疼，弯不下去，扑倒在地，我赶紧将他扶起。他笑道："没事，无非是遭父亲一顿臭骂，罚跪一晚，只要能帮桂生哥你出气，那就好！不枉我费苦心！"

我泪眼蒙眬，红着眼眶子，给了许谦一个"熊抱"，低低说道："许谦，你真是我一辈子的好兄弟。"

许谦道："桂生哥，你说啥呢，你一辈子都是我桂生哥！"

## 5 寿宴纷争

许谦上学,我继续帮父亲在地里干活,北风卷地,田地里的金衣很快褪下,大地黑灰色的肌肤暴露在外,冬月的许庄,白色地表上竟裹上了喜庆的红衣,许庄张灯结彩,许忠厚要过四十大寿。

外面兵患、水灾闹得更紧了,原本这样的年月里,许忠厚本没有心思做寿的,但这一年他身子染病,咳嗽不断,费心找城里的周半仙算了一算,半仙说最好办点喜事冲一冲。许忠厚只有一个儿子许谦,年纪还小,决计不到娶亲的时候,算来算去没什么大喜事,唯一的喜事,乃是许忠厚的四十正寿,夫妻俩拿不定主意,不知算是不算,便又去问了先生,先生说算得,一家人便开始张罗这顿寿酒。

腊月里,庄子里的大户许忠厚做寿,张罗得颇为红火。许忠厚此时办寿酒,其实是亏本的买卖。比不得有些大户,做寿如同征税一般,不但家里的佃户得上礼,只要是一个庄子住着的,就算不是他家的佃户,也得上礼,甚至有些心狠的,收了礼,只回几根寿面,穷苦人家,连席面都吃不上一顿。

许忠厚并不吝啬,但家里也没那排场,随了喜钱的,自然都是要上席吃酒的,许庄又不富足,收上来的喜钱,都未必够席面的开销。这账目一算,冲喜的寿宴还没开,许忠厚的病倒似又重了几分。幸而,他有个弟弟,叫许九,自己开的酒坊、油坊,听见哥哥犯了愁,立马送了几大坛子酒过来,说是贺礼,解了许忠厚的一块心病。

母亲与许忠厚原就挂着表亲,如今又同在一个庄子,自然要同父亲一起来帮忙。父亲因会做豆腐,便帮着准备席面。许家自己备了豆子,父亲只需出力,将豆腐做出来便好。因已到了腊月,眼看就要过年,许家的豆子也备得多了一些,便连做了三日。我原本就与许谦要好,这三日便日日跟着过来,如同长在许家一般。

我俩在院子里跑着,母亲跟着同来帮忙的致庆嫂,坐在灶间门口,边择菜,边拉些家长里短。致庆家姓许,但与许忠厚家血脉隔得远,认真算起来,比我家的亲,还要更远一些。致庆虽然没什么手艺,但是人也厚道,且自己家有二亩多地,日子过得红火,咱两家住得也近。往日父亲卖剩了豆腐,经常会给致庆家送上一块,致庆厚道,当日收了豆腐,三五日之内总会回些吃食,有时候一两块朝牌,有时候是小半碗杂和面,总不会让人吃亏。母亲常跟我说,致庆嫂怪可怜,眼看要四十的年纪,还没有孩子。

"桂生妈,你可听说了,西边的新河集,前日里又遭了土匪了?"

"啊,新河集?庄子头篾匠的闺女,不是前年嫁去的那个新河集吗?"母亲抬了抬头,眉头微微一紧,那新河集离我们可没有五里路,若那边生了土匪,我们这里怕是也要遭殃。

"是啊,就是那里,我听人说,是半夜来的,还带了火枪,不但将钱粮抢了个精光,还杀了人了。"致庆嫂咂嘴吸了口冷气。

"杀人？"母亲应道。

"是啊，说是有一家好不容易攒上钱刚买的牛，土匪要牵，女人舍不得，便上去哀求，结果被那土匪看中了，便要将女人一起抢了去。家里的男人自然不肯，便被一个断了手指的土匪一刀砍在身上，当下就断了气。"

"啊？"母亲应不出话来，跟着吸了一口冷气。

致庆嫂接着说道："这还不算完，听说还抓了一批壮劳力，足足有好几十人呢！"

母亲问："土匪抓劳力做什么？难道要发刀枪给他们，叫他们一起做土匪？"

致庆嫂答道："哪里的土匪这么傻，抓回去的还能给发刀枪，发了刀枪给他们，刚被抢了媳妇抢了牛的男人，还不得第一个先砍自己仇人。听说是土匪要修土匪窝，所以抓了壮丁，回去盖什么碉堡。"

"乖乖，这还了得，土匪也要盖碉堡了吗？这还了得，没了王法了吗？"

两人唏嘘了一会儿，母亲突然想起什么接着问道："那篾匠的闺女怎么样了，他那人家虽然算不上富贵，但是家里也是有大车，有牲口的。若是不强出头，想来应该是无事的。"

致庆嫂说道："这样说富不富说穷不穷的人家怕是最惨的，好不容易攒下点家业，土匪一来，啥都不剩。反倒是穷得叮当响，就算土匪把房子掘地三尺，也找不出二两粮食，穷人家恐怕还能消停些，土匪来了，说不定连门都懒得进。一家子人把空屋子、烂板凳一丢，躲出去就是了。"

"这话倒是有理，这钱财都是身外之物，只要人没事儿，钱财都是能挣回来的。"母亲随口应着，又说道："不过眼下这匪患闹得紧，咱们自家存的那点冬粮，还得早叫男人们挖个深点的粮井，把粮藏得妥帖一些才好。"

致庆嫂接话道："你这话说得是，听说土匪都不是人，只许他们打人，不许别人还手，谁要是敢还手，砍死打死不说，还会将人吊起来，每天三顿打，血肉模糊地挂在全庄子人前头示众。所以那天跟孩子爸说起这事，我就嘱咐他，万一咱们这里也遭了匪，千万别跟人犯横，人家要什么，给人家拿去是了。就算是要我，我也乖乖地跟着去，只要他好好的，我怎么的都行。"

"你是说，咱们这里也会遭抢？"母亲心中一紧。许庄三五次传立马来土匪，庄子里也建了几回自卫队，可是却没见土匪真的来，我们都抱着一丝侥幸。

"这谁说得准？"

"那咱们要不要出去躲躲？"

"躲，往哪儿躲？这年头哪里有太平地方。"

"土匪就没人管吗？我听说新河集不是有乡农会吗？还有个姓黄的举人老爷，举人老爷家还养了团丁，这都打不过土匪吗？"

"团丁是举人老爷花钱养的，自然只护着他家。乡农会在土匪刚进庄子的时候，也在土匪头子跟前站了一站，不过土匪头子枪一响，便都跑得不见人影了。这个时候，谁还顾得了谁，都赶紧跑回自己家去，守着自家孩子自家粮。"

"这样说来，也就是举人老人家没事了吧。我听人说，这新河集的举人老爷，还是个善人呢。"母亲叹了口气。我家没钱没权，若是横遭了变故，唯一的念想，便是惦念这些平日里称作老爷的。

这黄举人素来阔绰，平日里与夫人吃斋念佛，好善乐施，总以行善为乐，每个月他都会到新河集会施粥，亲身为穷人家送上斋饭。母亲跟我说，她听乡里风传，黄举人做好事不留名，佛心重，每年过年，好多穷人家吃不起肉食，黄举人打听好后，夜里派人在这些人家的窗前门口，挂上半斤肉，改善人家伙食，因此当他筹建乡农会时，好多穷人家主动响应，这黄举人阔绰，混混日子总是不错的。

"这年头，不带着土匪去挖你家粮井，就算是善人了。"致庆嫂叹了口气，接着说，"人越是这样，越是不好过，我还听说，黄举人在家，翻箱倒柜地找了金银细软，送了土匪，才将土匪打发出了门，这算是什么世道啊。"

"什么世道，非要逼着本分人去做土匪不成？"母亲心头发紧，致庆嫂家没有小的，土匪前脚进庄子，大不了，夫妻俩后脚一路跑了，就算家被搬空了，死活就是两口子沿着淮河讨饭罢了，可是我家不行。我家还有两个小孩，就算大人能吃苦，小的却怎么活呢？

母亲抬头，寻我的影子，见我跟在许谦的身后，我举着那条自己最宝贝的棍子，正往后院跑去，口里"将军""大王"地一通乱喊，也不知在喊谁。我毕竟不过十几岁，少不更事，根本无法理解父母肩头的重担。

许谦年纪虽小，但是他个头却比我高。只是我身上穿的芦花混棉的袄子，远看显得要壮实一些。不过这芦花混棉的袄子看着虽然厚实，却远远不如许谦身上的棉袄子暖和，寒冬腊月的，这芦花袄挡不住寒气，把我冻得鼻涕直流，连脸上也生了冻疮，疼得我龇牙咧嘴。

最难受的是天气转暖的时候，脸上冻疮发作，似有千万只蚂蚁在爬，痒得我难以忍受，总是想用手去抠。母亲就要叮嘱我，千万不能用手抠，留下疤痕可就难看了。母亲总是心疼我，夜里哄我入睡，总念叨着："唉，什么时候能攒上两个钱，给桂生娃也做上一件棉袄子就好了。"

我和许谦打打闹闹，全然不知母亲盯着我想什么，从后院跑到灶房跟前，站在门口，呼出一团一团的白雾。

许谦妈一直忙着，领着人在灶间里头忙活，见许谦过来，便抓了一把刚刚炒好的花生，塞到了他的手里。我没敢上前，眼巴巴看着，刚要开口，便见许谦跑到我跟前，将花生一把全塞进了我怀里，转身又跑到他妈跟前，讨了一把。

许谦妈瞥了我一眼，倒也没说什么，转身又去抓了一把花生给许谦，跟着嘱咐道："省着点吃，好东西可不是天上掉下来的。"许谦笑嘻嘻，没听懂自家母亲的话，随口应了一声，又拉着我往后院跑去。

母亲心酸，一直不说，她注意到我眼馋，晚上回去给我炒了半碗花生米，她嘱咐我："桂生娃，以后你要吃啥跟妈说，咱不跟别人讨，自己力气挣来的吃食，就是吃得香！你快些吃吧！明日也给许谦捎些去。"我囫囵吃着，母亲炒的花生，比白天的更香，明天要带点给许谦尝尝。

到了隔日，席面正式排开，往日庄子里这样的喜寿，礼钱通常都是一元银洋，但是母亲这次只随了半块银洋。她想着，她和父亲都在这里帮了几日忙，尤其是父亲，帮的还是豆腐匠的差事，若是正经请个豆腐匠来做三日工，工钱至少也要一元银洋，所以他们又出钱又出力的，随上五角钱也就差不多了。我们都是连着亲的，许家又不差着五角钱，想来应该不会太过在意。没想到临到开席，许谦他妈却找到父亲，说是突然多来了几个客人，席上的位子不够坐，得委屈父亲一下，到灶间外面那一席去吃。父亲去了以后才发现，灶间那一席都是随礼只随了半块银洋的。

母亲帮着端菜，在灶间外面见了父亲，心里不痛快，父亲反而安慰道："灶间好，这里没有主人家盯着，吃得反倒自在一些。"

母亲知道他脾气，父亲是个讲理要脸的，有没有主人家盯着，都断然不会像那群饿狼一样，见了好吃的，恨不得上手去抢。不过，自家当家的是这个脾气，她也没有办法，只得在后来上酒的时候，故意把酒坛子摆在了父亲跟前，还特意小声嘱咐他，这就是许忠厚的弟弟许九烤的，说是挑了好的来给他哥哥贺寿，千万要喝上几口，莫要连半块银洋的礼钱都亏了。父亲看着她，笑着点了点头。

按礼数，孩子和女人，是上不了席面的，我便依旧同许谦一起，院里院外地撒欢，跑到寿堂前时，我和许谦看见许忠厚正举着一个酒杯，面色潮红，笑容满面，对着他小叔说："许九啊，你这酒真是越烤越好了，香甜、有劲，要我说，这世上就没有比你这酒更好喝的东西了。"

许忠厚对面的中年人，身量不高，一张长脸焦黄，脸上挂着笑，眼睛不大，微微眯着，却好似有意无意地射出一道光来，身上穿着一件蓝色的棉袍，棉袍外，竟还套了一件絮着毛领子的马褂。马褂上的毛领子,好像两只黝黑的大耗子一般,趴在那里,油光锃亮的。

我心想,这人好生气派,恐怕比许谦家还富,我从来没见过这人,便问许谦:"这是谁啊?"

许谦不知道大人口中的甜,跟他吃的芽糖是不一样的,也不知道他爸这句"好喝",包含了许多不同的意思,不知道一杯酒里含着人生的悲喜,也能含着催化剂般的快乐,他只听到了"好喝!"听到了"甜!"许谦在脑子里把所有又好喝又甜的东西都想了一遍,红糖水、桂花酒酿、醪糟鸡蛋,有什么是比这些还好喝的?他摇摇头,想不出,故而出了神,许久才想起回我的话,草草地应了句:"这是我三叔。"

"你三叔是做什么的啊?"我在许谦家见了好多稀奇的人或物,双目放出电光,满脸惊奇。

"烤酒的。"许谦答道。

"烤酒是做啥?"许庄没有酒坊,我从来没见过烤酒,今日见了烤酒的人如此模样,心中羡慕。

"烤酒就是烤酒啊。"许谦虽去过三叔家,但也并未见过烤酒,故而也不太说得齐全,他浅浅答了一句,又低头接着说,"具体是做啥,我也不晓得,但我三叔可气派了,前几日来给我家送酒,大马车就来了两架,还有七八个长工跟着。每年我去三叔家拜年,都能吃上一整桌的肉菜。"

"一整桌的肉菜?"我家过年,桌上一般是一碗鱼、一碗干饭、一碗豆腐,再来一份青菜。鱼是讨个彩头,有年年有余之意,但要摆上三天,祭过祖宗才能吃。肉是全然没有的。我很难想象,满桌子肉菜?那是个油多脂满的画面,香喷喷的,听了都让人口齿生津！就连今日许谦他爸的寿宴上，也不过才四道肉菜而已，还有两道是肉熬豆腐和肉熬萝卜干。

"是啊，蹄髈、丸子、炖大肉、烧排骨，我还在三叔家吃过一次烧羊肉，那可好吃了。"

"烧羊肉？"我听得口水直流，只顾着感慨烤酒人的富庶，忘了探寻烤酒是做啥的。

"羊肉又肥又香，总之特别好吃就是了。"许谦也是半大娃娃，没有那么多形容词，对于好吃的形容，便只有"好吃"二字，他一面答着我，一面死盯着他爸手里的酒杯，终于鼓起勇气，悄悄对我说："你等着，我去找爸讨蜜，讨来咱们一起吃。"许谦便一溜烟地跑到了许忠厚跟前。

我的姨丈许忠厚，他好抽旱烟，此刻纵使开席，也不忘吸上两口，大口大口地抽，深深地吸进去，浓烟弥漫全肺，然后吹灭烛火似的噘着嘴唇吹出来，眼睛睁大，眯起，胸部开张，腹下收小……

"爸！三叔！"小许谦跑到他爸跟前，甜甜地唤了一声。

"去，去，没看见有客人在吗，怎么那么没规矩，去找你妈去。"许忠厚冷着脸哦了他一句。许谦年纪小，但应对这场面已是老手。逢年过节，有宴席，总是男人们先上桌吃酒，等到男人们都吃得差不多了，菜都上齐了，女人们才带着孩子开始吃饭，故而馋得厉害的小孩子，时不常都会到男人桌上，讨一口甜头。每当这时，自家长辈总要做出黑脸训斥的样子，而旁人则通常会笑着，给孩子夹肉吃。

果然，许九一把将许谦抱起，放自己的膝盖上，朝着他笑道："小许谦来啦，许谦吃啥，三叔给你夹。"许谦这次是奔着蜜来的,故而指了指许九手里的酒杯。

许九愣了一下,大笑道:"哎呀,想不到我们小许谦还好这口啊,以后估计是个烤酒的好材料,等你再大点,三叔教你烤酒!"说着便提了一根筷子,想沾滴酒,辣辣这小子。

没想到,却听见许忠厚在旁边厉声呵斥:"小小年纪,喝什么,快去找你妈去,再不走,仔细老子的棍子。"

许忠厚随即说道:"世上三般苦,打铁、撑船、做豆腐,这烤酒,比这三苦好不了多少,不但费体力,倘若做砸了一锅酒,就要赔个底朝天了。我家许谦这小子,好吃懒做,可没有三弟你这天分!"

许九心下了然,他哥哥就这一根独苗,自然是不肯让他烤酒的,于是便又放了筷子,夹了一个鸡腿放到许谦手里说道:"你爸说得对,还是别喝酒了,回头再把酒虫子养出来。我们许谦以后是要读书做状元的,让酒虫子吃了脑子,可不是闹着玩的。"

许九说完,将许谦放到地下,轻轻拍了他的背,小许谦只得拎着鸡腿,悻悻地往回走。他走到我跟前,突然眼珠子一转,拉着我,往后院走去,后院里一排酒坛子,一个个大肚宽身,足足有半个我高。

许谦走到坛子跟前,望着那些酒坛子说道:"我大他们喝的就是这,说是又甜又好喝,他不给咱,咱就自己找来喝。"

我一脸懵懂,对酒坛里的酒充满好奇。酒是什么?我从没喝过,但母亲教了,家里的东西,要大人许了才能动。许谦现在说要自己找来喝,显然不大对头。我摇摇头,如同拨浪鼓,说:"许谦,你爸不肯,咱们最好还是不动。"

许谦见我不动,便没管我,自己跑到酒坛子跟前,伸手就去撕上面的纸封。他打开了坛子,却又发现手上空空如也,并没有盛酒的碗,有心到灶间去取,又怕被大人发现,于是横了横心,如同在水缸里喝水一般,直接俯身低头,灌了一大口。

"许谦,你怎么脸色这么难看?这酒不好喝吗?"

我看许谦瞬间涨红了脸,眼冒绿光,这一口可不要紧,瞬间辛辣之气直通七窍,张了嘴想要吐,却发现吃蜜心急,一大口酒,已然入喉,此刻辣得呲牙咧嘴,只有张着口,大口喘气的份儿。

过了好半晌,许谦这口气方才喘匀,看见自己的好兄弟还站在一边,便招呼道:"桂生哥,快来,好喝得很。"

许谦肯定在撒谎,那难堪的表情,早已说明这酒似乎并不好喝。许谦见我没动,便跑到我跟前,对着我道:"叫你怎么不应,快尝尝,特别甜。"

"算了,我还是不喝了,我听说过,酒是个金贵东西,我还是不喝了。"我讪讪地答道。

"那不行,我都喝了,你咋能不喝,不是说好了——有福同享,有难同当吗?眼下我喝了,你就必须得喝。"许谦看我依旧没动,忽然想起三叔给他的鸡腿儿,刚刚顾着摆弄酒坛子,将鸡腿放在了旁边一块青石板上,于是三步并作两步,将鸡腿拿过来,举在手里,对着我道,"你也喝一口,我就把鸡腿给你吃。咱俩有福同享,有难同当。"

我看看他,望望鸡腿,又看看酒坛子,咽了口唾沫,朝着酒坛子走了过去,学着许谦的样子,也是低头俯身,喝了一口,谁知一股辛辣的冲击,瞬间灌入我的喉咙,我的舌尖又辣又酸，剧烈咳嗽，眼塘子都烧红了，两颊泛起火烧云，"哇"的一声，当时便辣得吐了回去。

好啊！这许谦怎能骗人呢！我怒不可遏，刚要回神找许谦理论，便觉耳边"嗖"的一阵风声，听见"啪"的一声，一个嘴巴子，结结实实打在了我脸上，我不可思议地捂住脸，火辣辣涨得生疼，接着便是一个尖厉的女声："好你个小贼娃子，居然学会偷东西了，好好的一坛酒，全让你给糟蹋了。"

我抬头一看，正是许谦妈，叉着腰，蹙着眉，一脸怒意，活似母夜叉，仿佛我偷吃了玉皇大帝的十万仙桃，恰逢七仙女撞见，被抓个正着。

原来席上的酒不够了，许谦妈带着人来取，刚进院门，便看见了我俯下身子偷喝酒，又吐回酒坛。许谦妈瞪大眼珠，带着数个婆姨，见了我喝酒，七嘴八舌，麻雀似的，吵吵了起来，围着我来回踱步，小脚两步作三步，好似一堆圆规围着我，例行公事。

张姨说："哎呀，这一坛子酒不是都糟蹋了，这么大一坛子得好几元银洋吧。"

李婆说："几元银洋怎么下得来，他三叔的酒十里八乡都有名，这一坛子怎么也得二十元银洋。"

赵大妈说："桂生啊，你咋能偷东西呢，你在这里偷酒，你爸知道不？"

我两眼慌如惊鹿，不知所措，刚想说，"我没想偷酒，父亲也不知道"。话没出口，就又被一个声音堵了回去："说不定就是他爸叫他来偷酒的呢，他家哪有这好东西啊。"

我哪里见过这阵仗，一人一嘴，压得我几乎喘不过气来，我遭围着，走也不是，留也不是，红着脸，低着头，盯着草鞋露出来的脚尖子，即使冻得红紫，现已浑然不觉。

突然有个声音又说："许谦妈，我看这娃儿，是跟你们家有仇啊，光偷不算，还糟蹋。"

"是啊，外姓人就是外姓人，你家许谦待他多好啊，他居然这样。"

"那可不，外姓人就是养不熟，看着你家有钱，就眼热，不管你待他多好，都是找个机会，就要败坏你呢。"

"不是，你们别说桂生哥，是我……"许谦想说出真相，是他带着我来的，可是话还没出口，就被他妈一把拽了过来："你又想替他说话，是不是？说是你带着他来的，你料你爸疼你，就真的不会打你吗？上次在堂屋里，你跪了半日，都不记得了？他偷酒喝，我们这么多人都看着了，这还能有假？"

许谦脸涨得通红，本想辩解几句，却被他妈围着，伙同张姨李婆，连推带拉，拖着他出了院子，只剩下我一人，孤零零的，被他们围在中间，一群人看猴一般，指指点点，交头接耳。

片刻之后，母亲和父亲，听见了消息也赶了过来，一进后院，便见着一个孩子，被围在张姨李婆当中，我冷汗涔涔，不知所措地鞠躬道歉。母亲从未见过我这样的神情，又是委屈，又是害怕，整个人的魂儿似乎都被他们吓没了，她也顾不得那些人七嘴八舌说些什么，抢着走到人群中间，把我揽到了怀里。

"娃儿不怕，不怕哈，妈在这儿。"她用力抱紧我，抚摸着我头，生怕我的魂真的被吓跑了。我抱着母亲柔软的身体，双肩耸动,血红的眼塘子瞬间决堤,"妈——"我"哇"的一声哭了出来,哭得声嘶力竭。

"外姓人,你们做出这副样子给谁看啊,明明是你家娃儿偷了许家的酒,现在倒好像是你们受了欺负一样。"旁边一个媳妇冷哼了一声,母亲认得她,她是许久红的媳妇,在庄子里蛮横刁钻出了名的,之前我们家的豆子,就是她趁夜去薅的。

"没有,我没有,是许谦!许谦非要拉着我来的,他说甜,非要我喝,我才喝的,辣,我就……"我边哭边说,一句话断断续续,没了底气。我委屈至极,却有苦难说。我不过是个帮工家的孩子,谁会在乎一个贫苦人家的孩子呢?况且,这是大家都看见的事。

"看看,看看,果然是赖上你们家许谦了吧,许谦让你去跳河,你去不去啊,许谦逼着你让你喝的啊,自己偷酒喝就偷酒喝,被抓着了还赖人,真是个贱坯子。"许久红的媳妇似乎就在等我这句话,连珠炮一样,压得人没有插嘴的空当。

母亲是个柔弱性子,遇到这种情况,自然是吵不过的,只能抱着我,眼睛里也转着泪花。父亲见了这阵势,自然知道我和母亲在这儿,免不了要受气,对着母亲道:"你带着娃儿先回去,这儿有我。"

"回?回哪儿去?放了贼小子回去,谁还认账,不许走。"许久红的媳妇,两片厚厚的嘴唇宛如虫卵似的嚅动着,岔开两个膀子,拦在母亲和我跟前。

父亲狠狠瞪了她一眼,她也不怕,只是冷笑了一声,接着说道:"哎哟,还不高兴了,你家娃儿偷了东西,老子还犯起狠来了,怎么着,一个做小偷,一个要做土匪了?"

"你……"

父亲是个本分人,又是个汉子,若是她家爷们说这话,这时候怕是已经吵起来了,说不定还动了手,父亲别的事情都能忍,苦点累点都不怕,但是见不得人欺负他的媳妇孩子。偏偏眼前的是个女人,父亲此刻不能动手,一时间竟然僵持在了那里。

就在这个当口,许忠厚走了进来,出了这样的事情,自然有人到前院去给他送信。

许忠厚脸色发黑,这本就是一场冲喜的喜宴,闹出了这样的事情,自然很不吉利,于是冷着脸,扔下一句话:"都散了吧,有什么事儿,明日再说。他做的这事儿,这么多人都瞧见了,想赖也是赖不掉的。"

许忠厚发了话,众人自然也就跟着散了,父亲自然也不能再接着吃席,带着母亲和我回了家,一路上我低低地碎帛似的哭着。

我们踏进屋子,天黑了,灯油快烧尽了,屋里昏黄一片,热水凉了,父母回屋看桂香还在酣睡,便又走到灶房的角落,干坐着,这晚上,我们家没冒出一丝烟,一家人愁眉苦脸地干坐着。

父亲没说话,叹了一口气,母亲把我抱在怀里,生怕父亲发火。

我闯了这样大的祸,父亲发火也是应该的,可是我还小,当场已经吓得神魂皆冒,再受不得惊吓了,万一真被吓跑了魂儿,可不得了。

"他爸……"母亲小声地说。

"到底咋回事儿,说吧。"父亲出声道。

我还在抽泣,这时依旧是怕的,但是这怕已经与刚刚不同了,刚刚是被那阵势吓的,而此刻是知道自己闯了大祸。

"妈——"我瞧向母亲。

"你爸让你说,你就说吧,放心,妈在呢。"母亲应道。

"是许谦,许谦叫我去的,还说要有福同享,有难同当,他说是甜的,好喝得很,谁知道那么辣,我没忍住就又吐了出来。"

我语无伦次,但父亲也听明白了大概,其实他早猜到,十来岁的孩子,怎么会突然跑去偷酒喝,一定是许谦带的。可是不管谁带的,我的确跟着偷喝了——这是真事儿,一口酒吐在人家缸里,也是真事儿,赖不得,跑不掉。

父亲忽然想起一件小事,之前我说想念书,想必是我跟许谦待久了,真以为自己是人家哥哥了。今天这个事情,还是得让我明白才行。

父亲低头略微思考了一会儿,沉声说道:"桂生娃,爸跟你说,虽然许谦叫你一声哥哥,但你姓桂,他姓许,你俩是不一样的。那些酒都是他自家的,他就算把酒缸砸了,也不是什么事情,但你喝一口,那喝的是他家的酒,那不一样了。"

"那是许谦给我的,给我的东西,也不能算偷啊。"我委屈极了,怎么连父亲也怪我?

父亲听我这话,瞪大眼睛,火冒三丈,厉声道:"你还学会顶嘴了!他家的东西,就是碰不得,你俩就是不一样,你俩一起偷的酒,他人呢?在哪儿啊?还不是所有人都盯着你打!盯着你骂!你到现在一点……"父亲说得急了,上气不接下气,连连咳嗽,"一点都不明白吗?"

"我明白,我都明白,许谦刚想替我说话,他们就把他拉走了,他们家有钱,我们家穷,他们就是欺负我们穷,欺负我们是外姓人,他们偷咱家的玉蜀黍,还偷咱家的豆子,他们都是坏人,我也想当大将军,当了大将军就能买地,就能把他们一打一个大马趴,就能让爸和妈再不受他们欺负。"

我的眼泪夺眶而出,如珠子脱线,直落在地,这番话喊出来,我声音嘶哑,带着哭腔,像一记闷棍打在了父亲心上,他以为我年纪小不懂,原来我什么都懂,我跟他们这些成年人一样,一样感到自卑,一样觉得委屈,一样在隐忍——为什么?为什么明明知道人家欺负我,我还得赔着笑脸?还得忍气吞声?

正是因为这,我才不敢拒绝许谦,许谦让我喝酒,我明明不敢,明明不想,却不敢拒绝,还是顺着许谦的意思,凑过去喝上一口,惹出这摊子事。

父亲呆呆地望着我,半晌没说出话来。或许他觉得我突然长大了,这记闷棍打得他发蒙——这娃懂事,还这么小,就要承受这么多的委屈。过了许久,父亲才缓缓说道:"爸没本事,不能供你读书。"他失了神,喃喃念叨。

我扑到父亲身上:"爸爸有本事,爸爸最好了。我不读书,我不读书也能买上地,也能让爸妈过上好日子。爸爸,我错了,你打我吧。"我"扑通"一声,跪到了地上,如同撕裂绷紧的华帛,声音清脆而干亮。

我不过是个少年,少年人的宏图壮志,也许没有太多理性,也缺乏对这世界的了解,却有着最炽热滚烫的渴望。有时候,这宏图壮志会像热血一样喷涌而出。

又过了许久,我渐渐止住了哭声,沉下声音,对着父亲说道:"爸,我知道错了,我跟许谦不一样,以后许谦家的东西,就算是给我,我也再不会要了,他给我花生,给我朝牌,我也都不会要了,就算是给我芽糖,我也不要。"

"好,你知道了就好,回屋睡觉去吧。"父亲背过身去,神情复杂。

我回了西间,父亲转身进了灶间,默默地开始浇水,磨豆腐。雪白的浆水一股一股地滚出,落进桶里。母亲也没说话,默默地去烧旺了火,一会儿好煮豆浆。卤水落进缸里,翻出一朵朵乳白色的花朵,我已经睡熟了。

很久以后,母亲才跟我说起,那晚我家如何长夜难眠。

"他爸,那一缸酒要不少钱吧。"母亲坐在缸跟前,望着里面渐渐成形的豆腐花发呆。

"嗯。"父亲点点头,他之前也买过烤酒,一分钱一盏,一毛钱一壶,最小的一坛子也得五毛钱,大坛子估计能便宜些,他从没敢问过价,那么大的一坛,十有八九要十块银洋往上。

"那咋办?"

"看看明日他家怎么说吧。"父亲说完顿了一顿,又跟了一句,"你也莫要太过担心,我有的是力气,总不会让你们挨饿,力气越用越有不是?"

母亲朝他笑了笑,她知道,父亲这是在给她宽心。

# 6 事端平息

到了第二日,父亲依旧去卖豆腐,他是个心里搁得了事儿的,这时候心里乱,啥事也做不下去,但是若是啥事都不做,反而又少了一天的进项。等到中午卖完豆腐回来,母亲和他说,许忠厚派人来喊了,让他下午过去一趟。

吃过了晌午饭,父亲到了许忠厚家。往常他去许忠厚家,总要带上点礼,要么是几块豆腐,要么是一小坛子酒,但是他这回没带,他刚刚给许忠厚足足做了三天的豆腐,装满了三口大缸,一分钱工钱也没收。

他来时,许忠厚在堂屋坐着,见他进来,也没让座,直接说道:"桂生爸啊,虽然你不姓许,但咱俩家是连着亲的,我对你们一直不错,你应该晓得。"

"是,您对我们一直照看,我们心里也一直是感激的。"父亲低头应道。

"你知道就好,感激倒是不用,不过既然你知道,我也就不绕弯子了,昨日我办大寿,你家桂生闹上那样一出,算是怎么回事,故意寻我霉头,触我晦气吗?"

"没有,怎么会,您一直这么照看我们,我们怎么会触您晦气!桂生小,孩子不懂事,回头,我便领了他来,给您磕头赔罪。"父亲低着头,每句话,他都在嘴里含吞好,小心翼翼,斟酌后才出口。

第一部分　漂泊羁旅

"那一坛子酒,如果要拿出去卖,怎么也得卖上二十元银洋,这下可好,全被你家桂生糟蹋了,真是造孽啊!"许谦妈在一旁开了口,许忠厚没说话,低头喝了一口茶。

"二十元银洋?这……那坛子酒能卖二十元银洋?"父亲也没想到,这夫妻俩一唱一和,竟然张口就是二十元银洋,二十元银洋,可不是个小数目。

"桂生爸啊,你这么说,是什么意思,是不信,还是怎么着?难不成,又是亲戚,又是街坊的,我们还能讹你不成,你不信,可以去问问,那一坛是足足二十斤的纯高粱酒啊,还是陈了六七年的老酒,这个价格算是便宜的了。"许谦妈扬了眉头,嘴里的话如同连珠炮噼里啪啦,许忠厚坐在边上,头也不抬,只顾喝茶,葫芦里不知卖的什么药。

"二十元银洋?"父亲脸都绿了。就这一坛酒,要二十元银洋?父亲猝不及防,他踌躇了许久,才接着说道:"他姨,我们确实是难啊,二十元银洋,我是真的拿不出啊。"

父亲低眉哀求,我的母亲和许谦母亲是表姐妹,我该喊许谦妈一声大姨,喊许忠厚一声姨丈,父亲可以喊上一声姐姐姐夫,但父亲很少这样喊,他骨子硬——穷攀富,毕竟怕人家嫌弃,大多时候,父亲还是同着其他外姓佃户,唤许忠厚一声老爷。

"哎,行啦,我们也知道你难,这钱也没打算叫你一下子拿出来,你在这欠单上按个手印,这二十元银洋,三年里能还上就成,我也不要你利息了,合下来,一个月只需要攒上个五毛多钱,你勤快,应该不是个事儿。"

父亲倒吸了一口凉气,原来许谦父母早打的是这个主意,还说什么不收利息，谁知道是不是陈了六七年的老酒？谁知道能不能卖上二十元银洋？

可是我闯下了这祸，父亲又不能不担着。这二十块，分三年还清，虽是心疼为难，但毕竟还是还得上的，也不用牵动家里的底子，若是追根究底地跟两人理论，惹恼了许忠厚，让我家一股脑儿拿出二十元银洋来，那便真是要了一家子的命了。若是父亲执意不肯应承，将来许忠厚总有法子来为难我们一家，才是更大的麻烦。即便心疼，父亲也得硬着头皮认了。何况这坛子酒还在，酒里有我口水，许忠厚肯定是不喝了，说不定还能讨回去，若是能把这酒带回，说不定将来也还用得上。

父亲叹一口气，脸上堆笑，见许谦爸妈早已笃定此事，便对着许忠厚说道："那行，您不怪我们，我就要千恩万谢了，这酒我们自然是要赔的，能容我们三年，也是您的恩德，就是这酒，您能不能让我拿回去，就算我买了，我们自家人，又不嫌弃，能喝上点好酒，也算是沾了您家的喜气，借了您的光了。"父亲虽然爱喝酒，但自己喝了毕竟可惜，或许可分上几个小坛子，存起来，往后有红白喜事，要请客办席，便不用再去买酒了。

许忠厚原本没想给父亲这酒，但见父亲答应痛快，出气痛快，便也没再计较，带着父亲到后院去取酒。谁知一进院门，便看见许谦正站到酒缸跟前，对着昨天我祸害的那坛酒不知在干些什么。

"许谦，你在这儿做什么，还不回屋读书去。"许忠厚喝了一声，许谦没有回头，但是手一哆嗦，手里两只硕大的铁胆，竟然"啪"的一声，朝着眼前酒缸摔了下去，酒坛子瞬间碎作了几片，一坛子好酒，分汊几路，洒了满院。在场的大人愣在原地，一时间竟然都傻了眼。

"许谦——"许忠厚怒不可遏，不知道这孩子到底是犯了什么癔症。

许谦惊得一跳，瑟瑟发抖，望着酒缸，待到酒流尽，这才转身，对着他爸说道："爸，我手脚笨，刚刚一不小心，好像把姨丈的酒打破了。咱们是不是得赔给人家？"许谦眨了眨大眼睛，两眼慌张。

原来，刚刚许谦路过，偷偷躲在了堂屋门口，听见了许忠厚让父亲赔钱的事儿，他早就愤愤不平，这祸事根本就是由他而起，怎么也没理由，让我背这个黑锅，我平常连一毛钱的油馓子都舍不得吃，这二十元银洋得够我吃多少油馓子。

许谦从小胆就大，脑子灵光，又仗着许忠厚素日十分宠他，便生出了这个主意，大不了就是挨顿打，自己亲爸还能打死他不成？

"你！你……"许忠厚气得半晌说不出话来，许谦趁着这工夫，竟然一溜烟跑到堂屋里，拿了父亲的欠单，撕了个粉碎，撕完还意犹未尽，高喊一声，"爸，这欠单，我就撕了哈，就当赔了姨丈的酒了。"

"许谦，看老子今天不打死你。"许忠厚闻声一惊，同父亲跟到堂屋，欠单已被许谦撕了个粉碎，许忠厚气得浑身颤抖，他顾不上父亲，去追自家儿子了。

父亲愣在原地，一时也没缓过劲儿来，不过人家教训儿子，自己在一边看着，也终归不是个道理，于是便也退了出来，回自己家去了。

回家坐了许久，父亲才跟我和母亲说起这事，我听罢大吃一惊，先前我家被许久红欺负，许谦帮我出头，没想到，这次许谦爸妈合伙欺负我们，许谦竟敢跟他爸妈对着干，胆子忒大了。我虽明白，但坐着不说话，母亲点醒父亲，父亲才幡然醒悟。

许谦带我喝酒，结果我污了酒，他爸要我们赔偿，许谦愤愤不平，便主动打碎了他爸的酒，那么许忠厚只能自己赔。要知道，那酒就算污了，也还是能喝的，如今被许谦打烂，便宜了土地爷，是彻底拿不走了，只是许忠厚认不认这个理呢？

许忠厚自然是不认这个理的，只是被自家儿子这样一闹，他没脸再上门找父亲要钱罢了。许谦爸怎么也想不明白，许谦怎么会胳膊肘子拐向佃户，更想不明白他怎么生出这样一个大胆的儿子，小小年纪便是这样，长大了还怎么了得，还不得做了革命党造反去？

后来我听说，因着这件事，许谦第一次挨了他爸毒打。对许忠厚来说，二十元银洋、一坛子酒，算不得什么大事，但儿子这无法无天的性子，必须得扳一扳了，若是他再不知收敛，将来还不知道要惹出什么祸事。

"你可知错了？"许谦在堂屋的地上跪了足足一个时辰，许忠厚一直没有搭理他，一个是让自己冷静冷静，再一个也是磨磨他的性子。

"知错了。"许谦答道。

"错在哪儿？"许忠厚问。

"我不该淘气，不小心打碎了姨丈家的酒。不过，爸，我也不是故意的，爸您一直揉着的那对铁胆有些旧了。我前日在集上，看见了这对又光又亮，本想是买回来送您的，刚刚揣着它去找您，碰巧听见您跟姨丈说赔酒的事，没敢打搅，便没进去，可是路过这酒缸时，又想起昨天的事，明明是我拉着桂生哥来的，他被我连累，我实在于心不忍，我只想再看看这缸酒，不承想，铁胆砸破了这酒缸。爸，你看这铁胆浸过酒，更亮了。"趁着罚跪的工夫，许谦把刚刚的话编得圆了一些，以为能逃得过去。

没想到，许忠厚听罢，心中怒意更甚，若是许谦没去撕欠单，他或许还能信许谦这套说辞。可许谦明明就是故意的，就是不想让我家里赔钱，许忠厚自然不能让他就这么蒙混过去。一想到许谦胳膊肘朝佃户拐，许忠厚便厉声说道："不小心？你当你爸我是瞎子还是傻子，能让你这样就糊弄过去？"

"我怎么敢，大最厉害了，整个许庄，谁见了您，不得矮半头。"若是在平时，许忠厚最喜欢听儿子这样装模作样地恭维他，但今日可不行。

"跪好！笑什么笑，谁准你笑了？"

许谦敛了笑容，知道刚刚那套词儿白编了，这次的事情，并不是那么容易过去的。

"你不当家不知柴米贵，你可知二十元银洋是多少？你说不要就不要了？将来若是你当了家，就你这个样子，咱家这点底子，能够你败上几年？"

"我知道，姨丈不容易，一年忙个不停，哪怕忙得都病倒了，也攒不下这二十元银洋。但是，那酒是我拉着桂生哥去喝的，是我骗他，说酒甜。他不肯喝，我还吓唬他，说以后都不跟他做朋友了。要不是我，桂生哥怎么也不去喝那酒。"

许忠厚如何不知道这些门道,我向来性格憨厚,跟我父亲一样,只知道低头干活,从不乱来。若不是许谦胆大包天,爱怂恿撺掇,我绝不会跑去偷酒喝。

许忠厚城府深,知道归知道,一坛子酒,就这么给糟蹋了,终归是要心疼的,这损失也终归是有人要担。虽说是沾着亲,但我父亲毕竟是他家佃户,佃户就该有佃户的规矩,他自认这主家已够厚道了,可许谦却不知为啥,转不过来这个弯来。

"你带着他去的,他就能糟蹋咱家东西啦?你才多大点,就带着人糟蹋自家东西,要是再大点,那还了得?整个家还不让你败光了。"

许忠厚抽了许谦,厉声道:"你怎么就那么没出息,日日跟个佃户混到一块儿?那么多同窗,本家那么多兄弟,你就一个也交不下?"

"我桂生哥就是好,我就喜欢我桂生哥,桂生哥又勤快又能干,那些本家的兄弟才是坏人,总是撺掇我,让我拿家里东西给他们。只有桂生哥,我把油馓子塞到他手里,他都不肯要,还事事都护着我,让着我,我就是喜欢桂生哥。"

"他护着你,让着你,那是应该的,他是咱家的佃户,若不是连着亲,他都该喊你一声小少爷。他爸该喊我一声老爷。也就是你爸我人好,才容着你们这样称兄道弟的。我告诉你,无论啥时候,你胳膊肘都不能朝着佃户拐,你若这点道理都不懂,这些家业早晚让你败光了。"

"凭什么就是应该的,佃户也能造老爷的反,桂生哥就是人好,就是对我好。你欺负他就是不行。"许谦早听私塾先生说，外面盗匪横行，不少土匪佃户出身，衣食无着，被逼得活不下去了，这才拿刀落草做了匪。

"小兔崽子，你读书读回去了？还巴望着佃户来抢你的地，造你的反不成？老子今天不打死你，你就不知道啥叫道理。"许忠厚火气刚下，又蹿到顶点，他抄起桌边的一把笤帚，朝着许谦的后背就抽了下去。许谦哪里肯老实挨打，一下子蹿了起来，朝着后院跑去。

"你还敢跑，你给老子回来，老子送你去读书，你书都读到狗肚子里了，你爸打你，你居然敢跑。"许忠厚气得脸都涨红，本分人家的孩子，见长辈发了火儿，谁不是老老实实跪下挨打？没读过书的，也都知道这个理，许谦倒好，跑得比兔子还快。

许谦自然没有回去，许忠厚拎着扫帚追了出去："与其等你大了，败光老子的家业，不如老子现在就打死你。"

那时我在田里干活，他跑到我这儿，双手抱着腿，神采飞扬，跟我聊他爸如何打他，他如何跑，一股脑全说了，我听得心惊肉跳，后来他爸直接追到我跟前，这一场动静闹得颇大，相邻的听见了几乎都赶过来劝。

只是自家出了胳膊肘朝外拐的事情，许忠厚自己觉得丢人，叫人锁了院子门，锁着许谦，谁也没有放进来。许谦毕竟只是个孩子，挨揍自然是没能逃掉的，许忠厚气急败坏，下手狠了些，打得许谦一瘸一拐，走路打摆子。许谦妈心疼他，跟私塾请了三天的假。

许谦这招确实奏效，许谦爸再没有找父亲说赔钱的事，只是转过了年，又传了匪讯，许忠厚当众宣布，说我年纪也不小了，也该为庄子出一份责任了，便把我的名字加到了自卫队的名单里，一连三个月的守夜，我家父子都没有逃脱掉。

哪怕我年少无知，都看得出来，这是许谦爸心里还有气，却又找不到好的由头，将火气撒在我身上。父亲心里明白，二话不说，便应承了下来。只是我年纪小，自然受不得这样的苦，父亲一个人熬下一整夜。母亲怕他身体守不住，死活劝着父亲停了豆腐生意。白日里忙完了田里的活儿，就让他赶紧补补觉。

许谦没打算听他爸的，凭什么富农不能和佃户交朋友？但是我却主动疏远了他。我觉得，父亲说得对，我们是不一样的，许谦是小少爷，我是贫苦人家的孩子。许谦家过年，花生、芽糖、大肉什么的，可以随便吃，这些对我来说，却是遥不可及的奢望。许谦赶集，芽糖、朝牌、油馓子之类的零食随便吃，而我只能看看。即使是许谦给我，我也不能随便吃，因为那是许谦家的。我要是信以为真，那么下次可不只是赔酒了，我家男子当自卫队，但许家男子却不用当。许谦的好日子生来就有，但我只能从力气里来，这就是人与人的差距。

我与父亲连守三个月，直到夏天才稍稍放松。每次父亲回到家，我都能撞见他日渐浮肿的脸，眼塘子坑陷着，那是缺觉惹的。

# 7 桂消香散

到了夏天,桂香的病又犯了,身体越来越差,白天能睡很久,额头发高热,母亲急忙带着桂香寻了郎中。

"这是热疫——"顾郎中一看便连连摇头,"一种专门小儿热疫。"

顾郎中捋了捋胡须,蹙眉哀叹,说道:"这病没法治,全看孩子能不能熬过来,你们总得让孩子吃好,现在,因为这大疫,十里八乡已经死了不下上百个孩子。"

我虽担心妹妹,但母亲听说热病会传给小孩,便让我暂时住到舅舅家。"桂生娃,听妈话,你也只是个半大孩子。"我先是不肯,但耐不住母亲连着串的眼泪,我也只好不情不愿地去了。

我舅家因也有两个表兄弟,故而并没让我住到家里,而把我安置在了庄子西头谷场上的一间闲房里。好在天气不冷,虽只有一张床、一张板凳,但勉强能住。我舅舅每日送饭,虽说只送一次,但是饭菜倒是比平日家里吃得好,最差也有稠粥喝。这伙食,比起我家的,不知道要好上多少倍。只是这一个人待着,实在有些闷得慌。

待了两日后,我便待不住了,因我舅嘱咐过我,没事莫往庄子里去,担心我把这热疫传给村里的孩子。有时候我闷得不行,便往庄子边上的小林子里去,一边散心,一边顺手捡些柴火回来，每日我舅舅来送饭，便让他顺手带回去，也算没白吃我舅家的饭。

我舅见着我懂事，心里也便更怜惜我。因着这份愧疚，后两日的饭菜里竟然还见了荤腥。要知道我家里一年也见不了几次荤腥。我呆呆望着碗里的饭菜，红了眼塘子，却听舅舅说："看啥，快吃吧。吃饱了有劲儿，才能长成个结实小伙子。"

我刚想把肉放进嘴里，突然想起了什么，又停了下来，对着舅舅说："舅，我不爱吃肉，我想带回去给我妹妹吃，你能帮我收起来不，我走的时候带着。"

舅舅红了眼眶，嘟囔道："带啥，这么热的天气，等你回去那日，舅割上半斤肉，给你带回去就是了。"

"真的？"我眼睛一亮，妹妹有肉吃了。

舅舅欲言又止，却还是说道："那可不，舅还能骗你吗？"

舅舅转身出了房子，我饭扒到一半，没想到我一碗饭扒到一半，舅舅便折返回来。

"舅舅，怎么了？"我诧异。

"桂生，有件事，舅舅要跟你说说。"我舅沉了声音，不忍心看我，负着手背对着我。

"桂香——昨天走了！"

"哐当"一声，我的碗落在地上，瞪大眼睛死死盯着我舅的背影。走了，便是死了。

"桂香怎么会走了呢？她不是比我要小吗？"我不可置信。

"舅，我要回去！爸妈还在家等着我！"我六神无主，泪水瓢泼般涌出。

"不许——你桂家就你一根独苗！你可要记住，你妹得了热疫,那是热疫,即便死了也还是能传人!你现在不能回。等明日上午下完土,你吃完午饭随我回。"

我跪了下去,呜呜咽咽,一句话也说不出,舅舅不忍心看我,头也不回。我提了嗓子,沙哑着拖音道:"我是哥哥,我要回的。我是家中的顶梁柱,我要回的。"

我舅头也不回,狠了心肠,干脆锁了房门不让我出来。我心如火烧芦苇荡,急不可耐,在房子里四处打滚,哭得死去活来,从晌午哭到了夜里,才累得昏死过去。

第二日醒来,就见我舅坐在屋里,桌上摆着一碗干饭,一碟子油渣炒的野菜,还有一小条肉。舅舅见我醒了,叹了口气,道:"桂生娃,你别怪舅舅,舅舅也是为了你家好,你妹妹已经没了,你若再有个什么闪失,你爸妈可怎么活啊。"

我没说话,爬起来吃了饭菜,吃完拎起肉,对着舅舅说:"舅,我知道了,咱们回吧。"

我回的时候,桂香已入土,她年纪还小,算是夭折,本身有热疫,家里便没做丧,转天便用一席子裹了,抱她到大树边埋了,我这才明白桂香的生命永远停滞在她五岁的盛夏。

多年以后,我总会记起这个难忘的端午。我到家时,在院子里没见到父母,四处寻找,在灶房里,看见两人背靠背,窗户里渗透进来灰青色的光,照在他们灰青色的脸上,母亲垂首抽泣,父亲转头见我回来,这才勉强一笑,脸上的皱纹好似田埂漾开一般,他才三十多岁,老得快似五旬老汉。

在父亲沉重的语气中,我才发觉桂香并非染病而死,而是另有意外。意外发生在数天前,正是五月下旬,那便是农历四月底,马上便到端午,父亲的豆腐生意便做得更加火热了,平常上午都会剩下一两块,豆腐受不了热,夏天过午便馊了,而眼下却早早收摊回家,父亲筹划着,端午前的这一周便下午进豆子,每天多卖三板,想必能赚上不少。天气虽热,但父亲却格外高兴。阳光透过稀疏的云层,洒在父亲的豆腐铺上,他每天送走最后一位顾客,看着空空的豆腐板,手上还沾着豆腐的清香,虽忙得脚不沾地,但好在生意不错。

端午前一天,他上午卖完豆子并未回家,下午在镇上歇了一会儿便去进豆子,进完豆子,父亲加快了脚步,穿过熟悉的土路,回到了家门口。停好推车后,他轻手轻脚地走进里屋,桂香因热疫这时都在睡着,他想让桂香睡得安稳些。四处走动,却发现家中空无一人。父亲一惊,他轻声呼唤:"桂香,爸爸回来了。"

没有回应。父亲走进屋内,看到桂香的床铺空荡荡的,被褥整齐地叠放着,没有一丝皱褶。他的心沉了下去,快步走向灶房,只见水缸边放着一些未洗的衣物,我母亲并不在那里。

父亲的心中涌起一股不祥的预感,他冲出家门,邻居家,巷子里,他四处寻找,却始终没有看到那个熟悉的身影。

"有谁看到我家桂香了吗?"父亲焦急地询问每一个路人,但大家都是摇头。

他又向许忠厚家奔去,或许我母亲可能去那里帮忙包粽子。许忠厚家人口多,往年过节找人包粽子,总会给人送上一些粽子,或许她带着桂香在那里包粽子。

他敲响了许忠厚家的门,声音里带着急切:"秀秀在吗?桂香呢?"

许谦妈开了门,疑惑道:"桂生妈?她不是在家吗?一个钟头前,她包完粽子便回了呀?桂香……桂香不是病着吗?"

院子内,许谦妈身后的一个长工,刚放下水桶,急道:"桂平,你快去河边看看,你媳妇在河边哭得死去活来的,我刚打水走得急,没来得及看。"

父亲心中"咯噔"一下,如坠冰窖,他转身跑向河边,心中默念着桂香的名字。河边乌泱泱的,聚集了好些人,众人脖子伸长,好似遭手提起的鹅颈,目光都投向了河中央,仿佛有着吃食在前。

父亲挤进人群,看到岸边跪着我母亲,她头发凌乱,伸手望着河边,哭得眼塘子凹陷。父亲急忙喊道:"秀秀,桂香呢……"

话未说完,他一抬头——河面上漂浮着一个小小的身影,孩子的手上挂着红绳,桂香你不要在河里,桂香你怎么在河里?绳?红绳?是桂香的红绳?怎么会?那是桂香确诊热疫后,父亲求神拜佛,在庙里替桂香求的。

见到小小的红绳,父亲这条铁汉子,腿一软,跪在了河边,泪水模糊了双眼。

"桂生——"母亲抽噎着,停止了讲述,她突然在灶旁站起,把我拉进怀里。

"都怪妈啊,妈为什么偏偏要去许家包粽子啊,不然你妹妹一定好好在家待着,她肯定以为我在河边打水,才去河边的。"

父亲伸出左手,老泪纵横道:"桂生,你看这块石头,你妹妹她被捞上来时,小手还紧紧握着一块石头,也许是河边的,她在告诉我啊,她想着喊救命,但是没人搭理哪!都怪我啊,我为什么非要那天下午去进豆子,要是我在家照看着,桂香哪会去河边玩水呢？"

父亲欲言又止，末了喃喃道："桂香……"他声音沙哑，心在滴血，"是爸不好，爸没有照顾好你。"

母亲泣不成声，她的头发濡湿粘在额上："你妹妹才五岁，就这么走了，原本我们以为她身子弱，不容易长大，她肯定是热坏了，才去玩水。"

我抱着父母哭了好一阵，眼泪干了，便收住声，大柳和致庆家这两日帮忙给桂香挖土，我便将我舅给的肉全炖了，炖好了肉，到大柳和致庆家，请大家来家里吃饭。我与爸一样，实在却憨直，懂人情，做事有义气，妹妹的后事这两家人帮忙，这顿饭自然是要请的。

吃过饭，我服侍爸妈睡下，送走了我舅，独自坐到桂香的小床前，拿着抹布擦了又擦，我的眼眶饱含着眼泪，像夏天早晨花瓣上的露水，眼泪坠地，惊起一地灰尘，我喃喃道："哥没本事，没能看好你，你别怨哥。"

月亮升得老高，青霜似的月色，半躺在寒冷的篱笆上。我只一瞥，察觉月光冰冷沉重，如青白色的墓石一样地压在我心胸上。院子里一丝风都没有，我摇着小床，吱吱呀呀响着，我想起妹妹不怎么明亮的眼睛，不怎么响亮的哭声，不常常出现的笑声。桂香似乎从没有长大过，她个子瘦小，都五岁了，还吐字不清，只会叫"妈妈""哥哥"。以前我外出回到家，桂香无论在哪儿，都会朝我扑过来，跌跌撞撞，嘴里含混不清地喊着哥哥。

不久前，我抱着桂香，捧着她湿湿的脸庞，感受着她呼呼的鼻息。她的睫毛沾着泪珠，在我掌心轻轻颤动，宛如一只小萤火虫。而今天，这小萤火虫竟就此飞远，再也寻不见了。

# 8　酒缘肇端

日子一天天过去，桂香不在，家中打趣的话变少，父亲把拨浪鼓放在桂香的小床上，仿佛她还在，但小床空空荡荡，白如夜窗外的白盘。父亲变了，他笑得少，眉眼常见阴霾，他还在愧疚，还在无力。

我常常被他叫去帮忙，无论是在院子里磨豆腐，还是在田间除草施肥，他非得干到精疲力竭为止，让我感到心疼。

"爸，休息一下吧，您这样身体会吃不消的。"我试图劝他。

但他只是摆摆手："没事，爸身体还好。多做点活，心里踏实。"父亲眼里的坚定，让我知道任何劝慰都是徒劳。

转眼半年的光阴如细沙从指尖滑落，到了十二月，忽然有一日，我家门并未关，却忽然响起敲门声。我跑到门口，只见一个身材魁梧、面容慈祥的中年人站在门外，手里提着一坛酒，竟是许谦的三叔许九。

我有些紧张地问："我知道您，您是许谦的三叔，父亲常说您酿的酒是咱们镇上最好的。"

"你就是桂生吧，我常听小许谦说起你，我是许九。今天特地来感谢你父亲。"

我心中纳闷，感谢我父亲？父亲和许谦的三叔还有交集？

我领着许九走进屋内，父亲从火炉旁站起身，有些不好意思地挠挠头:"许九老弟,你这是何必呢,我只是做了点小事。"

母亲从灶房出来,擦着手,笑着说:"许九兄弟,你太客气了。快请坐,我刚热饭菜,马上就好。"

"表姐客气了。"许九将酒放在桌上,认真地说,"桂平兄,你上次进的那两百斤豆子,可救了我的急,我怎能不感谢你,没你帮忙,我这可差点交不了差儿,做生意就讲究一个信誉,你挽救了我家酒坊的招牌,这份恩情,不是一坛酒就能报答的。"

"这有啥,我就一卖豆腐的,平时做豆腐总要进豆子不是?你弟弟的媳妇是秀秀的表姐,咱们连着亲,总该帮衬一把不是?再说了,我平时上镇里卖豆腐,你总要照顾我生意,买上好些豆腐,我帮你一些忙,那是应该的。"

许忠厚道:"那是平常时候,你现在可不知道这上头的风声。这几年,咱们省不是发大水,便是发大旱,老百姓日子苦着呢,如今粮市混乱,官老爷们管控严格,私自买卖粮食可是要戴'银手镯'的。你为了帮我,竟然冒着那么大的风险,我如何不感激?"

我和母亲都愣住了,没想到父亲背着我们竟然偷偷干了这样的事,这要是遭好事者检举了可不得了,可是这谁又能想到,如今私自买卖粮食,要进警署戴"银手镯"呢?

饭桌上,大家围坐在一起,父亲和许九聊起了往事。数月前,父亲如常在镇上卖豆腐,平常到许九家,都是他家长工出来拿的,而那次却是许九本人来拿,两人寒暄片刻,许九便询问他的豆子从何处进货,今年他和许忠厚家种的大头是稻子,其他作物少,不适合做曲,要知道曲砖乃是酒之骨,没有曲参与发酵，酒是很难做成的，而制曲的原料是高粱、豆子、大麦等特定的作物，不同曲师有不同配方，需要的原料数量不一，而此时许忠厚接了一个富户的大单，要酿好一百斤酒，那时端午前后正是制曲的好时节，谁知因着连年大水，粮市混乱，好多人借机抬价，官老爷们下令严禁私自买卖粮食，各大酒坊可就苦不堪言。这许九找了好些关系，收上来的豆子可都不够，这日见我父亲如常卖豆腐，似乎豆源充足，便想找我父亲打听打听。我父亲是个豪爽的人，他听说许九的难处，便决定想办法筹谋凑豆子这事，这许九一来是我母亲的表亲，二来长久照顾自己的生意，每次总要买上自己的豆腐，改善了咱家的吃食，算是半个恩人，父亲想着合该帮上一帮。

　　我父亲是个大字不识的老实人，但他知道许九这事着急，也对十里八乡的豆源熟悉，官员们对卖粮大户管得严，对卖粮小户就睁一只眼闭一只眼。父亲平时人缘好，邻里谁家生产生病了，他总是会给人家送上一些豆腐，让大家吃好些，因而在附近颇得人缘，大家也愿意做他的生意。何况这禁止粮食私卖的命令，上令下达的，还没传达咱许庄来，我们这些种粮散户，大字不识，权当是唬人，政府也不爱管，这豆腐匠多买些豆子，做豆腐，权当是多卖几板豆腐，也未可知。父亲便靠着人缘，竟连夜收了这二百斤豆子，趁着夜色送到了许九的酒坊，送豆子时父亲累得吭哧吭哧，既没有提前找许九要钱进货，二百斤豆子送到后，没有说立马收账，只说改日找许九喝酒，可不能拒绝。许九面对这样一条赤诚的好汉子如何不感动，第二日父亲来送豆腐时，他便赶紧将豆子钱给了父亲，买下了整车豆腐，还总想着来我家看看。这不，这一日便来了，竟还带了一坛亲自酿的好酒。

许九斟了杯酒,满含歉意道:"抱歉,表姐,表姐夫,一直听闻你们搬来许庄住着,我却忙于生意,一直未曾上门探访,今日便以薄酒谢罪。"

"哪里哪里,举手之劳,许九弟,你太客气了。"我父亲岂不明白,若非自己帮了许九大忙,钱财事务不甚计较,否则,许九恐怕永远不会来此小屋探望他。但是以许九的身段,能做到如此,自然是了不得的,这时父亲也不在意此间的许多要害,连忙回敬一杯,脸上红光满面。

"许九兄弟,你太客气了,咱们都是一家人,您说这话就见外了。"母亲笑吟吟地道。许九肯登门拜访桂家,这说出去也很有面子,往后妯娌之间谈天论地,可有许多谈资了。

许九看着满桌的温馨,心中也是暖流涌动。他端起酒杯,目光在我父母的脸上转了转,最终落在了我身上。

"桂生娃,我许九一生无子,但你父亲的为人,让我敬佩。今天,我想提出一个不情之请——"

我感觉到了气氛的微妙变化,抬起头,眼中满是好奇和期待。

许九深吸了一口气,继续说道:"我想收你为我的干儿子,不知你和你的父母是否愿意?"

我满脸疑惑,认我为干儿子?那我岂不是和许谦更亲了?

我眼睛瞬间亮了起来,转头看向父母,只见父母脸上都露出了惊喜和欣慰的笑容。

父亲咳嗽了一声,清了清嗓子,认真地说:"许九老弟,这是桂生的福气,也是我们桂家的荣幸。我们自然是一千个愿意，一万个高兴。"

母亲也忙不迭地点头,眼中闪烁着激动的泪花:"是啊,许九,我们全家都感激你的抬爱。桂生,还不快给你干爸磕头?"

我立马明白其中用意,站起身,双手端起酒杯,恭敬地对许九说:"干爸在上,请受孩儿一拜。"我将杯中的酒一饮而尽,深深地鞠了一躬。

许九大笑,他站起身,扶起我:"好孩子,从今往后,你就是我的干儿子。我会像对待亲生儿子一样对待你。"

饭桌上的气氛更加热烈了。许九用筷子沾了点酒水,轻轻点在我的额头上,这是传统的认亲仪式,意味着从此以后,我和许九之间就有了父子的名分。

"来,干爸给你点个酒朱砂,愿你聪明伶俐,一生平安。"许九笑着说。

我心头暖暖的:"谢谢干爸。"

许九吃完饭后,便招呼告别,还说让我往后过节,去他家酒坊看看,最好和许谦一块儿,两人也好搭伴儿。

转过年来,才过了春种,那日我和父亲在水田里撒麦种,本来我和爸是要一人播一块地,父亲突然弯腰,这原本是再正常不过的动作,可爸却一头栽进了水里,气息微弱。

"爸——"我怎么摇晃,他都不醒。我便赶忙背着他,光着脚跑回家。母亲刚从灶房撞见我背着父亲,心急如焚,同我一块儿将他扶到床上。

"我只是累了,睡一会儿就好。"扶到床上,父亲微微睁眼,于是他又仗着自己身子硬朗,舍不得看郎中,硬扛了七八日，忽然某晚发高热，一病不起，只得多花些钱，将郎中请来上门看诊。

顾郎中深夜来到我家，一番望闻问切，皱眉问道："同去年一样，还是积劳的弱症，不过肝气郁结，桂师傅，最近是否着了急，生了气，受了累？"

母亲答说："是，春种种得急了一些，应是着了急，又干活苦。我男人晚上还要上自卫队守夜。"

顾郎中点头："那就对了，原本他病就没除，加上常年受累，身子骨积劳，累急一催，自然就发了起来。"顾郎中嘱托，这病急不得，得慢慢调养，不能再生气受累。

"这是大病，眼下还说不好，不像伤寒发热之类，寒气散了就没事了，他得慢慢治着看，能不能治得好，也不好说。"

母亲心急如焚，她不敢说给父亲听的，父亲经过冷敷后，热醒来问病，母亲只说老毛病犯了。

父亲便笑笑，不再理会。父亲见我未睡，他一把抱起我，在颊上亲上一亲，询问道："桂生，现在还不睡？"

我忍住泪水，抽泣道："爸爸病了，我睡不着。爸爸安稳睡了，我再睡。"

父亲轻轻叹了声，一双生茧的大手摩挲着我的脸颊，满脸慈爱。他忽然听到灶房呼噜噜的烧水的声音，他问我："这么晚，灶房上煮的什么？"

"红枣。妈妈在柜子里找出来的，说上好的红枣，再不吃要坏了。天也冷了，爸爸该吃点滋润清补的东西，所以煨了它。让我关照爸爸，糖在木条几上的缸里。"

"哦。——家里，几时还有红枣？"

"谁知几时的……"

"桂生，你睡吧！"

"你呢？"

"我也就要睡了。我很累。"

"我这么大了，自己还不会脱衣裳吗？不要你，不要你！"当父亲要替我解纽子时，我连忙闪开，脱了衣裳。

"进窝了，进窝了，进窝啰。"我便往被窝里一钻，被盖是母亲新浆洗的，如同阳光卷着我，被窝里有太阳和米浆的气味，甚至些许艾草的香味。

母亲端来熬好的红枣粥，父亲埋怨母亲糟蹋吃食，不该给他吃的。父亲只吃几颗红枣，其余的都给我吃了，我拒绝不得。他叫我不用起来，拿小银匙子一匙匙地喂我。他明明病了，却还想着照顾我，我一边吃，一边看着他的瘦脸：黑了，更瘦了，下巴全是青的。

父亲如此一躺，门外的槐树便又过了一春一秋，他每日在床前哀叹不已。

"桂生娃，爸没本事，不能让你念书，你是个好孩子，你要是能读书，将来一定比许谦还有出息。"父亲已开始说梦话，清醒时间极少。父亲说话时，一双眼睛闭得紧紧的，昏昏沉沉地睡着，睁开两眼的时候越来越少。

"爸，我就算不念书，也能有出息，我以后好好下力干活儿，力气越用越有，只要我肯出力，还怕过不上好日子，没出息吗？"我不知父亲闭眼，是清醒还是睡眠，我日日守在爸的床边，只要父亲出声，我就会应上一两句。

# 9 父亲之死

这一年桂花开时，我已十四岁，父亲才三十九岁，却已然像一个老人。父亲生病的数月内，我便主动帮家里揽下更多的农活，凡事做得更加勤快，总想着替父母分忧，到父亲过四十大寿时，我家好攒闲钱，给父亲好生办上一桌，故此我便也忙得勤快，庄子里的伙伴找我嬉闹，我也婉拒，帮家里内外忙活。

到秋收时，父亲便能下床走动，可是气力大不如前，仿佛一口枯竭的井又遭了大旱，白天仍是随我抢收麦子，割麦子不多时便气喘吁吁，晚上仍继续磨豆子。

父亲仍然当力气用不完似的，每天忙得像陀螺，干农活比水牛还沉稳有力，磨豆腐比驴马还沉默寡言。清晨，天还没亮，他就起床，独自一人走进田间，他手上布满老茧，额头的皱纹更深，但他浑然不觉，只是苦干。暮色渗透大地时，他的身影便在院里忙碌，从泡豆、磨浆到点卤、压制，每一个步骤他都亲力亲为。他眼里只有豆腐，仿佛只有不断劳作，才能暂时忘却痛楚。他不再按时吃饭，不再有休息的时刻，甚至在月光下，我仍能看到他在磨豆子。我半夜醒来，还能看到他在油灯下修补农具，或在院子里劈柴。

"桂生娃，你记着，井水越打越多，力气越用越有，你干活要舍得下力，只要咱们舍得下力，日子总是会越过越好的。"

"爸，我知道，我肯下力。"

我虽会做豆腐，但年纪小，仍是不肯吃苦，贪睡。腊月过后便是大小年，父亲的豆腐生意会更加火热，他有意带着我走街串巷卖豆腐。

"桂生，爸没能让你读书，但你总要随爸到外面来看看，咱们虽是庄稼人，可眼珠子要放远些，不能给县城里的人瞧不起了，你随爸卖豆腐，总得懂些人事，往后这个家，得靠你撑起来。"

"爸，我懂。"

我明白父亲的良苦用心，我不是许谦，不是少爷，没有自己的财库，往后我得养活爸妈，至少现在得把豆腐卖好。父亲的生日在小年，要给父亲过一个好好的四十大寿，随着父亲在镇里走，我叫卖得更加卖力，一大一小走着。因着年关将近，大家买豆腐便也多了，年底有余钱的人家，拿钱上街，总要买点好菜，备着过年，大冬天的，豆腐也不易坏。

喜寿前夜，我跟母亲背着父亲商量，要给父亲过个喜寿。小年那天，无论如何也不能让父亲出门卖豆腐，要提早置办好菜，鱼肉总得安排一道，图个喜庆，到时候，揭了红带，开了干爸送来的酒，一家人和和美美吃上一顿，便算过了喜寿。

可父亲仍不肯歇息，在院子里修补锄头。我走到院子时，只见一盏油灯挂在窗台，父亲坐在老旧的木凳上，身影在墙上拉得长长的。他手擎锄头，锄刃因经久劳作而钝，他凝视锄头的裂纹，干枯的右手，伸到脚边，拾起一块磨石，轻轻地吐了口唾沫在石上面，左手固定锄头，右手紧握磨石，反复打磨，"唰唰唰"，磨石与锄刃接触。

"爸，明天过喜寿，您今晚早歇着，明天我来磨锄头。"

"生日有啥好过的，活照样得干哪。桂生，你还在长身体，快去睡吧。"

"爸，今天我替您磨锄头吧，不过你得答应我，今晚不能磨豆腐了。"

"你这孩子，这年关有钱挣为啥不挣，挣上几个钱，让你娘俩过好日子就成。"

我反复劝了好几遍，父亲不再搭理我，专心致志磨锄刃，我拗不过他，只好先回屋睡。

我回屋躺下，横竖睡不着。后来，我透过窗口，瞧见院子里，灯油尽了，火头跳动了几下，熄了。满屋漆黑，柝声敲过三更了。我不知道父亲什么时候方睡，但想着父亲今晚应该不会磨豆腐了，我也得早点睡，明早帮衬母亲办宴。

当晨光破晓，我起床，准备开始一天的忙碌。我走到院子，竟发现父亲还在院子中，后脑勺正对着我，难道他一晚没睡？可他倾斜在磨盘旁，手中仍紧握着磨棍，难道他在院子中睡了一晚？

"爸，你怎么在这儿睡呢？这大冬天的风可冻死人了——"父亲并未回应我。我信步走过去，父亲平时都打呼噜，可现在竟不打，没想到他睡得这样沉稳，恐怕是累坏了。

"爸，你醒醒，你回房睡会儿吧。你醒醒——"我双手拍打他的肩，父亲仍未反应，我侧身看他的脸，脸异常浮肿，眼塘子坑陷极深，眼珠子的白中已然出现了青灰的浑浊。

"爸，你怎么了？你快醒醒啊！"我瞪大眼睛，只见父亲望着我，面无表情，瞳孔放大，眼神溃散。

母亲这才从屋里走出来，我急忙回头喊道："妈！妈！爸出事了！你昨晚怎么不劝他莫做豆腐了。"

母亲一愣，时间仿佛在这一刻凝固。她犹疑一会儿，马上扑了过来，扑到父亲身边轻轻抚着父亲的脸颊，声音颤抖："桂平，你醒醒，今天是你的喜寿啊。"

"妈，爸……他可能走了。"过了许久，我才缓缓说道，结结巴巴。

母亲摸父亲的手脚，像石磨般冰凉，手指探着鼻息，毫无出气，她把父亲拥到怀中，想以自己的体温将他暖回来。

母亲一遍遍喊着"桂平"，脸色惨白，直起身子，颤着声音："你莫乱跑，妈去找郎中。"便蓬头垢面，跌跌撞撞，跑出了门。

没多久，顾郎中来了，看着父亲的眼珠瞪着房梁顶，但眼白已泛着青灰，他把手放到父亲的鼻前弄了弄，又把了脉，沉着声音说："人没了。"

我和母亲瘫坐在床沿上，脸色灰白。我听这话，像一把钝刀子割着我脑袋，脑袋下不了，倒是疼得死去活来的。我抱着母亲，她眼里血红，泪水决堤而出，我的脸抵着她的脸，她的泪涌在我脸上，好像是我涌出的泪，她的泪水沾满了我的脸，滴滴坠在我的大腿上，不觉间，我也早已泪流满面。这一哭，便直接哭到了天擦黑，声音此起彼伏，却似乎永远不会停止。

最先止住哭声的是母亲，她抬头看看，顾郎中早已离开，她伸出袖子，胡乱擦了几把脸，似乎想要擦干泪水，却怎么都抹不净，随后她把我拽到怀里，拍拍我肩："桂生，你长大了，往后，往后你就是家里顶梁柱呀。"母亲见我发蒙，刚攒的力气又被蒙进了混沌的悲哀之中,泪水倾泻。

"桂生,找你舅,告诉他,你爸没了,请他过来帮帮我。"

"妈,今天原本是爸爸喜寿,舅舅他本来要来的吧。"

"你爸爸勤俭,他不爱办寿,你舅舅不受邀请,未必会来。眼下你爸走了,咱们家只有他跟我们最亲了。"

从自家到舅家这路,我走了不知道多少次,夏日顶着毒日头走过,冬日冒着冷风走过,白日走过,夜晚走得虽少,但也走过几回,不过都是跟母亲一起。今日,这条路分外漫长,分外寒冷,天不过刚黑透,按说没道理冷成这样。我将手缩进袖子,好似冻蛇探头又回去,又将袖子往脸上蹭了蹭,脸上泪水依旧没干,沾了冷风,如同将热气从人的心窝子里一点一点拔走了,冷得冻心冻肝。

到了舅舅家,敲开了门,舅舅本知今天是父亲生日,以为我是上门邀他做客,便也没有耽搁。没料到,我却开口说:"舅舅,我爸今早老了,请你到我家帮忙。"

老了,便是人走了。

"老了?你爸今天生日,怎会老了?"

舅舅吃了一惊,双眼一斜,满脸不可置信,可见我天不冒白,孤身赶来沂水庄,铁定是出了大事,连忙安慰我,叫舅母收拾了些玉蜀黍和灯油,又开匣子取了两元银洋,便跟着我一起往回走。

待到了家,已是上午,母亲依旧在堂屋门口坐着,在院子里扎着素彩,听到有人进门,见是儿子领着哥哥到了,便又止不住眼泪,哭了起来。

舅舅见她眼泪止不住,便劝道:"走的人好走,活着的人日子还得过,你也莫哭了,孩子还小,还要依靠你,你就算把自己哭坏了,他也再爬不起来了。"

母亲知道舅舅说得在理,但泪水又管不住,只能抽抽搭搭地应和着。

舅舅叹了一口气,将母亲已经扎成的素彩拿来,寻了绳子,先去挂到了门上。又径自进了堂屋,取来白布,寻到剪刀,将布剪成两块,对母亲道:"你与桂生将孝服穿了,再说后事。这些事情,我也只是见过一两回,并不明白,还得请风水先生问问。我带了粮食灯油来,这几日便不要在乎这些,人要吃得饱,入夜灯也要点得亮些。"

我舅转身进了东间,随后瞧着父亲,叹了口气,走到母亲跟前。母亲依旧呜咽着,舅舅道:"你莫哭了,头汤你可做了,做了便盛上一碗,放到他床头,别让他饿着。"

"做了。"母亲刚要起身,却被我的手摁下。

"妈,我去。"

母亲没吱声,我跑到灶前,盛了一碗汤,捧进堂屋的东间,摆在床前凳上。

"我先带着桂生出去,寻做丧的先生,若是请得动便请,若是请不动,将规矩问清楚些也是好的。"

母亲点头,让我们吃过午饭再去,她拿出锁在柜子里的面条煮了,端给我们当作午饭来吃。

母亲捧着面碗,眼泪落了进去,溅起一圈汤花。我家节俭,母亲已一个月没吃汤面,可是捧着面碗,却咽不下去。

舅舅叹了口气,转头看我,我捧着面碗发愣。"快些吃,不吃饱哪有力气,你爸还在床上躺着,等着你送他呢。"

我一惊,端起碗,顾不得烫口,一碗面便囫囵下肚,我足声足气地说:"舅,我吃饱了,咱走吧。"

午饭吃过,我随着舅舅去了先生家,从前舅舅的岳丈病殁,便是找他家操办的,要价还算厚道,当时先生钱是五元银洋,吹鼓、道场之类的,以主家排场大小另算,但先生会帮着张罗一应事宜。待到了那家才知,原来主事的老先生去年被抓了壮丁,已好些日子没下落。现在是他儿子接了营生,不过价钱却涨了,现在世道不好,东西和人都不好筹措,免不了多了些费用,不只是他这处涨了。

这人见舅舅和我面露难色,便拿出了一张草纸,上头事先写满了字,他沉声道:"眼下日子艰难,能像样办场丧事的人家也是不多了,若是家里实在难,看我备下的这个,这里有一应该办的事情、相应的规矩,你们自己在乡里寻个识字的先生,按着这上面办了便是了。眼下这个世道,想来自家先人们也不会怪罪的。若有不明白的,还可以再来问我。"

我舅舅低头沉思,将字纸揣到了怀里,说先回去和家里人商议商议,留下了一元银洋,算是询事钱,便带着我出了门。

待到回家,舅舅与母亲进了堂屋,便说起发丧的事。我想到林子捡柴火,可还没踏出门,便听舅舅说:"桂生,你别出去,你是家里的男人,往后你就是你妈的主心骨,就算现在用不着你拿主意,但是你也是要晓得的。"

我停下了步子,转身回到屋里,依旧在屋脚的板凳上坐下。

"娃儿,你来,坐到桌上来。你舅说得对,你是家里的男人,你爸的事情,你也跟着拿个主意。"

我坐到桌前,舅舅道:"秀秀,不是做哥哥的不体谅,眼下你家桂生年纪小,又没什么积蓄,做丧又涨了行市,依我说,差不多就行了,这请灵送灵什么的,能省的咱们就尽量省,我回头去张罗张罗,请左邻右舍一起来帮着打副棺材,妹夫人缘好,大伙儿都愿意来帮忙。等停满了三天,便抬到村口的林子下葬,我问过了,那一片虽是许家人埋得多,但并不算是他们族里的地,桂平虽不姓许,但也可埋在那里的。"

母亲听罢,低头不语,脸苍白如雪,眼泪无声地挂在双颊上,她自然是想好生操办,可是舅舅说得没错,家里的情况确实艰难,最近世道更难,除了大户,普通人家都是这么操办的。母亲虽是顿了一顿,抹了一阵子眼泪,最终也还是点了头。

这时才近黄昏,天色沉暗,各家的灯火都提早亮了起来,舅舅领了我,到父亲生前要好的人家去报信,顺便商量,请人来做棺。本来今天是小年,各家都要在家办置吃食,别是喜庆,可听不得丧气话,可眼下又是自己大寿的日子去了,尸骨未寒,总该告诉邻居们。

父亲一向厚道,与人照面脸上总挂笑,平日卖不掉的豆腐,也会照顾邻里,故而舅舅一趟跑下来,回到院里时,有八九家的人在院中等着。最先来的是扎纸匠大柳,他生病那年,父亲时常送块豆腐到他家,多亏那几块豆腐,病里的他,饭才能吃得香些。

我家院子前有两棵笨槐,众人商议,直接将树放倒,量做棺材。家门口的槐树变成了棺材,棺材里躺着父亲。

我思绪万千,父亲曾拉着我,脸贴着我的脸,指着这棵树说:"等你娶媳妇,这树便够粗够壮,能做梁,到时候,爸给你盖房,娶媳妇。"

一念至此，我眼泪簌簌落下，不争气地哭，却哭而无声，物是人非，现在爸没了，梁也没了。

父亲的牌位摆在院里，院子中放着八仙桌，正点着一双尺把高、有小儿臂粗的红蜡烛，火焰子冒得熊熊的。

大柳连夜给架上了灵棚，虽不大，但也有遮有挡，母亲要给钱，他说什么也不收。第二日大柳又扛来一对三层高的引魂幡儿，摆在棚子两边。

"我大柳没啥别的本事，能让桂平哥走得舒坦些，是我的福分。"大柳说。

停灵三日，我家一直没断人，村里的人家，承过父亲恩情的，便都来吊唁。

"桂平多好的人啊，怎么说走就走了，老天也不开眼啊。"致庆嫂红着眼圈，倚在我家的灶间门口。她平日便与母亲要好，这几日也是一直在帮着忙活。

"是啊。"大柳的媳妇叹气，正在她边上，跟着应道。

大家望着灵棚的方向，母亲跪在跟前，哭了一回又一回。

"妈，您怎么了，妈？"我突然眼瞅着母亲倒在地上。

"快，把你妈扶进堂屋去。"舅舅抢步上前，带我扶人抬进屋，喂了热汤，人才算醒来。

"妈，您怎么样了，好点了没？要不要去请个郎中过来看看？妈，您别担心，我有的是力气，我能挣钱，我能给您请郎中。"我刚没父亲，母亲又昏倒，心中凄怆，母亲要是病了，我就请郎中，请郎中得要钱，从今往后，我得会挣钱了。

"娃儿啊，妈没事，妈就是一时太伤心了，不用请郎中，喝点热汤，缓一缓就好了。"

致庆嫂看母亲脸色缓和，便安慰道："是啊，桂生娃莫要太担心了，你妈就是太伤心了，能缓过这口气，就没事了。"

母亲喝了一口热汤，朝我点头，柔声道："我没事，歇歇就好了，院里你爸的灵位，不能没人照顾，你去吧，替妈好好看着你爸。"

致庆嫂道："是啊，院里不能没有本家看着，桂生你去吧，我们陪着你妈，有事儿，一定马上就喊你。"

"桂生妈，你莫要太伤心了，这桂生往后还指望你呢。"

"你看桂生，打小懂事，将来有的是儿孙福给你享呢，你得朝远了看，看得远些，近处的难也就不算难了。"

母亲哽咽着应声，目光落到我身上，道理她都懂，可新寡毕竟难熬。

"妈，那您有不舒服的，就赶紧和我说，别像爸一样瞒着我，到时我赚钱给您找大夫。"我紧握着母亲的手，手中的青筋暴起，想让她明白我不再是小孩，说罢我便转身走到院里忙活。

到了下葬的日子，我在头前打幡儿，致庆和大柳帮忙抬棺，我没哭，这几天我日日哭着醒来，父亲下葬时，我便觉着他真的去了，突然间没了眼泪，我以后就是家里的男人，要扛起一片天了。

棺木缓缓落入坑中，两旁泥土，一锹一镐地撒落下去，渐渐撒满，渐渐盖住，渐渐填平了那坑，渐渐堆出一个坟头。坟头有块石碑，是请石匠刻的，刻碑花了一元银洋。原本舅舅劝我们，寻个识字的先生，写木头碑草草了事，妈没答应，碑还是要刻的，可家里已经没有钱，舅舅给的两元银洋也花完了。

我说："舅，借我们一元银洋吧。来年我一定还上。"

舅舅叹了口气,取了一元银洋给我,没立字据,只是念叨着:"花这冤枉钱干甚?"

我说:"舅你不用担心,我有的是力气,你的钱,我一定还上。这钱是给父亲花的,不冤枉。"

父亲下葬后,便开始下雪,这雪纷纷扬扬,半日房坡便积累着厚厚雪砖,天地冷清,我与母亲寂寞两日后,便过大年,大年过得更是惨淡。许庄上,一家家的烟囱都冒起了炊烟,锅铲声、油爆声,夹着一阵阵断续的人语喧笑,快乐一直洋溢在每个人的心中。

团圆饭在八仙桌吃,我与母亲侧坐,我对面主位空着父亲的凳子。母亲简单炒了四个菜,一碗油渣炒豆腐,一碗青菜,一碗邻里送来的鱼肉,一碗舅舅接济的猪肉,桌上摆着干爸送来的烈酒。

"爸爸,我知道你不回来吃团圆饭,我就先吃了,妈妈总是说等一下,等久了,她就不吃了,咱家的玉蜀黍吃了好久了,还是那么多。"

我和母亲故意不谈父亲,可是父亲的位子永远在那里,她夹起一块豆腐放到父亲位子的空碗中,我看见泪水怎样从她心里飞快涨潮。她哽咽着说:"桂平,你吃块豆腐,这是你儿子桂生亲自磨的,你苦了一辈子,总该歇歇了。你总想着苦着自己,让妻儿过上好日子,可是钱赚到什么时候是个头呢?现在你不用苦了,你好好歇着,你尝尝桂生娃做的豆腐。"

母亲的清泪挂在两颊上,哽咽着抽泣,我抚摸着母亲的脊背,心中暗暗发誓,我未来一定要买地,租上自己的长工,攒了钱要好好孝顺母亲。

# 10 顶门立户

没想到,春节还没过完,隔了两日,许忠厚上了门。父亲做丧,他也到了,毕竟两家连着亲,且我舅舅也在附近,他与舅舅素日往来,情分尚在。许忠厚进门,我给他拜年,请他坐了一会儿,他问了问母亲家里的情况,便将话切入了正题:"桂生妈,你我两家不是外人,有什么话我直说了。"

母亲点头道:"姐夫,有话您就直说。"

许忠厚道:"现在你家赁着的是两亩多的地,桂平在时还好,眼下只剩下你们孤儿寡母,种起来怕是吃力,正好咱们庄子又新搬来一户人家,想要赁地来种,我是这么想的,要不你家少种,留上一亩,我赁给他种,你也轻松,你家里两人,吃得不多,你说呢?"

"姨丈,我有的是力气,这地我种得来。"我突然立起身,走到桌子跟前道。

"桂生,大人们说话,你听话,到外面玩去。"许忠厚说道。

"姨丈,我爸没了,我就是家中顶梁柱,往后这地合该我种,力气越用越有,我种得来。"父亲说过,我跟许谦不一样,许谦的未来在书里,我的未来在地里,若是地没了,空有力气又有什么用,没处下力,我又怎么挣钱买自己的地?

"去去去,小孩子别跟着瞎闹。"许忠厚神情不悦。

"他姨丈,我就这么一个儿子,年纪虽然小些,但是懂事明理的。"母亲跟着说道。

"好，你们要是真的能种，那你们便接着种，但是有句话我得说到前头，这租子我得改改，得改成铁板租。"

"啥叫铁板租？"我问道。

"原来我跟你爸商议，每年春种的玉蜀黍我占六成，收得多交得多，收得少交得少，这是一种说法。铁板租是另一种说法，就是不论你田种得咋样，收成怎么样，交给我的粮是不能少的。"许忠厚说道。

我接着问道："那这铁板租是多少？"

许忠厚答："你家种我家的地有些年头了，一年总有个一千四五百斤的玉蜀黍，好的时候两千斤也不是没有过，咱两家沾着亲，我就按一千四百斤算，六成就是八百四十斤，我再给你抹个零头，就是八百斤。不论你这地种得如何，你有本事，哪怕种出来两千五百斤，我也是只收八百斤，若是你没本事，种不好地，我也得收八百斤。"

"那若是年成不好，遭了水旱蝗灾呢？"我问道。

"那也是八百斤，年成好，我不多要你的，年成不好，你也莫找我哭。"许忠厚答道。

"哪个哭，我才不哭，就这么说定了。"我应道。

许忠厚望我，又望了望母亲，只见母亲点头，看意思是真要交给才懂事的儿子做主，便也没再多说什么。

转眼快到元宵，距离春种隔着不少日子，家中开支多，没了进项，我眼见着母亲天天愁眉不展，便心疼起妈来。我灵机一动，跟母亲说道："妈，元宵要到了。要不，我上街卖豆腐吧。"

"不行。"母亲不是没想过这个事情,可是磨豆腐一则是太苦,先前是大年,她恰好教会我这手艺,以后长大上手便快,我年纪小,正是闹觉睡长身体的时候,一般人家的大小伙子,一觉睡到太阳老高,鸡叫都是听不见的。若是这么小就夜夜劳累,小身板怕是经受不起的。再说,就算我做出了豆腐,她也不放心我去卖,我这年纪,难道还能挑着担子去卖豆腐吗?要是遭人哄骗便折了生意本,就算我愿意,她也是放心不下的。

我知道母亲的担忧,宽慰道:"妈,我们试着来,也不多做,一次只做上个半板,我也不远处去,只在咱们庄子里先卖卖看,多少能帮补一点,日子就不会那么难过,哪怕一日换回一斤玉蜀黍呢,省着点吃,粥熬得薄一点,也就够了。"

一斤玉蜀黍哪里够呢,薄粥等于管个水饱,我正十几岁,正是长身体的时候,本是饭量大如牛的。不过我说得在理,多一点是一点,若是只在庄子里,也不会有事。母亲也是去得的,大家都知道我家是孤儿寡母,想来也不会说什么。

母亲勉强点了头,不过却揽去磨豆腐大半的活儿,总是快天明时才喊我,一起将豆花裹了,放进槽子里压实,这一步一人做不来,不然她不舍得叫我起来。我自然不肯,可是少年人瞌睡多,我每日睡前,发誓明日定要早醒,可每日都比母亲晚。

连着几日,我气不过,索性不睡了,睁着两眼,熬到半夜,跟母亲磨豆子煮浆。母亲心疼得不行,便不再执拗,答应了我以后喊我早起,这样我便睡上大半个整觉。我卖豆腐,虽远不及父亲在时,但每日也能换回些口粮,一家人勉强过活。

等到春种的日子,我便扛着锄头下地,往年有父亲在,我不过是个帮手,并不指望我帮忙。但是今番却不同了,我每天鸡还没叫,就下了地,一个上午不曾抬头,播撒玉蜀黍种子,我中午回了趟家,吃了一碗干饭。平日里我家只吃两顿饭,下地吃得足实些,等到干完了一天的活儿,傍黑回到家,再吃一顿。

但我地里的活儿差得太多,中午回了一趟,我临走还特意告诉母亲,要晚些回来,莫要着急,莫要等我。我放下碗筷,一刻也没歇就赶回了地里。可不知怎的,心里越急,挥舞锄头越慢,下午仿佛使不上劲,傍黑时,我猛一抬头,腰上吃紧,差点没倒在地里。

猛地想起父亲的话:"桂生娃,你记着,咱下力干活儿不能蛮着来,要匀着力气,这样力气才长久,像井里的水,用也用不尽,若是一下子力气下猛了,伤身体不说,用不了半个时辰,就没力了,后面便越干越慢,越干越累,一日下来,做的比平日少,还觉得比平日累。"

当时我嘴上应了,心中却没当一回事,这时才算明白了父亲的良苦用心。

春风乍起,我红了眼塘子,父亲终究是走了,往后再也没人指点我,我深吸一口气,直了直腰,又躬下了身。

"娃儿,桂生,你在哪儿?"时间仿佛一锅粥越熬越稠,似乎过了很久很久,我听见母亲喊我,语气急促。母亲看太阳已尽落了,我还没回来,她便来地里寻我。

"妈,你咋来了?"我见母亲来了,三两步蹿到田边的路上,站到母亲跟前。

"这么晚了,你还没回来,妈来看看。"母亲答道。她借着月光，往田里望去。

"妈，您别担心，我再种上一行，便自己回去了。"

"娃儿啊，听妈说，活儿不是这么干的，你年纪还小，累坏了身子，要落下病根的，你先回去，妈接着种。"母亲用袖子擦擦我灰扑扑的脸，她脱鞋走进地里，我拦住她。

"妈，这地里的活儿，本来就是男人应该干的，妈，您快回吧。"

母亲怔怔瞪着我，语气发酸："你哪里是什么大小伙子，你不过就是个十来岁的小娃儿啊。"母亲低头盯着我脚尖，借着月光，看见我的脚指甲缝里挤满了黑泥，因着一天劳累，小脚红紫，她叹气，知我为她宽心，她怎么能说破？

"好，那妈帮你，咱们再种下一行。"

"妈，不用，我自己能行。您身体不好，爸在时就说了，您干不了重体力活，这事还得交给我。"

"你干你的，别管妈，妈慢慢干，干多干少的，能帮上一点是一点呗。"母亲不等我应，便要来跟我抢锄头。

我拗不过，只好说："那成，今天听妈的，只有一个锄头，咱们还是回吧。"

"好。"母亲应了声，扶着膝盖，支起了腰，初春夜半的田里冷得欺人。

我们到家之后，母亲烧的饭已经冷了，我想要冷着将就吃了，母亲不肯，又转去灶间烧开了水，将饭菜热上。饭是高粱和玉蜀黍的干饭，还有一碟猪油炒熟的萝卜缨子。

每年萝卜收了以后，母亲都会把萝卜缨子薅下，晾干备冬荒。猪油是给父亲做丧时剩下的，不管家里怎样，帮爸抬棺的、跟着送行的人，我们最后总是要请人家吃上一顿好饭，故此余下了这半碗黄白发亮的猪油，凝在碗中似黄玉一块。

热好了饭菜，母亲又把锅里的开水舀了些出来，让我擦把脸，解解乏。我一双手刚放到水里，便针扎似的抽了出来，整个人疼得只皱眉头。母亲拽过我的手来看，手掌上几个大水疱，看得让人心疼。

"娃儿，听妈的，明日你在家，我去种地。"

"妈，不用了，我一个大小伙子……"

话没说完，母亲拉着我袖子，严肃道："啥大小伙子，你还是个娃儿。"

"妈，我真的没事儿，谁干活儿手上没有茧子，等过两日，水疱破了，结了茧子就没事了。"我狼吞虎咽，将饭扒拉干净，转身进了西间，爬上床。照理说，平常我是晚上该磨豆腐，但春种时，白天播种的日子更重要，便顾不得这些，等忙完春种，闲时再做。

母亲见我劳累，一直叹气，转身出了门，片刻之后回来，手上捏了针，还端了一个小碟子。碟子里是酒，我手上的水疱很大，等着它自己消掉，怕是消不下去，需得挑破了，再擦上酒。烤酒是去致庆家借的，原本给父亲做丧，余下了一个坛子底儿的烤酒，我还小，母亲不喝酒，舅舅就带了去了。

处理完了手上的疱，母亲见我都睡下了，她一个人又收拾了一遍灶间和堂屋，收拾好便也睡下了。

翌日我醒来时，见母亲不在床上，便猜到了八九分。我去田里，果然见母亲正在地里忙活，一眼扫去，比昨日多翻了半行土，母亲一定是天蒙蒙亮就来了。

我喊了声，母亲见我另外扛了锄头过来，便没说什么，拉着我，教我下力气的功夫，如何挥舞锄头匀着使用力气。

过了半月，春种结束，自打父亲走后，娘俩儿头一回如释重负，回去饭也没吃，我们足足睡了一觉。一觉醒来之后，已是深夜，母亲起火煮粥，下力的活儿基本上都干完，不用再吃干饭，便煮了高粱米和着玉蜀黍的稠粥。粥煮好了，我俩便吃饱。

母亲开始浇水，磨豆腐，雪白的浆水一股一股地滚出，落进桶里，她马上烧旺火，一会儿好煮豆浆，卤水落进缸里，翻出一朵朵乳白色的花朵，盯着白花花的豆腐花，母亲的思绪如雪花飘向很远，从前她与父亲每日这般配合，每道工序都是夫妻配合，现在我代替父亲，相似的容颜，做着他的事，母亲难免恍惚出神，只是我身子尚未发育好，但已然有着男子汉的担当，做事如父亲一般稳当踏实。

我和母亲如此辛勤半年，春季种着玉蜀黍，玉蜀黍九月便收上来，收来后便种的萝卜，到了十一月，我们便收萝卜。

我原本以为收萝卜容易，可实际却难得多。深秋早晚寒风刺骨，我每天鸡还没叫，便下地去收，忙了一个小时便浑身乏力，晚上暮色渗透大地，更是寒风刺骨，母亲见我眼皮耷拉，我这白天下地，晚上磨豆腐的，才十几岁的人，怎么熬得住？她提议，由我白天下地，晚上便好好休息，她来磨豆腐，到时候她在庄子里卖卖。我实在熬不住，从前信服我父亲说的"力气越用越有"，但亲自练过，便晓得力气还得缓着用，用过头便是病。

我和母亲将满地萝卜收上来时，都是满心欢喜，母亲瞧着满院子的婴孩肚般粗的白萝卜，清清爽爽，眉眼带笑。

谁知，许忠厚仿佛得了信似的，第二天便上门问事。

我见他上门，便将他迎进屋子，倒上一壶水，随他与母亲一同落座。

"去年玉蜀黍收的时候，桂平欠我一成粮，想留一成给家里吃，我当时眼睛都没眨就应了，当时我们说定，过了今年秋收用现钱还上。谁知，他去年便撒手走了。年中你家一共收了一千二百斤玉蜀黍，一成就是一百二十斤，今年收成不好，玉蜀黍价高，按现在的价儿折成现钱，是六七元银洋，姐夫知道你难，便按去年的价儿给你算，差不多是五元银洋，不知这五元银洋，你打算什么时候还上？"

父亲当时赁地时，商议的是粮租，每年春种的玉蜀黍，许忠厚占六成，父亲占四成，玉蜀黍收了后，父亲无论种什么，收成都归他所有。父亲一般是春种玉蜀黍，收了后便种萝卜，秋冬变卖萝卜，萝卜缨晒干，以度冬荒。

当时父亲便与许忠厚商议，去年春粮少交一成，今年春粮卖了玉蜀黍，再给他现钱，只是没承想，去年年底，父亲便去了，而许忠厚见母亲新寡，便主动将这春粮拖成秋粮，想等桂家收上萝卜再收钱，眼下便到了日子。

父亲少交了一成粮的事，母亲是知道的，只是去岁突遭变故，竟忘了。这时许忠厚一提，她便想了起来，卖萝卜通常都是父亲一人张罗，她不曾打理。今年春粮勉强够两人开支，我卖豆腐辛苦攒下的钱，因着去年父亲丧事多少借了外债，都用作还债了，唯独漏了这件事，眼下家里无钱。这时许忠厚突然来讨现钱，心中发慌，开口应付道："姐夫你知道，我家今年都在还债，你缓我些时日，我一定把钱还上，咱们都是挂着亲的，我必然不会赖你的账不是。"母亲触了伤心事，免不得落下珠串似的眼泪来。

许忠厚叹了一口气，道："你莫哭，我知你的难处，也没说今日就得要把现钱带走，只是来问问，怕你忘了这事儿，又或是不知道玉蜀黍的价格，便来跟你说一声。再次想问问你，这事儿你打算怎么办，毕竟你一个女人家，桂生又小，抛头露面，卖萝卜也不容易，现在各处都不太平，若是出了什么事儿才更麻烦。"

母亲本就性子柔弱，更从没卖过萝卜，这时正焦头烂额，又听许忠厚这么一说，心里越发苦，一时间拿不出主意。

许忠厚见她没答话，便接着说："要不这样，你若是信得过我，我便找人将你家的萝卜拉到我那里去，同我的一处卖了，卖了现钱再给你送来。"

母亲拿不定主意，父亲曾经说过，许忠厚虽然没大毛病，但克扣佃户克扣惯了，大秤和收租子的小秤，分量不准，大秤上数多，小秤上数小。纵然两家挂亲，他是东家，我家是佃户，自古以来，就没有真心向佃户的主家老爷。

许忠厚见母亲许久没有答话，皱纹堆成一团，脸色不悦，便接着说道："你要是信不过我，也没关系，只是你好歹给我个还钱的时日就行，是三日，还是五日，再者说，你这萝卜收了出来，也不能久放，若是放烂了，卖不出可就麻烦了，还不上我的钱是小，你们一家大小的日子可怎么过啊。"

"没有，我怎么会信不过姐夫呢，就依你说的，今年就请姐夫帮我们卖了吧。"

许忠厚喜上眉梢，这一院子的萝卜，他刚看了，一千斤应该是有的,他的五元银洋算是有了着落,便脸上堆着笑走了。

当晚,许忠厚便带着人,将院子里的萝卜,运到了他院里,我留下了百十斤,准备晾干过冬,往年父亲都是这样。过了几日,许忠厚给母亲送来十元银洋,这十元银洋显然是比父亲平日卖的钱要少些。许忠厚一边抽着旱烟,一边咳嗽着解释说:"今年萝卜价贱。"母亲盯了他一眼,不好再说什么,便只得这么算了。

今年春种的玉蜀黍已快见底,十元银洋,啥都不花,一口白面不吃,能再买两百多斤玉蜀黍,若是再买上点米、面、油,过年称上一斤肉,给谁家随个礼,可怎么够?眼看离明年的粮食下来,还有七八个月的光景。我同母亲叹气,只得磨豆腐,指望攒下点钱。

谁知,许忠厚派人把萝卜拿去不久,我便听说许忠厚肺病变得越发严重,抖索索、病恹恹的,他怕感染到许谦,便独自移居到一间小屋中,与许谦娘等人隔着。没想到,一个月后许谦放学回家时,那间屋子变成了堆放他生前家具什物的储藏室,许忠厚腰杆直了一辈子,最后却瘫痪在这张堆满了发着汗臭的棉被的床上,罩在污黑的帐子里。

许忠厚办丧时,作为他三弟的许九自然也来了,他承包整场宴席的排场,更拿出二十坛好酒来礼送他的兄长,我们家生计困难,只随一块银圆,坐在酒席的外桌。

那日我隔得远远的,望着许谦,父亲说,我与他终归不是一路人,但此刻我却很想走上前安慰他,在灵堂送灵的时候,许谦终于忍不住哭了。

"那么,现在只剩下我跟妈妈了?"许谦细颤的声音,变得酸楚起来。

许谦喉头好像给塞住了,叫不出声音似的。

"妈,爸死了。"许谦终于大声说了出来,好像胸中一块淤血一下子吐了出来似的。许谦娘呆呆地望着许谦,似乎没有听懂许谦的话。

"爸爸死了三天了!"许谦紧紧执住许谦娘那双瘦小的手爪子,手心沁冷汗,牙关打战,俯下身去,哭着说,"爸是得肺病死的。县里最好的吴郎中说他是重烧,只给他打了一针退烧针。第二天,爸便昏迷了。他一夜咳嗽,全身烧得滚烫,爸直着脖子喘了一夜,天亮时,才断的气。断气的时候,是我抱住他的。"

突然间,许谦娘僵直直地便从床上坐起,一只手颤抖地指着许谦,厉声喝道:"肺病?什么肺病?我不懂!"许谦娘那双眼睛闪得好像要跳出来了似的,瘦削的脸扭曲起来,又像哭,又像笑,一双鸡爪似的手握着拳头捶起床来,一面放声悲号,一声比一声大,一声比一声惨烈。

许九自然又是一番劝慰,他扶起许谦及许谦娘,朗声道:"大嫂,哥哥已经去了,以后只要有我在,你们不必担心生计问题,大嫂,我向你保证,许谦以后读书的学费、伙食费、课本费都由我来出,也算是我最后为大哥做的一点事情。"

这一遭,我真正明白我与许谦的差距,许九作为我的干爸、许谦的三叔,我父亲去世,许九不过是送上两块银洋与一坛好酒,我甚至连他的安慰与人影都没见到,而这次许忠厚去世,许九却包揽下整场宴席的出资,更承诺承担许谦的所有学费,果然胞兄与亲侄子就是不一样,而我家只能独自清冷,虽然我在姨丈的丧礼上这么想不对,但此刻终究是觉得委屈。

## 第二部分　浮萍生根

大涵師

# 11 何以立命

父亲的坟头又换了两度春秋，我便割了两回草，长到了十六岁。谁知老天越发脾气怪异，连续两年先后旱涝，我家地里根本没多少收成，便欠了不少外债，我跟母亲便更加紧磨豆腐，越是磨豆腐，母亲身体越差。

母亲原本身体娇弱，干不得重活，没想到这深秋季节，夜里磨豆腐，既缺觉，又遭风寒，再加上如此重体力劳作，不多时便染了风寒。我同她磨豆腐时，便总是见她碎碎地咳着，我便扶她到东间里睡了，可断续的咳嗽声，从东间屋里传来，如同断续的水桶，七上八下，令我担心至极，后面咳嗽声竟停了。

我觉得怪异，闯进东间屋子，"妈——"我怎么摇晃，她都不醒。

过了好半晌，她才悠悠转醒，又接着咳嗽："咳咳咳，桂生，你不用担心，我只是累了，睡一会儿就好。"

我害怕母亲重蹈父亲的覆辙，便连夜请了顾郎中来看。顾郎中早已清楚我家根底，母亲的病他如何不熟悉，给母亲把脉，嘱咐道："你母亲受了风寒，尤其是咳得厉害，想必是近来不注意保暖，再加之身体本就羸弱，我早前再三嘱咐，莫要干过多重体力活，唉——想来你们家没有什么男人，你还小，你母亲操心生计，用心过多，劳累所致。"

我哭道:"她平常都是同我磨豆腐。"

顾郎中说:"磨豆腐起夜怕是容易着凉,再加上身子骨弱,可能存在'气虚'的情况。"他继而叹气,"对于气虚,需要综合调理。她得休息,不能再下地,再累会进一步消耗体内的气和阳。这段时间,饮食上要注意温补,可以多吃一些性温热、能够补气温阳的,如红枣、枸杞等,不食寒凉、生冷的……"

他望了望四壁,屋中空空荡荡,忽而心下凄然:"罢了,你是小孩子,说了你也不懂,总之明日来我店里开些中药,平日里不要让你妈着凉……唉,慢慢治吧,一切看命啦。"我哭着给顾郎中磕了几个响头。

我从此再不许母亲随我磨豆腐,磨豆腐是个苦活,豆腐匠总是要凌晨起身,检查豆浆的温度与凝固情况,点卤要抢时间。豆浆的温度须恰到好处,点浆的时刻也须均匀精准,稍有不慎,便可能影响豆腐的成形与口感,因此起夜是免不了。

母亲旧病复发,恐惧如海浪将我包围,父亲便是死在磨盘上,母亲也因起夜熬坏了身体,虽然父亲总说"力气越用越有",可是他本人便是因劳累致死,凡事不可过度,可见磨豆腐只能赚辛苦钱,熬坏了身体,指不定要花更多钱。

我家穷得响叮当,再也病不起,母亲病倒,若是我继续熬夜磨豆腐,我什么时候说不定也病倒了。我在院子里的水缸照照自己,身高比同龄人矮上不少,脊背微驼,胡须刚长出来,但依然面黄肌瘦,眼袋深重,可得好好调养一番。父亲是磨豆腐累死的,我现在是家里主心骨,是父亲的独苗,绝不可有闪失。

忽然我想起我的干爸,要数我认识的人中,算干爸许九最厉害,许九家生意做得大,不但开有酒坊,还有油坊。他家的酒,十里八乡都很有名气,还曾把酒卖进省城,他家不但有烧甑,还有自家的曲房、曲场,舅舅还听说,我干爸许九自己也是会制曲的。若是我能学会制曲,往后吃穿不愁。一百个烧酒的人里,未必有一个会制曲,曲师矜贵极了,在我们百里地内,可比烧锅师傅叫价高。我们这里,大部分酒坊都是买曲块酿酒,唯有大酒坊,方能每年请上一回曲师,专门到他家坊里制曲,自家有曲房、曲师,还能自家制曲的,必然十分难得。

我要是能自己单独买上一个地缸,投入粮食,自己酿酒来卖,那便是再好不过。总是租地,什么时候才能是个头呢?那地始终是东家的,收成差,东家总是赚到,但佃户可就要背上外债了。这烤酒应该比种地好,是一门好营生。先前听许谦说,这酒,当官的要喝,做匪的也要喝,读书的先生要喝,种地的苦人也要喝,做买卖的要喝,当兵的也要喝,这天下人但凡有闲钱,总免不了要馋一口酒喝。若是喝上瘾头的,酒徒们就算饭不吃,酒也是要喝的。

可是买地缸的钱,从哪里来呢?这不是小数目,听说买上一个地缸得花不少钱。我早先跟母亲商量过这事,可她担心这事实在风险过大,万一我生意做砸了,一辈子说不定都在还债,什么时候能娶上媳妇呢?

可眼下母亲病倒了,我不再让她磨豆腐,她只好一切事务听凭我来做主。

我说:"妈,我们种地、磨豆腐都是为了更好地挣口饭吃,租地来种只能靠天吃饭,买酒、酿酒可是靠手艺吃饭,我要是攒够了钱,买上烧酒的家伙,说不定便能过得轻松些。"

母亲咳嗽问道:"你倒想得轻松,咱们要是有钱做生意,哪用得着这么辛苦呢?你又没烧过酒,哪里懂得这么复杂的功夫?"

我低头不语,最后说道:"那咱们能不能找人借钱?磨豆腐终究不是出路,爸爸便是磨豆腐累死的,你现在也累倒了。总要寻个出路。"

母亲道:"从前我们来许庄前,你随我们逃过来,曾找你的陈波叔求助,那时他家里连像样的锅碗都没有,你爸去世前,曾到他那儿走过,想不到十几年的工夫,他竟把打鱼的生意做起来了,你去寻他问问,说不定有机会。毕竟他是你父亲的弟弟,多少会照看情面。实在不行的话,我们也只好暂时混个温饱了。"逃荒时,我年纪尚小,许多事情记不大清楚,但父亲伟岸的背影一直闪烁在我记忆中,母亲跟我详细讲了当年的经历,跟我交代陈波叔的故事。

母亲缓缓解开衣扣,拆开缝在衣里儿的一块布,用手指捻出五块银洋,默默递给了我:"你陈波叔离咱们许庄距离不算近,你得先走到风渡,再坐船到洪波县的陈集才是。"

第二天,天微亮我便出发,我身上只有五块银洋,除了坐船不能省,其他的能省则省,母亲在我包裹里提前放了五块朝牌,一路上够吃了,花了一天时间,我走到了离家三十里地的风渡,干脆等到凌晨,好在船上休息,等到凌晨,花了两块钱坐船,第二天中午便到了洪波县的陈集。

我依着母亲给的地址,走到陈波家。陈波的屋子比母亲说得气派许多,眼下这屋子也不是十多年前的茅草房了,灰白的砖瓦砌成三栋屋子,呈三角之势,每所屋子的檐角高翘,墙面绘着花鸟纹路，好不气派！

我面露喜色，陈波叔眼下东山再起，年轻时本就是洪波县的渔王，可惜遭逢天灾，一时破产，没想到短短十几年的积累，他不光还清了外债，还砌出这样一栋好屋，看起来比许谦家还气派。

我刚想迈进去，一个长工拦着我问道："小孩，这是陈东家的屋子，你是谁？可莫要走错了。"

我朝他鞠了一躬，礼貌道："陈波是我叔，请你向东家转达，我是桂平的儿子桂生。"

这长工嘟囔道："第五个了，你是这个月第五个侄子啦。你先在这儿等等吧。"他说完便转身朝厅堂走去。

过了半盏茶的工夫，长工领着我进了厅堂。我一入厅堂，厅堂中太师椅上的中年男人便站起来。

"桂生，你怎么来了。平日里也不见你父亲经常来，怎么样，你父亲近来可好？"陈波身材圆鼓鼓的，肥胖的双手托着我的手，一脸关切。

我嗅到一股浓重的腥味，鱼身上才有的，寻常胖子都是白胖，可他却是黑胖，可见江河之上打鱼，风吹日晒，很是辛苦，想必是近年来发了财，这才身材发福，渐渐胖了起来。

"陈波叔，我爸爸两年前便走了。爸爸去世时，没能邀请你来见他，是我们不对。"

"你爸爸竟走了？"陈波惊愕，随即叹了口气。

"不过也请陈波叔谅解，"我"砰"地跪在地上，红着眼眶说，"我爸是四十岁生日那天意外走的，那时又是过年的日子，我家拿不出几个钱，断不可能让我花钱坐船，独自来这洪波县,十四岁的娃,万一走丢了呢?便没能告知您一声,对不住叔。"

"那你今日来是有什么事吗?"陈波淡淡道。

"叔,您别见怪。眼下我妈妈卧病在床,我便有着另外一重打算,我想着买点烧酒家伙,做点烧酒的小本生意,总比种地强。这种地看天吃饭,眼下这日子旱涝由天,我家两口人种那些地,未免太辛苦,因此这番前来是想找叔叔借些钱财,好让我做点小本生意。如今叔叔家大业大,在整个洪波县算是一个大人物,想来叔叔应该不会拒绝。"

陈波早就猜到我是来借钱,便开口道:"桂生,别怪叔不客气,叔说话直肠子。你说说,你们家十几年也就来一两次,这是你长大后,第一次来我这儿,亲戚家的开口提借钱多伤和气呀。"

我一愣,顿时慌了神,立马又磕了三个头。

"孩子用不着磕头,凡事都靠你自己。"

陈波将我扶起来,语重心长道:"你父亲是一个老实的豆腐匠,你便继续磨豆腐呗,生意虽然小一点,但多少能勉强糊口,你和你母亲两个人能吃多少粮食,磨豆腐维持生计便够了。至于种地要看天,你们还不吃这教训,十几年前,你们老家牛泊集便是遭水冲了,眼下两个人种地不划算,租地种更是没有出路。你若是想买地,便勤奋些,每天多卖一板豆腐,总是能买上的。"

"叔,力气越用越有,这我是知道的。我也是肯干不惜力的,只是我觉得卖酒比磨豆腐好,我爸爸便是磨豆腐累死的,叔,你也知道磨豆腐要起夜,人长期做这个怎么受得了,我爸铁一样的汉子不还是走了吗？咱们亲戚之间的，你便帮我一把，借我钱吧。您现在家大业大，帮我一把，我一定努力干，争取三年内还你。"

"我是家大业大，但还没到挥金如土的地步。再说了，我的钱不是钱？你个小孩子怎么就不心疼呢？你才十六岁，能玩得过那群卖酒的人精？万一你卖酒卖砸了，岂不是要还不上，到时候我又找谁去？你叔我生意能做大，就是因为不胡乱借钱，每笔钱都花到刀刃上。"

"叔，您看在我爸爸生前的颜面上，借我点钱呗。"我近乎央求道。

"你刚才没听长工说吗？你是这个月第五个来找我的亲戚，我要是借给你了，其他亲戚人家还不得一窝蜂上门来找我呀？怎么我落魄时，你们避之不及，现在有一两个铜板，就像狗一样嗅着味道来了。"陈波拂袖大怒，手捶了桌子，"砰"地一震，吓我一跳。

我双脚钉在原地，如坐针毡。

陈波见我红着眼塘子望着他，这才自觉语气重了，我究竟是个孩子，他便道："好了，刚刚叔说的丧气话，你也莫放在心上，反正你今天既然来了，我便好生招待你，吃喝都当自己家，随意。"

当晚，他招待我好生吃喝，排了八道菜，四荤四素，鸡鸭鱼肉摆在面前，我觉得索然无味，一面絮絮叨叨跟陈波拉着家常，陪他喝了两杯酒，便到客房睡了，这客房按理说比家舒服，可我却怎么也睡不着，翻来覆去，想着明天也该走了，可得好好休息，在心中嘀咕着，最后才闭眼入睡。

第二部分　浮萍生根

临走时,陈波在门口左手搭着我肩膀,右手拿出五个银洋放我手心,语重心长嘱咐道:"这五块银洋你拿着,你往返也不容易,回去好好坐个船。"

"叔,你太客气了。"

"可得拿着,别跟叔客气。回去眼光子放机灵,可别被人坑了。你桂家可就你一根独苗了,好好活啊。替我向你母亲问好,改天叔再来看你。"

我笑着应了,陈波虽然没借我钱,但是来这一趟,至少没折了母亲治病的钱,这钱还是省下来,到时候给母亲治病买药,我可以打听走路回去。

我一边走,一边打听,可走了三天才到许庄。没想到母亲的病竟然好转了,我还没回家时,她可焦急地等,见我回来,可算松了口气,责怪我为什么没有按时回来,害她好一阵担心,我将一路的经历跟她说了。

母亲叹了气:"这事怨不了谁,要怪就怪爸妈没用,你有想法,但是咱家没有家底,白白糟蹋了你的心思。你回来前,我知道这事多半不能成,便同你舅商量,要给你找一门手艺学学。"

我一惊,若是平日,她舍不得,当时被病一激,反而下了决断,便将这事记在心上,当她不久病愈,说要出门时,我便知道她要去寻舅舅,询问做工一事。

舅舅十分尽心,遇见酒匠、木匠便赶着问问,不过眼下年景不好,大部分手艺人自己都吃不上饭,哪里还有心思收徒弟?就算勉强收了,也是让徒弟跟着自己一起挨饿。

# *12* 拜师学酒

数天后,舅舅得了一个消息,生怕晚了让人抢了先,便一刻也未耽搁,直接赶到我家,一进门便招呼着母亲,口干舌燥呼道:"赶紧过来,天大的好消息!"

母亲正在院里做活,见舅舅进了门,火急火燎,母亲便赶紧放了手里的活儿,跟进了屋。舅舅着急,没等坐定,便开了口:"许九!许九!我听说,许九在招学徒呢。"

"许九?那不是桂生他干爸吗?"母亲道。

"是啊,这下桂生学手艺算是有着落了。许九那儿前日辞退了三个长工,想要找学徒顶替,不只是做工,还能学烤酒的手艺,只是未出徒前,不得工钱。"舅舅道。

"这可是个天大的好消息,许九家生意做得大,他家坊里制曲,能自家有曲房、曲师,还能自家制曲的,必然十分难得。"母亲激动道。

"岂止是买卖做得大,听说许九的酒还卖到省城里了,他家不只开的酒坊,还有油坊,酒坊里还有自己的曲房曲场,这可不是一般小庄子的酒坊比得了的……"

"哥,你等等,桂生娃在地头,我去寻他回来,咱们一道说。"母亲跟着说道。

"哦,对对,我高兴糊涂了,你快去,这事儿得让娃一起听听。你快去,快去。"

不等舅舅说完，母亲就出了门，没过多久寻了我回来。几个月没见，我的个子高了些，体格壮了些，舅舅刚想开口，没想到我却抢在了他前头："舅，我不去学艺，我若去了，家里便只剩妈一个人了，那怎么行？"

母亲和舅舅都没想到，齐齐地愣了一下，母亲道："你这孩子，说什么糊涂话，你舅好心，好不容易给你寻到了这么好的事儿，你敢说你不去？妈一个人在家怎么了？你妈不缺胳膊不少腿，一个人不能活了？"

"妈——"我喊道，心中千百个不愿意。

舅舅严肃道："桂生，你今年十六，年纪不小了，也该学个手艺。我知道，你不想离开你妈，是心疼你妈，但是你也得想想，眼下你妈还硬朗，就算你不在身边，自己一个人也能过活，你这时候不去学手艺，想法子挣钱，等将来你妈真老了，身边离不了人了，你拿什么养活她？"

舅舅说得在理，我顿时哑了火儿。舅舅见我沉默，猜我该是听进去了，便接着说道："眼下也没说，非得要你去，你且听听，若是觉得是个好去处、好营生，你便去，若觉得不是，我们再寻别的。"

我依旧闷着不说话，舅舅道："这个人，你也认识，就是你干爸，许九。"

"我要去干爸那儿学酒？！"我把手插到汗衫中粗糙的布里，一歪身坐在地下，从前种种仿佛潮水似的滚滚而来——那年父亲还在时，他认我为干儿子，只是后来便不常联系，父亲是个本分人，不爱攀附关系。许谦曾说，在我干爸家里，吃到过一整个席面的肉菜，想来我干爸家里，一定是很有钱。

"嗯，就是他，你听舅跟你说，他可不简单啊。他家里开了一个大酒坊，还开了一个油坊，光长工就有二十人，他家酒坊，同别家不同，带着曲房，我听说许九自己还会制曲，咱们隔壁庄子也有酒坊，你可见过谁家有自己的曲师、自己的曲房？"

"舅舅，你想让我跟干爸学烤酒？"我问道。

"这也是你妈的意思，你自己倒腾卖酒，哪比得过人家大师傅？你先去做学徒试试，虽说烤酒苦了点，你还年轻，不能怕吃苦，你听舅说，这烤酒绝对是一门好营生。"舅舅平日好喝上两口，谈到这酒，正是起了兴头，滔滔不绝。

"舅，你说这个，我也知道，我不怕吃苦，爸爸说过，力气越用越有。"我坚定道。

"舅舅跟你说，许九曾把酒卖到了省城里。那省城是什么地方，尽是些达官显贵的，苦人都比咱们庄子里的大富人有见识些。"舅舅接着说道。

母亲道："桂生，这许九跟咱们连着亲，他亲哥许忠厚，曾跟咱们同住在一个庄子里，你舅舅跟他也认识的，算是知根知底，你去他那里学徒，妈也放心些。"

"妈，您也想让我去？"我突然想起酿酒要离家，抬眼看母亲，红了眼塘子。

母亲望着我，她自然舍不得，但烤酒手艺一定要学的，便朝我咬着牙，点了点头。

我舅说得有理，可家中独余母亲一人，我心中七八个吊桶来回摆动，七上八下，左右为难之际，舅舅开了口："我一直听说，这许九是个好汉子。几年前，他们那里闹了兵祸，牵走了庄子里不少牲口,还抓了不少劳力,说是去修什么路。附近庄子里的几个大户,都没办法认了倒霉,就连一直吹牛的赵家,那个自称有儿子在省城做官的赵家,举家去讨要也吃了瘪。只有许九,独身寻了过去,不但把牲口牵了回来,他家的几个长工,也一并搭救了回来,还和那长官论了盟兄弟。你若跟着他,不只是学艺,也能学些眉眼高低。咱们虽是本分人,但这些事情,知道总比不知的好。"

"我干爸原来这么厉害的?"我接着问道。

"具体是咋说的,就不知道了,也或者传来传去,传得也有些大了。但是他生意做得大,除了东西好,自然也还有别的好处,你舅认识的这许多人中,算是个人物的,头一个便要说是他。你若拜了他学酒,终归是有好处的。你不是听说了吗,他送许谦上新学堂,可见过世面的,眼光还是很长远的。"

我低头沉思,两个月前,许谦的父亲没了,也是许九过来帮忙张罗的,不仅丧事做得很有排场,还把许谦安排到了县里去读书,据说读的还是新派的学校,不只教私塾里的文章,还教什么算术、科学。乡亲们传来的这些新名词,我连听都没听过,跟许谦已有两个月不见,我与许谦已经是两个世界的人,他去当少爷,我老实种地。我想了想,许九该当是个好师父。

"妈,我若去了,家里的地便没人种了,没了进项可怎么好?"话虽如此,我仍是担心。

母亲早料到我的话,她眉眼一舒道:"妈又不是做不了活儿,你若去了,我便少赁点地,妈是女人,吃得也少,种上几分地,够我一人口粮便好,趁着妈现在还能干,种几分地不算什么,你赶紧去学个手艺才好。"

"这地要是退了,以后再租,若是不肯怎么办?"

"这几年收成这样,我们家又是铁板租,交了租子剩不下多少,若是哪年一发水,便更是断了活路,索性倒不如你出去学门手艺。"母亲答道。

"桂生,难为你妈这份苦心,你就别再多想了,趁着你妈还能干,早些学艺,早些出徒,若是真的学成了,以后自己买地种。租人家的地,什么时候才能翻身啊。"

我猛地抬头,盯着舅舅,这话说到我心坎里了,若是能买上一块自己的地,父亲地下也能瞑目了,我点点头:"行,我去好好学烤酒的手艺。"我一口应了下来。

舅舅见我答应了,直夸我是好孩子。我们商量了一阵后面的事情,诸如何时上门去,带些什么礼。母亲又给了舅舅两元银洋,这两年日子不好过,一共就攒了两块,不过为了我能学上烤酒手艺,母亲倒也顾不了那么多了。

我见我舅拿了家里两元银洋,便舍不得,随口说了一句:"这些礼,要两元银洋?"这两年我舅看钱看得越发重了,前几年父亲没的时候,舅舅帮衬了一元银洋,我一直以为那是我舅出的礼钱,毕竟舅舅来吃席没给钱,还顺走了半坛子酒,但不知为何,前年舅舅竟然专程上门,朝母亲讨这一元银洋。

我心中不悦,这次舅舅又拿走两块,不知那些礼品值不值这个价钱?

舅舅皱眉,当下对着母亲道:"这礼,还是你们自己去办吧,别回头我费心劳力的还不讨好,这信儿我给你们带到,也算是我这个做舅舅的仁至义尽了。"

"桂生,你胡说啥呢,还不跟你舅赔不是。这几年咱们受你舅的照顾还少吗？"母亲搡了我一把，我低头连道不是。

母亲朝着舅舅道："哥，你别跟孩子一般见识。"母亲把钱塞进了舅舅手里，我和母亲一直将舅舅送到了庄子口，街下有人慢悠悠叫卖吃食，四个字一句，不知道卖的什么，只听得出极长极长的忧伤。

回家路上，天气骤冷，灰色的天，村道两旁，阴翠的树，静静的一棵一棵，没有一点胡思乱想，我和母亲回到了家里，四目相对，心里半分欢喜，一片凄然。欢喜自然是因为能跟着许九学烤酒，不舍也是自然的。

母亲拉着我的手，坐在床头，对我念叨半天。我扶着床沿，轻叹一气，再过几天，便要离了这床，我从未离过家，母亲自然担心我，是否能过得好，饭菜合不合口味，床铺睡得是否舒服，是否受人欺负，活计是否重。若是做得不好，许九是否打骂，就算不打骂，少不了给我脸色看。我从小长在父母身边，虽说日子苦，但从没受人冷脸，没受委屈。当学徒工，巧言说是学手艺，实则师父家的脏活累活全盘照收。

我忐忑不安，母亲一个人在家，累了怎么办，病了怎么办，都没个说话的人。我和母亲心中默契，彼此对望一眼，再没吭声。

到了约定好的日子，舅舅便领着我，登了许九的门。许九一见到我们，便张罗着迎客，同舅舅一起落了座，寒暄一番，便将事情拉拢到正题，舅舅说明来意。

许九抚掌大笑，连声道："桂生舅，你不必担心，往日桂平于我有恩，我同他称兄道弟，桂平兄不幸早去，他的孩子我多少也要照拂几分，何况我还是桂生的干爸呢？"

舅舅喜道:"那便谢许兄了,你有什么吩咐,都可以跟孩子说。"

许九沉吟良久说道:"桂生舅,咱们两家连着亲,我就不外道了。娃娃确实是个好娃娃,可烤酒是个苦差事,有些事情我可得说前头。"许九顿了一顿,抬头看向我。

"干爸,我不怕吃苦,有什么您尽管吩咐。"我答道。

"好,好孩子,那我就说了,这烤酒的营生既复杂,又艰苦。担水、担柴、扬掀①,都是吃力气的活儿,比种地要辛苦得多,你可吃得苦啊?吃得了苦才做得,若是做不下来,那不如寻个别的营生。"

"嗯,我有力气。父亲说过,力气是使不完的。您放心,我不会嫌累叫苦的。"我应道。

"好,好。除了这些烤酒的活儿,我家里也有田亩,还有油坊,日常还有不少打扫服侍的零活,做学徒亦是做工,哪样活儿需得人手就需得做哪样。出徒之前,我这里只管吃喝,不论你在哪处做活儿,都没有工钱给你,你可愿意?"

这些学徒的规矩,舅舅早跟我说过,我心中门道清楚,便朗声应道:"这是自然,我在您这里学艺,给您干活儿,那是应该的,只要能学到手艺,我自然是愿意的。就算以后出了徒,您这里有活儿需要帮衬,我也是该要来帮忙的。"

我倒非虚意逢迎,我真心实意。若是从干爸处学到了好手艺,靠着干爸的手艺买上了自己的地,给人家干点活儿,实在

---

① 扬掀:用扬渣或晾渣的方法,使蒸熟的原料迅速冷却,使之达到微生物适宜生长的温度,同时起到挥发杂味、吸收氧气等作用。

第二部分　浮萍生根

不算什么，也该一辈子念着人家的好，报答人家才是。

许九大喜，这话听在他耳里分外受用。他不禁将我上上下下地打量了一番。

许九双手搭在我肩上，沉声道："好孩子，我不管你是天生的机灵，还是天生的良善，但不论是机灵，还是良善，能说出这样一番话来，都十分难得。你年纪这么小，便如此机灵，将来说不定是个做生意的好手，你若肯学，我也是肯教的，若你是这般天生良善，那便是更加难得了。"

我被他看得发毛，面上便升起一丝窘色，低下了头。原来他以为我有意逢迎，受人指点，才说这般话，我急忙说道："天地良心，我说的是真话，若是虚情假意，以后许谦便再也不找我玩。"

许九喜出望外："好，好，当真是个好孩子。你只要吃得苦，便不用太担心，我这里虽没有工钱，但是一日两餐都是有的。做活儿时吃得干，没活儿时吃得稀，想来跟你家里也差不了太多。而且逢年过节少不了一顿荤腥。不敢说吃得多好，但是到点儿总有饭给你吃，饿不着你就是了。"

"桂生，我一般不随意收徒，你虽然到我这边来学，我也愿意教你。但是你得明白，我这边也有其他学徒，也都是四面关照过来的关系。我虽是你干爸，但是更是你师父，你往后须注意。"

"这是自然。"我点点头。

许九转向舅舅道："桂生舅，你也放心，咱们两家连着亲，桂生还是我干儿子，在我这里饿不着他，说不定还比家里吃得好些。你们信我，肯把孩子交托给我，我心里也是感激，桂生同许谦一处长大，那便也算是我看着长大的了，算是知根知底，若是一块好材料，必然不会误在我手里。等孩子出了徒便会有一份工钱，而且只要生意好，这工钱还会逐年再涨。烤酒虽是个苦差事，但是这工钱却是各样手艺人里最好的，我看这孩子挺聪明，又有悟性，应该用不上几年就能帮衬上家里。"

舅舅大喜，眉头舒展，千恩万谢地恭维着，说着一番客套话，两人约定好，三日后我便正式到许九家里来学徒。许九立马喊人，让人带着我和舅舅到酒坊里转上一圈，还说让我们转过后到家里来吃饭，吃过饭再回去也不迟。

我舅何其精明，这番人事如何不懂？人家不过是客气客气，他便推托道："许师傅好生客气，不过我们路程有些远，家里还有不少东西需要准备，还是早些赶回去的好。"果然，许九也没有强留，客气一番，我和舅舅便跟着一个长工，往许九的酒坊去了。

许九的酒坊，离他的宅子不远，步行半盏茶工夫便到了，屋舍比宅子多上不少。长工带着我们一间又一间看过，一一介绍，哪个是甑房，哪个是曲场、养曲房，在哪里磨粮，在哪里下窖。

我跟着走了一圈，酒气熏得我眼花，我晕晕乎乎的，仿佛脚底踩了棉花，一蹦一跳，快要飘起来。一直等回到了家里，见到了母亲，才回过神来，我兴奋异常，跟母亲说着，许九家如何气派，酒坊如何阔气，用了多少长工，仿佛他一个酒坊，比我们整个庄子里的人都多。

我一直说，一直说，连吃饭都没停嘴，一直到灯油都发暗了，才回房去睡。母亲一直看着我，笑着应着，将那一股又一

第二部分　浮萍生根

股涌上来的不舍,都埋进了心里。

后来我才发觉,我睡后,母亲打开椿木的柜子,将柜子里那床半新的棉被拿了出来,小心翼翼地将被里被面拆下来,泡进水里,又将我的衣服都找出来,也泡进了水里。

天气冷了,衣服干得慢,母亲早洗棉被衣物心里踏实。若是明日天气好,也可将被子中的棉絮拿出来晒晒。母亲睡不着,水有些冰,手伸进去已经有些刺痛了。

我一早起来,看见满院子晾着的衣服被褥,猜想母亲一定忙了一晚,便悄悄地下了床,往庄子边的林子里去了。我琢磨着,没别的活能提前帮母亲做,唯有拾掇柴火,多打柴火放在家里,总是好的。

这两日,母亲忙着给我准备铺盖衣服,所有东西都仔仔细细地洗干净,又缝补过一遍,我忙着将柴火堆满院子。母亲时常嘱咐我两句,我总是笑着应好。

"出门在外莫惜力,你爸说过,力气越用越有,井水越打越多。"

"你若是烧锅一定要仔细些,千万莫要烫着。"

"在外边别跟人家起争执,吃点亏就吃点亏,没啥大不了的。"

"给人干活眼光要机灵些啊。"

"妈,我听得耳朵都要起茧子,您都说了一千遍啦!"

三日转瞬而过,儿行千里母担忧,母亲本不想哭,但怕我见她不舍,反而生出忧虑,到了临别前晚,母亲终究是没忍住,一个人躲进房里,眼泪噼里啪啦,掉个不停。

我跑过正瞧见油灯照着她的脸，剥了皮似的红润，母亲的两只眼睛肿得像胡桃一般，哀愁与快乐由里向外透了出来。我瞧见了，便钻进了母亲怀里，母子俩抱在一起，终是哭了一回。

## 13 欺新受压

我往许九家去,依旧是舅舅领着。一路上,舅舅同我讲人情世故的道理,比如,要有眼力见,嘴要甜,做事要勤快。我一面听着,一面琢磨,一定要尽快学到手艺,尽快挣钱买地,让母亲过上好日子。

待到了酒坊,我舅发现许九不在坊里,听说县城来了新的守军长官,今日地方乡绅给新老爷接风,许九亲自送酒去了。但他临走前吩咐了人,让安排我先住下。

舅舅一路跟到了住处。学徒住处,虽住得挤些,十几个学徒同住一屋,但是有窗有瓦,在许庄,这屋可只有富户家里才有的。我舅见条件不错,便放心了些,临别嘱咐我两句,就此回家去了。引路的人同舅舅一道离开,临走时告诉我安顿些许,一会儿会有人来寻我,带我去做活儿。

我点头应了,将自己的铺盖弄好,便立在屋里,等着人来,一直等了许久,方才见着一个少年推门走了进来,来人身量比我高了半头,膀子粗壮有力。

"你就是新来的?"那少年问我。

"是,我叫桂生。"我应他。

"桂生是吧,你跟我来吧,东家临走时交代了,让我带你熟悉熟悉这里的活儿。"

少年转身出门,我跟在他后头,按着舅舅教我的,怯生生问道："不知道怎么称呼您啊？"

少年回头看了我一眼，答道："你不用这么客气，我同你一样，都是学徒，我叫王富贵，咱们年纪应该差不多，但是我比你来得早，你叫我王哥就得了。"

我点点头，喊了一声王哥，问道："王哥，我看刚刚那屋里得有十来张床，住的都是东家的徒弟吗？"许九虽是我干爸，但我也不想凭关系取宠，听王富贵叫他东家，便跟着喊东家。

"也不都是，还有几个长工，加上你，东家一共九个学徒，三个快出徒的，跟着东家都有三四年了。还有四个，是前两年收的，我跟你一样，都是今年来的，不过我比你早了几个月。"王富贵应道。

我还想再问什么，王富贵却已止住脚步，看来是已到了地方。我刚来，并不知身在何处，只见是一个宽敞的场院，院里并排摆着一溜水缸，王富贵指着眼前的三口水缸道："你先挑水吧，出了酒坊往右拐，有一口甘露泉，那里的水甜，酿酒得用好水，咱们酿酒用的水，都是从甘露泉挑来的。你就去那里挑，天黑前，挑满这三缸就成。"

我刚想详细问问路程，王富贵却转身一溜烟儿跑开了，转眼扎进了场院，去了另一头一帮少年中间。我有心追过去，但那群少年都背转过身，围成了一圈，似乎有意避开我一样，我心生怯意，只得硬着头皮，挑起水桶往门外走去。

一路问人打听，我才算找到这甘露泉，原来王富贵说的这甘露泉，竟然离酒坊有一里多地，这一来一回，不少花工夫，要在天黑前装满三大缸水，对瘦弱的我来说，活可不轻。只是我初来乍到，不敢多想，只能加紧步子，一担一担地往回担水。

我连着担了四五担，只觉得心口直蹿，心扑扑跳得厉害，忽然想起父亲曾说过的，力气要匀着使，千万不能着急，越急便越使不出力气，我突然开悟了，站在一旁，连着喘了好几口大气，才重新又将担子挑回了身上，压着步子，稳着力气，重新挑起水来。

一直到天擦黑的时候，三缸水才挑满了不到两缸，我刚刚将桶里的水倒进缸里，便听到有人吆喝："吃饭了，吃饭了啊。"我便放下桶，跟着众人到了住处前的左院子里头，那院子里有口大灶，灶上支着一口大锅，锅边放着一摞大海碗，还有一个半大的咸菜缸。

长工和学徒们排队，挨个走上前去，盛饭的师傅，给大碗里舀上一勺稠粥，又从咸菜缸里夹上一筷子咸菜，丢在粥上面，这便是一顿晚饭。

我也随着众人走了过去，走到跟前，那盛饭的人望了我一眼，我怕人家不认识我，不给装饭，便连忙道："我叫桂生，是东家新收的徒弟。以后还要劳您多多照顾。"

"哦，你就是桂生啊，东家交代过了。你这小身板够瘦的。"那人应了一句，也给我打了一勺子稠粥和一筷子咸菜。

我捧着碗，在人群中寻摸了一圈，瞧见了王富贵，也瞧见了引我进来的长工，这半院子人里，我只认识这两个，有心过去搭个话，心中又有点怕生，踌躇了一阵，还是一个人找了个角落，将碗里的稠粥吃净了，便又返回刚才的院子，取了桶接着挑水去了。

待到三缸水打满，月亮已经升得老高。我摸黑回到睡觉的屋子，躺到床上才觉得腰背酸痛得厉害，肩膀上也火辣辣地生疼，皮怕是早就磨破了。

如此连着过了几天，每日里就是担水，不过担了几日，我便看出门道。这场院里的一排大缸似乎是专门给学徒准备的，加上王富贵，每日清晨，我们学徒便都开始从甘露井往回担水，只是每个人担的分量不一。年纪大的，眼看就要出徒的，通常挑满一缸，就不再挑了，而是钻进场房，做些各样的活计。

这几日里，学徒的脸和名字，我算是认得大概，但这酒坊里那么多间房子，场院般宽大，每间都是做什么用的，我却依然没能搞清，也没人教我，甚至都没人来带我正式走上一圈。我只靠自己，只能凭借初次登门的记忆，依稀分辨出养曲房、甑房方位。

除了快要出徒的，另外那四人，基本上一人一日只挑两缸，四人来了超过一年。而王富贵一日要挑上五缸。我最多，一日要挑满六缸水。我人勤快，但不傻，这里面肯定藏着事由，但我初来乍到，还没摸清门路，便暂时忍下。虽说心里不情愿，但逢人笑着，并没让人看出丝毫怨气。

我来了七八日，这才见到了许九。那日，我一早才挑了不到两缸水，一个年长的学徒过来喊我，我抬头，见是李长生师兄。他说，许九起床，让我跟着过去服侍，我这才知道，原来学徒除了学烧酒活儿，还要跟在许九跟前做些杂活儿。

李长生说："桂生师弟，挑水不过是杂活儿，到了季节，咱们还要帮着种粮收粮，后面还要运水、运粮、搬曲，凡是这些活儿，只出力气，不用手艺，都算杂活儿，等把这些杂活都做完了，你才能跟着学磨粮、扬掀这类的手艺活儿，等这些手艺活儿都干熟了，才能学选粮、拌粮、添甑、烧锅这些精细活儿。"

李长生顿了一顿，道："手艺学得多才好，便可少做杂活，多做正经的活计，那便是多跟烤酒打交道。"

我凝神听得仔细，但始终没听到制曲，疑心他漏了半句。我舅舅说过，会制曲的师傅才最矜贵，压着嗓子，好声好气地问："李大哥，那我什么时候才能学制曲？"

李长生看了我一眼，笑道："你小子不错，挺有志气，曲师可是百里挑一，学了制曲，那可就是大师傅了，那得看你小子的造化了，你得有灵性，干爸才能教你。不过你这个身量踩曲倒是可以。"我个子比同龄的孩子小些，到了这个年纪，比起十二三的孩子，也没高出多少。

"我听您一直管东家喊干爸？"这几日，我细心观察，许九有九个徒弟，有两个人与众不同，别人都称许九东家，而他俩却称干爸，那岂不是与我算是干兄弟？

"对啊，东家看得上你，让你认了干爸，你就有机会能学制曲了。"李长生答道。

我心下了然，这李长生既然是干儿，想来定是许九跟前得力的徒弟，才能认了干爸，跟着许九学制曲，我入师门之前已是许九的干儿子，这么说来我是铁定能学制曲的？我本想多问，抬眼惊觉，我们已到了许九的院子里头，李长生做了个噤声的手势，走到一间红屋子外头，恭恭敬敬，站在门口说道："干爸，您老起来了吗？"

红屋子里面先是咳嗽了一声,稍久之后,传出许九的声音:"进来吧。"

我低着头,小步子向前,跟着进了屋,见许九没穿外袍,只穿了一身素色的袄褂,斜倚在床头上,床上的帘子挂着一半,里面还坐着个女人,许九打了个哈欠,对里面女人说:"这是忠厚家媳妇姊妹家的儿子,叫桂生,是咱家新收的学徒,是个好孩子。"

许九说完,又转向我道:"这是你师娘。"

我想也没想,"扑通"一声,跪在了地上,磕了个头,喊了一声:"师娘——"

床里面的女子似乎是被逗乐了,笑了几声,应了一句:"好孩子。"

许九似乎也被我这磕头逗乐了,打趣道:"这孩子倒是认得真神,还没给我这个做师父的磕过头,倒是先拜了你这个师娘。"

我原本要起身,听了这话,又连忙转向许九,磕了个响头,想跟着喊一句"干爸,您早安",但想起入门时舅舅的嘱托,便将这话儿咽进肚子,改口道:"师父,您早安。"

许九满脸慈祥,笑得更响了,连着夸了几句好孩子,我方才起身。

就在说话的这会儿工夫,李长生已走近床边桌子,拿了烟枪,烧好一泡烟膏,塞进斗里,递到许九跟前。许九接过烟枪,李长生又半蹲在床边,将烟灯捧到了烟斗跟前,许九将烟斗凑近烟灯,深深地吸了一口,闭着眼睛半晌没再说话,如是来回数次,方才心满意足地睁了眼,要起床了。

第二部分 浮萍生根

李长生见他尽了兴,连忙撂下烟斗,转身出去,打了洗脸水进来。趁着许九洗脸,又从床边将夜壶拎了出来,我见状抢步过去,对着李长生言道:"李大哥,我来吧,精细活儿我一时学不会,这个活儿我倒是能干的。"

　　李长生没推辞,将夜壶递给了我,又跟出了门,将茅厕的位置指给了我,我倒了尿壶,又用水冲洗干净,回到那院的时候,许九已经穿上了大褂,从屋里走了出来,许九见到我迎面过来,便对我说道:"这几日各项应酬事多,顾不上你,你先跟着长生,让他吩咐你些活儿,不要只是挑水,这院子里头的杂活儿,甄房里头的杂活儿,都跟着做些。"

　　我点了点头,却发现李长生的额头已然出现细密的冷汗,似乎听出什么意味,随后他和我退到了一边,看着许九的背影匆匆出了门。

## 14 天道酬勤

李长生带着我回到了酒坊,一进门看见几个学徒正撒着欢儿在打闹着什么,便厉声喝了一句:"都别闹了,你们的事情让干爸知道了,从今儿起,大力你们四个满了一年的,还是一人挑满三缸,桂生和富贵一人四缸。"大力吓出一身冷汗,连忙应声说是。

回住处的路上,李长生跟我道歉。我吃了一惊,李长生解释,挑水本是酒坊里最简单最吃力的,通常分配给学徒们去做,这本没有什么,但我刚来时,许九只吩咐了让我打水。大力这些老学徒,来得稍久,便使了坏心眼,故意让王富贵告诉我,半日要挑三缸,一日要挑六缸,我挑得多些,他们便可乘机偷些懒。

李长生等人,本就要出徒了,本就一日最多挑上一缸,若是别的活儿太忙,不挑也是能行的,懒得和他们掺和。正因没跟着掺和,大力他们干的这些偷懒事儿,早就通过几个老学徒,传进了许九的耳朵里。许九听后不免吃惊,倒不是吃惊这些老学徒欺负人,而是震惊于我的小身量一日能挑六缸水,他非但没有立马阻止,还特别嘱咐李长生留意我。一是想看看我多能吃苦,二是也看看我吃了苦,会不会埋怨人、撂挑子。

这几日下来,我非但没有哭爹喊娘,还逢人都挂笑,只有深夜上了床才咧着嘴,揉揉肩膀。许九一直看了七八日,我每

第二部分 浮萍生根 143

日早起晚睡，都挺了下来，自知已然看得准了，这孩子心里有一股恒心、一股狠劲儿，不是做做样子，这才让李长生将人喊了过来，还特意嘱咐多给我安排些酒坊里面的杂活儿。

我随了父亲的性子，本就勤谨，得了这样的照顾，干得更是分外起劲，那日我将夜壶主动内外洗净，才放回屋里，许九很是满意。他发现，我还不只是洗一次，每次我来倒夜壶，都必然是洗干净，再放回屋里，眼见着我是一个踏实肯干，又能耐着性子的孩子，指不定将来能成大事哩。

这样的孩子，许九自然分外喜欢，他院里有什么活儿，也愿意叫我来服侍。一来二去，我同他便熟悉得快了许多，再加上两家本就有亲，很快就安排我进了甑房学手艺。

学徒学烤酒，不像学生上课一般，有个老师专门讲授，不过就是师傅在操作的时候，从旁观看，打打下手。同时，师傅提一些技术要领。从时间上，师傅们也不会按照烤酒每个步骤的顺序一一讲授，而是干到哪里就教到哪里，学徒们自然是学到哪里。

对酿酒而言，水为酒之血、粮为酒之肉、曲为酒之骨，这是传统酿造白酒的精髓所在。李长生各项手艺都已经学得差不多了，正式出徒做了长工，但是差制曲的关键步骤——配料还没有传授。各个曲师制曲时所用的各项粮的分量都不相同，酒的好坏，一般也是在酒曲上见分晓，这些诀窍，许九一直握在手里，还没给李长生说透。但是其他各项，李长生多半已相当熟悉了。因此，许九便让我每日做完了分内杂活后，便去寻李长生，跟着他打打下手，也叫李长生给我开小灶，讲讲各项事由的梗概。

那时，李长生的正差便是在甑房之中做拌案，也就是帮助火管烧灶、入甑、出甑，给甑顶的冷缸换水，这几样里面，入甑之时如何将酒醅铺得均匀、松密得当，这些最考验技术，通常长工铺设之时大师傅都要在一旁督管，铺设完成之后大师傅还要再检视调理一番。大师傅最为上心的，除了铺酒醅，还有便是验酒了。烤出来的酒，酒头酒尾都是要舍的，舍多舍少，要看大师傅的判断。李长生也曾告诉过我这舍酒的门道，但是一时之间，我也只是一知半解，却没有自己动过手。

许九的甑房之中，备有两架大甑，但是平日里只开一架，人工也只备有一班，或遇销量猛增，或为年节备酒，才会两甑一同烧起。

许九本身就是大酒师，酒坊中还常年雇用另一名大师傅，平日出酒都是雇来的师傅照看，待到要两甑同开的时候，或者要为特别之人之事酿酒，或酿特别之酒时，许九也会亲自上手充当酒师，督管整个过程。

寻常的酒，酒醅不过是在窖子里面发酵十天半月，稍微好些的，不过发酵三四个月，而窖子房里专有六个窖子，都是一封便是八九个月，甚至最多的能封足一年以上。李长生说，酒醅在窖子里面待的时间越长越好。这些长时间封存的，都是许九特别精心操办的，用的都是最好的粮、最好的曲，其中有一窖，是专门给县城里一位长官酿的，连水都是从老远运来的山泉水。

我听得似懂非懂，只明白了一个道理，好酒是要好水好曲，新酒还要封埋的时间够长才行，好酒出窖上甑的时候，许九是要亲自来盯着的，一点也不能懈怠。

不过这些都是后话,眼下还轮不到我操心。

李长生同我说,眼下我只管守着蒸甑,学着怎么看顾好那一冷一热就行。冷是甑头上的冷缸,每一甑酒冷缸里的水都要换上五回。甑房外有座大钟,用以计时,头回换水,是在入甑之后的二十五分钟,第二次是在第一次换水后十五分钟,再过十分钟便要换第三次,第三次之后八分钟,第四次之后五分钟,越到后面间隔时间越短,需得人十分尽心地守着,冷水换得早或者晚了,出酒量都会变少,而且酒的味道也会变得辛辣酸涩,自然也是不成的,且冷缸里的水,还须拿着柳条不停搅动,这样才能保证一罐子的水,一直都是一个热度。我常常帮着搅水,待到李长生换水的时候,我还帮着他提水递桶。

这是甑房中的一冷,而那一热说的则是灶膛里的火。相对冷缸来说,灶头便容易得多了,只要保证大火一直旺旺地烧着,便算成了。我跟了几日,觉得很不过瘾。我每日挑完了水,基本上都要过了响午,最多只能赶到三甑,头甑和二甑都是见不着的。有一日我发了狠,半夜便起了身将四缸水都挑满了,赶在李长生他们起来之前,到甑房里守着,终于完完整整地学习了一回烧甑。

原来烧甑下面的地灶膛,足足有一人多高,还得是身量高大的人,若是我这样的,那便是能踩着肩膀撺进去两个。灶洞上,有七八根手腕粗细的铁条,蒸甑地下的底锅,便坐在那七八根大铁条上。

晨起的第一甑,先将底锅注满冷水,紧接着要把冷水烧得滚烫,柴火噼里啪啦地响个不停,配上锅中井水渐沸的隆隆声,这声音是那么奇妙悦耳,我听得入迷了。

李长生不知何时走到了我身后，猛地拍了我一下，我一个激灵跳了起来，险些扑到甑上，火管老徐吓了一跳，对着我们喝道："一大早上的瞎胡闹，要闹滚到一边去，掉进灶坑里，把你的骨头都烧成灰。"

我也吓了一跳，悻悻地往后，倒是李长生，没事人一样，冲着老徐应道："这小子不知看什么看傻了，我不吓他这一下，怕是他才要真的跌进灶坑里呢。"

我知道他们是在玩笑，笑着跟到李长生身边，帮着他往冷缸里添水，顺带问道："李大哥，你说这每天五甑酒，哪一甑出的酒最好喝啊？"

李长生笑道："那说不准的，这个需得大师傅来看，大师傅看过之后，哪一甑是好的，便留哪一甑单独装坛。"

"那一甑里流出来那么多酒，起头接的酒和尾巴上接的酒，味道上可是一样的？"我又问道。

李长生接着答道："这自然是不一样的，酒头如酸醋，酒尾有水腥，这酒头酒尾都是不能要的。"

"刚出来的酒，若是不能要，那到了啥时候才能要啊？"我跟着问道。

"你小子问题咋这么多，大师傅那么多年的功夫，你还想一日就学尽了不成。去去去，去打几桶冷水来，要换水了。"李长生被我问得不耐烦，赶我去做活。

我是好性子，拎着水桶，一溜烟打水去了。眼瞅着换了第五回水，大师傅拿着小瓢，缓步走近，望了一眼篓里的酒，从蒸甑的嘴子里接了一口，含在口中，紧接着便喊了一声："成了，出甑吧。"

三五个烧班的工人便走了过来,抬着接酒的篓子,移到了一边。我凑到近前去看,大师傅望了一眼我,将瓢递到了我嘴边:"你想知道啥样叫成了呀?那就尝尝啊!"

刚烤出来的酒,最是辛辣,我被呛得咧了咧嘴,差点没一口吐出来。

几个长工见状,笑得前仰后合,打趣说道:"小娃娃嗓子眼都没长开呢,就想学烤酒啊,瞧那个熊样,啥时候你能把酒尝出味道了,啥时候才算正式入了门。"

做酒的长工多半好酒,甚至有的人在酒坊做工,常年挂着一张红糟糟的酒糟脸,连笑容里也带着一股酒气。我也跟着笑了一阵,又接着忙活去了。待到大师傅再次装瓢的时候我又凑了过来,凑在旁边看,我质朴良善,但不愚钝,跟了几日,我看出了门道,甑房里这些活儿,最吃手艺的便是铺酒醅和断头尾这两样,只有把这两样学透,才能做得了大师傅。

我跟着李长生,在甑房蹲了一段时日,中间下掀[①],人手不够,我也去窖子房帮过几回忙,在我看来,窖子房里吃功夫的,也就是扬掀一样,要扬得散,落得匀,要扬出一定高度,这样酒醅才能在空中多停留一会儿,充分冷却,但是不能只高不散,更不能太高太散,散落得满地都是。扬掀落下之后,并不会离原来的醅堆太远,且依旧是大小差不太多的一片。

一个扬掀工要流八斤汗水,可一班七人,八小时蒸出的酒才三四十斤。不过在我看来,扬掀不过是个熟能生巧的力气活,多练练便就成了。每次汗水淌进眼里,杀眼,我用毛巾擦

---

① 下掀:同"扬掀"。

了把脸,揉了一下眼睛,继续埋头苦干,不过一天下来腰背如同炸泥鳅一般弓着,我因着年纪小身量轻,也被叫过去踩过几回曲,不过进了曲子房,几十个般般大的孩子便如同磨上的驴一般,只是跟着曲头的吆喝上下去踩,反倒看不出半点门道。

我做活儿也做出了巧劲儿,每日晨起先去挑上两缸水,若是许九不叫,我便跟着到甑房里去帮手,烧过两甑或三甑,便到了午饭的时候,我趁着这个工夫还能挑上一缸,余下的一缸,待到五甑烧完,吃过晚饭,我再去补上。因这水缸乃是随用随续的,所以我错开些时候也并不显眼。

这段时日,众人也都看得出来,东家对我有些偏爱,那几个早来的师兄也不敢再欺负我,反而勾肩搭背地同我论起了兄弟。我同父亲一样,待人总是和善,也并未记仇,与几个人相处得也算融洽。只是这几个人欺我不得,便把坏心眼使到王富贵身上,他们不时将自己该做的活儿,推到王富贵身上,王富贵心里气,但不敢不做,只能边做边骂。

我没长欺负人的心眼子,遇到这些事,总是躲得远远的,人前人后,依旧叫王富贵一声王哥,看他被欺负得紧了,也会偷偷地帮上一点。王富贵心里感激,拿我当兄弟当救星一般,跟我走得格外近些,我和这些师兄弟的关系越来越好,偶尔坐在门槛上歇息,看着墙缝中抽出的小树枝丫与日渐浓密的乱草,渐渐会感到轻松惬意,我和王富贵他们在打闹中显得越发意气相投。

# 15  情窦初开

这一日,我刚刚挑了一缸水,便见着王富贵火烧屁股似的朝我跑了过来,离着老远,就朝我喊道:"来了,来了,快去看,快去看啊!"

我被他说得有些糊涂,放下担子问他:"谁来了,去哪里啊?"

"东家的闺女,可漂亮了。"整个酒坊里都是糙老爷们,一年到头也见不到一个女人,一群血气方刚的毛头小子,每回见着姑娘,都跟饿狗见了肉一般,就算吃不着,也得远远地望上几眼,何况这次还是东家的女儿,难怪王富贵像丢了魂儿一样,跑得比兔子还欢。

"东家的女儿?东家还有个女儿吗?东家的女儿到酒坊来做什么?"因我心细,许九的媳妇也常愿意使唤我,搬花、抬桌子、上街跑腿儿,这些个学徒里面,我算是去东家院儿里最勤的,但是也从未见过这个女儿。

我在一众人的叽叽喳喳中才听明白——原来许九有个女儿,叫作许清竹。许家虽然算不上什么高门大户,但这个女儿却生得格外漂亮,许九一直想着要让女儿高嫁,最好能嫁到南边的省城里去才好。我也去过几次南边,也有一些客商往来,在我的印象里,南边的日子比我们这边好过得多,普通人家也大多都能吃得上精米,不像我们这里,三饥两饱的,吃的还是玉蜀黍和高粱米。南方酒行的生意也好做，烧酒卖得也要贵些。那些南方的客商，穿得也很讲究，且多半是读过书的。而且南方家家户户种桑养蚕，又能生长棉花，普通人家穿得不知比我们这儿要好上多少倍。许九的女儿若是能嫁过去，定然是要享福的。若是能嫁个读书当官的，说不定许九也还能沾到一些光。

许九自己也是认得字的，虽然没有读过太多书，但是许九一直觉得，读书是件好事，读了书才能做官，若是做了官，这一族的人也算都有了依靠了。就算做不了官，能做个教书先生也是好的，也算是光耀了许家的门楣。所以，他就算是有些肉疼，但还是出钱将大哥的儿子许谦送到了新式学堂里去读书，一年的花销不少，能请上两三个长工了。

因存了要女儿高嫁的心思，所以便养得娇贵了些，以至于还送到私塾里读过几年书。这几年女儿大了，他便开始琢磨着婚事。在许九心里，虽然想让女儿高嫁，但是又想找个知根知底的，这样也免得女儿远嫁受人欺负，故而便把女婿的人选，集中在本镇的二代上，最好是生意做到南边的大户身上。

听王富贵说，许九的女儿平日里是断然不会进酒坊的，只是今日，镇上刘家的大儿子刘广福替父亲来挑选寿酒，许九才特意喊了女儿过来。这个刘家算是本镇数一数二的大户，不仅生意做到了南边的省城里，而且刘家这个大儿子刘广福还在南边省城的新政府里谋到了一个差使，说是什么交通部的专员，而且难得年纪相当，模样也还算周正。

我跟着王富贵一溜烟跑到前院，眼看着墙根底下已站了一溜的人，一群毛头小子，想看又不敢往近处去，怕被许九看见,都只能躲在墙根儿底下。我才到,还没来得及蹲下,便看见一个淡绿色的身影从堂屋的门里走了出来,身前半步是一个穿着新式衣服的青年,身后半步跟着许九。

前院这间堂屋,是酒坊专门接待贵客用的,这时候,刘广福已然订完了酒,正准备要走,许九让清竹跟着一起送送。

"广福啊,你真是孝顺,在省城里做了官的人了,还不忘回来给你爸贺寿。"许九一面奉承着,目光一面往自己闺女身上飘,这丫头今日不知怎么了,平常挺能说会道的一个人,今日却只打了一个招呼,便低头不再说话。

"许叔您客气了,父亲今年五十整寿,再怎么样,我都是要回来的。"刘广福跟着客气道。

许九接话道:"还得说你们这些做官的人啊,就是比一般人有眼光,我就那几缸压箱底的好酒,竟然叫你一尝就尝出来了,都是陈了二十年以上的好东西啊,也就是你,别人我都不能卖他,还要留着给我清竹将来做嫁妆呢。"

刘广福赔笑说道:"许叔莫要谦逊,我曾听父亲说过,许叔烤的酒方圆百里都是有名的,能得您割爱,也是您同父亲的多年的交情。还烦请您无比费心,酒一定要寿宴的三天之前送到。还有我刚刚同您说的,同样的品质我要再订上十缸,放到家中的地窖里,存上十年八年,等到父亲六十大寿的时候再启封来喝。贵些也是无妨的。"

"好,好,一定照办,到了秋天,我便专门为你和你父亲跑一趟北边,选上一批上好的高粱,再跑一趟玉泉山,订上两车好水,秋后下了窖子再足足闷上一年,保证错不了。"

"好,那就有劳许叔叔了。到时您也一定要来喝杯寿酒,清竹妹妹若是得空也可一起过来。"刘广福躬了身子，告辞去了。

许九这才转身，对着许清竹道："往日叫你文静娴雅一些，你叽叽喳喳叫个不停，今日叫你来同人说说话，你倒是成了哑巴，也不知整日都想些什么。"

"爸，我又不认识他，你们说的那些酒啊，茶啊，生意什么的，我又不懂，你让我同他说什么？"许清竹的声音分外好听，清脆得宛如黄莺出谷，绕过树，穿过墙，传到了墙根儿下几个少年的耳朵里。我有生以来第一次，丢了魂儿一般，愣愣地抻着脖子，往清竹的方向望去。

我没料到，一个女孩的身形怎么能生得那样匀停，那样婀娜，像河边随风摇着的垂柳，看得人心里生出了多少温柔；眼睛怎么能生得那样黑，又那样亮堂，澄澈得像桂香对着我笑的时候，让人生出那样的怜惜；我见了她，没法说给第二个人，我从未见过这样好看的人，也描摹不出她的样子。

"桂生，你傻了吗，快蹲下。"我正痴痴地想着，王富贵猛地拉了一把，拉得我一个趔趄，差点跌在地上。原来是许九的目光扫了过来，幸而王富贵拉了我这一把，不然我这副痴样，便要让许九看见了。

这一拉把我的魂儿拉了回来，我长出了一口气，朝着王富贵说道："东家的闺女真好看，跟仙女一样。"

"好看又怎么样，那可是东家的闺女。行了，行了，人都走远了。咱们也赶紧回去吧，不然一会儿让东家看见了，可没好果子吃。"王富贵拉着我，我一路失神，回到后面的院子里。我才挑起担子准备担水，后脚便听见有人喊我："桂生，东家

第二部分　浮萍生根　　153

少爷寻你呢。"

我放下担子愣了一下,东家少爷?东家有个少爷吗?我怎么从来都不知道,东家的少爷找我做什么?

我念头还没落,门口有一个青年走了进来,那青年一身新式的衣裳,斜挂着一个书包,果然是一副学生少爷的样子,又瘦又高,足足高我一个头,我念头转了一圈,并没想起这是谁。

"桂生哥,你不认得我了吗?我是许谦啊!"

我这才反应过来,怪不得富贵管他叫东家少爷,许谦是许九的亲侄儿,想必酒坊里的人见了他,是会喊少爷的,只是许谦突然长大了那么多,模样也变了许多,我竟一点也认不出了。

"许谦,你咋来了?"我与许谦多年未见,望着模样大变的儿时伙伴,我一时不知说什么。

"我考上了师范学校,来给三叔报个喜。"许谦答道。我猛然想起,许忠厚走了之后,是许九将许谦接了出来,并送去县里新式学堂读书的。只是这一读,便是许多年,头两年过年,我还见许谦回家,这些年,许谦说是课业忙便回得少了,即便是回去,他也是匆匆待上一两日,便又赶回学堂,也来不及见面。

"别做了,咱俩久别重逢,我带你下馆子去。"许谦上前一步,抢下我手里的担子,拉着我便要往外走。

"不行,不行,我今日的水才挑了一缸,还有很多活儿要做,你先去看你三叔,我做完活儿便去找你。"我赶紧拨落他的手,后退一步,重新抓起扁担。

"不用做了，我来时已跟三叔说过，三叔准你一天假，让我来找你的。"许谦着急，又来抢我扁担。

我将信将疑："真的？"不过我却将扁担抱进了怀里，并没给他。

许谦举手指天，好一顿起誓，我才将扁担放下缓缓说道："那好，不过你要等我一下，虽说你跟你三叔说过了，但我还是得亲自道个谢，谢谢东家给我一天假，再跟李大哥说声，一会儿不能给他打下手了。"

"好，我跟你一起去。"许谦见我答应，分外高兴，拉住我往许九院子里去。没想到，这次许谦是真的跟许九打了招呼。此前在自己家里，他或许任性些，时不时会骗骗父亲，但因为那是他父亲，但在许九跟前，许谦绝不会如此。

许九当时心里正高兴，许谦有出息，不但考上了师范学校的正取生，还考取第七名，食宿全免，算是吃上了一半皇粮，还光耀了许家的门楣，再加上我没有直接跟着许谦走，还特意先来谢了他，他觉得我懂事，心里更舒坦，便高兴地说道："好，快些去吧，这几日许谦都会在我这儿，他若是去寻你，你便只管陪陪他，我跟酒坊里说一声，让他们这几日，都给你少派些活儿。"许谦考取学校的事情，许九想要操办操办，一则告知乡里能长些脸面，二则也可趁机再请刘广福过来，让清竹与他亲近亲近。

我再次恭恭敬敬地点头谢过，才同许谦一道走出。出院门时，迎面走上来了一个姑娘，正是清竹。清竹是特意来寻许谦的，许谦回来的事情，才刚传到后院，她就马不停蹄地赶了过来。

"许谦哥,你这是要出去吗?"她朝着许谦问道。

"是,我跟桂生哥出去逛逛。"许谦指了指身边的我。

"大伯还有一个儿子吗?我怎么不知道?"许清竹听他喊我桂生哥,喊得那么亲,便生了误会。

"不,不是,我姓桂,许谦乱叫的。我不是他哥。"我连忙摆手解释道。

"表哥也是哥啊,咱们小时候不是说好了,我叫你哥叫了那么多年。"许谦说完,将头转向清竹说,"我同桂生哥从小一起在庄子里长大,桂生哥人好,待我也好,就如同我的亲哥哥一样。桂生哥在你家里,你要帮我多照看他些,免得受欺负。"自从到县里读书之后,许谦就算没空回家,每年也要到三叔家来探望几次,故而与许清竹也不算陌生,再加上许清竹性子直爽,也和他很是投缘。

许清竹明白过来,跟着点了点头,接着问道:"那你们现在要去哪儿?能不能让我也跟着一起?"许谦书读得好,还知道什么绅士风度,礼让女子,因此清竹对许谦比其他兄弟亲切。

许谦与我好久没见,本想好好聊聊,可又不好意思拒绝清竹,正在踌躇之际,却见许九跟了出来:"大姑娘家家的,跟他们两个小子出去像什么话,还不快快回去。"

许清竹不敢忤逆父亲,"哦"了一声,悻悻地往后院去了。

许谦虽有家里供着读书,但手头也并不宽裕,许九所供之资费,每每交完学费,也不过是能勉强度日而已,所谓"下馆子",也不过就是在街边找了一个三五张桌的小饭铺而已。不过这对我来说,亦是奢侈,我当学徒并没有工钱,虽说出门时,母亲给了我一元银洋,但钱是用来应急的,不好随意使用。

对于我的情况,许谦一直很体谅,安慰我一阵,他信誓旦旦,说自己成绩考得好,学校里发了奖金,所以该当请哥哥吃饭,我这才安心坐下。

落座之后,我便问起了他在学里的情况,这新式学堂教的东西颇多,许谦一时不知从何讲起,便先概略地说了几样课程的名字,作文、算术、历史我尚能一知半解,待至说到音乐、生物、地理之时,我便彻底糊涂了。

"你说啥?学里还教唱歌,你考学还要考唱歌吗?"我纳闷道。

"那可不,其实咱们老祖宗说的'六艺'之中的'乐'艺,也同音律有关,只不过太过复杂,学起来也麻烦,洋人们把音律的事情给简化了。"许谦答道。

"生物和地理又是什么?"我跟着问道。

"生物,就是动物植物,比如,咱们人就是动物,哺乳动物,就是吃奶长大的动物,而咱们家里种的玉蜀黍、野地里的高粱就是植物,禾本科植物,萝卜也是植物,十字花科。"

"这有啥用,玉蜀黍就是玉蜀黍,萝卜就是萝卜。"我搞不懂,这新式学堂里教的好像都没啥用处。

许谦笑着说道:"我也觉得没啥用,不过挺有意思的,你听过苏杭没有,苏杭那边跟咱们这边就不一样,他们那里的人,不大种玉蜀黍,而是种水稻,水稻在他们那边一年能收两回,但是在咱们这边就不好养活,而且种出来也不好吃,所以咱们这边就不爱种水稻,而是爱种玉蜀黍。你们酿酒用的高粱也是一样，有糯的有不糯的，北边种出来的高粱就比咱们这边的好吃，什么生物需要什么样的生长环境，要什么水，什么土，多久的太阳，生物基本上就是研究这些的。"

原本我觉得没意思，但是他这一解释下来，倒是勾起了我的兴趣，我听大师傅说过，酿酒用的粮、制曲用的粮都各有各的讲究，粮的好坏跟酒的好坏，都是直接相关的，许谦说的那些，就是这里边的事儿："那你说，我们酿酒用的高粱，什么水土里长得最好？"

许谦被我问得愣了一下，笑着说道："这可问着了我了，我们就泛泛地学了个皮毛，要回答你这个问题啊，恐怕得请教专门研究高粱的专家。"

"什么叫专门研究高粱的专家？"今儿一天，我听了不少新词儿，一时间弯儿都转不过来了，我不知道什么叫研究，也没听过什么专家。

"就是专门种高粱的，在各种不一样的地方，种不一样的高粱。"许谦不知跟我怎么解释，便简单说道。

我更糊涂了："一个人怎么能在许多不同的地方种地？又做啥要种许多不同的，只种最好的不就成了吗？"

"就是为了做研究用啊，不是他一个人，好多人帮他一起种，在不同的地方种，才知道什么地方更适合种什么啊！好了，咱们不说这个了，说点别的吧，咱俩得有三四年没见了吧，你是啥时候到三叔这里来的？这几年你过得可好啊？"

"我来了几个月，过得都挺好的，我妈说她这几年身体硬朗，让我出来学学手艺。虽然只来了几个月，但甑房的技术，我也学了三四成了。"我应了这一句，便再没了话，比起许谦的日子，我的日子过得太过平淡，除了种地就是磨豆腐，到这里就是担水、运粮，稍稍有趣的便是烤酒那些事儿，但我觉得许谦未必爱听。

我琢磨一会儿，想起了什么，接着说道："我想着等过两年手艺学成了，能挣上钱，我给我妈买上地，先不用多，能种够自家吃的就行。"

"你琢磨的都是这些事？我的哥哥，你咋就这点理想？"许谦笑了笑，想起了我俩一起去韩山时的样子。

"理想，啥叫理想？"这个词，我又没听过。

"就是将来想干吗。"许谦答道。

"那你如今考上了师范，将来肯定是想当老师了？"我跟着说道。

"我考师范倒不是因为将来想当老师，只是因为师范学校是免收学费的，你也知道，我爸爸没了，这些年，年成又不好，我这在外头吃，外头住，又要交学费，县城里的东西又都不便宜，家里那点钱根本不够，还得靠我三叔接济才行。师范学校，吃住都不用花钱，学费也是免的，这样家里也能松快些，也不用一直再让他接济。"

我这是头一次听许谦说这话，在我心里，许谦一直是个吃穿不愁的少爷，没想到，他也有为了钱发愁的时候，这话我不知道该怎么接，只得将话题转了转，接着问道："那你的理想是啥？"

"我之前不就跟你说过了吗，我要当大将军。"许谦笑了笑。

"胡说八道，当什么大将军，打仗的事情可不是好玩的，一转眼脑袋就搬家了。"我只觉得他还是在开玩笑，并没有当真。

"怎么胡说八道了,现在到处都在打仗,谁还能逃得掉不成。你没听说吗?日本人在辽宁一个叫下五家子的地方,一次烧了一个村子,连大人带孩子杀了快四百人。"

我听得倒吸一口冷气,这样的事情,我从未听过,整日里待在甑房里烤酒,也没处去听说。

"日本人吗?应该不会到咱们这边吧。"我跟着应了一句。

"这谁说得好?若是真打得厉害了,我就去投军。"许谦说道。

"可别胡说,你爸就你这么一个儿子,你若出了事,他在九泉之下都不能安宁。"我放下了筷子,望着这位日渐长大的兄弟,感受到他的话是认真的,不是当年韩山上那种信口胡诌的玩笑。

"哈哈,行啦,咱们好不容易见着说这个干吗。说点别的。你有喜欢的姑娘没?"

许谦突如其来的一问,差点将我吓得从板凳上掉下去,脑袋里不由得浮现出了清竹的样子,一张脸涨得通红,含含糊糊地说道:"没,没,我连地都没有,怎么能娶媳妇。"

"不是娶媳妇,是喜欢的姑娘!再说了,没地怎么就不能娶媳妇了,庄子里那么多没地的乡亲们,不还是娶上媳妇了?"

"那是他们有本事,我哪里比得上。"我憨憨地笑了一笑,问,"你要娶媳妇了?"

"不是的。我喜欢上一个姑娘,是隔壁女校的女生,长得可好看了。"许谦兴奋道。少年如新酒,情感与理想中都藏着炽烈辛辣但又浓烈的香气。

"有东家的闺女好看吗？"我顺口问道。我现在脑子里只有一个好看的姑娘，便是清竹。

"你说清竹？"许谦顿了一顿，闻到了一丝暧昧的气息，"等等，你说清竹好看？你是不是喜欢上清竹了？"

我羞红脸："胡说八道，谁喜欢她了，她是东家的闺女，我怎么能喜欢她？"

"东家的闺女怎么了，她是你东家的闺女，也是我的妹子，咱俩是好兄弟，你咋就不能喜欢我妹子？"许谦接话道。

"她是你表妹……"我嘟囔道。我与许谦、清竹身份差距巨大，父亲跟我说过，我与许谦是不同的。

我们聊到月亮升得老高，我记着明日的活儿，虽然许九放了话，但我晓得，我不能偷懒的。

回去的路上，我们走在月光下，路旁偶尔探出一棵梧桐或是笨槐，洒下一片树影，将月光点缀成了斑驳的模样。我们都已长大，有了自己的追求，自己的想法，各自隐秘的心事。虽然我们多年没见，但依然亲如手足，尤其是在这个月光如水的夜晚。

# 16 人情练达

许谦考取学校,令许九颜面倍增,因此许九办筵席,共开三桌,请的人物全在镇上有头有脸。首席乃是守军长官郭守毅,镇里新上任的,到任还不足一个月,但镇上大户接风成习,请宴的帖子已排到三个月以后。

最近世道糟糕,收成更是难保,镇里的人常说,不知哪里刮的邪风,长官换得越来越勤,上一个刘长官,待了半年,接风宴还没挨个吃完,就被调走了,这郭守毅走马上任。

许九依着规矩,恭敬递了帖子,却一直还未轮到他家,正好这次借许谦的事情,将帖子重递一回,这郭守毅竟欣然允了。许九如何不晓事,这一宴便换了名头,许谦只得唱了配角,办宴的酒楼,隔天便高高挂了横幅,欢迎郭守毅到任。

我自然跟去酒席,却非吃席,而是随行许九,主要跑腿接待。许谦好几次见了我,便要拉我在身边坐下,我死活不肯,脱了他的手,便跑去后厨忙活。

清竹连同其他女眷,在隔壁的房间里单独开了一桌,原本许九是让清竹同刘广福同坐的,但是由于郭守毅应了席,礼数须周全,清竹自然不能同男子混坐。

我在走道里见她两回,都是一抹头就跑开了,清竹上次听许谦介绍了,原本想同我聊上几句熟络熟络,可是没想到,我一见她就跑。

我跑进大厅，原本热闹喧哗的厅里，这时安静得可闻落针，只有郭守毅说话，我察言观色，立马走到一侧观察。

"许九啊，加固河道的事儿，你听说了？你怎么打算的啊。"郭守毅道。

这事我早听许九说过，许九为此整天叹气。什么加固河道，什么捐款，那还不是孝敬他郭守毅吗？眼下筹款，许九躲都来不及，还办什么宴？

郭守毅一进门，他的副手便同许九讲起这事。往日遇到这事，许九必得先躲一阵，待各家出得差不多，他才伸头，打听各家出资数目，盘算盘算自己出资多少，大多取个中数，偶尔比中数多些或少些，取决于彼时情势——若是有心讨好，或者有事压在人家手里，那便多些，若是正赶上家里现钱吃紧或生意不好，或是想让人觉得家里现钱吃紧或者生意不好，那也要少些。因许九平日不在捐钱上作怪，纵然偶尔少钱，当官的多半睁一只眼闭一只眼，并不会为难他。

这刻，郭守毅当面问他，让他这刻便拿出说法，许九未知其他富户的数额，一时难拿主意，含糊答对道："听说了，听说了。这加固河道，是个好事儿，我们这个地方，三年一涝，五年一灾，您这一来就想着给我们加固河道，真是爱民如子啊。到时候，您只管招呼我，不管是要出钱，还是出力，我许家酒坊决不含糊。"

许九话落，端起一杯酒，朝着郭守毅敬了一敬，虽是几句场面话，但这逢迎却逢迎得恰到好处，郭守毅虽没得到一个实数，但心中痛快，也同他喝了一杯。不过这郭守毅并不好打发，放下酒杯，沉吟道："加固河道是大事，我早知道你们镇的情况,还没赴任就打了报告,跟上面申请拨款,只是啊,年景不好,到处都在用钱,我也不知跑了多少趟,费了多少口舌,我跟他们说,这加固河道保一方平安本该是咱们的责任,你现在不拨款,难不成是让我跟老百姓伸手要吗?这样的年景,百姓手里也没闲钱啊。上面的长官见我心诚,才勉强批给了大半,但还是留了个尾巴,要地方自筹。你说,我一个新官到任,举目无亲的,找谁去筹,真是愁人啊。但好在你们这些大户人家,有你们的热心支持,再难的事情也能办成。"

许九一怔,郭守毅话如连珠,半真半假、半公半私、半玩笑半认真,无非传递两个意思。第一层,不是他不作为,只管张手摊派,他出了力、尽了心的。第二层则是,加固河道,这事儿要摊多少钱,是有定数的,便是那所谓的一半。故而这番不会如往常由着大户的性子,想出多少出多少。

许九早成人精了,哪里不知姓郭的意图,这不过是一番装神弄鬼的话,但话到这份上,马虎眼怕是打不得,只能顺势道:"您这话说得就外道了不是,您做了我们镇的父母官,我们这一镇的人,哪个不支持您呢?这种事情,我们自然都要出力,只是不知道,这个缺数到底是多少?"

"也不多,一万罢了。"郭守毅眼都没抬,抿着酒杯。什么一万两万,政府早已批下治河的款子,他不过是找机会,打打秋风罢了。

许九眉头拧成一团,连喝三杯酒,沉吟片刻,抬头望向郭守毅:"这不是小数目啊,但郭长官,您既然为我们镇,使了这么大的劲儿,还从上面讨钱出来,我们老百姓需得尽上一份心力,我出五百您看行吗?"

郭守毅在内的全都一愣，这数一出，在场者全都停下筷子，望向许九。

"好啊，许师傅果然识大体，肯为党国出力！我来敬你一杯。"郭守毅举杯一饮而尽，他来之前特意查了账，往次捐款，许九从未拿出过这样的大数目。我们在场的瞠目结舌，亦是在这儿。

我日日服侍在许九身边，无意间听到的消息不少。许九并非一时糊涂，他老早问了几个交情不错的大户，其中几个比他差的，至今未得到消息，而比他好些的，虽得了消息，却都没给郭守毅答复，郭守毅数次派人请富户，他们竟都借故推托。这里面的缘由，那些大户不说，许九猜得出，恐怕问题便是在出资下限上，以前募资好歹都是自愿，大家想出多少便出多少。但是这次，郭守毅居然设定出资下限。这出资下限数目虽大，但不过比之前捐的数目多了两成而已，不至于拿不出。可几个富户也吊着胆子，就怕肉大养肥了狼。

许九何等精明，这番早就盘算好了，果然同他所料想的一样，郭守毅听了许九的数目之后大加赞赏，夸了他一阵爱国识大体，又夸了许谦一阵年少有为，酒也越喝越痛快，喝到最后，竟然拉着许九的手臂称兄道弟了好一阵。

散席之时，许九将刘广福一家一直送到了酒楼门口，刘广福父亲明显面色不悦，责怪许九不该如此莽撞，他出了这个数目，让刘家后面不好做人。

许九笑道："刘老爷，你以为我是愿意的？他故意在你们面前给我来这一出，这不就是想让我做坏人，给大伙儿看吗？你都不知道，他在我旁边坐着，一会儿擦枪，一会儿擦枪，擦完了，就往我这腰上一别，这啥意思，你看不出来吗？我觉得，这未必是坏事，他既然报了总数出来，我认得多些，别人便可少认些，您家大业大，自然不会在乎这些，但我听说邹家的盐场，今年的生意实在不行。我多认些，将来老邹到郭守毅跟前哭穷时，郭守毅说不定看在数目已足的分上，能少跟他计较一些。"

他这话虽说的是邹家，但实际却给刘家提个醒，如果他们真不愿多出，倒可以用许九做个由头，跟郭守毅讲讲价格。

"行吧，你小子也不容易。这世道，本来就难过，他们还轮着番地来盘剥。我看日子没法过了。"刘老爷唉声叹气，爬上马车，扬长而去。

回去的路上，许九有意考考我，他问道："桂生，你可知道，为什么我今天要捐出五百块？"

"师父，桂生不大明白。"我虽跟他身边，这里面的门道，我尚且还看不明白，只是第一次见到这么多有头有脸的人物，觉得开了眼，长了见识。

"我早就打听啦，其他大户避之不及，郭守毅能应我席，恐怕并不简单，他急着敛财，但出钱的大户都避而不见，他这才把主意打到了我身上，既然把主意打到了我身上，想必就不会轻易放过我。郭守毅这主意着实打得不错，搂草打兔子，不但能当面捉了我，说不定，还能顺便逮到几个一直躲着他的大户。

"三杯酒的工夫，我算了一笔账。按理来说，依照郭守毅说的数目，搭上我在镇上的位置，我出二百便够了。但郭守毅开给各家的数目，明显比这高上两成，我便不得不也加了两成，这才是郭守毅心中的预期。

"可加了两成后，差不多到了二百五十块，但今日是我的场面，郭守毅还带了礼，虽说礼物不重，但毕竟是官给民送礼，给足了我面子，今日有这么多人在，怎么也要多加三成。若不加这三成，之前的二百五十块，非但买不到一个好字，恐怕还让郭守毅不痛快，我便将数字跳到四百。"

"那师父，为什么最后给了五百呢？"我的好奇像火炉上烧滚的水，勃勃地掀动壶盖。

"因为为师看到了机会，一个结交郭守毅的绝佳的机会。我虽有财，但是依照我在镇上的地位，我绝对不会是长官结交的首选。但是今日，郭守毅恰巧处在一个尴尬的处境之上，那些身为他首要结交对象的刘家、李家、邓家的人，因为加固河道的费用，此刻不敢与他太过接近。当然，这些人必然也是不敢得罪郭守毅的，至多不过还在犹豫观望罢了，但这却给了我一个机会，让我快速结交郭守毅的机会，还赶在刘家、李家、邓家的人之前。"

"师父，您实在是高！徒儿还有的学！"我赞叹道。

"若是平日，想通过钱财讨好驻守的长官，恐怕要比别家多出二十成不止，而我现在只需多出五成。这是笔划算的买卖。平日里，我若贸然去抢风头，恐怕会惹来其他几家的不满，但今日这场合，我就算多出，别家也说不出话来。机会转瞬即逝，只在郭守毅提出'募资下限'之前有效，所谓讨来吃得不香，我这才咬了咬牙，直接报出了五百。"

我恍然大悟，干爸果然深谙人情世故。我早注意到，其中定有巧妙，但一直说不上来，但我猜出，干爸不想让郭守毅觉得他人傻钱多,最后说出一番来财不易的话,摆出一副割了心肝似的表情,纯是绝妙的表演。

我暗暗发誓,一定要将许九的手艺学来,今日许九心情不错,或许是个开口学新手艺的机会。

我跟在许九的马车旁边,一路小跑着,许九忽然觉得口渴,我路过一个卖凉粉的摊子,机灵开口,去给他买一碗过来。许九吃着凉粉,哼了两句淮海戏,我便试探着问道:"师父,我听说扬掀那边走了个人,不太忙得过来,我赶明去扬掀那边,帮帮忙行不?"

这事我琢磨了半个多月,我跟着李长生,在甑房帮忙已有一阵子,该学的也都学过了,故而垂涎想进窖子房,学学新手艺。虽说烧班的分工不明确,运粮运酒醅时,大家都要出力,出完甑,闲着的人也要跟着一起扬掀,但每道工序上,定有专门的人看顾,比如,火管和拌案,更多时候会在蒸甑前头,他们对窖房里酒醅发得是不是够好,就不太过问。我绝不止于此,熟悉甑房里的手艺后,便想着多摸索窖子房的事儿。

"成啊,这有什么不成的,我明日就跟谷师傅说,让他多带带你,窖子房可不是扬掀那点事儿,什么样的醅子,在窖子里待多久,怎么看醅发好没有,这都是诀窍,你小子有灵性,肯下力,又有志气,是个好苗子,等回头忙完这阵,我再带你到北边见见世面,让你见识见识什么叫真正的好粮。"许九脸色酡红,语气微醺,我不知他是随口说说还是认真的,但我却一字一句记住,好粮才能出好酒,这方圆几十里的粮,大差不差的,我不知道真正的好粮是个什么样子。

"爸爸,你要去北边吗?带上我呗。"清竹的声音从马车里传出来，车帘子被晚风掀开了一个小角，我隐约闻到了一股桂花的香气。

许九没有说话，隐约是酒劲上来，睡了过去。清竹的目光透过帘子边那一条小缝，落在了我身上。她身量不高，但有着挺直的腰板和清秀的面容，尤其那对眼睛，干干净净的，亮得好像天上的月亮一样，我害羞得不敢抬头。

本以为许九说醉话，没想到，第二天他特意嘱咐大师傅，让大师傅安排我去窖子房。

我把许九昨日提醒的要诀记在心里，那些问题像沙漠里的新芽蹿出地表，我跟在大师傅后头接连问道："谷师傅，这醅子怎么才算发好？"

"你看着醅子面，鼓起来了，就算发好了。"因许九特意交代过，大师傅自然毫不避讳，样样都教我。

谷师傅性子温和，不但领着我在窖子房悉心教导，还领着我进一间非常神秘的房间，这间房我早前只在门口逗留，因其大门上锁，并没注意，没想到眼下谷师傅用钥匙打开大门，让我看到震撼的一幕。

谷师傅说道："桂生进来，看看酒海吧，咱们做的酒可都在这里呢。"

我纳闷道："酒海，哪里有海？我怎么连一滴水都没看到呢？"

谷师傅哈哈大笑，拍着我肩膀笑道："所谓酒海，其实是一种容器，因其容量大，仿佛能纳如海量酒水，故此得名。你眼前这十余个大肚子木桶一样的家伙，就是酒海，里面可储存着东家不少陈酿呢。今天，我就要教你如何制作这酒海！"

第二部分　浮萍生根

"那谷师傅,这酒海,如何制成?"我兴奋道,探头探脑观察着。

谷师傅微微一笑,目光深邃,仿佛能看透酒海的秘密。他缓缓开口:"首先,需荆条编织,麻纸糊之。"我点头,心中默记。师傅继续道:"石灰、猪血,这些用来粘合。"

我想象着那些材料在师傅手中交织,形成这巨大的容器。"那内壁,又该如何处理?"我追问。

谷师傅的眼中闪过一丝狡黠:"鸡蛋清、蜂蜡、菜籽油,层层涂抹,进而密封发香。"我仿佛能闻到那淡淡的香气,从酒海中溢出。

"师傅,这酒海,有何妙处?"我不禁好奇。

谷师傅冷哼一声:"娃娃就是娃娃,这木头做的酒海,自然要比泥做的陶罐花钱更低,且咱们大沭县木材多,咱们酒坊可就地取材,酒海制作方法还更简单,耗时短,储量大,损耗少,再说了,不是老听城里城外的人嚷嚷日本人要打进城吗?真有这种事,挪动同样重的酒水,酒海显然更轻,也好撤离。"

我恍然大悟,连忙夸赞许九与谷师傅聪明,心下更不敢怠慢,跟着谷师傅念叨着,抓紧时间学习如何制作酒海。

转眼到下粮时,许九并没有带我去北边,我心里失落,不过转念一想,不去也好,听说北边正在打仗,日本人都是狗妈养的,烧杀抢掠,无恶不作,若是真让我去,我害怕呢。许九选了好粮,到底是要运回来的,到时候我依然能摸能看。

许九自家有百十亩好地,其中更有五亩水田,种的有稻、麦、玉蜀黍、高粱、大豆、荞麦等,每年下粮时,许家上下忙成陀螺,哪怕是酒坊油坊里的长工,做完平日琐事,都要下地帮忙。即便这样，人手依旧不够，还要再雇上十来个短工来临时帮手。到了吃饭的时候，田垄子上一溜排开五六口大锅，整个田里漾满了丰足热闹的喜气。

因着许九不在，清竹便缠着她母亲也跟到了田里来送饭，看着一个个打着赤膊被晒得黝黑的男人渐次从田里钻了出来，她的目光不由得开始寻找，寻找那个挺直了脊梁，有着月亮般明亮的眼睛。

我从田里钻出来，便见着清竹正端着一个大碗，朝我走过来，东家的媳妇、闺女到地头给长工短工们送饭，并不是什么新鲜事，所以我也没多想便接了过来，只是一直低着头，不敢去看清竹的脸。倒是清竹，大大方方脆生生地喊了一句："桂生哥。"

见我没理她，她又跟着说道："许谦哥叫你桂生哥，我也跟着他喊你一声桂生哥，你觉得怎么样？"

我"嗯"了一声，点了点头，端着饭碗扭头跑开，我的碗中是多半碗白米饭，饭上还盖着厚厚的一层烧豆腐，满得冒尖。

王富贵也端了饭碗过来蹲在了我边上，看着我碗里的饭菜羡慕地咂了咂嘴："这个东家连着亲就是不一样哈。"那日许谦来找我，好多人都见着了，我同东家连着亲的事，自然好多人也就知道了。

我跟着笑了两声，看了看王富贵碗里，他碗里只有大半碗饭，豆腐不过两三块。我也不吝惜，从自己碗里夹出了两块豆腐，放进了王富贵的碗里。旁边的几个人瞧见了，也都端着碗凑了过来，我又从自己碗里给他们一人夹了一块，到了最后，

第二部分　浮萍生根

我碗里只剩下了两三块碎豆腐，还好清竹还给我的饭里足足地浇了一勺菜汤，有这样的特殊待遇，我吃得香，三两下便扒拉完了一碗饭。

学徒里有个最不省事的叫赵大河，他端着饭碗说道："富贵，你年纪小，还不经事儿，我也是跟东家连着亲的，我三姨的表侄媳妇是东家太太的表妹，怎么没见我的饭碗里多一块豆腐？也没见着东家闺女亲手给我端饭啊。"

王富贵确实脑子不大够用，跟着问了一句："那你说是为啥？"赵大河没说话，怪笑着转身走了。

收粮之后便是磨粮，三个磨盘，十五驾大牲口，没日没夜转着。不过只有许家在磨粮时能拿得出这么多牲口，别家可遭殃，大牲口多半都被郭守毅借去，说是加固河道的工程要用，用完就会还回来，可这一借便是好几个月，眼看到磨粮时，都不见来还。而许九因早前宴席上出了大数目，交下郭守毅这朋友，只有他家的牲口赶在磨粮前给送了回来。

"东家过两日就该回来了，这回说是办了一批好粮，到时候你再看看北边的粮，那可是不一样的。"谷师傅同我说，我点了点头。

我仰望小山般高的粮仓，心中顿生豪气。我还年轻，说不定，未来我也能有这样一个酒坊，有成排的酒窖，酒窖里是一缸又一缸的好酒，粮食堆得小山一样高，棚里有成排的大牲口，身边有个勤快漂亮的媳妇，到时候我把娃儿送去念书，跟许谦一样，去学地理、生物还有唱歌。

## 17 曲酒双修

转眼过了一年，镇上的桂花开了又落，落了又开。挑、扬、抓、装、接，我各样手艺都练得有模有样，唯独制曲，许九始终都没教我。我依葫芦画瓢，每次趁着许九高兴，都旁敲侧击，提三五次，暗示我想到曲房帮忙，但许九故意装作没听见。

这制曲的手艺，在酒坊诸般中最是金贵，若是我学会制曲，就算不做烤酒，单靠制曲手艺，也能张罗一个制曲班子，独自挣上一份钱。曲师向来不传外人，这制曲的手艺，一般人很难学到。我初到时，李长生说，只有认了许九做干爸，他才会传授制曲手艺，可我早已认许九为干爸，只是许九一直没提过这事，我老实本分，更不知该如何提起。

熬到这一年的腊月，我照常服侍许九起床，我的手摸出烟灯烟枪来，他将烟嘴儿衔在嘴里，点上火。火光一亮，在那昏暗的帷帐里，他的嘴上仿佛开了一朵橙红色的花，他吃饱了烟，突然问道："桂生啊，你来了几年了？"

"两年多了。"我擦亮烟灯烟枪，轻放在床头的柜子上。

"哦，两年了，那各项的活儿可都精熟了？"许九喝了一口茶，慢条斯理地问道。

"不敢说精，熟是熟了的。"我答道。

"熟了就好，我有个事儿想跟你商量，今年大师傅和长生，他们几个都要回去过年，酒坊里没人照看，你要是没大事的话，今年就别回去了，在这儿过年吧。"

我没答话，我在这儿学艺，每年都指望着过年回家，只有回家，才能孝顺孝顺母亲，我家只有母亲一人，若是过年都不回，家里冷锅冷灶，这年母亲可怎么过得去？

见我没答话，许九道："我知道，你家孤儿寡母，你若不回去，家里必定冷清，这么着吧，干爸给你一元银洋红包，你买点东西，托人给你妈妈带回去。按说，你们来我这里学手艺是没有工钱的，这钱就算我心疼你，你这两年确实干得不错。而且，你知道，若是你以后出了徒，要在我这里做长工，也不是年年都回得了家的，长生在我这儿，四年出徒，四年都在我这过年。这过年的时候，也是酒坊最忙的时候。"

眼下没有旁人，这时他已自称干爸，我便听出了门道，他特意拿长生说事，想必是想告诉我，若想学制曲，那么今年年节留下，守着酒坊，不能回去。

我虽不愿，但为了学制曲，只得应下，我赔笑道："干爸，您尽管吩咐，我在您这里学艺，年节您缺人手，我自然要留下，保准看顾。"

这功夫，便是我跟许九学的。遇事好好谈条件，若是无可避免，最好还是赔上笑脸，顺水推舟，再挣个好脸面。我这般说话，就算不愿，表面依然堆了笑脸，我和父亲一样，能沉住气，即使心里不悦，决不显露。

如此，我便留下守酒坊，年末忙活，便知许九所说不假，每年酒坊都会留下七八人，留候支应，虽说过年这几天，烧酒的甑锅停了，但柜上的生意却不会停，送货、运货、搬搬抬抬,总是需要人手。许九家大业大,家里的杂活儿更需要弟子来做。

李长生家里兄弟多,日子过得苦,他不愿意回去,往日都是留下干活的,许九因他肯吃苦,勤快可靠,让他认了干爸,传了他制曲的手艺。但今年李长生家里,说给寻了媳妇,让他回去相看,他才不得不回去。

除夕那一天,酒坊里置办一桌大席面,专门请厨师摆给留下的长工,许九在待遇上大方,八个菜里面有六个都是荤菜,其中四个大荤,一锅焖鱼、一碗红烧肉、一碗四喜丸子,还有一只整鸡,几坛酒摆在桌下,任长工喝。

我头一次吃这般大席面,大过年的,母亲一人在家,她能吃上一顿阔气的饱饭吗?想着母亲,我心中泛出阵阵酸楚,闷头连喝了好几杯酒。

许九朝我敬酒时,我已有几分昏沉,强打起精神,勉强喝了几杯,就回去睡了。谁知躺下不久,便听到院里有人喊我,我睡眼惺忪,迷迷糊糊,走出门,却见是清竹。清竹手里捏着一封信,说是许谦来了信,信里有一段是写给我的,她特意拿过来给我。

"我不识字的。"我说。

"我知道,许谦哥在信里特别嘱咐我,让我念给你听。我本想明天再来的,但是想着今天是三十儿,你一个人在这边过年,肯定特别想家,今天来念给你听了,你说不定能高兴些。"天气冷得厉害,清竹捏着信的手冻得通红,不停地放在嘴边哈着气。

"那咱们去窖子房。"我怕她冻着,但是左右看了一圈,却也没找到一个能给清竹落脚的地方,忽然想起了窨子房,窨子房常年烧着火,要比外面暖和上许多。

"好。"清竹应了一声,跟着我去了窨子房。

许谦的信中没有紧要的内容,不过是说他很好,也问我好,嘱咐我,天冷了要加衣服,多吃饭,少吃酒,莫要学那些酒坊的长工,喝出一张红彤彤的酒糟脸。

我心中奇怪,许谦怎么突然间絮絮叨叨,但得他问候,心中便开心许多,这问候还是通过清竹的嘴说出来的,这一年多清竹也长大了不少,个子高了些,脸颊也圆了些,如同熟透了的苹果一般,藏在窨子房弥漫的酒香里,看一眼便让人醉醺醺。

冬日里的夜又黑又冷,我怕她一个人回去害怕,一路将她送回了家里,临别时忽然想起什么,柔声道:"以后这么黑的天,不要自己一个人出来,有天大的事儿都等天亮了再说,要不就跟干爸说,让他派个人跟着你。"清竹应了一声,转身跑进院里去了。

隔天一早,我照常伺候许九起床,伺候完大烟,许九并未如常喝茶,只是吩咐我,让我随他一起到堂屋。

到了堂屋,许九吩咐我跪下,我以为是暗示我给他老人家拜年,便恭恭敬敬地跪了下来,不过刚跪下,没等我开口,就听见他朗声道:"桂生啊,你可愿意学制曲?"

我面露喜色,连忙磕头道:"干爸,我愿意,我做梦都想学制曲。"

许九大笑,如一连串白鸽飞过:"真是个憨厚孩子,你既然愿意留在酒坊帮衬,那我便教你这制曲的手艺,你可得十二分用心。"

"谢谢干爸,我一定认真学。"我叫得很是响亮,像是春风中的鸽哨。我兴奋极了,这事我可盼得紧了!过年不能回家的失落瞬间消失,如同水消失在海中。

每年制曲在端午前后,我日夜盼着端午早点到。这中间,许谦曾捎来几次信,不过每次都是问我身体好不好,吃得如何,睡得如何,偶尔谈谈他在省城的见闻。

因清竹常来读信,时日久了,我们渐渐熟了起来,我胆子像一只雏虎,日益雄壮,见着清竹再也不会扭头就跑,有时远远地望见,清竹没见着我,我还紧着步子,跑去跟她说上两句话。

转眼端午,许九守诺,教了我制曲。那天他领我到了曲房,问道:"桂生,你烤酒一年了,平日也到曲房看了不少日子了,说说你怎么看制曲?"

"干爸,虽然我不大懂,但是你常说,曲为酒之骨,那想必这制曲应该是大把式才会的活计。"

"不错,你知道这曲砖的作用吗?"

我茫然地看着许九,道:"听师兄们说,曲砖是让酒变成酒的东西。"

"曲为酒之骨,那是因为曲是酿酒的命根子,曲碰上蒸煮发香后的粮食,就像是木头过火成炭,它们才能烧得更久、更香。"许九说道。

许九举起一块微黄的曲砖,嘱咐我看清楚:"什么是真正的好曲,这样的秘诀,方圆百里,我敢说只有我一个人知道,这些秘诀,我连李长生也没有告诉,你听清楚——"

我心中一凛,忙点头,仔细盯着那块曲砖。

"曲面要金,曲肚要鼓,曲边要镶紫衣,曲心要微微泛红,才算好曲。"许九指出何处为曲面、曲肚、曲边、曲心。我瞪着眼珠子,不敢松懈丝毫。

"粮食如何搭配,我现在告诉你——"许九指向一旁的粮食,"七分高粱,二分大麦,一分玉蜀黍。"

我与李长生不同,从一开始,许九便把各样粮的配比,都告诉了我。曲房几分暖,几分潮,样样讲得详细,尤其是验曲的诀窍,曲面要金,曲肚要鼓,曲边要镶紫衣,曲心要微微泛红,才算好曲。我悟性也高,很快便学得精通。

后来,许九一边走,一边嘱咐道:"曲房的温度、湿度,几乎决定制曲的好坏,决定制曲的生死——"许九手指轻触曲房的墙壁,继续道:"须暖而湿润,时刻观察感受它们的变化。可以说,从制曲开始,你就要开始当爸了。"

我心中"咯噔"一下,脑海中浮现出清竹娇俏的面庞,难道干爸知道了我喜欢清竹?这是在暗示什么?我一脸茫然,我连清竹的手都没牵过,哪知道当爸的道理,这下直接眉头拧成一团了。

"我也是没娶媳妇就当爸了,你不要急——这所房子里的曲就是你的娃,你每天夜里也给你的娃把尿擦屎,也就是你们每天都需要起夜观察这些曲的内外样子,有的生得好样子,有的生得丑劲,模样坏了,那便是娃病了,你需要适时调整,要么打开一格两格窗户通风,要么加水加湿,这个你要视情况而定。"

我悉心记下干爸的教导,便开始制曲,日夜勤勉。我发现这制曲与磨豆腐相似，都很苦。磨豆腐要凌晨起夜，检查豆浆的温度与凝固情况，点卤要抢时间，豆浆的温度须恰到好处，点浆的时刻也须均匀精准，稍有不慎，便可能影响豆腐的成形与口感。

而制曲更要经常起夜，曲房的门上有两道窗户，我一般晚上打开一道进行通风。晚上空气可能会变干燥，我需要起夜轻洒着薄薄的水，增加空气的湿度，偶尔需要翻翻曲砖，望一望颜色，嗅一嗅味道，防止它产生霉菌，用皮肤感受制曲不同阶段的热度，采取不同的补救方式。因此起夜是免不了的费心活儿。

可是制曲非要吃大苦头不可，我才是十几岁的少年，还在长身体，白天挑水、搬粮、上甑、扬掀等都是重苦力活儿，晚上又要起夜观察曲房情况，可给我累坏了。如此一年，我发现个子再没有长过，脊背弯曲，好多个夜晚，我肿着黑眼圈，盯着屋内的油灯、蜡烛，窗外吹进一阵大风，这火光便断断续续，若明若暗，最后还是灭了。

我寻思着，我跟这烛火有何区别？生怕自己累坏身子，哪天跟这烛火一般便灭了。可是再苦，我也要坚持，制曲本身是千难万难的活儿，如果这么容易上手，我岂不是很容易丢了饭碗，那又怎么显得出曲师的矜贵？

我想，远近百来里的曲师和酒师，都是各司其职，酒师只懂烤酒的家伙事，但完全不知道如何制曲。曲师只懂制曲，平常也便到酒坊给人家做曲，或是挑了担子上街去卖。只有干爸许九既是曲师，又是酒师。我一定要像干爸一样，全都精通，以后要是开上一家自己的酒坊，便不怕人家烧酒比我厉害了。

第二部分　浮萍生根

# 18  出徒宏愿

刚过三年,我学酒便出了徒,转做长工。我出徒并不容易,干爸有心让我晚出,再多白使唤我两年,但我手艺出挑,随便去哪家酒坊都能轻易找到营生,转而担心不让我出徒,留不住我,便咬了咬牙,让我出徒。

我虽是出徒,但我的工钱却比一般长工要低,我却没计较,眼下有更重要的事情需要筹划,这件事乃是头等大事——给人做长工不是长久之计,若能有个自己的烧甑,能赚得更多。

在别处,这事怕是行不通,但我跟干爸这些年,算处出情分,我勤勤恳恳给他干上几年,说不定干爸赏我脸面,让我单烧一甑。即便现在工钱少,我也愿意在这酒坊多干几年,何况这里还有我日夜思念的姑娘。

这姑娘自然是清竹,我与清竹之间,到底怎样,一时难说,但清竹生得水灵,我看了便能心里高兴好久,这是一种莫名其妙的感觉,我就是盼着见到清竹,只要清竹在,我浑身上下就有使不完的劲儿,但是讨清竹做媳妇我却是不敢想的,毕竟她是干爸的闺女。虽说不敢奢望,但有时候也想,尤其是醉酒时,如果我能有个自己的烧甑,狠狠地干上两年,再有个自己的地缸,再有养曲房、窖子房、甑房,还有自己的酒坊和烧班,到了那个时候,我应该就能娶清竹了。

做满长工一年后,我觉得时机成熟,那日,我特意将许九请到镇上的花溪酒楼，花了一月的工钱，阔气地点了一桌子好菜，敬了两番酒后，我便朗声说道："干爸，感谢您老人家栽培之恩，我这些年的手艺成就全仗您赏饭吃，眼下我家独剩我和母亲，您酒坊有两方烧甑，这第二甑常年落灰，您看能不能租给我，我保证好好干。"

许九笑容一僵，停下筷子，将着胡须沉吟半晌，岔开话题，直到又喝了小半坛子酒，才撂下筷子说道："桂生啊，我知道，你着急挣钱，可是你可晓得，咱酒坊可从没有让长工单烧一甑的先例，虽说咱们两家连着亲，可也没这个规矩。"

"干爸，我知道这不合规矩，可是您看，酒坊里有两个烧甑，其中一个，有半年是闲着的，就当您赁给我用，不管我出多少酒，我都算上您两成，这样您也多个进项不是。"这么多年，我早就看了出来，许九的账头儿最是精明，旁人说多少好话，都不如给他算账好用。

许九牙疼似的，咂摸着嘴，琢磨半晌："你说的不是没有道理，但这酒坊可忙，你若是单烧自己的甑，我还得找人替你，这实在很是麻烦。"

"干爸，我不会撂下酒坊的常事，您放心，酒坊的活儿，我一样不落，我等酒坊的活儿都干完，再烧自己的甑，若是忙不过来，我再找短工来帮手，正好我也练练做大师傅的手艺，做得好与不好，都是用我自己的粮食、柴火。若是烤得好呢，赶明儿也能多替您分担些不是？咱两家连着亲，您又是我干爸，我这个人，您是知道的，是个实实在在的人，应了您的事情，是雷打不动也要做到的。"

这确实提醒了许九，能让闲着的烧甑多一份进项，钱袋子便鼓了。若这甑交给外人用,他定是不放心,但整个酒坊中,有这手艺,又有这魄力的,看来看去,独我一个,给我试试倒也无妨,只是许九狐狸成精,算盘打得轻响,自然不会轻易就答应我,便做出我早料到的为难模样。

他皱眉道:"哎,少年人有魄力是好事,若是太过拦着你,倒显得干爸小气了,这样吧,你先烧上两甑试试,酒醅就从咱家窖子里买就是了,你不要买多,先买上一两日的量。干爸也能替你看着点,若是出的酒成色能行,你做着自己的买卖,心里也能有点底气不是。"

"那我就谢谢干爸了。"虽没一口气谈成,但结果在我的意料之内,便欣然应了。

转过天来,我便琢磨烧甑的事。我因应了干爸不落下酒坊里的事儿,自己的烧甑便只能在晚上进行,买了干爸一窖子酒醅,置办了一桌子菜肴,请几个要好的长工,吃了顿有大荤的饭菜,盘算着找人烧甑的时候,请他们搭把手。

赵大河他们几个,没能得到许九的赏识,没学制曲,才到三年,就嚷嚷着出徒,要转做长工开一份工钱,许九没留,将他们打发走了。临走时几个人都骂骂咧咧的,说是白给许九使唤了三年。王富贵虽没得到赏识,但因同我要好,听我的话,没着急喊出徒开工钱,许九念在他老实,便把他留下来,到了第四年的尾巴,才转了长工,给开了工钱。

自我后,许九便没再收新学徒,人手上比我才来时还要少一些,活儿自然也多一些。我琢磨着,一个人要是做太多,怕是吃不消的,一共找了五个人来帮忙。

王富贵几人吃饭时,满应满许地点头,但不过烧上两甑,便都喊困，烧完第三甑，便一个个都去睡了，只剩下王富贵一个，强撑着一对睁不开的小眼睛。

"富贵，你要是困了，就去睡吧。"酒坊白日的重活辛苦，指望别人晚上帮我再烧一班，显然不太能行，就算花钱去请，工人的体力怕是也跟不上的，还得想点别的办法。我一边琢磨，一边跟王富贵说道。

"没事儿，我还撑得住。"王富贵强睁眼睛。他大我一岁，自打我拜了干爸，他便不肯让我叫他王哥，还一个劲儿地跟我道歉，要管我叫哥，我们便约定好了彼此就叫名字。

王富贵别的手艺学得稀松平常，但扬掀却扬得格外匀实，将酒醅撒得恰到好处，轻、薄、匀，我们将第四甑出了甑，王富贵将我赶去装甑，他一人在那里扬掀，扬好后，还把入窖的酒醅运回窖子房。

我因要掐酒头，留心冷罐和灶火，待到最后一甑，快要出甑时，我才去窖子房找他，原来他已倚着窖子房的木柱睡着了。我将人喊醒，让他回房睡，王富贵不肯，非要跟我一起，我们出完甑，将最后一甑酒醅入了窖，才算完事。

我们忙完，天色已泛白。我顾不上别的，赶着王富贵去睡了。

等到第二日，我捧着酒，到了许九房里，许九尝了一口，眉头舒展，又板着脸，只是接着问道："你这是用五甑法烧的？"

我答道："是，就是五甑法。"

许九皱眉道："一晚上能烧出来五甑？"

我答道："烧是能烧出来，但觉就睡不成了。我想着，若是不烧五甑，还有没有别的法子。我见那些只有一架小蒸甑的酒坊，未必家家都能烧得了五甑。"

许九点头说："你小子倒是有点脑子，连这也看得出，你说得没错，庄子里的小作坊多半不烧五甑，可是酒烧出来也粗，你若是烧五甑吧，这酒倒也勉强可以，但是你若说是不烧五甑，还得再看你烧出来的样子，我才能做准，看是否应你。"

我立马皱眉，原本以为烧完第一回，便能有个准信儿，没想到许九又有新说法。

许九见我低头沉默，便跟着说道："这样，你也不容易，你有志向，干爸不能不帮你，你第一批酒干爸就收了，但现钱我就不给你了，再给你些粮食、酒醅、柴火，你再酿出来，我看看再说。"

我琢磨一阵，这是我第一甑酒，若是让我去卖，都不知要卖给谁，干爸这收法虽占了不小的便宜，但好歹方便，我能马上接着再烧。但做完许九酒坊里的事，再去烧五甑实在吃力，恐怕得另外想法子。

过后几天，我接连试了几回。头一回，把五甑分到两天去烧。第二回，干脆不管什么五甑不五甑，除去丢头的一层，其他四层通通混在一起，这样一来蒸过的酒醅，许家酒坊便不能再用，只能我自己接着用，我还得有一个窖子或地缸来单独存放酒醅，许九很难同意，就算能同意，怕是得单独再收我一份钱，这个法子酿出来的酒，一入口，比五甑法差些。第三回，我便试着将火烧得更猛，火烧得越猛，酒出得越快，最快一次，我竟把一甑的时间，缩短了三分之一。虽然缩短了出甑的时间，但工人却变得更累，人人都抱怨，给我帮手简直比酒坊的正经活儿更累。

不过几回试下来，我倒是发现，我一人也能烧一甑，无非是烧得慢。出甑后，我扬完掀，将醅子送回窖里，再接着装第二甑。我粗略估算，一个人从天不亮干到深夜，马不停蹄，只能烧出五甑，但这人实在是吃不消。按常理，若是一个烧班五六个人的话，扬掀时就有人装甑，出酒时有人看火看冷罐，也得有人运醅子备粮，且两三个人一起装甑、出甑、扬掀，总比一个人快上不少，不必起早，晌午之前怎么都能出两甑，下午再出三甑，也不会觉得吃力。但若是一个人做，那便不是苦了一星半点了。

思来想去，我虽觉得拉上帮手最好，但我刚开始做，就算只寻王富贵一人帮忙，那钱也不能少给人家，毕竟酒坊里本身的活儿就不少，若是钱给人太少，不值当人家多受这一份辛苦。

我想定主意，谁也不用，自己下工后，独自烧一甑，我将灶坑里的火烧得汪洋肆意，火苗冲天之上，只有这样的旺火，才能缩短出酒的时间。一个人烧甑，其他还好，唯独冷缸和出甑两件要格外警醒。没人打下手，冷缸的水要提前备足。出甑时，更是紧张，若是时候拖太久，残渣冷了，重新入窖，便再难发好。

"桂生哥，我来帮你吧。"我猛地回头，却是清竹。

"你咋来了？"这两年清竹母亲的身体总爱闹小毛病，内宅里的好多事情都由清竹帮着打理，清竹也免不了要和长工们打交道，交道打得多了，清竹越发觉得我是个敦厚实在人，做事细致牢靠，更难得的是，虽然我干的是粗活儿重活儿，但我爱干净，衣裳夏日里每日一洗，就连脖子后头都不见什么灰垢，与其他人比起来简直两样。内宅的事儿，大多都讲究个细致干净，所以清竹有事儿便愿意来寻我帮手。许九也是用惯我，也没觉出有什么不对。

日渐相处，清竹看我的眼神越来越不一样，这种事情不用人教，年纪到了，自然就看得懂了。我看清竹的眼神，从来都是虔诚而柔和，清竹也一直都看得出，只不过没有说破罢了。

"我听他们都在说，你要一个人烧一甑酒，这可怎么行，一个烧班都是六七个人，六七个人的活儿，你一个人怎么做得了，你千万不要硬来，若是伤了身子可是一辈子的事情。"

"没事儿，伤不了身子，我都算好了，就是出甑的时候工夫紧一些，别的时候也都还好。你快别在这儿，这里烟熏火燎的，哪是你们女孩子来的地方。"我一边应着，一边接着忙着手里的活儿。

清竹从未做过酒坊里的活儿，也不知该如何帮手，看着我正在往烧甑里铺粮，便也照着样子跟着一起装了起来。

"清竹，你这是做什么，快停了，仔细你的手，你的手细皮嫩肉的，怎么做得了这个。"我见了，自然要上来拦她，将她拉到一边接着说道："你快回去吧，小心一会儿干爸回来看见了。"

"我不回去。"清竹摇头，"刘广福母亲做寿，父亲吃席去了，一时半会儿回不来了。"

"那也不行，这里不是你待的地方，你快回去。"我不依。

"你别管我，酒坊是我家的酒坊，我帮你干点活儿怎么了。"清竹摆开我的手，想接着帮忙，我哪里肯，挡在她跟前，不让她再到烧甑前头去，清竹眼睛转了一转，突然说道："我不帮忙也行，但是你不许赶我，让我在这里待会儿。"

我拗不过她，只得点了头，寻了个干净些的地方让她坐下，接着忙活去了。

蒸出来的酒气撞上冰凉的冷缸，晶莹的酒液顺着嘴子流了出来，我虽然没亲手掐过几次酒头，但是时候却拿捏得极好，将酒头撇了之后，嘴子里流出的酒泛出了漂亮的酒花，细小的泡沫一个挤着一个，密密匝匝地排布着，散发着浓浓的香气。

我一面准备着冷缸要换的水，一面看向清竹。清竹安安静静地坐在那里，眼神一刻也没有离开我。我的心里笑了一下，瞬间如同喝了酒一般的甜。我双眼模糊，似乎看见了我父母，父亲在磨着豆腐，母亲在一边给烧着水，两人时不常地互相对望一眼，对视无言，彼此了然。

我顿了一顿，突然说道："刘广福朝你提亲了没？"

"提啥亲，谁要嫁给他，也就我爸爸整天看着他好罢了。"清竹跟着说道。

"他咋不好了？待你不好吗？若是待你不好，你得告诉干爸，就算他再有权有势，待你不好是万万不能嫁的。"我接着说道，心里莫名泛上一股酸楚。

"若是他待我好呢？是不是就能嫁了？"清竹问我，眼珠滴溜望着我。

"待你好的话……"我没接着说下去，成亲这事，怎么都是要听父母话的，若是刘广福没有待清竹不好，实在是没有不嫁的道理。只是，我实在说不出"能嫁"两个字。

"他叫我上街，我一次都没去过，也不知道他待我好不好！"清竹接着说道。

"一次都没去过？"我脱口而出，自觉失态，连忙低下头，过了许久才问，"你看不中刘广福的话，那你是想嫁谁？"

"我啊，我家里是开酒坊的，我琢磨着能嫁个烤酒的，最好是个能干的，一人能干六七个人的活儿，以后连长工的钱都省了。"清竹笑了，声音像风铃一样，清脆响亮，我知道她说的是什么意思，别过头不敢看她，这还是头一次清竹将话说得这样明白，火辣辣的，把我的耳根烧得滚烫。

"那好，你等我，等我攒够了钱，就去提亲。"不知是不是被酒气熏得昏了头脑，我心中突然升起一股豪气，我真是个厌包，两情相悦，怎能是清竹先跟我开口。

清竹这样的好姑娘，应该是被男人追着哄着才对，而如今清竹先开了口，我若再扭扭捏捏，那便真的是个缩头乌龟，不对，是连乌龟都不如了。

清竹咯咯发笑，酒窝格外深，比缸子里的酒花还美，笑完便走了，没再和我说话。

# 19 技压尊师

那一晚，我蒸了四甑酒，一直蒸到了天亮。

许九尝过了酒，总算颔首夸赞，他便跟我约定了三条。第一，烧出的酒只能放在许家酒坊里卖，且须卖的同价，还得说明是我桂生烤制的，不是许家酒坊的出品。第二，若是许家酒坊的酒售卖不足，可以直接拿我的酒抵用，价格须得低廉，只在原本我所出资费的基础上多加两成，算是我的收益。第三，需要先交足半年所需的资费，这个需得三百元银洋的现钱。

我早料到，干爸这么精明的人，培养我多年，总得从我身上刮出油水，前两条我还好，我虽明知吃亏，但能接受。万事开头难，吃亏无妨的，只是第三条现金资费，我却犯难，我才做长工不久，一时间哪里拿得出这么一大笔钱？

我口中应下这条件，请干爸宽限时日，我去筹钱。我当夜辗转反侧，思虑到底找谁借钱，才能到手，思来想去，眼下只能找舅舅商借。

我便请了一日的假，先回了赵家，同母亲说了这事，母亲听完，惊骇得睁大了眼，这么大一笔钱，她心里打鼓，一则数目太大，三百元银洋，若折了进去，指着我这点工钱，我和母亲就算省吃俭用数十年，怕是也还不上了。二是我已到说亲的年纪，若是生意真如我说的那么好，也就罢了，一两年兴许就能把钱还上，耽误不了说亲，就怕事情不成，我家本不富裕，

第二部分 浮萍生根

身背着债务，真不知还能不能说上亲。

我看着母亲犹豫，心里也猜到了七八分，便接着将我同清竹的事情也跟母亲说了，一来将来若真的要和清竹提亲，也需得母亲点了头才行，同时也想就这清竹的事情让母亲宽心。我也知道自己年纪大了，这两年母亲一直在想办法帮我张罗着婚事。

"许九的闺女？"母亲听了这话，没有对我半点宽慰，反而惊讶地张大嘴巴，"许九肯把闺女嫁给你？"

"妈，您别担心，这事儿我还没跟干爸提，但是清竹心里有我，怎么我也得拼一把。我心里想着只要我能干，肯下力，将来总归是能挣到钱的，爸爸活着的时候时常说，力气越用越有，井水越打越多。以前我不能与爸爸比，现在我学下手艺了，而且干爸也看重我，若是我再能烧上自己的甑，我觉得也不是一定不成。"

母亲犹疑一阵，还是叹气道："行，那你就去试试，我同你一起，去寻你舅舅。这两年收成不好，你舅那儿也不宽裕，咱们好好说，同你舅舅商议商议，就算凑不足，看他能不能再帮忙想想别的法子。"

我和母亲到舅舅家的时候，舅舅正在地里干活儿，我长了年岁，懂了人情世故，虽说是自己的亲舅舅，但上门借钱总是要带礼的，我特意提了一坛子五斤的烤酒给舅舅。

舅舅打开坛子，闻上一闻，便道是好酒，笑得合不拢嘴，又听说是我自己烤的，更是赞不绝口，又说我手艺好，又说娃娃长大了，知道要孝敬舅舅了，还说要留我和母亲在家吃饭。

趁着舅舅高兴，我也没绕弯子，直接说明来意。没想到借钱两字刚出口,舅舅便变了脸色:"桂生啊,不是舅舅说你,人手里拿的什么碗,就吃什么饭,是什么种,就下什么蛋!你家祖坟上长了那根苗吗?你若是真想单独烧上一甑,便多做几年工,攒够了钱,拿着你自己的钱,你想怎么折腾,舅舅都不拦着你,但你要借我的钱烧甑,倘若你烧出个黑淌子来,要拿什么还我?"

我身子像撂在大海里似的,乱了主意,怎么也没想到会是这样,一时间哑了声音,说不出话来。

没等我接话,母亲先开了口:"他舅,那怎么能呢,你刚刚不是还夸桂生手艺好吗?"他彻底愤怒,风沙扑面似的黄皮肤变暗,两道眉毛往上一挑,竖成两条直线。

"怎么不能,他这一甑烧得好,不代表甑甑都能烧得好,他才多大,才烧了几年酒?不是我说,这日子才安稳下来,瞎折腾什么?你家是有金山银山能供你亏空?还是烧的是舅的钱,你就不心疼?"

"你这话怎么能这么说,桂生是你看着长大的,孩子有志气想烧个自己的甑怎么了,怎么就瞎折腾不安分了,怎么就烧你的钱不心疼了?桂生爸走的时候桂生才多大,硬是白天下地,晚上磨豆腐,把亏空都还上了,我们孤儿寡母的,不是都走过来了吗?就说去年,你上我家,去要那一元银洋,我们也都给了你,但你摸着良心想想,桂生爸走了,你这个当哥的,望着孤儿寡母的亲妹妹,随上一元银洋礼钱,接济接济算多吗?"

舅舅遭母亲这一说,顿时火冒三丈,绷着脸说道:"你家男人死的时候,我没跟着跑前跑后?我一去就拿出了一元银洋,都没用你开口,也没问你啥时候还,你还要我做哥哥的怎样?接济可以,那也只能接济一时,你没听过那句老话,叫作救急不救穷?我当时带了一元银洋去,你后面就该自己念着,得还我,谁知道呢,你那么多年提都不提,你当怎么着,嫁出去的女儿泼出去的水,就活该我出钱又出力不成?你儿子好样的,有本事,好样的有本事别来借钱啊。要烧自己的甑,他便烧去,他来找我借钱,我就必须借给他吗?明明就是个捧破碗的命,非要去捧瓷碗,我说他不安分都是轻的。你爸总说力气越用越有,癞蛤蟆还想飞到天上去吃天鹅肉,真是笑话!"

"妈,我们走,这钱咱不借了。"我憋了许久,压抑不住一股怒火。今天舅舅那张嘴,黄白的嘴唇像虫卵似的蠕动,恶心极了。他可以不借,但没必要说这么恶毒的话,我同爸一样性子良善,就算是气急了,也不说伤人的话,转头就走。

我拉了母亲出门,一路小跑回到了许庄,回了家中,又接连喝了好几碗凉水,心里的这股火,才算稍微压下去了一点。

回来时,我烧了水,侧坐在门后的昏暗里,琢磨着各种出路。水沸了,咕噜咕噜掀翻了盖子,我愣了一下,这才把水壶移过一边,煤气的火光像一朵硕大的黑心的蓝菊花,细长的花瓣向里卷曲着。

"桂生,你也别太着急,妈再给你想想办法,不行还有这房子。"

"妈,可别动这个念头,这房子是爸给咱留下的,动不得。这事儿您就别操心了,大不了我就再干上几年再烧自己的甑,我有手艺,有力气,还怕挣不下钱吗?"

我在屋子里干坐一晚,一直熬到天亮,忽然想起还有办法,说不定许九便答应了。

我憋着一口气,回到酒坊,将事情跟许九说:"干爸,我没有筹到钱,希望您能念在我一直勤勤恳恳的分上,让我把甑先烧起来,等挣下了钱,我一定连本带利再还给干爸。"

许九干笑数声,脸色一变:"桂生啊,我允你租甑,原本已是坏规矩,你去各个酒坊打听打听,可有这样的?好,你要租,我给你提了条件。如今,你非但未筹到钱,还要问我借,那我不如直接开两甑来烧,又何必让你去烧呢?你说是不是这个理?"

我轻轻一笑,转换话题问道:"干爸,如果给你一百斤粮食,你能酿出多少斤酒?"

许九不知我葫芦卖什么药,笑道:"五十斤,且品质绝对上乘!"

我道:"干爸,你一百斤粮食能淌出五十斤酒,这比其他大师傅已然厉害不少,寻常师傅不过淌出四十斤,再厉害一点的不过四十五斤,可您却能淌出五十斤。干爸,我们打个赌如何?若是输了,我便不再提这档子事,哪怕你不认我这个干儿子,我也认了。"

许九猛回头,盯着我:"你要赌什么?你还有什么可赌的?"

我双目射出精光,笑道:"我这人分文不值,但是自认手艺不俗,干爸,我胆子大,你莫要见怪,我们就赌手艺,我说我一百斤粮食,能淌出五十五斤酒,且都是好酒,并不比您的酒差,如果我能做到,那么您便租给我烧甑和地缸,因为您给粮食,作为报酬您可以拿走其中五十斤酒,反正您投入同样的粮食,能拿到同样的酒,也不亏,可剩下的五斤酒就要给我,让我拿出去卖,算是我的辛苦费,如何?"

许九一惊,原来我打的是这样的算盘,这样一来的确算是折中的方法,若是我真能每百斤粮食酿出五十五斤好酒,那么他也不亏,可若是将我逼得厉害了,这也不许,那也不许,我一气之下便出走到别的酒坊,恐怕对他的损失更大。

眼下见我打赌,许九不得不让步,若是我就此离开许家酒坊,对他而言,或许是最糟糕的结局。他沉声道:"那便依你所言,你若是真能每百斤粮食酿出五十五斤好酒,便允你拿走剩余五斤酒。"

许九吩咐王富贵去取来一百斤粮食,我打断许九道:"干爸,不同粮食组合,那便是不同味道,这一百斤粮食,请您让我自己挑选,我要五成小麦,三成玉蜀黍,两成红高粱。"

其实在今天前,我每百斤粮食只酿出过五十三斤左右的好酒,既然今天我妄称能达到五十五斤,那么必然要搏一搏,全力以赴,选择最好的粮食、最好的器皿,来冲击完成这一目标。

许九盯了我一眼,我不紧张那是假的,万一他不同意,那我便多了一分风险,若是我最后只酿出五十四斤,虽然胜过他,他也有理由拒绝我的请求。可是只要他让我真正放飞自我,我便一定要全力以赴。我咬定他会同意我的请求,因为我若是赌输了,对他而言,反而是最大的损失,我若是到其他酒坊烧酒,那他许家酒坊压力可倍增。

若不是连租烧甑、地缸的钱都没有,我又怎么会忍气吞声呢?

"都依你。"许九道。

我这才松了一口气，王富贵这才将一切都准备好，我叫上王富贵帮我打下手，便开始酿酒，在甑房用五甑法蒸煮。

"干爸，我的五十五斤酒，不多不少，都在这儿。"我不卑不亢道。

许九默不作声，只招呼人来称，我这轮蒸出来的酒，用的是一个大酒坛装的，大酒坛的重量老早称过，足有二十斤，也就是说只要这个大酒坛最后有七十五斤，我便是在数量上合格，届时许九再品鉴这酒自然能知其好坏。

"富贵，长生，你俩各自称一称，除去酒坛的重量，看是多少斤？"

"干爸，是五十五斤二两。"李长生道。

"五十五斤二两，东家。"王富贵道。

许九低眉，拿起灶上的瓢，舀了一瓢，尝了尝，只见他双目射出精光，嘴巴咂巴数下，微微颔首道："这酒醇厚甘甜，比许家平常卖的的确好上不少，但比我酿的还差一些。"

他扬起嘴角道："桂生，你莫心急，还须戒骄戒躁。"他放下水瓢，走到门口，正打算离开。

我急道："干爸，你还没宣布——我赌赢你了！"

"你赢了，这烧甑和十个地缸我租给你，但每百斤粮食我必须拿走五十斤好酒，剩下的你自行处理。不过我丑话说在前头，一旦我发现你哪天欠了酒，到时候也别怪干爸不留情面。"

"明白。"眼下最重要的是租下烧甑和地缸，烧酒出品的数量与品质，变化不定，每个环节必须小心到极致，绝不可出现差错。

"桂生——我还有事儿要问你。"谁知，许九刚刚走到门口,突然又回头盯着我。

我回头应声:"干爸,还有什么事吗?"

只听许九说道:"我听说清竹最近常去寻你,是有什么事吗?"

"也没什么事。就是寻常聊聊天。"我答道。

"聊天?一个姑娘家,你和她聊什么天,她年纪也不小了,我已和广福他爸商量好了,过了年就让他俩成婚,成了婚清竹就要跟着广福到省城里去了。你没事少和她近乎,姑娘家的,你别坏了她的名声。"

这句话,如同一个响雷突然在我脑袋顶上炸开,我迷糊了一瞬才接着说道:"干爸,我想娶清竹。"

"你说什么?"听得出,许九这句话里压着一股火。

"我说,我想娶清竹。"我咬了咬牙,声音又大了几分。

"你想娶清竹?"

"对,我想娶清竹。"

"你是……"

我猜测他大概想说,"你是个什么东西,居然敢打清竹的主意"。

毕竟连我亲舅舅都能说出"你就是个拿破碗的命"。我虽叫着许九干爸,但是不过是叫着好听,我父亲去世后,这不过是留着一层情面而已。

说穿了,许九不过就是我东家,什么话说不出?但是"我想娶清竹"这话,我今日不能不说,不说就是对不起清竹。

可是不料许九只说了一半,却把另一半咽了回去,换了个话头说道:"桂生啊,不是说干爸看不起你,但你家里连间带瓦的房子都没有，你咋娶清竹，难不成还想做我许家的上门女婿不成？"

许九冷笑道："一则我是不想招上门女婿的，再则你家就你一根独苗，你的娃儿将来要是姓了许，岂不是断了你家的后？"许九这几句话说得我心里如同吃了一闷棍。

"我有手艺，也有力气，早晚是能挣下钱的。"我几乎要哀求许九了。

许九笑了一笑，不慌不忙地喝了一口茶，接着说道："有手艺？你的手艺还不都是我教的？挣下钱，你不吃不喝一天能烧几甑酒啊，你这一年挣下的钱恐怕都没有广福读书时一个月的零用钱多。"

# 20 情深缘浅

我盯着双脚，双颊红透，沉默得像座坟墓——这是自然，虽然父亲常说力气是用不完的，可是我就算把浑身的力气都用尽了，也是比不上刘广福的。

许九见我没接话，自顾自地说道："桂生，你若真是为了清竹好，就该让她嫁给广福。嫁给了广福，清竹就能到南边的省城里享福，南边富庶，有的是白米、棉花、丝绸，清竹又是省城里的官太太，你想想，这日子能差吗？"

我依旧没说话，清竹要的不是这些，她跟自己喜欢的人在一起，比吃精米穿绸缎还要快活，就像父亲和母亲那样，但是我没说，因为我说了也没有用。许九是不会认这个理的。

我木然伫在原地，如同一座石鼠，见不得阳光，凝固在正中央。我眉头微蹙，眼睛瞪大，嘴角原本上扬的弧度，此刻如同冬日枯枝，冻死当场。我低着头，握紧拳头，手臂青筋暴起，手关节捏得紫红。

一个月之前，一切都还是那么美好，我筹备着我的烧甑，心爱的女孩儿等着我提亲。短短一个月过去，一切都发生了变化，我舅说我就是个拿破碗的，我家的祖坟上没有发家的根苗，如今许九的一席话更是掐掉了我的一切念想。

许九见我沉默，面色一黑，皱着眉头道："你莫要灰心，好好在我这儿做上几年，攒够了钱，你再买自己的甑，也是不迟的。我看你小子，有点骨气，说不定将来真给你成了呢！干爸既然答应了你，就不会反悔，你什么时候存够了钱，我家酒坊的甑和地缸便任你使用。酒坊的谷师傅年纪大了，年轻一辈中独你一个，有大师傅的料子，你会制曲，将来这里撒开，头号的大酒师，不是你还能有谁？到时候，你寻一房好媳妇，给你妈生个大胖小子。"

许九的心思我如何不懂？他有心安抚，怕我没了念想，转去其他酒坊，我的手艺如今十里八乡有名，算是小酒师，才做三五年，就能独自烧起一甑，酒头酒尾，次次如蛇打七寸，都掐得恰到好处。曲子房和窖子房里的活儿，样样干得熟练精通，时时有着新法子提高出酒量，若是我一辈子不走，留在他的酒坊才好。

我阴沉沉抬头，冷笑一声，宛如久久不散的阴云，氤氲着各种复杂的想法，若是先前，我是从不冷笑的，见谁不是给个花花笑脸。我终究叹气，转身走了出去。

日子依旧要过，我依旧勤谨，依旧努力，逢人依旧笑着，只是不再往许九内宅的院子里去了。

转过年来，清竹嫁给了刘广福，宴席摆了八九十桌，我也随了礼钱，不过没去吃席。婚宴之后不到十日，清竹就跟着刘广福去了省城。听说那地方很远，先要坐马车到大一点的镇子上去坐汽车，然后还要换火车。我们这个地方穷，河网又多，火车道是修不进来的。

我家没田，房上没瓦，但烤酒制曲，手艺在本乡仅屈居许九之下，在眼下能混到温饱不愁，且我勤快老实，提亲说媒的都快踏破我家门槛了。

母亲仔细盘算了几日,道:"咱家人丁少,没有基业,还得好生寻个有根基的女子,不然十里八乡,只有你一个姓桂的,难免受人欺负。"母亲才四十多,头发花白,笑起来,眼角子两撮深深的皱纹,看得出很老,有点血气不足似的。

我笑道:"妈让我娶富户,我倒愿意,人家也不肯。大姓女子家境富足,就算让我去攀她,我也不攀,若是入赘,至少要挨骂受气,说不好孩子不能姓桂,那不是绝了我桂家的种?"

因我在许九那边学艺,媒人领着姑娘们给母亲相看,母亲相中后便托人给我捎去了信,让我回来相看,母亲挑来挑去,便选中了个姓彭的女子,是自家一个出了五服的同宗,名叫彭芳华,家里温饱有余,是种自家田的,家里兄弟早已成婚,聘礼并不要求。姑娘粗壮利索,自小跟着家里下地种田,是把干活的好手。母亲觉得这样的媳妇最好,能帮上她和我不少忙。

可是我一直也没匀出空来。眼看三个月过去了,母亲耐不住。那天我本在甑房上甑,王富贵悄悄溜进来,催我外出见人,我向来是干活干到底的蛮牛,喊着不去,谁知道王富贵肘着我肩膀,笑嘻嘻道:"怎么,你媳妇也不见?"

我怒道:"你寻我开心呢?我没成家,哪来的媳妇?"

王富贵仍是笑着:"那可就奇怪,外面可有一个姑娘,娇滴滴的,温温柔柔喊你桂生哥,一口一口的,叫得人骨头发酥,她说今天不见到你,她便不走啦!"

我皱眉,难道我家里有事,是谁来给我报信了?还是出去看看,人家上门找我,我不见见,总归是不礼貌。

我拍拍王富贵脸颊,笑道:"帮我看会烧甑,我去去就回。"

我拿毛巾擦擦全身的汗水，小跑到水桶边，一瓢水洗洗脸，便出门去，来到酒坊大门前，只见左边红灯笼下站着一个少女。

"桂生哥？"少女朝我招招手，她约莫芳龄十八九，一朵花正开着，像一只鹧鸪一样丰满，像春天种出的桃子一样成熟，酥融，腮颊红艳，圆嘟嘟的腮颊，弯弯的一双笑眼，有点吊眼梢。全身穿着粗布宽衫，仍掩不住身材丰满，她的臂膀宽大，手臂黄黄的，很像是经常下地干活的姑娘。

"姑娘，你找我有事？"

"秀姨叫我来看看你，这是她新纳的三双鞋，一针一线都是熬着油灯攒的，我也给你缝了两双袜子，不知道有没有小？"

"我母亲托你来的？怎么称呼你？"我一愣，没想到这姑娘竟能叫上母亲的名，莫非这是母亲找到的对象？

"看我急的，我叫彭芳华，今年二十岁，跟秀姨一个村的，说起来我还要叫你一声哥呢。"

"谢谢你，芳华妹妹，我母亲最近怎么样？她老人家身体可好？"

"秀姨最近稍稍咳嗽，但是有我照顾，已经好转，我平时家里没事，便帮她做做活儿。"

我一惊，女孩子家这样的暗示，我如何不懂？没想到，母亲竟应允她来家里帮衬，我跟她对视良久，芳华论容貌比不上许清竹，但细细聊了几句，我发现芳华性情爽气，便升了一两分好感，说到地里的活儿，芳华更是头头是道，显然就是勤俭持家过日子的，她还常常帮衬我家里，最近还照顾母亲，一定是个孝顺的好姑娘。

　　等到芳华走了，我倒是思前想后，琢磨了一夜，自己该娶妻了，就算我不急，家里的母亲总需要人照顾，想来想去便下定了主意，第二天便托人回去传了信，应了这门亲事。

# 第三部分　世之沧桑

大海师

# 21 丧母之痛

时间过了半个月，王富贵某天下午入曲房，告诉我，说有人找我，我问道："是不是一个小姑娘？"

王富贵："啊哟，桂生哥，原来上次真是你媳妇来呀。不过今天可不巧，来的是个老头儿。"

老头儿？我家里只有一个母亲，还有快要进门的芳华，怎么会认识一个老头儿呢？难道是谁来找我私下买酒？因着我单烧一个甑，私下里找我买酒的人家也是有的。

我怀着好奇，赶忙收拾一下，跟王富贵打声照看的招呼，往门口走。

谁知我还没有走出门口，一个老头儿便立在门口，口干舌燥，急呼道："桂生娃——你快回家，你妈快不行了！"

我瞪大眼睛，口微张，眼塘子里尽是不可置信，站我面前的，可不就是我的邻居扎纸匠大柳吗？他为人忠厚，扎纸手艺一绝，整个许庄都愿意找他。我脑子一片空白，怎么是他来找我？母亲快不行了？怎么可能，我上次回家母亲还能下地干活，怎么会不行了？

我沉声道："大柳叔，我妈没事，你可不要胡说！"

大柳道："天地良心！我怎可欺你，我跟你爸向来要好，你就同我孩子一般，我怎么会骗你，你妈昨晚就病得厉害，你那还没进门的媳妇，心肠好，一直守在你妈床头，家里没人，

第三部分　世之沧桑

才叫我来的。我大早上走到现在，见你不着，你快回家看看，你妈病得可急！"

母亲！母亲！我的母亲！您到底怎么了？我疯如牛，顾不得跟人招呼，走到集上雇了牛车，请人将我和大柳叔带回许庄。一路上我思绪万千，大柳叔一直跟我念叨，我学艺这几年，母亲如何勤俭持家，如何日夜殷切期盼我回来。

我到家时，一轮圆月青灰，挂在深蓝色的天空，像一尊青灰墓碑压得我胸口难受，爸爸和妹妹走的时候，也是这般月色，冷得骨髓打战，咬住牙齿都忍不住哆嗦。我一踏进门槛，直奔内屋，还没进门，便听到一个少女呜呜呜的哭声。

我只见母亲睁开的青灰色的眼，她瘦得颧骨高凸，唇上毫无血色，芳华伏在母亲的身前抽泣，大柳媳妇掩面抽泣。

"妈——妈——孩儿来晚啦！孩儿不孝啊！"我"扑通"一声，一个滑跪伏在地上，额头像捣蒜一样，"砰砰砰"，拍在泥上，留下一个个血红的印子。

大柳叔连忙扶我，我一把将他推开，仍是跪着磕头。

我哭得涕泪纵横，肺腔抽泣，宛如风过山谷，我感到身后一团柔软，芳华从背后抱住我，把脸抵在我脸上，柔声道："桂生哥，你不能这么对大柳叔，大柳叔对咱们家有恩。"

我像个无助的孩子，从此这世上再无血亲，孤孤单单在这世上，伏在芳华的怀中抽泣许久许久，这才沙哑道："芳华，你说说，母亲到底是怎么回事？"

芳华抽泣道："是有人害了秀姨，你听大柳叔说。"

"大柳叔，刚刚是我对你不住，我给你道歉。母亲好好的，怎么会突然去了？"

大柳叔说:"桂生娃,伯是吃死人饭的。我向来说话直接,你莫怪我。眼下这光景难熬,你出去学酒艺这些年,你妈更难熬啊,她是女人家,整天在地里忙活,可不肯歇息,你妈跟我媳妇要好,总跟人说,要努力干活,力气越用越有,她不肯歇息的。本来你也知道,你妈身子骨弱,这两年更是如此。前段日子秋收,你妈种了一大片豆子眼见就要熟了,她一个人忙不过来,收得慢,许久红那帮畜生……"大柳仿佛想到多年前的一桩旧事,说到此处,咬牙切齿,眼角的一撮撮皱纹堆成一团。

我心中一个"咯噔",怒道:"许久红那帮畜生,做了什么?"

大柳叔连忙道:"你妈常年一人在家,许久红那帮畜生,知道你家没人,你常年在外,他们总是夜里去薅你们家豆子,前些年不是旱灾、蝗灾便是水灾,今年好不容易,种地能收上粮食,你妈忙活一年,断然不肯让给他们。你妈就一个人白天干到深夜,我看不下去,偶尔也去帮帮收豆子,可我地里也忙,便顾不上了。"

芳华红着眼眶:"都怪我,我要是一直住在许庄就好了,我夜里也能帮忙。"

大柳媳妇道:"姑娘家的不要太自责,你白天已经帮衬很多了。咱们这儿的规矩就是这样,你还没进桂家,住自己家也是为了名声。等你进门,也不迟。"

大柳叔道:"三天前,你妈夜里收豆子,碰上了许久红那帮畜生来偷,他们肆无忌惮,你妈破口大骂,拿锄头去追他们,谁知道天太黑,你妈一不留神,一脚栽进了我家门前的塘里,好在那会儿,我还没睡,便应声将你妈救了上来,你叔母照顾了一夜。第二天你未过门的媳妇，芳华这姑娘来了，她大吃一惊，便一直照顾，还请了郎中，可是你妈身子过于劳累，这暮秋的深夜有多冻人，你不是不知道！她又是深夜收豆子，又是溺水，自然受了大寒，这三天昨晚烧得尤为厉害，烧得不省人事，口中一直念叨你的名字。我一大早就来寻你。"

我瘫坐在地，额头上挤出三道皱纹，痛苦得捂脸，又跪下来给大柳夫妇磕了三个头，沙哑道："多谢大柳叔，母亲总归是去了，请大柳叔帮母亲扎纸，改日我送坛好酒给您。"

大柳叔连忙将我扶起，招呼着邻里的亲戚，同父亲办丧一般，四处张罗，总归是料理了。母亲的丧事没有大办，唯独在扎纸匠大柳处订了全套的纸活儿，从房子田地到金童玉女，爸妈活着没享我福，总念叨他们能在下面宽裕。人死如灯灭，活着的时候受罪，难道在另一个世界就能享福？我继续惴惴不安。

母亲的后事办完，天入了冬，庄子口的林子里添了一座新坟，就在父亲的旁边。树上的枯叶落光，独剩瘦瘦的枝丫，光秃秃，在冷风里摇来晃去，快要摧折。

"妈，您尝尝，这是儿烤的酒，儿的手艺学出来了。"我跪在坟前，小半坛子酒都洒在了坟头上。母亲没了，还没喝上我酿的酒，还没看见我的媳妇过门。

"爸，您也尝尝，儿子学了烤酒手艺，老客都说我酒烤得好，比干爸烤得还好。您替儿品品，儿是不是有出息了。"出息？我还没孝敬好母亲，我哪来的出息。

我抹了一把眼泪，在父亲坟头上洒了一圈酒，冷风刮得脸生疼。我瘫躺在枯叶堆中，眼睛框住青灰色的天，空中一无所有，树木是秃的，鸟都不见踪影。

我图啥呢？我吃了天大的苦去学烤酒，不就是为了能孝顺母亲？可母亲却走了，受了一辈子的苦，连我烤的酒都没喝上。买房子，买地，娶个媳妇，生几个娃，娃儿围着母亲喊着奶奶，饭桌上摆着酒摆着肉，这个画面在我脑子里转了千百回，那是我的盼头，可是，母亲没了，一切都还没有，受罪受累的母亲却没了。

我后悔不该学烤酒，丢下母亲，让母亲遭许久红等人欺负，母亲身体本就不好，白日黑夜，陀螺般转个不停，定是累坏了。我心如刀割，鲜血淋漓，深深吸了口气，冷气滚进肺腑，疼痛只增不减。

我往火堆里烧着纸钱，念叨道："妈啊，到了那边，您就别省，我学了手艺，往后吃穿不愁，缺啥少啥，您托梦跟儿说，儿都给你们置办。"

# 22　百年同舟

坟前的火堆烧得极旺,被风一吹,火苗突突地跳跃着,驱散寒气,我仍浑身发冷。妹妹没了,父亲没了,母亲也没了,这世上只剩我一人。

"妈,不然你把我也带了去吧。"

"桂生哥,你说啥?"芳华望着我,火光照亮我脸上的两道泪痕。

我摇了摇头,虽仍是伤心欲绝,但转念一想,我是桂家唯一的后,绝不能辜负父母。

"桂生哥,秀姨病时,让我好好照看你,你放心,我往后一定待你好。"

自从与我的亲事定下来以后,彭芳华便时常到母亲跟前照看,也幸亏有她,不然母亲怕是出了事也没人知道,我心里也是感激的,再加上母亲的嘱托,我心里也便认定了这个媳妇。

"芳华,以后我妈就是你妈,我们改日就成亲,你愿意吗?"我觉得母亲说得对,娶媳妇是要过日子的,家里地里,能干肯干,能养活孩子,照顾男人,便是好媳妇了,踏踏实实过日子。眼前这个姑娘,便是那踏踏实实的日子。

芳华一愣,喜上眉梢,桃花腮粉扑扑的,捶了我胸口一拳,抱着我,含泪点头说愿意。

转过年来,我便同彭芳华办了喜事,大柳叔扎纸功夫厉害,他媳妇对红喜事也颇为精通,我花了三元银洋,请她张罗细碎活儿,布置新人的喜房。大柳媳妇收钱后,开始忙活,她在喜房上边用芦苇扎成框架,再缝上白布或糊贴白纸,对我和芳华解释,说这叫复篷。复篷正中贴红纸剪成的五福全寿,五个蝙蝠围绕着一个圆形的寿字,四个篷角贴红色彩云。芳华依着大柳媳妇的指引,在云寿的空白处,对称贴着"蝴蝶戏牡丹""金鱼闹荷花""榴开百子"等吉祥的图案。之后,大柳媳妇又招呼芳华,在喜房墙上用云边镶边,山墙下边平壁上贴了"囍"字,房门贴喜鹊登梅图,窗户两边的内墙上贴万年青,下放一张长命桌,供长明灯、长寿烛用,再摆放一些红色小玩意儿。

新房内装完毕,窗户以红棉纸糊严实,封窗后用红纸捻蘸素油点燃,将房内各处通照一遍,至此防止闲人入内。

许庄的规矩,新人入洞房必须由一位全福婆婆作为新人的导引。从前致庆嫂同我母亲在许家做活,如同闺蜜一般,她待我极好,我便请致庆嫂当全福婆婆,起初大柳媳妇颇为不悦,她拉着我私下说,致庆嫂虽然人好,但是她多年无子,在喜房里当全福婆婆不大吉利。

我年轻力壮,对自己身体很自信,要让芳华生几个便有几个,何况致庆嫂从小看我长大,我猜测,可能是我未让大柳媳妇继续当这全福婆婆,是少了她一份钱,便微微一笑,好生宽慰她:"婶婶,你出力的钱我一定给到,你不用担心。"

致庆嫂在喜床上套了喜被、揣好喜枕,把芦苇绒装入事先准备好的绣花枕头,每个枕头两端、被子的四角装入两枚栗子、两枚枣子、两枚桂圆和两颗花生,寓意着"立子",她口里朗声道："男女花着生，生儿中状元，生女封诰命。"

不婚不嫁，不成天下。入洞房当天，外面放鞭炮，喜房内的人说着喜话："八个栗，八个枣，八个小小满床跑。四个去当官，四个去赶考，赶考中状元，当官坐花轿。"我的喜事办得简单，许谦没能赶回来喝我的喜酒，但托人带回了喜钱。

我办完喜事，又在家里住了半个月，许九托了人来喊，我便回到酒坊里去。芳华年轻，跑得动路，便常去看我，若是不忙时，我便留她住上一晚，若是太忙，便放下东西，说说话就走。刚结婚时，芳华去得最勤，一个月少说要去上两三趟，后来便少了。

我劝芳华莫要辛苦，于是芳华便来得少了。但到第二年，芳华的肚子依旧没有动静，她便跑得勤了起来。后来我越发地忙了，就算芳华奔波赶来，夫妻只是说上几句话，别说夫妻俩在一处过上一夜，就是多坐一会儿都难。新婚燕尔便两地分离，聚少离多，偶尔我心里愧疚。

我除了愧疚，更多是担心，要知道打仗越来越厉害，战事吃紧，谁也不知道哪天咱们许庄附近也受到牵连，芳华是个女人家，一个人在家，我如何不担心？

打仗风声闹得紧，酒坊人人都在传，说是日本人已经打到大昌河边上了，眼瞅着过了河，就要打到我们这里来了。

我听说过大昌河，但从未去过，只知道，离我们这里大约有百十里地，是需要大船摆渡的大河。我听说日本行军很快，百十里地，最多一两日就能赶到。

王富贵家在大昌河北边，那两日，他愁得连饭都吃不下去了。过了半个多月，老家有人给王富贵带信，王富贵庄子的人得信，都已经提前逃难走了，并未真的遇上日本兵，王富贵这才心里稍微安定了些。可是信里并未说家人具体逃去了哪里，王富贵大哭一场，这如何是好，自己根本不知该去哪里寻他们。王富贵不免难过，我们都劝他说："富贵，不论逃去哪里，家总是还在的，等仗打完了，大家都回到家，自然就能见着了。"

转眼过了三天，传言日本兵打到了马家荡，炸弹如同鸡蛋一般从天而降，炸死无数"蝼蚁"，房屋、野外瞬间起火，烧得城内外寸草不生。若说大昌河离我家远，可这马家荡离我家近多了。我去过马家荡，听说日本人把火烧到马家荡了，我忧心忡忡。

那天晚上狂风大作，吹得粮仓的稻草、麦子飞到外面顶空，邪风浩荡，竟将院中一口破冷罐刮了下来，"砰"的一声，发出巨响，摔在地上，一个小学徒，少不更事，直接吓破胆，火急火燎，四处奔走，口中乱喊，完了完了，打炮了，打炮了，日本人打过来了。酒坊的学徒草木皆兵，众人顿时乱作一团，慌不择路。后来大家跑了一阵，发现城中一切安好，这才发现闹了乌龙，只是大风刮倒了破冷罐而已。许九查明真相，给那小学徒好一顿打骂。

捕风捉影的日子，慌张过了半年，好在从未见过一枪一炮。转眼又要过年了，我带了两坛子自己烤的酒，喊着芳华一起，做了两板豆腐，芳华原本不会做豆腐，但手脚利落，力气又大。我头年教了她，她很快便麻利地上手。浆子烧开，冒出滚滚的热气，我盯着笼在热气里的身影，猛地恍惚，似乎又见母亲。母亲烧着火，朦胧的身影，藏在升腾的白雾里，刚刚点上的豆腐，在缸里开成了乳白的花。

这豆腐，我留着自己家吃些，又给邻舍和许谦家各送去一些。我是小姓，父母活着时，我们便和邻舍相互接济，到了年节，不论多寡，总是互相过礼。如今父母都不在了，这个习惯，我却不想变，一切如同父母尚在时。至于许谦家，我有心打探消息，借着送礼问问战事，谁知许谦妈说许谦没回家，年里赶不回来。

我心情复杂，这两年，许谦似乎一直很忙，不仅是过年，甚至是我的喜事，都不曾回家，不知他如今怎样。

## 23 新婚突变

到了年三十，我们夫妻俩吃过了饭在灯下坐着，聊着闲话。

"芳华啊，这两年，辛苦你了，将家里家外照顾得这么好。"

"桂生哥，我听说最近一阵子外面都不太平，你们酒坊那边一切都好吗？要是不行，你就别去了，干脆回家来吧，也省得我担心。"

我笑道："这年头，打仗的消息天天都有，听蝲蛄叫，还能不种地了？你把心放肚子里，若是有事，我肯定第一个就往家里跑。倒是你，一个女人在家，得要分外小心才是。"

芳华应道："要不过了年，我跟你走吧，在镇上寻个事情做。我好陪陪你，咱俩成亲也有一段日子了，总这样也不是办法不是。"

"你也走了，那家里的田咋办？庄稼人还是种着地，心里才踏实啊……"我话说一半，突然止住声，我觉得哪里不对，芳华从不是没轻重的人，今日突然提起这个，看来有话要说。

我俩虽然已经做了夫妻，但因我常年在外做工，故而相处的时日不算太多，彼此总有拘谨客气。想到这一层，我便开口问道："芳华，你是不是有什么话要说？"

芳华犹豫半响，蹙着眉头，正色道："哥，我想同你商量，过完年，这酒坊能不能先不去了？"

我一愣，不知她是什么意思，一时间没有答话。

第三部分　世之沧桑

芳华道：“妈走的时候，拉着我的手，一直不肯松，嘱咐我，一定要多给你生几个娃，说咱家一直都人丁单薄，现在世道不好，你得多有几个娃，她才能安心。”

芳华说到这，神情羞涩，眼睛望着我，见我似乎依旧没懂，才咬牙说道：“你看，咱俩成亲的时候不短了，按说也该有孩子了，这一直没动静，我心里觉得对不起妈，对不起你家的祖宗，但毕竟你常年在外，咱俩在一块儿的时候少，说不好是咋回事，所以我想着，你要是能踏踏实实地在家待上一阵子，先把孩子要上了，我心里也能踏实些，你再出去也更有奔头不是？”

我拍了脑门，只骂自己笨，孩子是我最大的念想，我心里也急，我没了父母，没了妹妹，只有生下孩子，这世间才有同我血脉相连的人。不过我虽这样想，却一直也没提起，一则是因为我确实经常不在家，二则也是我为人厚道，不想让芳华揪心着急，没想到芳华心重，居然说在了我前头。芳华说得在理，先要下孩子，心里确实能踏实一些。

只是酒坊里的事情，我一时割舍不下，暂时不知跟干爸告个大假，干爸能不能宽容？我沉吟半晌，暂且说着活话："这个事情，你容我想想，等我过了年回去，我跟干爸商量商量，探探他的口风。孩子是家里的福气，福气到了，也未必是要天天在一处才能怀得上。福气没到，就算天天在一处，也未见得就有用。不过咱想的是一样的，若是有个孩子，这年咱过得也能更热闹些。"

芳华点了点头，便只顾低头吃菜，她知道我这是在宽她的心，但越是这样，她心里越是不安，总觉得没养下个娃，便是对我不住。虽然我不总在家，但两三年的工夫，按理说也该有了，故而她下了决心，若是我在家待上一阵子，肚子还没动静，她也是没脸继续在这家待下去了。

转过几天，我琢磨着怎么和干爸去说，一直没找到合乎礼仪的说辞。我深知许九是个精明世故的，三五不时，就跟我念叨，说拿我当亲儿子，但实际上，不过只因为我手艺好，制曲又胜过他，能帮得上忙罢了，我若是想在家待上几个月，许九必然是不会乐意的。

我犹豫了许久，生孩子毕竟关乎血脉，还是要向许九告假，就算许九心里不高兴，但是以他的为人，必然不会把事情做绝，大不了，过了两三个月，我把孩子要上了，再好好给许九赔个不是，也就罢了。除非，许九能在三个月里，寻到比我手艺还好的师傅，不然我想回去，许九绝对不会拒绝。退一万步说，就算他不准假，凭我的手艺，随便在哪个酒坊，找个活儿做，应该不会挣得太少。

我将这厢事情，里外琢磨净透，想好礼貌说辞，便回去和许九说，一切也如我所料，许九虽不高兴，但依旧端着一张笑脸，说着不少漂亮话，诸如："要娃儿是个大事，干爸不能拦着你，你自小孤苦，急着要娃，干爸也能明白。"

但他说到最后，话锋终究一转言道："眼下世道不好，今天这里打仗，明天那里打仗，说不准哪天就打到咱们家门口了，故而我也一直想着，要减两个人手，原本我是一定要留下你的，但你如今去了，回来的时候，还能不能有你的活儿就实在说不准了，不过你也放心，只要周转得开，干爸是绝不会把你挡在门外头的，毕竟你是我一手教出来的。只是，要是到时候实在生意不好，周转不开，你也别怨干爸。"

我心里偷笑，他越是这样，我越知道这是示弱，不过这是一番故意的活话。若是我担心丢了营生，说不定就被唬住了。若是我还是执意要走，到时候再回来，他也有个由头。这些年，我跟着他，也历练出了本事，一些做表面功夫的家伙，我心里领教透了。

我偷笑，任你如何说，我总算知道，我的手艺，在这十里八乡，是如何金贵了。我心里虽然看破，却没说什么。我赔着笑脸，道了谢，方才收拾了东西回家。

这些年，我与许九相处也有门道。这许九，虽精明，但好歹是一个大方守信的主家，说话从来作数，比那些阴险狡诈之辈，不知要好上多少。许九的心思，从来不花在克扣伙计身上，该给的钱半个子儿也没少过我们。东边杀人，西边打仗，北边大旱，南边大涝，这样的世道，他能够做到这个份上，便是活菩萨了。

作为东家，许九算是个念人情的，伙计们谁家有个大事小情，若没有大妨碍，他也是愿意帮忙的。我结婚时，他还特意放了王富贵几日假，让王富贵过来，帮着我忙活了一阵。故而我也琢磨着，等要下了孩子，若是能在干爸这里做，还是继续好好干下去。

我哼着小曲回了家，好生休养了三个月。谁知，原本以为三个月芳华肚子就能有个消息，或许我家福薄，还是我跟芳华真没缘分，我在家里待了小半年，两人如胶似漆，日日在一处，可是芳华的肚子愣是没有一点动静，我心里难免有几分懊丧。

我仔细琢磨，我虽常年在外，但芳华常去看我，再加上逢年过节的，算下来，一年在一起的日子，也有五六十天，但两三年都怀不上，这不对劲。不过，那时我心怀念想，总以为我俩在一块儿的日子少，但是这样日日在一起，肚子依然没有动静，我不由得起了疑心，沉声道："芳华，明日你跟我去看郎中。"芳华更加心急难耐，便应了下来。

到了郎中处，人家把脉一看，不看不要紧，一看还真看出不少毛病。郎中看过后，说是芳华的身子太寒，怕是难要孩子。

芳华生得高大，脾气一向不小，当时就挂了脸子，怒道："你这郎中是个庸医，我身子不知多好，冬日里都不需要穿棉，怎么就寒得生不了孩子了？纯属胡扯！你就是想要骗钱！"

倒是我，毕竟在外面日子久些，沉得住气，连忙脸上堆笑，给郎中赔不是，临走我还抓了几服药回家，说是让芳华吃着试试。

本来我租着许九的酒坊，平日卖酒也攒下不少钱了，可芳华连着吃了一个月的药，眼见家里积蓄也被吃去了多半。看我整日在院子里为她熬药，她心中不耐，急声道："什么破郎中，什么怪药，老娘身体好得很，这药莫不是要吃坏我身子，咱们不能再买这药了，当家的，你莫要把我当成药罐子。"芳华一怒之下打翻了熬药的罐子。

因为一直没有孩子，我心里本来就难受，从没责怪芳华，这已是强压着心里的火，这时芳华一闹，更是闹得我心烦，胸口里的火自然也蹿了上来，我低声骂道："生娃都这么难，你还有什么可闹的啊？"撒完气，我便拎着半坛子酒出了门。

虽然我不是指着芳华的鼻子骂的,语气也并不尖锐,但依旧被芳华听进了耳朵里。

她虽脾气暴,但是个厚道人家的姑娘,她自己生不出孩子,本来心中愧疚,这时遭我数落,心里更难受。芳华一面觉得没脸在家待下去,一面又舍不得我。我手艺好,人厚道,凡事依她性子,眼下这情况,连骂都没骂过她一声,这样的男人,怕是打着灯笼都找不到第二个。

芳华六神无主,愁一阵,哭一阵,哭一阵,愁一阵,眼见天黑,刚想出去找我,就见我从门外进来,只是步子不稳,我喝醉上头。芳华上前扶我,我一把推开,径直走进了屋里,一头倒在了床上。

这次醉酒,不但喝得多,喝得还很急。这酒,我是坐在父母的坟头喝的,我问问父母,眼下该怎么办。蹲在父母坟前,我心情复杂,有心想让芳华回娘家,但这可太不厚道,芳华在母亲跟前尽过孝的。虽说生不出孩子的媳妇,在我们这里都是要被赶回家的,但是我总开不了口。可是,难道我们桂家,便就此绝后吗?

我心中烦闷,酒便喝得急,两盏茶的工夫,小半坛子酒就下了肚,喝了急,间歇着遭冷风一吹,我便头脑发昏,赶回家,便一头栽到了床上,没一会儿便睡了过去。

这一觉便睡到了半夜,我隐约觉得芳华坐在身边,还伸手想要扒拉我两下,我心里还烦着,便躲了她的手。

芳华见我这样,便更加委屈,对着我的背说道:"桂生哥,你是不是嫌弃我了?这也怨不得你,我自己生不出孩子,遭人嫌弃也是应该的,你要是实在嫌弃我了,就跟我直说,我走就是了,咱俩好歹也是夫妻一场,我不会怪你的。"

我酒劲还没散,心里烦,听了芳华这样说,只觉得她是怪我白日里说了重话,心里便更加有火,我话虽重,可没说错,她生不出孩子来,难道说两句都不成了?我已经压着火气了,可她还不依不饶的。

我遭着火气和酒气顶着,心里更加难受,我一骨碌坐起来,冲着她吼道:"要走你便走,莫要再来烦我。"说完,我便又躺倒,拿被子蒙了头,任凭芳华怎么说,都不再言语。

我身上有酒劲催着,做了一个很长的梦,一觉睡得踏实,到了第二天,太阳升得老高,我才勉强醒了过来。我在床上翻了个身,伸手一摸,似乎身边少了什么,不对劲,非常不对劲,家里分外安静,往日这时,芳华应该在院子里做活儿,今日却半点动静也没有。

我坐在床沿,定了定神,喊了芳华两声,没有人应,我忽然想起我昨日夜里说的话,惊得冷汗涔涔。我虽不识几个大字,但多少晓得人事,我突然想起干爸平日里教导的,酒可解忧,也可坏事。许谦小时候跟我说故事,汉高祖刘邦醉酒斩白蛇,燕人张飞醉酒鞭笞下属惹得杀身祸,古往今来多少人借酒成名、因酒成事,可又有多少人因酒误国,惹祸杀身?我昨夜醉后的言行,肯定让芳华怄气,她本来就因生不出孩子急得团团转,遭我一骂哪能好受呢?

我连忙穿鞋下床,往院子来寻人。果然,芳华已然不见踪影,柜子里的衣服也少了大半。我没想到,芳华气性居然这样大,我说了两句,她竟就真的回了娘家。

我洗了把脸,坐在堂屋里,又喝了两碗水,心里盘算着,晚点拾掇拾掇，是不是该去把芳华接回来。谁知，我还没琢磨出个章法，就听见门外传来一阵急急的锣声。

"快跑啊，快跑啊。日本人打过来了。"

刚刚听到这声，我愣了一愣，这几年仗打得厉害，可是许庄地方偏得很，仗打到家门口，我还真的是头回听说，我赶着步子，追到了门口，看见大柳家的儿子柳大富，他已经敲着锣，跑了过去，只留下了一个慌张的背影。刚刚喊话的正是柳大富，他口里喊着，往自家方向奔去。

我一时拿不准真假，顺着他的方向跟了过去，才过去没几步，就见致庆嫂拐着一双小脚，惊慌失措，碎步跑过来，见我不动，一把拉住我，丢魂似的："桂生啊，你怎么还在这里啊，快些收拾东西，出去躲躲啊，日本人都打到毕贤集了，四五里的路，一眨眼就到了。"

"致庆婶，您这消息可准吗？"我忙拉着她问道。

"准，怎么不准呢，许久红的儿子白布，刚从那边逃回来的。说是土都烧红了，一颗炮弹下去，地里的菜都烧成了灰。我得赶紧去寻我家老头子回来，你也别打听了，赶紧跑吧。"

## 24 亡命天涯

眼下这战争像一只巨大的火球，它的赤色烈焰吞掠过大片的田野、房屋、牲畜和人群，现在它终于朝许庄一带滚过来了。

我一脸蒙，心里"咯噔"一下。走？怎么走？这家里屋里，虽没值钱东西，但哪样不是父母辛辛苦苦置下的，说走就这么走了？若是真被一颗炮弹炸成了灰，再想找都找不见了，连个念想都没有了。可是若是日本人真的打过来，我总不能守着这夯土房子，一起化灰吧。

我来不及多想，耳边"轰隆"一声，不知道是雷，还是他们说的炮弹。

我抬头去望，倒是没见着什么火光浓烟，但是这一震，彻底把我震得明白，我不敢再有片刻耽搁，取了家里存的一点现钱，柜子里的衣服鞋子拾掇好，竹筒倒豆子一般，通通倒了出来，拿唯一的一床带棉花被子裹了，背到身上就往外走。

走到门口，正好看见柳大富也扛了一个包裹，往庄子口奔着。我与柳大富也算相熟，便背着包袱，跟上了他的步子。一路上，我瞧见了许久红同他的两个儿子，许久红坐在车上，大摇大摆，两个儿子轮番推着他，其中一个衣服上还沾着一些血迹，想来正是从毕贤集上逃回来的。

许久红仗着是大姓，总是欺负我们这些小姓的人家，我与柳大富，原本就不爱搭理他们，此刻更是连招呼都懒得打一个，只装作没看见，低着头赶了过去。许久红还是从背后认出了我们，嘴里嚷嚷，让我们过来推他。

我冷笑，你许久红算什么东西，他日定要找你报仇。我与柳大富只是不理，一溜烟地往前跑去，跑出老远，只听许久红如同榆木疙瘩，不知轻重，在后面咒骂："养不活的白眼狼，种我许家的地，吃我许家的粮，遭了难，便翻脸不认人了。"

柳大富冷冷地哼了一声，压着声音丢出一句："呸，老子又没种你家地，吃你家粮，不缺胳膊不少腿的，这个时候还想让老子推着你走，也真是想瞎了心了，早晚让日本人撵上你，连同你两个狗屁儿子一同炸死。"

我听他骂得这样毒，心中好生痛快，连忙欢呼道："老不死的，你还不走，等会儿日本人的炸弹炸得你四分五裂，你的两个儿子就要去田里把你拼起来咯。两个乖儿，你还不抓紧推着，等会儿日本人赶上了，你看你爸还保不保得住你两个龟孙！"我骂完，埋着头，同他一起赶路。我头也不回，心中暗笑，这老不死的和他两个儿子，估计脸都绿了，都什么时候了，还在这里猴子称大王。

转眼又走出六七里的样子。柳大富个子比我高些，但是体力却似乎并不如我，刚赶了不到十里路，便喘得不行。于是便拉了我，找了棵大槐树靠了下来，歇了片刻我忽然觉得哪里不对，仔细一想才发现柳大富的父亲竟然并没有同他一起，于是便开口问道："柳叔呢？怎么没同你一起？"

柳大富好容易喘匀了一口气，才答道："爸爸说他上了岁数，脚慢，所以让我先跑，莫要等他。"

我应了一声,暗叹道:都这时候了,柳叔心里想的还都是自己的儿子,生怕自己脚慢,拖累儿子,若是父亲活着,想来也会这样跟我说吧。不过,我决不会丢下父亲,必然第一个背着大跑到前头的。

我们正靠着树歇着,突然瞧见不远处晃出一行人影来,像是端着枪,离得太远,看不清楚。

"桂生哥,那是不是日本人?不是说日本人在毕贤集吗,咱们反着跑,为什么还能遇上呢?"柳大富絮絮叨叨,声音打着寒战,我瞪了他一眼,跟他比画了一个噤声的手势。可别叫他们看见!幸而我们离得远,否则像柳大富这样,刚才吱哇乱叫的,明显招摇过市,这时已把人招了过来了。

柳大富被我一眼吓住,转瞬明白此番道理,连忙噤声,望着我,听我指挥。

我猫着身子,绕到槐树后,朝四周打望一圈,眼下有人挡了大路,自然不能再往前去,还需得找个能藏的地方,先躲上一阵。等到那些大兵走了,哪怕天黑也是好的,我们再继续赶路。我思忖,这附近似乎没啥能藏人的地方,只有稀稀拉拉的几棵树。实在没有藏身的办法,我只得远处观望,隐隐约约,瞅见百来步外,似乎有一条水冲子,眼下入冬,水浅,水冲子里,说不定倒是能藏人。

我朝柳大富招了招手,便小心翼翼朝着水冲子走去。幸好我猜得没错,这个水冲子不深,果然是能藏下人的,只是底下的水,还没冰冻,我站在里面冻得如刀割一般。柳大富跟我站了一会儿,实在受不住,狼狈爬了出去,自己去寻地方了。

我冻得跟冬夜里生下的瘦鸡似的,不过硬是挨着,挨到了整个天色压得黢黑,才爬了上来。两条腿已经不是自己的了,我在坡上伏了一会儿,双腿往后蹬,给身体添些热气,颤颤巍巍地爬上来,有心想要歇歇,但是想起爸跟我说过,越是冷的时候,越不能停住,不然人的血都要冻住的,活动开了,热气便有了。

我艰难蹬开双腿,先是缓步小走,慢慢确认这四肢到底是不是我的,待到血液温热一些,掌握了四肢的力量,咬了咬牙,迈开大步子,往前走去,一直走出二三里地,腿上才渐渐有了热气。突然,我猛地停下脚步,望着自己来时的方向,夜色里漆黑一片,因为是阴天,连星星都被遮了去,我什么也看不见,只能依稀分辨何处是我家的方向,一切旧事物浮现脑中,没窗的夯土房子、磨豆子的石碾磨、我和妹妹都睡过的小床、父母的坟,一切若隐若现,顿时又湮没在深沉无边的黑暗之中。

我仗着家里带的现钱,一路逃,一路走,总是省着,买些简单的朝牌吃。两天后,我走到了福溪镇,福溪镇在许庄西边七八十里,镇子不大,东边有个小山土包子,当地人叫作小丘山,镇子西边有条河,便是福溪。

我一路走,一路打听,两年前镇子上闹过一回兵祸,这两年都还算太平。镇上有两家不大的酒坊,一家叫禄仙酒坊,一家叫福泰酒坊,我路过时,福泰酒坊正在招酒师,我盘算一下,这地还算太平,难得有谋生的机会,便留了下来。

我进福泰酒坊,说明来意,特意说明我是曲师,可以久住。一个长工立马跟东家汇报。随后一个中年男人便跟着走了出来。这酒坊的东家姓贺,名叫贺崇文。这男人身量中等微胖，生得一张紫黑的圆脸，浓眉大眼，戴着一副厚酒瓶般的眼镜，面颊红润，颧骨高凸，人看起来厚道和气。

我立马应承作礼，直夸福泰酒坊生意兴隆，寒暄了几句，亮明我曲师的身份。

中年男人说自己就是贺崇文，听说我不仅会烤酒还会造曲，起初双目一亮，很快面露难色。

我摸不着头脑，猜不着他的想法。按理说，一位酒师，又会造曲，又会烤酒，基本算是千里挑一，他作为东家，应该高兴才是，但为何面露难色？

我急忙说道："东家，您有啥考虑，尽管跟我说。"

贺崇文老脸一红，低眉叹气道："我们这里地方小，人口少，买卖也少，请不起太多的伙计，虽说我要找大师傅，但是扬掀、装甑、收粮之类的力气活儿，也是免不了要干的。您手艺好，若是在大酒坊里，想必只要看看酒花、断断成色就行了，这些力气活，自然有手下的伙计和小徒弟们去干，你若是在我这里，怕是委屈了您。"

"您放心，我这人一向勤快，大活小活，亲力亲为，自己动手了才踏实，我在哪儿都是这样的。您酒坊若是收我，保证会给您一个大惊喜。"我直犯嘀咕，这东家倒是精明，故意给我下马威，怕我仗着手艺好，偷奸耍滑，做活不出力。

贺崇文见我态度诚恳，更有一番誓言保证，便决心收我试试。

我在这儿干上半个月，这才大吃一惊，时间长了才知道，福泰酒坊当真如东家所言，历来没有大酒师既会造曲，又会全套烤酒手艺的。这贺崇文当时是真怕得罪了我，这才小心翼翼赔礼说的，给我打预防针，免得我到时候闹脾气。

我从没想过，原来外面的曲师竟是这样的矜贵，地位是这样的崇高，我自从进了这家酒坊，吃体力的重活，贺崇文都尽量让其他两个伙计去做，每日里他亲自下场，亲力亲为，跟着伙计们下力，一起扬掀、装甑、砍柴、烧火干活。

贺崇文对我语气尊敬，低眉顺眼，从来都是客客气气，一口一个大师傅喊着，我拗不过他，我才二十出头，喊得我面红耳赤，反而不好意思。

要知道，我虽手艺好，但在许九酒坊时，我不过徒弟辈，许九本身是大师傅，手下不缺有手艺的人，不过是谁的本事高些，谁本事低些罢了，故而我从未得到过超额的优待。

但福泰酒坊没有曲师，这个东家虽然也会烤酒，但手艺实在平常得很，酒坊里的曲都是买来的现成曲块。我初时巡察曲房，大吃一惊，东家买的曲砖外衣竟有淡淡的紫黑，可见他并未察觉，向来以为如此，反倒对我的震惊感到奇怪，东家连曲的好坏都辨别不清，还遭过人家两回骗，听完我的耐心解释，东家这才恍然大悟。

## 25 收徒传技

贺崇文这次遇到了我,自然是当个宝贝,且我为人厚道,东家越是敬重我,我越是肯卖力气,扬掀的苦活,他不让我干,我也亲自下场,从不含糊。贺崇文客气,让我去歇歇,我便说:"我这点小岁数,哪里知道累,我家里有祖训,力气是用不完的,这乱世里,能在您这儿挣到口饭吃,是我的福气,您千万莫要跟我客气。"

我手艺好,肯下力,身为曲师,不摆架势,哪个东家瞧见不眉开眼笑呢。我如是干了小半年,福泰酒坊生意兴隆,眼看便要超过禄仙酒坊,贺崇文高兴,便一定要让自己的儿子贺瑾瑜拜我为师。他说:"桂师傅,您是我贺家的大恩人,我定要让瑾瑜这孩子拜您为师,且是正正经经地拜,我要在酒坊里摆上一桌酒席,让瑾瑜给您磕头。"他语气诚恳,我听着感到感动,旁的曲师收徒严格,制曲技艺决计不肯外传,我并不在乎这些,能否学到还要看孩子天分,绝不是我一教,孩子就适合学。

到了拜师宴那一天,贺崇文请我坐到上座,我连忙推托,众人你一句我一句,里里外外恭维着,恭维得我踩在云端,心里飘飘然。谁知酒席吃到一半,前店的伙计忽然慌慌张张地跑了进来,嚷嚷道:"不好啦——禄仙酒坊的贺鹏举来了!"

我早就听说这贺鹏举了,福溪镇的贺姓乃是大姓,贺鹏举和贺崇文乃是同辈，往上数三代，便是同一个祖宗。虽然两家都开酒坊，但是贺鹏举从来没把贺崇文放在眼里。贺崇文酿酒实在平常，甑桶只有一架，窖池没有几个。多少年来，福泰酒坊的生意虽在镇上排第二，但连他禄仙酒坊的三分之一都不到。

没想到这半年竟然翻了天，我估计，这贺鹏举定然仔细一打听，才知道是新来了一个大师傅，这大师傅的本事还很大。今天是我的拜师宴，我从没有跟贺鹏举打过照面，他定然有心来会一会我本人。

听说贺鹏举来了，贺崇文赶紧迎了出来，满面堆笑，还没走到近前，便连着作揖打躬。贺鹏举走进院子，见着贺崇文，步履不停，眼都没抬，"嗯"了一声，微微点头，直接走到我跟前，上上下下地打量了我一番，沉声道："这就是新来的大师傅，叫桂生的？想不到这身板，哪该叫什么大师傅，我看就该叫龟腰子！"

贺鹏举双目灼灼盯着我，眼神逼人，犹如一只鹰隼盯着猎物，我听着不答，头也不抬，我觉得这话该是问东家的，没有应声。

过了片刻，贺崇文才反应过来，应了一声，还想再说什么，却遭贺鹏举打断。贺鹏举朝贺崇文摆了摆手，很是不耐烦，对我吼道："小杂种，我问你呢，你是打哪儿来的？师父是谁？"

贺鹏举虽是酒坊坊主，却不是我的东家，一来便刨根问底，寻我来历。我连皱眉头，撇了撇嘴，这人太过嚣张跋扈，哪有在酒席上对主人家不敬的道理。但这毕竟是东家之间的内事。

我不好发作，端出一个笑容，不紧不慢地答道："我的手艺是跟我师父学的，我师父姓许。家在许庄。"

"师父姓许，叫什么啊？"贺鹏举接着问道。

"许九。"我应道。

"哦，许庄的许九啊？"贺鹏举接着逼问道，尖着嗓子，阴阳怪气。我知他来者不善便没有应声，而是望向贺崇文。

贺崇文并没发觉我望他，兜着一双手，定定望着贺鹏举，低眉顺眼的，眼神紧张像一只犯了错的忠犬。

我连声叹气，这些时日，我早就察觉，贺崇文这人，虽然厚道，但胆小畏事，这一点上比我干爸差了不少——要是我干爸，就是碰上省里的长官，若是长官毫无由头地要孝敬的酒和人，干爸总会想办法让对方知难而退，至少也是吃不了兜着走。

但贺崇文却畏畏缩缩，做事不够果断。上回店里来了两个穿军衣的，拿里两坛子酒，没给钱就要走，贺崇文想拦又不敢拦，追在人家后头，走了三条街，最后还是被人一眼瞪了回来。这要是换作我干爸，那对付的办法可就多了——要么说，店里的酒被人订了，要么盘盘道，扯一扯他上头的长官，若那当兵的实在好勇斗狠，当场应付不过，干爸多半会服个软，既然失了东西，好歹要交个朋友，打听打听底细。像贺崇文这样，除了一肚子气，别的什么也没落下，实在是软弱至极。

贺鹏举见我并未答话，便自顾自接着说道："你跟你干爸多久了？这么没眼力见儿？他就没和你说过，这福溪镇最好的酒坊，乃是我禄仙酒坊？"

"我是个没出息的,跟着干爸的时候也不长,倒是没怎么听他老人家提起过别的酒坊的事情,恕我眼拙,您这是认得我干爸,还没请教,您老贵姓啊?"我虽然猜出了他的身份,但是觉得这人自以为是,实在欺人太甚,故意装作不认得,让他明白他算老几,想压一压他的威风。本来他禄仙酒坊也没有那么有名,他又不是印在钞票上,非要谁认得他不成?

贺鹏举果然怒道:"龟腰子,你来福溪镇做酒师,居然不知道我是谁,可见这许九教出来的徒弟,便都是这等货色?"

这话我不爱听,见他如此着我的道,我便道:"您瞧您老这话说的,我师父这远在几十里之外,没来由遭我连累,被无名小辈这样数落,他老人家若是往后听说,非揭了我皮不可。"

"师父,这是我们同族的大伯,也在福溪镇开的有酒坊,就是禄仙酒坊。"贺瑾瑜虽是小辈,但脾气比他爸硬气许多,刚刚他拜师拜到一半,这贺鹏举便闯了进来,这刻早已爬起来站到我身旁。

"是啊,他大伯,今儿是孩子拜师的好日子,你既然来了,就一起坐下来,喝上一杯。"贺崇文就坡下驴,连声让贺鹏举入座。

可贺鹏举并不领情,冷笑道:"你儿子拜师吗?我怎么没听说?咱们是同姓人,你儿子既然要学烤酒,为什么要请外人来教,你要是觉得自己手艺不精,自己教不了,送到我门下做学徒,那也是好的,何必要拜个外姓人,这不是摆明告诉人家,咱们姓贺的手艺不如别人好?你倒是不怕丢人,可也不怕给咱贺家老祖宗丢人吗?"

贺崇文本就势弱,遭这几句话一戗,顿时哑了火,他们两家虽都姓贺，又都烤酒，但没有半点关系，他没听说贺家有祖传的烤酒手艺，贺鹏举这时拱火，分明就是没事找事。

"桂生师傅手艺好，他来了以后，我家的酒比以前卖得好了不少，我自然是要跟他学的。"贺瑾瑜这话一出，在场的人都大吃一惊，小孩子毕竟是小孩子。这话说的，不正撞人家枪口上吗？

我抬眼瞧贺鹏举，这人果然器量还没巴掌大，一点就着，此刻他脸色阴沉得吓人，都快滴出水了，双眉好似两道乌云横空，眼看便要冒出霹雳火星，他心中妒火遭这孩子彻底点燃，他今天上门找碴，还不就是为了这事吗？

"好什么好？贺老爷，您别听孩子胡说，不过是几户邻居家里，接连都有喜事，赶巧了，多卖了几坛子。"幸而我反应快，赶紧接话道。

贺鹏举转向我，上上下下打量我一番，当作没听见，沉声道："我这酒师最近家里好几个月有事，要回乡去，正好空出个缺来，你不如上我这里来，若是做得好，我索性就辞了他，请你出山，做我禄仙酒坊的正牌大酒师。你好歹是许九的徒弟，我那里，虽然比不上他许家的酒坊，但也就差个养曲房而已。烧甑和窖池，可是一点都不比他差，也专有两个窖池是放陈醅，做好酒用的。对了，你是许九的徒弟，这造曲想必也该是会的吧？"

我心里冷笑连连，原来贺鹏举是想要请我过去，可哪有这般趾高气扬来请人的，我还真是头回见。跟许九相比，贺鹏举很嚣张，很跋扈，彪劲得很，他家里的大师傅，不用想，就算是走，十有八九也是被他苛待，遭了气，给逼走的。

不过我转念一想,这人想来应该手艺还行,酒烤得不错,不然就照他这样的性子,禄仙酒坊能经营到现在,也算是祖坟冒他妈的十八年青烟了。

这东家刁蛮狠辣,我自然不会伺候,更伺候不了,我便赔着笑脸道:"贺老爷,我谢谢您抬爱,不过我这手艺确实不行,怕是撑不起您那么大的酒坊,若是做砸了您的招牌,我这一身骨头三两肉,可赔不起您啊。"

我话音未落,贺崇文急忙跟着道:"是啊,是啊,您生意做得大,还是到省里去请个大师傅的好,桂生师傅的手艺也就一般,烤的酒,怕入不了您那些贵客的口。"

我听罢,脸色难绷,心中哭笑不得,这贺崇文真是胆小如鼠,碰上贺鹏举真跟碰上野猫一般,怕事真是怕到家啦,什么叫我手艺也就一般?这样只顾着讨好贺鹏举,打算息事宁人,也不怕我回头挑理,也就我老实忠厚,若是旁人,说不定当场闹翻了。不过我知他是好意,没跟他计较,说完那番话,我便说不胜酒力,便从酒席里退了出去。毕竟这是两个东家之间的事情,就算我心向贺崇文,但是怎么样也轮不到我冲在前面。

我因提前离席,后面的事情我并没看着,只是听说,贺鹏举发了一通火暴脾气,撂下不少狠话,贺崇文吓破了胆,赔了不少笑脸,说得不少好话,这般场面,全在我的意料之中。

不过后来的事情,我并没有料到,我没想到,人若是坏起来,能坏成那个样子。

我跟着许九多年,见过精明,见过算计,见过欺负人,但是所见之人,多半还是本本分分的生意人。在我眼里,生意人还都是讲道理的,就算被人抢了熟客,挤了买卖,左右不过赔上些许本钱,把价格做得低些,再把生意抢回来罢了,实在下作的,也不过就是在熟客之间污蔑对头几句,说对家用的粮食不好曲不好。

我依稀记得,最狠一回,便是有人污蔑许九,说他酒坊里的工人得了痨病,痨病是传染的,因此邻坊传来传去,许家酒坊的酒是不能再喝了。许九怎能不急,为平这事,他狠下心,下足本钱,他找来了十多个本镇的酒鬼,把那些日子酿的酒,通通拿出来,任这些酒鬼一人选一坛子,抱回家白喝,还当着一众熟客发誓,若是谁喝他家的酒喝出了毛病,他认罚一百元,怕众人不信,他拿了真金白银压在郭守毅那儿,开诚布公,决心宣誓,若真的出了事,便由郭守毅直接主持公道。这战乱年头,一百元可是大数目,有那好酒不要命的酒鬼做先锋,没几日,那满城风雨,便自己散了。

我原本以为,同行之间的相互倾轧,最狠的,也就不过如此,我并没有想到,贺鹏举能做出那样的事情来。

半个月后,福泰酒坊无论如何都买不到粮食,贺崇文去集市购置,哪怕是熟人都不愿意卖给贺崇文,人见了贺崇文,都摆摆手,坚持不卖。

我担心镇上马上要出大事,对烤酒来说,曲是顶重要的事,既然粮食没有卖了,那么曲便变得极为珍贵,万一镇上出现大乱,我拿着曲砖趁乱离开,也是好的,若是过段日子事情好转,我再将曲砖还回来,也是好的。这并非小偷小摸,而是出于风险考虑,何况,要是真遭了兵患,我这个月的工钱,东家必然是立马结不了的,到时候也只得匆匆逃了。

做好这番打算,我便有五日,每次去河边挑水时,走出镇子，跑到一处偏僻的芦苇荡，挖了半米深的坑，口径正好放上一块曲块的面积，坑的四周用芦苇垫着，防止沾上泥，但多少会沾上一些，但能处理，我每日放上三块，五日足足十五块，在地下一摞高，放进去后，用芦苇秆子暂时掩着，我又找了一块黝黑的大石头，石头屁股比坑口大，我撑上去，便封上了。

本以为缺粮是暂时的，没想到过了三天，竟然有十个大兵上门，查封了福泰酒坊，不许贺崇文再营业，但一时没说明原因。贺崇文见着大兵，腿都吓软了，哪里敢多说一个"不"字，可是又不甘心，两只眼睛巴巴望着，瞧见一群大兵打砸，拿着白布封了酒坊的大门。

翌日午后，我正在倒腾粮仓里仅余的一桶高粱，一边倒腾，一边琢磨，到底是怎么一回事，这好好的酒坊，怎么就被封了呢，我就这么倒霉吗？

我在贺崇文的酒坊，活儿虽累，但日子却是舒心的。我逃难出来，一路又冻又饿，原本以为前面没去路了，却突然峰回路转，藏到福溪镇，不但有了生计，东家还对我这么好。我半辈子没坐过上座，没人敬重过，福泰酒坊的酒越卖越好，我也渐渐有了名气，十里八乡都知道我，羡慕福泰酒坊来了个有本事的师傅，特意过来，要买我烤的酒。好几次夜里，我对着滚着热气的烧甑，瑾瑜在旁边叫着，师父长师父短，我都有点不敢相信，难道我是转运了？我甚至开始琢磨，日子要是一直这样就好了，那些炮弹、枪子儿都离福溪镇远远的，我就一辈子在这儿干下去，过个一年半载，我和贺崇文商量商量，独自烧上一个甑，再重新找回芳华，我们调养调养，再生上几个娃娃。可是怎么才这么点工夫，酒坊就被人封了呢？

这时，门外传来瑾瑜的哭声，我抬头，往窗外翘首，这十几岁的孩子，哭得上气不接下气的，嘴里不住地哆嗦："师父，你快去看看吧，贺鹏举要打我爸爸呢。"

我心头一沉，忙问道："他凭什么打你爸？"

贺瑾瑜道："贺鹏举那个畜生，诬陷父亲通什么'红匪'……"

我一边走，一边听贺瑾瑜跟我解释。我没想到贺鹏举如此歹毒，居然红口白牙，污人清白——半月前他专门派人去官府，揭发贺崇文，声称亲眼见贺崇文私通"红匪"，不但出钱给"红匪"买药，还用自家酒坊，给"红匪"做酒精。偏巧福溪镇的李镇长曾吃过红军的亏，心里最恨共产党，贺鹏举早就摸清了李镇长的癖好，这阴险手段便奏了效，毒药下在点子上。为了确保自己的诬告奏效，同时永绝后患，贺鹏举狠下心，使了些钱，竟撺掇镇长先斩后奏，下命令，不许福溪镇的人将粮食卖给贺崇文，而后以通匪的名义，查封了贺崇文的福泰酒坊。

先前断粮的时候，我和贺崇文还蒙在鼓里，并不知道是有人在背后使坏，还盘算着到远地方去买粮，可是还没等两人动身，大封条就直接贴到了门上。

我跟着瑾瑜，一路小跑，赶到前边，回到了福泰酒坊。贺鹏举的两个长工，牛高马大，架着鼻青脸肿的贺崇文站在一边。这时的贺崇文嘴角带血，平日的温顺怯懦似乎一扫而光，一双血红的眼珠子直溜溜转着，狠狠地望着瑾瑜口中的贺鹏举，宛如一匹死了幼崽的疯狼，对月咆哮，一副要吃人的疯相，他沙哑着嗓子："贺鹏举，你还算是个人吗？酒不如我家好，就想出这下三烂的法子，诬告我通匪，让人封我的酒坊，你个畜生，贺家的祖宗都在天上看着呢，你这个杀千刀的，你不得好死。"

"你俩吃干饭的，都他妈是死人吗，让他闭嘴，我赏你们工钱，是让他来骂我的？"贺鹏举怒道，对两个长工怒吼。两个长工打了寒战，便在贺崇文肚子上踹了一脚。

"爸——"瑾瑜忍不住悲呼，连忙冲上去要找他们报仇。我连忙拉住他。贺崇文登时捂着肚子，倒了下去，他蜷缩在地上，宛如一只浑身通红煮熟的小虾米。

我大步流星，走到老东家身前，本想拉扯那两个长工，无奈我个子矮小，只能挡在东家身边，怒道："贺鹏举，你们这是做什么，光天化日，闯进别人家里欺负人吗？还有没有王法了？"

"王法？我今儿来，就是告诉你王法的。"贺鹏举咧着嘴，露出一口黄牙，猖狂地大笑起来，"你们这酒坊通匪，早已被镇长给封了，这就是王法，我之前好心跟你说，让你别在福泰酒坊干，你硬是不听，今天总该信了吧。你最好聪明点，明天一早，就到我酒坊来，要不然，我再查出点什么通匪的实证，可不是封酒坊那么简单了，你们通通要进大狱的。"

贺鹏举目露凶光，不等我们回话，挥了挥手，便领着两个长工扬长而去。我叹了一口气，跌坐在贺崇文的身边。

我想不明白，这兵祸、匪祸、三天两头的水患，日子还嫌不够苦吗？为什么安安分分的日子不过，偏偏要生出这般祸事来？可是天下就偏有这样一种人，行为如同畜生，生来便是这样的，见着别人过得好，便要去偷、去抢，就算偷不到、抢不到，也要把人家祸害，看到别人家的白菜地遭猪拱了，他格外幸灾乐祸，比自己赚了千百倍还乐呵，我遇到的许久红、贺鹏举都是这样的畜生，人是没法理解畜生的行径的。

我是断然不会给畜生做工的，我生平最恨的，便是这类披着人皮的野猪，生在世上专门拱人家的白菜地为乐。我遇上这般灾祸，这福溪镇已待不下去了。我一念至此，颇为后悔，不该来到福溪镇，若是我不来，那么这福泰酒坊生意虽一般，但不至于遭灭顶之灾。

我收拾行囊，冒着青灰的月色，打算连夜出了福溪，还是同来时一样，趁夜赶路。谁知，还没出房门，一道身影便拦在我面前，瞧见他微胖的身子、浮肿的圆脸，我便知道是贺崇文。

贺崇文拉着我的手，哀求着请我不要走。

我背过身去，叹了一口气，攥紧了我的包袱，又转过身来，深深鞠躬，我沉声说："东家，如今贺鹏举盯上了你我，我在你家一日，贺鹏举便一日不会放过你，我若是走了，你的酒坊或许还能开下去，贺鹏举才能消了这口气。如今唯有出此下策了。一切都怪我，我实在对你不住。"

贺崇文听了，半天没作声，临到我出门的时候，才对着我的背影，喃喃道："桂生，难道这世道就没有好人的出路了吗？"

我没答话，也不知该怎么答，我从灶房取了一根扁担，挑着两个早已买好的空箩筐，借着月色走了。

# 26　飞来横祸

福溪镇外头是一条窄窄的黄土小路，路两旁长满了野高粱，这一晚的月亮，亮得出奇，高粱一片片杵在大月亮地里，风一吹掀起一层层的波浪。许九曾和我说，一方水土养一方人，北方的高粱又高又壮，又糯又甜，做出的高粱饭，比稻米饭还要好吃，但这里的高粱似乎更瘦更弱，比许庄还要干瘪一些，想必我离家已经老远了吧。

我一路往前赶着，却不知道自己能去到哪里，身前是一片黑暗，身后是一片荒芜，这漫无边际的夜，彻底把我吞噬了，突然间，我失去力气，颓然坐进路旁的高粱地里。我浑身骨头散架一般，张着"大"字躺在野地里。世道混乱，先睡一觉，也许一觉醒来，这世道就变了，再也没有战乱灾害，我就能回家了。

我躺在地上，睡得迷迷糊糊，突然想起来，我提早藏起来的一大包曲块，还在福溪的巨石下，刚好离我这高粱地不远，依着记忆，在夜里摸索了好一会儿，连续走错三次，终于找到了标记的巨石，费了好大劲搬开后，我小心翼翼掏出里面的一撂黄衣曲砖，放进箩筐里，连忙赶路。

夜黑风高，青纱帐里多土匪，我不敢停留，不惜脚力朝西走到天亮，走到一个村子门口，借着村口的樟树，倚靠着睡了三五个时辰，又继续赶了五天的路。

一路上，我挑着担子沿街叫卖，走了很久的路，都没人理睬我，汗水织成一张网，网住了我的双眼，汗水腥咸，惹出了我眼角的泪水，汗泪交织中，我心中越发悲苦，仰天独见茫茫一片，眼前浮现着母亲羸弱的身影。

那时我才十几岁，我撑起了家中的顶梁，我沿着许庄叫卖豆腐，十里八乡走遍，路越走越长，茧子越走越厚，母亲心疼我，回家前截住我，总会在半路给我送水，但现在再也没有一道身影可以截住我，给我喂口水。但我仍口焦心灼，不停呼喊着："卖曲咯！卖曲咯！卖烧酒的曲！曲师上门烧酒！"

时近晌午，不知不觉，我脚力行到一个小镇，沿途打听得知此地是朱霞镇，因背靠朱霞山得名，镇上以朱贵家与王策家最为富庶，朱、王两家在这十里八乡都能说得上话，连县长见了两位家主，都得看其两分脸色。眼下到处打仗，时局不定，要是能在这两家中找到一个东家，那就再合适不过了。

行到下午日头最烈的时候，我实在熬不住，到了市集上一家布店门口角落坐下来，脖子贴在青石板上，清凉清凉的，好不痛快，昏昏沉沉便睡了起来。不一会儿，我感到一阵口干舌燥，想去布店里讨口水喝，抬头看着店铺上，有个大匾写着"朱新年布店"，看起来十分阔气，我生了几分怯意，实在渴死了，店主若是不给水喝，打听一下附近哪里有水源也是好的。

担子放在外面，我不放心，便挑着进了布店，只见一个约莫二十岁的青年，背对着我。青年身前有个五十岁左右的中年男人，这中年男人头发半秃，全靠这几根胡子表示老树着花，生机未尽。他身子高胖，身穿上好的细绸马褂袍子，正在训斥着青年。

中年人长脸紧绷，浓眉蹙成一团，大声呵斥道："干什么吃的，十天前教你筹备好五十匹红绸布料，到现在还没弄好吗？"青年连忙点头求饶，听着中年人的话，浑身都在风中微微颤抖着。

我一进门，便瓮声瓮气地央求着："主人家，我远道而来路过这里，能不能讨口水喝？"那青年闻声转过身来，上下打量着我，我那时一双草鞋，破面裤子，上身不过发黄的汗衫，肩上挑着担子，他听了我的央求，闻着我担子里奇怪的味道，不过冷笑两声，说道："哪来的乞丐，谁让你带着脏东西进来的，这里没水，赶紧给老子出去。"

我求道："您行行好吧，你赏我口水喝，我能帮你们看一会儿铺子，也是好的。"

那青年皱眉怒斥道："老子叫你滚，你还不走，等会儿我就把你人丢出去！"

我见他脸色如此难看，面色不善，心中暗叫不妙，便最后询问道："那东家，能不能告诉我朱贵他老人家的府第要往哪儿走？"

那青年怒火中烧，一个箭步蹿到我身旁，掀开我的担子，就要把我的担子往外扔，一股浓烈的曲香弥散开来，青年怒道："什么臭味，给我丢出去。"说着就要丢我的担子。我浑身扑在担子上，不住地道："我这就走，马上走。"

"不能让他走——"

我听完如遭雷击，顿时慌了神，难道我讨口水喝，便得罪了他们，还不让我走了？我惴惴不安。

中年人开口道："朋友，你这担子里可是酿酒用的曲？"

他瞪大双眼，眼神里透露着不可置信。

"是啊，东家。我这里是咱自己酿的大曲，我是曲师，我遭了乱，这才东躲西藏避一避。"

那青年年纪不大，见识尚浅，喝过酒，却并没见过曲，只觉得这担子里的东西有股怪味，便觉得臭。

"我是朱霞镇朱家的管家，朱新年。本来我们朱家有上百坛二十年老酒，但是上个月都捐给县太爷，让他去孝敬军长了，眼下半月后便是我家十三奶奶入门的大喜日子。我今天来这朱家布店，也是为了置办喜布而来，你若是曲师，便烦请你跟我走一趟，让我家老爷见识你制曲的手艺，要是能在这半月内酿出几坛好酒来，我便说动老爷，将你留在我朱家内烧酒如何？"

我听完大喜，连忙挑着担子随朱新年的脚步，迈出门去。走了两刻钟，便到了这朱家。朱家府第前，门前两侧摆放着石狮，巍峨的大门敞开，铜环上雕着兽首，厅堂的门楣上高悬着一块匾额，上书"朱府"两个大字，笔力遒劲，气度非凡。

朱新年面带微笑，引我入内。穿过大门，便是一条青石铺就的直道，两旁古木参天，枝叶繁茂，投下斑驳的光影。行不多时，便见一道月门，门上雕刻着精美的花纹，透露着朱家的富贵与雅致。穿过月门，视野豁然开朗，一片宽敞的庭院展现眼前，院中布置着假山流水，奇石嶙峋，流水潺潺，显得幽静而安逸。我们绕过庭院，沿着回廊前行。回廊曲折，两旁是精美的木雕栏杆，雕梁画栋，我暗记入门的走位，咽了咽唾沫，这朱家怎么阔气得跟皇宫似的，以前我从没见过如此阔气的院子。

回廊尽头，便是厅堂的所在。朱新年推门而入，厅堂内光线柔和，宽敞明亮。厅堂正中摆放着一张八仙桌，桌上摆放着精致的茶具，散发着淡淡的茶香。地面铺着青砖，一尘不染，映照出屋顶的雕花木梁和精美的彩绘。

朱新年请我到一旁的座椅坐下，示意稍作等待。我环顾四周，只见厅堂四壁挂着名人字画，墙角摆放着几盆兰草。我看得有些骇然，外面饿死了那么多人，这里却如此气派堂皇。我不敢坐下，这东家随时会出现，眼下该思考等会儿做曲如何好好露两手。

正当我暗自思忖时，朱家的主人便从内堂走出，来人正是朱贵，年逾六旬，身材臃肿，一身蓝绸长衫，绣有金丝，左手戴着扳玉，银发如霜，却一丝不苟，梳理得井井有条。我暗自惊叹，这东家瞧来雍容华贵，气度不凡，比许九还要富裕不少。

我连忙自我介绍一番，朱贵亲自为我斟茶，茶香四溢，更是让我受宠若惊。"听说你是一个曲把式，我们朱家正缺曲把式，你不妨来试试。"朱贵目光炯炯。

"小人虽不才，但愿竭尽所能，为朱家添彩。"我谦卑地答道。

朱贵点头："朱家向来重视人才，你若真有本事，朱家必不会亏待你。"

朱新年沉声道："桂生，我朱家不缺粮食，你现在制曲需要什么粮食尽管跟我说。"

早听闻朱家富甲朱霞，几乎囊括这朱霞镇所有的生意，布店、油坊、酒坊、磨坊应有尽有，甚至不少民兵都听朱家主的话，这朱家主好善乐施，平日里积累了不少人缘。

我不卑不亢地说:"实不相瞒，制曲需要一个月的工夫，眼下十三奶奶上门不足半月，我手中还有一些曲，酿上三十斤酒，不成问题。"

朱贵微微颔首，说:"请跟管家去酒坊吧，你两天内能不能做出一轮，让我尝尝?"

我说:"试酒不必如此麻烦，小人对自己的手艺有数，东家如果灶房里有饭甑、天锅的话，我去灶房就能烧好。不过今天天色已晚，东家半月后必定能尝到小人酿的酒。"

朱贵讶异一番，哈哈大笑起来:"有趣有趣，咱们朱霞镇自从刘师傅死后，便再也没有曲师，哪怕是刘师傅在世，也没有你这样的口气。我倒要看看你半月后能酿出什么来。"

朱新年眼皮子都跳了起来:"你可莫要说大话，到时候拆穿了，可就把你赶出我们朱霞镇。"

我说:"我若骗东家，出门便遭天打雷劈、断子绝孙。"

我来到灶房，朱新年吩咐下人为我提前准备好大麦、红高粱、小麦，看见小麦的时候，我的喉咙不争气地打战，不比红高粱和大麦，这些多半给畜生食用，小麦可是主食啊，那是人吃的，眼下日本鬼子到处奸淫掳掠，外面饿殍遍野，血流漂橹，这朱家竟然有如此多的粮食来酿酒。

我将高粱、大麦在磨上磨碎成渣，高粱、大麦、小麦掺水没过，浸泡小半日，我撇去浮渣。到了晚上月亮刚出来，一个丫鬟，只有十八九岁，提着菜盒进来，一碟炒猪肝、一碟干丝、一碟豆饼，我惊呆了，我何时受过如此待遇，三天没吃过一块干粮，要知道大曲也是粮食做的，也能吃，可我舍不得，用它来酿酒总是才算物尽其用,卖出了好价钱,才算不辜负先前的劳作。

顾不得一切体面,我端着菜碟,直接用手抓着那碗猪肝,往嘴里塞,一碗香得我喉咙发颤,多年以后,我评价一碗菜的色香味时,时常以一道菜能否胜过我吃这碟猪肝时的满足感为尺码。我吃得口齿涎香,满手是油,暗暗发誓,我一定要留下来。

"你慢点吃,可别噎着了。"丫鬟看我吃得香甜,我狼吞虎咽毫无形象,手指沾满了油水。

我听了这才慢慢细嚼起来。这姑娘生得漂亮,我不敢多看,但正好有个人,我便想找她说话解解闷:"姑娘贵姓,我叫桂生。以后就在东家烧酒了。"

那丫鬟捋着两条大辫子,翘着脑袋,慢条斯理地说:"本姑娘叫阿沁,是专门伺候七奶奶的,今天其他人忙,我便给你送了。你能不能留下来,还要看你这酿的酒如何呢。"

"姑娘放心,我有信心。"阿沁见我吃完,便收拾碗筷进盒子,招手走了。

我吃完,可有力气干活了,在甑锅中加水,架入甑器,浸过的高粱勺入甑器后摊平,盖上盖子。我点火蒸了三个时辰,把一路挑来的大曲,研细成粉状,将蒸过的高粱、大麦、小麦盛到簸箕内摊晾。待粮食凉至常温后撒入大曲粉,拌匀后盛去坛中,加入凉开水搅拌后封坛,放至角落发酵十二天。这已是最短时间内,我能酿出蒸酒、储酒后,味道较好的酒了。

十二天后我启坛,锅中加水,放入酒甑,发酵的高粱舀入酒甑。酒甑顶部用天锅密封,天锅内加凉水,用布包裹增强密封性，点火开蒸，酒出后头酒舍弃，其余酒用酒坛盛接，顶部天锅换水，如是冷热不均，酒气化为酒水，便直淌了出来。我一一用坛子接好。

朱管家听说我十二天蒸好三十斤酒，分外震惊，跑到灶房，要看我究竟酿造出了个什么玩意儿。我恭恭敬敬地端出一碗，放到他面前，弯腰请道："管家，请尝尝。"

朱新年捧起大碗，先是嗅了嗅，眉头一蹙，双眼紧闭着，抿了一口，很快瞪大眼睛，吸溜着直接干了一整碗酒，他连连点头："好酒！好酒！"

我笑道："都用上了这人吃的粮食，可不好喝吗？要是不好喝，可要遭雷祖爷骂，要天打雷劈的！"

朱管家点点头，吩咐人捎上一坛送到朱贵老爷的房里。

过了一阵子，我便听下人捎话来，这下人说："老爷说了，这酒醇香甘甜，酒有绵劲，这是好酒，从今天起，桂生师傅便是我朱家的大酒师，今晚备宴，要好好招待桂生师傅。"

我听完大喜，笑得合不拢嘴，没想到这朱贵好眼力，识得酒中的绵劲，还要专程设宴款待我。朱管家向我道喜，派人把三十坛好酒抬走，分别缚了红绸缎带子，暂时存到地缸备着。

当晚，我冲了凉水澡，穿了朱家给的布衣布鞋，来到厅堂用餐。朱管家招呼我坐下，我盯着桌上的菜，忍不住吞了唾沫，眼珠子都要瞪出来了。六道荤菜，四道素菜，荤菜之中，两道猪肉，还有四道肉菜我都没见过，吃到一碗炒红肉时，我口中一股腥膻，后来才发觉这是许谦小时候跟我一直念叨的羊肉。详细问了才知道，那四道菜分别是洪泽湖小黄鱼、叫花鸡、白菜烧牛肉、炒羊肉。

因着我的曲师身份，朱贵赏识我，为我安排了东边单间住着。吃完宴席，回住处的路上，我突然遭几个人拦了下来。

"这逃荒的泥腿子，就是没见过世面，这几个菜，就让你吃得这么破相？"一个高大的黑脸汉子沉声道。我抬头望去，只见这人方脸下面有颗大黑痣，一身肌肉隆起，手关节粗大。

"师父，您跟他计较些什么，他一个泥腿子，就这身板跟个龟腰子似的，你可是跟咱东家连着亲哪！"

"这位兄弟，我眼拙，不知您贵姓？"我纳闷，我初来乍到，见谁不是赔了笑脸，这汉子如何第一次见我便出言不逊？

"姓龟的，你听好了，我师父可是东家酒坊的大师傅，朱邪。"

我见这几人语气轻蔑，心中一怒，原来是朱邪。前几日烧酒时，阿沁日日为我送饭，我便听她聊起这酒坊的人物，她早早提醒我要提防一下朱邪。朱邪是朱贵的表弟，却没什么家业，全仗朱贵宽厚仁慈，引领他找老师傅学烧酒，让他照管自己的酒坊。

阿沁曾暗示我，这朱家偌大的家业，按理说招一个曲师不难，但始终没能找到，怕是因为这朱邪从中作梗，我仔细琢磨便猜到，这烧酒管的方方面面可不小，算起来也是一大笔财了，这朱邪若是主管酒坊，那么各种门门道道，朱贵若是睁一只眼闭一只眼，朱邪便能捞不少财了。

眼下我来了，我既会烧酒，又会制曲，堪称千里挑一，眼见马上就要成为朱家酒坊的一号人物，这朱邪难免忌惮我，眼下就是想要给我一个下马威。

"朱兄弟久仰，你我同在东家的屋檐下，来日还要好好相处,今日天色不早,我们改日再聊。"

"龟腰子,你记住,这里是朱府,而我姓朱。"

朱邪眼中阴晴不定,撂下一句话,领着几个徒弟走了。

很快,到了十三奶奶上门的日子。喜事办得格外隆重,听说这十三奶奶是朱霞镇第二大户王家的小女儿,今年二十,因着战事,刚从省城读书辍学回来,生得窈窕婀娜,五官标致,很有一股儿魅惑劲儿。这朱家原本有十二房太太,前六房撞了邪似的,都生不下一儿半女,七太太生得漂亮,但肚皮不争气,只生下女孩,没有生儿子。后面的几房太太,生得普通,却年轻骄横,朱贵已然没有兴致。

十三奶奶是颠轿子来了,她下马车的时候,我坐在八仙桌的一角瞅着,这女人全身笼罩在凤冠霞帔中,一身凤凰纹的红缎绸子衣裙,一双精细的绣花鞋,脚踝纤细,并不裹脚,可以想见她的年轻貌美,也只有东家能领略到。

我坐在酒席中,备感寂寞,喝着自己酿的薄酒,与陌生人假意聊得有来有往,思绪却飘得远了,我好生艳羡这朱贵,有没有一天,我能靠烧酒攒下朱贵这般的家业,买上千亩田地,娶上一房媳妇,生下几个大胖小子,喜宴上只喝自家酿的好酒,与邻里亲戚痛快畅饮……

新婚不久,朱贵便去北边谈生意,几房太太便独守空房,谁承想,竟让我撞见这理想生活的丑恶秘密。

那日黄昏,我从厨房取过阿沁偷偷塞给我的蜜饯,脚步轻盈,如同脚底踩了棉花,路过十三奶奶院门,可是却不经意间听到好几声娇媚的喘息声与粗暴的呵斥声。我心中痒痒,耐不住好奇,凑着声音从门框的缝隙中窥觑,谁知看到不堪入目的画面，十三奶奶像一条白蛇一样，赤条条的，盘在一个男人的身上，这男人转身将这白蛇压在下面，我大吃一惊。这男人四处张望，生怕人发现他俩在偷情，我独自觑见他黑色的肌肉，左下巴有一颗大黑痣，可不是朱邪，还能是谁？

这朱邪好生阴损，竟然玩弄东家的女人，这要是让东家知道了，他不得丢了小命吗？可是没有外人看见的话，谁又知道呢？

我瞠目结舌，后背吓出一身冷汗，眼下撞见这等丑闻，绝不能被发现，谁知脚边不知何时冒出一只黑犬，冲我汪汪叫起来，我暗叫不妙。

"谁？谁在门外？"一个娇俏的声音叱道。

我使尽浑身力气，撒腿就跑，这狗竟然追着我跑。我一溜烟转角，跑到粮仓后，但脚底仿佛踩了棉花，越跑越慢，最终甩开了这条黑狗，也不知道是否被这两人看见。

第二天，一个长工跑到酒坊，告诉我阿沁有东西要交给我，我寻思这丫头平日里待我不错，可能有事情要和我商量。

但这个通风报信的长工，我觉得陌生，可也不是跟朱邪玩得好的，便问道："你是谁？阿沁找我有啥事？"

那长工道："我是七奶奶陪来的长工，平日里在油坊做事，阿沁同我要好，她托我给你带话，我碰巧路过酒坊，便同你说了，让你早早去见她。"

这我可觉得奇怪了，阿沁莫不是有急事跟我说？我脑海中浮现她娇俏的脸庞，心突突跳得厉害，手心握出汗来，莫名有些兴奋。

"她说在哪儿找她？"

"老地方。"

"辛苦你了,我烧完这一甑,便过来。"我加快扬掀的速度,嘱咐手下的长工不要懈怠。

过了一盏茶工夫,我跟长工交代完上午要做的事情,便走出甑房,朝阿沁房间走去。

我敲了敲门,没有人回应,也许是恍惚,可我明明看见屋内有人影在走动。

"阿沁,你在屋内吗?"

"桂生哥,你进来。"屋内一个女声道。

我纳闷,推开门,抬脚走进屋内。阿沁的屋子有一股异香,她的床摆在屋角,挂着帘子,床上有个人影在咳嗽,应该是她吧。

"桂生哥,你到我床头来,我有东西要给你。"

"阿沁,你是大姑娘家的,我进来不合适,要不现在给我说,那是什么东西?门我开着,免得让人误会。"

谁知,我话还没说话,感觉一块湿布蒙住了我的眼睛口鼻,我瞬间头昏脑涨,过了一会儿,我感觉有一个柔软的身体,在我身上蹭来蹭去,身前便传来一个陌生男人的声音,我大叫不妙,但很快便昏死过去。

等我醒来,眼前仿佛蒙着黑布,突然黑暗消失,大片阳光刺入眼球,我首先瞅见朱贵坐在太师椅上,满脸阴沉,仿佛新丧幼崽的怒虎。

"东家,我怎么在这儿?"我呆呆道。低头一望,这才发现自己全身赤裸,一丝不挂,我猛然一惊,侧头便见到十三奶奶在一旁哭哭啼啼,拉着朱贵的衣袖申冤,哭着喊不活了,阿沁盯着，一脸冷漠，眼神偶尔瞥我一眼，满脸不可置信。

"十三，你说说，这个畜生对你干了什么？"

"老爷，我上午刚在屋内洗漱，这桂生便闯进我屋子，拿了沾满蒙汗药的布，盖在我脑袋上，我一下就昏倒了，等我醒来，我便发现自己一丝不挂，浑身黏分分的，这个畜生也一丝不挂的，在我一旁酣睡，定是他糟蹋我了。您进我房时，定然也瞧见了。多亏了阿沁的尖叫引来了其他女眷旁证，不然您不会亲眼见到他的畜生行径。老爷您可要替我做主啊。"

我听她一本正经地胡说八道，浑身冷汗涔涔。这下可惨了，朱邪和这十三奶奶肯定当天便知道是我窥见了他们，他们竟料准了朱贵回来的日子，在前一天偷欢，又做了这么大一个局来诬陷我。

我盯着阿沁，平日里阿沁对我真心，可她为什么要骗我到她房间里，难道她本来就是朱邪的暗线？我不知道为什么最后是阿沁发现了我，也不知道为什么我会出现在十三奶奶的房间，更不知道为什么自己一丝不挂。

我只知道，眼下我遭人害了，他妈的还是遭人诬陷，朱贵还帮着凶手，不知道自己当了绿毛龟！这可真是百口莫辩！

"东家，你听我解释，我是被人蒙晕了，丢在十三奶奶房间的。您要相信我啊。小人哪有这样的胆子，敢亲近十三奶奶？"

"还敢狡辩！我没想到你竟是这样的畜生。"朱贵虎目倒竖，对我叱咤道。

"来人，给我把这畜生给押下去。明天送到官府。"

我浑身赤裸，躺在柴房，柴棒子硌得我肩膀疼，晚上风凉，吹得我浑身发寒，更寒冷的是我的心，明天到底会发生什么？我惴惴不安。

忽然间，柴房的门开了，眼前站着一个少女，手里捧着一套布衣，径直丢在我身前，背对着我，严肃道："赶紧把衣服穿上，马上离开这里吧。"

听这声音，不是阿沁，还能是谁？

我立马把衣服穿好，激动道："阿沁，你为什么要骗我，现在又要救我？你是良心发现了吗？"

阿沁回头怒道："狗咬吕洞宾，不识好人心。我几时骗过你？你莫要胡说八道！"

"奇了怪了，不是你今早叫我去你屋里吗？还说要送东西给我。"

"我上午一直在染坊帮忙，中午十三奶奶叫我拿香薰给七奶奶，这才撞见你的丑事！"

"什么？不是你叫我去你房间？"我一怔。

我手脚冰凉，宛如裸体暴露在冰天雪地中，一瞬间全明白了。朱邪提前派了一个眼生的长工小伙，告诉我，阿沁找我，再提前把阿沁支走，他和十三奶奶躲在阿沁房内，给我下蒙汗药，我晕倒后，把我送进十三奶奶的房间，而十三奶奶早就知道朱贵今天会回来，朱邪便让阿沁撞见我一丝不挂的场面，再乘机让下人拱火，引起骚动，惹得朱贵亲自撞见这现场，唯独我一无所知，像只大活鳖等着捉着煮了。

"你还愿意相信我是被冤枉的。"我走到柴房门口，回头望她。

"我走了，你不会有事吗？"我担心道。

"你不用管。没人会知道的。"阿沁决然道。

第三部分 世之沧桑

"你要小心朱邪和十三奶奶。"我低头。

"你快走吧。"她催促。

我对视着阿沁,我们眼睛里有说不尽的话,此刻戛然而止。

"我走了。"

"嗯。"

"我真走了。"

"快滚。"

"阿沁,保重——"

眼下夜黑风高,朱府里的人大多熟睡了。我立马绕着小路,跑出后院,后院的菜园子有一道矮矮的篱笆墙,篱笆墙下有一条狗洞,正常的成年人是钻不进去的,可是因为我少年时便开始烧酒,长期劳累,身材矮小,骨瘦如柴,这洞我勉强能入。

我素来心细,早早注意到这狗洞。眼下这般困难的局面,便顾不得这许多尊严,我毫不犹豫地钻入,跑出了朱府。

我一边往前跑,一边回头望,既惋惜,又庆幸。这朱府的东家是个好人,但是脑子不太聪明,许多事情被人瞒着,总有一天,这朱府也会变天,我早晚也会被赶走的,早走晚走可能没有什么区别。

# 27 血衣故人

我跑了一个钟头后,便看到了一条河,我平常蹚过这条河,河面能淹没我的肩膀,怎么今日脚踩到河底,水才淹到我的腰呢?眼下是夏季,不是枯水期,甚至是丰水期,我的左脚丫动了动,仿佛左脚踩了右脚,可是右脚并没有直觉,难道河底有什么怪物?抑或是水鬼?我越想越害怕,这月黑风高的,凉风吹得人感觉怪怪的,我壮起胆子,手往河里伸去,谁知竟然摸出一个泡得发白的巨手——这河底竟然有尸体?我吓得慌忙前走,一个趔趄,差点被水流冲进下游,我的脚丫踩着一个个忽软忽硬的东西,过了一刻钟,我才终于走到对岸。

从我发现尸体,电光石火间,我的脑海中冒出种种诡谲的想法,一个个光怪陆离、不可思议的血腥场面,轮番上演,终于在我脚踩到对岸泥土的那一刹那,画面才戛然而止,血不流了,呐喊没了,哭泣停了,而我坐在对岸,望着河面怔怔发呆。死的是什么人,我并不清楚,但我一路踩过来,感觉尸体还真不少,直到了对岸,我才发现,其实河里早已漂满尸体,这样的画面似曾相识,我的脑海仿佛匣子见光,许多模糊记忆出现,似乎小时候早就见过这样的场景。

顾不得这么多,我只能往前走,过了小河,便是一片高粱地,夜深露重,高粱地里起了薄雾,一大滴水珠"啪"地落到我脸上,我猛地坐了起来,紧接着,耳边便传来突突的锐利声音，这声音破风而来，像荷叶上的雨，仿佛炮仗，可实在比炮仗厉害得多。

枪声，是枪声。我浑身毛发倒竖，两腿一撒，枪声来自西边，我往东边跑。我两手做腿用，四肢全然趴在地上，又狼狈站立，屁股着火似的，狂奔向隐蔽的土路。谁知，还没等我爬回路上，两眼一瞪，土路上闪出两个人影，像五更鸡啼时的鬼影，一个穿着黄衣服的人，在前头跑，另一个人似乎在后头追。

我见兵如见虎，打心底害怕，钻进高粱地深处，我立马听见一声枪响，本能地回头，朝身后望去，借着月光，我看清楚了那张人脸，许谦？怎么会是许谦呢？我觉得自己眼花了，拼命地揉眼睛，打算分辨仔细。这人肯定是许谦。

就在我一转身的工夫，许谦身后的人像木头一样倒下，显然是被许谦打中了，一个骨碌滚进了土路另一边的高粱地里。下一秒，许谦的身子一软，手枪掉在地上，整个人如失重一般，朝我藏身的这片高粱地倾倒下来。

血，血，是血！一瞬间，我脑子里闪出无数的想法，那是许谦吗？他倒了？是受伤了吗？许谦怎么会在这儿？许谦啥时候学会开枪的？被他打中的又是谁？那个人呢？死了没有？

我屏住呼吸，在原地愣住，不敢走开，更不敢过去。约莫过了一盏茶工夫，我见两人都毫无声息，如同死去，我才壮着胆子上前查探。

高粱地宛如血毯，红得旺盛鲜艳，许谦穿着军衣，躺在地上，脸色灰黄，父亲临死前脸色也是这样，我再也顾不得害怕，跑到跟前一把将人抱起，人还是热的，我揪着心，伸手放在了许谦鼻子下头，还在缓缓出气。有气就好，我铆足劲，扛他在肩上，背朝着黄土道，往野地深处走了进去。

我可不傻，见许谦身上穿的军衣，眼下打仗，我也认不出他是入了什么军，不宜暴露身份，便没敢往镇里去，而是在野地的深处，寻了一块地方，高粱杂草浓密的，适合掩蔽，我拖他过去。所幸八月的天气，不冷，还能将就。可眼下许谦受了伤，可比寻常人体寒，我在附近薅了不少垫草，诸如干松的杂草和高粱秆子，给许谦垫在了身子下头，或许他能躺得舒服不少。

后半夜，许谦发起了热，我又寻了个水冲子，打了小半碗水来给他喝。我琢磨着，若是明天晌午许谦情况更严重，就得想办法找个大夫来看看才好。只是不知道，许谦的伤有多严重，穿的又是哪里的军衣，这衣服我看着眼生，肯定不是附近镇上的守军。眼下这世道太乱，早上还是穿灰的当家，晚上就换了穿黄的做主。哪怕找大夫，也务必得谨慎，千万别惹麻烦。

想到这里，我壮着胆子返回，观察那个被许谦打中的人。我摸了摸，那人浑身冰凉，鼻尖没气，一身黄色军衣，正是朱霞镇守军的样子。我惊出一身冷汗，幸好没背着许谦到镇里去，不然就闯了大祸，但更加焦急许谦的身份，他到底最近在干什么？

眼下这情景，我更加不敢轻举妄动，只能干坐一边，等着许谦醒过来。好在，许谦命大，一直等到第二天晌午，他终于醒了。

许谦嘴唇惨白得宛如两条卧冰蚕，牵动嘴角，勉强一笑："桂生哥，怎么是你？"

第三部分 世之沧桑

见许谦睁眼，我心中石头总算落地，我望着许谦的脸，许久才吞吐道："许谦，你这是咋的了？"

许谦沉默良久，犹豫着是否开口，最终缓缓道："哥，我已经参加革命了。"

我两眼瞪圆，宛如铜铃，摇着他的肩膀道："你糊涂啊？你参加革命，你不知道端枪可是会丢性命的！你难道不怕死？"

"哥，你不懂，三年前，我读书的章城，便遭日军占领，章城守军可真窝囊，不战而降，竟然直接把一座大好城池，拱手送到日本人手里。我虽在念书，但我不是书呆子，我恨死了这帮狗日的日本人，我一直想着，我要端枪，我要上战场，我要干他娘的日本人。往大了说，那是家国大义，救民于水火，往小了说，那是乱世出英雄，我乐意当英雄。我辜负了三叔，他一直叮嘱我好好读书，总是唠叨，不管谁坐江山，总能有读书人一口饭吃。但我觉得我不能干等着，整个天下乱成一锅粥，商人卖不出货，学生读不了书，百姓遭外人凌辱，哪里来的一片安土？那是施舍，不是本该属于我们的，我不如索性拼上一把，说不准就能拼出个锦绣天地。"

"章城丢了，书读不成了，我便投了军。投军时，我和同学商量了一番，原本是要投国民党的八十九军，可是还没走到那儿，便听到老百姓骂声一片，说国民党大搞腐败，兵还不如匪，有血性的土匪见了日本人还能梗梗脖子，但是国民党的这些兵，听见日本人来了，跑得比兔子还快。跑到一处，就占老百姓的家，白吃白住，还要顿顿有肉，一顿饭吃得不顺心，便要掀桌砸锅。这种军队可不就是吃干饭的？我不愿意去，便转头去投了八路军。可八路军在国民党、日伪军眼里，都是眼中钉、肉中刺，我投军后，便不敢回家探亲，只怕害了你们，偶尔托人捎几句口信回家，我不敢说实话，只说些宽慰的话，让母亲放心罢了。"

"那你昨晚怎么会遭人追杀？"我纳闷道。

"组织给我派任务，按理说，这机密任务，我是不能跟外人说的，但是我怎能不信任桂生哥。这一次，我就是接了任务，往马家荡运粮，没想到运气不好，正好碰上了从红水湖转防的小股伪军，寡不敌众，这才逃到了朱霞镇这边。昨日遭敌军围剿，那厮跟我拼杀了好久，这才吃了我的'花生米'倒了。"

"花生米？"

"就是子弹。"许谦取出枪中的弹夹，里面还剩一颗子弹。他拿着子弹，在我面前晃了晃，突然倒吸一口冷气，"哎哟"一声直喊痛。

"你怎么了？要不我去喊大夫？"我紧张道。

"你瞧，我这左膀扇子，昨天给那汉子戳了一刺刀，两眼一闭，原本以为我完了，没想到，一睁眼醒来，竟然瞧见了你。"许谦感慨万千。

眼下情况，不容叙旧，我连忙问："那你下面要怎么办，别的倒不着急，可是你身上这伤不能不治，但我们眼下又不能找大夫，实在让人犯难。"

"立马回马家荡，这儿离马家荡不远，我重任在身，我该往马家荡运粮，既然我还活着，就算任务没完成，也得回去报个信才对。"

"马家荡？你说的是马家荡？"我像爆竹点燃般差点跳起

来,我在朱霞镇时,听人说起马家荡,那边仗打得昏天黑地,听说土地都被炸成红褐色,三天两头,飞机大炮从头上过,这样的地方,我躲都躲不及,怎么可能送上门去?

许谦见我为难,并不强求我,便跟着说道:"桂生哥,你不用为难,我这伤没啥大碍,一时失血过多,才昏了过去,这好好睡了一觉,人有劲多了。你包里要有衣服,给我一套就成,我把这身军装换了,免得走在路上,被人看出来。"

我没答话,从包里取出一身干净衣服,递到他手里,帮他把军装换下。

许谦望了望手里的军装,似乎不舍,八路军作战条件艰苦,他进了队伍一年多,才领到这么一身军装,若是就这么丢了,实在可惜。但带在身上,万一被人瞧见,便是天大的麻烦,他眉头一竖,咬了咬牙,将衣服丢进了旁边的水冲子里。

我呆呆望他,心乱得很,眼下许谦伤成这样,孤身一人,指定不能安全到马家荡的,我有心送他过去,但一想到那打仗,浑身战栗。这么多年来,我一直在酒坊打转,哪里见过刀枪?一边是小命,一边是兄弟,怎么割舍得下?

"桂生哥,这么多年了,你这个子也没长?"许谦望了刚穿的这套衣服,大半胳膊露在外面,捉襟见肘的,袖口还没到手腕子,裤脚截在小腿肚子上。

我脸上羞涩,望着露胳膊的许谦,思绪回到小时候的岸边,忽然想起了幼时同许谦下河洗澡,上岸穿错衣裳,便是这副样子,眼下应道:"我是没咋长,你倒是长大了不少,人大了,心也大了。居然真的扛了枪了,说不定真给你当上大将军了。"

许谦洒脱道:"是啊,小日本那么猖狂,总得有人扛枪不是。我扛了枪，桂生哥，你就不用扛枪了。"

我脑子忽然"嗡"的一声，许谦这枪是替我扛的吗？我似懂非懂，但一个人能为别人扛枪，一定是了不起的，而许谦不就是这样的人吗？我之前从没这样想过，我一直听见打仗就跑，只知道躲枪，躲着扛枪的人，从来没想过，这扛枪人中，也有人替我打仗的。终归是有的，我虽没见过，但别的地方，终归是该有的。

许谦站了起来，摇摇晃晃，往土路那边走去，我挡到他跟前："你去哪儿？"

"马家荡。"

"非去不可吗？"

"嗯，我得回去报信，我们在那边有个据点，到了那里，我才是真的安全了。"

"那我送你去。"

"那边打仗呢，你不怕吗？"

"怕，但你是我兄弟，还伤着，让你一个人去我不放心。"

"桂生哥，我没事……"

"你啥也别说了，我知道，你有本事，你打小就比我有本事，但你再有本事，你也是肉做的，我不信一个凡人，肩膀上开了个血窟窿，还能没事？我看见你倒在我跟前，我都不管，那还算是人吗？何况，我们是一起长大的好兄弟呢！"我拉过许谦的一条胳膊，搭在自己的肩膀上，扶着他的腰，许谦挣了两挣，愣是没有挣脱。

"你要还认我这个哥，认咱们在韩山上磕的头，你就别再挣扎，让我也省些个力气，你替我扛了枪，今日我怎么也得扛

第三部分　世之沧桑

你一把。"许谦一愣,低头看我,久久不语。

他变了,我不能变?以前,我胆小畏缩,父亲不让我出门,我绝不出门,我在父亲面前,总是弓着腰、缩着背,总是满脸笑容。这一刻的我,连我自己都感到有一股蓬勃的生命力,从我的骨髓里生发,如同我家门口的笨槐一样,长得坚毅而又结实。

我听着许谦的指引,从朱霞镇到马家荡,要过洋口、官田、阴平、高潭沟、黑仁集,一共有三十多里路,路虽不远,但这一路有碉堡、护路壕、来来回回的巡逻兵,处处都要小心,绝不能露马脚。我们走了整整两日,一路能躲便躲,能藏便藏,遇上好几批穿军衣的,我的心几乎要像子弹般突出来,但好歹一路有惊无险,平安抵达马家荡。

以前我跟许九时,随他来过马家荡。那时,马家荡至少有百户人家,到处都是骡马,荡子里大片大片的水田,禾苗长得又壮又高。荡子里一半人家都住的是带瓦带窗的房子,家家都养着鸡鸭。眼下,这里一片焦黑,我怎么也想不到,这堆黢黑的瓦砾便是马家荡。

镇上人用泪水冲洗着街巷上的鲜血。他们咬着牙齿,不停地惊叫。连树都光秃秃,地上红一块黑一块的,发着一阵阵的恶臭。

"多好的马家荡,可现在变成了一片焦土,这天杀的日本人!"我愤恨道。

"桂生哥,你没见过被飞机轰炸过的村子吧?"许谦红着眼塘子,肿得跟胡桃似的,狠狠地攥起了拳头。

我摇摇头,我们看见满目疮痍,心中皆是悲苦哀伤,同胞遭此劫难,我们怎能不感同身受呢?

## 28 蒸酒救军

马家荡乃是兵家要冲,连着周围方圆百里的水路,物产丰富,本是个难得的好地方。后来,日本人的飞机嘟嘟嘟,像炸土豆串般,一路炸了过来,马家荡的人心里向着共产党,民兵势力又强,守着渡口愣是不给日本人用,日本人连着扫荡了几次,也没抓着共产党的核心人物,一怒之下便派飞机丢了几十颗炸弹下来,顷刻之间,沃野变成了一片焦土。

"眼下整个荡子,只剩下不到十户人家,他们都是从死人堆里爬出来的。原来荡子里的同志,无一例外,全部牺牲。我是轰炸后,才被派过来的,我的领导跟我说,马家荡必须拿命守住,它关系着周围几个据点的联络通畅,无论如何,我必须把马家荡的据点重新建立,让小日本滚出去。"许谦道。

"你无法想象,我刚来这里时心里如何滴血,整个荡子里全是尸体,我跟几个同志搬了两天两夜,一共三百七十八具,连地上的泥土都被染成了红色,几场大雨过去了,大地仍是血红一片。他们是像你像我一样的普通人,今天不守土,难道等着明天挖墓?"

我沉默得像一座坟墓,许谦带着我走走停停,到了一座隐蔽的房子前,却没进屋,而是直接将我带到了后院,原来后院的草垛子下面,有个方正的地塘。

"最近敌人扫荡得厉害,咱们还是在下面待着,下面隐蔽一些。"

许谦一猫腰,先跳了进去,我紧跟着,轻轻跳了进去。这地塘建得宽敞,足足有一间屋子那么大,东边的角上,并排码着几副铺盖,有的铺盖上还躺了人。

铺盖边站着一个年轻人,平头,方脸,大眼睛,中等身量,他看见许谦跳进来,三两步迎了过来,招呼没打一个,名字也没喊一声,着急问道:"咋样啊,粮食可运回来了?药呢?药有没有?"

"路上遇到了敌人,粮食丢了,福溪镇、朱霞镇都风声太紧,药也没买着。"许谦皱着眉头,摇了摇头。

原来许谦还到过福溪镇、朱霞镇买药。怪不得,贺鹏举告贺崇文通"红匪",一告一个准。原来共产党经常去福溪买药的,八成福溪镇长也听到了风声。

"那怎么办,粮食倒是还能撑几天,这药眼看就没有了,你看这酒精,只剩下这小半瓶了。那么多伤员,伤口要怎么消毒?"

平头青年举起一个玻璃瓶子,在许谦眼前晃了晃,许谦眉头皱得更紧。他刚想开口,却被我抢了先,我怒道:"你这长官怎么这样,粮食丢了,又不是许谦的错,他也受了伤,着急赶紧回来报信,你怎么回事?连问都不问一声。"

平头青年愣住,我一连串话如同机关枪扫射,叭叭叭的,压得他喘不过气来。

许谦赶紧跟着解释道:"桂生哥,你别着急,这是小赵,不是什么长官,是我们这里的卫生员,我们这里都是同志,没有什么长官不长官的。你看地下躺着的那些,都是马家荡轰炸之后幸存的老百姓，都受了重伤，小赵也只是着急。"

什么是卫生员，什么是同志，我搞不懂，但许谦认为小赵是出于好心，我便挠了挠脑袋，红着脸连说不好意思。

小赵黑着脸，盯着许谦，上上下下地打量一圈，皱着眉头道："伤哪儿了？让我看看。就你英雄好汉，受了伤还想隐瞒不成？这位同志若是不说，这伤，你是不打算让我看了呗。"

许谦脱下上衣，露出膀子，左膀血肉模糊，小赵用水冲着他的伤口，转身打开手里的玻璃瓶子，我嗅了嗅，一股冲鼻子的酒味儿冲了出来，冲得我直皱眉："你这是在哪儿买的酒？这酒太烈，可喝不得。"

"这不是酒，是酒精。"许谦按住小赵的手，没让他把酒精倒出来，"我不用，留着给老百姓吧。你这人，太不会节俭，刚刚还说酒精不够，现在又在这里浪费。"

"你是大夫，还是我是大夫？用不用得我来判断。"小赵侧身，倒出酒精，用纱布擦到许谦的伤口上，许谦疼得直咧嘴。

我凑到玻璃瓶跟前，打开盖，闻了闻，是烤酒的味道没错，但跟平常喝的烤酒不太一样，那股辛辣刺鼻的味道，更像是刚刚掐完酒头的头口酒。烤酒的人都知道，这头口酒，劲头太大，不好喝，但若是酒坊里，谁磕了碰了受了外伤，老师傅是会往伤处喷上一口烤酒，想来该是一个道理，就是不知道这酒精尝起来是什么味道。

我刚把嘴凑到瓶口，想要尝上一口，小赵便厉声开口阻拦："同志这不是酒，不能喝。"

"我不是要喝，我会烤酒，你刚刚不是说，这个酒精能救人的命吗？我觉得，这跟我平常烤的酒也差不多，你让我尝

第三部分　世之沧桑

尝，说不定，我也能给你烤出来。"

许谦突然一拍大腿："我小时候淘气，遭刀子割了手，三叔也是拿烤酒给我消毒的，只要能做出酒精度数足够高的烤酒，那不就和酒精差不多吗？"

"啥叫酒精度数？"我跟着问道。

"桂生哥，你没上过学，看来你虽懂烤酒，却不懂烤酒的原理。要知道，酒之所以有香味，人会喝醉，便是因为酒含有酒精，这种物质，可以麻痹人的神经，让人产生头晕、昏睡之类的反应，但也是极好的消灭细菌的材料。"许谦跟我说起上课学来的知识，说得头头是道，但我却听得越发迷糊。

"我还是不大懂。"

"桂生哥，你莫管这些了，总之就是请你帮我酿酒，要辣的、烈的，越辣越烈越好。"

"行，这事我在行，你交给我就好了。"我痛快答应，这是我从小一起长大的兄弟，何况这些伤员急需救命，都是同我一样的老百姓，不能见死不救。许谦外出买药乃是大义，全为伤员买药而冒险，他明知福溪镇长仇恨赤军，恨八路军恨得咬碎了牙，但他仍冒险买药。这样的兵，我以前从没见过，连听都没听过。

"但烤酒需要时间，不是一天两天就能烤出来的，何况马家荡老百姓都吃不上饭，都不富裕，哪里还有富余粮食烤酒呢？"

"这你不用担心，你负责烤酒，剩余的事情，交给我们。"

好在许谦脑子活，与马家荡的二十余名同志分散行动，沿着周边的庄子、荡子，挨家挨户，一边问一边收，费了五天时间，凑了点粗粮。

我在马家荡小住两个月，前前后后帮许谦烧酒，足有八十斤的酒，又辣又烈，那酒喝是没法喝的，小赵直夸我厉害，他从没见人这么有本事，竟能用烤酒的法子，做出纯度这么高的酒精。这段日子，小赵给我补了不少医学新词，稀奇古怪的，比如浓度、酒精、消毒、麻醉、杀菌。小赵跟我说得头头是道，这些兵都挺好，懂得多，有本事。许谦同这些聪明人相处，我也放心。

"桂生哥，你看你帮了我们这么大忙，你在这儿也挺习惯的，为什么非得离开，留下一起干革命呗？打日本人，打日伪，一起做一番事业！"许谦笑道。

我沉默不语，仔细思索一番，我胆子小，遇事尚缺锻炼，不是干革命的材料，毕竟待了两个多月，一听枪响，我就两腿发软，止都止不住。

"许谦，这两个月，我可明白一个道理，人就跟这酒和酒精似的，有的人是用来喝的烤酒，有的人是消毒杀菌的酒精，烤酒不能给人治病，酒精也不能给人喝，你许谦是酒精，能扛着枪，给我们国家杀菌治病，而我就是寻常老百姓桌上的烤酒，茶余饭后喝一盅，也能乐和上一阵子。"

"我虽不能留下，但你一定要好好干，咱八路军干的是顶天立地的好事。"

我听不懂许谦口中的各种主义，更不敢信天底下还有白得田地的好事儿，但我知道，手里有枪，但不抢粮，那是好人，拿着枪，护着老百姓的，那更是英雄。

# 29 桃源汇财

　　与八路军相处两个月,我发现他们诚实可靠,英勇无畏,我可算明白,这天下迟早是要太平,有共产党在,有许谦在,我迟早能回家。等回家,我要买上两亩地,好好生上几个孩子,最好经营一个小酒坊,买上一个烧甑,不用多,三五天烧上一两甑酒就成,不往远处卖,就只做附近庄子的生意。钱赚多少是头呢?能养活媳妇孩子就好。

　　我想清这些,心便沉静下来,思索一番,决定往上坏去。我在福溪时,曾经有个上坏酒坊的东家亲自请我,开出的价码甚至比贺家多一成,只是我当时在贺家做得顺心,不愿辜负贺崇文。眼下想来,我该趁年轻,多挣家底,这样将来才能买地、盖房、置烧甑、养活孩子。我仿佛迷失海上的航船,突然寻到了方向,不再摇摆,赶起路来,脚底踏实极了。

　　上坏是个好地方,历朝历代涌现了不少英雄豪杰,别看镇子小,但城里头的酒坊,大大小小,足有八十来家。我兜兜转转绕了三天,才找见当时请我的酒坊。

　　那家酒坊叫作桃源香,东家姓关,叫作关季春,身量不高,却生了一张胖乎乎的脸,白白净净的,看起来一副福相。

　　桃源香与许家酒坊规模相近,若是放在许九所在的镇,指定是数一数二的大酒坊,但是在上坏,桃源香却只能算是中等酒坊。本以为,这桃源香只是小酒坊,不比福泰酒坊强,故而打算跟关季春商量,想在做工之余,单开一个自己的烧甑,如今见这关家酒坊的阵势,我心生胆怯,踌躇着如何开口。

关季春见我欲言又止,开口询道:"桂生师傅有什么要求,尽可以提,在我这儿做工,跟做买卖是一样的,没有找不着东家的大师傅,也没有找不着大师傅的东家,我要买桂生师傅的手艺,自然该听听您的条件,不论最后这买卖能成不能成,总没有东家说了就算的道理。"

我点了点头,我如今已出师数年,早已不再是跑腿跟班的小学徒,哪怕是许九,如今酿酒未必拼得过我,关季春喊我大师傅,冲的是我的手艺。他尝过我烤的酒,自然领教到我的高明,特意请我,自然有良好的待遇。桃源香仅仅是中等酒坊,但关家实力雄厚,想必足以撑起我的野心。

我清了嗓子,踱步沉吟道:"关老板说话敞亮,我便敞开了天窗说。我确实心有念想,一直没好意思开口。既然关老板问了,那我便冒昧一提。我自打出了徒,一直琢磨着独烧一甑,不为别的,图的是多赚钱,您别见笑,这兵荒马乱的,能多挣一点,心里踏实。但是,我也知道,这世道,买卖难做,我想多挣钱,不能只是朝东家伸手不是,若买卖拢共那么多,东家多给我一个,自己就少挣一个,这钱挣得没意思。故而我想着,若是东家的甑能有闲时,我便用这空单烧一甑,醅子柴火的挑费,自然都算是我的,挣下来的,还分给东家一份,就当是租用烧甑的挑费,这样一来,您和我都能挣上钱,想来也不是个坏事。您看成吗?"

我的要求自然新奇,关季春从没听过,他皱着眉头,皱纹一撮撮地漾开,眼神陷入沉思:"桂生师傅您说一出徒便有了这念想，那不知，可在之前两家酒坊试过啊？"

"我干爸原本答应的，可是后来出了变故，就没做成，贺老板那边，我原想等教会瑾瑜就跟他提，可又遭小人毒害，酒坊倒闭，人算不如天算，这次遇见您，您话说得敞亮，我索性不等了，若是您能应呢，便是我命里的贵人，我定要加倍报答您的。"

关季春大笑，脸上的肉一耸，笑纹颤动起来："桂生师傅言重了，这倒也不是大事，我也不会有损失，但丑话说在前头，我得跟您做约定，咱们先小人后君子，先把不好听的说明白，往后这君子才能做得坦荡。您可愿意听听啊？"

我见他愿意跟我谈，那么这事便有戏，我连忙点头。

关季春便接着说道："这第一点，我请桂生师傅来，本是来做大酒师的，既是大酒师，就得担起我桃源香的招牌，若是您给酒坊里烤的酒，不如您自己单独烧的，我可是不依的。"

"这是自然，我既然做了桃源香的大师傅，这桃源香出的每一甑酒，都是我该担待的，若是您查出来，我藏私不尽力，只管罚我便是。"我应得爽快，我从没想过，故意给东家烤得差，给自己烤得好，这事我压根就做不出来。

"好，那我先谢谢桂生师傅。第二件，便是你自己烤的这酒，不能跟店里卖同价，需得比店里的酒贵上一成。"关季春道。

我疑惑望他，一样的酒为什么要卖出两个价来？

关季春见我疑惑，便朗声道："桂生师傅刚才说了，您想多挣点钱，但不愿意因为您挣钱伤了东家的买卖，若是一样的酒，一样的价，酒客在您那里买，岂不也是一样的，人人在您那里买了，自然不到桃源香来买了，说白了，您这多挣的钱，可还不是从我桃源香分出去的？"

我的确不愿意伤了东家买卖，但细想不对，一样的酒，我卖的若比桃源香贵，那谁还会跟我来买呢？

"还有第三，您这酒，不能在桃源香里卖，也不能在桃源香附近卖，更不能卖给桃源香的熟客，也不能交给其他酒坊代卖。这三个条件您若是应了，那我就同意您单烧一甑，而且分利我只要三成。"

等他全部说完，我算是真正明白了过来，这关季春可当真是个精明的商人，这算盘打得，怕是比许九还要响亮一些。

不让我在桃源香附近卖，就是让我去别的酒坊附近卖，不让我卖给桃源香的熟客就是让我去卖给别的酒坊的熟客。我若是凭着酒好，真抢了别的酒坊的生意，时间长了那些酒客会发现，我的酒和桃源香的酒是一样的，且桃源香的酒，还比我便宜一成，这样一来，我抢来的酒客，最终都落进他桃源香的口袋里。这样精明的算计，比当日许九跟我说的，显然高明不少。

我心中仔细盘算，许久没有应声。关季春背过身去，暗叹一声："我打第一眼看你，就觉得你不是常人，寻常烤酒师，怎会有桂生师傅这份魄力，想要自己烧一个甑呢？这自己烧甑，就等于起了自己的一摊子买卖，说不定三五年，桂生师傅就开了自己的酒坊，将我桃源香都比下去了呢。不过，做买卖，就必然有风险的，桂生师傅仔细斟酌，这东家和大师傅，差的通常也就是这担风险的魄力。"

"你不用激我，我也不用想了，就这么说定了。"我开口道。

姓关的说得没错，东家和大师傅，两者之间的鸿沟，便是这担风险的魄力。天底下那么多大师傅，可不见得人人能有魄力单烧一甑，只要我的酒能超过其他几个酒坊，还是能卖出去的，就算这些酒客最后都要落进桃源香的口袋，但好歹也得在我这里过一道，我本没打算在上坯长待，能卖上三年，我回家置地，这钱也就够了。

　　关季春买卖做得大，为人豪爽，不爱计较小事，这事便这么定了下来。我所用的粮水炭柴，都是先从库里支取，并不需要先付本钱，甚至店里送酒的骡马车子，闲时我尽可以使用。原本我还担心租甑单烧的酒一时销路不好，手里小钱作本，会周转不开，但关季春大度作风，让我大大地松了一口气，我便做活分外卖力。

　　想想几年前，我在许家想要烧上一甑，到处求借无门，终究没能烧成，但是此刻却在关季春这里成了，这难道就是所谓的命数？若说亲，谁也亲不过亲娘舅，可亲娘舅却在我借钱时，狗嘴里吐出那样伤人的话。许九虽说是师父加干爹，应了我烧甑的事，但终究是在我走投无路时没能帮我一把，但我怪不得人家，毕竟帮是人情，不帮也应该的。没有谁天生应该帮谁。那么关季春呢？关季春这算帮了我吗？按照我跟关季春的约定，我的酒卖得越好，我走后，桃源香的买卖就会越好，就算我卖得不好，也不过就是把酒收回来，放在桃源香接着卖罢了，怎么算都是不会亏本的。

　　一切放轻松，生活便惬意起来。我在上坯做工，大师傅遭人一喊，便是两年，日子虽然累些，但因有奔头，却格外有滋有味。每日我干完桃源香的活儿，赶上一辆小车，到其他几个酒坊门口去卖酒。

起初这些酒坊并不在意,毕竟零散的小贩到大酒坊门口兜揽生意,可是常有的事情。就连他们几个大酒坊,时常要让自家伙计去其他酒坊门口跑跑街,遛遛机会,看有没有撬得动的客人。

可是时间一长,这酒坊便发现我的厉害之处,只要我一来,他们家的散客便会少上一批,甚至不少常客直接问他们店里的伙计,知不知道那个赶车卖散酒的什么时候来。后来,那些店里的伙计恼怒至极,要来驱赶我,我也不气,人家来赶,我便换个地方再卖。我聪明机灵,估摸时间差不多了,便告诉那些酒客,我下次会落在哪里。那些酒客嗜酒如命,丝毫不嫌麻烦,追着我的酒车跑遍镇子。

到了第二年尾巴,整个上坯的各个酒坊门口,我基本上都跑遍了,酒客里机灵人都知道了,我便是桃源香的大师傅,在桃源香也能买到我的酒,如此一来,过往积累的熟客,便让桃源香的生意越做越大。

我挣下了钱,虽然不算太多,但足够在家里置办上两亩好地了。我便和关季春提了要告辞回乡。关季春客气两句,并未太过挽留,便答应了。

我对关季春怀有复杂的情绪,一方面我觉得他太过精明,占尽了自己的便宜,另一方面我的确在这里挣到了前半辈子都没挣到过的钱,冲着这钱,无论如何我也是该感激他的。

临走的时候,关季春摆了宴席,请我喝了顿酒,喝到酒酣耳热之际,我忽然道:"关老板,有些话你是我东家的时候,我不好说,但明儿个我就要走了,有些话就不用再憋着了,今日便想跟你说道说道。"

关季春哈哈大笑，很想知道我要跟他说些什么，原本微微眯着的目光，闪过一丝灼热的光亮："桂师傅请说。"

我端起酒碗，小半碗酒"咕噜"一声，滚下了喉咙："我这一走，原来在我这里买酒的这些客人，怕是都要落进桃源香的口袋了吧。你别小瞧我们，以为这些做工的人都是傻子，你打的这些算盘，我从头一天就知道。"

关季春老脸泛红，一张菩萨面朝天，依旧带着那副和善的笑脸，接言说道："桂生师傅不傻，桂生师傅是个顶聪明的人，看透了我的心思不算聪明，看透了我的心思还愿意做，才是真正的聪明人。"

关季春话到一半，等我追问，我果然一时没参透这话，便将目光望向他，等着他说下去。关季春抿了一口酒，不紧不慢，沉声道："我且问问桂生师傅，桂生师傅这两年可挣着钱了？"我点了点头，自然是挣着钱了。

"这不就得了，我说桂生师傅是个聪明人，当时桂生师傅，如果只想着我占了你的便宜，今日可就带不了这么多钱回乡了。在我眼里，聪明人就是知道该把自己的眼睛放到哪里，做买卖先问自己一句，我卖了些什么，得了些什么，只要卖的和得的，能让自己满意，其他便都是小事。我还想问桂生师傅一句，你卖酒的时候，我可去故意找过你的客人，拉拢他来桃源香买酒？"我摇摇头。

"这就对了，上坯这个地方，说大不大，说小不小，虽然你是在广昌源、广福源那几个酒坊附近卖酒，但是我若想找，也不是找不到的。这便是一个商人的人性，钱挣多少是够？非把人家碗里的都划拉到自己碗里不成吗？做生意，不能把钱都赚完了，要给别人留口饭吃。这样，大家的日子才都过得安乐，桂生师傅干起活来，也才更有劲嘛。"

这话我显然不太爱听，冷声道："难道你还要跟在我后头，抢客人不成？"

"不可以吗？咱们的约定里，可只有你不能将酒卖给桃源香的客人，并没有我不能将酒卖给你的客人。我也不多抢，今天抢你两个，明天抢你三个，你又能怎么样？甩开手不做了？我虽抢了你几个客人，你就不做了？"

"这……那我自然是要找你理论的。"这一节，我倒是从没有想过，若是关季春这样做，我恐怕真会左右难受。

"理论？"关季春笑了笑，"我到时候拿几句好话，填和填和你也就是了。若我说，跑街的伙计为了多挣钱，自己做下的事情，我也不好约束，你能怎样？大不了，当着你的面，装装样子，训斥伙计几句，训斥完了，他该去抢你的客人，还是要去的，毕竟跑街的伙计，干的就是拉别家客人的活儿，怎么广昌源的客可以拉，你的客就不能拉了？"他眼皮抬都不抬，对我嗤笑。

我愣在原地，一时答不上话，他说的没错。不过，难道他没做这损阴败德的事情，我还要谢他不成？

"那我要是当时跟你约定，不许跑街的抢我的客人呢？"我接着问道。

"那就答应你啊，我本来也没想让跑街的抢你的客人，有什么不能应的。"关季春答道。

"那我要是说，桃源香不能卖酒给我的客人呢？"我其实也曾经这样想过，不过并没有说出口。

"这我怕是就不能答应了，倒不是在乎少挣那两个钱。天下打开门做生意的，断没有客人找上门，却硬是不做买卖的道理，你若是提出这么不讲理的要求，可见你这人也是个不好交往的。当初可是你一开始就说，自己多挣钱，但不会伤害东家的利益，你要求我客人进门却不卖，哪里还算顾全我这个东家的利益呢？这样说一套做一套，也没什么意思。我这个人是精明，但是也算精明得磊落。"

我沉默半响，都说吃亏是福，原来一直以为自己吃了亏，这时想来，自己这亏难道还吃出福气来了不成？

关季春见我闭嘴，便想打个圆场，举了酒碗，对着我说道："桂生师傅，您看您这是干什么，咱们这不就是临别说说笑话吗？我要是说多了，就给您赔个不是。不过这话您听听也好，往后跟东家，也能断断他的人性，一眼就瞧得出不好的，您自然不会伺候。您这手艺这么好，比不得那些没手艺做散工的，是有挑东家的底气的。"

关季春说罢，我沉默许久，郑重提起酒坛，正式为彼此倒一碗酒，随后端了酒碗，恭恭敬敬地敬了他这一碗酒。

"你桂生师傅能有挑东家的底气。"这两年，我听的奉承不少。这句话，却说进我心坎里去了。在我心里，似乎没有比这更实在的赞扬了。况且，这话是从一个东家的口里说出来的，一时间，我仿佛觉得自己真跟关季春坐平了。

回家路上，我反复琢磨关季春的话，这些话是许九从未教给过我的，也教不了我的。这些年，我虽一直在外面漂泊，但经历不少人事变迁。原来同是东家，贺崇文虽心善却怕事，关季春虽精明却也豁达，还有我干爸那样，虽然又精明又小气，但手艺十分过人。自然也有贺鹏举那般，精明到骨子里的。天下这么多东家，前几个挣到钱都是应该的，不过是挣多挣少的事，唯独贺鹏举这样的，我觉得，该是迟早有报应的。若是贺鹏举这样的也能平平安安富足一辈子，那便是老天爷不长眼了。

我转念一想，若是将来有一天，我做了东家，会是怎么样的呢？我手艺好，肯定不能像贺鹏举全倚仗手下师傅，更不像关季春这般算计，多半还是会像干爸，满嘴半真半假的好话，大方一次，精明三次，手下的伙计们，也必然像谷师傅他们一样，嘴上埋怨，但谁都舍不得走。

我忽然又想到许谦，他跟我说的那些话，以后不再有什么伙计东家，都是工人阶级。工人，我一听就明白，我就是扬掀烧酒做工的，但是阶级是啥？按照许谦的意思，所有做工的人，都是一个阶级，但，是不是，又能怎么样呢？

我摸摸脑袋，这肯定也不一样啊，我手艺好，本事大，是酒坊大师傅，怎么能跟没手艺的长工一样呢？那岂不是乱套了？

# 30 为后再婚

我回到许庄以后，第一件事便是去芳华家一趟，虽然芳华离家出走多年，但我若是要再娶亲，还是该跟她正正经经地说上一说。当年我是要去寻她的，是和是离，总该有个明确的说法，可是日本人突然来了，便将这件事情给搁了下来。

只是可惜，我寻到时，沂水庄已十室九空，芳华娘家也早已不知了去向，我费了半天劲才在庄子里寻到一个老人。据那老人说，这些年沂水庄让日本人和国民党扫荡了不知多少次，一庄子的人能逃的都逃走了，实在逃不掉的，多半在扫荡时，让那些当兵的给杀光了。

我心里一紧，又跟着问起芳华一家，可巧，这老人还真认得她家，只说芳华多年前因没生出孩子被夫家赶了回来，后来扫荡的时候，便跟着她的父母不知逃到哪里去了。

我知道芳华并未在战乱中丧生，心里多少安定了一些，只是又有些后悔，当年不该跟芳华说那样的重话，如果不是我喝多了酒，说了重话，芳华也许就不会走。

倒是那个沂水庄的老人，听说了我是他之前的男人，反而觉得有些惊讶，还宽慰我说："女人生不出孩子被夫家赶回来再正常不过了，就算夫家不赶，女人也该自己躲远些。你也不必往心里去，如今你还能想着寻来看看，也算是有情有义了。"

我听了心中仍是难受，坦率感谢老人后便回了家。大概是因为许庄穷,地方又偏僻,当年日本人虽然来过,但只是抢了些人和牲口便离开了,所以我家里的夯土房子还在,甚至连房子里的家伙什还保留着,并没有太多的破损。

我一面收拾房子,心里的念头一直乱转。早知道许庄没事,当年不走也行吧。可若是不离开,怕也挣不来如今这么多钱。以前庄子的说书先生常说,天意难测,造化弄人,想必就是这个意思吧。

我目光落在了西间的床上,那床是父亲给我做的,转眼都不知过了多少年了。父亲没了之后,我也是一直住在西间,住在这个床上。

芳华之前问我,为啥不去住父母留下的那间屋,我总说,等我有了娃,有了娃就去住东间,我没给我家续上香火,没脸去住东间。从前,只要是在家里住的日子,我总是有意无意就会往东间望望,有时候也会有一种错觉,觉得父母就在那屋里,在那屋里笑眯眯地看着我。

对啊,我得娶媳妇啊。我一把一把地擦拭着东间的小床,这是我和妹妹都睡过的小床,母亲经常跟我说,这床料子好,结实,等我将来有了孩子,还能用得上。

我模样俊朗,人本分实在,又有烤酒的手艺,原本媳妇就不难说,如今又做了大师傅,提亲的人便更多了一些。不知道是因为心里对芳华存着愧疚,还是因为一直记得母亲说的,找媳妇要找个大姓的人家,好能帮衬着我们小姓不受欺负,又或者是阴差阳错,我最后选中的姑娘,跟我母亲彭秀秀一个姓,名字叫作彭兰芬。

兰芬人白净,模样长得干净利索,个头也高,跟我站到一起，也没矮多少，年纪也比我小上不少，所以我待她格外疼惜，成亲没多久便置下了田地，还在附近起了三间新房。

这田地和房子，都置办在许庄五里外的沂水庄，一则是因为许庄的地苦，稍微肥的地都已有主，实在挑不出值得买的地，另外也是为着兰芬能住得离娘家近些，我不在时，兰芬的娘家人也能帮忙照看照看。这是因为我与兰芬早已商量好，等家里的事情都安置妥当，我还是要再做两年大师傅，趁着年轻吃得苦多攒点儿钱，等上了年纪，才能围着孩子，守着地，踏踏实实过安生日子。

兰芬模样好，家里地里又都是一把好手，成完亲后，我们蜜里调油地过了四个月。

谁知，一天下午，我刚给兰芬煮了一碗红糖鸡蛋，还没下嘴，就听见门外一阵猛响，推开门一看，竟然是柳大富。我见他一脸急吼吼的样子，以为出了什么事情，赶忙把人让进了屋。柳大富刚刚坐下，水都顾不上喝，就急吼吼地说道："许谦，许谦当了共产党了。"

我露出一副惊讶和疑惑的样子，朝着柳大富问道："咋？许谦当了共产党了？"其实，许谦是共产党我早就知道，共产党就共产党呗，眼瞅着，天下就都是共产党的了，还能咋样啊。

柳大富喘了一口气，接着说道："许谦当共产党的大官了，他托人送信回来，说是喊你到高阳做酒师去。"

"许谦喊我去高阳？"我愣住，高阳我是知道的，地方没有上坯大，但酒坊多如过江之鲫，有名的酒坊就有十来家，南方的富裕酒商都会专门到高阳买酒。

"是啊，信是送到他家里的，你不知道，许谦妈哭得都成了泪人了，直骂他是个不孝子，说他那么多年都不回家，原来是去做了扛枪卖命的买卖。送信的人不知你搬走了，还特意去你家找你，幸好让我给碰见了，不然这大好的事情就错过了，桂生你说，你得咋谢我啊？"

"那送信的人呢？"我接着问道。

"他啊，他说还有急事，要赶回镇里，便让我来替他找你。我不管，你今天必须得请我好好喝顿酒，还得炒上一个肉菜，你看我这跑的，腿肚子都转筋了。"柳大富嘟囔道。

我哭笑不得，柳大富平日就爱占小便宜，今天这顿怕是逃不掉了，我便让兰芬去集上买了酒肉招待他。

吃饭间，柳大富又说："这许谦肯定是当了大官了，你们平日就要好，老话说得好，一人得道，鸡犬升天，他一定是喊你去享福呢，这种好事，你可不能忘了我，当年你爸爸走的时候，我家可是出了不少力呢。"

"那是，那是。"我口里应付了几句，却没往心里去，这柳大富人也说不上坏，但是人太小气了，我爸去世时的事儿，现在还拿出来说。

酒足饭饱之后，我将柳大富送了出去，便点了灯和兰芬一起商量，这事儿该要怎么办才好。兰芬知道，我原本是让她先怀上孩子，再出去找事做，但许谦偏偏这时来喊，估计此刻我正是放不下这头，也放不下那头，两头为难，她便开口道："你想咋样都成，我都听你的。"

我点了点头应道："按理说咱俩刚成亲，我不该丢下你一个人在家，但是许谦专门让人来叫我，我不去也不合适，要不这样，明日我先去看看具体是个什么事由。这事情虽然是许谦喊的，但是许谦毕竟是个官身，共产党的官是不能自己当东家的，我琢磨着，这东家必然还另有其人，许谦我自然是信得过的，但是在东家手底下干活，也得和东家投脾气才行，所以我先去看看。"

我随即安慰兰芬道："你放心，若是不好，我去两天就回来了。若是好，咱俩再商量下面的事情不迟。"

兰芬点了点头，她打头一回见我，就觉得我不是一般人，手艺好是一方面，我为人处世妥帖周到，跟只会手艺的烤酒师傅不同，就像今天这事，怕是也没有比这更妥帖的安排了。

# 第四部分　换了人间

大涵師

# 31 高阳新风

翌日晨光熹微,我便动了身。到高阳时,天边烧着一片火烧云,转眼便要天黑。柳大富带的口信里,并没说许谦的住处,只有他办公的地方,我觉得天色晚了,就算寻过去,许谦也该下工了,便自己寻了脚店住下,想着第二日再去找许谦。

高阳是一座酒城,街头巷尾间都弥漫着一阵阵酒气,仿佛要路人都醉倒。我在脚店附近的街上逛了两圈,小酒馆就看见了两三间,每间都坐了七八成满,里面划拳的、闹酒的,热闹得不得了,街边醉汉也多,横躺竖卧地倒在街边,也不见有人来照看。

我并不贪酒,也不馋酒,但是做了这行,到了新地方,总要尝尝当地的酒是何等风味。我学艺时就听许九说过,高阳最好的酒坊便是裕兴酒坊,我便直接找了家酒馆,点名要尝尝裕兴酒坊的酒。

许九跟我说过,裕兴酒坊的东家叫作王嘉洛,是个了不起的人物。这裕兴酒坊,大清年间也是响当当的一块金字招牌,可是也不知道是哪一辈儿的人出了错,传到王嘉洛手里时,已经是千疮百孔,眼看就要不行了。王嘉洛原本是读书人,父亲去世前,将酒坊交托给他,他无奈弃笔从商,只为成全老人家的一个心愿,苦心经营数年,不但神奇地挽回了酒坊的颓势,还将裕兴酒坊做成高阳最大的酒坊,还到邻镇开了分号。

我只为尝尝味道,并未多要,只是要了一盏,等酒端上来,我先是端起酒杯看,只见酒色浓稠,香气扑鼻,一看就是好酒。一盏入喉,绵柔有力,芬芳宜人,只是似乎辛辣味重了一些,该是陈年不够的缘故。

我是做酒师傅的,这舌头、鼻子都机灵着呢,一尝便尝出了门道。这烤酒用的粮和水,都是中上的品质,如果我猜得没错,他家酒坊附近就应该有不错的泉水,酒坊自己的地,也应该是块上乘的肥地。因为我这次要的这一盏,乃是裕兴酒坊最平价、产量最高的酒,平价货色不可能去特意置办粮食和水,想来多半用的是自家的水与粮,故而这裕兴酒坊的兴旺,该有一半功劳要记在祖宗留下的田产水源上。

这水好粮好,大师傅的手艺也是不差的,虽然我喝起来只觉欠耐性,但按我的寻思,这应该不是大师傅手艺不到,而是这买酒的人太多,或许是酒坊有意缩短了时间,在口感和产量之间取了平衡,且这个平衡取得也颇见功夫,虽失了几分颜色,但还是比一般酒坊的酒要好上一筹。想来这裕兴酒坊的大酒师,一定是个厉害的角色。

小酒喝完,我便开始琢磨正事,不知许谦让我来高阳,要到哪家酒坊做事,以我的手艺,烤出来的味道,倒是能跟这酒平分秋色,但也不会比之再高明就是了。若是东家也想让我缩短出酒的时间,或者东家的水粮成色,不如裕兴酒坊,那么我也难保证,能烤出一样的好酒。

第二日,我起了一个大早,天刚蒙蒙亮,就按着许谦留下的地址寻了过去。那是一个三进的大院子,门口立着岗哨,六个当兵的松树一般,直挺挺地站在门口。守卫问明了我的来意，便让我在门口等着，不多时候，一个身影便从院子里一路小跑赶了出来。因天还未全亮，长相看不太清，但声音却打老远就传了过来，那声音喊的是"桂生哥"，来的人正是许谦。

许谦走到门口的时候，两个守卫板板正正地朝他行了个军礼，许谦回了礼，便拉着我往里走。

"你住这儿？"我不敢置信地问道。

"是啊。"许谦点了点头。我连忙抽回被他牵着的手，朝后退了一步，谨慎地问他："你这是当了多大官啊？"我是他从小一起长大的兄弟不假，可是父亲也跟我说过，我跟许谦是不一样的。我原本以为自己当了大师傅了，也算是出人头地了，和许谦的差距应该变小了。可是眼下一看，这距离非但没有缩小，反而还更大了。

许谦愣了一下，哈哈大笑："桂生哥，你误会了，我没当什么大官，这不是我的宅子，我住的集体宿舍，我们税务体系的工作人员都住在这儿，你可以理解为集体宿舍。"

"啥，啥是宿舍？"我纳闷道。

"就是你在我三叔家那会儿，你们几个学徒一起住的屋子，现在用新式词语就叫宿舍。"

"哦，那我就明白了。可是你不是当官了吗，怎么不住自己的宅子？"我似懂非懂点点头。

"这话说起来就长了，等会儿坐下我再慢慢跟你说。"

许谦领着我进了办公室，给我泡上一杯茶，慢慢为我解答疑惑："这宅子是裕兴酒坊王嘉洛同志家的老宅，王嘉洛同志参加革命在税务部门任职，他就把老宅子主动捐献给组织，作为办公场所，因为地方大，我们在高阳没有家的同志，也就住在了这里。"

"哦,原来是征用的裕兴酒坊的房子。这个我懂。"我心里琢磨着,谁打江山不是为了坐江山呢,就算是共产党也不例外,就是共产党占了裕兴酒坊的宅子呗。

"你没懂,你懂啥啊,不是征用,是主动捐献!"许谦猜想,我一定误会了,他急着说,"捐献不是强制性的,是嘉洛同志主动的。"

我笑笑没说话,干爸被逼着捐献河道修缮费的时候,也说自己是主动的。

"嘉洛同志也在税务部门工作。"

"哦,那我懂了,就是用宅子捐了个官。"我又以为自己懂了。许谦笑得有些无奈,还真是越解释越乱了,没办法,他只能从头说起,花了大半天的工夫,把整个共产党的政策跟我说了一遍,这次我算是差不多懂了。

我们聊天结束时,太阳已升得老高,眼看便是吃饭时间,许谦同我一起吃了午饭,下午才安排我和鼎源酒厂的高经理见了面,便由高经理带着我到酒厂参观。

许谦说得头头是道,我印象最深的就是,酒坊现在叫酒厂,东家叫作经理。我跟着高经理,一路来到了鼎源酒厂,我早前曾听过鼎源酒厂,虽比裕兴差一些,但也是方圆百里有名的大酒坊。

高经理带着我,一间一间厂房地参观,那些粮仓、窖池、烤酒的家伙,跟我平时用的大差不差,只是有个蒸甑,大得离谱,顶天矗地的,比一般的蒸甑要大上不少,令我瞠目结舌。

高经理人非常热情,看到我的目光总是落在那蒸甑上,便主动介绍说："这个叫作蒸馏塔,是从国外引进的,是专门酿杂酒的。"

"杂酒?啥是杂酒?"我问道。

"就是用玉米、红薯、土豆、海藻、绿豆、麦秆子、果子之类的东西烤酒,你别看它和甑桶长得差不多,但是啥都能酿,是个好东西。"高经理道。

"那些东西也能烤酒?那能好喝吗?"我从学艺到当大师傅,烤酒一直用的主粮都是高粱,从来没想过用别的东西烤酒。

高经理笑道:"好喝是不大好喝,但是没办法啊。兵荒马乱这么多年,缺粮食啊,咱们政府讲究统一部署、统一分配,毕竟酒不是必需品,要控制粮食供给,所以咱们就只能想点儿别的办法。"

"啥叫控制粮食供给?"我接着问道。

"就是不许酒厂买粮啊。"高经理答道。

"还能这样,这咋控制,我上田里去收粮,他还能派兵看着农户,不让卖粮给我不成?"

"咱们不能私自到农户家里去收粮,要等着专卖局分配份额。"高经理解释道。

"那咱们鼎源自己没有地吗?"我觉得连许九都有自己的地,鼎源这样的酒坊不可能只靠着买来的粮食烤酒。

"鼎源的地早就分下去了,咱们政府讲究耕者有其田,土地都要交还国家统一分配。"

我点了点头,忽然异常懊恼,原来许谦说"耕者有其田",我还不信,早知道共产党真能分田地,我就不花钱买了,那些钱若是留着，我现在能买蒸甑开酒坊了。

参观完酒厂，高经理带我参观工人宿舍，在晚饭时还给我介绍酒厂的情况——这鼎源酒坊原本就是高家祖传的产业，高阳解放以后，所有的酒坊就都归了烟酒专卖局管理，各家酒坊每年可以买多少粮食、卖多少酒都由专卖局统一调控，不过酒坊还是他高家的酒坊，只不过高经理要求进步，配合着专卖局，已将酒坊的名称统一换成了酒厂，把自己的称呼也从东家换成了经理。

不过这称呼虽然变了，但是酒厂里的活儿，跟酒坊里是没有半点儿差别的。工人们的分工，也是有烧班的，有专门做杂活的，烧班里也是分上掀、下掀、火管、拌案这些，人工的数目和方式，也与之前没分别，还是工人和经理商量着来，有个大概的定数。生意好时，或许多些，生意不好的时候，也得请伙计们担待。

参观结束后，我并没有马上应下，而是先回家和兰芬商量。这鼎源的人工倒也不是多高，若是光看人工，这鼎源倒是去不去两可。可是许谦的一番话打动了我，许谦说以后全国解放了，所有的酒坊肯定都要在烟酒专卖政策的管控之下，鼎源作为思想进步的大型酒坊，既有过硬的技术，又符合革命进步的潮流，未来一定是政府重点团结的对象，我若是想要一直从事烤酒行业，就该早进入这样的酒坊。

兰芬不太明白这里面的事儿，简单地问了两句，啥叫革命进步，啥叫烟草专卖，我一一给她解释了，她也就没再多问，只是说她信得过我，我想咋样便咋样，还同我说，别担心家里的地，她一个人照样能把地种好。

我手艺本来就好,干活自然没话可说。只是鼎源酒厂大,光烧班就有三班,这三班烧班,每班都有一个大师傅,我年纪最小,见人总要低头哈腰,喊周师傅、李师傅,这些师傅托大,从不见有人回礼,最多只是点点头,笑一下就算了。

许谦跟我说过,大家都是工人阶级,是平等的,见面可以称呼同志,也不必委屈自己,但是我却说,啥社会都还分个长幼,人家确实年纪比我大,我喊喊也没什么的。许谦知我厚道,说了几次也就不再提了。

高经理与我最聊得来,其中有许谦的情分在,但是更多的是高经理敬佩我的为人。

同是老酒坊里出来的大师傅,我比其他更为敦厚谦和、勤恳踏实,愿意不厌其烦地教授学徒,更舍得下力气。

头一遭,其余大师傅高高挂起,装甑扬掀时,能不上手就不上手,就算下面的人忙得四脚朝天,他们依旧能稳稳当当地坐在一旁看着。我则不一样,要干力气活了,只要手里没事儿,总是头一个就下场。徒弟心疼我,说我是大师傅,便劝我歇歇,我总是笑着说,没啥的,力气越用越有。

这第二遭,便是我做人和善,逢人说话都带着笑,对烧班里的人从不吆来喝去,用新派的话说,叫作人人平等。我倒不是追求什么新派精神,只是父亲打小就和我说,做人要和善,我记得这半辈子受过的那些冷眼,想着自己遭受冷眼,就别让其他人再受一遍。我没读过书,但高经理是读过书的,他说我是己所不欲勿施于人,这样的秉性很是难得。

要知道,鼎源的三个烧班,每个烧班都是大师傅带着徒弟和长工。因为厂子大,这学徒的规矩和许家酒坊不一样。鼎源里的徒弟也是有人工账的,只是数目更少——比如长工的每月百斤整粮,那学徒每月仅得三十斤,且这三十斤是划分到师父账上,再由师父进行分配。若是师父觉得徒弟做得不好,一分不给,厂里也不会过问。但是,长工的工钱则是由厂里统一发放,故而师父足以定夺学徒口粮。

李师傅最损,只用一个长工,剩下全部称作是徒弟,每个月光是克扣徒弟,就能克扣到百斤粮,若只是克扣也就罢了,毕竟在酒坊做学徒,没有人工也是常事,就像我学艺的时候,也是只管两餐一宿罢了。但这位李师傅,不光克扣,还不肯教人真本事,只教人按吩咐干活,生怕教会了徒弟,饿死了师父。

我就与他完全不同,不但不扣人粮,每样活计,什么技巧,都说得明明白白。原来我没来时,别的师父的徒弟,总觉得天下乌鸦一般黑,还不觉得自己受了苛待,但是我一来,他们才突然明白过来,原来师父还能是这样的。

正好赶上共产党的宣传员来厂里,宣传人人平等的革命理念,当时几个徒弟就现场举报了他们师父,说他们被师父剥削了,要求厂里主持公道。李师傅做法虽过分,却符合原来厂里定下的规矩,但高经理看不惯他的做法,碍于他是老师傅,便一直容忍,这次他的徒弟一闹,高经理便借着这股人人平等的东风,将李师傅请出鼎源。

李师傅走时,不依不饶,说他没做错,就算东家想要辞他,也得按照高阳的老规矩,让他干到正月初五,等正月初五盘过了元宝,请他上座吃了酒,才能辞退他。

高经理倒是没说什么,政府派来的宣传员直接回他道:

"新政府就是要破除这些没用的老规矩、老观念，现在酒坊都改名酒厂了，还盘什么元宝，坐什么上座，就是因为你守着这些老观念不放，才养成了这种剥削徒弟的恶习，事到如今怎么还不知悔改？"

李师傅不知道新政府的规矩，在他的认识里，政府的人都是官，硬气得很，他一辈子欺软怕硬惯了，见了官老爷开口，便闭嘴不言，浑身哆嗦，乖乖收拾东西走了。

李师傅走后，高经理便同我商议，想把李师傅的烧班交给我一同管理，再给我加上两成工资，我觉得也是好事，便答应了下来，顺便将李师傅的徒弟一并收下，剩下的周师傅见到我也变恭顺起来，每每见我都要喊一句桂生师傅好，还逢人就说，我才是鼎源领头的大酒师。

## 32　踌躇失地

转过年来的年初，许谦接受了新的任命离开高阳。随后王嘉洛接替他，升任高阳烟酒专卖局的一把手，在宣布任命的大会上，我才知晓，这个王嘉洛，其英雄事迹远超过许九所言。

我在许家酒坊时，许九曾赞王嘉洛烤酒技艺超群，弃文从商后，凭一己之力使裕兴酒坊焕发新生。然而，许九不知的是，王嘉洛不仅重兴了裕兴酒坊，更在灾年慷慨解囊，救灾无数。最甚一次，他为八百灾民日供饭食，历时半载。日寇肆虐之际，他更是捐出全部家产，支持抗日，自己则携家带口，隐居乡间，以教书为业。抗战胜利后，他主动献出裕兴酒坊，与烟草专卖局共建高阳酒厂。

高经理拉着我说："桂生，你可不知道王嘉洛的手腕，三年前我们酒坊有一批五千斤的优质大曲用船运抵扬州，这扬州可是黄皮狗收税的地方，在码头即被黄皮狗的长官扣留，他们假公济私，说什么征用船只，用来打日本人，再收一段过路费，傻子都知道，打日本人押着我们的酒干什么？黄皮狗说到底还是像绑票一样，把我们的大曲酒给绑了，可要勒索钱财，我们便委托王嘉洛去扬州全权处理这件事。"

我奇怪道："还有这样的事？那后来怎样？五千斤大曲可是一笔巨大的损失啊。"

"王嘉洛通过商会、黑市等各种门门道道打听，打通各方面关系，在各方有实力的人物之间斡旋，发现这个扣留酒船的长官，姓戴，名长乐。王嘉洛找来扬州盐商何逊，得知这戴长乐有两个爱好，一个是好色，一个是好画。王嘉洛便临时组了一个文化沙龙，由咱们酒坊赞助的，邀请戴长乐及其同僚，带他们逛窑子，暗示如果这批大曲能够顺利销售，将会为黄皮狗们带来更多的银子。同时，王嘉洛也暗示了如果能够达成和解，愿意每年送酒上门，还给予公费购酒的优惠。这戴长乐酒酣饭足之后，便暗示最近手头正紧，有一房姨太太的彩礼还没着落，王嘉洛如何不晓事，见这姓戴的终于愿意把屁股从酒船上挪开，忙说赞助两千块银洋，给姓戴的充作新婚酒资，这件事这才揭过，终于使这一批大曲安然无事。"

"这王嘉洛真是神通广大，这样都能逢凶化吉，好生厉害。"我不由得啧啧称奇。

就在台上的同志宣传王嘉洛的事迹时，旁边的小虎突然拉了拉我的袖口，小声地说道："师父，你说这王嘉洛的事迹是真的吗？我咋从来没见过这样的人啊，自己家的钱和酒坊，眼睛不眨，就全送人了，这哪还是人啊，分明就是救苦救难的观世音菩萨下凡啊！"

我微微一笑，轻声回应："这世上什么样的人没有啊，有杀人不眨眼的坏人，就有救苦救难的菩萨，咱们没见过不能说就是假的啊。"

我心中虽有疑云，却也知这等英雄人物，往往需故事加身，以增信服。正如说书先生所言，英雄事迹，多有夸张渲染，方显传奇。难不成刘备还真的双耳垂肩、双手过膝，楚霸王项羽还真能举起一千斤的大鼎？

高阳烤酒行业大会一开便是半日，新领导上台，新形势铺陈，新政策宣讲，我听了个大概，心中却无波澜，我一个烤酒的，这些大势大局，听听便罢，操心之事，自有高经理去担。

天色渐晚，会议散场。我步出会场大门，一眼便见柳大富站在一棵大槐树下，左顾右盼，似在寻人。柳大富一看见我，急匆匆迎来，未及寒暄，便急切道："你快回去看看，你家的地，没了。"

短短几字，却如晴天霹雳，震得我心头一紧。地没了？哪块地？究竟何事？我紧抓柳大富的胳膊连声追问。

"地没了，就地没了啊，还啥地，你家的地啊，都让公家收走了。你别问了，赶紧跟我走吧。"柳大富跟着补充。我急得慌神，顾不上收拾，招呼也顾不上打，跟着柳大富就赶紧往家里奔去。

我赶回家时，已是后半夜，兰芬没睡，一个人坐在灯前头，眼泪止不住地往下掉。

一路上柳大富跟我也把大概情况说了一遍，原来是土地改革。我一下子就蒙了，土地改革不是该给我们穷人分地吗？怎么还把我家的地收了？我家世代贫农，又没剥削过谁，好不容易精通烤酒的手艺，一甑一甑烤酒挣出今天的地，连长工都没请过，虽说我现在有几个徒弟，但厂里给徒弟的粮，我一粒都没拿过，买地的钱，都是我的辛苦钱，怎么还能把我的地收走呢？我越想越生气，但只能安慰自己急不得，必须找个说法。

"兰芬，你先别哭了。我想肯定有误会，应该是收地的同志搞错了，明天天一亮，我去找他们解释解释。你娘家是大户，家里是有田，请过佃户的，没准他们是把咱这地，当成你娘家的地了。我听许谦说过土地改革,那是把富人的土地收上来,分给没地的穷苦人,按理说应是好事儿,咱们又不是富人,更不是剥削阶级,不用怕的。"我这是在宽慰兰芬,也是在宽慰自己,真希望是收地的同志搞错了,这一切只是一场误会。

翌日晨光熹微,我便找到分地的同志讨说法,可是负责的同志竟说,我被划定为中农,需要先统一上缴土地,再统一分配。

我越听越气,可是我并无办法,在同志的门口蹲了整整半日,犹豫着如何理论。许谦说过,共产党的官,都是为老百姓服务的,不会让老百姓受委屈,可我就是老百姓啊,现在让我受委屈的就是共产党的官啊。这日本人占地,国民党占地,怎么这共产党也来抢占我的土地呢?

可是,理论有用吗?那是官!老百姓何时能跟官老爷理论了?万一我把官老爷惹怒,将我关起来怎么办?听说,附近好多庄子,大部分都已老实交地,我如果执意不肯,会不会被打成逆民、乱民?逆民和乱民可都是没有好下场的。我的念头上下扑腾着,整个人如同被放在滚油上煎着。我抬起脚又落回去,落回去又抬起脚,终究没敢迈过那个大门,带着一肚子委屈又回到了家里。

兰芬正站在门口,眼巴巴地等着我,我摆摆手,一头扎进屋里。兰芬没有跟进去,看我如此,她心中已猜出八九分。

我一个人闷在屋里,整整坐了一下午,一直到天快黑的时候,才拖着步子走出来,蓬头垢面,浑身软塌塌的,仿佛力气都被抽走一般。兰芬想劝上两句,可欲言又止,嘴巴嚅动,未了还是叹气。

"兰芬，跟我去看看爸妈吧。"我说道。

兰芬点点头，赶紧收拾一个小篮，篮子里有一小坛烤酒、一沓子朝牌，还有八块豆腐。我们一路走到父亲和母亲的坟前，路上两人沉默得像坟堆里的土馒头。一见到墓碑，我"扑通"跪了下来，浑身仿佛像扎穿的气球，撕心裂肺呐喊道："爸，妈，咱家的地没了啊。"

风吹得槐树叶子乱响，哗哗啦啦，我的哭声夹在里面，响亮得像是父亲丧事时的唢呐。我这么多年的辛苦，这么多年的心血，掏空半辈子家产买了自家的地，可说没就没。我想到死去的父母、早逝的妹妹，自己的辛劳与不幸，我心里满是酸痛，一时情难自禁，悲痛欲绝。

我跪在父母的坟前，哭泣、磕头、呐喊，直到天黑透，我才被兰芬扶着走回家里，紧接着第二日便发起了高烧，我仿佛浑身是火，烧得糊涂，对着兰芬问："兰芬你快去看看，咱家的玉蜀黍是不是该收了。"

兰芬应道："当家的，你别着急，玉蜀黍我都收完了。"哪有什么玉蜀黍，我们买了地，连一茬庄稼都还没收过，地就没了。

我又说："兰芬啊，你快去看看，发水啦，把咱家地淹啦。"

兰芬应道："当家的，你看错了，没发水，咱家的地好着呢。"

这一场高热连着烧了三天，到第三天上午，许谦来看我，还带来了退烧的西药，我只吃了一片，高热就退了下去。我迷糊睁眼，看见眼前的许谦，一把薅住他的手道："许谦，你得帮哥啊，哥一辈子没跟你开过口，但是这次哥求你了，你一定得帮哥,哥的地让你们的官给收走了。你帮哥跟他们说,让他们知道,哥也有你这么个当官的弟弟,哥也是有靠山的。哥求你,哥求你。"

我一下子扑到床下,就要给许谦下跪。许谦连忙把我架起来,此时我如行尸走肉,他脸色一阵青一阵紫,不知如何安慰我。小时候我家里那么穷,都没跟他要过半块朝牌;我受了他的连累,要赔上一坛子酒也没来找他帮忙;我去鼎源做事,愣是没跟任何人说过我俩的关系。我腰杆子是最硬的,但是此刻,我却要跪在他跟前。

"桂生哥,你先起来,这个事儿咱们慢慢说。"许谦扶我回床上,沉默半晌道,"哥,不是我不帮你,这土地改革是国家政策,国家收了你的地,是要分给其他没有地的穷人。你看我家的地,也都上交了不是。"

"哥也是穷人啊,咱们从小一起长大的,这你是知道的啊。你,王嘉洛,你们交了地捐了官,但是瘦死的骆驼比马大,你们不差这点儿,我不一样啊。我这半辈子只攒下了这些地啊。"我眼睛哭得桃儿似的,哭得许谦不忍心去看。

"哥,我知道你家里一直不富裕,但哥你有本事啊,这几年你挣下钱,又买了地,虽说也不算富裕,但是比致庆家、大柳家好多了,对吗?"

我点点头,马上又摇摇头:"我是过得比他们好,那是因为我肯下力啊,我爸说过力气越用越有,许谦你不知道,这些年,我的日子是怎么过的,我在你三叔家担水,担得肩都磨破了,才学上烤酒。我天天给你三叔刷夜壶,一刷就是多少年啊。你再看看大富,他干活儿几时下过力?"

多少年的委屈，一瞬间疯狂涌出，我欲说还休，千言万语堵在喉头，我哽咽着，一句也说不出，泪水滴滴答答，盯着许谦默默流，仿佛一尊眼中流淌铅水的古铜像。

"哥我知道，我都知道，你先别着急，听我慢慢说。"许谦深深吸了口气，他对革命的理想不曾动摇过，但此刻他却心疼我，他一直以为革命是温暖光亮的，给苦难者注入生机，给穷苦人带来力量，他从未想过，革命也会给善良人带来苦难。

我张着嘴巴，双目殷切地期待地望着他，等着他开口："哥你放心吧，地不会没的，我去帮你把地要回来。"可是，我等了半晌，许谦却并没说。

"哥，你不用担心，你这地不是给了别人，而是给了国家，以后所有的地都是国家的，你再也不用担心没有地种了。只有土地交给了国家，才能保证咱们祖祖辈辈人人永远都有地种。"

"祖祖辈辈人人有地种？"

"对啊，等将来你和嫂子有了孩子，孩子也不用愁没地种，不用再去筹钱买地，国家就会给你的孩子分配土地，让他耕种。"

"国家给我娃分配土地？"我心里最重的两件事情，一件是地，另一件便是娃。

"是啊，咱们新政府的土地政策是耕者有其田，等你将来有了孩子，自然是要给孩子分配土地的。"

"真的？"我有点不敢相信。

"真的，哥，我的话你还能不信吗？"

我缓缓地躺回床上，许谦的话我自然是信的，只是那是我半辈子的积蓄啊，凭啥他们没买过地的人，也都分到地种，那我花的钱不都白瞎了吗?

等等,我突然觉得哪里不对。大柳叔、致庆叔他们都有地种,难道不好吗?这土地改革对他们来说,可是实实在在的好事啊。我总是想着自己的好,突然心生羞愧,将脸转向床里,挥了挥手说道:"我累了,想歇歇,许谦你先回吧。"

许谦叹气,起身往门口走去,忽然想起什么,转回身说道:"哥,你放心,往后的日子只会越来越好。"他鞠躬,跟兰芬说了声,便回去了。

我浑浑噩噩地昏睡过去,做了一宿的梦。一会儿地里长出了半人高的玉蜀黍,成排结队地站着,我站在地头咧着嘴笑,一会儿梦见大水滔天,将还没割的玉蜀黍都冲成一片汪洋,一会儿梦见一个水桶高的小娃娃扛着锄把子,笑着朝我说:"爸爸,我分着地了,我种地去。"

我刚想回他说:"你还没锄把子高,种什么地啊?"小娃娃便跌坐在地上哭:"爸爸,我饿,咱家都没地,你生了我,又养不活,生我做啥。"我吓得一头冷汗,扑棱坐起,就听见外面有人敲门。

兰芬应了门,门外站着一个十来岁的少年,少年一张红扑扑的面庞,对着兰芬问道:"兰芬姨,听说桂生叔病了,我爸让我给你们送这个来。"兰芬打开篮子一看,里面是六个鸡蛋,还有一包油馓子。

兰芬认识这少年,住得不远,家里苦得很,母亲常年生病躺在床上,父亲的左腿还有残疾,之前连地都租不起,一年倒有半年是靠街坊救济活着,可今天怎么会有这么金贵的东西呢?

"兰芬姨，桂生叔在吗？我爸让我给我叔磕头。"这下，兰芬更糊涂了，给当家的磕头做什么呢？她虽疑惑，还是应了一句，说我病了，在屋里躺着。少年听完，一溜烟跑进屋里，兰芬跟进来时，见他已跪倒在地上。

"桂生叔，我爸让我来给你磕个头，昨天政府的人来了，给我家分了一块地。我爸认得，那地原是你家的，他知道叔你是好人，也是苦了好多年，才买了这块地，他原本不想要，想让政府的同志给换一块，换一块彭财主家的地。但是政府的同志说，这都是国家分配的，不能随便换。所以我爸说让我来给你磕个头，说声对不住，还要说一声谢谢，我们全家人都会记得叔的恩德，等我将来有了孩子，让他也记着桂生叔的恩德。"少年"砰砰"磕了三个响头。

我愣了半天没缓过神来，我家的地这就被分下去了吗？分给了这孩子家里？我不知该怎么应这孩子。平常有人来谢我，我都会说："没啥的，不是个事情，莫放在心上。"但今日我实在说不出口，我欲言又止，终究摆摆手，不再理会。兰芬将孩子从地上拉起来，打圆场道："叔还病着，眼下说不出话来。你先回家去吧。"

少年鞠躬后，扭头跑出门去了，兰芬转回头对我说道："当家的，你宽宽心吧，胳膊拗不过大腿去，当官的说要收地，咱们还能怎么样呢？你兄弟昨日不是说了吗，有了这政策，以后咱们祖祖辈辈，都不用再为地发愁了。我瞧着，你这兄弟是个实在人，不会骗咱们的。何况你还挣着工钱呢，你要是把身体愁垮了，连工钱都没了，不是更划不来吗？"

我凝望着她，默默地点了点头，我不能就这么垮了啊，我若是垮了,我家可就没后了。我的病原本就是心病,心里松快了,病便马上见轻,很快我家分配的土地也有了着落,面积虽小上不少,却是块方方正正的肥地。

我身子痊愈,地也有了着落,我便琢磨着,要赶回厂里去。临走那天,我到新分的地里转了一圈,又到从前的地里转了一圈,见着三五户人家,正在我家以前的地里忙活,他们眉眼见笑,想必十分欢喜。

蓝的天,白的云,乐开了花的庄稼人,我突然发现,周围的一切都变得生机勃勃。说不清为什么,我的痛苦忽然随风而散。其中有两户认得我的,抬起头朝我招手,满脸通红,神情带笑,那笑里包含着几分喜悦,几分歉意。我冲他们摆摆手,说道:"赶明年打下了粮食,到我家来喝酒。"

说出这话时,我自己都笑了,仿佛刚认识自己,我不明白为何要请这些拿走我地的人喝酒,我更不明白为何心中有暖意,我抬头望望太阳,又望了望那些灿烂的笑脸,或许这就是原因吧。

## 33 鼎源空袭

恰逢冬夜,高阳城中,落叶啪嗒坠地,寒风凛冽,犹如狂刀削去了梧桐树上的最后一根发丝,而鼎源酒厂员工宿舍,窗户纸上的裂缝又被撕扯得更大了一些。

我本躺在床上,冷风猛地灌入屋里,冻得我缩了缩脖子,我梦见一群面目模糊的大兵在我的曲房里点火,我被他们像狗一样拴在门口的磨上,气喘吁吁,看着蒸甑被焚毁,徒然握拳捶地,狂怒不已。我口里咕哝不停:"狗娘养的,别动我的蒸甑。"下一刻,我猛然起身,额头冷汗涔涔,原来刚刚沉浸在噩梦中,长期的逃亡经历,无数人遭遇的遇难者、压迫者,都深深嵌入了我的骨血、我的灵魂,我再也无法将他们从我身体里弹出去,我只能每天在梦里跟他们打招呼,遂了未遂之愿,但仍有更多的阴影永久地驻留在心中。

我从家里回到酒厂已有一个月,自家田地没了,当然心里隐隐作痛,但好在有徒弟们在身边围着,说说笑话,给我宽心,日子倒也不算难过。许谦得知我病得厉害,探望过我几次,我们谈心难免谈到家国天下,他拉着我的双手,在冬日的麦田里,跟我说着他的革命岁月,我听得胆战心惊。

我听完之后,沉默良久,他左手搭着我的肩膀,右手指着麦田的远方,沉声道:"桂生,咱们从小在一起,我最了解你。你这些年的不幸我都看在眼里,可你想过没有,在高阳乃至高阳以外,仍然有着无数分不到土地的兄弟姐妹,有个书生说得好,无穷的远方,无数的人们,都与我有关,过去他们受到大富[①]和鬼子们的凌辱,现在因为党的土地政策,那些没有土地的人家,也能有些许薄田,那就足够温饱。你爸以前是贫农,你家的生活,你我都知道,现在党的土地政策,分下来的这些田地,以后咱们子孙后代能一直拿着。"

我眼神一亮,猛地抬头:"分下来的这些田地,以后咱们子孙后代能一直拿着?"

"对,以后你生了孩子,有了孙子,他们都有土地,再也不用受着父辈吃过的苦啦!"许谦笑道。

冬月的平原寒冷,但我心中却燃烧起新的火苗,我想,许谦已经成为一名真正的共产主义革命家,算是个大英雄,我虽然比不上他,但也不能比他屃,如果我的地真能分给像我这样的贫苦人,那也算做大善事了,我的父母如果已经投胎了,那么他们也已经分到土地了。有国才有家,我心底渐渐明朗起来。

然而,暴风骤雨来临前,是不会有任何预兆的。次年四月的一个下午,我的第五甄酒刚刚上甄,空中突然传来一阵尖厉的鸣叫,紧接着便是一阵轰隆隆巨响。我听过各种枪声,小径手枪的声音,吧嗒清脆,短促而尖锐;机关枪的连续射击,密集而迅速;冲锋枪的声音是砰砰的,急促而连续,如同暴雨中的雨点,无情地打击一切目标。可是那声音比冲锋枪声大上十倍百倍,我迅速意识到,一场灾难如暴风般骤然降临到鼎源酒

---

[①] 大富:方言,大富户、大地主的别称。

第四部分　换了人间

厂，所有人都难以逃脱。

"炮，是炮弹。"一个身材瘦削的少年惊声尖叫。他叫猴子，今年十六岁，他从东北逃难到高阳，曾经历过日军无穷尽的空袭与炮火，穿黄靴的畜生在东北犯下的罪行，给猴子留下了难以愈合的创伤，就是在这样的轰鸣中，他失去了他的父母。

"跑啊，快跑啊，空袭啦。"厂子里瞬间乱作一团，几十个人惊叫着朝着门口跑去。

"空袭，炮弹！"我脑子"嗡"地停滞，瞬间空白，这些年我一路躲着硝烟，四处奔波，还是头一次碰见空袭，一时也不知道该跑去哪里，躲到何处，只能裹挟在人群之中，顺着人流朝着门口涌去。

我往前走到一半，猛然想起一个重要的人，直起身子朝左右望了一圈，见到一个孩子，又喜又忧，他不过才十三四岁，被人挤在了后面，那是我最小的徒弟小虎。大家推推搡搡，各自七倒八歪，我立马想起当初的一个小女孩，逃难时，她曾死于我身前，那个女孩子饿得前胸贴后背，在一个大富人家的施粥摊前排队，因为身子瘦弱，被身后饥不择食的虎狼之辈当场踩死，人群像一团爆裂的马蜂球，他们的脚板像磁石一般附着在小女孩的眼睛、脖子、胸口、肚子和大腿上，等到人群吃干抹净，才发现这个小女孩已经被踩得鲜血淋漓、肠肚外露，四肢零散在地。

那样血腥的场面，让我的记忆立马震颤，我怒目圆瞪，浑身毛孔都在发热，便扯着嗓子喊了一声："大家不要拥挤，有序出来，小虎！你倒是跑快些啊。"乱作一团的众人一窝蜂地拥到场院里，正好赶上从办公室出来的高经理。

"不要慌，不要慌。"高经理面色阴沉，提着声量喊了两嗓子，但不过是泥牛入海，无处可闻，这时没人理他，他疾走了好几次趔趄，慌手慌脚，连忙爬到旁边的石磨盘上，"大家都往谷仓和柴草房去，躲到谷垛子和柴草垛子中间。"

高经理曾经专门向前线回来的军转干部打听过，如果遭了袭击，躲在草垛子里是最好的。泥水墙虽然好，但是一旦被炸塌，砸也能砸死人，草垛子反而更加好些。众人此刻正乱作一团，没个章法，听了高经理的话虽不知对错，但好歹是有人指了明路，于是便一窝蜂地朝着谷仓和柴草垛子冲了过去。

我趁着高经理说话的工夫，把小虎拽到了身边，紧紧拽着他的手，往柴草房跑去。进柴草房后，我将瘦小的小虎塞进一个草垛后面，又探出头去寻找其他几个徒弟。所幸，他们见着师父我进了柴草房，也都一路跟了过来，离得也都不是太远。见几个徒弟也都藏躲好了，我才长长地出了口气，一下子靠在了草垛上。

"师父，您这是怎么了？腿怎么抖得这么厉害，是不是刚才跑得急，抽筋了？"小虎说着，关切地伸出手，朝我腿上捏去。

我被他这么一说才发现，自己双腿竟然抖得这般厉害，心里暗道：看来这一听枪声就双腿发软的毛病，到今天也还是没好啊。不过这样丢脸的事情，自然是不能和徒弟说的，于是只能打个哈哈，敷衍说道："没事，就是刚刚烤酒的时候蹲得久了，腿有些蹲麻了，猛然这一起身，没缓过来。"

谁知话音刚落，又是一声爆裂刺耳的巨响，震得整个仓库都晃了几晃,我感到我的头盖骨都要忍不住开始跳舞了,刺耳的尖鸣让我头晕目眩,房梁上积了多少年的老灰都扑扑簌簌地掉落下来。众人面色煞白,冷汗涔涔,躬身埋进了草垛里,大气都不敢多喘一口。

我的耳朵仿佛临时被挂在大炮的黑嘴里,承受着轰鸣,这场轰炸似乎持续了有一个世纪那么久,每个人都屏住呼吸,似乎自己的一个呼吸都有可能引来飞机的轰炸,将自己置于危险当中。终于,炮声渐渐停止,众人依旧没有出来。

等到炮声停了许久,我才壮着胆子第一个走出了柴草房。我先是侧身探腿,走出柴草房,但是又不敢走得太远,只是在柴草房的门口,朝着厂子外面的街上张望,直到街上的行人渐渐多了起来,才壮着胆子走到了街上。

街上行人还不算多,空气中有一股股焦煳的味道。我举目朝远处望去,只见隔了三四条街的地方,火苗蹿得半天高,看样子像是裕兴酒坊的方向。

我心里"咯噔"一声,难道裕兴酒坊出事了?几个月前,我就听人说过,裕兴酒坊的坊主王嘉洛是许谦的同事,他将自己的全部资产都捐献给共产党,他作为高阳最大的私人酒坊坚决不肯同国民党合作,那些穿黄色军服的败兵就要征缴他们的家产,听说他和附近不愿被强征的豪绅,带着私藏的家底在各方游走。

不论是什么人,哪里的武装,只要能帮蒋介石把财产抢回来,蒋介石便愿意重赏。难道这些黄衣败兵真的又带人杀回来了?这些人最恨的自然就是王嘉洛和裕兴酒坊,所以第一个遭殃的便是裕兴酒坊吗?

若是这些人打回来，应该也不会放过高经理吧，炸了裕兴酒坊，下一个就是鼎源酒坊？我心头一沉，一场厄运即将来临，那又该如何处置？

"桂生师傅，你怎么了？"一个熟悉的声音从背后响起，厂里的高经理朝着我的方向赶了过来。

高经理的声音发颤："桂生师傅，裕兴酒坊可能出事了。我担心他们是冲着红色产业来的，咱们也许就是他们下一个目标。"

"高经理，你先别急，这不是有共产党呢吗，共产党是替咱们扛枪的队伍，会保护咱们的。"我虽然刚刚被隆隆的炮声轰得两腿发软，但还算平静。我觉得，有共产党在，有许谦在，出不了太大的事情。

两个小时之后，我同高经理安抚好了厂里的工人，便去了烟酒专卖局找王嘉洛。进办公室时，他正坐在椅子上眉头紧锁。他穿着中山装，剑眉星目，浑身散发着一股书生气。我们两人的本意是想请专卖局的同志组织力量保护鼎源酒厂，但是王嘉洛站起来朝我们鞠躬，神情凝重，深感歉意："这波反扑十分凶猛，希望酒厂可以尽快停产隐蔽或者转移。"

"转移？您的意思是，高阳守不住了？"高经理几乎跌坐在椅子上，虽是寒冬，额头上却已经渗出了汗。

"现在还不确定，也许只是战术上的侵扰，想在新中国成立之前多制造一些流血事件，制造一些麻烦，所以此刻，我们最需要做的是首先保证大家的生命和财产安全。"王嘉洛凝望着窗外的硝烟，眼神凝重。

"我们走了，那你们呢？共产党的军队，也都要……"我顿了一下,手掌攥成拳头,"军队也都撤离吗?"

"桂生师傅,你放心,高阳的军队不但不会走,且有更多主力部队正在赶往咱们这里,只是到时候,高阳说不定就会变成战场,会爆发更大面积的战争,所以我们才希望大家尽快转移,这样才能更加有效地保护你们。"王嘉洛尽量沉了语气,朝着我宽慰道。

"好,好,军队不走就好。"我松了一口气,我刚刚把土地托付给共产党,许谦说共产党会保护我们,让我们的儿子、孙子,世世代代有地种,若是转眼共产党的军队就被赶跑了,那这地也算托付错人,什么世世代代有地种,也就是一句空话了。

王嘉洛明白,我肯定还心存疑虑,毕竟在我们老百姓眼里,转移、撤退和逃跑,听起来没有太大差别。但是,此刻他也没有时间解释得太过详细,只是沉下声音来,非常郑重地同我们说道:"组织上已经为重要的军需后勤工厂安排了转移的路线和目的地,咱们烟酒行业采取自愿原则,不过我希望鼎源可以和我们一起转移。鼎源自从桂生师傅来了以后蒸蒸日上,你们那里还有从国外引进的蒸馏塔,裕兴已经没了,不论从技术上还是设备上,我们都不希望鼎源再遭受致命的损失。"

王嘉洛说完,突然把目光越过高经理转向我,不知为何,这目光沉重而又复杂,如同两团骄阳,烧得我炙热难当。他说:"除这之外,我们还有一个请求。"

"什么请求?"我问道。从王嘉洛的声音就能感觉到,这个请求异常沉重。

"我们希望鼎源能协助我们,把你们酒厂粮仓里的粮食,尽可能多地作为战备物资，运到指定的目的地去。"王嘉洛说完，深深地叹了一口气，这不是一项容易的任务，他又朝我们鞠躬："人民需要你们运送的粮食。"

"战备物资？这是要征用我们酒厂的粮食？"高经理接着问道。

"不是征，是借，借粮，这波凶猛的反扑，在我们意料之外，直接导致多地的粮食落入了敌人爪牙中，再加上这几年本就接连粮食歉收，所以我们的军队的粮食出现了一定程度的缺口。原本我们正打算向各个酒厂借粮，可是还没开始，就被针对高阳的反扑打断了。我原来准备在裕兴酒坊里的粮食，也都在刚刚的轰炸中付之一炬了。"

王嘉洛从窗外望出去，看着滔天的火光和滚滚的浓烟。我突然想起，此刻正燃烧着的是王家百年的家业，是高阳酒行业的骄傲，是无数人民、前线战士本就等待的救命粮，我刹那间明白，他的眼神为何那样复杂沉重。于国于家，他的悲痛刻骨铭心，还有对我们更加沉重的期待。

我叹息一声，转头望向高经理，高经理毫不犹豫："行，什么征的、借的，酒厂都是国家的了，我现在是国家的经理，自然是国家让我做什么，我就做什么。何况谷子堆在粮仓，若是被烧了，也是什么都没有了。桂生师傅，咱们这就回去准备。"

回去的路上，烟尘滚滚，高经理皱眉苦思，琢磨着王嘉洛临走前吩咐他的事。第一件，开个动员会，妥善安置厂里的员工，尽量多调动一些人手和技术骨干参与转移运粮的工作。第二件，便是先回去安置好酒厂无法带走的重要资产。第三件，将粮食和需要带走的生产物资尽快做好准备，等待出发的具体通知。

高经理显然不是做思想工作的高手，一场会还没开完，所有人听到"撤退、转移"两个词，便都炸了锅，无数个螃蟹在蒸锅里进退两难。

张三问能不能带上媳妇孩子，李四问转移的过程有没有军队保护，一个个人心惶惶，大家心里都没有底。

"高经理，我看转移的事情先不忙说，我先带人去挖几个深点的地塘，挑些好酒深深地给埋下去，这酒都是我们的心血，一点一滴都是大家淌着汗水烤出来的，若是一个炮弹打没了，那就损失大了。"我立马站出来，提起嗓子沉声道。大家听见我的声音，便少了几声抱怨。

"桂生师傅说得对，都听您的。"厂里的工人纷纷响应道。

我敞开说："那些存着的曲，还在窖里的醅子，能埋深点的都埋得深点。还有蒸甑，若是时间够，就把箍甑的铁圈剪开，拆成一片一片的，能埋起来最好，若是来不及，就先找个地方藏起来也是好的，等到以后回来，还得要用不是。再有就是谷仓和蒸馏塔，这些要带走的，也得安排人先打点好了装车。高经理您看行吗？大家也不用慌，我听王同志说，这转移也和咱们平日里逃难差不多，不过就是人多一些，带着的东西多一些，这人多倒是个好事，大家在一起也都有个照应。"

这些年，我手下好歹也有十几号人，就算为人平易谦和，多少也练出一些沉稳和派头，而且我跟高经理不同，高经理生来便是少东家，而我和手底下的这些工人一样，是从学徒一把泪一把汗地熬出来的，所以我更知道这些人在乎些什么，需要什么。眼下这时候，按照我以前的性子，我可能首先打好包袱逃难跑了，躲着枪炮避祸，十有八九的百姓听见枪响，拔腿便跑。我跟工人们说，转移就是避祸，反正都是要跑的，跟着厂子一起跑，说不定更安全。

第二件，我特意跟大家强调，将来我们还都是要回来的，鼎源里有不少都是做了多少年的长工，做工的人有句俗语，做生不如做熟，所以若是还能回来，继续在鼎源做，眼下也就还得顾忌些情面。

还有一则，做工也好，种田也罢，但凡是自己辛苦出来的东西，大多是见不得被糟蹋的，就算那粮是东家的，酒是东家的，若是看着好好的粮烂了，好好的酒淌了，难免会心疼。所以我这几句话算是说到了众人的心坎里，原本闹哄哄的一群人，瞬间安静了不少。

高经理明白，这不仅是一场与时间的赛跑，更是一场对意志的考验，他语气发颤道："好，就按你说的办。烤酒的事情，桂生师傅原就比我在行，厂房里的事情也自然是由您安排。"随后如同大赦一般，松了口气，十分感激地看向我。

"好，还有一件事情，这几日怕是要做得辛苦些，您看这个月的粮，能不能先发给大家。"我接着说道。

"好，好，自然没问题，我这就去粮仓，给大家称出来，每人再多加一倍，愿意跟着厂子转移的，再多加一倍。"

我立马下达任务，如往常烧酒工序，我沉稳地指挥着每一个班次的厂员。

"第一班挖地塘，埋好酒。"每个字都重若千钧，不容置疑。

"第二班存曲深埋，醅子藏好。"

"第三班蒸甑拆分，藏匿为上。"

"第四班谷仓蒸馏，装车待命。"

高经理点了点头，眼神中闪过一丝赞赏："还是桂师傅安排得周到。"

我环视四周，看着众人忙碌的身影，自己也忙起来，眼下唯有众人一心，拧成一股绳，方能渡过劫难："所有人，转移有序，团结一心，人多互助。"我再次强调。

从那天开始我就再没睡过一个整觉，称粮装车，挖坑埋酒，又将厂里的蒸甑箍桶的铁圈取下，将甑桶拆分成片，也一并包好埋进了地下。即便偶尔躺躺也是和着衣服，连鞋都没有脱下，就准备随时出发。

因为长时间精神紧张，我一闭眼就是噩梦，谁也不知道空袭何时再次降临，我的梦里，永远高悬着炸弹的种子，种在鼎源酒厂，从上到下，结出血淋淋的肉花。每次梦醒，我都咬咬牙，继续督促大家抓紧速度，哪里人手不够，就上去帮扶一把，高经理也在现场忙得汗水浇头，我们忙到毛孔生烟。

"桂生师傅，睡了吗？"高经理摸黑走了进来，因为怕暴露目标，这几日他晚上都没有再点灯。

我朝着声音的方向问道："怎么样？是要出发了吗？"

高经理点点头，忽然想起黑着灯，点头也瞧不见，便应声说道："是，刚刚王同志送来目的地的消息，让我们把粮食运到朔北去。"

"朔北，那不是得过河？"高阳北边四十里，有条河叫作大昌河，那可不是小河，据说穿了十几个省，一眼望不到边，最窄的地方也有三五百米，没有船是过不去的。

"王同志说，让我们先到大昌河的码头集合，到时候会有船接应咱们。"高经理说道。

"好，那咱们这就出发。"因为随时准备出发，所以决定帮忙送粮的同志都没有回家，而是睡在了厂里。我从床上跳下来，走出门外，同高经理分头到各屋去叫人。

众人揉了揉眼睛，纷纷起身，粮食早已经装到车上了，厂里原本有两辆平日运粮的骡马车，王嘉洛紧急情况下又张罗了几辆，一共六辆大车，然后就是大的小的各式各样的小车，能用的也全都用上了。

一行人趁着夜色摸出了厂门，依旧不敢点灯，只靠着微弱的月色照亮。我跟在众人后面，又在厂里巡视了一圈，锁了大门，最后看了鼎源一眼。我早已习惯漂泊逃亡，再回来，鼎源必然已是满目疮痍。

我在这里做工，时间不算特长，甚至跟曾经待过的三个酒坊比是最短的。但是冥冥之中，我对这里的感情却是最深的。若论时间长，我在许家酒坊的时间最长；若说地位高，则是在福泰酒坊地位最高，贺崇文恨不得拿我当神仙菩萨一样供着；若说钱挣得多，则是在关季春那里。可是离开那几处的时候我从来没有过这种感觉。

这次转移，仿佛离家出走，预感再难归来，怕是再回来，这里已荒草齐腰，泥土纷飞，我害怕这个家里的任何东西遭到败兵们的摧残，我挖地塘藏酒器，干到最后我筋疲力尽，所有人都在劝我差不多就行了，但我不肯听，恨不得把一把扬锨、一个柳筐都藏下去，这些东西都不值钱，但我却依依不舍。

# 34 惊鸟北逃

刚刚出了高阳北门，小虎推着一辆独轮小车，凑到了我身边，他年纪小，拉不动大车，但也不能空着手上路，便推了一辆小车。他一路小跑赶到我身边，从手里掏出一个包袱塞到我手里。

"师父，俺看你这几天都没怎么吃饭，特意给你带了几块朝牌，您吃两块垫垫饥吧。"小虎不是本地人，是逃荒过来的，所以口音跟大家不太一样。

"我不吃，路还长着呢，你还长身体，饭量大，你自己留着吧。"我回道。

"谁饭量大了？"小虎咕哝了一声。

"可不就是你呗，半大小子，吃死老子。"

猴子也凑了上来，拉着一辆车，走在我们两人后边："能吃怎么了，我就是饿着，也得让师父吃饱了。"我的话，小虎不敢反驳，猴子可就不一样了。

"你们两个都小点儿声。"我压着嗓子，转头严肃训了几句，这两个孩子，没有半点儿轻重，都什么时候了，还有心情说笑。

"师父，我们真的还能回来吗？"猴子忍着眼神里的泪光，语气悲戚。

"一定能。"我答道。我倒不是唬人，生在战时，离家与回家，似乎是家常便饭，我也离过家，离家的每一天，我觉得一定能再回到家里的，这想法就像烟往上冒、水往下流一样自然，不需要任何理由，就算偶尔害怕，但终究还是坚信的。

"咋想起问这个？"我朝着猴子问道。

"没啥，我之前从家里出来的时候也觉得一定能回去。可后来……"猴子没说下去，我突然想起来，猴子的家人都在战乱中失散了，家也被炸平了。我以前一直以为自己命苦，这一刻我猛然意识到我是何等幸运，原来不是每个离家的人都能再回到家里的。猴子也是幸运的，前几天的轰炸，据说裕兴酒厂死了五十多人，有的尸体被烧焦，根本认不出是谁了。

我心里突然没底了，会回不去了吗？回不去，便再也看不到兰芬，我还没给我家留后呢。我心生懊悔，也许我该回家，跟兰芬守在一处，不论是逃还是躲，一家人总该在一起的。

"师父，你咋了？"天色虽黑，但猴子察觉到我呼吸急促。

"师父没事，有师父在，咱们都能回家，师父还要看你们单独烧十个蒸甑呢！"我深吸了一口气，平复心情，后悔不过徒然，我绝不可能抛下我的徒弟，一个人灰溜溜地跑了。想到这一节，一切懊丧如同包子打狗有去无回，我手里的车把攥得更紧，步子也更快了。

我们夜行一晚，在城外的荒草路径中，风中的草在凄婉地唱歌，我们穿梭在青纱帐里，玉蜀黍的齿牙锯着我们的衣角、皮肤，勒出一道道血痕，晨露点点，打湿一行人的头发、衣裤，我们走得浑身乏力，手脚冰凉，但是越走身体越热，后来这热气渐渐消散，直到前方泛出晨曦的微光。我们贴着青纱帐，听到了软橹摇晃的声响，那清凉的流水声如同丝绸铺在我

第四部分　换了人间　　　　　　　　　　　　　*317*

的耳道里，柔软舒适。

到达大昌河码头时，天已经快亮了。人！整个码头塞满了人，整个码头拥成一个大拼盘，黑白灰蓝黄，各色穿着人士像不同的丝带拧在一起。骡车、牛车、马车排列在侧，挤挤插插，绵延出去五六里，偶尔几个穿灰蓝军装的青年，扛着枪，笔挺身姿，步履匆匆地穿梭而过。

我初步判断，这些人群中，除了鼎源酒厂，其他酒坊的人员也在响应王嘉洛的号召，战争之下，遭殃的永远是老百姓，我惯于逃荒，最明白逃荒之不易。举目望去，人群窸窸窣窣，时有儿童的啼哭，时有妇女的抱怨，时有壮汉的怒骂，每个人的神情都充满惊恐不安，谁也不知道前路将发生什么。

"这都是运粮的？"猴子朝着我问道。

"逃荒的、运粮的、放风的……"我沉声说，"放风的，就是那些个给国民党放哨、通消息的，要是给他们知道了，后果不可想象。

"甚至还会有扦把①的，就是坐匪的马贼混入我们中间，指不定会抢起来，但我们鼎源人多，莫要怕。"苏北地区，土匪横行，他们像蚂蚱似的在青纱帐中神出鬼没，结成团伙，绑架勒索，无恶不作，好事鲜有，他们绑票时，会抓走两人，扣留一个，释放一个，让释放的人返回村庄传递消息，主动送上吃食或财物。

"同志您好，请问您是哪里来的？"没过多久，一个穿着灰蓝军装的少年朝着我们走了过来。

---

① 扦把：欺压；勒索。

"我们是高阳鼎源酒厂的,王局长下令,让我们往朔北运粮。这是我们带来的粮食。"高经理指着身后的粮食车答道。

"好的,同志,感谢你们,请你们稍微休息一下,我们正在安排渡船。"小战士一溜烟往码头的方向跑去,一面跑一面喊,"高阳的,高阳的,高阳鼎源酒厂的到了。"

约莫一盏茶的工夫,一个熟悉的面孔笔挺地跑到我们跟前,这人我和高经理都认识,是高阳税务局的小干事,王二小。

"高经理,桂生师傅,你们动作够快的啊,你们是咱们高阳商业系统第一个到的。"王二小说道。

"这还不是全靠了桂生师傅,他让我们第一天就先把粮食车装好了,你们这边令一下,我们马上就出发了,一刻都没耽搁。"高经理答道。

"好,你们先到前面老乡家休息一下,前面那些船都是等着渡河的。咱们船不够,得一趟一趟来。老乡家里,我们都是打过招呼的,可以借住,也可以生火做饭,等差不多了,我来叫你们。"王二小一溜烟又去忙别的事情了。

我们负重带货,赶了一夜路,早已筋疲力尽,浑身酸痛,骨关节如同塞满了蚂蚁,我们照着王小二说的方向,朝那一片夯土茅草房赶了过去。

一片房子得有五六户,每户都有三四间房,我伸腿进去,只见屋里地上,都睡满了人,横七竖八。猴子头仰天,呵欠不断,困得不行,随便找了一家的柴房,爬上干草堆,倒头就睡,其余人也各自找了地方落脚。

但我坚持要留下来,守着粮食车,顺便给骡马喂些料,众人当然劝我不动,也就各自去睡了。过了三四个小时,王小二从院门外探进头来,一眼就看见了我:"桂生师傅,差不多快轮到咱们了,招呼大家醒醒吧。"

我赶紧去各处叫人。挨个叫起来之后,却不见了小虎,找了半天才发现,小虎仗着自己年纪小个子小,居然钻进了一家的灶台旁边,被揪出来的时候蹭了满脸黑灰。

因有我一直看着,也不用重新清点,每个人只是找到自己的车,或推或拉或赶,急促促地往码头上赶。到了码头,王小二又指挥我们站到了固定位置,说:"差不多再等四个来回,就能轮到你们上船。"众人便又靠在车边休息。

小虎心疼我,眼圈泛红,恳求我道:"师父,你睡会儿吧,我们刚刚都睡过了,眼下有我们看着就行了。"这回我没有推辞,靠着一辆车坐了下来,准备打个盹儿。

谁知眼睛才刚闭上,便听见一个声音响起:"桂生哥?是桂生哥吗?"

我迷迷糊糊地睁开眼,看见一张熟悉的面庞,惊喜道:"许谦,咋是你啊?"

"桂生哥,我老远看着就像你,还真是你,你也参加运粮队了?"许谦似乎瘦了不少,两个眼袋深重,但是双目炯炯有神,见我在这儿,满眼兴奋。

"你不是调到醴泉去了吗?怎么也在这里?醴泉也打仗了?"我心中一紧,上下打量着他,见他没有受伤,便松了一口气。

"醴泉遭到的反扑并不十分厉害,我这是带着醴泉的运粮队去支援朔北。"

"你咋还从太平地方往打仗的地方跑呢?"我说了一半,

突然笑了起来。我心想，许谦啥时候怕过枪炮，他本来就是扛枪的，他就应该冲锋在前。

"许谦同志，出发啦。"远处的河面上一个青年遥遥地喊了他，招呼着上船。

许谦看着我，两片薄薄的嘴唇像两片叶子动了动，说："桂生，你好好保重，下次我们再喝酒庆祝。"他没来得及跟我说上几句，只能匆忙地跟我告别登船。

"师父，刚刚那个是你朋友？"猴子伸了脑袋窥过来，"是个大官吧，我以前开大会的时候见过他。"

"你怎么那么多话，好不容易有点儿工夫，你还不让师父赶紧睡一会儿。"小虎这时候倒是显得比猴子懂事得多，"师父您别理他，您赶紧睡您的。"

立马要登船，我哪里还有心情睡觉，目送许谦远了，又跟大家嘱咐货物安放的要点，便接到了上船的指令。靠岸的船隔得近，水一荡漾，两船间就距离着尺把的河，像张了口等人掉进去，我们小心翼翼，搬着货物上船。

大昌河波澜壮阔，河面的风又大又急，如同铡刀朝河面剪去，船夫不停地摇橹。我回头望向码头，它已经渐渐缩成一个黝黑的小点，我这次真离开高阳啦，我就像这河水一样，任凭这凌乱的风将我吹到无法主宰的远方，远方吉凶难测，风吹得猴子、小虎上下呕吐，我让他们赶紧抓着船的两侧，所有人的嘴唇被寒风吹得皲裂。

当行船过河心时，我听到空中敌袭的声音，"轰轰轰"，"嗒嗒嗒"，如同催命的符咒，小虎和猴子被吓得直起身子乱动，我左手搭在小虎的肩上，右手抓着猴子的衣领，手心生汗,心脏像子弹似的飞出胸来,我生怕他俩被大风吹进河里,更怕他俩被射中,摆渡的同志说,敌人的飞机就像烦人的苍蝇一样,时不常地就会绕着大昌河乱飞。

过了大昌河,我们立马装货行车,连夜赶路,上岸前往朔北仍有百余里路。上岸后仍是一片隐秘的青纱帐,田地里非常干冷。

对岸接应的同志从一片小荡子里乘船出来,他沉声嘱咐我们,建议高经理往西边玉蜀黍方向走,挑一些小路走。我问他们为啥一定要走西边的小路,那同志的解释是,因为这一条路线受敌人侵扰比较严重,所以希望大家分散行动,路线不要太集中,刚刚过去的一批往东边绕行,所以建议我们往西边绕行,这些粮食对前线来说,尤为宝贵,敌人尤为狡猾,我们必须把鸡蛋放在不同篮子里。

我以前去过一次朔北,不过走的是大路,对西边的路不太熟悉,便又跟接应的同志大概打听了一下,才跟着大家一起往西走去。

"师父,这天咋这么冷啊?这就隔一条大昌河,怎么感觉就冻上了。"猴子耸着肩膀,手不停地往袖口里缩。驴车一歪一歪用心地走它的路,把人肠子都呕断了,喉咙管痒酥酥,仿佛有只虫要顺着喉管爬到口边来了。

我低头一看,这地都冻得梆硬的,没想到四月竟然下起了雪,这般"倒春寒"可好生惹人生厌,黑红的田埂上泛着白霜般的雾气,骡马车走在上面不住地打摆子。不光是身上冷,感觉手摸的木扶手都蓄满了寒霜,握久了冷得紧,忍不住想缩手休息。

"这可不行，粮食原本就垒得高，这样下去怕是走不了多远就要散架。出门时，我让多带几捆绳，放到哪儿去了？恐怕得多捆几道才行。"我朝着后面问道。

"在我这儿。"小虎推着他的小车，一溜烟儿地赶了上来。

我找出几根粗壮的绳子，二话不说，就往晃得最厉害的一辆骡子车上爬去。

"师父，我去吧。"猴子把我拦了下来，"师父，我年轻手脚利落。"还没等我应声，他已经三下两下爬到了粮食包上面，利索地把绳子扔下来，丢给我让我们接住。

高经理和我一边一个，这才接住绳子，突然听着"啪嗒"一声，车身猛地一歪，就听见驾车的江大头喊道："不好了，轮子掉进窟窿里了。"原来车轮子底下竟然是个不大不小的窟窿，因为上面有一层冻硬了的泥土，所以走过的时候，谁也没发现，这一停下来，反而出了大事。

整个骡子车朝着右边一歪，原本就不稳妥的一包包粮食，顷刻间倒了下来，猴子也跟着跌了下来，我正好在他倒落的一边，见这情势，想也没想，直接冲过去一把接住他。可刚把猴子抱到怀里，车上五六麻袋的粮食也砸了下来，我将猴子推了出去，自己晚了一步，半条腿被压在了粮食包下。

这可心疼坏了小虎，小虎眼角晶晶的泪珠往外涌，哭着就跑了过来："师父，你咋样了，师父。"

"叫什么叫，一会儿再把敌人招来。"我面如白纸，忍着疼，瞪了小虎一眼。

众人七手八脚地将粮食抬起，我站起来，一瘸一拐，跳到路边，吩咐大家道："别管我，都别管我，赶紧去把骡子车推上来,把粮食重新装回去,赶紧接着走,晚一刻就多一分风险。"

高经理道:"桂生师傅,要不您先包扎一下,我们再走?"众人没动,大家都担心我。

"师父,你怎么样啊?"小虎依旧带着哭腔,两腮咬得鼓鼓的,埋怨地看向猴子,"都怪你。"

"都是我的错。"猴子黑漆漆的大眼垂着,跟着哭。

"你们俩干什么呢,号什么丧,当我死了吗?师父还没把制曲的手艺教给你们,没看你们烧十万斤酒呢!我怎么舍得死!"我自己撸起裤腿去看,只见小腿已经肿红成小山包,试着活动了几下,疼是疼的,但还能忍,像是没伤着骨头,随即转向小虎,"去,给我找点儿布条来。"

"师父,你要布条干啥?"小虎边哭边问。

"老子叫你去就去,哪儿那么多废话。"

"好,好,我这就去,师父你别生气。"小虎半天找不见布条,直接撕烂了自己的一条粗麻裤子。

"你这孩子,找不着跟我说啊,怎么糟蹋东西。"我想拉他,晚了一步,裤子已经变成了布条,只得借了过来往腿上缠去。

"师父,你这样不行,还是我背你去找大夫吧。"猴子拉着我的手,恳求道。

"不碍事,没伤到骨头,就是砸了一下,我心里有数。"我翻了翻皲裂的嘴唇,手里没停,将布条一圈一圈缠在腿上,站起来试了试,疼是疼,但不至于走不了路,只是推车有点儿费劲了。

"猴子,让你师父坐到你车上,你拉着他。"高经理还是不放心,小跑赶了回来。

"不用,我能走,就是粮包砸了一下,车上都是东西,哪里还能坐人,还有,我也还得推车呢。"我拦阻道。

"大张,大刘,你们快点吧,把桂生师傅和猴子车上的东西,往咱们几个车上挪一挪,让猴子推着他师父。"高经理说道。

"推什么推?推着我,还不如把我扔在这儿呢,还给大家添麻烦。"我往后躲道。

"那不行,王同志说了,除了运粮之外,我还要负责把鼎源最宝贵的财产一并安全转移,桂生师傅和蒸馏塔,是鼎源最重要的两样资产。"高经理笑着拍了拍猴子的肩膀。猴子自然愿意,慌忙地跑去腾地方去了。

高经理又看向小虎:"我说桂生师傅,你确定你这徒弟是男娃?怎么有点儿啥事就在这儿哭啊。咋了,哭得这么厉害,你师父就是受了一点儿伤,又不是不在了。"

"你师父才不在了呢,你全家都不在了。"小虎龇了牙,恨不得上来咬人。

我只有一张嘴,说不过一群人,硬生生被按到了车上。

西边小路并不好走,要穿过两个敌占区,还有十来个碉堡与瞭望哨,有一次我们遇上了敌人行军,逼得我们一头扎进了道边的林子里,足足三天没敢出来,干粮吃完了,水也喝完了。后来的许多年,我只要一紧张,眼前便闪过这条路,若是再耽搁一天,我们鼎源酒厂的男女老少,就要全部变成尸体肥料,喂养给这片朔北的土地。

百十里路,走了十多天,眼看一步就要到朔北的时候,我们迎面遇上了一伙敌军,四周的空气凝固,我的心跳在寒风中颤抖。他们来了,这些黄皮狗,操着北方话,身着笔挺的军装,深黄色的布料映着冷冽的光,如冬日里不化的冰霜。帽檐下是一张张丑恶的面孔。军靴踏在枯黄的草地上,发出沉重而有节奏的声响,每一步都像是命运的鼓点,敲打着我紧绷的心。他们的青天白日肩章在阳光下闪耀,如同锋利的刀刃,刺得我眼睛生疼。

这一支小队约莫二十个人。虽然一路上我们能躲就躲,但狭路相逢避无可避的情况,我遭遇过两回,头一回,那股大兵拦住我们,问我们的去向,那时刚过大昌河,我灵机一动,附近有个裕隆酒坊,我说是给裕隆酒坊送粮食的,我送了他们几坛酒,高经理又送上了十元银洋,那伙大兵识趣,没说什么就放我们离开了。第二回,那伙大兵似乎是急着赶去救火,顾不上搭理我们急匆匆地跑了过去。

兵队中为首的马脸壮汉拦住我们,对着我们问道:"车上拉的什么?往哪里去啊?"

"都是些酿酒的野高粱,给城里的大发酒坊送的粮。"这是第三次了,我心跳加速,心存侥幸,坚信这次一定可以蒙混过关。

"粮食?很好,不用送了,现在军队里缺军粮,你们这几车粮我们征用了。"那兵头说道。

糟了!我心跳立马漏了半拍,抿了抿嘴唇,赔笑道:"别啊长官,这是野高粱,不好吃的。今儿这天怪冷,你和弟兄们冻坏了吧,我们这里有几元银洋,给您诸位买点儿酒喝。"出来时带的酒,在林子里躲着的时候已经喝完了,高经理只能摸出身上剩下的最后十元银洋，塞到了兵头手里。

马脸兵头咧嘴一笑，大门牙暴露在外，掂了掂钱，冷笑了一声："就这点，你打发乞丐还是消遣军爷我啊？"

高经理面带难色："哪敢啊，出门出得急，就带了这点，您别嫌弃。"

"这也不够啊，刚刚没说明白，朔北城里正在搞拥军活动，不但征集军粮，还要征集军饷，按人头，一人十元银洋，长官看你们也不是什么有钱人，也不为难你们，把身上的钱都拿出来，车、牲口和东西都统统留下。"

马脸兵头说完，所有人都傻了眼，这他妈的哪里是兵，分明就是马贼啊。

那伙兵见我们没动，大黄军靴"啪"的一脚，便踹在了我的膝盖窝上，我腿上本来就有伤，一下子就扑倒在地上。小虎立刻炸毛，朝着那伙黄衣大兵吼道："你们别动我师父，你们这群马贼。"

"马贼，你说谁是马贼？你个小杂种，敢说军爷我是马贼？"那马脸兵头一把揪着小虎的头，把小虎原地拎了起来，"啪"的一声摔在地上，瞬间几把枪一起举了起来，手中的钢枪，冷冰冰的金属反射着刺眼的光芒，枪口如同深渊，把我们几个围在了中间，惊得我们冷汗涔涔，大气不敢喘上一口。

危难关头，高经理突然大骂道："你个小杂种，乱说什么，你是什么东西，也敢和军爷顶嘴，给我跪下，立马快给各位长官磕头认错，今天你不磕出血，你别想离开。"他狠狠扇了小虎一巴掌，打得他脸上留下血淋淋的红印子，门牙都崩坏一颗，弹跳着蹦到我的草鞋前，小虎口齿流血，委屈地跪在原

第四部分 换了人间

地，撕心裂肺地哭起来。

小虎的哭声，像一把把钢刀直插我的心，他还不过是一个十四岁的孩子，在这么多人的打骂下，更是有着这群败兵的死亡威胁，他不明白高经理为什么会突然出手，帮着这群败兵扇他耳光，难道姓高的临时怕死，想帮日本人拆穿我们吗？

那个马脸兵长哈哈大笑，吐了一口唾沫，骂咧咧地吼道："娘希匹，这个小杂种敢顶撞军爷，今天老子不送你见阎王，老子就不是党国的好汉。老子崩了你。"

"别，别，请长官饶命啊，孩子还小，他胡说八道的。"我急忙喊道。

"队长，崩了他太便宜了，咱们一人一拳，送这小杂种上西天吧。"这群败兵中一个长竹竿似的青年笑嘻嘻地说。他已经迫不及待地撸起袖管，准备出手了。

我爱徒心切，一个箭步腾出，全然不顾自己处于枪林的威慑下，一把抓着小虎揽在怀里，一时间有些恍惚，我似乎回到了童年的时候，我打碎了许谦家的酒缸，被众人围在中间，害怕得不知所措，我又似乎变成了父亲，只想挡在幼年的我的前面，为我挡下一切伤害与灾难。我拉着小虎不停地磕头，耳边刹那间，开始噼里啪啦的枪响，我觉着好几次子弹都是擦着他的头皮飞过去的。

高经理看到几个高大的身影猝然倒下，而他自己也害怕地伏在地上，他的中山装都濡染了鲜血。他眼神一呆，没想到这几个人就这么死了。

"老乡，老乡，带着你的人，躲到粮车后面去。"我被一只冰凉的手拉回了现实，我抬头，只见一双黑白分明的大眼睛和一排雪白的牙齿。

倒在地上的并非鼎源酒厂的人,而是以马脸兵长为首的大兵。

我身前站着一名青年,他身着灰蓝军装,年纪不过十八九岁,浓眉大眼,脸庞坚毅如石,沉声喊道:"快去啊,别愣着,我们是人民解放军,我会保护你们的。"

我有些茫然地点了点头,迅速一把抱起小虎,侧闪到一旁,猫着腰,往谷车后面挪去。

我一直紧紧地搂着小虎,直到枪声渐渐停止了,三个穿灰蓝军装的女青年埋伏过来,将我们带到了朔北的临时指挥部,临走的时候我回头望了一眼,想找找那个刚才叫我躲到粮车后面的大眼睛的同志,可是却没能找见。

我和高经理等人又累又惊,连忙拔腿随着指引的方向逃去,小虎连累带吓,起初汗泪打湿衣襟,到后面小虎连哭都不会了。粮食最终还是万幸地到达朔北,指挥部的同志将粮食入了库。

我们倒头睡了一天一夜,睡醒之后,只听见外面"轰轰轰""嗒嗒嗒"的炮火连天,轰鸣声中,房屋俱焚,空气中掩不住刺鼻的尸体焦味与火药味。

原本小虎遭受虐待,我们走了一回阴曹地府,谁都说不上话来,但朔北部队上的干部来看望我们,我们只好开口感谢他们。干部们先是隆重地托着高经理和我的手,真诚地感谢我们,随后问候我们衣食住行。

"高经理,桂生师傅,我姓刘,是这里的连长,你可以叫我老刘,你们是我们的大功臣,如果有任何需要,尽管向我们提出，我们尽量满足你们。"

我见到部队干部如此真诚，便毫不犹豫地说："刘连长，您这儿有酒吗？"

众人听我这么说，一起望向那位领导，跟着说道："我们也想讨口酒喝。"

这下刘连长可犯了难，队伍里也不让喝酒啊。"那啥，实在没有的话，您告诉我们附近哪里有酒坊，我们自己去买。"

"桂生师傅啊，这部队上有规定，不让喝酒，这酒是真没有。五里外倒是有个小酒坊，但是那个庄子早就不住人了，哪儿还有酒啊。"刘连长说道。

"感谢领导关爱，您忙吧，我们自己过去瞧瞧。"我答道。

五里外的酒坊位置十分醒目，就立在庄子口上，一口大灶上架着一个甑桶。不知道是和大昌河南边的风俗不同，还是这个酒坊太小，所以家伙什比较简陋，那甑桶下面也没挖火塘，而是直接架在了夯土灶上，只是这个夯土灶比平日家里用的大了几升。

## 35 战时酒师

我从怀里掏出一个包袱,包袱展开,麦香飘逸。半块曲块,静静躺在掌心。那曲块,黄圈红心,带着岁月的痕迹,轻轻一嗅,泥土的芬芳、阳光的味道、谷物成熟的香气,都洋溢了出来。它的味道,复杂而层次分明,犹如一首低沉而绵长的曲子,在空气中缓缓流淌。我闭上眼睛,深深地吸了一口气,那股麦香,如同回家的路,将我带回鼎源酒厂,四周的喧嚣仿佛都静止了,只剩下我和这半块曲块。我仿佛看到了曲块在酒窖中发酵,转化为美酒的奇迹。

"桂生师傅,我说你身上为什么总是一股酒糟味儿,原来你竟然带着半块曲块。"高经理在一旁说道。

"曲,是酒之骨,带着这个老伙计,我心里踏实。"我对曲块具有极度的迷恋,是它成就了我曲师的地位。掩埋酿酒设备之前,我分外不舍地收拾曲房,心想万一到了朔北,若是酿酒也许用得上曲,便包着一块藏在蒸馏塔里,还掰了半块分好几层放在身上。身为酒师,我坚信,身藏曲块,总有独属于我的活路,闻着曲的味道,我内心舒坦。

本来曲拌了粮,还得等上五日才能上甑,但这时江大头几人心里都急,就想着这口酒,于是将拌好的粮用温水烘着烘了多半日,便勉强上了甑。众人围着烧得旺旺的灶火,看着酒淌出来的那一刻,似乎都松了一口气。

粮心未定，温水已至，甑上蒸汽腾腾。众人眼中，满是期待与不安。酒液，终于在众人的期盼中，悄无声息地流淌而出。那酒初成，其味尚涩，不如往昔的醇厚。但这时我捧着碗，饮下这尚带温气的液体。每一口，都是对未来的渴望，每一滴，都恨不得舔舐干净。酒过三巡，暖意融融。我们围在灶火旁痛饮，不知是谁，忽地打了一个响亮的酒嗝，众人跟着哄笑起来。

"江大头，你这嗝打得够响的啊，真没白瞎这颗大头。"高经理笑道。

"可不是，我们江家的老祖宗显灵啊，我这颗大头还在脑袋上。"江大头平时最讨厌别人说他大头，可是此刻却爽朗一笑。

"是啊，感谢老祖宗啊。"高经理跟着说道。

突然所有人都沉默，整个酒坊静可闻针，突然有人哭了起来，不过这次不是小虎，而是江大头。他哭着说道："我真怕啊，怕以后再也见不着我媳妇我儿子了。"大家心里一阵难过，也跟着抹了把眼泪。

我们围着灶台喝了一阵，又在酒坊里寻到一个空坛子，我将剩酒装到坛里，必须带回去给前两天救了我的同志。

回到根据地时，我里里外外溜达了好几圈，却唯独没见着跟我说过话的大眼珠子，又仔细一打听才知道，大眼珠子叫作田大勇。

我找刘连长一问："刘连长，您知道田大勇在哪儿吗？"

刘连长脸色一灰，双目微红，他沉声道："大勇是个好孩子，为了掩护你们受了致命伤。昨天战友救你们回来的时候，大勇他……已经伤重不治,牺牲了。"

我心里如遭雷击,"咯噔"一下子,心想,怎么可能?大勇是一个多年轻的孩子,竟然已经牺牲了?我急忙问道:"牺牲了?是为了救我们牺牲的?"

刘连长答道:"同志,你也别太难过,你们也是为了支援我们战斗才来送粮食的,保护你们是我们的责任。"

我没答话,木着身子,失魂落魄,端起一碗酒,走到田地里的一个土丘上,朝着土里泼了下去,后来每一年清明,我望向草木葱茏的崇山峻岭,眼前总会闪过这个萍水相逢的救命恩人,他为我而死,我如何不伤心,只能珍惜自己这条贱命持续发光发热。那一刻,我方才明白,许谦曾饱含深情地宣誓,他是替我扛的枪,我当时大字不识,只听得懵懂,此刻才真正了解了这句话的含义,人,因爱而勇,因义而刚。一个活生生的人,是会为了保护别人而死去的。

"大勇兄弟,那天太匆忙了,都没来得及说上两句话,我叫桂生,是个烤酒匠,谢谢你救了我们,这酒是我烤的,火候太急,烤得不好,你先凑合尝尝,等我回去封藏酒酿,再祭奠你的英灵。"

小虎的眼神中充满了迷茫和不解,他问我:"师父,为什么中国人要自相残杀?"

我沉默了片刻,心中充满了哀戚与无奈。我拿起一把斧头,轻声说道:"小虎,你看这斧头。"他的目光落在那把斧头上,不解其意。

"斧头是木头做的,"我说,声音低沉而有力,"但斧头还是砍了一片树林。"小虎皱了皱眉,似乎在思考这背后的深意。

"国民党，"我想起许谦跟我分析的时局，每一个字都像是从心底里挤出来的，"收了美国人的武器，从木头变成了斧头。"我停下了手中的动作，深深地看了小虎一眼，他的眼神中闪过一丝明了。

"他们变成斧头，就要来砍木头，就要来对付咱们中国人。"我悲痛道。小虎的脸上露出了痛苦的神色，他似乎明白了什么。

原本打算送完粮，我就回家啦，但现在我打算留下来。我第一次离战场这么近，看到这么多同我年纪相仿，甚至更年轻的弟弟妹妹们。我忽然想起了，我曾用烤酒的法子制作酒精。马家荡的记忆复苏起来。我主动找到指挥部的刘连长，请求留下来。

刘连长有点儿不敢置信地问道："桂师傅，你是说，你会制作酒精？"

"是！"我坚定地点点头，随后又摇摇头，"也不算是，我是用烤酒的法子烤的，但是你们队伍上的大夫用过我烤的酒精，说是能用的。"

刘连长腾地站起，双手搭在我的肩头，虎目闪烁着激动的泪光："太好了，您可真是同志们的大救星，目前我们部队就需要您这样的技术人员。您真的愿意留下来？"近期伤员大量增加，刘连长正在为酒精断供心急如焚。

我留了下来，大家也都留了下来。高经理不会烤酒，就帮着大家运粮、担水，少东家出身的他，虽然早已经过了改造，但是做这些重活儿，还是第一次，难免气喘吁吁，挑水还不如小虎快。

我告诉刘连长，原本的酒坊只有三个烧甑，出酒有限，如果需要更多酒精的话，必须重新准备几个新的烧甑，最好弄到十个，十个也是我们鼎源酒厂的人力极限。

刘连长可犯了难："眼下打仗，老百姓可都不安生，谁会卖这烧甑，这烧甑的规模大小可是有讲究的吧？"

我笑道："这烧甑不一定要烧甑，饭甑也是可以的，但咱们不耽搁部队吃饭的营生，我自己有这做烧甑的手艺，如果连长信任我，我明天就开始做几个，但是还得请您帮我准备好木柴、竹子、木锯子、弹墨线等家伙什儿，我们就可以立马动手了，前线的伤员兄弟可耽误不起。"

刘连长喜上眉梢，一双起茧的大手握着我的手，大笑道："咱们连，有了桂生师傅，真是得天之助。"我跟他详细说明需要的材料和数量，他吩咐下面的同志去寻找。

第二天，我站在营帐之中，打算教徒弟们手工制作烧甑，面前摆放着制作烧甑所需的材料。我目光如炬，审视着每一根木条，每一段竹篾。我深知每一个细节都关乎着烧甑制作的成败。

"猴子，小虎。"我呼唤徒弟们，他们立刻聚拢过来，眼神灼热。

"听好了，"我严肃地说，"制作烧甑，非一日之功。首要之事是选材。木条要直，竹篾要韧。"猴子点头，他的眼神中透露出一丝了然。小虎则紧握双拳，似乎在默默记下每一个字。

"箍制时，"我继续说，"要用力均匀，不可松，亦不可紧。木条间的缝隙，要恰到好处，以利蒸汽流通。"

我拿起一段竹木条，示范着箍制的手法。猴子和小虎仔细观察，模仿着我的动作，开始尝试。

我指着尚未成型的甑身："甑身要圆滑，得像孕妇的肚子，无一处棱角。"小虎的额头上渗出了汗珠，他的手在木条上来回移动，力求每一个弧度都完美无瑕。

我指向那镂空的底盘："底部的箅，是烧甑的灵魂。每一孔，都要均匀分布，让蒸汽无阻碍地上升。"猴子小心翼翼地雕刻着箅孔，他的动作细致而专注，仿佛在进行一场神圣的仪式。

"最后，"我的声音渐渐低沉，"是盖。它要密封，又不可太紧，以免蒸汽无法逸出。"我拿起盖子，轻轻放在甑上，然后轻轻旋转，确保每一处都贴合得恰到好处。

"师父，咱们烧酒匠，会烧酒就是了，干吗还学这些玩意儿，这不是木匠该学的吗？"猴子和小虎抱起他俩齐力做的烧甑，突然探头问道。

"你以为现在什么东西都有吗？"我沉声说，"现在打仗，什么东西都不一定有指望，你是酒师不错，可你只懂踩曲、扬掀的粗笨活计，我现在连制曲都没有教给你，我问你，如果你现在还是跟两年前一样逃荒，你现在什么都没有，你怎么烧酒？拿什么烧？"

猴子听到我的连声责问，吓得不敢出声，他低着头，缩着脚，盯着脚下的泥，似乎陷入了两年前逃荒的惨痛回忆之中。

小虎道："师父，我和猴子知道了，您的良苦用心，我们明白了。如果咱们一无所有，连烧甑都没有的话，就不能烧酒。您想让我们掌握每一步，让我们无中生有，对不对？"

我自知语气说得重了，笑着说："对，我们本就一无所有，那么烧甑、曲粉等，这些都要自己做出来。即使有这三个，仍然不够，部队收留我们，我们就要好好干活。"

我凝视着他们:"每道工序,都要细致打磨,这是老祖宗传下来的吃饭手艺,你师父我就是靠这些小手艺积累起来才能出师。"

猴子抬起头,坚定道:"师父,我知道啦,我一定好好学。"

我拍了拍这俩孩子的肩膀,那时我也不过三十多岁,看着这俩半大小子,突然觉得很欣慰,我说:"好了,刚刚是我说重了,不过话你们得记住,咱们手艺人就得会无中生有,没有什么,咱们创造什么。"

两人齐声道:"师父说得对,没有什么,咱们创造什么!"

我笑道:"好,今晚我就给你们说说无中生有和空城计的故事。"我看见他俩团结一心,脑海中浮现出我和许谦小时候的样子,如今我依然大字不识,但许谦读书多,他肯将私塾里听来的故事讲给我听,我那时候苦,每天除了种地,便只有听听他讲故事。

那天晚上我便依葫芦画瓢,照着记忆里的故事在嘴上抄了出来,宛然我多年前初学的一道菜,今天突然再烧了一遍。他俩听得入迷,便渐渐入了梦乡。小虎和猴子不过十四五岁,但是烧酒的许多手艺已经基本了解,眼下懂制曲的独我一个,必须让他俩都学会,才能出更多的烈酒。

在二月份的一天,我拍了拍这两个孩子的屁股,叫他们起床。这两人还半天没反应,我心中暗笑,苦了这俩娃,来部队一天天干这苦活,正是长身体的时候,多睡睡也是好的。我又想到,我小时候就开始干重农活,父亲走得早,我早晚帮衬母亲,再加上十六岁时,我就去许九的酒坊当学徒,挑水、拉磨、踩曲、伺候东家、打扫屋子,样样不落,长时间的重体力劳动，频繁的起夜，让我的脊柱弯得倒像一撅一撅炸僵了的鳝鱼，背便逐渐高高隆起了。

我这两巴掌分别拍在他们屁股上，小虎只是翻了个身，摸了摸惺忪的睡眼，打了个朝天大呵欠，猴子却腾地蹿起来，口里嘟囔着："师父，我没偷懒，您老人家别骂我，我这就去挑水。"

"行了，你们今天早点儿起床，师父要教给你们独门绝技。"

"师父，您说真的？"猴子激动道，双手颤抖。

"你们不是天天求着我学制曲吗？怎么，不想学？"

猴子连忙拍了一下小虎的屁股："小虎，还不起床挑水！"他凑到小虎的耳朵旁，吼道，"师父，要教我们制曲啦！"

小虎听见制曲两字，屁股着火般坐起，一个鲤鱼打挺，迷糊道："谁教，教谁，诸葛军师要教谁智取司马懿？"我和猴子哈哈大笑，原来这小子还沉迷在我昨晚讲的空城计中。

小虎醒来后，慌不迭地跟上猴子的步伐去河边打水，短短三个小时，足足打了十二缸水，比平时快了半个小时，两人气喘吁吁，随我来到曲房。

"你们先说说你们对制曲的看法？"

"师父，虽然我不大懂，但是你常说，曲为酒之骨，那想必这制曲应该是顶重要的手艺吧。"

"不错，但你们知道为什么吗？"两人茫然地看着我。

"你们都是北方人，大家都吃面食。那你知道死面与活面吗？"

猴子答道："这个我知道，母亲在时，经常和面，用面皮给我包饺子吃，我们最爱吃饺子了。"

我笑道:"一说到这个你就馋。那你们知道死面与活面的区别吗?"

小虎被问得一愣一愣,说:"是因为一个是死的,一个是活的吗?"

猴子笑骂道:"什么死的活的。我虽然解释不了死面、活面,但我听母亲说过。母亲过年的时候,经常给我包饺子。我记得我离家前的最后一个年夜,母亲怕我以后走散了,不知道自己做饺子,就跟我说,包饺子,必须用死面皮,死面面团,质地紧实、有弹性,不易膨胀。而活面团,我只在邻居家见过,母亲给我做馒头的时候,就去邻居家揪一把活面团,卡进死面皮中,第二天这原本又紧实又扁平的面团,母亲把它叫作发香,用它来蒸馒头,就会顶蓬松、顶香甜哩,起泡特别大。"猴子说着,努力忍住不流哈喇子。

"不错,有了活面团,馒头才能发香、起泡,我们才能吃上蓬松、香甜的馒头。蒸馒头是这样,蒸酒也是这样。没有活面,馒头就没法发香。没有曲,酒也没法发香,即使有曲,若没有好曲,这酒更是蒸出极少,味道还难喝,那就是糟蹋粮食。"

"曲为酒之骨,那是因为曲是酿酒的命根子,曲碰上蒸煮发香后的粮食,就像是木头过火一道成炭,它们才能烧得更久、更香。"我说道。

"粮食如何搭配,我现在告诉你们——"我指向一旁的粮食,"七分高粱,二分大麦,一分玉蜀黍。"他们点头,随即开始了粮食的配比,动作一丝不苟。

"这样混合蒸煮的粮食,做成酒醅,出酒会非常香甜,但你们知道这个有什么缺点吗?"

"还能有啥缺点,师父说的就是最好的。"猴子油嘴滑舌地称赞道。

"它不够烈。我们现在需要度数能达到八九十度的酒精,当然要有足够的烈度,那需要反复蒸,蒸他个十遍八遍。"

"原来如此,那咱们全用红高粱,反正这玩意咱们目前不能直接吃。"两个半大的小子这才恍然大悟。

我点点头:"曲房的温度、湿度,几乎决定制曲的好坏,决定制曲的生死——"我手指轻触曲房的墙壁,"需暖而湿润,时刻观察感受它们的变化。可以说,从制曲开始,你们就要开始当爸了。"两人一脸茫然,两人毛都没长齐,小姑娘手都没牵过,哪知道当爸的道理,这下直接眉头拧成了一团。

我的思绪仿佛回到许九第一次为我讲述制曲的遥远的下午,仿着他的腔调,我语重心长道:"师父我也是没娶媳妇就当爸了,你们不要急——这所房子里的曲就是你的娃,你每天夜里也要给你的娃把尿擦屎,也就是你们每天都需要起夜观察,这些曲的内外样子,有的生得好样子,有的生得丑劲,模样坏了,那便是娃病了,你需要适时调整,要么打开一格两格窗户通风,要么加水加湿,这个你们要视情况而定。"

小虎道:"可现在天气还冷,您之前说制曲最好在端午前后,目前温度不太够,我们怎么办啊?"

"小虎,"我的声音在寒冷的空气中显得格外坚定,"倒春寒的天气,确实给我们的酒曲发酵带来了难题。但我们酿酒人,从不向困难低头。"小虎紧裹着破洞棉衣,眼中闪烁着求知的光芒,等待着我的回答。

"首先，"我指向曲房角落堆放的稻草，"我们可以利用这些稻草。将稻草厚厚地铺在曲房地面，不仅能隔绝冷气，还能储存热量。"小虎点头，似乎明白了稻草的用途。

我继续道："我们可以将发酵用的酒曲桶集中摆放，让它们彼此紧靠，这样，发酵产生的热量就能相互传递，共同抵御寒冷。"小虎听完，眼睛一亮。

我走到曲房的火炉旁："虽然煤炭紧张，但我们仍可在最关键的发酵初期，适度使用火炉，为曲房提供必要的温度。"小虎认真地听着，不时点头。

我指着曲房的窗户："我们可以用木板将窗户封上，只留一个小缝通风。这样既能保持曲房内的温度，又能防止冷风直接吹到酒曲上。"小虎若有所思，似乎在脑海中模拟着这个场景。

我语重心长地说："小虎，要记住，酿酒之道，在于顺应自然，莫要忤逆天时，但人是有创造力的。我们所做的一切，都是为了创造一个适宜的环境，让酒曲自然发香，让它味道更好。"

两人点点头，撸起袖子，按照我的指示，把高粱磨成粉，加入清水搅拌均匀，晾了一会儿，用脚把高粱糊踩成龟背状，中间松四边紧。其间两人忙问我为什么必须是龟背状，我摇摇头说："老祖宗的法子就是这样，你们跟着做便是。"

两人接着把曲砖放到曲房，一块块摆好，每块曲用稻草上下左右隔开，每周需要进行翻仓，确保曲块的每一面都能充分发育，让里面的酒气越来越浓。

当两人做的曲砖在曲房放了一个月，猴子拉着小虎要领我去甑房看。

"师父,大事不好了——"猴子火烧屁股一样冲到我面前。

"慌什么,有事慢慢说!"

"我和小虎一个月前按您的方法做了曲,可是这曲烧出来的味道,又酸又腥,跟您酿的完全不一样。"

我看着他俩欲哭无泪的表情,暗暗好笑,但也担心这俩小子把我的粮食给糟蹋了,酿出口味不好的酒还好说,毕竟这次是用来做医用酒精,多是外敷伤口,只要烈度够高就行。

"怎么,你是把酒酿成醋了,还是酿成酱油了?慌成这样,给高经理看见了又丢我面子。"

"师父,你快去看看,去尝尝我俩的那个东西吧。"他俩急得跺脚。

尝那东西?见两人如此焦急,我都悬了半颗心,本来因此次任务只需要酿出高烈度的酒精就行,但这两个小家伙第一次制曲,用的是他们自己的曲,难道两个人离谱到用曲把酒酿成醋了?

我来到甑房,拿个陶碗,在蒸甑淌酒出口装了一小口,我回头问:"头酒处理了吧?"见两人鸡啄烂米似的点头,我端起碗来,酒未入喉,一股酸辛的味道先行刺入鼻腔,忍住酸辛,轻抿了一口,又感到一股爆辣,烧得喉咙像爆竹一般噼里啪啦,仿佛千军万马在我喉道里,拿着机关枪霹雳地突突了东西南北。

"师父,你怎么了——"猴子惊叫道。我佯装喝坏了身子,"啪"地倒地。

两人见了我的反应,直接吓坏了,难道酿出来的这玩意把师父给毒死了？

小虎直接忍不住哭了出来，跑过来要扶我。"师父，你不要死啊！"

"为师还有一口气——没有被你们气死！"我腾地起身，喉咙一涩，又心头一甜——涩的是这俩家伙烧得这么难喝，甜的是好歹含有酒精。

我脸色一黑，一手拥着一个孩子，一双粗手拍拍他们脸蛋，直接说："你们把娃养死了。第一次当爸失败不好受吧。"

"师父，我们错了。"两人异口同声道。

"第一次蒸酒，顶正常的，我们去蒸房、曲房看看什么情况。"

一到曲房，我就蹲下来到处嗅，到处摸，抬头看窗户，问他们："我说的通风保湿要领，你们老实说，照做了没有，有没有偷懒？"我目光如炬，看得两人发虚。

"师父，有一天天气升温了。我们睡得太死，忘了开一格窗户通风了。"小虎如实道。

"一天忘记开窗，虽然会影响，但是不至于此。"我皱着眉头说。

我打量着四周，蹲下身子，发现脚下的稻草不对劲，便沉声道："你们怎么用的是南方的稻管？"

两人都是北方人，再加上年纪小，常年因战乱逃荒，根本不事农事，五谷不分，也是正常的。他们都一脸茫然，什么是南方稻管、北方稻管，他们从没去过南方，更没吃过南方的稻米，哪里分得清？

"你们记住，这稻草分为南稻与北稻，寻常曲师难以察觉这两者用于制曲的差异，可我却早发现了。南稻的稻穗通常较短，颗粒较为饱满，而北稻的稻穗则较长，颗粒分布均匀。两者的叶片都呈剑状，但北稻的叶片稍宽，颜色也更为深绿。——先随我去粮仓看看。"

两人应声随我来到粮仓，这粮仓里面堆着粮食包，外面放着成堆的稻草。我指着一个稻草垛说道："这是北稻，这种稻草，它的管壁坚韧、稻管又长又直，就像荷叶的秆子一样，中通外直。咱北方气候干燥，一年只种一次稻子，这北稻自然生长得缓慢，就像一岁的娃总是比半岁的娃要壮实一些，因此它的稻管管壁坚韧、稻管又长又直，最适合用来制曲，让那些香味在稻管里能有更大的空间充分交流。"

我指着另一个稻草垛说道："这是南稻，照理说朔北没有的，想必是咱们刘连长缴获的敌人从南方运来的粮食，看来我们胜利的希望越来越大了。这种稻草的管壁脆弱不堪、稻管又短又直，但南方气候温暖湿润，一年能种两次稻子，这南稻自然生长得快，半岁的娃就要发育不充分，因此它的稻管脆弱、里面又湿又热，虽然勉强能用，但我觉得它没有我们发香的最佳环境。"两人恍然大悟，直夸我料事如神。

"但也不至于这么难喝，你们还不说实话？"两人开始支支吾吾。

"你们是不是打水的时候，不小心把水淋到粮食包上了？结果让粮食提前受潮了。"

猴子尴尬一笑："师父，有天我起晚了，因为要按点倒满水，我上手挑水的时候太急，是我的错，跟小虎没有关系，我不小心把水淋到了稻草和粮食包上。"

"猴子、小虎，只有对这些细微的差别了如指掌，你们才能成为真正的大酒师。"我的声音在稻草的沙沙声中显得格外清晰，"制曲之道，首重稻草之选。北稻坚硬耐糙，保温好，是制曲的上选。"

我指着一堆金黄色的稻草："南稻湿度大，不宜用于制曲。它会夺走曲香，影响酒的品质。"两人观察着我手中的稻草，走到稻草堆旁，主动辨认，待两人彻底分清南稻、北稻后，我领着他们回到曲房。

"制曲时，稻草的铺设要均匀，以保证发酵的均匀性。"我指向曲房的一角，"稻草的保温和通风同样重要。在曲房的四周，要适当留出通风口，以确保空气流通，但又要防止冷风直接吹到酒曲上。"

"稻草的选择关系到酒曲的成败，也关系到最终酒的风味。酿酒，是用人的口粮，咱们烤酒的，就该攥紧、榨干手里的每一粒粮！"

在曲房的幽暗中，我负手而立，神情郑重，绕着两人嘱咐道："自你们入门开始，我便常叮嘱你们，制曲的要领，五花八门，什么粮食酿什么曲，这是每个烧酒匠的秘诀，但我照样愿意告诉你。哪怕将来有人愿意主动拜我为师，我也愿意告诉他制曲的方法，这门手艺没必要当成命根子，总有一天，你们会明白，烤酒的生命在于经验，只有到那时，你才能顿悟，啥是大酒师。"我的声音在曲房内回荡，带着一丝不易察觉的自豪，"你们还小，制曲极难，要熟练掌握，短则半年，多则十余年，这非一日之功，需细心体悟。"

第四部分 换了人间

打这之后,两人深刻吸取教训,猴子再也不敢偷懒,起夜开窗通风、保温加湿、多多翻仓,他们的曲砖渐渐比其他烧酒班子更加香醇,制曲手艺日渐熟练,我在猴子与小虎的日夜劳作中,仿佛见到了自己少年时的身影。

## 36 朱霞惊乱

这段日子是我人生中从未有过的一段经历，我几乎每日在身心俱疲时，都是枕着枪炮声入眠，这枪炮声有时零星在远方，有时急促地轰鸣在耳畔，但我腿不再软，心也不再慌。就算枪炮就在眼前炸响，我也能一声不吭，把酒精准时送到前线，让医疗队同志上手能用。

在战地的一角，我以酒炉为阵地，以烈酒为武器，烈酒在炉火中沸腾，化作了消毒液，为伤员们驱散了病痛。每天早上，当第一缕阳光穿透战壕，我便开始了一天的工作。精选的高粱，在石磨下化为粉末，与清泉交融，经过曲粉发香成酒气，柴口添火，天锅添冷水，反复蒸煮，最终化作了清澈的烈酒。这酒虽不及医用酒精纯净，但在物资匮乏的朔北根据地，却成了伤员们的救命稻草。每一次用甑蒸取酒气，每一次冷热不均的提纯馏酒，我都全神贯注，不敢有丝毫的懈怠。在战火的洗礼下，我的心也得到了淬炼。我不再只是一个烤酒的师傅，更是一个兵，一个在无声战场上为生命护航的兵。

夜幕降临，炮火在远处轰鸣，我独自一人守在酒炉旁，听着烈酒在蒸馏器中咕咕作响，心中却异常平静。这声音，如同生命的脉搏，在这乱世中，显得格外动听。我深知，每一滴烈酒，都承载着生的希望。我虽不能像其他战士一样冲锋陷阵，但我却能用我的手艺，为战友们筑起一道生命的防线。我突然理解了许谦,他不惜命,能为我、为百姓扛枪,我也不能被他看矮了。

半年后,一个星月无光的深夜,刘连长突然吩咐我来营帐,我入营帐时,他还披着一身军服,瘦长个子,一双削腮,古铜色的面皮绷得紧紧的,被烈日磨得发了亮,鬓角也起了花。

"桂生师傅,深夜打扰您休息了,我有很紧急的事,要同你商量。你知道朱霞镇吗?"

我愣了一愣,朱霞镇!那里留给我无限的冤屈,难道如今又出大事了?

"朱霞镇,我熟悉,先前逃荒时,在那里的朱家酒坊帮过工。"

"那就太好了。我便跟你说这件事,眼下我们在朱霞镇的根据地遭了大难,几乎遭到国民党连根拔除。你不知道,朱霞镇本来我们已经解放了,但在我们掌握朱霞镇前,不少地主提前逃走了,现在这些地主流氓得到国军的支持,眼下手里拿了枪炮,返回家乡,重占土地,他们自称还乡团,对咱们朱霞镇的同志,甚至无辜的老幼妇孺进行大范围的屠杀。"

"什么?屠杀?"我吓得浑身发抖。

"桂生师傅,我们的同志面临很危险的境遇,眼下缺医药,尤其是酒精,你愿意去朱霞镇救助吗?眼下咱们朔北仍需要人手,你的徒弟会制曲,可以留下,他们年纪小,这些东西对他们来说太残酷。你放心这次我会给你安排足够的人手,你们暂时只是救助伤员,不会和还乡团发生战斗。"

我人都蒙了,大半夜听到这样的消息,我难以抉择。屠杀,那群人竟然干得出屠杀的事,杀的都是身边的老百姓,那群还乡团简直畜生不如。

"有哪些地主回来了?"

"王家的家主王策回来了,他带着一群土匪流氓,在朱霞镇杀疯了。"

我在朔北根据地一年,早跟这群战士打成一片,更何况,当初是他们救我性命,这份恩情,我又怎能不报。许谦老早想让我参加革命,那时我胆子小,现在组织上有如此紧急的事情,我决不能临阵脱逃。

"刘连长,我听你安排,我们救完之后,请你们将来一定要好好收拾这群畜生。"

"好样的,你先去休息,收拾好行李,再过两个时辰,你和我们第三小队,便抓紧时间出发。"刘连长虎目含泪,拍了拍我的肩膀。

我在床上半睡半醒,过了两个时辰,我便与第三小队集合在一块。第三小队队长是叫蓝野骁,他便是朱霞镇人,听闻自己家乡遭难,心急如焚,立马报名救援。就这样,十来个人趁着夜色匆匆起行了。

朱霞镇离朔北有百余里,我们坐船沿着河顺流而下,借着芦苇荡的掩护,路过徐家集、骆马庄、陈留庄子,花了两日半的工夫便要接近朱霞镇。

"等天黑之后,我们趁夜色偷偷进镇子。"我们到朱霞镇前的密林前,便停下脚步。所有人围成一个圈,靠近休息,一路上,我和蓝野骁跟其余几位同志交代部分朱霞镇的情况,蓝野骁从小在朱霞镇长大,自然更加熟悉其中的门门道道。

我坐在地上，靠着一棵槐树，正打算闭目养神，突然之间，听到一声女同志的尖叫，我紧张得抓住包袱里的小刀，所有同志都握紧了枪。我转头望去，梅雪同志身前，赫然站着三只四足动物，条条膘肥体壮，浑身是血，两眼闪着灼灼的绿光，最前面的那只，嘴里还咬着一只雪白的胳膊，胳膊上的五根手指头呈现为深紫色——三条野犬，目光灼灼杵着，仿佛已经将我们视作口中餐。

我毛骨悚然，这种情况下，绝不能开枪，一是枪声响亮，容易暴露位置，二是为了区区三条野犬要浪费几颗子弹，实在不值当，眼下我们长途奔袭，弹药有限，今晚进镇子也不知道会遭遇什么，要避免麻烦。

大家围在一块，蓝野骁直接冲到三条野犬面前，大喝一声，拿起砍刀朝野犬砍去，前面的犬侧身想躲，侧面早已闪出一个汉子，一刀戳杀在它腹部，后面两条犬反应迅速，见头犬奄奄一息，立马拔腿就跑，但蓝野骁怎么会给它们机会，握着砍刀，直奔而上，后面的同志早就将它们围住，两条野犬不过一分钟就被围着砍死倒地。

"眼前这片林子，名字叫孤狼林，为什么叫孤狼林？这狼不是狼，而是狗。这几十年来打了多少仗，闹过多少兵患、匪患，镇子上死了很多人，可都堆在这儿，来不及掩埋，村里的狗自然嗅着味，便来吃了。"

"现在离天黑还早，我们在附近看看，说不定还有遇难的同胞。"蓝野骁沉声道。

所有人神情哀伤，这里的同志打过日本鬼子，都是英雄中的英雄，我们已经打了几十年的仗，到底什么时候才是尽头？

人死得越来越多，狗却吃得越来越肥！

梧桐树上悬着一根粗壮的麻绳，吊着一个赤裸的男人，全身紫胀，身子巨大，头垂着，嘴里的血拉丝成痂，犹如血色蛛网，悬空可见，随风摇摆，一只耳朵，浑身是血，血痂凝在脸上看不清模样。我站在树下，仰起脸，他腋窝里满是疤，密密麻麻犹如虫卵附着，浑身是血，两腿之间空空如也。

树下的桩子绑着一个浑身赤裸的女人，只剩下一只胳膊、一条腿、一个乳房，肩胛骨凹陷处有一颗小红痣，犹如一片细碎的血色梅花，落在肩胛骨内，尸身也是浑身巨大，五官上都爬满了虫卵，那条腿紫胀，两腿之间插着一根粗木棍，脚下是沾满血的头发，密密麻麻的虫子在地上爬着。

所有人的眼塘子都红了，蓝野骁眼神滴血，双拳直接捶在树上，怒喝道："这群畜生、狗娘养的、杀千刀的，这可都是我们的同胞啊，他们怎么下得去手啊！"

梅雪直接瘫坐在地上，哭声犹如裂帛，久久撕开未断："姐姐——"

所有人都愣住，这位死去的女同志竟然是梅雪的姐姐？

梅雪抽泣道："我姐姐梅雨，肩胛骨凹陷处有一颗小红痣，她本来就在朱霞镇收集情报，没想到就这么……"我们都是汉子，一时之间也不知该如何安慰梅雪。

"这就是国民党放纵的还乡团？这跟日本人有什么区别？"

蓝野骁叹息一声："大家拿刀挖土，将两位的尸骨掩埋好，送他们一程。"

我犹豫一会儿，还是开口道："这会不会是还乡团故意给我们的陷阱？要是我们立马把尸体处理了，要是他们故意留下尸体，让我们看见，隔天发现尸体消失，岂不暴露了我们此次的行踪？"

大家听完我的分析后，纷纷露出为难之色。蓝野骁道："这位男同志面目模糊，我们暂时不知是谁，他牺牲在树上，若是就此处理他的遗骸，必然暴露我们的行踪，但梅雨的尸骸在树下，我们在远处掩埋，便当作给野狗破坏了，也是有的，还乡团也不会怀疑。"

我们沉默得像坟墓，抬头敬礼，默哀一会儿，将梅雨的遗骸收拾，在百米外的灌木丛中掩埋了，梅雪仍是泣不成声。

天逐渐暗下来，残阳如血，林中不时传来乌鸦叫，哇哇的，格外凄凉，我们吃着干粮躲在河边休息，望着波光粼粼的湖面，我突然想家，我们许庄水乡的河岸上，玉蜀黍长到两三米高，在瓦蓝的天上密密点着碧绿点子。多少年前，家家户户站在篱笆屋内，捧着碗吃饭乘凉，最愉快的时候，萝卜缨子炒豆腐拌饭吃，可现在吃的什么呢？

"等着月亮出来，我们便回到朱霞镇的雨村。"蓝野骁吩咐道。

## 37 血流漂橹

现在伤员都藏在雨村的地塘里,性命岌岌可危,我们必须抓紧时间。月亮出来后,我们便出了林子。借着月光,我们挑着田地里走,尤其是以高秆作物掩着,根据雨村同志给的情报,蓝野骁熟悉地形,领着我们走走停停,到了一座隐蔽的祠堂前,却没走进去,而是直接将我们带到了祠堂的侧屋,原来这侧屋是灶房,灶房旁边的柴垛子下面,有个方正的地窖。地窖的入口被巧妙地掩盖,若非知情者,绝难发现其踪迹。我们轻手轻脚地移开柴垛,露出了通往地窖的木梯子。

"是谁?"木梯子尽头,一个男人紧张道。他伸出黝黑的枪口对准蓝野骁。

"朔北根据地,蓝野骁。"蓝野骁毫不犹豫,顺着梯子便爬了下去,我们紧随其后。

我回顾四周,既然是在祠堂侧屋的灶房,那么,这灶房平时给宗族办宴席,自然宽敞许多,地上七八副担架,躺着的伤员神情痛苦,担架周围五个同志在一边照料。

"你们可算来了!"一个身材高大的男人向陈达喊道。

我们互相介绍一番,各自了解彼此情况,蓝野骁介绍到我的时候,陈达使劲拍我肩膀。

"桂兄弟,眼下我们这儿伤员多,酒精马上快用完了,听说你能烧出烈酒代替酒精,这些事便麻烦你了。"

"无妨,目前咱们这儿粮食够吗?酿酒需要的粗粮可不少,没有粮食,怕是我来了也没有法子。"

"没问题,我们已经准备好了,请跟我来。"陈达领着我们来到地窖的东角,他和两名同志贴着墙,竟然抽出了一块砖,紧接着便搬动砖块,出现了一个可容纳一人的甬道,我和陈达爬了进去,没想到这里还有一个地窖,两处堆满了高粱和玉蜀黍,看起来不下千斤。

"根据地都被端了,咱们这些烧酒的粮食是哪儿来的?"

"并非所有大富都像还乡团一样残暴。很多大富跟我们一样,起初总以为国民党好,共产党会抢他们的田地。朱霞的大富们实在受不了,联名上书告发当地还乡团名为剿匪,实则抢劫,要求国民党主持公道。甚至不少大富被逼得给咱们写信,他们说:'虽然你们收了土地,但我们还是希望你们赶快打回来,不然这日子没法过啊。'"

我都听呆了,还乡团竭泽而渔,四处屠杀,竟然逼得不少大富认清现实,不得不倒向我军。金银细软虽难舍,毕竟小命更重要。我的地被收去时,心中有千万愤恨,因为某些同志的执行问题,我们作为群众,对土改心存芥蒂,但还乡团这群畜生来了,很快就用一场场腥风血雨淋遍了所有的土地,大家用眼泪洗地,朱霞镇的老百姓如挨刀戳,这事关你死我活,不少本地大富捐出粮食,跟无数的农民团结起来,拼了命也要打败国军,憋足了劲也要找还乡团报仇。

我们回到先前的地窖,陈达跟我们交代还乡团的情况。

"还乡团就是一群畜生,你们不知道他们干了多少丧尽天良的事,一个月前的深夜,王家主带了上千的土匪、流氓,直接开炮轰炸我们镇,原本那些被抢了地的地主,便和王家里应外合。我们哪知道他们竟然扛了大炮回来,根据地的同志们没有弹药,根本守不住,协助土改的同志,至少有两百一十八名遭杀害了,更不知道死了多少无辜的乡亲。"陈达道。

一个头上裹了纱布的青年突然挺起身子,朝着我们激动地说:"这些猪狗不如的东西,原本是汉奸、流氓、无赖、鸦片鬼、白面鬼,现在摇身一变,得了蒋光头、得了国军的支持,回到朱霞镇,作威作福来了。我胆子小,没跟着反抗,就活了下来。三年前分到王家的一亩田,谁承想,王家主要求我们补交以往的田租,这群畜生居然从十年前算起,我交不上钱,他们竟私设公堂,审问拷打我,我现在两条腿骨折了,我是伤得最轻的啦。你不知道,今年七十的老树头,因为耳聋眼花,土改的陈主任心善,安排他住进王家的一间宅子,没想到,王家人回来后,一进屋,一枪就打死了他。"

担架上,另外一个老人似乎脊背中弹,一直哎哟哎哟不停,他侧着身子,瓮声瓮气地喊,似乎像是幽灵吐舌:"挨了枪子儿,两眼一闭,这算好的啦。这群畜生,打着国军的旗号,口里说着,草要过火,人要换种,杀千刀的,天天见人就杀。遇到女的,就要强奸。看到男的,就要捅死。朱邪那个畜生,王大胆不过是分到了我家的田,他竟然把王大胆夫妻绑在一起,用牛拖着绕村转,活活把人拖死在自家田里。他们把王福那个胖子吊起,将他锁骨中的肉挖出,塞上棉花进行点燃,猖狂地说是要看点天灯。雨村还乡团还整出了布满铁钉的钉子床,让欠钱的人到上面来回打滚。他们狞叫着说,这是穷小子翻身,老子让你们翻个够,天天翻身。这些畜生把人折磨过后，还有气的，便直接挖坑活埋。他们回来自称复仇，祭祖时还把佃农的心脏挖出用来祭灵。妈的，阎王爷总有一天定要索了他们的命。"

"快别说了，阎王爷来了，都得叫他们一声爷啊。无常在这群猪狗手下，都难保一条小命吧！"

蓝野骁道："大家不用沮丧，我们朔北根据地正在集结兵力，我相信很快就能把这群畜生就地正法！"

梅雪拍了拍陈达的后背，抽泣道："陈大哥，你认不认识一名叫梅雨的同志？"梅雪仍然不敢相信她姐姐已经死了，或许世上还有第二个肩胛带有朱砂痣的人。

"很遗憾，她不久前牺牲了。"陈达神情哀伤地说。

"她是我姐姐，请你告诉我，究竟是谁侮辱了她？"梅雪怒声道。

"这件事都怪我，撤退不力，梅雨在转移时，照顾一个受伤的老头儿，不幸落入还乡团的圈套，那老头儿听说举报'赤匪'，重重有赏，但要是收留'赤匪'，便会遭到五牛分尸，他害怕呀，全然不顾你姐姐救了他，一下子就把你姐姐举报了。本来掩蔽好的高长空同志，他正在和你姐姐恋爱，听说你姐姐遭到毒手，嘴里吃了哑炮一般，心急如焚，高长空竟然违背党组的命令，盲目行动，去救你姐姐，听说你姐姐遭绑在孤狼林，便偷拿了一个手榴弹，准备和他们一决生死。接下来这些事情，并不是我亲眼看到的，是朱新年的儿子朱权告诉我的。"

"朱新年？你是说以前朱贵家的管家——朱新年？"我震惊道。

"桂师傅，你还知道朱新年？"

"我以前在朱贵家烧过酒,我认识他。"

陈达长叹一声:"并不是所有地主都像还乡团的畜生一样,朱新年这人就很温厚,待佃农也算大方。我听说王家主看他不爽,那还乡团的朱邪,更是跟他有仇,朱邪一回来,就拿着枪,直刺刺地找朱新年报仇,这朱邪可就干了禽兽不如的事。"

## 38 恶贯满盈

"那个畜生,猪狗都比他更像人。"我突然听到最东边一角的担架上,传来一声闷哼。

"朱权,你今天还烧着吗?肩上的伤怎么样?"陈达走上前去,低声问道。

"陈主任,我的伤好多了,父亲和梅同志的事情,还是由我来亲自说吧。"朱权挺起身子,脸色灰黄,靠着墙壁,喘着粗重的气,似乎每呼吸一次,都像有枣核儿卡着喉咙一般。

"朱邪那畜生进我家时,父亲已染了肺病,重病在床,我在一旁服侍,只知道有人闯进了家里。朱邪拿枪抵着我的脑袋,把父亲拎下床,踢他屁股,像赶鸭子似的赶到卧房前的槐树下,叫手下的流氓拿了狗圈的拴狗铁链,绕着树拴着我和父亲的脖子,再把枪抵着我的两个妹妹,又抵着我妈和三房姨太太,命令她们脱光衣服,她们哪敢不听,朱邪他们便当面把我的妹妹们轮奸了!我的妹妹们遭折磨致死,姨娘们也是奄奄一息,当天便自己吊死了。如此深仇大恨,父亲如何不报?他留着一口气,让我通知陈主任,无论如何都要把还乡团杀光赶出去,不然朱霞镇的老百姓永无宁日。本来土改的时候,我们家大业大,摊分土地,的确不情不愿,遭了这些杀千刀的凌辱后,我们后悔啊,这才辨清黑白,必须无条件支持共产党,因为还乡团,他妈的!咳咳咳……就不是人!"朱权猛烈地咳嗽，陈达拍了拍他的背，顺顺气。

"你先休息一会儿再继续说，我姐姐被抓后，她到底遭受了什么？"

"朱邪是还乡团的团长，比王家主地位还高。他故意给我和父亲留了一口气，他拿你姐姐当靶子，吸引我们出来，震慑所谓的'赤匪'帮凶，更要警告所有百姓，你们收了地、欠了粮的，连本带息都要还回来。这是杀鸡儆猴，我怎么会看不出来？那些白面鬼像赶羊一样，把大家赶到孤狼林。我到的时候，只看到浑身赤裸裸的女人被绑在大树下，朱邪说'赤匪'就是共产党，共产党就是'赤匪'，他们现在分了我们的土地，以后就要分了你们的媳妇、你们的小妾，你们难道没有听说'赤匪'们杀人放火、共产共妻吗？现在我便抓了一个母'赤匪'，既然她是母的，自然是'赤匪'的共妻了，那我们便享受享受。每个男人都有份。"

我额头暴出细密的汗珠，不知道当年那个叫阿沁的丫鬟，如今怎样，若是在朱霞镇，恐怕此刻便遭难了。我的脑海中不禁浮现出阿沁那张瓷白的脸庞，可我终于不忍心开口询问关于这个女孩的消息。

"我这时就注意到，我前面有个男青年，气得浑身发抖，我轻声跟他说：'兄弟，你不要冲动，我们打不过他们的……'谁知道我话还没说完，这个男青年便掏出枪来，朝着朱邪的方向，爆射两枪，没承想打偏了，直射死两个白面鬼。我和大家都慌成一团，四处逃开，朱邪那群畜生，直接朝我们开枪了，那个男青年直接倒下，父亲直接被打死了，我的肩膀也挨枪子了，忍痛跑到林子里躲起来。我盯着这个青年，他竟然转瞬之间掏出了一个手榴弹,拔了引线,直接一条直线,好死不死直接丢在朱邪身上,我也不知道为什么,这个手榴弹没响。

"后来我才知道,他就是高长空。朱邪舍不得弄死他,派人把那个高长空脱光衣服绑了,四个白面鬼,围着他的四肢,剪刀剪碎他的肉皮,他们说这就是剪刺猬,又剪开他的腿肚子,把事先准备好的盐撒在高长空的腿肚子里,这哪是人能受的啊?高长空叫得撕心裂肺,朱邪仍不满意,拿着铁丝,像针织毛衣一样,从他的左肩胛骨贯穿到右肩胛骨,畜生啊,老子看着都疼,他们像串猪一样,用铁丝穿起来高长空。我没想到,这时候,那个树下的女人,从昏死中醒过来了,她看到高长空赤裸裸的身子,满是伤痕的身子,悲恸欲绝。朱邪猜出他俩都是共产党员,于是拿着剪刀在你姐姐身上撩来撩去,逼问着陈主任转移的位置,他们两个都是好样的,宁死不说。

"朱邪恼羞成怒,他兽性大发,把高长空下部剪断了,像吊猪一样吊起来,挂在树上,让人一直拿着鞭子抽打他。朱邪怒气冲冲,用钳子拔去你姐姐的头发,咬下你姐姐的奶子,脱光衣服就强奸了她,自己强奸还不够,让后面的白面鬼一个个上,你姐姐宁死不屈,早在被朱邪玷污的时候,就咬舌自尽了,但是他们还是脱光衣服……我看着憋屈啊,我想起我可怜的妹妹们,我的娘亲、姨娘们,她们也是这么死的,就死在我眼前啊!"

我们沉默得像坟墓,杵在原地,久久不语,梅雪抽泣着,眼泪已经哭干了。

"这个仇,我们一定要亲自报。这么多乡亲,不能白白死了。"蓝野骁道。

我们来的时候携带了少量药品，现在立马给伤员用，十个人中有五个是卫生员出身，他们很快便开始给伤员们用药。

"桂师傅，我们这个地方很隐蔽，除了每年清明，很少有人来，我们在雨村内也有不少地道，他们会在四个方向盯梢，如果有还乡团的动静，或者我的行踪被发现，我们是有时间撤退的，但为了谨慎行事，你还是晚上烧酒比较好。"陈达嘱咐道。

我点点头，立马开始动身，现在便是深夜，正好隐蔽烧酒。我顺着楼梯回到灶房，吩咐几个同志帮忙，跟我一块挑着水桶，跑到后院水井打水，备好器物，我将高粱掺水没过，浸泡许久，撇去浮渣。锅中加水，架起甑器，将浸过的高粱舀入甑器后摊平，盖上盖子，点火蒸，将早已备好的大曲，研细成粉状，将蒸过的高粱盛出到簸箕内摊凉。待高粱凉至常温后撒入大曲粉，拌匀后盛去坛中，加入凉开水搅拌后封坛，放至角落，等待发酵。一周之后，我再用天锅加足冷水，灶下让人烧足旺火，使酒醅酒气冷热不均，凝结成酒液排出，反复烧了九甑，才酿出这烈酒。很快，这酒便用来给大家消毒，大家的伤势暂时稳定下来。

我在雨村待了半年，村里镇上每天都有惨案发生，我们却无可奈何，有一天晚上，我在地窖休息，发觉有人打开了窖口，原来是回朔北汇报的同志，他低声跟蓝野骁说了许久。黑暗之中，蓝野骁点亮了煤油灯，招呼我们朔北来的兄弟起床，在上面的灶房，蓝野骁说话了。

"咱们军队已经反攻回来，很快便能重新解放朱霞镇。到时候让这些还乡团血债血偿，我们要配合大部队内外接应，桂生师傅，朱霞镇用来消毒的酒，备足了，但是我们其他地方，比如落马庄，歼灭还乡团时，伤亡惨重，也需要酒精，还要劳烦你去支援一下。"

我紧张起来，本想说："眼下外面那么危险，让我独自去找吗？"可是，我又想了想，本来支援朱霞镇的人就不多，他们里应外合对付那群畜生，应该需要更多的人手才是，就把这句咽了下去。

我说："听你安排，我一定给落马庄的同志一个交代。"

蓝野骁道："你就沿着我们来时的路，回到落马庄，你去陈记粮店跟店长说，'我来买虎鞭酒'，他便知道是你，支援落马庄后，你直接回朔北根据地，你的朋友们在那里等你。"他仔细跟我交代陈记粮店的位置，我反复跟他复述三遍后，这才记下。

第二天早晨，我备好干粮，收拾包袱，在灶锅里抹了煤灰，涂在脸上，打扮成落魄乞丐，绕过人家的菜园时，偶尔能看到一两个同志在菜园子里趴着，端着枪盯梢，我瞥了一眼，当作没看见。

我从人家后院经过，都没有半点儿人声，雨村原本有三十六户人家，现在被杀绝户的就有二十七户，路过的狗时不时嘴里叼着一块红肉，那是什么肉，想都不用想，眼下人都吃不起饭，哪来的肉？我踩在石板路上，骨子里发冷，穿堂走过一些人家，发现这些人家居然在窗户上挂上棉被，上面留着不少小黑点，仔细一看，却发现是弹孔。

我挠了挠脑袋，之前还乡团杀回来时，可用了不少枪炮，那么炸弹的碎片、暗处射来的子弹，随时可能打进家里，子弹这东西可能会击穿木板,但若非近距离射击,就一定会被棉被挡住,棉被上也会留下一小点黑,就像被烧焦了一样的痕迹。

我一路顺利地到达落马庄,形神毕肖地装成买酒的,跟陈记粮店的店长说买虎鞭酒,他立刻知道我是特派的制作酒精的同志,我便同在朱霞镇一般,在地下暗路中努力工作半年,顺利完成任务。我经历了一番波折,可算回到了朔北根据地,一年时间未返,可把小虎他们担心坏了,见面的时候,我们相拥而泣。

# 39　渡尽厄劫

解放洪流势不可当，朔北一直到高阳一线的反扑，持续了不到小半年，就被解放军的雄师以秋风扫落叶之势迅速肃清，就在我即将离开朔北的前一天晚上，刘连长敲开了我的房门。

"桂生师傅，告诉你一个好消息，我跟组织汇报了你的贡献，考虑到你在朔北制造酒精救治伤员的英雄事迹，组织决定给予你特别表彰，并委派你到醴泉酒厂担任曲师，你看，醴泉酒类专卖局的同志专门把调令带来了。"

刘连长身后跟着领导，我连忙朝这领导鞠躬，不想，一抬头，这位醴泉酒类专卖局的同志，竟是一张熟悉的面孔。

"桂生哥，怎么是你？你怎么会在前线？"这同志神情激动，喜上眉梢，左眉上有一条红蚯蚓似的细长疤，一扭一扭。

我没想到，竟在朔北遇上许谦，我说道："怎么是你，许谦，你小子官儿越做越大了！今天来给我颁奖？"

谁知，他没好气道："桂生哥不是最怕打仗吗，以前你都绕着枪炮走啊？"

"许谦，你可别瞧不起人，我为啥不能上前线了？难道就许你为我扛枪，就不许我为你们造酒精了？"我哈哈大笑，用力拍了他肩膀两下。

"许谦同志，桂生师傅，看来你们两个这是早就认识啊？"刘连长笑眯眯问道。

"刘连长，你不知道，我和桂生哥是在一个庄子里长大的，从穿开裆裤我们俩就认识了。"许谦答道。

"啥开裆裤不开裆裤，你都这么大的干部了，说话怎么还是这么不着调。"我跟着笑了笑。

"好，好，那我就不打搅你们了，你们俩慢慢聊。"刘连长退了出去。

"是你就太好了，"许谦转过身来，激动地拉着我的手，他的眼神里充满了惊喜和亲切，"我早该想到的，除了我桂生哥，谁能有这手艺？只是……"他的话突然停顿。

我紧张追问："怎么了，许谦？"

"可是醴泉不比高阳，离咱们老家不近。你跟嫂子结婚不久，这离家那么远，能行吗？"

他语气沉重，跟面对生离死别似的。从前我向来重视家庭，家人比烤酒都重要。大人说一，我绝不说二。长大后，重视的事无非是娶媳妇、置地、生孩子。

"醴泉那边，时间紧，任务重。"许谦沉声说，"你怕是回家待不了几日，就得赶到厂里。可你很久没回家了吧？"

"许谦，你怎么就那么小看人呢？"我佯装不高兴，挑了眉毛。许谦朝我笑了起来。

"就你觉悟高？能为革命工作抛家舍业？"我的声音中带着一丝戏谑，但眼神坚定，"我就只知顾着小家呗。我跟你说，莫要太小看了你哥我。用你们的新词儿说，从我在鼎源上班的那天开始，我就已经翻身做主人了。"

我语气自豪："一切都要服从党的安排，革命工作一块砖，就得哪里需要哪里搬。"

"既然你手里拿了调令，"我伸出手，轻轻拍了拍许谦的肩膀，"那我坚决服从。"

"你还没跟我说说，你是怎么当上这大官的？"

许谦指了指眉间的疤，又脱下上衣，我惊呼出声，因为他的左肩上缝满了密密麻麻的针线，好似蜘蛛在肩上栖息织网："你得问问我身上的这些伤口。"

我们约着走到河边，仔细聊这些往事，在许谦轻描淡写下，我才知道这小子胆子可真大，多次出手侮辱阎王爷。

"我这一切都得从熄峰山战役说起。"许谦道。

一年前，随着共产党大军北撤，淮海区为了保存实力，大批干部向北转移。相关的后勤和干部家属等，也一起向北撤离。该撤的撤，不该撤的也撤，造成大量的非战斗人员涌入山东，结果大家的生活供应难以保障；又因部队战事紧张，调动频繁，这些人无法随大部队一起行动，给山东方面造成了极大的负担。于是上级决定，凡北撤的地方干部和家属，一律返回苏北各县，疏散潜伏，就地坚持斗争。

沭北县干部队有二百多人，领队是许谦，他首先到达熄峰山，因为长途跋涉，又冷又饿，早已疲惫不堪。许谦事先得到上级领导罗书记的错误情报，说这一带没有敌人，很安全。大家都放松警惕，在熄峰山周边停留下来，打算在第二天晚上再趁夜色各自回家。

当他领队到达熄峰山东南的奉集时，已是凌晨，奉集在熄峰山和上墟乡中间，此时天色昏暗，北风刺骨，他们既辨不清方向，也看不清脚下的路，只能暂时在庄上住下来。路过熄峰山的时候，许谦发现山脚下乱乱糟糟遍地都是人，许谦狐疑，莫非正好撤退到敌人的包围圈里？

他想找个熟人了解一下情况，可是天太黑，又乱，没办法找，只好先把人带到奉集，安排大家休息休息再说。

许谦嘱咐大家："今晚恐怕有变，不要脱衣服睡觉。"又对负责护送的警卫排排长说："你们要布下岗哨，加强警戒，千万不要大意了。"直到天快亮了，许谦和衣躺下，想打盹。

谁知才躺下一小会儿，突然从西面传来一阵阵激烈的枪声。

许谦急忙起身，出了房门仔细观察动静，听到其中有不少美式冲锋枪和轻重机枪的声音，断定这是遭受了敌人正规军的包围。他镇定地对大家说道："同志们，我们被敌人包围了。有我在，大家不要慌。大敌当前，我们只有拼死突围，不打不得出去！警卫排，你们在前面开路，大家中间跟上，不要掉队。我带人为大家殿后掩护！"

见到许谦指挥若定，大家的紧张情绪渐渐稳定下来，个个下定决心：决不当俘虏，拼死往前冲，冲出去就是胜利！

"警卫排，出发！到跟前给我使劲往山顶上冲，占领制高点！"许谦命令道。在夜色的掩护下，许谦率领二百多人的沭北干部队，迎着刺骨的寒风，奋力向熄峰山冲去。

不幸的是，大家都想往自己老家的方向跑，而那正是黄皮狗们算计好了的，参加合击的人数最多，火力最强，有三道包围圈。即使是天黑，想冲出去也是要付出很大代价的。再因为大家各自为战，后果可想而知。这一仗，所有支队的牺牲干部战士多达五百多人，失踪一百多人，被俘八百多人，许谦便是其中一员，成功突围的只有三百多人。

第四部分　换了人间

"你真是鬼门关走了一遭！"我听得惊心动魄，心疼道。

许谦凝重道："熄峰山战役不算什么，真正的考验是在被俘后。"

"我党上百个干部不幸被捕，最后都押送到沭北县城的'感化所'进行感化。所谓感化，其实就是威逼、利诱加拷打，逼迫我们自新、叛变或出卖自己的同志。"

"那你的伤口便是被俘时留下的？"我关切问道。

"是的，那些黄皮狗的领导们听说俘虏了这么多人，可高兴坏了，一个个咬着军衔，自然要出面'指导'地方，还会'露一手'，做个'榜样'。'感化'工作最积极的，要数一个姓邵的，这个家伙为了立功受奖，完全不择手段。在审讯我们时，他下手最为狠毒——打毒针、坐老虎凳、灌水、压沙袋，甚至像活埋、绑石头坠井等这些土匪手段，都用上了。"

"桂生哥，我在'感化所'的时候，从来没想过能再活着见到你。我们许多同志叛变了革命，可我没有，我忍受着毒针、坐麻了老虎凳，一直挺着一口气，当然我算是幸运的，没有遭活埋，否则有十条命，也活不过一天。多亏领导发现我们被捕后，派了谍报同志搭救我出去。"

"许谦，你真了不起，要是我，我可能就被迫就范了。你知道你桂生哥从来胆子小，我说我只能干干手艺，烧烧酒水，可真没错，可是你却挺住了，想必组织上也是因为这个给你升官了吧。"

"什么官不官的？桂生哥，我们是同志。我出来后，组织上并未重视我，虽然整体上是因为罗书记因私酿成大祸，但我是执行者，因为我领队疏忽酿成严重后果，党对我予以降级，但是他们也看出了我作为干部,对党绝对忠诚,愿意给我机会锻炼,我这才能升到苏北酒类专卖局来为老百姓服务。"

"那奇了怪了,你们撤退熄峰山到底是什么原因遭人包围了?不会是有间谍吧?"

"这事得从头说起。"事后许谦才得知,原来撤退熄峰山的情报早已泄露。

从去年年初开始,黄皮狗部队从各地搜集情报,渐渐集中在东陇海线南的沭北熄峰山一带,他们怀疑那一带有华东我军留下来的潜伏部队,命令谍报人员加强侦察,每天搜集情报汇总,供参谋和作战部门分析研究。本来上级已周密安排,但负责南返工作的罗书记因私探望妻女,贻误了干部南返的最佳时间;再加上南返缺乏统一指挥,各自分头行动,自行结伴走,稀稀拉拉,从鲁南到苏北,一路上都是人。黄皮狗的谍报人尽管有所发现,但不知底细,不敢擅自行动。后来黄皮狗们竟然发现,这不是什么共军的潜伏部队,而是北撤山东的地方干部和地方武装又回来了。

黄皮狗们非常担心,若是我党部队回到地方,必将对淮沭新运输线的安全造成相当的威胁,因而也就引起了第28师师长郦良贵的重视,他拟订了"围剿"方案,军地配合,兵分三路,合击熄峰山。郦良贵调用五千兵力,对外宣称是为了加强保护交通线的安全。对于合击熄峰山这件事,黄皮狗内部,各人有各人的心思。有人捐地买官,有人义愤难平。后来黄皮狗们决定利用"还乡团"把守熄峰山西北处,理由是防止我党撤退到山东,没想到真让他们的阴谋得逞了。

"话说回来,你知道这些之后,还愿意去醴泉酒厂吗?我和你总要牺牲很多东西的,你可要想好。"许谦道。

"许谦,我知道你的担心。"我轻声说道。

我握着他的手道:"我既选择这条路,就义无反顾地走下去。家里的一切我会安排好的,你放心。"

"桂生哥,无论你做什么决定,我都会支持你。别忘了,家里还有嫂子在等你。"

# 40 赴任醴泉

接到调令后的一周后,我便踏上了前往醴泉酒厂的路途。一周前,我匆匆回了趟家,心中明白,高阳的战火定已将消息传至家中。

尽管对许谦言之凿凿,舍小家顾大家,但内心深处,我对兰芬的牵挂如同一根细线,牵扯着我必须回去,哪怕只是简短地报个平安。

推开家门,院落静谧,兰芬孤单的身影映入眼帘。她手中紧攥着萝卜,却无心掰弄,目光呆滞,凝视着水缸,那红肿的双眼,分明是泪水的痕迹。

"兰芬?"我轻声呼唤,声音柔和,如同拂过湖面的微风,试图平息她心中的涟漪。

兰芬缓缓转头,目光与我相接,她愣住了,几秒钟的迟疑,仿佛在确认眼前人的真实。我没有催促,只是静静地等待她的反应。

"兰芬,"我再次轻唤,带着一丝玩笑的口吻,"你不认识我啦?"

终于,兰芬如梦初醒,她猛地站起,飞奔着扑向我,泪水如断线的珍珠,滚滚而下。我张开双臂,将她紧紧拥入怀中,用我那双经历风霜的大手,温柔地抚摸着她的背,安抚着她颤抖的肩膀。她的泪水湿润了我的衣襟,我的心里却充满了温暖。在这个动荡的年代，能给予彼此的，或许只是短暂的慰藉，但这份慰藉，却是我们共同坚守的力量。

"别哭了，兰芬。"我在她耳边轻声说道。她紧紧地抓着我的衣袖，仿佛怕我随时会消失。

兰芬一直哭了许久，直到把积压在心中的担忧、委屈全都哭尽了，才渐渐停了下来。一年前高阳打仗的事情就传回了庄子里，从那天开始她便日夜盼着，盼着我能突然出现在她面前。不论白日还是黑夜，门外只要有一点儿响动，她便会冲出来看看，希望能看见那个她熟悉的、期盼的、等待着的人。

有一天夜里，刮起了大风，时不时地将院门吹得"哐啷哐啷"直响，可她即便明知道是风，也还是一趟又一趟地跑到院里去看，有两次跑得急了，甚至连棉衣都忘了套在身上。这样的日子过了半个多月，我一直没有回来，她便开始害怕了，千个噩梦、万个念想在脑子里打转。兰芬的心中，被无形的阴影笼罩，每一个夜晚，都充满了不安与忧虑，一会儿担心我被炮弹炸着，一会儿又担心我被枪子打着。

有一日她做梦，梦见乌鸦衔了我的棉衣回来，那棉衣上还带着血，吓得她足足三日不敢睡觉，怕睡着了又梦见什么不吉利的东西。

她想托个人去问问消息，可在这种情形下，谁还会往高阳去呢？她甚至起了自己去高阳找我的念头，幸好被下乡宣传政策的干部遇到，将她劝了回来。那个干部跟她说，高阳现在情况虽然危险，但是当地的干部提前安排了隐蔽和转移的工作，所以人民群众的伤亡并不大。那人还说，现在她这样贸贸然闯过去，非但不能帮到我什么，反而还会增加自己的危险，给当地转移工作添加负担。

兰芬半信半疑，但是干部的话她又不敢不听，于是便又退回了家里，继续等着我的消息，没想到这一等就是这么久。

"你个没心肝的，总算回来了。"兰芬哭罢，又在我身上捶了几拳，朝着老天作了几个揖，一时之间竟然有些手足无措。

"我跟着酒厂转移了，本想托人给你送信，可是路上仗打得厉害，所以这信一直没能送成，害你担心了，你别怪我。"我拉着她到屋里坐下，取了布巾，又打了热水来让她擦脸。

兰芬忽然觉得哪里不对，赶紧站了起来，她男人刚从战场上冒着枪林弹雨回来，怎么还能让他来伺候自己呢。想到这里，她将布巾推回了我手里："你这么远回来，赶紧洗把脸解解乏，我这就去给你做饭去，你平安回来了，比什么都好。"

我一把拉住她，柔声道："你快别忙，我许久不回来了，咱俩来说说话才是正经，哪里就差这一顿饭吃了，快来让我好好看看你。"

兰芬有些羞涩地转过头："我待在这家里哪儿都没去过，有什么好看的，倒是你，顶着枪林弹雨转移有没有伤着哪里？"兰芬将我从头到脚仔仔细细地打量了一番，见我浑身上下都没有大伤才算将心放了下来。

"都检查过了吧，是不是保存完好？"我看着自己媳妇一双乌溜溜的大眼睛不停地在自己身上打转，心里说不出的喜欢，打趣道。兰芬的脸上泛起了红晕，她轻轻点了点头，眼中满是温柔和关切。

"亏你还有心情开玩笑，你都不知道，我在家里，整天为你提心吊胆的，心脏都快要吓出来了。"兰芬一边说着，一边拧布巾,水珠滴落,犹如清晨的露珠。她轻轻把我摁在凳子上,细心地帮我擦脸,温柔而体贴。

"别擦了,快来坐下,我有好事和你说。"我的声音里带着一丝神秘、一丝兴奋。

兰芬擦完,便在我对面坐下,一双眼睛充满期待地望着我,等待下文。

"鼎源在高阳那场仗里受损严重,组织上让我去醴泉工作。"我语气中带着一丝自豪。

"这算啥好事儿?涨工钱了?"兰芬问道。她的话语直白而关切。

"你看你,刚刚才说我回来就好,你啥都不要,只要我这个人,这么这会儿就又掉进钱眼里去了?"我笑道,眼中满是宠溺。

"我这不是随口问问吗。只要你好好的,挣不挣工钱都无所谓,咱家里还有地,要不你先别出去了,受了这么久的罪,在家里好好歇上一阵子再说。"兰芬的话语中带着一丝担忧、一丝不舍。

"那可不行,你怎么还矫枉过正了,去是自然要去的,我已经应了人家了,而且也不只是为了那点儿工钱,醴泉那边需要我。"我答道,语气坚定而有力。

"啥是矫枉过正?"兰芬觉得,我自从到酒厂上班以后整个人都不一样了,时不时嘴里就会冒出一些新词。

"就是事情不能走极端,不能说菜淡就猛加盐,不然就又该咸了。"我解释道。自从去了鼎源上班,厂里时不时就会组织一些思想政治会议,尤其是这次在朔北,虽然一直都比较辛苦,但还是经常有人来专门给他们做政治宣传工作,我也跟着学了不少,说起话来也是有板有眼的,跟以前大不一样了。

"好,醴泉需要你,你就去,咱家你做主,你说啥就是啥。"兰芬应道。她的话语中带着一丝无奈,但更多的是理解和支持。

"嗯,我就知道,我媳妇觉悟最高,肯定会支持我的工作的。"我说道,语气中带着感激。

"你还没说,为啥是好事呢?不一样是在酒厂上班吗?"兰芬问道,她的眼神中带着好奇。

我微微一笑,眼中闪过光芒:"因为醴泉那边不仅能让我发挥我的手艺,还能让我学到更多的东西,对我的成长更有帮助。何况,组织上信任我,让我去,这是对我的肯定,也是对我的考验。"

兰芬听了,心下了然:"那就去吧,家里有我,你放心去。"

我紧紧握住兰芬的手,心中充满了感激:"谢谢你,兰芬,有你在,我什么也不怕。"

兰芬的脸上露出微笑:"咱们夫妻之间,还说这些做什么。只要你好好的,比什么都强。"

"你不知道,醴泉可不一样,"我眼中闪烁着回忆的光芒,声音里带着一丝自豪,"早年间醴泉酒坊可是出了名的好酒坊,守着一眼玉仙泉,酿出来的酒香飘百里,是出了名的好酒,名气大得很。"

兰芬静静地听着,她的眼睛里映着我脸上的光彩,虽然不太懂得酒的好坏,但她能感觉到我对那份工作的热爱和向往。

"有一回我跟着干爸到省城去见个什么长官,"我继续说着，仿佛又回到了那个令人激动的时刻，"谈完事人家请干爸吃饭，喝的就是醴泉酒坊的酒。干爸赏了一口给我们这些徒弟，那味道真是绝了。"

我满是怀念，仿佛那酒的香气还在舌尖萦绕。"当时我们几个师兄弟就说，"我笑了笑，眼中露出一股羡慕向往的目光，"若是能当上醴泉酒厂的大师傅，那真是上辈子修来的福分。"

兰芬微微一笑，她虽不太懂我所说的那些酒与酒坊，但她知道我是一个酒痴。她知道，对于一个手艺人来说，能把自己的手艺发挥到极致的材料上，就像木匠见着好木，铁匠见着好钢，是一种难以言喻的欢喜。她此刻唯一的希望就是一家人可以安定下来，她可以早些和我日日住到一起，不用再过这种两地相思甚至是提心吊胆的日子。两个人在一处才是最好的，就算枪林弹雨也好过她一个人在家担惊受怕。兰芬说不出"有福同享，有难同当"这样文绉绉的话，但夫妻之间那种朴素的感觉，不就是把这些高高在上的大道理揉碎了，搅拌在平淡的生活中吗？

说到从前的事，我便想起许九，当年他虽然不许我娶清竹，但我这身手艺多少是他亲传的，无论如何，是他改变了我的命运，他不仁，我不可不义。我毫不犹豫，请柳大富来家里吃上一顿。这些年战火不断，估计干爸过得很不如意，柳大富整天游手好闲，算是许庄的百事通，找他先打听一番干爸的近况，再去登门拜访也是好的。

"大富，这些年我干爸许九过得怎么样？你有没有他老人家的消息？"我问道。

柳大富本来吃得满嘴流油，突然一愣："许老爷吗？不行，这件事，我答应过其他人，我不能告诉你。"

我急道："什么事情不能告诉我，你小子长志气了，有啥事情能瞒着你桂生哥！"我抢过他手里的鸡腿，指着他骂道。

"可是那个人对我也很好，你们俩也认识。"柳大富愣在原地，盯着鸡腿欲言又止。

"谁让你不能说的？"

"不行，说了我就成了乌龟王八蛋啦！"柳大富为难道。

"你再不说，我这鸡腿喂狗也不给你吃！"

柳大富急了，抓着我的胳膊说道："我说，是许谦不让我说的。"

我又问道："那我干爸呢？你现在带我去找他。"柳大富领着我到了庄子外的土岗上，指着一块冰冷的墓碑，面无表情道："这就是许九，他躺在这儿。"

原来我的师父、我的干爸，已经躺在荒草蔓延的土馒头中了，我扒开荒草，墓碑上露出几行字，有大有小，我分明看到"许九"二字，眼泪簌簌地落下，师父如果健在，也就五十来岁，想不到我出走多年，我们已是阴阳两隔。

"你干爸虽然精明，但终归是一条好汉子，佃户交完粮租后，他总要管他们一顿饭，如果碰上佃户谁家婚丧嫁娶，哪户遭天灾人祸了，收租子时，一律予以减免。酒坊长工每星期有两次免费营养加餐，夜班工人免费供应鸡蛋面条夜餐，逢年过节，每个工人享受槽坊发给的两袋面粉、一嘟噜酒、两块银洋。谁知道刘广福本来在南边省城当官当得好好的，竟然变成了汉奸，简直丢尽咱们大沭县的脸，不知怎的，他变成日本人的同伙，前年日军攻陷咱们大沭县时，第一时间刘广福就要找许家等大户筹措粮食当军饷，不给就把他们全杀了！"

"什么？刘广福是这样的畜生？我干爸再怎么说也是他岳父，他怎么能做出这样的事呢？"

柳大富唾弃道："呸！怎么做不出？刘广福杀了多少中国人了？他早就娶了日本骚娘儿们，清竹早就被他丢垃圾一样丢开啦，听说成了某个太君的妾……"

我听到这里，心猛然被攥紧，几乎快要窒息，墓碑上正停着一只鸟，爪子勾着碑顶，突然嘎地犹如箭矢刺远了。

柳大富见我如此，叹息道："你干爸若是遇到强势的日本人，可能直接服软，把家产就交出去啦，但是逼自己交出家产的却是这个汉奸女婿，你干爸既伤心，又气愤。伤心是因为自己女儿遇人不淑，气愤是因为这种汉奸出在自己家门。你干爸提前解散了酒坊，坚决不交，他和你师娘双双惨死在日本人刀下。后来许谦他们打回来了，听我说完后，把他三叔的墓迁回许庄，立了碑，还嘱托我千万不能告诉你这些事情，他怕你伤心。唉，可是这些事情，又怎么瞒得住人，你若是有心，就迟早会发现的。"

我默然无语，吩咐兰芬回家里捎来一壶酒、两碟冷食，放在许九墓前，又拿锄头锄光杂草。一个人坐在墓前，打开酒壶，朝地上淋了三遍，喃喃道："干爸，虽然您对我不如许谦，但我始终记挂着您，出门在外，逢人夸我手艺，我总要提及您的名号，让您的名声在更远的地方响起，桂生没能为干爸尽孝，惭愧，还请您略尝孩儿的薄酒，比起当年是否有长进？"

我含泪给许九连磕三个响头站立起身，望着四周，这时才意识到这满目荒草之地，竟是许忠厚当年的墓地，想来是许谦得知许九去世后，安置墓地，让三叔与父亲葬在一处，许谦想来忙于革命，已经很多年没回家，我便替他收拾一番。

柳大富陪我守着，他见我如此失魂落魄，便开口道："其实，当年你干爸曾经收留过彭芳华两个月。"

听到这个名字，我如遭雷击，连忙问道："你说谁？芳华？芳华还活着吗？"兰芬在一旁诧异地看着我，从没见我如此窘迫。早前在沂水庄兰芬与芳华是认识的，我娶过妻，兰芬也是知道的，眼下这一刻，消失多年的芳华突然出现，让我不知所措。

"芳华现在在哪儿？"我问道。

"我哪知道啊，她后来嫁给一个东北逃荒来的男人，现在早就离开我们这儿了。"

"你快仔细说说。"我心神震荡，要说这世界上有两个令我心怀愧疚的人，那只能是芳华与兰芬，对芳华我始终满怀歉意。

"你当年去沂水庄见到的老头儿说得也对，她的确当时同我们一样随父母外逃了，但过了不久便回来了，那时我们这儿还算安全。许九一直打听你家的消息，得知你逃亡在外，只有一个寡妻守在娘家，但是娘家的兄弟都嫌她，许家便把她招为拌曲女工，到许家烧坊里干活儿，可是过了三个月，芳华与一个东北逃荒来的长工好上了，后来在刘广福来许家烧坊前，芳华便和那个男人南逃了。"

我拍了拍柳大富的肩膀，低声道谢，浑身如同大汗淋漓般瘫坐在地，只要芳华还活着，还有人照顾她，那一切都好，我心中的愧疚才能稍微缓解，否则我要内疚一生。

我在家里待满一周,一周后依依不舍地与兰芬告别,急匆匆地往醴泉去了。兰芬站在门口,目送我的背影渐行渐远,她的眼眶通红,还是忍不住抹了抹泪水。

我知道,咱们夫妻始终是聚少离多,我陪着酒与曲,却失陪了她,无论前路如何,有兰芬在,就有家在。这份信任和支持,就是我最大的力量。我回头望了望,兰芬的身影已经模糊在视线中,但我能感觉到,她的心始终和我在一起。

我暗下决心,无论如何,在醴泉酒厂一定要干出一番天地,不然可不浪费一段好日头,那也是辜负了兰芬的日夜苦等。我走向醴泉的路上,尘土飞扬,回头望去,回家的路已模糊不清,只得昂头向前奔去。

# 第五部分　折桂飘香

大涵師

# 41 新人风波

在滚滚东去的淮河下游,风光秀丽的洪泽湖畔,因为黄河长期夺淮,导致淮河与洪泽湖不断泛滥成灾,醴泉镇的东西两侧被洪水冲刷成两道大沟,这里地势广阜,河面既阔,支港畅流,亦无壅塞冲突之患,居中控驭,地扼淮湖,醴泉镇上一步两庙、三步两桥,有报恩寺、观淮亭、义士祠、地母庵、东岳观。这里地势北高南低,背岗面淮,东西有两座翠绿的山头拱卫,临空鸟瞰,犹如一只美丽的凤凰引颈淮水,展翅欲飞。

醴泉镇的酿酒历史,可追溯到千年之遥。此处久有内廷进奉,尽管交通不便,仍吸引来众多文人墨客、达官显贵,"闻香下马,知味息船",留下许多风流趣闻、名诗佳作。其中有大文豪苏东坡的名作:"冷砚欲书先自冻,孤灯何事独生花。使君半夜分酥酒,惊起妻孥一笑哗。"而苏轼所写的"酥酒"便指的是这醴泉酒,想来定然异常美味。

醴泉镇是有门面的,这门面是一块门坊,坊上悬着一块牌匾,应是新中国成立后领导重新悬的。门坊东边是淮河,这段淮河因为有从南面流过来的支流的加入而河面宽广。当走近门坊的时候,识字的人都会瞟一眼城门上的题字"醴泉古镇"。过了门坊,便走上铺着青石板的西泉街,这西泉街呈南北走向,全长有两公里,北高南低,呈鲫鱼背状。沿街西侧的山坡上是一间间交错的农舍,恰似鲫鱼身上的片片鱼鳞,灰砖白墙木板门的店铺一个个闪过，可以瞧见各种摊贩在随意吆喝。

很快，我便走完了西泉街的繁华路段，路过一座座乡间民房，素闻醴泉人说，醴泉道，骡车跳，果然名不虚传，这醴泉镇沿河而建，河岸的田埂、堤坝上蹿满了野生的蓖麻，这蓖麻是小枝，叶柄粗壮，茎直中空，叶子绿色偏紫，无毛，多液汁，叶轮廓近圆形，边缘具锯齿，走过的时候，咬在我衣角上，随我走了一路。

要到酒厂，先要上坡，上坡之后我才如履平地，不同坡下那般颠簸。醴泉酒厂，依偎在淮水河畔，我抵达之时，天空澄碧，微风不燥。空气中，粮食发酵的香气浓郁而醉人，酒厂门口跨着一拱小桥，桥下水池，流水潺潺，桥尾迎面还有一座假山，山顶闪着一盏小黄灯。这池水便是附近的玉仙泉从高处流来的。

我深吸一口，步入酒厂，我询问了一位过路的工人，得知厂长办公室的所在，便沿着石板小路，缓步前行。厂区大得紧，我迷了路，又兜兜转转，碰上一位女工，我亮出身份，她把我带上了正门口的二楼。

"桂生师傅，您好，我是章捷。"我一进去，一个中年男人赶忙起身，过来迎接。章捷看着有五十岁上下，两鬓花白，一张端正的瘦方脸，一笑，眼角便拖满了鱼尾纹。他的声音热情而有力，迎上前来，笑容可掬："欢迎来到醴泉酒厂，我跟组织反映了很多次，一定要给我们派一个有能力、有经验的大酒师，终于给您盼来了。"

章捷的话语中透露着对我的信任与期待，他伸出手，我连忙握住，客气地回应道："您客气了，能来醴泉酒厂工作，我也很高兴。"简单招呼之后,章捷带着我参观了酒厂。窖子房、甑房等一应设施,虽与其他酒厂大同小异,却处处显露出醴泉独有的精致与匠心。

然而,最让我惊讶的,还是传说中的玉仙泉,泉水清澈见底,汩汩流淌,仿佛在诉说着千年的传说。我蹲下身,轻轻捧起一掬泉水,那清冽之感,直透心脾。

原来那传说中的玉仙泉,竟非一眼孤泉,而是一片宽阔的水塘。水塘中,芦苇稀落,随风轻摇,晚风拂过,波光粼粼,芦苇摇曳,如诗如画,让人心醉神迷。

"你看这一片,"章捷手指水塘四周的空地,对我言,"未来这里都会建起新的厂房,组织上要求我们,要把醴泉建成全省最大、最好的酒厂。"

"全都盖上厂房?"我心中惊讶,这规模之大,超乎我的想象。我曾游历四方,见过无数酒坊,醴泉酒厂的规模已是不凡,若将这片地尽数变为酒坊,那将是何等壮观。

"这玉仙泉,可是我们醴泉酒的灵魂,用这泉水酿出的酒,别有一番风味。"章捷自豪地介绍道。

我站起身,望着那涓涓细流,心中涌起一股莫名的感动。我知道,这里将是我开始新征程的地方。

"章厂长,我愿意尽我所能,与醴泉酒厂共同酿造出更加香醇的美酒。"我郑重地说道,眼中闪烁着坚定的光芒。

章捷听后,哈哈大笑,拍了拍我的肩膀:"有你这句话,我就放心了。醴泉酒厂的未来,就需要交给你们这样有责任有手艺的大师傅!"

我们参观完毕,重归厂长办公室。章捷从桌边小瓮舀水,递我一缸："桂生师傅，你尝尝，这就是咱们玉仙泉的泉水，我这里每天都会放上一缸，一则是这水确实好喝，二则也可以每天监测水的质量。"我接过水，一饮而尽，清甜之感，沁人心脾。

"好喝。"我点头称赞，随后转入正题，"章厂长，我初来乍到，不知咱们厂里的工作要求如何？您能和我说说吗？"我想询问自己的职责所在。

章捷心领神会，点头回应："咱们厂里跟鼎源其实也差不多，是以烧班为单位开展工作，只不过在各个烧班之上，还要单独建立一个制曲工作小组，这个事情就要麻烦桂生师傅您了。"

章捷说到这里，特意将面孔转向我，神色间带着几分期待："咱们厂里现在虽然也有几个各个酒坊过来的大师傅，但是会制曲的就只有桂生师傅您一个，所以我想着您能挑头来组建这个制曲小组。"

"章厂长，我定当竭尽全力，不负所托。"我坚定地答道。

章捷见我如此，面露喜色："有您这句话，我就放心了。醴泉酒厂的未来，就拜托给桂生师傅您了。"

我听了这话倒是有些意外："原来醴泉酒厂没有造曲师傅吗？"按理说醴泉这么大酒坊，酒的品质又那么好，不会是从外面买的曲块。

章捷叹了一口气，语气中带着无奈："有倒是有，可是桂生师傅，您是有资历的老师傅了，这制曲也有高下之分，这个事情我也不瞒您。醴泉酒坊的酒好，这在咱们这方圆几百里都是出了名的。一是靠玉仙泉的水好，第二就是靠这酒坊的曲好。只是可惜啊，这老坊主一直将方子把得太严，配料的时候，连大师傅都不让近前去看，培养出的接班人寥寥。老坊主一没，这方子也跟着没了。现在有三位会制曲的师傅，但总不如老坊主。"

听到这里，我脸色也跟着一暗，沉了片刻才问道："老坊主他是怎么没的？"

"有一次空袭，炮弹接连落到我们附近，老坊主舍不得他那几坛三十年的陈酿，非要出去搬，结果一个炮弹落到身边……"

我听到这里，心中也是一紧。三十年的陈酿，保存到现在多难得啊。我走了那么多酒坊，这个兵荒马乱的年代，谁家能拿出一坛三十年的陈酿？这酒必然是出酒时品质极高的，不然也不值得老坊主心肝宝贝似的藏三十年。

"行啦，咱们不说这个了，"章捷调整了一下情绪，语气重新变得坚定，"眼下桂生师傅您来了就好了。不瞒您说，这会做曲的大酒师实在是太难找了，如今您来了，我这心里也就踏实了。关于您的职位，厂里目前是这样安排的，您先听听，哪里不满意再和我说。"

章捷又给我舀了一缸子水，接着说道："厂里目前开了十二个班组，也就是烧班，每个班组设有一个烧班长负责组织日常生产。每三个烧班为一个小组，由一名大师傅做小组长。现在四组还没有组长，您就任四组的组长。"

他顿了顿，继续说："另外，咱们再单设一个造曲小组。我是这么想的，每年造曲的时候从各个班组里调集人手由您统一指挥调配，进行造曲工作。具体的人员人数都听您来安排，您看这样行吗?"

章捷说完,期待地看着我。他其实希望我能带几个徒弟,多给厂里储备一些造曲的人手。但他也知道这门手艺金贵,不晓得我是不是肯,此刻也没挑明。

"没问题,我先看看情况,具体需要什么人,怎么干,到时候我再和您说。"我语气中透露出自信和从容。

"那就好。我现在就带您去见见四组的同志们。晚上我叫上其他组的三个大师傅,咱们一起吃顿饭,算是给您接风。"章捷笑着说,眼中闪烁着热情的光芒。

章捷说罢,领着我来到一个神秘的厂房,笑道:"桂生师傅,我知道您爱酒,既是如此,我想这个地方,或许对你是一个惊喜,我相信有你在,你是不会亏待它的,我相信,它也不会亏待你的。"

我心中纳闷,不知这章捷在卖什么关子,跟着他的脚步,走进这神秘的厂房,这里保持青砖墙壁,钉橡皮盖瓦,刚推开这道锈迹斑斑的门,一股香味便在我的鼻腔中炸开,作为老酒师,我怎么抵挡得住这深长香气的勾引!马上去寻这香气的源头!映入眼帘的是二十多块方形的泥坑,原来眼前有二十多条老泥窖,我揭去封泥,打开窖池,香!泥香,酒糟香,瞬间扑倒我,我醉得酣甜,双目亮出精光,忙问这是什么窖池?

章捷微笑道:"醴泉古镇藏有四百年的老窖池,据说在明代,酿酒师傅们用老城的花土筑起这些老窖池,酿出了奇香无比的醴泉酒,直到现在,咱们老百姓仍然喜欢用老窖池发酵制酒!"

章捷继续说道:"还记得我说的老东家吗?我给你讲讲咱

们醴泉酒厂的历史。"

在章捷绘声绘色的描述中，我逐渐明白，四百年前，吴中商人外出谋生多以家族式，醴泉酒坊的第一位东家姓周，周家先祖自明嘉靖年间举家迁徙，推独轮车，带着一身麦子香，携家小来到醴泉镇玉仙泉前，从小小的井口望下去，深深的井水映现着一汪清澈的天光。他在此落脚，在他身后，挖出几十条留存至今的老窖，甜美糟香扑鼻。在周家人的影响下，原来的村民也跟着在其中做学徒，慢慢出徒，独立门户，一口口窖池出现在一家家当街卖酒的店面后院。

千年来，醴泉镇依山傍水，土壤肥沃，盛产玉蜀黍、麦子、稻谷、大小豆等各类酿酒所需的粮食作物，玉仙泉水色碧绿，入口微甘，形成了"香气馥郁，窖香优雅，富含陈香、醇甜及窖底香"的独特风格，享有"开坛十里香，隔壁千家醉"之美誉。

我道："有这样的好东西，我怎能不珍惜？我一定会好好干的！"

章捷点点头："那先带你见见你的伙计们。"他领着我来到一处甑房，屋内有十几个男人正在扬掀、烧甑，好不热闹。

"给大家介绍一下，这是桂生师傅，是厂里新聘请来的曲师，同时兼任你们四组的大组长。大家鼓掌欢迎。"人群中响起一阵稀稀落落的掌声。

"龟生？还有人跟乌龟姓啊？哎哟，听说会做曲，这是厂长给我请来了大酒师啊。"一个壮汉顺着鼻子冷哼了一声，语气不阴不阳的，听得人心里不痛快。

我的两肩之间拱起一个小小的驼背，全靠前面的鸡胸才维持平衡,再加上个人矮小,常年扬掀,脏活苦活不断,因此人到中年,这背已经如同乌龟一般,早前柳大富在家里偶尔会叫我"龟腰子",但咱们关系好,眼下这壮汉与我非亲非故,如此出言不逊,立刻惹起我心中的怒火,但我初来乍到,也不好立马发火,也没搭理他,冲着众人含笑说道:"各位师傅好,我叫桂生,以后还靠各位多多帮衬了。"

"桂生师傅,我给你介绍一下,这是冯秋生,是辛字班的火管,也是辛字班的头儿。"我转过去,点头示好,一个四十岁的中年男人,顶着一张瘦黄的小三角脸,嘴巴却是歪的。

"这是姜大文,是壬字班的头。"姜大文三十来岁,圆圆的大脑袋,身材中等。

"这个是朴世仁,是癸字班的头,也是癸字班的上掀。"那人五十来岁,身材高壮,双臂肌肉隆起,健壮有力,一张长马脸,大浓眉横得像两道永散不开的乌云,两眼乌黑黑,眼袋深重,坑陷在内,便是方才阴阳怪气的男人。

"这个……"章捷还想接着介绍,却被我拦了下来。我笑着道:"您要是一个一个介绍一遍,就该下班了,还是生产要紧,一起干两天活儿就都认识了。"

"对对,桂生师傅说得没错,那你们先回到岗位上,后面你们再慢慢认识。"

在此之后,我自行走动,将醴泉酒厂的曲房、粮仓、食堂等地都溜达了一遍,总算是心中有了大致方位,醴泉酒厂的面积之大,足有近千亩,实乃生平仅见。

晚上七点左右的时候,我到了厂长的办公室,见屋里已经坐着三个人,年纪看起来都不小了。章捷见了我,便热情招呼道："桂生师傅，快进来，快进来，人都到齐了，就等你了。"

我走进门去，看见一张不大的小桌上摆着四碟菜：一碟花生米，一碟小葱拌豆腐，一碟猪头肉，一碟青菜。桌上还有一座海碗粗细的大茶缸子，缸子倒得满满的，不用说都是烤酒，少说也得有两斤往上。

"桂生师傅啊，我知道您见过大世面，不过现在条件艰苦，您别嫌弃。"

章捷引着我入了座，又一一为我介绍其他三人。一组的组长叫陈彪，是个干瘦的半大老头儿，看样子倒跟我的干爸有几分相似，年纪肯定在我之上。我依着面相，年纪喊了一声陈哥。二组的组长叫李万香，一张红彤彤的酒糟脸，一看平时就爱喝上两口，我也喊了声哥。三组的组长长着一张白净脸，看起来不像酒师傅，倒像个读书人，名字也文气，叫潘春生。我依旧喊了声潘哥，那人却没应，而是笑着问我是哪一年的人。我照实答了，原来这个潘春生比我还要小上一岁，于是我又改口喊了一句春生兄弟。

大家寒暄过后，章捷端了杯说道："桂生师傅远道而来，咱们先干一个欢迎桂生师傅。"

五个人一仰头都一饮而尽，随后李万香主动拎起来了酒缸，又给每人倒上了一杯。趁他倒酒的工夫，章捷朝着我问道："桂生师傅，这是咱厂里自己酿的酒，你尝着这酒咋样？"

我刚刚便觉得诧异，眼前的酒只能说凑合，醴泉的酒我是喝过的，远比这个要香柔得多。不过我才刚刚来，这话自然不能乱说，只能赔笑道："不错不错，香得很，就是辣了点儿，想来再陈上些时日，入口就更柔和了。"

第五部分　折桂飘香

"桂生师傅,你是不老实,还是没见识?这酒跟老醴泉,能比?"干瘦老头儿转了转手里的酒杯,抬起一半眼皮望向我,语气挑衅。

我端着酒杯,手愣在半路,原想敬上一杯,说几句漂亮话,还请各位多多提携,谁料还没出口,便似吃了闭门羹,强堵了回来。我打量陈彪一圈,章捷说过,三个组长中,有一老人,乃是醴泉酒厂留下来的老师傅,这陈彪头发花白,应该就是他。估计只有醴泉酒厂的老人,才不愿把眼前的酒,挂上醴泉的牌子。

听厂长说,这陈彪自小在家织布做小生意维持生计,成年后经人介绍到人家酒坊学烧酒,先上酒班,后烧锅炉,曾任锅炉班班长,酒班班长。别看陈彪长得瘦弱,可他抬过大筐,扬过大锨,不怕苦,不怕累,平时认真研究技术,在酒班上对工艺要求严格,作风过硬,深得章捷的信任。厂里哪个班组出酒率上不来,只要老陈到场,立即就能解决问题,是酒厂少有的几个"好把式"。

"陈哥,小弟知错,惹您笑话了,这醴泉的酒啊,我还真没喝过,不过裕兴、鼎源,还有南边福泰、禄仙的酒倒是有幸尝过几口。您若非要我说老实话,咱们这酒,的确算不上一等一,但是自家的东西,心里总是觉得更好些,您说是吗?"我打了个马虎眼,但"自家的东西"几个字,却打在了陈彪的心坎上,陈彪不吭声,沉了眼皮,去看缸子里的酒花。

章捷说:"老陈啊,你这就不对了,桂生师傅才刚来,你就考他,怎么的,非得喝过你醴泉的酒才算有见识啊?这就是你的不对了。"他言语虽透露威严,却带着笑意,算是个半真半假的玩笑。

见厂长出来打了圆场,潘春生跟着敲边鼓。章捷话音刚落,潘春生朝着李万香的杯子望了一眼,突然叫了起来:"哎呀呀,老李啊,你这是馋酒了吗?怎么给自己杯子里倒了那么多,你这样占公家便宜不行的呀。"潘春生是南方口音,那一声叫得又有些尖,将大家的目光都吸引了过去。

老李瞬间把手盖在了杯子上,嘴里咕哝道:"胡说,哪里多了,大家都是一样的,你不要胡说。"潘春生不肯罢休,伸胳膊过去想把老李的手扒开,老李却死死守住杯口不肯放开。大家半开玩笑半喝酒吃饭,一个不太愉快的小插曲就这样过去了。

酒酣宴饱后,我跟着他们一起往宿舍走,老陈独自走在前头,老李和潘春生一左一右围在我身边。

"桂生师傅啊,刚刚出门的时候,章厂长吩咐过,我跟你说四组的事情,好让你有些准备。不过我来不久,帮不上太多忙,老李来得久一点儿,你多问问他。"潘春生语带歉意,眼神真诚。

"就你精明,还来得时间不长,你那十八个心眼子,就算只待一天,也比我们来上一年看得透。"老李似乎和潘春生很合得来,玩笑开得毫无顾忌。

"不过桂兄弟,你那组不好管,朴世仁你见过,杠头子一个,人又横,跟他四班的老人都拜了把子,不然他一个上掀的,哪能做烧班长。不过他还不是最麻烦的,最麻烦的是那个叫邹胜利的孩子,年纪不到二十,一天到晚阴沉沉,问他什么也都不说。我听说,他是从战场上退下来的,伤了眼睛,不过平常倒也不太看得出来。"

"邹胜利？"我皱了皱眉头。抗战的硝烟早已散去，就算不到二十岁，也不该是那时才出生的。我心中暗想，他父母起名时，定是满怀胜利的喜悦。

不过老李这话，却提醒了我，与我之前在的所有酒坊都不同，醴泉酒厂的工人都是新人，并不都是从小学烤酒，甚至不懂烤酒，不像我从少年时跟着我干爸，没学手艺，先学酒坊里的规矩，对于大师傅自然有七分敬重。那可就顶麻烦，烧班的活儿，外人看似简单，实则需勤学苦练，方能熟手。半路出家，毕竟隔行如隔山。这半路出家的又不知都是什么来路，万一再多几个不服管的，事情恐怕会更加难办。

我同他们宿舍不在一处，简单道别后，我来到了厂长说的住宿楼，站在一座看似废弃的厂房前，锈迹斑斑的大门在风中嘎吱作响。推开门，一股霉湿的空气扑面而来，夹杂着尘土和腐烂的味道。月光透过破碎的窗户，勉强照亮了昏暗的走廊。穿过大门，步入一个杂草丛生的庭院。杂草高过膝盖，几乎掩盖了地面。一些废弃的机械和工具散落在草丛中，显得格外荒凉。我小心翼翼地踏着脚下的碎石和杂草，寻找着通往宿舍的路径。

进入厂房内部，走廊显得异常幽暗。墙壁上的油漆剥落，露出了斑驳的砖块。天花板上的吊灯早已不亮，只有几缕月光透过破碎的窗户勉强照亮了前行的道路。我的脚步声在空旷的走廊中回荡，显得更加阴森。

我推开一扇门，门上的铰链发出刺耳的吱吱声。门后的窗户玻璃大多已经破碎，只剩下几片，摇摇欲坠。透过窗户，可以看到外面荒芜的景象，月光斑驳地投射在地板上，像是有个鬼影，我打了一个寒战，继续往里走。

宿舍内，家具显得陈旧而破败。一张床架上堆满了灰尘，床垫早已不见踪影。一张破旧的桌子靠在墙边，桌面上布满了划痕和污渍。椅子的腿似乎有些不稳，摇摇晃晃的。蜘蛛网尤多，墙角和天花板上尤其密集。灰尘覆盖了每一个角落，连呼吸都能感受到空气中的颗粒。我轻轻地拂去桌面上的灰尘，却发现灰尘似乎永远也清理不完。角落阴森，一些废弃的物品堆积在那里，形成一个个小山丘。我听到墙角的阴影中似乎有什么东西在动，我走近一看，发现只是一些老鼠在穿梭。

房间内厕所的门半掩着，里面的情况更是糟糕。水槽早已生锈，里面积满了污垢。镜子上布满了水渍和裂痕，反射出扭曲的影像。厕所的地面湿滑，我小心翼翼地走进去，生怕一不留神就会滑倒。

站在房间的中央，我环顾四周，叹了一口气，这个宿舍的环境远比我想象中的还要糟糕。我意识到，要想在这里生活，我需要做大量的清理和维修工作。月光透过破碎的窗户，勉强照亮了这个荒凉的空间，但似乎永远也无法驱散这里的阴冷和荒凉。

我立马动手，将所有的杂物清理出去，拿着走廊的扫帚清理老鼠和蛛网，寻了一块破布，清理着厕所，一直忙到半夜，我才把房间腾出一块空地，但是眼皮子早已开始打架，累得身心俱疲，靠着啥也没有的木板床，直接呼呼大睡。

第二天白天，我找几位工人借几张报纸，一开始他们还不肯借，后来到我手里的时候，我这才发现，上头基本上都有好几个大美女,这才明白他们拿这报纸干啥。我将这报纸糊在房间的破窗上,总算是不透风,也能防蚊子。

晚饭在食堂吃完,便走进宿舍,我发现屋内的灯光昏暗,空气中弥漫着一股霉湿的味道。突然,窗外传来一阵奇怪的声音,像是有人在低语,又像是风声在耳边呼啸。我看到破厂房外,荒草在夜风中摇曳,发出沙沙的声响。

"谁?"有脚步声在空旷的走廊中回荡,显得格外清晰。我警惕地环顾四周,心中不禁生出一丝不安。就在我准备休息时,窗外突然闪过一道黑影。我心头一紧,走到窗前,只见一个模糊的身影在庭院中晃动。我揉了揉眼睛,再次望去,却发现那身影已经消失不见。

我听到了窗外的声音,心中涌起一股莫名的恐惧。我透过窗户,隐约看到几个模糊的身影在晃动。突然,一个戴着面具的"鬼"出现在我的窗前,双眼空洞,嘴角滴血。我惊叫一声,心脏狂跳,慌忙地抓起外套,冲出了宿舍。

就在我冲出宿舍的瞬间,那个"鬼"似乎也被我的影子吓到了。那个"鬼"本以为我会害怕地尖叫,却没想到我的影子在月光下显得格外高大,仿佛真的有什么恐怖的东西在追逐我。"鬼"的神情惊恐,脚步加快,匆忙逃离了现场。

回去之后,我才后知后觉,这一定是有人搞恶作剧,我什么荒郊野外没睡过,可从来没遇上什么鬼。

第二天我直接找人打听,谁昨晚十二点不在寝室,可是谁也没有说出真相,都说自己睡得死死的,从来没有出去过。可是,当我询问我住的那栋楼是否闹鬼时,所有人都木在原地,表情僵住了。我推搡着小唐道:"喂,小唐,我那栋楼不会真闹鬼吧？"

小唐尴尬一笑，嘴巴哆嗦着跟我讲出这栋楼的隐秘。原来，这个宿舍曾经发生过一起悲剧。一个技术员在洗衣服时，因为有人恶作剧将铁丝换成了裸露的电线，不幸触电身亡，甚至因为醴泉闹出人命，那个做恶作剧的人当天便被警察抓走，第一任厂长江洋都因此受到连累。酒厂闹出人命，厂长怎能独善其身，再加之长期没有做好管理，虽有好心，却无好结果，又因这事运气不佳，连降两级。从那以后，这个宿舍便被笼罩在一层不祥的阴影之下。

我得知真相后，既愤怒又无奈。我决定不再住在这个充满阴森和悲剧的宿舍，于是向酒厂管理层申请调换宿舍，章捷得知情况后，也只能无奈一笑，说："这群老油条，就是这样，喜欢装神弄鬼，更喜欢欺负新人，我代表他们向你道歉。"最终，我换到一个两人寝，与小唐住一块。同时，我开始对周围的人充满警惕，也决定将这个事件作为一个教训，提醒自己有人在暗中针对我。我知道，那天晚上一定有人躲在我房门外，试图通过扮鬼来吓唬新来的我，好笑的是，他做贼心虚，似乎被我冲出来的影子吓惨了。

我在第四组勤勤恳恳烧了一个月酒，每日在酒厂频繁走动，默默观察，又同李万香和潘春生打听，意识到眼下的醴泉酒厂完全需要"回炉重造"，非得改天换地整治一番不可。

醴泉酒厂历经沧桑，老人留下的并不多，基本上都在一组，由陈彪自己带着。陈彪看不上眼的，腾了出来，在章捷一通集体主义精神的思想教育下，才勉强塞给了李万香和潘春生。工厂里剩下的人，是招工招来的。刚开始，还尽量招募有过酒坊生产经验的，后来生产任务重，人手不够，便什么人都招了。所以除了醴泉的老班底，差不多一半是学过手艺的，另外一半就完全是门外汉了。

战场上下来的，只有邹胜利一个，不过是个普通工人，这点让我大为诧异。我就趁着一次在食堂吃饭的空当，问潘春生："部队下来的，不都做干部吗，做什么军转干部，我原来在高阳的时候厂里就有两三个军转干部，怎么小邹只是个普通工人？"

潘春生一脸惊讶："你也知道军转干部的事情哦，你还没来的时候，我们第一任厂长江洋便是军转干部呢，听说他认识酒类专卖局的领导，来我们这儿，给咱们当领导。自从那个小技术员意外死亡后，他也受到处分，一年前就被调走了，现在的厂长这才上来，章捷也是农民出身，对咱们这些老师傅勉强还算不错，他要是得罪我，我还不服管呢！"

潘春生停下筷子，突然望向我："哎，你原来在高阳，军转干部都是什么级别，管些什么事情啊？"

"我哪知道，我就是个烧班头，领导的工作咱上哪儿知道去啊，我们就是见面都会叫声主任，别的就不知道了。"潘春生答非所问，我也无奈，在他这里也得不到有用消息，便只是敷衍了两句，便又闷头吃饭了。

既然邹胜利是我四组的人，那我必然要里里外外了解清楚。他脾气怪异，指不定不服管教，我甚至隐隐猜测，那天在楼外装神弄鬼的人就是他。我旋即敲开章捷办公室的门，好声好气地询问邹胜利这人。

章捷见我终于来问，叹了口气，语气沉重："桂生师傅，这邹胜利原是个孤儿,部队在行军途中捡的。当时他病得厉害,部队里的军医救了他。病好后,却发现他不会说话,父母是谁也不知道,连名字都没有。"

"他是孤儿?"我震惊道。

章捷继续道:"是啊,他被一个姓邹的战士收养,取名邹胜利。后来他竟然千难万险地找回部队,非要认那邹姓战士为干爸,参军报恩。部队看他有情有义,便收留了他。"

我点了点头,邹胜利这孩子坚忍忠诚,要是用在造曲、扬掀等烧酒工艺上恐怕也能小有成就。

章捷又道:"只是他命可苦着呢,他干爸为了保护他,牺牲了。他自己也受了伤,视力听力都大受影响。在战场上太危险,便安排他到了地方。"

"邹胜利,他很不容易,我以后多关照。"

章捷叹了口气:"桂生师傅,这邹胜利,也是厂里的老大难了。他什么都不说,我也是费了好大劲,才从部队上打听到这些。你看,要是他干不了烧班,就跟我说,我给他安排到食堂或者谷仓去也成。只是我觉得,他还年轻,能学点儿手艺是最好的。"

我听后心中一动,对章捷的关心与体贴,更多了几分敬意。我点了点头:"好,我知道了,我先带着看看,实在不行再和您说。"

我轻叹一声,委婉道:"这孩子的经历确实可怜,但他的眼疾与耳伤,我尚未详知。烤酒需观酒花、辨杂质,若视力受损,或许另学他艺更佳。"我有意助他,却不敢轻言承诺。

"另外,还有一件事,需要劳烦桂生师傅。"

"厂长您说。"

章捷郑重嘱咐道："桂生师傅，明天我们厂里会来一个新技术员，你也刚来不久，请你接待一下，彼此照顾照顾，你心地善良，不会像其他老员工一样欺负新人，你到时候带他熟悉熟悉我们醴泉酒厂，也交流交流，大家以后都是同事。"我满口答应，可心里却嘟囔着，我好歹是个大酒师，虽然是新来的，可你这接待不找办公室的人，反倒用起我来了，这不是浪费人工吗？

不过章捷似乎看出了我的心思，也满不在乎地说："读书人嘛，也就是锻炼锻炼吧。上头说的什么技术革新，也许只是拍拍脑袋想出来的，真得酿酒，哪有桂生你这样的老师傅熟练，你这真枪实战干出来的，小小技术员，咱们应付应付得了。那些技术员指不定就是来我们这儿镀镀金，说不定哪一天就要到轻工业厅当干部了。"

我虽满肚子牢骚，可听着章捷的一番恭维也是受用的，咱们都是农村出身，千百年来农民靠的就是经验，我手握十余年的酿酒实操技术，哪里是一个小小技术员能懂的呢。但此刻我也不敢多说什么，赔着笑脸，便应了下来，听了这新技术员的具体信息，便开始着手明天的接待事宜。

# 42 双星聚首

第二天中午的时候，一个年纪约莫十六岁的少年从远处的蓖麻坡上走来，滚滚黄沙下，这个少年青绿色的头皮显得格外铿亮。这个小技术员叫刘昌森，来自遥远的广州，先前在广州轻化工学校读酿酒工程，现在来我们厂里当技术员。

读书人嘛，可不就是从来矜贵！我十六岁时，才刚刚进入烧酒这一行当，可他刘昌森念了几年书，便来咱们省最好的酒厂里来当技术员，少走几十年弯路啊。至于他这技术员到底有几分技术，我倒并不真正在意，他才十六岁，才念几年书呢？学校里能有给他烧酒的玩意？我可是深扎烧酒行业多年，还比不过一个小娃娃不成？

我站在厂门口的传达室，看到这少年背着行囊叽里呱啦地说了一堆，我跟他比画半天，末了才猜测般询问："是来报到的吗？"

这少年捣蒜般地点头，但我却皱起了眉头："我们这里不需要翻译，你说外语的为什么要到我们这里来，没用吧。"

广东话对于我来说，就像是另一种语言，我完全听不懂。但我到底为人和善，这要是换作朴世仁，那必然是要来欺负新人的，甚至是小唐，都免不了装装腔拿拿调。我面对这少年，满脸堆笑，微微颔首，想必刘昌森此时正带着满腔的热情，大老远来到醴泉酒厂，背着行囊，也不容易。

过了一会儿,这青皮寸头的少年,才用烫嘴的普通话跟我说:"是的,我是来醴泉酒厂报到的刘昌森,新技术员。师傅你好,请问能不能先带我去冲凉,我身上全是汗。"

"啥是冲凉?"我愣住了。

刘昌森尴尬一笑,做着脱衣服的手势,说:"洗澡!洗澡!"

我瞥了他一眼,他浑身脏兮兮的,读书人的确怕脏,经过了几天的忙碌,一定感到疲惫不堪,想去澡堂洗澡,以缓解旅途的劳顿,这我也能理解。我只好领着他来到我平时洗澡的澡堂。然而,当刘昌森走进澡堂,眼前的景象让他大吃一惊。澡堂的墙壁上积满了厚厚的泥垢,地面也湿滑不堪。他几乎不敢相信自己的眼睛,这与他习惯的南方浴室截然不同。

刘昌森站在澡堂里,犹豫着是否要在这里洗澡,最终还是决定用冷水冲洗,他拿起水桶,一桶桶的冷水倒在身上,试图冲掉身上的污垢。冰冷的水瀑打在皮肤上,让他忍不住发出"哎哟"的惊叫声。

澡堂外,大家好奇地围观着这个年轻人,看到刘昌森用冷水冲洗,不禁议论纷纷:"这个年轻人怎么回事啊,用冷水这么倒?"我也不理解,为什么这个南方人会选择在寒冷的北方用冷水洗澡。

"冲凉!我们广东一向把洗澡叫冲凉,南方天气炎热,当然是用冷水更加爽快!"

因为刘昌森用冷水冲澡引起一片围观,厂里很快就传遍,厂里新来了一个新技术员,还是个"小蛮子"。

刘昌森洗完澡,走出澡堂,身体虽然冷得发抖,但心情却轻松了许多。下午他便在宿舍收拾铺盖,到了饭点,六点多钟的晚风带着一丝凉意，刘昌森在我的引导下，穿过厂区，来到了职工食堂。

食堂内灯火通明，人声鼎沸。工人们个个捧着海碗，嘴上沾着米糊，围坐在一起吃饭、谈笑，气氛热闹而温馨。我一瞥身旁的刘昌森，他被这股热闹所感染，四处探头探脑，似乎十分好奇。

在饭堂的中央，刘昌森注意到一个大木桶，里面装满了黄色的糊状物。他两眼放光，兴奋道："桂生师傅，咱们这个地方的鸡蛋一定很便宜吧？这竟然整桶都是炖鸡蛋，我忙了一天了，快饿坏了，对不住了。"

刘昌森兴奋地拿起碗，拼命地往里面装那些看似蒸鸡蛋的黄色食物，他的动作引来了周围工人好奇的目光，大家都在一旁捂着嘴巴偷笑。

一位工友语气带诮，忍不住哂笑："小蛮子就是小蛮子，连玉米糊都没见过，可是把它当成黄金了哩！我听说广州比我们这儿富，现在看来，也倒未必！"

我看着刘昌森的举动，也是忍不住笑了出来。我拍了拍刘昌森的肩膀，解释说："小刘，这不是炖鸡蛋，这是我们这里的特色，玉米楂稀饭。"

"啊？不是炖鸡蛋吗？"刘昌森听到解释后，脸上露出了尴尬的笑容，他看着碗里满满一碗玉米楂稀饭，感到既惊讶又好笑。尽管有些意外，刘昌森还是决定尝试这个新食物。他尝了一口，发现玉米楂稀饭虽然看起来像蒸鸡蛋，但味道却别有一番风味。

食堂里充满了欢声笑语。刘昌森的误会成了大家茶余饭后的谈资,也让他在新环境中迅速结交了新的朋友。然而,刘昌森初来乍到,遭遇的更多是针锋相对的老油条。

一周后的某天,我刚挑水回到生产锅炉车间,谁知刚刚走到门口,就听见里面吵吵嚷嚷的,似乎是吵了起来。

"你个后生娃娃不要瞎闹,我学烤酒的时候,你这个娃还在娘胎里呢。你问问这里的师傅,谁见过用红薯、山药蛋和乱七八糟的水草烤酒的?"其中一个声音说道,语气中带着不屑和责备。

"是啊,我们都只听过'高粱香、玉米甜、大麦冲、大米净',没听说过这些玩意儿还能烤酒。你这娃娃,莫要仗着认识几个字,就胡说八道。"另一个人说道,声音中同样满是质疑和不满。

我循着声音,抬脚走进了甑房,走到人群外面,只见一个好生俊俏的青年,他瘦瘦高高,站着像青绿色的玉蜀黍秆子,穿了一件水灰白翻领的衬衫,一副头干脸净的模样,一头寸青短发,好似青螃蟹的壳,两只怒目犹如青蟹的钳子,带着敌意,却不是刘昌森,还能是谁?

这个瘦高个子的青年,被他们围在中间,涨红着脸,脖子上青筋都蹦了起来,声音倔强:"你们不懂,海藻和红薯里都含有糖分,只要有糖分就可以发酵和发生糖化反应,就可以酿酒。"

"这小蛮子说的啥,你们听懂没?"围在外圈的人一阵哄笑。刘昌森更加窘迫,扯着嗓子喊了一句:"现在全国都在倡导节约用粮,等哪天没粮给你们用了你们咋办?"

"干什么?都在干什么?"站在人群外的一个男人终于出

声,这人声音洪亮,语气不悦,我定睛一看,正是章捷。

"上班时间,灶也停了,火也熄了,都在这里围着圈,光扯闲吗?"

"厂长,不是我们扯闲,你看这个技术员扯淡呢,要用什么海草酿酒,你说扯淡不扯淡。"我循声望去,搭话的正是朴世仁。众人听了他的话又是一阵哄笑。

"就你屁话多。"章捷吼了一声,总算把那笑声压了下去。章捷朝门口走去,走到一半,忽然又回头,皱着眉头,对刚刚被围的刘昌森说:"小刘,你跟我来。"小刘面色潮红,粗着脖子,回头瞪了其他人几眼,跟上了章捷的脚步。

章捷边走边说:"跟你说了多少次了,技术普及要注意方式方法,你怎么总是硬来,你说说,你这是第几次了,还跟工人师傅吵起来了。"

他们渐行渐远,我再也听不见他们的谈话,不过刘昌森的那番话,倒是引起我的注意,地瓜和海藻也是可以酿酒的吗?这倒是稀奇,以前从没试过,可是咱们老祖宗酿了千百年的酒,要是这些能酿酒,可能老早就酿了,哪轮得上他们呢?退一万步讲,就算是能酿酒,这玩意能酿多少酒,又能好喝吗?

这书生真是读得呆板,我不置可否地暗暗发笑,竟忍不住喃喃道:"这技术员到底是干什么的?整天研究一些稀奇古怪的东西,咱们厂还招不会酿酒的人呢?真不知道上面怎么想的!"这倒是有些出乎我的意料,我不禁暗暗怀疑,咱们酒厂真的还需要技术员吗?

"那可不,他们的研究室,我去过,一堆瓶瓶罐罐,没一样烤酒用的东西,也闹不清楚是做什么的。"小唐说,眼睛也斜着小刘的背影，掩不住好奇。

"是吗？你还去过呢？他那个啥研究室，在什么地方？"我接着问道，对这个所谓的研究室产生了浓厚的兴趣。

"就在厂子西边，西边那排矮房子就是。哪天您要去，我带您过去。"小唐答道。

"好啊，那就先谢谢啦！"我朝他笑道。

经过两个月的摸爬滚打，醴泉酒厂的情况，我已略知一二，却迎来首个难题。造曲之际已至，若待天气转寒，发酵便难上加难。然而，眼前众人，无一有造曲经验。各班组任务繁重，我曾私下探询潘春生与李万香，二人皆不愿分人助我。我的四组，更是残兵败将，稍有能者皆被潘、李二人挑走。

我正愁云满面，忽闻小唐在厂房外呼唤："桂生师傅，厂门口有人寻您，自称是您徒弟，您快去看看！"传达室的小唐性情随和，却总爱偷懒，上班时常出外三四趟，一天总要上七八次厕所。

"好，好，这就去。"我应声而出，对小唐叮嘱几句，便朝厂门步去，心中盘算，什么人会来找我。

我初以为，来人应该是鼎源酒厂的徒弟，毕竟鼎源与醴泉皆为公家产业，我来醴泉之事，徒弟们也有所听闻。

然而，当我步出厂房，目光所及，一个黝黑瘦削的青年身影映入眼帘。他方脸鹰鼻，下颌突出，下巴上的胡须浓密，头上的乱发蓬松，轮廓模糊的脸庞上，有两点绿幽幽的光亮，身着一身汗衫，下摆烂成一寸一寸，衣裤上沾满乌黑的血迹，面带风尘，眼中却闪烁着坚毅之光。我心中一惊，已猜到半分他的遭遇，又一喜，万没想到，他竟不远千里，寻至此处。

"瑾瑜,你怎么会来这儿?"我快步上前,眼中满是惊讶与欣喜。

来人正是故人之子,福泰酒坊的贺瑾瑜,没想到他一见到我,便"扑通"跪下了。

"瑾瑜,这是何苦?快快请起,新社会不兴这一套了。"我急忙扶起他,心中涌起一股莫名的酸楚,拉着他就往厂里走去。

贺瑾瑜边走边说他这些年的遭遇,我原以为贺鹏举只是忌妒我在福泰酒坊,抢了禄仙酒坊的生意,没想到他竟然如此狠毒,将贺崇文一家逼出了福溪镇。贺崇文一病不起,加上战乱流离,终于病重难治。他们一路逃难,一路求医,家中积蓄渐渐耗尽。贺崇文不肯再用药,说要留点儿钱给儿子娶媳妇。几日后,他便撒手人寰。

我听后,心中愤怒却又无能为力,只能安慰贺瑾瑜:"瑾瑜,你莫急,待形势好转,我定带你回福溪告状,共产党会还你公道。"

贺瑾瑜抽泣着,接过我递给他的布巾,抹去眼泪,哽咽道:"那贺鹏举作恶多端,也是不得好死。我听说,他因参与反动活动,已被枪毙了。"

我长叹一声,心中五味杂陈,却也为他感到一丝宽慰:"那就好,那就好。"

话音未落,贺瑾瑜又跪倒在地,我赶忙去搀:"你这是做什么?有事起来说。"

贺瑾瑜泣不成声:"师父,如今家母与我相依为命,我得养活她。但我除了烤酒别无所长,又因出身问题,无人肯收留。师父,我只能来投靠您了,求您帮帮我。"

我扶起他,心中满是同情:"好孩子,莫急。我这里正缺人手,我这就去与厂长章捷商议,定会让你留下。至于出身之事,我虽不太懂,但我相信你们一家都是好人,我愿为你做证。"

随后,我带着贺瑾瑜来到章捷的办公室,敲响了门,章捷的声音从屋内传来:"进来。"

我推门而入,带着贺瑾瑜走进办公室,对章捷说道:"章厂长,这位是贺瑾瑜,我的徒弟。他因出身问题求职无门,我想请厂长收留他,他烤酒的手艺是极好的。"

章捷看了看贺瑾瑜,又看了看我,心中了然:"桂生师傅的徒弟,定有过人之处。如今厂里确实缺人,若他真有本事,我自然欢迎。至于出身问题,我看人只看能力和品行,其他的不必多虑。"

我听后,心中一喜:"多谢厂长,我这徒弟定不负所望。"

贺瑾瑜也露出了久违的笑容,眼中充满了希望:"多谢厂长,我一定努力工作,不负师父和厂长的栽培。"

章捷微笑着点了点头:"那就好,桂生师傅,你带他去熟悉一下环境,尽快让他上手。"

我原本正在犯愁,贺瑾瑜这一来倒是给我提了醒,若是能把猴子、小虎等徒弟一起喊过来,这造曲的事儿不就成了!不只造曲的事儿能成,以后在厂里有什么事情,也有几个可靠的人能够帮忙。

章捷前脚刚刚应了贺瑾瑜的事情,我又接着说道:"还有一件事情要麻烦您,您看眼下正是造曲的时候,可是我在厂里看了一圈也没有合适的人，而且时间这么紧张，现在现教也来不及，我在鼎源的时候也有几个徒弟，能不能也先喊过来帮帮忙？等忙完这一阵，您再看，要是能留下来最好，若是不能也没事儿。他们都是我一手教出来的，也不会说什么。"我说完这些，又着重加了一句，"他们几个连同瑾瑜在内，都跟着我学过造曲。"

原本章捷还在犯难，但是一听说我的徒弟都是曲师，便当即拍了板。他可正为招曲师发愁，要是醴泉酒厂不多时能招来那么多曲师，怕是别的酒厂能羡慕得牙花子都嗑出血来。

我在鼎源时管着两个烧班，一共十三个人，五个是厂里的正式工人，管我叫师父的一共有八个，其中五个是李师傅的徒弟，三个是一直跟着我的徒弟。我喊人前，好生思量，我的三个徒弟，原本都要喊来的，可是最年长的李东已寻得了别的营生，那就不喊，只喊了小虎和猴子，李师傅那边来的五人里，有一个手艺不行，有一个人品不行，能用的只有三个，还有一个看山头，虽手艺、人品都算不错，但心气儿太高，想得又多，我便弃了。这样一来，只剩四人，我又在班组的工人里挑了两个能干的，一共凑了六人，给章捷报了上去。报上去没多久，小虎、猴子四人就扛着行李卷到了醴泉酒厂。

接风那天，我心里高兴，独自喝了半斤酒，脸红彤彤的，可是第二天一早，还是赶在上班之前半个小时就到了厂房里。我看见猴子、小虎他们七个都已经到了，猴子身材细长，黄面皮，黑眼珠，长高了许多，小虎身材矮小，面孔黝黑，标致的国字脸，脸颊颧骨突出，他们风尘仆仆，瞪大眼睛四处张望，裤管儿上还沾着泥水，汗衫子早已湿透，浸出半边江山，我便问他们:"你们咋来这么早啊?"

猴子最会来事儿,抢着答道:"我们都记得,您原来每天都提前半个小时进厂房,我们这做徒弟的还能比师父来得晚吗?而且还能提前做做准备工作。您不是老说,井水越打越多,力气越用越有吗。"

我听着喜上眉梢,这些小子可还记得我的教训,这句话,我原来班组里人人都知道,看来他们都惦念着我这师父。

这七个人都是手脚勤快的,半小时的工夫,上班铃还没响,三个烧班的水缸都给挑满了。到了时间,工人们陆陆续续地进了厂房,见了这情形都有些发愣,我便把大家聚拢到一起简单说明了一下,别的先没说,只说是组建的临时造曲班,主要负责制曲的工作。

"那这水?"姜大文瞪大眼珠,指了指装满水的水缸问道。

"哦,他们来得早些,闲着也是闲着,就先做了些准备工作,大家虽然分工不同,但都是一个大组的同事,以后还得要相互关照。"我答道。

姜大文和冯秋生听完点点头,道了谢,便回到各自负责的烧甑前,按部就班地做起事来。唯独朴世仁,尖着嗓子,乜斜着细长的眼道:"哎哟,原来都是曲师呢,这曲师在酒厂里最是矜贵,哪儿敢劳驾各位帮我们挑水啊。这又能造曲,又能挑水的,还要我们这帮没手艺的废物干甚呢。"朴世仁白了猴子几人一眼,才跟他那几位兄弟勾肩搭背地往自己的烧甑跟前走去。

"蛇皮眼睛,你他妈说谁呢?"猴子年轻,脾气也暴,冲上前去找他理论,我一把拉住了他,朝他摇了摇头,随后将几人带到了养曲房。我领着他们熟悉醴泉的场地,哪是灶房,哪是甑房,磨坊新设备怎么用,曲厂的位置,窖房的注意事项,又叮嘱着他们注意粮仓、醅仓、曲仓位置记牢。整整一个上午,我都没再提及这事,只是带着他们取料、磨料、配料。

"猴子,鼎源众人中你跟我时间最长,你看着点儿,磨料的时候注意,别太细,太细了窝水,也别太粗,太粗了不容易挂衣,还容易裂口。"我嘱咐道。

"我知道了师父,你都说过一万遍了,心烂皮不烂,咱们都有数。"猴子应道。

趁他们干活的工夫,我让小唐叫来了邹胜利。邹胜利走进曲房的时候,一直低着头,望着草鞋露出的两排脚指头,一声不吭。我凝视这个少年,约莫十八九岁,一个寸头,眼睛木然像一根生锈的铁钉,看谁盯住谁,身板瘦小,外面还套着军用破棉衣,裤子洗得发黄。

我走到他面前,蹲了下来,贴着他的耳朵,说:"胜利,我打算教你做曲,让你成为一个曲师,你愿不愿意跟着我?"猴子、小虎听完都惊呆了,可邹胜利并无反应,我便当他同意了。

"猴子,小虎,以后他就是你们师弟了,好好关照胜利,有什么不懂的,你要教给他。"

一段时间相处下来,我越发觉得这孩子让人心疼。他视力确实不好,天一擦黑就看不太清东西,耳音也不好,说话声音小,别人几乎听不到,所以他才做出一副不好亲近的样子,就是怕跟人相处多了,惹得别人不耐烦。

鼎源来的七个人中,有两个并不是我的徒弟,一个叫作周全贵，一个叫作冯大虎，他们两个人听见猴子在那里念造曲磨料的口诀，默默地低下了头。我知道，他们这是怕别人误会他们偷艺，所以特意对着两人说道："周师傅，冯师傅，现在是新社会了，咱们既然是一个班组的同事，就不用避讳这些，做曲其实也不是什么难事，往后你们两位边干边学就全明白了。"

周全贵和冯大虎听完似乎是有点儿不敢相信，惴惴地问："桂生师傅，你这是要教我们造曲？"

"教，当然得教，不教会了你们，谁帮我一起干活儿啊。"我答道。

"哎，好嘞，那以后我们也喊您一声师父。"两人说道。

"别，别，二位年纪都比我大，可别这么叫，这都新社会了，酒坊也改工厂了，也不兴师父学徒那一套了，不用介意这些。"我笑着说道。

"师父，这可是您说的，那我以后就喊您同志。"猴子淘气，跟了句玩笑话。

"随你，你愿意叫什么叫什么，同志也行，大哥也行。"我答道。

"我不，我就叫师父，叫一辈子师父。"小虎狠狠地瞪了猴子一眼。猴子接言道："那我也不改口，我也叫一辈子，不然师父就只疼你不疼我了，那我不亏大了。"

周全贵和冯大虎感激地看向我，犹豫了一阵，冯大虎鼓动着周全贵开了口："桂生师傅，哦不，师父，那啥，刚才我们看见那些工人似乎不大对劲，我看那些人年纪大部分都跟我们差不多大，不怕您笑话，我们这个岁数的人，上有老下有小，都拖家带口的，最怕的就是丢了营生，我听朴世仁的话头，明显就是在挑事儿，说我们是来抢他们饭碗的。这个您得防着他们点儿啊。"

"嗯，我知道了，谢谢您。还有，您真不用叫师父，桂生师傅就挺好，也是师傅不是！"我跟猴子交代了几句，让他带着大家在这儿磨料，我则去了四组的厂房。

刚到厂房门口，就听见朴世仁在吵吵："我跟你们说，你们还别不信我的，大文、秋生，那都是人家的亲徒弟，又会造曲，又勤快，都是按照大师傅学的手艺，用句新词这叫什么来着，重点培养。"

"没错，就是重点培养。"朴世仁的那几个把兄弟跟着起哄道。

众人起完哄，朴世仁又接着说道："有他们在，你这个烧班长，还能做几天？若是你听我的，今天就跟我一起去找厂长，咱们就问问厂长，为什么咱们四组明明有人，他还非得把自己的徒弟找来，他是不是搞封建师徒的那一套。这造曲的手艺，为什么不能教给咱们四组的人，不能教给咱们全厂的工人兄弟呢？怎么的，是非得要我们给他磕头拜师还是咋的？"

"朴哥，你给他磕头那不得折煞死他啊。"一个又尖又细的嗓音跟着敲锣边，众人又是一阵子哄笑。

"世仁，我觉得你也不能这么武断，毕竟咱们生产任务这么重，没准桂生师傅只是不想额外增加咱们的工作负担，所以才没从咱们中间选人。"冯秋生跟着说道。

"秋生啊，我跟你说，你就是年纪小，让人卖了都得给人数钱，你见过哪个东家怕长工累着的，再说了，怕我们累着，也得先问问我们吧，我们要是不愿意加班受这个累，他再去找别人，我们也说不出话来，现在这是什么意思。大文，你说呢？"

朴世仁半垂着眼皮，望向姜大文，姜大文还没开口，朴世仁手底下的几个便打着口哨将冯秋生好一顿奚落，张三说冯秋生也想给我磕头认我当师父，可惜我没瞧上他，李四说冯秋生自己怕事，不敢替班组里兄弟出头，弄得姜大文一时之间也不敢开口。我听见这些不由得心底一凉，一时间也没了章法，在门口踱了半天步子也没好进去。

朴世仁发了狠地撺掇了一通，姜大文和冯秋生还没答应和他找厂长理论。但是很明显，两个人心里都犯了嘀咕，正如周全贵所说，他们这个年纪的人，最怕的就是好好的突然被人砸了饭碗。

为了这事，我愁得晚饭也没吃，约莫七八点钟的时候，终于忍不住了，觉得还是得找章捷聊聊。这个朴世仁，我几次三番让着他，他竟不识好歹，决心找碴。身为曲师，我在哪里不是受人好生尊敬，他不过一个扬掀的，以前还是打流的街溜子，伙同一帮臭鱼烂虾，无缘无故来找我撒气，真当我好欺负吗？念头一到，我的怒火像排焰焚烧江边的芦苇荡，恨不得焚江煮海，心底的怒意像烟一样蹿出头顶。以前的恶人，是兵是匪，我只能绕着走，但这个朴世仁，只不过是一个同事，还是下级，竟然这样带着大家胡闹。无论如何，我要找厂长章捷，让这朴世仁走人，这人一日不除掉，谁都别想有消停日子过。

我怒气冲冲走进厂长办公室，将整个情况说了一遍，我面无表情地说："厂长，这个朴世仁您看能不能开除掉，这样的人放在厂里不就是个祸害吗？"

章捷皱了皱眉头说道:"桂生师傅啊,现在不是旧社会了,东家说开除谁就开除谁,厂里有厂里的制度,开除一个人需要他有明确的过失,眼下他一没有耽误生产,二没有犯政治错误,怎么能说开除就开除呢。到时候他问我开除理由,我总不能说,因为你说了桂生师傅的坏话吧。不过你说的这个情况我了解了,这事情我也有责任,只是着急造曲的事情,没有顾及同志们的思想波动。朴世仁的做法确实非常欠妥,但是他的心情我也可以理解的,厂里突然来了一批新的业务骨干,老人难免觉得有危机感。但是我们总不能因为这样就开除人家啊,做好下级的思想工作,也是咱们当领导的分内之事嘛!"

"做思想工作?怎么做?朴世仁是什么样的人您又不是不清楚,难道要我跟他说,我可没别的意思,您千万别多心?这造曲的手艺我愿意教给谁就教给谁,他越是这样,我还就越是不教了,我凭什么教给他,我又不欠他的。"我觉得章捷在耍官腔,心火被彻底激了出来。

"桂生师傅,您先消消气,咱们先不说朴世仁,就算我答应您,把朴世仁开除了,那姜大文和冯秋生呢,都开除掉吗?他们的思想工作,我们总是要做的吧。还是您想借着朴世仁杀鸡儆猴,让姜大文和冯秋生把意见憋回去,闷在心里,提都不敢提?咱们是工人阶级的酒厂,不是资本家的酒坊,要团结同志,不能靠镇压和吓唬的方法来让大家服你。要我说,就算开除朴世仁,也不能现在开除,要做通姜大文和冯秋生的思想工作再开除,这样才能更好地团结同志,不至于让同心协力的同志关系,变成威胁打压的对立关系。"

章捷做思想工作的本事,显然要比我厉害不少,这一番话倒是说到了我心坎里，我也是一向待人以诚，从不会端着大师傅的架子打压别人，我觉得这是厚道人的本分，这跟章捷口里的团结是差不多的意思。

章捷见我有所动容，便接着说道："桂生师傅，您本身也没想要依靠封建师徒关系打压谁，您心里光明磊落，自然就不怕他们这些妖魔鬼怪蛊惑人心，你看是不是这个理？"

我没有出声，章捷接着说道："过几天，厂里会进行一系列的宣传教育活动，有一项就是关于主人翁意识的，没准听完教育课，他们的觉悟就自己提高了呢。"

"行吧，那我就不打搅您了。"我苦笑了一下，起身告辞。这当然不是我所期待的结果，虽然章捷说得有道理，但是我依旧觉得，还是叫朴世仁直接走人来得痛快一些。从厂长办公室出来，我往养曲房走，如果我没猜错，猴子他们应该还在那里，我走的时候嘱咐过，时间紧，任务重，能多干点儿就多干点儿，想来他们是会听话的。

果然，养曲房里的灯还亮着。瑾瑜跟小虎虽然才认识没多久，此刻已经嘻嘻哈哈地打成了一片。养曲房里有温暖的灯光，石磨发出吱吱呀呀的响声，拉磨的牲口，不知疲倦地转着圈。已经十点多了，大伙儿依旧有说有笑的，没一个人喊累叫困。

我最喜欢看的就是这样的场景，突然有些感动，要是一直能这样该有多好啊。有时候干活儿干的就是个心气儿，人心齐比什么都要紧。

# 43 技术比武

寒风萧瑟，万物遁迹，转眼已是我到醴泉酒厂的第九年，这一年章捷宣布年后要举办开工宴，他照旧请四个组长吃饭，依旧是四个菜，三素一荤，酒厂里的饭，菜是配角，酒才是重点。

章捷举着茶缸子，脸色已经泛了红："来，我敬各位师傅一杯。这一年辛苦大家了，咱们今年的酒受到了专卖局同志的一致好评，为这，专卖局特意多批了咱们一倍的原料，明年咱们的产量一定能翻上一番。"

"哎哟，真的吗，那真是太好了。都是厂长领导有方，您这保密工作可是做得够好的啊，这消息年前您就知道了吧，愣是拖到现在才和我们说。"

潘春生人脉广，有朋友在酒类专卖局工作，年前就得了信儿，初四还特意去给章捷拜了个年。他想着若是扩大生产，肯定也要扩充各组的工人数目，现在虽说是四个组，但是我带的组人最多。这事情跟当兵打仗一个道理，谁人多，谁就更有底气，想着能借这次机会多添加几个人手。

"可不是，那咱们明年的产量还不得是省里第一？"李万香没他那么多心眼，只是随口跟了一句。

"不知道厂长您打算如何分配生产任务？"陈彪端起杯，目光望向章捷。他关心的和潘春生一样，但是没明说，反而去问任务分配。

章捷不傻,任务分配,不就是人手分配吗,他抬了抬酒杯说道:"老陈,你看你,我今天就是先跟大家报个喜,具体怎么分呢,还得厂里研究再决定,咱们先干了这杯。"

五个人齐齐举杯一饮而尽,章捷又接着说道:"还有一个事儿我也得跟大家通报一下,咱们酒厂的酒,质量虽然获得了本县专卖局同志的认可,但是在市里、在省里,甚至是在全国,算不算好酒,那还不一定。而且,就算我们酒的质量过关,但是咱们酒厂在科技进步上确实已经落后了全国不少的同行。"

"落后?这话怎么说?"我神色凝重,头转向章捷。凡事可以落后,唯独在酒上,我听不得。

"我说两点吧,第一,烟海市那边有个酒厂,已经研究出了一种操作方法,据说可以完全取代脚踢手摸鼻子闻的老办法,依靠温度计和化验来控制酒的品质……"

"胡说八道。"章捷刚开了个头,就被李万香跳着脚打断了,"什么方法,听都没听说过。这是什么意思?我们这群酒师傅学徒那么多年,跟师父练了那么多年都白学了不是?"

"李万香,你酿酒很好,这不错,你再有能耐又能管得了几个人、几桶甑?你能保证自己每桶都能完美无缺?你能保证全国各地都有咱们这么好的酿酒环境、有你这么好的酿酒师傅吗?我们目前要做的就是酿出上万桶、十万桶乃至于百万桶上好的美酒,而不是你个人能酿出来的零星半点儿!"章捷厉声道。

"还有你,陈彪,你能不能不要这么狭隘?我们厂追求的不是你一人酿酒能力超群,而是整体生产能力不间断,我们要的不是你能酿出好酒，而是你的徒弟、你徒弟的徒弟、那些不会酿酒的技术员、军转干部，乃至于刚刚加入咱们厂的新员工都能学会酿酒。"

"传统的酿酒工艺存在巨大的优势，但肯定有巨大的缺陷，我们引进技术员不是让他们和你们这些老师傅对抗，而是让他们破解你们酿酒的奥秘，这样你们的手艺也能越好，不是吗？何苦藏着掖着掩着，那又是何必呢？咱们人是国家的、厂是国家的，技术当然也是国家的，我们所图的不是一人一姓的养家手艺，而是全天下人都能喝上好酒的雄心，能酿出更多更好的美酒，我们醴泉、我们乡镇县在全国才有自己的名号，我们评上名酒便能出口国外，为国家赚钱，展现我们强大的工业制造能力，这不是一件容易的事，这更不是一个人的事。"

我们都让这番话震住，我仔细揣摩其中的微妙之处，暗暗赞叹这章捷宏图不小。

"老陈，老李，你先不要急。"潘春生转向章捷说，"章厂长啊，还有这样的方法啊，那不如说出来让我们听听，我们也好学习学习。"

"这具体的方法还在保密当中，我也并不清楚，但据说不出三年就能全国普及。"章捷呷了一口酒，接着说道。

"那就是胡说八道，温度计那玩意儿我见过，一根小破棍儿，咱老祖宗烤酒烤了几百年了，还能让一根小破棍儿抢了营生。"李万香坐在一边，也闷了一大口。

"老李，你别这样，听厂长把话说完。"我劝完，转向章捷，"那第二呢？"

"第二，这几年粮食进一步紧张，大部分酒厂都进行了代用粮酿酒的探索，其中有不少酒厂已经取得了阶段性的成果，其中红薯和木薯都取得了不错的成绩，中科院还研究出酒糟造曲的办法，已经实验成功形成图书，我正在跟咱们专卖局的同志申请，希望有同志给咱传授相关技术，实在不行，有份文件咱们学习也成啊。"

"学习文件？"李万香一愣，顿时没了声音。

四个组长中陈彪虽然没上过私塾，但是醴泉酒厂老坊主栽培他，让他帮着看账，跟酒相关的字，也认识一箩筐。潘春生身世跟贺瑾瑜有些像，都是富庶人家家道中落，从小就是认识字的。我辗转多地酒坊，从小跟算账打交道，跟酒有关的大字认识不少。唯独李万香，还是大字不认识一箩筐。

"您的意思是？"我接着问道。

"我想搞一次技术练兵。"章捷晃了晃装着白酒的茶缸子，半满的酒旋出了一个漩涡。

"什么技术练兵？"我接着问道。

"一次融合现代科学技术与传统酿酒的方法，以代用粮为主要原材料的技术练兵。"章捷说道。

"这……章厂长啊，咱们平常生产任务已经很重了，这马上又要扩大再生产，哪里有时间搞什么代用粮技术练兵啊。"潘春生脸上依旧挂着笑。

"春生啊，你说得有道理，这技术练兵自然是不能耽误生产进度，所以只能在下班以后进行。"

"别的我倒是没什么，就是不知道这练兵要练多久，您知道我才成家，孩子还小，要是天天晚上不回家，家里怕是没人管的。"潘春生原是南方人，去年厂里才分了房子，让他把媳妇孩子接了过来,夫妻才刚团聚没多久。

"我现在也说不准,主要还是得看练兵的成果,不过应该不会太久。"章捷目光看向李万香。

"我没话说,光棍一个人,听厂里安排就是了。"李万香郁闷道。

"我也听厂里安排。"陈彪答道。

最后,章捷将目光转向我。"我参加。"我朝他点了点头。

"好,那我就说说这具体的练兵的方法。我知道,各位师傅对科学技术一直保持着怀疑的态度。"

章捷起了头,潘春生想要辩驳,章捷朝他摆了摆手,随后道:"这也不怪你们,至少到现在,我们都还没见到过单纯依靠科学技术酿出的好酒。我想各位也知道,技术员们心里其实也憋着一股劲,他们坚持认为,这书本里写出来的、实验室里测出来的,就是比咱们老师傅脚踢、手摸、鼻子闻,要稳定准确。"

"厂长啊,你这话是不是有些言重了,大家不过都是出来混口饭吃,犯不上谁瞧不上谁的。"陈彪没抬眼皮,低着头抿了一口。

"没什么重不重的,大家心照不宣罢了,我可听见不止一次了,说那帮技术员日子过得舒服轻巧,锹镐不动地在屋里坐一天,钱就比大家挣得多。就算四位师傅没有这个想法,咱们底下的师傅们就说不准了,对不对?"相处这么久,章捷第一次把话挑明说。

我们一脸迷茫,齐齐望向他。他闷酒后停杯道:"这第一轮,咱们就来个新老技术争锋赛。让四个技术员每人带几个

第五部分 折桂飘香

人,四位师傅各指派一个得力的徒弟也带上几个人,也分作四组,每组每晚烧上一甑,连烧半个月,最后根据这半个月的平均出酒量和出酒质量,来做个评判。看看这年轻一辈的里面,到底是经验更有用,还是技术更有用。各位大师傅就做评审。"

"这不合适,什么评审不评审的,我们还是带着人酿酒,跟技术员进行比试吧。"陈彪说道。

章捷答道:"陈师傅,您就别谦虚了,为公平起见,各位大师傅还是别亲自下场了,不然太欺负他们这些年轻技术员了不是。"

"那,这酿酒的材料也是用新材料吗?"我问道。

"是啊。"章捷点头。

"我看这样不太好,这第一轮,既然是想要比较技术方法与经验方法的差异,就应该用大家相对比较熟悉的材料,毕竟比赛不是目的,通过竞赛,看到两种不同技术各自最大的优缺点。所以,我建议,大家就用常用粮进行比赛。"我说。

章捷神色一凛,定睛去看我,笑着称赞道:"桂生师傅思想进步不小啊,把关注的重点放在了技术优势对比上。"章捷将我重新打量,沉吟许久,终于敲定,郑重地说:"好,就按桂生师傅说的办。"

隔天,厂里正式下达了通知,陈彪派出了自己手把手教出来的亲儿子陈安;潘春生组选了一位从北方酒坊过来的酒师,叫作方全柱;李万香选了自己的师弟许三齐;我这边原本沉默的贺瑾瑜,这次主动提出可以参赛。齐千、高上进、曲和平、刘昌森四个技术员也从各个烧班里选了精壮能干的人手。

接下来的半个月各组人分别行动,每天晚上厂房里都灯火通明。

两周后，我们进行了第一次品评，结果有些出乎我的意料，技术员们烤的酒远比我想的要好得多。

其他几位师傅似乎也发现了这个问题，李万香摸着下巴说道："这小刘烤得好也就罢了，毕竟来了好些年了，就算在一旁看着，也学会了八九成，可是这小高、小曲才来了不到一年啊，怎么也能烤出这样的酒来。"

"我看啊，这酒的好坏，也未必就跟他们有关系。这次跟着他们烤酒的，虽然不是咱们手下最好的徒弟，但也都是咱们一手调教出来的，就算没有那四个小娃儿，还不是一样能烤酒出酒。"陈彪颇为不屑。

"我倒觉得未必，你们有没有发现，四位技术员的烤酒完全是同样的味道，技术员从我这里挑的人，扬掀和火管居多啊，能不能出好酒我不知道，但是他们若是带班出酒，出来的酒肯定不会完全一样。"潘春生道。

"给他们换一茬醅子吧，换一批埋了半年以上的。"我说道。

章捷不明就里，便问原因，我答道："也没什么，我就是想看看不同的料，他们是不是还能发挥这么稳定。"

章捷采用了我的意见，给大家统一进行了材料更换，将比赛又延迟了十天。更换材料后，比赛又持续了一周，出来的结果还是一样，由技术员领班烤出来的酒，品质相对稳定，几乎尝不出不同，而酒师带班烧出来的酒则良莠不齐，甚至就连同一个酒师烤出来的酒也有不少差别。

在这次比赛中，陈安算是一骑绝尘，出酒品质是所有人中最高的,尤其是更换了醅子以后,出酒更是醇香浓厚。许三齐、贺瑾瑜和四个技术员的出品基本在伯仲之间,换醅之后,贺瑾瑜与许三齐的出酒品质,都有大幅度的提升。四个技术员的酒品提升却不显著。但是贺瑾瑜与许三齐也都出过略低于平均水平的次酒,因此六人算是不分伯仲。

然而,这中间也出过小插曲,跟刘昌森配合的是陈彪手下的扬掀,他故意使坏,扬掀的时候,本来应该扬得薄匀,结果他故意扬得很不均匀,装甑时,也装得浓密不均,那一甑出来的酒,自然品质有所下降。刘昌森出酒前,端着他的玻璃瓶子,皱了半天眉头,似乎是找不到他想要的结果,但也没有办法,只能勉强出了酒。

我早在旁边看出了缘故,直接私下找到老陈,点明来由道:"陈师傅,咱们技术比拼,还是莫要耍小手段较好,不然外人发现了,还以为您老人家输不起,坏了自己的名声。您手下扬掀扬得不均匀,是您指使的吧?希望您早日收手,我们来一场真正公平的比拼,为咱们酒厂的大局考虑。"

陈彪脸色青红一片,老脸显然是挂不住了,冷哼一声道:"我不知道你在说什么。"但是接下来那位扬掀明显发挥出了正常水平。

陈安得了头筹,陈彪自然十分高兴,方全柱落了下风,但是潘春生倒也乐呵呵的。这一轮比赛过去之后,大家喜忧参半,不少头脑灵光的人看出理论技术指导的厉害,出言行动,对几个小年轻技术员明显客气许多。但有的则是开始忧心忡忡,尤其是那些有经验的老工人,熬了许多年,就想着能当上大师傅,就不用做力气活,可是眼瞅着这些年轻的技术员不过二十出头,居然能和大师傅一样,烤出好酒,心底的气便泄了一半。

章捷看到老师傅和小技术员各自喜忧参半,便极为满意。他赶在这个当口推出了第二阶段的技术竞赛,朗声说道:"那么我们第二阶段以大组为单位,每位技术员加入一个大组,共同以寻找代用粮为目标,进行新型酿造技术的实验。"

刘昌森因为与贺瑾瑜平日关系比较好,便主动加入四组。有了之前一轮的铺垫,老工人对于技术学习的热情空前高涨,经常围着技术员问东问西。

章捷没想到,第一阶段的厂校合一的理论学习收效平平,但是这次以实践促进步的策略,可算是非常成功。齐千、高上进、曲和平、刘昌森四位技术员,在此之前从未参与过一线的实际操作,通过第一轮的竞赛也有不少收获,其中比较明显的问题有两个。第一个是他们已经严格按照技术指标进行操作,但产出质量为什么还是远不如老师傅的高?第二个问题,主要是刘昌森个人的困惑,为何按照同样的操作流程进行操作,却会出现技术指标不达标的情况?

刘昌森的困惑是贺瑾瑜帮他解开的,他跟刘昌森说:"技术指标只能标注可以量化的东西,但是对于扬掀、装甑这些没有量化的环节,不太好控制,但是装甑的疏密程度,会直接影响出酒。"他这番话点得刘昌森茅塞顿开,刘昌森也一直觉得我们四组出酒品质一向最高,便主动请缨加入了我们四组。

在第二轮的竞赛当中,章捷别出心裁,特别安排了四名军转干部也一同进组,这四名军转干部都是一年前进的厂,分别负责厂里的安全、财务、思想政治和后勤保障工作。章捷毫不含糊道:"过去我们厂内不负责生产的同志向来对生产漠不关心,不以集体荣辱作为个人荣辱。我希望,这四位军转干部,能够更好地了解生产一线的工作内容,这样能更好地为一线的同志服务!"

章捷实际上心里是有一个更加深远的想法,他私底下其实还是担心,担心技术员和老师傅之间产生冲突,我和潘春生那两组还好,尤其是陈彪那组,都那么久了,他还总是保持着封建师徒间口传心授那一套,生怕自己的本事被外人学去。

这让章捷如何不懊恼,他自然希望这些斗争经验丰富的军转干部进组,在生产中促进技术员和老酒师们的融合。

分配到我们第四组的,正是负责后勤保障工作的贺青松,我跟他早前也算认识。贺青松是个身材发福的中年男人,常年都笑眯眯的,看起来应该有快五十岁了,中间的头发几乎秃尽。我们领厂里发放的劳保用品和过年过节物品,都是找老贺签字。两个月前,厂里负责原材料采购的同志调走了,因此这摊事情现在也是老贺负责,他还特别来请教过我主粮副粮的选择标准和品种问题,故而我们还算朋友。

人员全部到位以后,我集结起了组里的所有人,召开了第一次讨论会议,让大家发表意见。没想到,朴世仁居然第一个发言:"我来说两句吧。"他慢慢悠悠地站起身来,用目光扫了众人一圈。

"你有话快说,有屁快放。"猴子没好气地跟了一句。朴世仁这两年虽然有所收敛,但猴子觉得他的思想觉悟,不可能高到主动为集体活动出谋划策,现在第一个站起来一定没憋好屁。

"猴子,说话客气点儿。"我瞪了他一眼。

朴世仁根本没在意,仿佛没听到一般,说:"我觉得吧,这代用粮根本没有找的必要。"

"你看,我就说他是没憋好屁吧。"猴子一听这话,马上来了气。

"猴子,让人把话说完。"我又瞪了猴子一眼。朴世仁这才接着说道:"就是,小同志,脾气别那么暴躁嘛,学学你师傅,现在新社会了,讲究人人平等。"

"那你总该有个理由,为什么说没有必要找代用粮?倡导粮食节约,寻找酿酒代用粮是国家和整个酒类专卖系统的决定,如果你不能说出个理由,就是故意和上面的政策唱反调。"刘昌森吃朴世仁的亏吃得最多,没等我开口抢在前头说道。

"我自然有理由。"朴世仁顿了一顿,嘴角扯出一抹冷笑,"咱们酒行的老祖宗就是我的理由,你当老祖宗都是傻吗,只知道用一种东西烤酒?咱们老祖宗是把这天下的粮都试过了,这才用糯米酿了黄酒,用红粮酿了烤酒,还有婆娘煮鸡蛋的米酒,这各样粮酿各样酒,剩下的那些东西,那必然都是不中用的,所以老祖宗才没用。咱们现在放着老祖宗给蹚好的路不走,非要自己从头来样样重新试过,这不是瞎耽误工夫是什么?"

"这倒是,我们老家乡下原有几个老酒鬼,实在穷得买不起酒,也用红薯或者果子之类的拌上曲自己烤过酒,那酒烤出来,真的不是那个味儿。除了酒瘾大的老酒鬼,换了其他人,怕是都喝不下去的。"冯秋生说道。

"真那么难喝?不应该啊。"刘昌森心里犯了嘀咕,按照糖化发酵理论，只要淀粉含量足够高，就可以酿酒，按理说，不应该那么难喝。

"朴世仁说的不是完全没有道理，但是现在的情形和老祖宗那时候不一样了，而且能不能成功，咱们先不讨论。反正这个事情是必须做的，就像小刘说的，这是国家的要求，我们没有资格说可行，或者不可行，要证明不行，也得试过之后再说。"我冷声道。

"桂生师傅，你就有点儿站着说话不腰疼了，明知道不行，还非得要做，这不是拿我们当傻小子使唤吗？难道我们的力气不是吃粮食长出来的？"朴世仁冷笑一声。

四组内跟朴世仁要好的人刚准备起哄，只听见我说："力气是吃粮食长出来的，而且是吃公家的粮长出来的，如今公家说了话，你若是不听，也该想想，这公家的粮还吃不吃得安稳，或者说，你是不打算吃了？那我等会便向厂长申请，某些人本领大，不怎么看得起公家的命令。"

我语调平淡，但声音透露着一股森寒之气，我平时随和，从未这样施压过人，众人不由得都是一愣，那些刚准备为朴世仁帮腔的人，听得哆嗦，直接不敢出声。

我便朗声笑道："各位，你们都是老酒匠了，就算年份短的，做这行也得有个六七年了，做得久的，说不定烤酒的时间比我的岁数都长。但我是这个组的组长，有些话也不得不说，这事儿，不管你们心里怎么觉得行或者不行，都得试试。我刚才说的，这是国家的要求。另一方面，我也想请大家想想，国家为什么会有这个要求，难道粮食多得吃都吃不完，国家非要想办法用代用粮酿酒不可吗？既然有这个要求，那一定就是我们国家在粮食方面出现了困难。我请大家想想，如果有一天真的没有粮食给我们酿酒了呢？"

"不给粮食酿酒？那咱们厂不就要倒闭了？大家岂不是都得回家？"

"你们不要不相信，这种事情不是没有发生过，咱们附近的几个省份都曾经在最困难的时期颁布过禁止酿酒的命令。如果有一天真的连饭都吃不上了，我们如果不会用别的材料酿酒，那等待我们的就只有停工停产。到时候我们还上哪里去领工资、吃公粮？而且这次技术员刘昌森同志和后勤部的贺主任跟咱们一起搭班子，就是为了让咱们能在实践中学到科学技术知识，前一轮的比赛大家也看到了，难道你们就不好奇，一天学徒没做过的小刘是怎么将酒烤出来的吗？咱们这套师父传下来的老手艺固然有他的好处，但是也迟早有一天会被科技追上，难道你们就没有一点儿担心吗？"

我一大番话说罢，众人沉默许久。刘昌森以一种不可置信的眼光一直盯着我，情不自禁地鼓掌。

"桂生师傅，我一直觉得，您是一个人好、手艺好、脾气好的三好大师傅，没想到，您今天能说出这样一番这么有远见的话来。"刘昌森道。

"桂生师傅，您说的我们都懂，您就说怎么干就完了。"冯秋生说道。

他这话一出，众人都跟着回应道："是，我们都明白，您说怎么干，我们保证完成任务。"

"具体怎么干，我也想听听大家的意见，这用代用粮酿酒咱们都是头一回，大家有什么想法就都说说。"

众人再次陷入了沉默，这回刘昌森先开口："桂生师傅，要不我先说说。我之前看到过一份文件，上面提供了几种代用粮的方案，大家可以参考一下，比如说木薯、红薯、土豆、山药、玉米，不过这些虽然不是主要口粮，但也都很常见，还有一些单位用海藻、金刚刺、橡木子进行研究。因为制曲通常需要用到大米和中药材，所以也有单位把研究力量集中在制曲方法上。依照糖化发酵的基本原理，淀粉是其中的主要成分，所以我觉得稳妥起见，咱们还是在薯类材料上做文章比较稳妥。"

"我看行，这红薯白薯的，好歹咱们也常吃常见，你说的别的那些啥藻啥刺的，我见都没见过。"姜大文跟着说道。

我低头思索了一会儿说道："我也同意，白薯、红薯、土豆、木薯、山药、芋头这些，基本上差不多，我们只要能弄懂一样估计就能一通百通，以后我们可以有红薯用红薯，有土豆用土豆，不会被原材料卡死。"

"桂生师傅说得没错，这几种都属于植物根茎，结构和成分都比较相似。"刘昌森跟着说道。

"师父，这些原料都很常见，估计其他几组也是用这个吧。"猴子在一旁说道。

"没事，虽然比赛有输赢，但是咱们最终的目的，还是为了能找到合适的代用粮，这些原料，我感觉未来使用的机会更大一些。"我答道。

刘昌森点点头，接下来的一段日子里，刘昌森与我配合得异常默契，刘昌森每天几乎有一半的时间都泡在四组的厂房里，即使正常生产期间，他也经常端着他的实验设备不停地采样、化验，详细记录工人的操作细节。

我问他在做什么,他便说:"桂生师傅,我在破解您酿酒比别人好的秘密。"

猴子听了这话,明显不太高兴,好几次想要把刘昌森哄走,反倒是我,还反过来劝猴子:"小刘要是能把我的技术破解出来,那是他的本事,靠本事吃饭,谁都了不起,你可莫要太小气了。"猴子听完委屈得哼哼不停。

刘昌森听了这话便问我:"桂生师傅,我要是破解了你的秘密,你可就不是醴泉酿酒最好的大酒师了。"

我笑了笑说道:"那你可得快点儿,早点破解出来,我也能早点儿享清福,到时候我就端着茶缸子,坐在厂房门口,看着你们在里头忙活,那就成了。"

刘昌森笑了笑,他看着我,看着蒸甑里冒出的热气滚滚而上,如云如雪,如同豁达敞亮的人心,如同经过岁月历练陈酿的灵魂。

## 44 新式酿法

第一轮技术结束后，醴泉酒厂的出酒量得到一定进展，然而章捷仍然忧心忡忡，一周后再次将我们四个组长叫到办公室开会。我是最后一个到的，望了望办公室里，中间坐着章捷，陈彪、潘春生、李万香依次而坐，我疑惑道："厂长，你怎么忘了叫上技术员小刘，你让他听听，说不定有办法呢？"

章捷摆摆手，道："不必了，他才多大，真正重要的事情，交给你们这群老师傅，我才放心。咱们都是工农，实干才能成功，那小伙子只会读书，先锻炼几年再说吧。我这次要说的事情，关系重大，你们听仔细。"

我虽并不认可他的想法，但也只好就此作罢。

章捷道："省里的轻工业厅给我们厂下了命令，必须快速提高酒厂的出酒率，实现工业化改造。眼下我省的钢铁厂大干快上，多快好省，已经多月实现产量翻番，依我来看，他们马上就要赶英超美。我认为，虽然我们比不上钢铁厂，但是提高每百斤粮食的出酒率，依然是很有必要的。"

我大吃一惊，如果省里面要求我们提高出酒量，那么同样的人手却要干更多的活计，手底下的人则免不了要多发牢骚，我便连忙问道："厂长，不知道省里面下达的具体指标是多少？"

"省里面今年已经给我们下了指标，必须将我们的出酒量提高两倍，所以不知道各位有没有什么好的办法？"

"今年产量是五十吨，如果明年要提高两倍，那岂不是要产上一百五十吨酒？那省里面会给我们提供多少粮食呢？"陈彪震惊道。

"各位师傅果然是一针见血啊，这就是我这次召开会议的关键问题所在。今年计划拨粮一百吨，我们产酒五十吨，可是明年只提供二百吨粮食，却要我们酿出一百五十吨的酒，也就是说……"

"我们的平均出酒率要从五成提高到七成五！"我直接脱口而出。

"厂长，这简直是不可能完成的任务啊！"一旁的潘春生终于坐不住了，听到如此高的要求，气得脸都白了。

"且不说提高两倍的出酒量会带来多高的劳动强度，哪怕是驴子也遭不住啊，可就算人有这么多的精力，但凭什么短短一年时间内让出酒率提升两成半之多呢？"李万香也是神情凝重，两道横眉皱成一团麻绳，如临大敌般。

"各位师傅莫要惊慌，我心中早有想法，你们先说说你们的想法，大家群策群力，最后我再谈谈我的看法。"

"厂长，我认为这绝无可能。哪怕我们这群人发了疯蛮干，也不可能仅凭这么点儿粮食酿出这么多酒。退一万步讲，就算是蛮干把酒酿出来了，这酒还能喝吗？"我斩钉截铁道。

"虽然我一向同桂生师傅闹矛盾，但这一次我同意桂生的想法。这就是一个不可能完成的任务。"就连陈彪都罕见地摇头叹气，认为这简直是异想天开。

章捷随即又盯了一眼潘春生与李万香，两人皆是摇头叹气,束手无策。

"那好,既然各位师傅都束手无策,我便说出我的看法。首先,我得提醒各位,党的命令大于一切,完成党和政府指派的命令,是我们酒厂存在的价值,任务再艰巨,我们也要迎头赶上,谁要是干不了,我先提前说好,干不了可以明天走人!"章捷严肃道。

我们在场四人闻言均是一惊,眼神异样的光芒闪烁,似乎都有什么话停留在嘴边,但又没有出口。

"当然,我们醴泉酒厂有厂规,不会无缘无故开除谁,但也请各位组长、师傅,管理好自己的组员,明年是艰苦卓绝的一年。"章捷似乎想要缓和一下气氛,旋即说道。

"你们也无须紧张,我现在便公布我们的底牌。全国酒厂大干快上已经有一段日子。就在我们北边的胶东地区的烟海市,他们已经完成了大干上进的省厅目标,去年他们进行酿酒技术改革已经取得不错的成绩,烟海市的青阳酒厂的厂长是我的老朋友,我已经充分学习了他们的工作经验,改天他们便能派人来指导我们,去年他们凭借自创的青阳酿法把产酒量翻了两番。我想,各位师傅学习之后,我们完成明年的目标,便不是问题。"

我皱了皱眉头,我的烧酒水平未必是全国最好的,可总算有着一定的烧酒常识,真的有人能将出酒率提升到这种地步吗?但眼下章捷口中的青阳酿法也只能姑且一试了。

我们在场的四个组长收到明年的指标后,也只能迅速回去告知各自的组员,不出意料,所有人都是大吃一惊,大家都在嘀嘀咕咕地发牢骚。

两周后，青阳酒厂的技术员便到了我们醴泉酒厂，我们寒暄一番得知他叫杨立，他下到车间跟我们讲解了很多化学术语，可是我们根本听不懂，情急之下，我突然想起来刘昌森，这小伙子平时钻研课本，跟这杨立说不定能说上话。

我们站在一旁听着这个"真君"，那个"真君"的，完全弄不明白，刘昌森却跟这个杨立聊得有来有往的，我们只能无奈地听着。

"章厂长，我看你们这里的科学教育还很落后啊，我带着青阳酿法来，你们这里的人，完全听不懂，只有这位小刘同志能明白我的话。这样吧，确保小刘明白后，我再离开，到时候由他来指导你们实践。"章捷见状，一筹莫展，便也只好让其他人先回去，他和刘昌森听着杨立的讲解。

三天后，杨立便自行回去了，章捷召集小刘和四位大师傅到办公室开会。

"小刘，你跟大家说说，这个青阳酿法，比我们传统酿造法领先在何处，有什么奥妙？我们又该如何操作呢？"

"长话短说，这个方法的第一点便是压缩发酵时间，我们传统酿造法的酒醅发酵时间在十天左右，而这个方法只需要五天。"

"怎么可能？五天就能做好酒醅，这种酒能好喝吗？这不是在欺负我们老祖宗是傻子吗？"

"当然不是平白无故的，这个方法的妙处便是"入池低温发酵"，只要让我们窖池的温度达到像青阳窖池的十摄氏度，就可以了。"

"还有呢？"陈彪道。

"第二个要点就是酿酒时,我们要放弃以开水加甑,而用常温水和冷水加甑。"

"不用热水加甑,这不是开玩笑吗?这法子这能增产?"李万香瞪大眼睛,眼中满是不可置信。

刘昌森犹豫道:"杨立同志是这么跟我说的,他还给我留了一本小册子,应该是他们厂单独印的,就叫《青阳酿酒法》,不信你可以看图。"他翻开书中的某一页,里面果然有这个说明图示。

接下来几天,我们各组在刘昌森的教导下,按青阳酿法进行烧酒,没想到出酒率竟然真的有所提高,每百斤粮食的出酒率直接到了七成,这下可把章捷给乐坏了。

"今年所有人所有组,都按这个方法去酿酒,二百吨粮食总能酿出一百五十吨好酒的。"

可是我尝了这方法酿出来的酒,忍不住喷了出来,双眼满是不可置信。这玩意能是酒?酸得跟醋一样,酒味只有那么一点点,可是省里面的领导给出了指标,厂长眼下也是非常高兴,我又怎么拂了他的意呢?

我转头去看其他三位师傅,他们眼中也是阴晴不定,欲言又止的,看来大家彼此心照不宣,这件事也只好这么办了。

烟海市的酒在全国流通,作为示范酒,是非常好买的,我托朋友在醴泉镇上带了一瓶,我尝了,这与我们酿出来的,味道全然不同,明明是同样方法酿造的,为什么会有这样的差异呢?

醴泉酒厂使用这个方法酿造一个月后,不久章捷又开月会,拉上了四个师傅和刘昌森,毕竟刘昌森是最了解青阳酿法的。

章捷道:"各位,还是老问题,我发现咱们醴泉的出酒率始终停留在七成,若是这样我们只能交出一百四十吨的酒,还有十吨的差额,可不能差下,你们看有没有办法?"

"依我看,上面的领导根本是一拍大腿想出来的,咱们只要把出酒率应付应付得了,完全可以多掺点儿水,把度数降低一些,反正他们也察觉不出来。"潘春生道。

"怎能把大家当成傻子呢?你平常喝酒,你能不清楚度数低了会变味?何况,何况……算了,咱们打开天窗说亮话,眼下这酒因为提产味道大不如前,你们要是再掺水,可不就成了假酒吗?"我毫不客气道。

"这么说,桂生师傅似乎早有方法,怎么不早早说出来,是想让我们请你吗?"潘春生道。

"没有一定把握,但可以一试,死马权当活马医。"我犹豫道。

这时,章捷终于开口,他朗声道:"咱们醴泉就应该团结一致,群策群力,而不是每个人都藏着掖着,有想法、有技术都可以直接说出来,没必要搞封建师徒、封建传承那一套,大家都是同志,彼此交流才能进步。"说完他瞪了潘春生一眼。潘春生也只好识趣闭嘴。

旋即章捷便转向刘昌森问道:"小刘,你来了一段时间了,你这技术员的技术有没有取得进步啊?"

刘昌森尴尬道:"那个,厂长,我的技术突破还有赖于各位大师傅的支持,只有他们愿意配合我研究,我才能取得成效,不过现在我们有燃眉之急,相信接下来各位师傅会配合我。"

"那你还是好好跟着大师傅们学吧,别老钻研书本。"章捷轻笑,估计这小刘也没什么本事,倒是把责任推脱到其他人身上了,他不亲自学酿酒,又怎么懂得提高酿酒的产量呢。

最后,章捷还是强调道:"各位师傅各显神通,能把出酒率再提高半成,咱们年底才好交差,莫要辜负党和人民的信任。"

"厂长,要不进行技术大比拼如何?最好是您添些彩头,这样大家也不敢藏着自己的真实水平。"陈彪道。

"好啊,各位师傅,我们便限时一个月,眼下忙碌的生产也不能停下,谁要是能把出酒率实现最大幅度的提升,我便将他升职到副厂长!"

在座的三位师傅面露喜色,我却不太在意这些,真正感兴趣的是,如何将自己的酿酒技术再进一步。

那天晚上,我在床上躺了半宿,寻思着应该从什么方面下手提高出酒率,蒸煮、扬掀、烧甑、制曲、冷凝,到底哪个环节可以改进,我的视线突然停留在屋内桌上的两个馒头上,一大一小,我突然灵光一闪,为什么有的馒头大,有的馒头小呢?按理说同样的面团,加入差不多的活面,可是有的膨发得大,有的却很小,问题肯定出在活面的活性上。

我一拍大腿,这曲砖不就同这活面一样吗?多年前,我与干爸对赌的时候,我的出酒率比他高,仗的便是这曲砖,曲为酒之骨,唯有曲砖变好,出酒率才会提升。

虽然我的曲砖已然比其他人要好,但依然有改进的空间。从前听许谦说,酿酒是跟生物和化学有关的技术,明天去问问技术员小刘，说不定能找到灵感。

第二天，我便来到了刘昌森的研究室，这个研究室敞亮宽阔，摆着八张桌台，桌台上都是瓶瓶罐罐，玻璃管插满了架子，刘昌森正在桌上捣鼓着什么。

"小刘，打扰你了。我有个问题想请教你。"我跟他握握手，他受宠若惊地握着。平时我从不来实验室，估计他觉得挺稀奇。

我旋即将昨晚的困惑讲给刘昌森，刘昌森沉默良久，缓缓开口道："你终于意识到这个问题了，桂生师傅，做馒头和烧酒一样，活面是用来发酵的，但每个活面的发酵能力是不一样的，就像这曲砖，您是曲师，应该知道这曲有优劣，它们的糖化力是不一样的。"

"糖化力？啥是糖化力？"我一头雾水。

"桂生师傅，我知道你们一直看不起我这技术员，因为技术员讲究科学严谨，不像你们只凭借感觉，你们没有系统学习酿酒，但是酿酒经验远比我丰富，但是知其然却不知其所以然。这糖化力，你可以理解为曲砖让酒醅最大限度转化为酒精的能力，虽然也有其他方法能提高出酒率，但是只有提高作为糖化剂的曲砖的糖化力，才是最稳妥的方法。"

"原来如此。"我恍然大悟，突然注意到刘昌森说的最后一句话，我问道："小刘，你怎么看这青阳酿酒法？"

"看来桂生师傅，也注意到了这个问题，那就是这方法其实并不太适合我们。"

"那你之前怎么不反对呢？"

"桂生师傅，我不是蠢蛋，你们四位老师傅都不敢反对，我一个年轻人又敢说什么呢？我敢保证，厂长也知道这酒难以入口，但是迫于省厅的压力，不得不采取这方法，否则今年难以交差呀，我们都心知肚明，怎敢提出异议？"

"不错不错，你原来和我想的一样。"我点头赞赏，忽然想到一件事，开口道，"烟海市以青阳酿酒法自酿的酒虽谈不上如何惊艳，但酒味仍是相当浓郁，仍可入口，可我们醴泉以青阳酿法酿出来的酒却带着酸涩感，饮用口感不佳，这究竟是什么原因导致的呢？"

"这个问题很复杂，我猜测这与两地的气候差异有关，具体的原因，我正在研究，您看我每天在实验室捣鼓的瓶瓶罐罐，便是在研究咱们醴泉的酒。"

"谢谢你小刘，这次多亏了你。"

"桂生师傅，你要是真谢我的话，能不能送我一块你亲手做的曲砖，我想回头研究一下？"

"你是想破解我酿酒的秘密吗？"

"我只是想知道桂生师傅为什么比其他三位师傅高上一筹。"

我一愣，这马屁拍得我浑身筋骨舒畅，便笑道："你莫折煞我了，改天我让人给你送上一块。"

回去之后，我仔细琢磨如何提高曲块的糖化力，想要让曲块长得好，温度、湿度、透气都要做好。

这天下午，邹胜利在下班路上突然叫住了我，我回头朝他微笑，这孩子，我教了他三个月制曲，他总算愿意主动跟我搭话了。

我说："胜利，今天辛苦了，有空我们一块吃饭。"

邹胜利原本木然的眼睛，点燃了一下，开口说："师父，我要告诉你一个秘密。你跟我来。"

秘密？难道他要跟我讲他的身世？我蹙着眉头，邹胜利并没有说话，他拉着我的手，领着我来到了醋仓和粮仓之间的小谷堆后面。

他示意我藏进谷堆里，我们伏着身子，邹胜利指着前面说："师父，你看。"

我凝神望去，醋仓后有三个人拿着铲子在刨一块地。一个身材高壮的男人瓮声瓮气地催促着旁边两人赶紧挖。

我定睛一看，那身材高大的男人，似乎回头望了一眼我所在的谷堆，又瞪着眼睛到处盯梢。他们到底在干吗？难道是在偷粮食？

邹胜利细声说道："师父，我眼睛不好，可很多东西却比你们还看得清楚，这些人已经不是第一次这么干了。"

我沉声道："这件事你不要说出去，对你不好。你先说说，他们三个是谁。"

邹胜利说道："他们在你来之前就一直这样，本来我不知道他们是谁，也不想知道他们是谁。我原本只是厂里的一个普通工人，在厂里没有任何朋友，谁都不搭理我，谁搭理我都以逗我为乐，我便不愿意和他们说话。可是师父您愿意教我制曲，前些日子，也就是我拜您为师的那天，我已经猜出来他们是谁了。我眼睛虽然不好，可耳朵灵得很，谁的嗓子说话是什么味道，我全能分辨清楚。"

我心中又惊又喜，胜利这孩子，原来是一直没有朋友，才不愿意说话的。

我说："你猜出来是谁了吗？"

邹胜利道:"那个高大的男人,就是一直针对我们的朴世仁,其他两个应该是姜大文和冯秋生,他们一直偷粮食。"

我说:"醴泉酒厂对偷粮食一直严惩不贷,而且监督严格,他们是怎么做到的?"

邹胜利说:"师父,现在我们厂里的任务提高了两倍,粮食翻了一番,您想想,拿同样的工资,却干着以前三倍的活儿,怎么会有人不动歪心思呢?您看,这曲房的独轮车是木头做的。木头的缝隙里每次都能藏不少粮食,积少成多,便能攒上不少了。"

我心中"咯噔"一下,是啊,独轮车是木头做的,独轮车一步一扭,像个小脚妇人似的,那就有很多偷取粮食的空间,木材可能会有缝隙,酒醅运输过程中,可能会从这些缝隙中漏出,曲房潮湿,木材容易变形,长期使用可能会导致结构损坏,从而影响酒醅的运输效率、安全性,偶尔散落在地,那么这些扬掀的人可以偷偷藏起来,拿回家。

邹胜利见我沉吟未决,低声道:"师父,我们需要偷偷喊人来抓他们吗?他们老是针对你,手脚还不干净,影响我们四组的出酒,他们要是被抓住了,说不定就直接被开除了,那我们四组就安宁了,可以好好大干一场。"

开除?如果他们被开除了,就意味着要出去重新找活干,他们只会扬掀。朴世仁开除了倒无所谓,但是姜大文和冯秋生,两个人一直遭朴世仁怂恿,他们出去能找到什么活计?这样的事情传出去,三个人一辈子都别想抬起头来。

我瞬间动了恻隐之心,便说:"这件事情,你先别说出去,他们有把柄在我们手上,以后让他们乖乖听话。但绝不能让他们再偷粮食,我明天直接告诉厂长,必须改进推车,才能更好地维护公家的利益。"

邹胜利叹了口气,虽然不理解我的决定,但还是尊重我的话。就在我准备离开的时候,我的脚下踩着什么细碎的东西,嘎吱嘎吱响。我低头一看,正是许多稻壳散落在地,我突然灵机一动,这稻壳可是好东西,它中心是空的,透气性好,要是在曲房的曲栏上下撒上稻壳,再铺上咱们北方的稻管做的草垫,因为北方稻草一年只长一茬,生长缓慢,稻管坚韧,不像南方稻管那么潮湿脆弱,那透气性不就上来了吗,这样曲砖散热也会更加充分,曲砖也许发育得更好。我顿时喜出望外,打算明天便试上一试,再加上改造独轮车,说不定便能提升到七成五的出酒率。

第二天,我把我的想法告诉贺瑾瑜等人,他们连忙称赞,我立刻指派他们执行,细化了制曲过程中的通风透气、加湿降温的细节,同时在第二天中午,我将所有第四组的人叫到一块,集体进行训诫。

第四组的二十多位成员,所有人都茫然看着我,不知道我要做什么。

"同志们辛苦,我知道今年因为厂里的任务大大增加,有很多人私底下有抱怨,这是正常的,首先我在这里感谢大家配合。"我向大家深深鞠躬。

"但是,我们中间也出了一批思想走偏的同志,几粒老鼠屎弄坏一锅汤,具体是谁,我不点名,只为了给你们一个警告,你们不要以为偷偷窃取公家粮食,就没有人发现,我只是不想点明,给大家留一个面子,如果你们不就此收手,那么从明天开始,我便向厂长报告,你们最终的后果想必自己也清楚。"我这一番话犹如晴天霹雳,虽然不少人心有抱怨,但依然想着公家,是万万干不出偷粮食这样卑鄙的事情的。

"是谁啊?师父能不能说出来啊?"

"是啊,我们组怎么还有这样的人渣啊?"

"小偷滚出去,简直玷污我们第四组的脸。"

下面的组员义愤填膺,纷纷表示耻与小偷为伍。我听完淡淡一笑,偷偷看了一眼朴世仁三人,他们脸上精彩得很,听到其他人义愤填膺的辱骂,脸都白了。

"桂生师傅,既然抓到他们,为什么不说出来,您不会是捏造故事,想让我们第四组内斗吧?"我没想到,这朴世仁还能无耻出口,脸不红、心不跳。

"好啊,那我就说出来吧!"我戏谑道。没想到啊,这朴世仁还是个赌徒,我好心饶他一次,他竟然还不知足,想反咬我一口,真是贪心不足蛇吞象。

这朴世仁听完这话,头上明显出现细密的汗珠,他旁边的姜大文和冯秋生这时根本不敢抬头。

"他们是通过木板车偷的。具体是谁,我给你们面子。扬掀的同志们注意,从前的箩筐挑酒醑,我们今天就要弃用独轮木板车,将他们改造成双轮车铁皮车。至于为什么这样改,木板车年久失修,缝隙中吞咬粮食,有些人会藏着拿回家,而选择铁皮车,而非铁板车,一是考虑到粮食损耗问题,二是铁皮比铁板轻,方便大家节省力气,大大提高运输效率,大家看如何?"

"我们支持。"冯秋生急忙道。他已经迫不及待想摆脱嫌疑。

"桂生师傅深明大义，就应该这么做，让那小偷无法可偷。"姜大文也急忙说。

"行了，你们两个怎么回答得跟我的托似的，其他扬掀的同志听到没有？就这么办，三天之内，把所有车都要改造好。"

众人纷纷点头，我这才宣布散会。

终于到了章捷宣布四组技术比拼的日子，我改造的曲砖终于出来了第一批，我们四组依次上阵，各组人加足马力，进行比拼，都在青阳酿法的基础上进行改造，没想到陈彪每百斤粮食出酒72斤，潘春生71斤，冯秋生71斤，而我这组直接达到了76斤，高达七成六的出酒率。

章捷依次尝了我们的酒，虽然四人的酒都有一股酸涩味，但是我的酒带着一股绵柔劲，章捷闻后，心花怒放，脸上的愁容顿然消失，拍着我肩膀道："桂生师傅，你可真是我们厂的大功臣，没想到你竟然这么有本事。不知道你是否愿意说说，你是怎么做到的？"

"我的手艺公开无妨，还请大家不要见笑。"我当下立即将铁皮双轮车的改造计划和增加曲砖透气性等方法都公开说明，大家这才恍然大悟，连连称赞。

"不愧是桂生师傅，你这种探索精神简直是我们醴泉的学习标杆。改天还请你教会其他几组，大家一起提高出酒率，完成今年的任务才是。"

"那是当然的。"我连忙点头，陈彪等人见我如此爽快地公开秘诀，无不露出赞赏的神情。

"厂长，既然我们第四组赢了，您是不是得表示点儿什么？"猴子在一旁探头探脑，笑嘻嘻地提醒章捷似乎遗忘了什么事情。

章捷喜上眉梢，爽快道："桂生师傅对我醴泉有功，明天我便向省厅申请，提拔你为副厂长，估计下个月你便能上任。"

我连忙推辞："厂长，我干不了行政工作，我就是一个老老实实酿酒的，我不需要这个，您别听这孩子瞎说。"

章捷板着脸严肃道："那怎么成？君子一言，驷马难追，你当我章捷是不守承诺的人吗？你这拒绝了，以后还有没有人把我当一回事？"

"是啊，师父，您荣升副厂长，咱们徒弟、整个第四组的人也倍儿有面子不是吗？"贺瑾瑜道。

我支支吾吾，实在说不过他们，也不好拂了章捷的面子，便只好答应了。

章捷对着其他人说道："也辛苦各位师傅配合，今晚食堂加餐，大家都好好吃一顿。"

晚饭的时候，大家在食堂推杯换盏，刘昌森突然蹿出来，偷偷说道："桂生师傅，果然是你赢啦，我上次说得没错吧。"

我忽然想起他上次说我的酿酒技术是全厂最好的那番马屁话，此刻不由得哈哈大笑，我似乎忘记给他送上一块最新的曲砖了，这下便道："谢谢你的帮助，小刘，明天你到研究室之前，应该能看到我最新的曲砖。"

刘昌森听罢，又敬了我一杯，我这下真是喝得昏昏沉沉，便提前告知猴子："你明天七点半，从我们组拿一块曲砖放到刘昌森的研究室。"

就这样，我们乘着"大干快上"的东风，毛毛糙糙地干了两个月，没承想，竟然出了大事。

我此前早已观察过储酒，储酒只要达到十五天以上，就会口感醇厚，味道上乘。但是为了满足生产需要，有的酒匆匆忙忙的八九天就把它蒸馏出来了，没有储存。为什么储存好呢？酒里的沉淀物要满足储存期，才能提高酒质与口感。

那天，许谦作为苏北酒类专卖局党委书记，亲临醴泉酒厂，他的身后停了一辆汽车，还站了十几个男人。章捷老远就看见许谦的行政车辆，这车上坐的都是省里的领导，他又岂敢怠慢。每次去省里开会，他都能见上许谦，因此他立马打招呼道："许书记，什么东风把您给吹来了？"

我在人群中看见许谦，喜上眉梢，待会儿非要和他好好说说话不可。

"章同志，平时我专卖局里忙，是不会轻易来打扰你的，我这次来是为了宣布两件事情，你做好准备。"

"好，您说。"章捷望了望许谦身后乌泱泱的人，突然产生一种不祥的预感。

"第一件事，经过我们专卖局和省厅研究决定，从明天起，你不再担任醴泉酒厂的厂长兼书记，你的位置由我身边的梁震翔同志接替。"

章捷听罢，面如白纸，笑容僵在脸上，他怎么也没想到，自己会被突然撤职。

# 45 掌舵易主

　　一个中年男人走了出来，一张国字脸，双目犀利有神，戴着一副眼镜，身材挺拔伟岸，神情冷峻地盯着我们，忽然脸上又是一笑，宛如春风拂面，朝我们挥挥手道："大家好，我是梁震翔。"

　　"许书记，为什么要由这位同志来接替我的位置？我可从来没有犯错。"章捷不服气地抬头道。

　　"是啊，章捷厂长的所作所为我们都看在眼里，他一直心向大家，没有做错事，许书记您是不是弄错了？"潘春生突然开口道。

　　许谦负手而立，朗声道："有没有做错事，省厅自有判断，对你调动的原因，便是关于今天我要说的第二件事——我身后有八位购买你们醴泉酒的同志，他们现在手里都拿着从你们酒厂里买的醴泉大曲，你们猜猜这里面有什么？"

　　我的脑子"嗡"的一下，一片茫然，怎么回事，难道我们的酒出问题了？我突然冷汗涔涔，之前我们采取青阳酿酒法，真的可能导致醴泉酒的味道与此前相去甚远，可是不采用此法，我们实在难以完成省厅下发的任务指标，这下终于闯了大祸了。

　　许谦淡淡道："把酒砸了。"许谦一声令下，那八位同志直接脱手，朝左右没有人站的地方抛去，他们的酒瓶和酒坛轰然破碎，露出其中的东西，竟然有一只老鼠和一只蛤蟆，早已死去多时，还有各种漂浮的蚯蚓、蚊虫，引得人作呕。

大家面色骇然，怎么会这样？章捷面如白纸道："一定是有误会，我们的酒都经过严格检查，怎么可能有这么多异物，肯定是有人栽赃。"

许谦道："这些同志买了醴泉的酒，却发现你们的口味不但跟去年相比味道变差，而且存在许多不干净的东西。本来我以为只是个别现象，没想到找我们酒类专卖局投诉的人越来越多，我们便亲自去市场上购买你们醴泉的酒水，没想到这么多死物在其中，味道酸臭难闻，这是酒吗？简直是马尿！你们这是纯纯欺诈老百姓！"

"明明你们酒厂前两年的酒味道醇厚，绵柔可口，非常好啊，怎么你们今年的酒难喝成这样，还有这么多不干净的东西？"

"不可能，一定是有人栽赃，许书记如果不信的话，我们可以到储酒车间去品尝一下，我们的新酒到底是什么味道？"章捷急道。

许谦点点头，示意他带路，章捷吩咐秘书取来储酒仓库的钥匙，他亲自引路，当着众人的面打开大门，这里面摆满了各种地缸，泥下全是窖池，还有不少水泥窖，都储存了不少醴泉酒。

大家进入储酒室后，章捷立马亲自开了十坛地缸的封布，从东到西翻开，他的脸色越来越白，许谦蹲下拿着手电筒仔细看这酒水表面，十缸之中至少有三缸表面有蚊虫，我们依次瞅了一眼，我们酒厂的人瞬间脸都绷紧了。

"现在你还有什么好说的？"许谦道。

"怎么会这样啊……"章捷满脸不可置信。

"再给你最后一次机会，再开九十坛地缸，看看成色。"

我们纷纷帮忙去解开封布，没想到最后大家算下来，一百坛之中有十坛都有蛇虫等异物。

"章捷同志，有异物，只能说明你玩忽职守，异物也许是下面工人执行时，过分偷懒，算你失职。可真正让我们决定调你职位的，便是因你浪费国家粮食，数额巨大！你可知罪？"

我没想到，许谦竟然直接伸手在第一百坛地缸中，捧了一口酒，喝了下去，旋即脸色发绿，立马呕吐出来，他似乎有意无意瞥了我一眼，又对着章捷，满怀怒意道："我不说了，你自己喝一口，这不是马尿是什么？你们太让我失望了！"

章捷也捧了一口酒，吞到喉咙，味道实在酸涩，强忍到喉头，最后吞了下去。

"看来你们醴泉今年做的，都是辞亲酒啊，像这种酒里面有蛤蟆、虫子、漂浮物的，喝起来浑浊的，在我们老家那叫辞亲酒，你只要请我喝某种不好的酒，喝完就别想做亲戚了。"许谦扫了所有人一眼。

我听完脸都涨红了，在场的就我和许谦在一个地方长大，这话不是说给我听，又是说给谁听呢？可能我这次真让他们失望了吧。

"现在你对于我调职的命令还有异议吗？"

章捷垂首叹气道："愿意听从调遣。"

"不过，在调职之前，你得跟我说清楚，为什么你们醴泉酒今年质量下降如此厉害，你知道吗？你是厂长，所以你要负全责,这种货色的酒酿出来,我只能说实在浪费国家粮食,对不起党,更对不起人民。"许谦双目如炬,扫射四周人群,我觉得他变了,他如今高大严肃,自带压迫感,与小时候追在我屁股后面跑的那个许少爷,相去甚远。

"许书记,今年厂里不是只给咱们调了二百吨粮食吗,但是要酿出一百五十吨酒,可是想要让我们在原来质量的基础上,酿出这样的酒太困难了。年初的时候,我去省厅开会,上面不是让我们学习烟海市的先进经验吗?他们作为示范,要让我们好好学习。我便指派各位大师傅学习青阳酿酒法,可怎么也不明白为什么使用同样的粮食、同样的手段,我们酿出的酒就是和青阳本地酿的不一样。"

"许书记,我是醴泉的副厂长,我叫桂生。"我着重强调我的身份,"我们最后产出的酒,最初刚出的时候,是微微发酸,没想到储酒之后酒味变得更差了。究竟是什么环节出了差错,我也不知道,兴许是大家为了压缩工期,提前出酒了吧,这件事情我也有责任,这不能怪章厂长。"

"桂生,你瞎掺和什么!这事是我拍板的,跟你有什么关系?你那会儿还不是副厂长呢。是我强制你们执行青阳酿酒法,也许是违背了毛主席所说的客观规律吧,可这方法对于提升出酒率的确有效,为了省厅交给我的任务,我只能硬着头皮上了,我本是出于好心,没想到最后大家执行成这样,不过我是厂长,事已至此,也只好如此了。"

"可是,厂长你……"

"许书记,我愿意接受处分。"

"好,现在请你为这些信任你们醴泉的老百姓道歉并且赔偿。"

"各位同志，今年我们醴泉有负众望，我身为厂长决策失误，难辞其咎，我在这里实在对不住大家！"章捷低下头，对着八位同志一一鞠躬。

"我们醴泉愿意以十倍的数量赔偿给你们，请你们放心，都是没有任何异味的陈酒。"

"好！梁震翔，你今天便留下了，在这里接任章捷的位置，你要好好干，时刻记住，你做的每一个重大决定，都会关系到国家粮食的浪费与否，记住我来时给你派下的任务，要节省粮食，早日研发出代用粮，实现厂里的机械化生产，让每一个工人都能读书识字。"

"许书记——"正在章捷打算转头离开醴泉酒厂之际，我追上去喊，"我请求辞去副厂长的职务，对于这次事情，我问心有愧，所以我想引咎卸任，只专注于本分的烧酒工作，其他的我实在忙活不来，请您批准。"

许谦回头盯着我，沉吟良久，便道："那我回头向上面申请，你要好好干啊，努力配合梁震翔同志的工作，不要辜负人民的信任。"

我连忙点头道："我一定在保持咱们醴泉特色的基础上，再提高出酒量！"

等许谦真的走后，咱们醴泉所有人的脸上都盘踞着阴云，猴子拉了拉我的衣袖道："师父，您跟许书记打小一起长大，这次干什么装作不认识？"

"小孩子胡说什么？工作的时候莫要攀谈关系。他刚刚是许书记，而不是我的许谦，咱们私下关系好，不能仗此讨要好处。再说了，这次师父我的确也很自责，现在章捷厂长直接被调走了，咱们接下来也得好好配合新厂长的工作才是。"

猴子听罢，乖乖闭上了嘴，听我一席话，又学到很多人情世故，这些东西幽深复杂，让这少年大为懊恼。

梁震翔来醴泉的第二天，便在工人会堂召开大会，这倒是与章捷不一样，章捷从前只与我们大师傅商量，而梁震翔坚持让每个人都到场。

第二天，所有人到场之后，都盯着这位新厂长，他今天的一番话，势必关系到今后的工作，乃至人事调动，因此不可不慎，所有人都鸦雀无声。

梁震翔朗声道："既然所有人都到了，那么会议便开始。章捷厂长离去，我和你们同样感到遗憾，革命尚未成功，同志仍须努力。今天我便告诉大家，我们醴泉必须落实的具体工作。"

"首先，从今天开始，每个人都必须读书识字，努力学习科学文化知识。你们这群工人、大师傅，手艺精湛，这倒不错，但是光知道酿酒，不知道为什么这么酿。你们采取青阳酿法，直接开始用，却不知道青阳酿法的本质是什么，为什么这样出酒率高，你们没搞清楚根本原理，刻意照搬，那当然要出现问题！烟海市在我们北方，濒临东海，气候温暖湿润，而我们这里处在大陆内部，季节变化大，两地气候不同，环境不同，那当然酿出来的酒也不同。"

"各位师傅，你们是酿酒的，不会不知道温度、风力、透气度对制曲的影响有多大吧？"

我猛然醒悟，这次明白为什么两地采取同样的方法，但是酿造的味道始终不对。

"所以你们要努力学习科学文化知识,研究咱们这里的各种地理、气候优势,研究我们的水质、我们的土壤等,而不是直接照搬烟海市的经验!"

梁震翔声音顿了一顿,朗声道:"与我同来的还有一位新的技术员同志,来自南京大学的叶苏同志,让我为大家介绍一番。"

我突然感到周围人声嘈杂起来,大家低头私语。台侧突然多了一道青春靓丽的身影,她健步沉稳上台。台下一片惊叹,酒厂里工人男多女少,少数女性还是拌曲女工,大家都不曾识得几个大字,这会儿稀奇,来了一个女大学生,到厂里当化验员。

我抬头,只见这女子约莫二十二岁,一张俏脸,身段比我高上一个头,穿着雪青色的衬衫和黑色西裤,裙裤上的细褶是对女人仪态最严格的检验,叶苏莲步姗姗,西裤虽不至于纹丝不动,也只限于最轻微的摇颤,可见是一位家教极好的女子。

梁震翔介绍道:"叶苏啊,以后你就是咱们厂的第二位技术员,不过你负责化验,让这位刘昌森同志先做你一年的师父,引你入门。"

刘昌森伸出手跟叶苏简单握手,做了一番自我介绍:"小叶你好,以后咱们就是同事,师父不师父的以后再说,希望我能教会你。"叶苏的眼神像一只惊鸟撞过来,撞在刘昌森的脸上,稍作停留,又匆匆飞走了。

她狡黠一笑:"好的,小刘师父。"

梁震翔对着叶苏严肃道:"毛主席说,妇女能顶半边天,希望你能配合刘同志争取给咱们厂做出一番好成绩来。"

梁震翔目送两人下台后，继续面对所有人朗声道："其次，从今天起，所有人都要服从管教，以前你们如何开会我不管，现在必须都在工人会堂开会，落实按时出席的厂规，不得迟到早退。这几个月的酒之所以出现问题，我想多半是你们工人在具体执行的问题上出现差错，现在我们召开会议，每个人出席，意味着每个人出现差错都要自己负责，组长也要负责，这样我们才能改正细节，继续进步。"

"最后，也是最重要的部分，我们省厅已经接到中央的命令，未来三年内我们必须节约粮食，基于国内外环境，我们必须防患于未然，由技术员领头，所有人都必须配合工作，研究代用粮的开发，让以往那些没有试过的粮食，诸如地瓜、海藻、绿豆这些，都能酿出酒来，这样就能省下人吃的主粮。"

所有人都没想到，这位新厂长如此雷厉风行，工会会议散会后，他立马回到办公室清查账目，结果三天后，我看见工人会堂和食堂附近的公示栏上直接贴着公告，周围的人嘀嘀咕咕念叨："你听说了吗？咱们酒厂的财务同志直接被开除了……"

"何止开除，警察直接逮捕财务小赵了。"

我觉得此事非同寻常，但我不大识字，请贺瑾瑜为我讲解上面写了什么。

贺瑾瑜道："师父，这上面是开除财务小赵的公示，上面公示着财务小赵同志的五大罪行。第一，勾结奸商出卖经济情报，偷窃厂内的酒水。第二，收受贿赂，包庇走私，漏税。第三，利用职权，诈讹群众。第四，吃回扣，报假账，主要是制造假单据、假发票、假证件，烧毁单据，私收账目。第五，报重账，多领少报，以少报多。挪用公款，公款投资放债，从中获利。"

我吃了一惊，没想到这小赵看起来文文雅雅的，暗地里竟然做出这种事情，看来咱们酒厂真要好好整顿，从朴世仁、小赵等人可见，咱们厂里的蛀虫绝对不少。要知道家里发现了一只蟑螂，往往能察觉这个屋里已经有一个蟑螂窝了。

我们走入食堂打饭，今天中午的饭菜依然惨淡，我和徒弟几个在后面排队，我在徒弟前面，一个人点了一份地锅鸡，总共给我打了三勺，鸡肉盛满了盆子，小虎见今天这地锅鸡成色不错，也照样点了一份，没想到这炊事员"勺子长眼"，只给小虎打了一勺，这一勺里头分明不见什么鸡肉，全是鸡骨头，我便问道："同志，你这怎么回事？咱们付的同样的粮票，为什么给我打三勺，给这孩子就只打一勺？怎么着，你们这勺子长眼睛啊？"

那炊事员同志不耐烦道："能不能不要堵路，现在正是饭点呢，你说什么呢？别耽误大家吃饭时间。"

后面排队的扬掀组的人早已饿得前胸贴后背，连忙急道："打好了就快走啦，别堵路。"

"我看不耽误时间！"我身后突然一道威严的声音响起，人群突然都盯着我的身后，我回头望去，正是梁震翔迎面走来。

梁震翔看见现在贺瑾瑜排在第一个，对着炊事员道："这位同志，你先给他打一份红烧肉。"

这炊事员明显慌了，额头泛出冷汗，连忙给贺瑾瑜打了两勺红烧肉，末了还送了一碗汤塞到贺瑾瑜手里。

梁震翔皱眉道："你们炊事班怎么回事？我观察很久了，

凭什么给他打了八块红烧肉,但是先前那位小同志就只有三块红烧肉,你这勺子是真长眼睛啊,怎么这汤你也是突然白送了?大家用一样的粮票,你在这里搞资产阶级的区别对待是吗?"梁震翔的声音越发严厉,语气中透露着责备。

炊事员:"我……"

见了这般动静,食堂的炊事长崔元,立马也是满脸赔笑就出来了,他堆笑道:"厂长,什么风把您吹来了?"

"你是食堂的负责人崔元吧?我问你一个问题,咱们两个食堂,最近一个月以来,都有多少干部亲自来吃饭?"

崔元听了尴尬一笑:"厂长,您这话说的,咱们厂里这么多干部,我哪里留意得到呢?这人来人往的,我记性不好,要不我改天给您统计一下?"

梁震翔语气平静道:"食堂做的饭,你们自己吃吗?"

崔元:"吃啊,当然吃啊。"

"是开小灶还是吃的大锅饭?"

"厂长,我怎么听不懂您的意思?"

"食堂的饭,我刚刚吃了,味道非常差,很多食材都不新鲜。我看大家都别动,有几个干部来吃食堂,我现在当场数一数。"梁震翔环顾四周,开始张望厂里的干部。

"包括我在内,总共上千号人的厂,总共三个干部吃食堂,这饭能好吃吗?"

崔元道:"那厂长您看怎么办?"

"从明天起,所有干部都要在食堂吃,所有勺子必须没有眼睛,干部要和同志们一块儿饮食起居,绝不能有特权思想。"

"还有厂里买的食材,你们炊事班不要给我偷工减料,外面公示栏就是下场,都看好了。"

说罢,我看到梁震翔向我走来,这一刻,我心底对许谦派来的这个新厂长越发佩服,竟然短短三天,便将财务的坏账收拾干净,还将脏乱差的醴泉食堂整风一遍,这是何等的魄力,我不禁对他高看几分。

梁震翔拍拍我的肩膀说:"桂生师傅,你也是干部,这次做得很好。你坐下吃,咱们边吃边聊。"

梁震翔缓缓道:"桂生师傅,虽然你的经验很丰富,但是科学技术并不熟悉,现在搞建设,你得识字,过几天我让人给你们补补主人翁意识的知识。"我点点头,把这件事情记在心里。

很快,梁震翔说的系列宣传学习活动便开始了,只是开始的几堂课都不是他说的主人翁意识的相关内容,而是叫作《酿酒专业知识》。

第一堂课开始的时候,我正带人指导贺瑾瑜和猴子他们几个人在曲房里拌曲,原本我是要带着几个徒弟去听课,可谁知小虎手一抖,加多了水,拌曲的规矩是成团不粘手,水少了不挂衣,水少了容易烧,所以粘手肯定是不行的。我又赶紧带着人往里多加了些料,重新拌匀。这一来一回就耽误了不少时间,误了学习。

那边开了讲,梁震翔见我们几个没到,就赶紧让潘春生来找,潘春生把话带到,就返了回去,我随口应了一声,便继续埋头干活。

料里都加了水了,总不能撂下就走,到课时就晚了不少,故而也没往前去,站在后面听了两耳朵,听见台上的人说:

"白酒的发酵过程是由霉菌与酵母菌共同作用完成的,霉菌的种类非常多,有根霉、曲霉等,曲霉又分很多种,比如,黑曲霉、黄曲霉、米曲霉等。"

小虎朝着我问道:"师父,他说啥,俺怎么听不懂,是说咱的酒发霉了吗?"我摇摇头,也不大听得明白,不过梁震翔说过,学习也是重要的工作之一,所以耐着性子听了下去,那人叨咕了半天,讲完霉,又开始说菌,什么单细胞生物、真菌。

小虎又问:"师父,这个'真君'我知道,二郎神圣真君,但是这个单细胞生物是个啥?"我又摇了摇头,师徒几个人又挺了一会儿,实在是不知道那人在说什么,又惦记着拌好曲还没制坯,不能晾得太久,便赶紧回了养曲房。

梁震翔一直在前头,并不知道我来了又走,散场时也没见着我,便随口问了一句:"桂生怎么没来?"这话恰巧被朴世仁听见了,他顺口拱了一把火:"人家是大酒师,有他带着徒弟们念真经就够了,哪需要听这旁门左道的和尚胡说八道啊。"

梁震翔当时来了火,冲着朴世仁道:"什么旁门左道的和尚,朴世仁,要是思想觉悟再上不去,你信不信我开除你,别整天阴声怪气的。"

朴世仁冷笑一声道:"厂长,你有火儿犯不着跟我发,我思想觉悟再不高,好歹我知道听话啊,大晚上,媳妇不亲,孩子不抱,非得在这儿学一个晚上不是。桂生师傅觉悟倒是高,现在当您说的话是放屁,连面都不露,您也舍不得说啊。"

他几句话说得确实狠,又当着全场职工的面,梁震翔没办法当时就朝着养曲房去了。

梁震翔气呼呼地赶到养曲房的时候，我正在跟徒弟们强调制坯的规矩："坯不能太小，太小容易发过；也不能太大，太大容易发不透。不能太紧，太紧太硬，色不正，会臭心；也不能太松，太松易散。"

"大家都停停手里的活儿。"梁震翔面目严肃地看着众人，直到众人聚拢他跟前，才开口说道："晚上组织的学习，你们几个为什么没去？"说这话的时候，他没看我，只看向我的几个徒弟，似乎只是在责怪他们几个。

众人一时不知什么情况，师父又在跟前，便没有开口，齐齐地看向我，我便替众人答道："梁厂长，您误会了，我们都是去了的，只是去晚了一些，也不是故意的。手上有些活儿没做完，我想着天大地大，酒厂里烤酒最大，所以就拖了他们一会儿。"

"去晚了？现在才刚刚散会，我在会场怎么没看见你们。"梁震翔说着，用手指了指做了一半的曲坯，"你们腿脚可够快的，不但赶在我前头到了养曲房，还做了这么多曲坯出来。"

"梁厂长，您消消气。我们这不也是心里惦记着没做完的事情吗？所以就回来得早了一点。"我自知理亏，毕竟是厂里统一安排的学习，我迟到、我早退，真是坏了规矩。

"合着全厂就只有桂生师傅重视生产呗，别的同志都是太清闲了，所以才能去参加学习。"

"你是厂长，也不能不分青红皂白啊，师父又没带着我们偷懒，而且那是谁在台上讲课啊，讲的什么乱七八糟的，又二郎真君吧，又什么公啊母啊的，说得都是什么啊，还什么酿酒知识，他烤过酒吗？烤出来的酒有我们师父烤的好吗？还听他讲课，我说应该让他磕头拜我们师父，我们师父指点两句就比他一晚上说的有用。"小虎年纪小，还不懂人情世故，又跟我最亲，见不得梁震翔这样对我，便是一顿抢话。

"小虎，胡说什么呢，快给梁厂长赔不是。"我一着急，伸手打了小虎一巴掌，小虎"哇"的一声，哭着跑开了。

"桂生师傅，本来我不想说你，只是想跟大家强调一下组织纪律性，这是工厂，不是老酒坊，样样事情都要守规矩的。比如学习，就是咱们党、咱们国家、咱们酒业系统提高大家业务能力和思想觉悟的重要方式，不是想去就去，想走就走的。学习就要有个学习的心态，不能因为咱们听不明白就觉得人家说得不对。"

其实梁震翔说得对，也是好话，学习需要过程，可我此刻并不高兴，也没当成好话听。但他是厂长，我也不爱与人起争执，蹙着眉听着，依旧赔着笑脸应承着。

梁震翔本来也只是被朴世仁架起来的虚火，说了几句也就罢了，随后又跟我们强调了一遍学习的纪律，还着重通知了后面的几次学习时间，并要求我们不能再迟到和早退。临走之前还嘱咐我们不要干得太晚，工作也要注意身体。

梁震翔走了，我才出去将小虎找了回来。半大小伙子，一把鼻涕，一把眼泪，哭得稀里哗啦的。我让他抹干净了鼻涕眼泪，板着脸说："你哭啥，你还好意思哭？你也就是赶上好时候了，要是生在我们那个时候，敢这么和东家说话，早把你扫地出门了。"

小虎脸上的眼泪干了，擤着鼻涕，抽抽搭搭："我管他是不是东家，这么说您就是不行。"

倒是周全贵，毕竟比他们都年长一些，对着小虎劝道："你这毛病得好好改改，你虽然是为师父好，但实际上是给师父找麻烦。你年纪小，前头又有师父挡着，你说了什么，做了什么，人家都不会找你算账，但是这账可都记到了师父头上。"

小虎又抽搭两下，朝着猴子问道："真的？"猴子点点头。小虎"哇"的一声又哭了出来，一面哭一面朝外走："师父对不起，我给你惹麻烦了，我这就给厂长赔不是去。"

众人自然不会让他去，把他硬拉回来，又是一通好劝。大家将这一批曲都制好了坯，这才各自回宿舍睡觉。

后面的日子过得平静，我带着徒弟们也再没缺席过学习大会，做曲的进度也很理想。

# 46 黄河谈话

一天晚上，我正带着邹胜利和小虎几个在曲房里翻曲，曲房里突然闯进两个人来。小虎朝着那两人问道："你们谁啊，曲房不能随便进，你们不知道吗？"

"桂生师傅好，又打扰您了，这是这些天一直在给咱们上课的宁西轻工业学院发酵专业的陈老师，厂长专门请陈老师过来给您做一次技术交流。"曲房幽暗的光影中，刘昌森礼貌说道。

"好，好，欢迎指导，咱们出去说。"这个事情梁震翔和我打过招呼，让我好好接待。

"先不忙出去，我先对您的曲坯进行一个取样。"刘昌森旁边的陈老师，中等身材，约莫四十岁，白面皮，戴着一副银丝眼镜。

"好，好，您取，您取。"我并未阻拦。只见陈老师走到曲坯跟前，摸索了一阵，便跟我说："好了。"两人在我面前忙活一阵，光线太暗，我也没太看清他做了些什么。

随后，我又带着两人到厂房转了一圈，对刚刚烤好的酒、正在发酵的醅子，都进行了取样。

我虽然不知道他们想干什么，但依旧客气，按照梁震翔的吩咐完成接待，结束后我亲自把人送回厂长办公室。

我原以为接待后，这指导便结束了，可是没想到一个多月以后，刘昌森带着徒弟叶苏，突然拿着一张纸来找我，说是质量意见报告出炉。

"桂生师傅，技术报告出来了，我跟您讲解一下哈。第一条，砖型曲的最好规格是30厘米长，20厘米宽，6厘米高，您的曲块长是32厘米，宽是22厘米，厚度是8厘米，比最佳配比都大了一些，但都还在合理范围内，可以适当改进一下。第二条，温度，你曲房的温度，比行业标准的最佳温度低了2℃。这还有第三条，新酒的乙醇含量过高，过于辛辣，应酌情降低乙醇含量。第四……"

小刘的第四条还没说完，猴子蹿起来，一把抢过小刘手里的纸，嘴里嚷嚷道："我看看，我看看，什么技术报告啊，胡说八道啊，你到底懂不懂啊，模子多大曲块做出来就是多大，关我们师父什么事啊。这个什么曲房温度，这温度都是老天爷给的，热点还是冷点，你跟老天爷说去，对了，也可以和你们那个什么真君说啊，跟这里扯淡干什么。"

"你干什么？快把报告还给我师父！你怎么这么粗鲁，这么没有文化，什么老天爷什么真君。"叶苏娇叱道。她哪里能跑得过猴子，累得上气不接下气。

"小刘，我劝你省省心吧，人家的徒弟都可厉害了，连厂长都敢顶撞，还能拿你当回事儿？"朴世仁话一出口，我和徒弟们立马脸色一变，那天小虎顶撞厂长的事情，他怎么会知道？

小虎年纪小，梗着脖子骂道："你胡说什么，谁顶撞厂长了？"

朴世仁冷笑："谁顶撞厂长谁知道。"

"闹什么，闹什么，都闹什么，不用上班了？"刘昌森送报告前,早给梁震翔打了电话,厂长撂下电话就赶来,原本想一起看看报告结果,没想到却赶上一出好戏。

"报告说什么,拿来我看看。"梁震翔朝着我说道。我瞪了猴子一眼,让猴子赶紧把报告还回去,猴子没想到厂长这么关心报告,看来这东西很重要。

谁知,报告早在手里揉成一团,猴子这刻赶紧把纸团重新铺平,情急之下又扯出一条口子,等交到梁震翔手中,好好的报告早已破烂不堪,字也看不清楚。

"厂长,我记得报告的内容,上面说了三点,第一点是曲块的大小问题,第二点是曲房的温度问题,第三点是出酒乙醇含量过高,酒过于辛辣的问题。"小刘在一旁复述道。

"可是厂长,咱们那曲您也看见了,个个都很漂亮,哪里不合格了,这不是胡说八道吗?这胡说八道的纸,不要也罢。"猴子愤愤不平道。

"你闭嘴,你撕烂了报告,还敢顶嘴了?精益求精听说过吗?有则改之无则加勉不懂吗?"梁震翔严厉呵斥猴子,将目光转向我,猴子委屈地躲到我的身后。

众人也将目光转向我,我沉吟道:"梁厂长,我觉得学习新技术是件好事,但是新技术未必都能帮得上忙,我来厂里算久了,我的曲块质量好不好,我相信大家都是看得到的。我的酒大家尝过,味道如何,大家心里有一杆秤。老实说,那天我就是应付刘昌森,他啥时取的酒,取的啥酒,我都没注意。刘昌森是什么技术员,是不是真懂酿酒技术,是不是错取了酒头,这也说不定,因为这就断定酒辣,我不服气。"

这番话我的确在赌气,猴子的确不该抢人家的报告,但是猴子说得也没错，这报告确实真有用处，那他自己怎么不酿酒？什么叫精益求精，这是说我的酒还不够好吗？

"桂生，你可得了吧，厂长，我说他们是封建师徒关系，您还不信？您看看这徒弟为了师父撕毁报告，师父为了徒弟顶撞厂长，人家这才叫集体，这才叫齐心呢。不过是小集体罢了。我顺便问您一句，这报告难道不算厂里的重要文件吗？不算的话，以后也别往我这儿送哈。"朴世仁一针见血，打到了梁震翔的心坎里，这段时间梁震翔正在下大力气搞科学生产的事情，这份报告正是一个起点。

梁震翔沉下脸，大声说道："侯金华记大过一次。小刘，请陈老师那边再出一份报告吧。"

他转向众人，声音洪亮："我今天就明确告诉大家，科学技术指导生产是未来我们一定会走的道路，在科学技术面前，大家都必须谦虚尊重，像小学生一样谦虚，像敬重你们的师父和父母一样。我不管你在旧社会有多少经验，创造过多少成绩，若是不能做到这点，我都绝不容情。"他又将头转向我，道："桂生师傅，你到我办公室来一下。"

我跟着梁震翔，一路上往办公室走，桂花纷纷飘落，空气中残留的桂花香也淡去，天气已经有了一丝寒意。到了办公室，梁震翔给我倒了杯热水。

没等他开口，我抢先说道："您说别的都成，但就因为一个什么报告，说我酿酒有问题，我不认。"

梁震翔喝口水，默默说道："桂生师傅，我没说您的酒有问题，讨论报告的问题之前，我想先问问您，经过了这么多次的学习，您有没有什么体会啊？"

"梁厂长,我知道组织学习是为了我们好,但是您要是让我说实话,我觉得他讲的那些没什么用。什么乙醇,我知道,我给许谦他们炼过酒精,什么多了就辣,少了就淡,这道理咱都懂,烤了几十年的酒了,难道我不知道酒的好坏?那些技术员,他烤过酒吗?拿着一张报告,硬说我酿的酒不好,我不服气!"我答道。

我这番话,倒叫梁震翔没了声音,他虽然非常重视科学与技术,但自己并不是这方面的专业人才,也答不上来。他沉吟了许久,开口说道:"桂生,我刚刚说了,在科学和技术面前,我们必须谦虚和尊重,像小学生一样。谁要是刻意抗拒,便莫怪我不留情面。"

"行了,您别说了,我知道您的意思。"我破天荒地打断了梁震翔的话,今天刘昌森在说那份报告的时候,我心里无比窒闷,刘昌森一条一条,如同宣读我的罪状,更是莫须有的罪名,这让我实在无法忍受,这种感觉介于愤怒和委屈之间,比愤怒更加心痛,比委屈更加猛烈。

我接着说道:"他们如果不能酿出比我更好的酒,我就是不服气。您要是觉得我不行,您就请那个陈老师或刘昌森来顶替我吧,我带着瑾瑜、猴子他们到别的酒厂去。我虽然不懂什么科学什么报告的,但是我烤的酒好喝,怎么着也不至于吃不上饭吧。"

"桂生师傅,你叫我怎么说你,我看他们说你们封建师徒关系,也不完全都是捕风捉影,还带着他们走,你带着他们到哪里去,这是党和国家的工厂,有正规的人事档案关系,什么事情都有正常的手续,你以为人事调动,就是我一句话的事情？你不只是那些人的师父，还是醴泉酒厂的干部，要团结每一个同志，把大家的干劲聚在一起，这样才是一个大师傅、一个好干部的样子啊！"

"梁厂长，可能是您高估我了，我也高估我自己了。我不会当干部，只会烤酒，我也不知道做什么思想工作，但我做事从来问心无愧，没起过坏心眼。我不懂科学技术，也不会思想工作，要不然您还是把我调走吧，别在这儿给您添麻烦了。"我声音低沉，一半赌气，一半心灰意懒。

梁震翔知道，今天的谈话不能再继续下去了，我现在情绪沮丧，再谈下去只能越谈越僵，于是安慰了我两句，便让我回宿舍去了，只是在我临走之前，明确一点，不论是请调还是辞呈，他都不批准我。

我回到宿舍，一下子倒在床上，大脑一片空白，眼睛直呆呆地望向天花板，无力感宛如海水扩散到全身。酒是好酒，曲是好曲，一个连烤酒都不会的人，凭什么指责我，还弄出了个精益求精呢，我想不明白，怎么也想不明白。

无论如何，造曲的工作总算是有了新结果，梁震翔将造曲班的七个人和邹胜利变成了单独的一个烧班，也安排在我的第四组里，还在第四组的厂房里多架了一架蒸甑，同时还宣布了醴泉酒厂的增产计划，当然这增产的任务自然而然地落到了新增的烧班身上。

梁震翔的安排，对我来说是很好的，首先将这些骨干编在一起，而不是分入已有的各个烧班，可以很好地化解姜大文和冯秋生的担忧，至少短期之内，他们不用再担心被人抢了自己烧班长的职位，同时很好地化解了其他人员的紧迫感，人虽增加,但是任务量也增加了,依旧是一个萝卜一个坑。

只是我心里的坎还未过去,日子过得有些昏沉,没察觉出来这好处。大家合并在一个厂房里,徒弟们自然是让我安心的,猴子、小虎他们看得出我心烦,也不再多事,偶尔说上几个笑话逗我开心。

技术学习的会议并没有取得梁震翔所希望的效果,只能暂时告一段落,梁震翔觉得,要解决学习效果问题,还是要先端正学习态度,于是又组织开展了一系列关于主人翁意识的思想教育学习。

台上的人在讲炼钢厂打冷铁的故事,大意是说工人为了省事,不将原材料加热到固定温度,就放到机器上进行操作,虽然自己省事了,但是日积月累会给机器造成伤害,就像人老吃冷饭会得胃病。我坐在下面听,觉得自己并没有这个毛病,我对酿酒的所有步骤熟悉至极,连掐头尾时接酒的小缸子都擦得锃亮,生怕半点杂质影响我对酒的判断。

散了会,我往回走,梁震翔从我身后跟了上来:"明天酒类专卖管理局的同志要来咱们厂里考察,桂生师傅,请你一起参与接待工作。"

"我知道了。"我应了一声,大步朝前去了,梁震翔后面的话,都没来得及说出口。

第二天,我非常准时,但只一直跟在人群里面沉默不语,考察的流程是先会议后参观,整个开会的过程,我一直低着头,谈到酿酒所需红粮的调拨时,我才抬头,结果忽然看到前面坐着的领导里面,有一个人是许谦,他旁边是一位姓谢的领导。许谦见我眼神颓废,神情关切,更多的是质询,甚至有责怪。整个流程安排得非常紧密，我们一直没有单独说话的机会，许谦也没有当着众人的面特意来找我，我也没有主动去找他。

会议结束之后，许谦被局里赶来的送信的同事叫走了，没能继续参加后续的参观活动，我随着众人将他送到门口。他临走时终于忍不住，找了个空当把我叫到旁边，没等我开口，他便急道："桂生哥，厂子是个大集体，如果你有什么想不通的，应该和上级领导汇报，消极应付这一套，无论如何也使不得。"我刚想反驳，许谦便又被人叫走了。

我没说出口的话，如同一块石头压在心口，感到气闷，便找了个借口说身体不舒服，没有再跟着去一同参观，直接回了宿舍，一头睡倒在床上。一觉昏沉，不知到了几点钟，我听见门响，迷迷糊糊地起身去开门，只见是梁震翔站在门外。

"桂生师傅，你的身体好些了吗？"梁震翔没等我让，直接走了进去，在床边的椅子上坐了下来。

"没事了。"我答道。

"你的身体要是没事了，我跟你说件事情。"梁震翔说道。

"您请说。"我答。

"今天下午，谢同志在参观酒厂的时候品尝了咱们最近酿的新酒。"梁震翔说道。

"哦。"我答。

"他说新酒的品质非常糟糕。"梁震翔接着答道。

我依旧只是"哦"了一声，也没有接话，新酒的品质糟糕就糟糕呗，反正我那一瓿肯定是没问题的。

"桂生师傅，你知道是谁的酒出了问题吗？"

"谁啊？"我随口问道。

"就是你们四组的酒啊。"梁震翔说道。

"不可能，我烤的酒不可能有问题。"我腾地从床上坐起来，脑袋"嗡嗡"直响，烤酒几十年了，这是我受到的最大的侮辱。

"那你敢不敢和我一起，去厂房里尝尝被谢同志批评的酒？"梁震翔跟着站了起来。

"去就去，我自己烤的酒，我自己是尝得出来的，还能由他们指三道四？"我抢在他前头走出门去。

来到四组的厂房里，梁震翔递给我一坛酒，我只尝一口便吐了出来："这不是我烤的酒，你不要栽赃。"我的火气已经顶到脑门子，连"您"字也省了，这不是诬陷吗？

"不是？那你看看坛子上写的什么？"

"写什么也不是我烤的。"我低头去看，只见坛子上挂着一个小小的标签，上面写着："醴泉酒厂生产四组，组长桂生。"

"他妈的，胡说八道！"我猛地去扯那标签，一把没有扯动，我的手突然停在半空，舌尖的味道刺激我的记忆复苏——这的确不是我烤的酒，却像是冯秋生烤的。我想起来了，冯秋生小气，为了多出点酒，掐头掐尾，总是多留一点是一点，稍微不注意就会影响酒的品质，我批评他很多次，可他不听，我也没再理。但就算是冯秋生的酒，也不至于这么难喝啊，我又尝了一口，还是"哇"的一声吐出来。

"桂生师傅，你自己检讨，你多长时间没尝过姜大文、冯秋生和朴世仁烤的酒了？冯秋生本月整体产量超前百分之二十，我想您不知道吧？"

高了百分之二十？我先是惊讶，随后摇了摇头。

梁震翔接着说道："他最近为了评先进，想方设法地增加产量，于是酒头酒尾就留得格外多，就成了这个样子。幸亏这次被抽检到了，不然你我都发现不了。"

我苦笑一声，没答话。若真是这样，我还真是有过错，我作为他的领班，没有对本组的酒水品控把关，不是我这组长负责，还能是谁负责？

"我知道这酒不是出自您的手，但是您看这标签，醴泉酒厂四组，组长桂生。桂生师傅，你见过咱们醴泉酒厂卖到市面上的酒吗？那酒可没有这个标签，也不写我的名字，但是会写两个大字——醴泉，如果这酒到了百姓手里，你觉得他们会怎么说我们醴泉酒厂？"

我没有答话，径直往四组的库房走去，我连着搬出十坛酒，每一坛都开了封，拿起尝酒的小缸子，一坛一坛地尝了过去，越尝脸色越难看。

梁震翔的话像一把鼓槌，敲得我脑袋里"嗡嗡"直响，我猛地直起身子，拿起铁锹重重地砸盛酒的大缸。

酒，淌了一地，我的心也在滴血，但我知道送走劣酒，才能迎来名酒，唯有笃定目标，方能快准狠地再下决心、自我革命，整顿第四组的队伍，努力提高醴泉酒厂的出酒率。

"梁厂长，我实在对不住你，这酒我都买了，从明个儿起，我自己出钱，烧出好的，给你补上。"我眼睛不敢看梁震翔，人家给了我四架甑，我却只出了一架甑的好酒，这是我的不对。

"桂生师傅，我没有怪您，但是今天我想跟您谈谈心。您看行吗？"

"您说。"我答道。

"您见过有一百架甑的老酒坊吗？"

"一百架？"我没明白他的用意，摇了摇头。

"您没见过吧，我也没见过，就算那个酒坊真的生意做得大，置办得起一百架甑，也找不到一百个桂生师傅你这么好的大师傅不是。您觉得一个大师傅最多能经管几架甑？"

"六七架吧，最多超不过十架，但是真有一百架，可以交给徒弟们管啊，您想说什么？"我觉得他应该话有所指，但是一时又琢磨不透。

"徒弟也有好有孬不是！我觉得吧，未来的酒厂不止一百架烧甑，甚至会有一千架烧甑。但每甑都能酿出好酒，具体怎么实现，其实我也不知道，我也只是听人说，科学和技术可以解决这个问题，就比如曲块的大小、曲房的温度，有一个固定的标准，有了这个标准，以后不用师父挨个盯着看，大家只要按一定的标准来做就行。好比是做菜，什么菜，什么火候，放多少调料、多少配菜，这些都有一定的度，一定的标准，一桌好菜、一坛好酒都是这样的。"我恍然大悟，见他侃侃而谈，仿佛明白了这一切的缘由。

"但我其实也是个粗人，这事情只知道好，往细了说也说不明白，而且之前可能也有些操之过急了，方法也比较粗暴，在这里我也跟您道歉。在目前的生产条件下，老师傅们的经验，其实比什么科学技术来得更加可靠，更容易操作。"

我和梁震翔面对面站着，他朝我鞠躬，这时满屋子的酒味把我们包裹。我悻悻地摸了摸脑袋，这番话我总算听了进去，

第五部分 折桂飘香　　　　　　　　　　　　　　　　*473*

许久之后，捣蒜般点头："好，我有点明白了。"

梁震翔情绪激动，声音发颤："好啊，知道了就好，我这厂长也不知道能干到什么时候，醴泉最终还是得靠你们啊。"

我握着他的手，目光洒向了不远处的那一缸缸酒，心底暗暗发誓，总有一天，我要让酒类专卖局的领导都记住我的名字，我要让全国的老百姓都能喝上一口我亲自酿的好酒，我要让全国人都知道，咱们醴泉的酒能评上全国名酒，这样便给我们苏北人、醴泉人长脸了。

这天回到宿舍，我在床上躺了半宿，也没睡着，总想着明天应该给梁震翔道歉，好好自我检讨一番，表明我的态度。

次日忙活完一天的工作，我敲了厂长办公室的门，却发现梁震翔不在办公室，我想起平时梁震翔晚饭后都会去黄河堤坝上走一走，我不妨去黄河堤坝走走，碰碰运气。既然苏北酒类专卖局的领导挑出了第四组的劣酒，那么我也该好好当面检讨才是，总不能没有丝毫表示。

我穿过熟悉的厂巷，路过蓖麻坡，不久便听到河涛阵阵，河水宛如流利的丝绸轻轻掀动。我望着波涛汹涌的河水，走在黄河故道上，心情格外安宁。黄河故道上坐着不少钓鱼的闲人，我走了一刻钟，便见到了梁震翔的身影，没想到他身边还有一个年轻人，正是刘昌森。

梁震翔见到我，便招手示意让我过来。我简单与两人寒暄一番，语带歉意道："厂长，上次的事情，我想明白了，是我不对。"

"你能意识到就好，你的事情暂时不说，你和小刘陪我在这黄河堤坝上走走吧。"

我点点头，望向两人，梁震翔的表情一如往常，刘昌森的脸却是紧绷的，神情凝重，仿佛正经历一件大事。我隐隐感觉到，我似乎误入了两人的重要谈话，然而梁震翔让我留下来一同散步，我也不好推辞。

梁震翔望向远方，沉声道："你想好了吗？"

刘昌森道："想好了。"

梁震翔道："我尊重你的决定，组织上的调动，我会帮你处理好。"

刘昌森道："谢谢厂长，你能听听我的故事吗？"

梁震翔点上一根烟，吞云吐雾，抬抬手，示意他继续说。

"您知道，我老家是广州的，距离这里非常遥远，以前在广州轻工业学校读书的时候，我喜欢上一个女孩，她叫梅洁，二十岁毕业的时候，她答应做我的未婚妻，可是我也没有想到，我会从岭南调到遥远的苏北，这些年来很少回家。我和梅洁都是党员，我把我的一切都奉献给了醴泉，我们一年只见一次，平时都是书信往来，那种疏离隔阂的感觉，很少有人会懂的。这么多年，我辜负了梅洁，如今厂里的人依旧不理解我们技术员的存在，我已经深深怀疑当初我执拗的坚持是否正确，但是我知道我不能再辜负梅洁，梅洁还在广州等我。

"梅洁在我离开前送给我一只曼陀铃，那是我的寄托。一个人时，我会拿起它，弹奏出一曲曲悠扬的旋律。我喜欢独自走上这黄河故道大堤，这里有古老颓废的土墙，上面种着蔬菜，还有片树林。这里的宁静和荒凉，与珠江近郊的绮丽秀美形成鲜明对比，却给了我一种特别的安慰。"

在这黄河故道边，芦苇丛随风摇曳，发出"哗哗"的声响,仿佛在对我们低语,让我们感受到大自然的宁静与和谐。

"你应该还没说全吧?我听说你叔叔在香港经商,他在那边似乎有不少关系?你这次要是回到广州,会不会再去香港?"

刘昌森听罢,沉默半晌:"不瞒您说,我家有不少亲戚在港台经商,虽然我爸妈也不过是普通工人,但因为亲戚们接济着,我们家条件总是比其他人好,逢年过节我们总能收到不少丰盛的礼物,亲戚们也时常给我们家寄钱。这次我叔叔给我来信,希望我能到香港去,随他干一番事业,不要再干技术员。"

厂长笑了笑:"小家伙,原来你家条件这么好。看来这些年来,是我们醴泉酒厂耽误了你。小刘,你走了没有关系,我们就当你没有胆识,不愿意配合我们。"

刘昌森仍然垂着眼帘,似乎不为所动,梁震翔一笑:"你猜猜,你要是走了,上面的人和厂里的人会怎么看你,会认为你这所谓的技术员不过如此,还真是中了他们的算盘。"

"对不起,厂长,我辜负了大家。我来醴泉八年了,在这里我依旧和八年前一样,还是一名小小的技术员,周围的师傅们,都不理解我的存在。"

"那些泥腿子仗势欺人!"我心中感叹,但又隐约感觉到厂长正在下一盘大棋,忍着不适,没有出声。

梁震翔厉声道:"你要是走了,他们只会越发坚定地认为,技术改革没有用,老祖宗的办法最牢靠,这样下去,所有新来的技术员都会遭遇这样的问题。一走了之,这有何难!难的是把这根硬骨头,给老子啃下去。毛主席他老人家不是说了吗,与天斗其乐无穷,与地斗其乐无穷,与人斗其乐无穷。我敢保证,你走了,省里厂里都会认为你就是个屁蛋,这是干不了!

这是灰溜溜滚了！"

"你他妈才是尿蛋，谁干不了了？他们不配合，我怎么干事？整个厂子，难道只靠我一个人吗？整天捧着老祖宗的饭碗，算什么东西？没有老祖宗，他们就什么都不是了吗？"刘昌森怒声道，双眉倒竖，仿佛遭人触了逆鳞一般。

"好好好，有骨气，刘昌森，你告诉我，你想当这个尿蛋吗？"梁震翔冷笑道。

"不想！可我待在厂里这么多年，你们重视我了吗？每次我提出改进的新方案，你们正眼瞧过吗？"

"以前的厂长不是军转干部便是泥腿子，他们只知道技术改革很重要，可是不知道为什么重要，所以他们干不了，我来干了。你知道第二届全国评酒大会，我们醴泉作为本省第一名酒，竟然没有评上号，想当年，陈毅老总就住在醴泉大曲的创酿者贺氏后裔贺子模家里。这位酒坊老板，是个开明士绅，苏皖地区人民政府的参议员。陈老总品饮醴泉大曲后，竖起大拇指，连声夸我醴泉酒'不愧天下第一流'。可你知道现在省委书记怎么看待我们醴泉吗？他说——醴泉大曲难喝得跟马尿一样。从天下第一变成马尿，你觉得自己没有责任吗？"

"你胡说！"刘昌森脸色铁青，仿佛一只雄孔雀遭人嘲笑它的七彩屏尾极度丑陋。一个人最引以为傲的本领遭到了羞辱，又如何不愤怒？

"你们听听，我们醴泉酒被人说成马尿，这多难听？我们压力都很大。你要是这时候撂挑子，那是你没本事，对吧？没有你这个技术员，总会有下一个技术员，我们还有桂生师傅这样的大把式，总会再次拿回名酒的荣誉。你要是走的话，那就

第五部分  折桂飘香　　　　　　　　　　　　　　　　　　477

干看着吧。明天我就把你的辞职信给签了，你可以卷铺盖走人了，我们也毫无怨言，对吧，桂生师傅？"

我没想到，梁震翔会突然提到我，我局促在原地，答应也不是，不答应也不是。

梁震翔意味深长地一笑，随即拍了拍我的肩膀，笑道："桂生啊，你怎么不回话？咱们小同志刘昌森明天就要辞职回家了，你不说点话，好好祝福一下人家啊，说不定，小刘一回到广州，这一辈子都见不上了哦。"

"不走了！不走了！我手下的酒绝不能是马尿，我非将这个马尿变成琼浆我才走！"刘昌森握紧拳头，厉声道。

我实在没想到，我们这些老工人对这位小技术员造成如此大的困扰，想必他一直闷闷不乐，我顿时深感抱歉："小刘，先前我的徒弟们，对你多有不敬，让你感到不适，我向你道歉。经过上次酒类专卖局领导的巡察，我已经发现了自己的不足，我们这些老师傅太骄傲了，总是以自我为中心，迷信老祖宗的手艺，用你们说的新词，我们现在应该有则改之，无则加勉。如果以后你有需要，我们第四组随时配合。"

我朝刘昌森鞠了一躬，刘昌森这才神色好转，微微颔首。

随后我转向梁震翔，沉声道："您放心，我们醴泉的酒，绝不是什么马尿，下次要是再评不上名酒，我桂生第一个引咎辞职。"

梁震翔拍了拍我和刘昌森的肩膀，笑道："好，有你俩这几句话，我便放心了。陈毅老总解放后说过，党现在急需一支科技队伍，就像建军时急需一支能打硬仗的军队。以后我希望你们能多多交流，我们酿酒不是为了一己私利，而是为了我们醴泉，为了我们苏北，为了整个国家！"

一双秸秆磨出的茧皮手，一双被化学品烧伤过的手，紧紧相握，我和刘昌森在黄河故道的大堤上，共同立下壮志雄心，并肩向技术改革这座堡垒发起剧烈的冲击。

与梁震翔谈完话之后，我严抓整个四组的生产质量，下了一番苦功夫。原本我底气不足，担心冯秋生和姜大文不听自己调遣，但是实际上手后，发现事情比我想象中要简单得多。

一是梁震翔之前的安排，打消了他们两人之间的疑虑。二是他们的酒出了问题，遭到了酒类专卖局领导的严厉批评，他们两个自然心虚。三是他们两个也是内行，经过这一段时间的相处，我过硬的技术让他们由衷服气。他们本非爱挑事的人，消除疑虑后，面对一个能帮助自己技术进步的领导，他们自己也是高兴的。

不久前，他们想找我缓和关系，可我自己情绪低落，终日黑着脸，两人没敢搭讪，这回主动团结他们，他们自然积极配合。

唯一的硬骨头，便是朴世仁。这家伙专与我对着干，我束手无策。像这种无赖，我遇到过许多，比如，许庄的许久红、福溪镇的贺鹏举，天生就看不得别人好，有时我也愤懑，要是当时谢同志批评的是朴世仁的酒，那就好了，那样就可以顺势把他开除了。

自从四组整体气氛破冰，大家变得融洽以后，姜大文和冯秋生跟我徒弟们都要好得很，朴世仁便没敢再太过作怪。后来，我又召开了几次会议，制定了一些生产和检核的流程，四组整体的生产气氛高涨起来了。

关于科学和技术的事情,梁震翔又找我谈了几次心。自从有了上次的谈话之后,我也不像以前那么排斥了。梁震翔建议我利用业余时间进行文化知识的系统学习,我觉得,也许系统学习了文化知识,就能更好地理解酿酒的科学技术知识。

正好,厂里正在开办识字班,梁震翔便让我去报名。我也没推辞,不管怎么样,认字总是一件好事。我忽然想起,许谦讲他从私塾听来的故事,他在许九那里与我说的道理,比如,高粱生在不同地方,长出来也不一样。这些我以前不懂,后来才慢慢明白——这些都写在书里吧,读书人该是容易获得前人的智慧。我要是认了字,将来跟兰芬有了孩子,也可以教孩子认字。

识字班设在工会活动室里面,由技术员小刘兼任老师。开始的时候十分红火,头三天活动室里坐得满满当当,到了十天头上,就只剩了不到一半人,又过了一个多月,便只剩下了不到三分之一的人。

我主动在四组里进行了几次动员,希望大家都来学习,对于跟我要好的,比如,小虎和猴子,我每次都连拖带拽,也要把他们拖过来。我每次都会叫上邹胜利,这孩子跟我处得不错,总是一叫就应。

"师父,您就知道折腾我们几个,这都上了一天班儿了,还得上学,拿完了锹还得拿笔,师父您瞅瞅,我这手都抽筋了。"猴子在一旁抱怨。

"你个浑小子,身在福中不知福,我小时候,只有富人家的孩子才能送到私塾里去上学。现在不要钱教你,你都不知道捡了多大的便宜。"我朝着他嗔怪道。

"秋生叔最爱占便宜了，要真是便宜事，怎么不见他来？"猴子跟在一旁说道。

"秋生是本地人，家里有媳妇抱，哪里还会出来讨便宜。"周全贵年纪大些，说的话，跟猴子他们不是一个路子，我赶紧喝止了他："全贵，莫要再说了，好好的孩子让你教坏了。"

刘昌森咳嗽了两声："那个，咱们开始学习了。"

我立着眉目，扫了众人一圈，刚才还嘻嘻哈哈的众人赶紧坐正。

小刘开始说道："咱们都是白酒行业的从业人员，今天咱们就学习一些关于白酒的字词，这个字念'菌'，'真菌'的'菌'，真菌是影响酒类发酵的重要物质。"

我忽然转头望了猴子一眼，想到了猴子把"真菌"当成了"二郎真君"的事。

我原本就认得一些字，学起来比别人要快一些。技术员小刘大吃一惊，就问我是不是上过学，我笑笑答说没有，这些字都是做工的时候，零零散散学来的。我最早学会的，是数字和斤两这些字词，从前随父亲卖豆腐时，总要计数的，斤两、数字什么的，那是常用的，我每天都会帮父亲记上两笔。在干爸酒坊做学徒时，也不免要计数、拨算盘，大师傅记录烤酒数时，我在旁边跟着学的。再后来，认识了干爸的"许"字，清竹的名字，许谦的名字，在贺老板那里学的字最多，因为那时刚刚开始做大师傅，必须认得字，做事才方便，比如，要记录进料出料，高粱、豌豆等粮食的字，就算不会写也得认得，再有就是贺瑾瑜拜师的时候，有一封拜师的帖子呈给我，那上面的每一个字，瑾瑜都教给过我。

我注意到，贺瑾瑜来到醴泉酒厂后，整个人气质大变，原来多少有点少爷脾气，扬掀喊肩膀疼，踩曲喊脚酸，但这些年跟着我，让做什么便做什么，从来没有半点怨言，就是话少了许多，人不如从前一般明朗畅快。

我原本就识字，便没再来识字班学习，但厂里组织的技术学习，倒是一次不落，说起那些拗口的新词儿，比他们学得快。

# 47 开枝散叶

在梁震翔的倡导下，醴泉全体员工都要识字，更要学习科学文化知识，为了检验工人的学习进度，同时举办新一轮的技术竞赛，倒逼危机感不足的小组发奋学习。新一轮的技术竞赛，足足持续了两个月，我们第四组果然拔得头筹，但我心里并没有十分高兴。

因为我发现我用尽浑身解数，虽让薯类原材料的出酒率水平与红粮无异，但酒的口感不尽如人意，如此结果很难令我放松，醴泉不能重蹈"盲目使用青阳酿酒法"的覆辙，我早已承诺过，酒水的味道是排在首位的，出酒率要让位于酒味的提升，再不济，应当是酒的质与量取得平衡。

唯一值得欣慰的是，我与刘昌森长时间磨合后，终于发明一套方法，以科技手段改善传统酿酒技术，我们依靠此法，将普通红粮的出酒率提高了百分之五，也算是变相地节省粮食。

在一个腊月的下午，我正忙着跟刘昌森探讨技术，思考如何调整曲房湿度才能让曲块发酵得更好，这时传达室的小唐却跑进来，惊慌失措地喊着："桂师傅，你家里那位给你传了电报，看样子很是紧急，你快来看看吧。"

我闻言突然精神紧绷，心宛如在火上煎熬，兰芬一向乖巧而贤惠，没有紧急的事情，绝不轻易发电报，到底发生什么事情，竟然让她亲自发电报给我。

我迫不及待地打开电报，看见里面"兰芬有孕"四个字的时候，心跳得要从胸口里蹦出来一般。事业上刚撞上了瓶颈，已然不值一提啦，这一刻，我迎来人生中最大的惊喜——我家终于有后了！我等了多少年啊！如今我都四十多岁，终于有了孩子！这个孩子，我实在是盼望得太久了。

"不行，得赶紧回去一趟。"我紧张道。

我向梁震翔请假，梁震翔知我多年不曾请假，眼下定然是突逢大事，他当即批准，我便连夜骑着自行车，赶回了家里。我到家时，天色宛如蛋清混杂轻微的蛋黄，堂屋的门紧闭着，兰芬还没起床。我不忍心打扰她，将自行车在院子里停好，独自忙活家务。

当兰芬打开房门时，我盯着她许久，想抱紧她，却又缩回双手，我怕碰到孩子。我第一次做父亲难免紧张，但又害怕，生怕犯下一丁点错误，我直戳戳地站在原地，盯着兰芬，阳光照耀下，看到她栗色的睫毛、小鹿般的亮眼，我从眼睛望到嘴唇，从柔软的肩膀望到孕育孩子的肚皮。

"你在瞧啥呢？"兰芬呆呆问我。

"瞧你啊。"我缓缓走到她跟前，双手围着她的肚子打转，"我能抱你吗？"

兰芬笑着点了点头，我万分轻柔地把她搂进怀里，如同捧着一件易碎的珍宝。

"你咋回来了？"她轻声地问。

"这真是句傻话，我怎么可能不回来呢。我回来，接你到醴泉去。"我答。这事我思虑已久，兰芬现在怀孕了，我不忍心她独自守家。家务农活繁忙，登高爬低，弯腰做饭，原来无碍，但是此刻，寻常之事似乎都充满危险，我不忍心让她独自在家。

"接我到醴泉去？"兰芬拉着我，走回屋里，笑着让我在凳上坐下。

"对啊。你和孩子如今不能没人照顾。"我像元帅施令一般，语气坚决。

"我月份还小呢，眼下还不需要人照顾，再等些时日。"兰芬眼神飘忽，朝自家的田地远望。

"不行，你一个人我不放心。地里的活儿，你不用担心，平常我们可以请人帮忙照看，等到收粮时，我再回来收就行。"夫妻多年，我早就猜中了她的心思。

"厂里给你安排家属宿舍了？"兰芬奇道。

"没有呢，不过我想应该快了吧，去年潘春生已把他媳妇接到厂里了。就算没有房子也没事，我现在住的是单间，虽然挤一点，但两个人也是住得下的。"

我拦住出门烧水的兰芬，把她扶回椅子上，笑道："从今儿起，什么事情都不要你做，现在家里你最尊贵，你要好好的，照顾好咱们孩子就行了。"

兰芬笑着道："你别大惊小怪，咱们庄稼人哪会娇气，大着肚子下地干活儿多的是。"她想起身去给我烧水，让我洗把澡，松快松快，还想给我做饭，我好久没回来，好久没吃过她做的饭了，每次我吃饭夸她厨艺，她都格外满足。

我佯装不悦，立马转头："这不是娇气，是郑重，是认真。我们每个人对待自己的任务与使命都要百分之百的认真，兰芬同志，你现在最重要的任务，就是照顾好我们家的孩子。"

"那我也得给你做饭啊。"兰芬"扑哧"一笑，想要推开我的手臂。

"不用做饭，我们今天去镇上，我先带你去医院做检查，咱们下馆子，我带你去吃南京烤鸭。"我说道。

这几年，我在厂里受器重，也陪着厂长跑过不少地方，下过几回馆子，每次我吃到好东西，就会想起兰芬，想着必须让她尝尝。

兰芬随我去镇里，检查完一切正常。从医院出来以后，我们在镇上闲逛许久，我给她买了两套衣裳。不过烤鸭终究是没有吃成，因为兰芬觉得太贵，一顿饭吃掉半个月的口粮，她实在吃不下这样金贵的饭。

我原本不肯，兰芬却道："当家的，这一顿饭，我若是吃下去，怕是心口要疼上半个月，咱们还省下来，以后给娃娃买芽糖吃。"我拗不过她，只好罢休。既然兰芬嫌贵，我便买上性价比高的吃食，我先在北市割了五斤五花肉，又在南市买了一条鱼，回家以后，亲自下厨，给她做了满满一大桌子菜，比往常过年还要丰盛。

为了犒劳我家的功臣，吃饭时，我开了一坛藏了十年的老酒，没舍得多倒，只倒出了一碗。肉烧得红彤彤的，飘着酱油和糖的香气，我小心翼翼把肉夹进兰芬碗里，兰芬却夹回到我碗里："我怀着孕呢，见不得油腻，你吃吧。"

兰芬握着我的手，我忽然想起母亲。那时过年，家里罕有荤菜，只有一条鱼，但不能吃，年夜饭上摆过，大年初一再当摆设。那时候真是艰难，我可怜的父母吃了多少苦啊，临走没吃过一顿好饭。现在日子红红火火，这不，酒肉有了，媳妇有了，孩子也有了。

我端着酒碗，对着明亮的灯火，酒水浅浅映着我的面孔，我盯着自己的脸，神情恍惚，突然间察觉鬓上徒增华发，双眸已然成熟沧桑，想起少年时，我的眸子汪着清水，大眼一翻一翻宛若铜铃，那时父母将我紧紧庇佑在身下，不肯让我受半分委屈，如今我也有了自己的孩子，等将来，我必然要送孩子上学校读书，让他像许谦一样有出息，完成我未了的心愿。

"兰芬，明天咱去看看爸妈吧。咱把这喜事跟他俩念叨念叨，这样他们在那边也就安心了。"我心如陈酿，醇厚浓烈，泛着阵阵涟漪，这一天我真的等得太久了。

"这是应该的。"兰芬点了点头。

父亲和母亲的坟头上很是干净，连半株杂草都没有。我不在家的日子，兰芬也经常过来照看。我时常遗憾，如果爸妈都活着，肯定能享到孝顺儿媳的福。

我在坟前供了一碗红烧肉、两坛子好酒，跟父母说了不少的话。等我起身要走的时候，发现天色已经昏黑，我念起兰芬身上怀着孩子，突然自责，便转身问她有没有冻着。

兰芬依然一笑，抬手指了指天："这么好的日头，哪里就冻着了。"我抬头望去，果然，天碧蓝碧蓝的，圆月银白，洒下清辉，别提有多好看了。

回到家里，我们便商议搬去醴泉的事，兰芬觉得，这事还是得仔细计划一番，不能这么仓促，家里的田地总要安置，物件总要收拾，不能说走就走。我冷静深思后，只好同意她的考虑。兰芬刚怀孕两个月，应当照如往常，倒是自己，一时高兴过了头，心急过头，若是厂里能两个月之内，把家属宿舍敲定,到时再接兰芬过去更好。

于是我又在家里待了几日,便回了厂里。临走前我寻了村里公社的两户厚道人家,特意请人打理田地,我虽在厂里做了多年工人,但我始终念着田地,就算要搬去城里,总该将家中田地安置妥当才好。

回到厂里,我便直接拜访梁震翔,主要就是咨询家属宿舍的事宜。梁震翔面露惊讶,这么多年,我从未跟厂里提过要求,今天我竟突然问起家属宿舍的事情。

"桂生师傅,你别着急,坐下慢慢说。"梁震翔给我倒了杯水,"家里是不是遇到什么困难了?"

"说困难也是困难,不过也是件喜事,我跟您说,您可千万先别和别人说,我媳妇怀孕了。她一个人在家我不放心,我想把她接到厂里来。"我局促地坐在对面,虽说这是我应得的待遇,但我始终不太习惯朝人伸手。

"你说说你,这么大的喜事,也不提前和我说,早知道我多放你几天假啊。好事,好事。"梁震翔听完紧张起来,站起来搓了搓手,他拍拍胸脯,笑道:"你放心,我肯定给你落实这宿舍的事情。到时候,你家大胖小子生了,可别忘了找我喝上几壶!"

"那是应该的,怎么也不能忘了厂长您的恩情。"

梁震翔深知家属宿舍的紧迫度,我岁数已不小,盼孩子也盼了多年,总算得偿所愿。

我听见梁厂长打包票,心中的褶皱瞬间被熨平,满面喜气走出办公室,迎面碰上刘昌森。

"小刘,来找厂长啊。"我朝他点了个头。刘昌森笑脸相迎，点点头，满面红光，小跑着进了梁震翔办公室。

我犯了嘀咕，这小刘遇上什么喜事了，难道找到媳妇了，要回去结婚吗？怎么比我还高兴？

我一路琢磨着往回走，刚刚回到四组的厂房门口，就看见潘春生和李万香站在大铁门边上，似乎是在等什么人，我快步走上前问道："你俩在干啥呢？工作时间，在我们组门口干啥？"

"我们在等你啊，桂生师傅，你怎么一点都不着急啊。"潘春生眉头紧皱，脸色黑得像包公。

"等我，等我做什么啊？"我疑惑地抬头。

"你还不知道吧，小刘升官了，升副厂长！"潘春生接着说道。

"是吗？"我心里微微一动，怪不得刚刚小刘那么高兴，原来是升官了。

"是啊，我刚刚听厂长亲口说的，就差对外公布了。"潘春生接着说道。

"小刘是技术出身，懂得多，当厂领导是好事儿啊！"我接着说道，脸上的笑意更浓。

"他升官，你咋还这么高兴呢？你知道他为啥能升官吗？"潘春生急得仿佛遭群蛇包围。我听语气，好像刘昌森这个官，是从他这里偷去的。我见情况有异，便问道："为啥不能高兴？"

"他把你的技术偷去都献给厂里了，厂里奖励他，让他当了副厂长。"李万香跟着说道。

"把我的技术献给厂里？"我没太理解他的意思。

"哎呀，你这嘴笨的，还是我来说吧。"潘春生瞪了李万香一眼,"前一阵小刘是不是每天在你四组里面进进出出?说是记录什么传统酿酒方法?"

"对啊,这事我知道。"我答道。

"那你知道他拿那些记录去做什么了?"潘春生问。

我摇摇头,潘春生继续说道:"他拿着你手艺的记录编成了一本什么传统酿酒技术汇报,里面清清楚楚地写着你烧甑的温度,曲房的温度湿度,多长时间换一次冷罐,醅子冷到多少度。"潘春生边说边想,他读过书,也听了几节小刘的课,这些术语懂一些,但是也记得不是很全。

"这我知道,应该还有不同曲块中各种菌的含量,醅子中不同菌的含量,小刘说这些都跟出酒的好坏有关系,还有咱们之前只知道黑曲、白曲、黄曲不一样,却说不出到底是啥不一样,小刘也通过研究给弄明白了,这些我都知道啊,咋了?"我接着问道。

"你都知道?"潘李两人如同听见一件破天荒的事情,一起瞪大了眼。

李万香脾气急,吼道:"他这是偷艺啊,你也不在乎?他拿着你的东西得了表彰,你也不在乎?"

老手艺人里最出挑的就是我,他们原指望着我能站在他们这边,跟他们一样,护着自己那点吃饭的本事,没想到我这么大方,随随便便就把手艺给了人。

不过这一层,当时我还没反应过来,无所谓地笑道:"嘿,这有啥啊,就当多教几个徒弟了。"

这笑容显然刺痛了李万香和潘春生,潘春生沉默半响,冷笑道:"桂生师傅,你大方,不跟徒弟计较,也乐意教徒弟,可你这个徒弟，他拿你当师父了吗？我可没听说过，有了功劳徒弟去领，师父，那是连半点光都沾不着的。"

"谁说我自己去领功了，我的汇报上写了桂生师傅的名字，在我前头，你们自己看。"小刘不知什么时候走了过来，手里举着一份汇报文件，差点没顶到潘春生鼻子尖上。

"行了，行了，都别闹了，多大点事儿，都赶紧回去上班吧。"我提高声音吼道。潘春生冷笑，拉着李万香扭头离开。

"桂生师傅，对不起啊，我汇报上真写您的名字了，您看。"小刘把汇报递到我跟前，他这趟就是专门来给我送汇报的，我接过汇报，一页一页翻着。

"桂生师傅，我真的没有把功劳揽在自己身上，我还特意跟专卖局的同志说了，说这次主要是您毫无保留地贡献出了全部技术让我记录，才能有这份汇报，我跟他们说，副厂长应该让您做，但是他们说这批提干，主要是针对技术干部的，希望强化传统手工产业的技术水平，我还跟他们申请，希望他们破格给您评定一个技术员资格，但是他们，他们……"小刘低下了头。

"他们咋了？说我文化水平不达标？"我依旧低头翻看着汇报，听到这里，嘴角猛地抽动了一下。

小刘没吭气，他说道："也不知道那些人是怎么想的，核心技术明明是桂生师傅的，明明就该让桂生师傅当这个副厂长啊。文化水平不高怎么了？文化水平不高可以慢慢学啊。没有学历怎么了？有学历的人也不一定能干好厂领导！"

"桂生师傅，我为您争取过，但是负责奖励评定的同志说，评定规则是不能为个人改变的，我……我便没辙了。"小刘垂头丧气道。

我抬头，看见小刘一脸愧疚地望着自己，就半开玩笑似的安慰小刘："没事儿，不达标就不达标呗，回头让他们给我发个大奖状呗。奖状总有吧？"

"有，奖状有，专卖局的同志说，会在年底的全系统工作会议上进行表彰，还要颁发奖状。但是，这对您还是不太公平。"小刘低下了头。

"咋不公平了，你记录或者不记录，我们每天都是这么酿酒的，若是没有你的记录，我就算酿一辈子酒也不会有这个汇报，我还要谢谢你，如果不是你，我也不明白里面那么多门道，专卖局的同志做得没错。"我说着，不知道是在宽慰小刘，还是在宽慰自己。

"桂生师傅，您真的不懊丧？"这是句傻话，可是这时候除了傻话，他也实在不知道还能说些什么。

"我当然懊丧啊。"我无奈笑道。刘昌森连忙道歉，满怀歉意地看着我。

"但不是生你的气，是生我自己的气，谁让我文化水平不够呢，谁让我没读过书呢。"

"桂生师傅，您别生气，我听说国家已经下达了文件，说要着重培养工人出身的技术干部，桂生师傅，我相信很快您就能当上技术员，我可以帮您。"小刘忽然想起了那天看见的文件，终于抓住了一丝补救的机会。

"你在这儿瞎扯啥，如果你真觉得不好意思，就把副厂长让给我师父，谁稀罕当你那个破技术员了，偷了我师父的艺，还有脸来这里。"猴子不知什么时候躲在了厂房大门背后，听看到这里突然忍不住叫了出来。

"猴子,不许这样,这是上面的决定,不关小刘的事。"我摆了摆手。小刘也没跟猴子争执,扭头跑开了。

"师父,您怎么放他走了,就应该让他把副厂长的位子让给您,您别信他一张巧嘴,指不定在专卖局的同志那里说你什么坏话呢,他没把功劳揽到自己身上,人家能让他当副厂长?"猴子依旧愤愤不平。

"您不是有个好兄弟在专卖局吗?您去和他说说呗,他肯定是不知道这事儿,要是他知道了,这好事儿还能落在小刘身上?他哪有师父的资格老?"

"行啦,你哪儿来那么多废话,从明天开始,你们几个跟着我一起去参加小刘的技术学习班,学不会就不许睡觉。"我心里知道不是这么回事,但还是被猴子这话顶撞得不舒服,有心斥责道。

"师父……"猴子满脸哀怨地走开了,我继续低头看小刘的汇报。

说实话,我不失落那是胡扯!但我刚刚的话是绝对真心的,会手艺的人很多,不差我一个,但是能把手艺变成如此漂亮的汇报,我还是头回见,因此小刘还是很有水平的。虽然这本事跟自己的不一样,一般人看不见摸不着,不像酿出的酒一样,一口就能尝出好坏。可是我真的能像小刘一样成为技术员吗?我这么多年的酿酒手艺,的确需要详细整理成技术报告。

一周后,厂里正式召开了全体职工大会,宣布了刘昌森担任副厂长的消息,同时也对我进行了表彰,表彰大会的当天,我便拿到了宿舍的钥匙。

第五部分  折桂飘香                                                          *493*

我看宿舍的时候，只见陈彪的儿子陈安赶了一辆牛车，等在厂区家属院的门口，我微微一笑，走上前去打招呼，没想到，陈安冷冷地看了我一眼，并未理我而是转身走开了。

我忽然想起，刚刚表彰大会时，陈彪、陈安，还有陈彪的徒弟们，似乎也都不在，于是问陪我一起过来的猴子："他们师徒这是怎么了。"

"师父，您还不知道啊，陈彪带着整个一组请辞啦。"猴子答道。

"请辞？好好的，为什么要请辞？他不是醴泉酒厂的老人吗？"我疑道。

"是啊，就因为是老人，所以才请辞的。"

我更糊涂了，猴子接着说道："自从刘昌森的汇报受到专卖局的表扬以后，梁厂长就往一组二组三组各派了一个技术员，说是要按照您跟刘昌森的法子，每组都出一个汇报，陈彪不乐意，厂长便说了狠话，没想到陈师傅就带着一组集体请辞了。"

我望了一眼牛车的方向，看见车上已经堆了几件家具，陈安这时也转头盯着我，眉头深锁，眼神里有一股掩饰不住的森寒之意。

"厂长是怎么说的？"我接着问道，心里忽然升起一种异样的感觉。我与小刘的合作是自愿的，但绝不是为了出风头，也从未想过这样做会牵连别人。

猴子低头回忆一阵，说道："好像是说，要么把技术交出来，要么走人。"

"梁厂长会这样说？"我心里"咯噔"一下子。

"是啊，不过陈彪也挺狠的，他说让他交也行，得让技术员和厂长跪下，给他磕头拜师。厂长气急了，叫他卷铺盖走人。"猴子说完停了下来，瞧着我。

我知道他肯定还有话，便说道："有话快说，你什么时候也变得这么磨磨叽叽的了。"

"师父，二组和三组，现在也老是说您坏话，说您坏了规矩，断了老手艺人的生路。师父，您说您这费力不讨好的，何必呢？"猴子叹了口气。

"猴子，那你怪师父吗？"我问道。

"我？"猴子愣了一下，说，"我怎么可能怪师父呢。"

"不是不怪，而是不能怪，对吧。"我抬头看向他。

"有那么一点吧，就一点儿。毕竟手艺这东西，肯定是会的人越少越好。"猴子答道。

"猴子，你听我说，小刘，不对，刘厂长的课一定要坚持去上，我觉着迟早有一天，那些科学技术会超过咱们的老手艺的，具体为啥，我现在还说不清楚，但是你要是信师父，就听我的，未来就算你手艺再好，不懂科学技术也是不行的。"我双手搭在他的肩上，郑重说道。

猴子很少见着我这么郑重，似懂非懂地点了点头。

我们看完新的家属宿舍，收拾完准备离开时，没想到，在院子里碰到了陈彪，他正在往车上绑绳子。

"陈师傅。"我轻轻唤了他一声。陈彪转过头看见是我，口中并未答话，眼神却像一条毒蛇，他的眼睛斜睨着，眸光射向我，冷得让人头皮发麻。

"走吧，师父。"猴子拉了拉我的手臂。我推开他，反而朝

第五部分　折桂飘香　　　　　　　　　　　　　　　　　　*495*

陈彪走去。

"陈师傅，您准备去哪儿？要不我替您去跟……"

我话说了一半被陈彪打断："不用了，桂生师傅，道不同不相为谋，就不麻烦了，天下这么大，只要有手艺还怕没有一碗饭吃吗？我陈彪的手艺，不是东家挑我，是我挑东家。"陈彪冷冷地将头转过去，跟徒弟一起，赶着车，走出了院门。

我望着他的背影，一时间五味杂陈。陈彪的手艺是不错的，至少在我见过的这些师傅里，是数得上的。虽然说他跟厂长说的话狠了点，但事情也算不得错。在老规矩里，要学手艺就是要磕头拜师的。可是，如果陈彪没错，错的是我吗？是我坏了规矩？若手艺全都印到了书上，老手艺人真的就没饭吃了吗？是我砸了大家的饭碗吗？

我望着陈彪远去的背影，陷入了沉思，却被一个尖厉的声音拉了回来。

"大哥，你看我说的没错吧，你的房子就是被桂生顶替了。"

说话间，两个人已经站到了我跟前，我抬眼去看，是朴世仁和他的一个兄弟。

什么他的房子被我顶替了？我还没听明白，朴世仁脸色宛如蓄势待发的黑枪口，满脸怒容扭头便走，一边走一边招呼着他的兄弟："走，跟我找厂长去，老子得去问问他，不是按来厂子的先后顺序安排宿舍吗？这个姓乌龟的，为啥排在我前头了。"

我心中"咯噔"，大感不妙，跟在朴世仁后面，也往梁震翔的办公室赶，一面赶，还一面让猴子"摇人"，赶紧把小虎他们几个喊上。

我赶到的时候，梁震翔已经被朴世仁几个人围在了中间，场面快要失控，梁震翔声色俱厉地喊着："朴世仁，厂里安排家属宿舍，都是经过班子讨论决定的，该分给谁就分给谁，跟你没关系。"

"听听，大家都听听，好个共产党的干部啊，说好了的按工龄安排，现在变成他想怎么分就怎么分了，桂生师傅哪天来的，大家都知道吧，咱们厂里比他来得早的，应该不止我一个吧，眼下厂里给桂生师傅安排了家属宿舍，我就想问问厂长，咱们厂里这个宿舍到底是怎么个分法？是不是谁官大，就先分给谁？国家现在都在反官僚主义，我看你们就是官僚主义的典型。我要去省里告你们。"

我心中一惊，先前自己不太关心宿舍分配的事儿，后来兰芬怀孕，我着急要房也没细问，原来厂里安排宿舍的规矩是这样的。

想到这里我心里又"咯噔"一下，现在正在提倡整风运动，厂里也开过几次整顿会议，通报过两个人，一个说是曾经做过土匪，一个说是当干部时欺压过下属。

一念至此，我忽然想起，许谦还是专卖局整风运动的调查对象，先前调查许谦时，有人来找我谈过话，主要是调查许谦的背景，问我许谦在老家时，是否有过欺压佃农的事情。我老实回答，只说许谦很小便离家读书，对我们这些佃农的孩子，从来都十分照顾。

谁知，那些人不知从哪里知道，许谦曾经带人拔过许久红家的玉蜀黍，于是又问起这事。我急着为他辩白，就说是许久红先偷了我家的豆子，那事也不是许谦一个人，而是庄子里好几家佃户的孩子一起干的,那几户都常受许久红欺负,许谦是帮大家出气,大家一起革许久红的命。

调查的人心领神会,后来又问,有没有听说过许谦贪污行贿的事情,我一脸茫然,依次回答说没有。

调查者又仔细问过猴子他们几个,问我有没有跟他们索要过礼物,说是不论大小,小到一根烟、一顿饭,都可以汇报。猴子怒斥那帮人有病,徒弟孝敬师父是天经地义。就是这句话,工作组的人误以为我有问题,我差点停职,我因此数落猴子数回。幸而我做人磊落,从不苛待徒弟,故而工作组并没查到实证,后来梁厂长主动替我到组织申诉,整个事情才算彻底解决。

想起现在整风运动的风气,大家都紧绷起来。早前没有闹运动时,朴世仁是绝不敢如此嚣张,顶撞厂长的,眼下这朴世仁要仗着政策的"东风",大做文章。我看着朴世仁那副无赖嘴脸,心里不禁害怕。依照朴世仁的可有可无的脸皮,告发诬赖人的事情,他是一定做得出的。万一他真的去告,就算是诬告,也免不了要惹出一场麻烦。

我也不能确定梁厂长把宿舍分给我这事,到底算不算朴世仁口中的官僚主义。本来我也想站出来分辨两句,但朴世仁把帽子一扣,我反而不敢了,怕说错了话,让事态更加严重。

"我跟你说不着,都给我离开,我要出去开会。"梁震翔挥了挥手,让朴世仁让开办公室的出口,朴世仁今日是专门找碴来的,自然不肯轻易让开。

梁震翔厉声道:"朴世仁我告诉你,厂长办公室不是你撒泼的地方,我跟你说,厂里的房子怎么分配,还轮不到你发号施令,你愿意干就干,不愿意干就滚蛋!"

"滚蛋?我凭什么走,你以为我跟陈彪一样傻吗?我在厂里那么多年了,我滚蛋了工龄怎么算?该给我的待遇怎么算?你当然希望我走了,我走了倒省了你们麻烦了,我不可能走的,我不但不走,还得跟你们抗争到底,你今天就是得跟我说清楚,为什么龟腰子来得比我晚却住进家属宿舍了?"

"桂生师傅对厂里有特殊贡献,是一线生产的技术骨干,他的妻子又怀孕了,现在独自在老家,没人照顾,为了让他安心,所以厂里研究决定,先解决桂生师傅的家属宿舍问题。"负责后勤的老贺闻讯赶了过来,一张圆脸上带着笑。

"哎哟,贺主任也来了。我媳妇前年就怀孕了,我也跟厂里反映过,怎么没见给我提前解决呢?"朴世仁咄咄逼人,双手搓着自己满脸横肉的下巴。

"桂生师傅家里不是只有他媳妇一个人吗?你媳妇一直跟家里老人住在一起,互相有个照应。大家都是同志,还是得互相照顾才行啊。"老贺打着圆场,圆脸上冒出了汗珠。

"按你这说法,我们这爸妈没死的,反而倒霉了,非得爸妈死绝的才能早分上房子啊?我这个人风骨高,不像有些人,有什么困难就跟厂里提,让厂里解决。您是不知道啊,爸妈那身体也一直不好,别说照顾我媳妇了,平常还得靠我媳妇照顾,您看这个事儿怎么办啊?您要是再不给我安排个家属宿舍,我媳妇又带孩子,又要照顾老人,家里也没法过下去了。"朴世仁仰着头,眼睛斜睨着,眼角里的贼光一直盯着我不放。

"朴世仁,你够了,你家就在醴泉,从厂里到你家,拢共不到半小时的路程,你天天都回家,还在这里胡闹什么?"老贺被他这几句话恶心到了,哪有人为了房子这么咒自己家里人的,他虽然是战场上枪林弹雨过来的,但是遇到这种无赖也是束手无策。

"我住得近怎么了,厂里也没一条规定说是谁住得远房子就先给谁吧,要是这么算,老六你过来。"他招了招手,一个干瘦的年轻人蹿到了他跟前,"老六他家是南方的,广东还是广西来着?"

"广东。"那个男子答道。

"对,广东,这可比桂生师傅家远多了吧。"朴世仁不依不饶,搬了一把椅子,"扑通"往上一坐,直接堵在了厂长办公室的门口。

眼看众人僵在原地,我不得已只能站到了人群前面,只是还没开口,便被梁震翔喊住了:"桂生师傅你别管,你对厂里有重要贡献,又有实际困难,我们优先安排你是应该的,就这样,我还嫌奖励轻了呢,怪对不住你了。"

梁震翔也不是个好脾气,若是朴世仁低声下气地求他,没准他还能好言劝劝他,现在闹成这样,他的脾气也被顶上来了,今天若是让朴世仁耍无赖占了上风,以后他这厂长还怎么当?

"贡献?他龟腰子做什么贡献了?四组做出的成绩是姓龟的一个人的吗?那是我们四组所有人的。依我看,你们不只是官僚主义,这么偏向他,八成收了他什么好处了吧?这么大功劳算在他一个人头上,这还得给你们加一条——贪污罪!这纪律条例,你可就违反两条了,高贵的桂生师傅也犯了行贿罪。"

这泼皮无赖的手段,朴世仁是用惯了的,把厂长和我扣上了大罪名,他此刻反而气定神闲。梁震翔,真是秀才遇见兵,有理说不清,只能扯着嗓子吼了一句:"朴世仁,你血口喷人。"

"桂生师傅,为传统酿酒技术的系统研究做出了重要贡献,没有桂生师傅就没有我的报告。"门口响起一个年轻人的声音,是刘昌森听着信,也跟着赶了过来。

"哎哟,我当是谁呢?原来是新上任的副厂长,您这才当的官,官威倒是不小啊!您这话我就不爱听了,桂生师傅在那儿酿酒,我也在那儿酿酒,我们所有人都是天天在那儿酿酒,我们都巴不得您来记录,可是您不来啊,你就跟着桂生师傅一个人,那我们有什么办法,我们想做贡献也没法做啊。"

"你……"刘昌森是个读书人,更不是这种无赖的对手,一句话就被顶了回去。

"世仁,你听我说,事情不是你说的那样……"我朝着朴世仁走了过去,想跟他理论。

趁着这个当口,梁震翔便想起身到保卫科去喊两个人过来,朴世仁哪里肯放他走,一把推开了我,厉声道:"你滚开,我今天是来跟领导反映情况的,我跟你说不着。"

我被他推了一把,一个没站稳,差点摔了一跤,幸好猴子手疾眼快,冲了过来,一把扶住我。就在同时,一个男人箭步蹿出,越过人群,猛地朝朴世仁扑去,朴世仁显然被吓了一跳,接连往后退了好几步,脚下不知被什么绊了一下,坐到了地上。

"朴世仁,你动我师父一下试试,老子跟你拼命。"谁也没想到,冲出来的居然是邹胜利。整个四组里,朴世仁谁也不怕,唯独害怕邹胜利。

第五部分 折桂飘香

邹胜利这小子，从军队里退下来的，年轻气盛，富带血性，平时最爱干的事就是磨他那把刀，别人都怵他几分。这时，邹胜利的刀还别在腰上，贴着朴世仁的衣襟划过。

"胜利，你干什么，快点把他拉起来。"我想要上前拉开邹胜利，步子还没迈开，发现身后有人拉我，一看竟是梁震翔。

"邹胜利，我告诉你，这里不是战场，杀人是要坐牢的。"邹胜利坐在朴世仁的身上，朴世仁动弹不得，反倒吓得浑身哆嗦，恐惧像海浪般袭来，他仿佛看到黏稠的血液飞溅起来。

"朴世仁，我告诉你，我这条命早就死在战场了，坐不坐牢的，我无所谓，师父对我有恩，谁让师父不痛快，我就不让他好过，你说你还要不要房子？"邹胜利死死地压着朴世仁，额头上的青筋一跳一跳的，怒睁着血红的眼睛，宛如一头凶兽。

"你们都是死人吗？就看着他这样，就没人管？"朴世仁四处巴巴望着，梁震翔正抄着一双手，他的几个兄弟都别过身子当作没看见，他们平素也不敢惹邹胜利，这时自然都做了缩头乌龟。

"说，你还要不要房子了？"邹胜利压着他，朴世仁甚至能听到自己的胳膊嘎巴嘎巴响，仿佛下一刻就要断了。

"胜利啊，你这是干什么啊，你是不是老毛病又犯了啊。"梁震翔就站在跟前，不过只动了嘴，"朴世仁啊，你不知道吧，胜利在战场上受了伤，伤了脑子，所以才被派到咱们厂里来的。"

我不可置信地看了一眼梁震翔，甩开他的手，走到邹胜利跟前，一把将他拉了起来："胜利，起来，他不讲理，咱们不能跟他一样。"

邹胜利被我拉到一边，手还按在自己刀上，眼睛狠狠地瞪着朴世仁，胸口一起一伏。

"老六，老六，还不过来搀我一把。"老六闻言，这才过去，把朴世仁搀了起来。"你们等着，我现在先去看病，要是有什么事儿，我饶不了你们。"

朴世仁在老六的搀扶下，一瘸一拐地走了，邹胜利眼里带刀，看着他的背影，仿佛要择人而噬。

"好了，胜利，没事了。"我低声安慰他，随后转向梁震翔，"梁厂长，您怎么什么都说呢，胜利才多大的孩子，您怎么说他伤了脑子呢？让大家怎么看他啊？"

"嗐，我这不也是着急吗，胜利啊，你别往心里去哈，我也是为了帮你师父。桂生，你也不用太担心，胜利的事情，厂里的老人其实都知道，也没大事儿，就是偶尔脑子转不过弯来，犯点小执拗，我不是已经帮胜利调到专卖局去了吗？他以后也不在咱们厂里了，不会有什么影响的。"

"算了算了，快别说这些事了。"我欲言又止，让猴子先带着胜利回四组的厂房去。

等两人走远了，我才问梁震翔："厂长，这宿舍是厂里照顾我的吗？"

"不是照顾，是奖励，我刚刚已经说了。"梁震翔说道。

"不行，那我不能要，还是按规矩来吧。"我掏出钥匙放在他的桌上。

梁震翔皱了皱眉头："桂生师傅，你要相信厂里的判断，无论从贡献还是急迫程度，都应该优先考虑你，你如今要把钥匙交回来，就代表厂里错了。"

"这……"我有些犹豫了。

"好了，桂生同志，赶紧去接你媳妇来厂里吧。"梁震翔把钥匙塞回我手里，但是我依然没有挪步。

"这样吧，如果你发现厂里有哪位同志比你更急需那套房子，你就来和我说，我准许你随时把房子让出来，这样可以了吧。"

"好，那就这么说。"我这才接过了钥匙，转身走出了厂长办公室。

回宿舍的路上，我心情有点复杂，我猛地抬头，望了一眼桂花树，等着桂花飘香的日子。

"不管如何，总算是能把兰芬接来了，还有即将要出生的孩子，咱们一家团聚，一家人就要在一起了。"我默默念叨，不由得嘴角扬起幸福的笑容。

我回趟家，把兰芬接到醴泉镇，来醴泉的路上，我特地没有走陆路，而选择走水路，这是兰芬第一次离家走远路，我想带她好好放松一番，便请了一个船夫，将我们一路摇到了醴泉镇的醴泉码头。等到抵达后，我拉着兰芬从船舱里摇摇晃晃地走出时，发现小船停靠在了一处河阶码头。这里说是码头，其实就是被暴雨冲塌的土岸一角，附近居民因陋就简，都跑来濯衣洗菜，久而久之形成了一处近水低台。

上岸后，我们眼前已然成为"五里醴泉"的繁华地带，从这个码头向外延伸出去，可以看到一条坑坑洼洼、满是人和牲畜脚印的黄泥路面。大大小小的土坑里盛满了浑浊的积水，落着一层蝇蚊，成分复杂的陈腐臭味弥散在空气里，久久不散。

兰芬抬起手背，下意识地掩了一下鼻子。我注意到了这个小动作，嘴角微翘，小声道："兰芬，你现在可是咱们家的凤凰，凤凰难落沾屎的枝，接下来可要小心，这码头路脏，容易弄脏衣服。"

兰芬笑道："庄稼人哪有这么娇贵？"

我拉着兰芬在醴泉镇上随意逛着，兰芬一脸好奇地到处看着，她从未出过远门，一双眼珠子滴溜乱转，令我想起小时候同许谦第一次逛沿河集，那时穷得口袋叮当响，被许谦推着走，沿河集上各式各样的小玩意，令人炫目。我一边走着，一边跟兰芬聊天打趣，跟她介绍，这醴泉镇乃是得益于醴泉码头而昌盛，醴泉码头建在淮河之上，各路商贾在此云集，交易丝绸布匹、白糖茶叶，进而落脚使这里形成客栈，渐次成镇，如今这里不但有扎纸、做豆腐、浇糖、卖饼的各类手艺人，更是建起好几家船厂，正是因为有这些发达的船厂，我们醴泉的酒才能快速运输到天南海北，让百姓都能尝尝我做的酒。

因为码头之便，醴泉有着许庄、沿河集等地方都没有的新家伙，除了醴泉自家的土货，其实镇上还有这中外合资的公司，经营着英美各种名牌，有着洋烟、洋火、洋油、洋蜡、洋糖和洋胰子等百货。醴泉码头，每天都有熙熙攘攘的人流。淮河上一艘艘船靠岸，载人的轮船、运货的货船，人声鼎沸，码头附近饭店、小吃摊的生意非常火爆。

我带兰芬到一家饭馆吃饭，这家店里只有两个跑堂伙计，忙得不得清闲，这次对接我们的跑堂伙计清瘦帅气，店里吆喝，店外采买，非常能干。西泉街的大街小巷我都很熟，大街小巷里的住户也都认识我。这伙计细心，听出我口音像大沭县那边的人，跟我热情地打招呼，我点了豆饼、黄鱼等几样硬菜，好好犒劳我家大功臣。

这一桌还没上来，我絮絮叨叨跟兰芬说了许多醴泉酒厂的事情，兰芬直接俏骂道："酒呆子，饭都凉了，快吃！"我也忍不住憨笑。

兰芬到了醴泉，天天陪我在黄河堤岸上散步，温柔如水的月亮亲吻着清蓝清蓝的淮河水，淮河水汩汩地流向远方，去和水天一色的洪泽湖诉说衷肠。

兰芬到了我身边，如一湾温暖的清泉滋养着我，我就此享受平静安宁的生活。清晨，我会在蒸腾的炊烟中起身，喝上一碗兰芬熬的粥，这红薯或玉蜀黍稠粥软糯香甜；中午，我会急匆匆地赶到食堂，打上满满两盒饭菜，飞快骑车回家，趁着饭菜还没凉，跟兰芬一起吃午饭；晚上，兰芬会烧好一大锅的热水，让我洗脸烫脚，融融的暖意从脚到头，把疲惫驱散，只留下无尽的温柔。入睡前，我会读一段书，一直读到深夜，专卖局的领导不是瞧不起我没有文化吗？那么我就一定要变得有文化，成为技术员，让他们惊掉下巴。

没想到，兰芬搬到醴泉后，结交的第一个朋友竟是大学生叶苏，叶苏下班后总会绕着兰芬聊家长里短的，每次我加班回家都能看到她在我家转悠，我都忍不住打趣道："小叶，你这么喜欢兰芬，不如给咱娃儿当干娘吧，要是有个大学生做干娘，我家娃铁定也是大学生呢。"

叶苏倒是落落大方道："好啊，桂生师傅，想不到我还能攀上您的高枝呢，这是我的荣幸啊，到时候孩子出生，您可别忘了给我送上喜帖啊。"

我眼睛骨碌碌一转，笑道："小叶，你是不是过来想找我打听一位朋友的事情？"

我看着这妮子眼中闪过一丝笑意，平日刘昌森做实验，叶苏便在一旁打下手，刘昌森倒是直性子，有什么话，无论技术上的，还是生活上的，都跟叶苏说，这对师徒看起来格外亲密。平常人看不出来，但我知道这叶苏对刘昌森的态度，尤其是叶苏这姑娘与刘昌森年纪相仿，整日没事便往刘昌森住处跑，不知道的人还以为这是一对儿，可我发现这刘昌森倒像个榆木疙瘩。

"桂生师傅，我想跟您打听我师父，我虽然平日里叫他师父，但是我们年纪相仿，他这个人神神秘秘的，我就想打听一下，小刘平日跟您交情好，您能不能跟我说说，他都喜欢哪些东西？"

"这你倒问对人了，这小刘啥都不喜欢，就喜欢研究酒。对了，他平时也爱写写画画。不过我可提醒你，小叶，小刘他是有女朋友的，虽然不在咱们这儿，但是两人感情可是很好的，你可知难而退？"

"这我知道。"叶苏点点头。

我皱眉道："傻妮子，你知道还这么想？你可是大学生，小刘那小子不过才中专生，现在国家可不许男人三妻四妾的，你这种想法要不得。"

这姑娘鼻子一哼："可这并不妨碍我喜欢他。我看他平时写写画画，都会送给那个人。上次师父，不，小刘从黄河堤坝回来便收到一封信，是她女朋友写给他的。我看他在实验室好几天，都愁眉苦脸的。我便问他了，他性子直，从不关心我如何待他，当我是好朋友，只跟我说信中的内容，他的女朋友跟他异地多年，熬不住家里人的催促，想要跟他分手……"

"这事我倒是初次听说，你当时说了啥？"我问道。

"桂生师傅，你让我说，我便说了，可你别怪我。他的女朋友执意跟他分手，他如今也只能留在醴泉，这两人终究是有缘无分。小刘这么下去，身子也会熬坏的，那几天是我悄悄给他洗衣服、打扫卫生，我便假意开玩笑地安慰他说，师父，您老人家别愁啦，咱们大苏北也有不少大美女，一车间、二车间的拌曲女工不少，还有一个人对你千般好，更是个大美女，远在天边，近在眼前，你要不要考虑一下你的女徒弟，徒儿我也是条件不差，你若同我处好，也是让您老人家赚到啦！"

我暗自吃惊，想不到这叶苏倒是大方又机灵，小妮子能将一切哀伤以玩笑度化，还能凭借假意道出真心。

兰芬在一旁听着，也忍不住赞道："叶苏，你当真是聪明啊，你这番话，刘昌森是如何反应？"

叶苏道："我没想到小刘如此死板，我这番玩笑，他竟当成调戏，好几天都没有搭理我，我想最近他快生日了，要不然我送他一样礼物，跟他道歉？可我又不知道他喜欢什么，只好找你们商量对策。"

兰芬道："既然他喜欢画画，你便送上一些水墨、毛笔、纸张这些，想必倒是有心思在里头，他未必不知道。"

我叹气道："你倒是好费心！只怕这小子拿了你送给他的水墨去画他那女友，倒是不解你的风情，我过几日替你开导开导。"叶苏见我和兰芬如此上心，便满脸通红地感谢我们。

第二天，刘昌森正好约我说要事，我去他办公室详谈。我进门后，见他在整理材料，便打趣道："小刘啊，你都快三十了，怎么不学小虎他们在本地找一位同事恋爱结婚呢？"

"桂生师傅，您怎么突然说这些？"刘昌森一愣。

"怎么会是突然呢？你虽然手艺学得比瑾瑜他们晚，但多少也随我学了酿酒的手艺，我对待徒弟就像孩子一般，其他孩子都成家立业了，你都没上心这件事，做师父的能不担忧吗？"

刘昌森尴尬一笑："我每个月工资就五十八块，养家糊口都勉强，尚且靠家中亲戚支持，怎么能耽误其他姑娘？"

我笑道："我就知道，你就装糊涂吧，你徒弟叶苏，跟你年纪一般大，人家姑娘都不害羞，成天跟你相处，这么多天，又是帮你洗衣洗碗，又是排忧解难的，你害羞什么？感情的事情，顺其自然吧，既然你那小女友已经跟你提分手了，你便听师父一句劝，珍惜眼前人，至于天边的云儿，你好好祝福便是。"

刘昌森："师父，我还是放不下她……您给我一点时间吧。"

我叹气道："好啦，我也不多劝，这姑娘对你好，你莫要伤了人家，人家真心实意为你做事，我们都看在眼里。"

"师父，我们还是先说正事吧。"小刘告诉我，专卖局正有意培养工人技术干部，而不久前我收到许谦寄给我的一个大信封袋，信封袋里有几本书和一封信，许谦在信里嘱咐的，也是这个消息。

许谦在信中写道："听说了你一直坚持学习，我十分高兴，原本我想专程见你一面，但工作很忙，我一直没有时间，我想打个电话，又怕电话里一句两句说不清楚，最后决定写信，跟你讲一讲科学与技术的重要性……"这是他成为许书记后，第一次给我写信，如果他的桂生哥能够看得懂这封信，就一定能学有所成，最终通过技术干部的考核。许谦的信写了足足六页纸，从科学进步说到技术变革，从工业革命说到意识革命，归根结底就是一句："哥，你从小想念书，现在机会来了，你赶紧加油，争当醴泉酒厂第一批既懂理论又懂实践、具备产业经验的技术干部和生产先锋。"

这封信如同蒸甑下的熊熊炉火，把我心里发酵了许久的念想都蒸腾了出来。没错，我想念书，从小就想。从许谦跟我说韩信的故事时就想，从许谦去私塾读书时就想，我们在许家酒坊边上的小饭铺里，许谦跟我讲生物时，我也想。可我和许谦身份相差悬殊，又不敢想，我一次次跟自己说，不能想，不该想，不许想。但是，现在我可以想了。父亲说，我跟许谦是不一样的，但现在我们一样了。我也能实实在在地做个读书人了。技术员，工程师，这些名词多么美好，充满着令人向往的书卷气。

我书读得刻苦，经常是到了夜里两三点，兰芬一觉醒来，我还在看书。刚开始我经常读到深夜，猛然抬头，发现兰芬正在静静地望着我，我突然自责，很怕耽误她休息，后来每晚先哄她睡觉，再偷偷跑回厂里看书。很快这事就被兰芬发现了，我们便有了君子协定，我读书最晚不能超过一点，再也不许偷偷跑回厂里看书。兰芬也答应我，半夜再也不会偷看我读书。

"这是啥？"兰芬手里捻着针线，看着我书上那些奇怪的符号。

"这是化学符号。"我答道。

"嗯？"兰芬不知道什么是化学符号。

"就是一种看不见摸不着，但是又实际存在的东西，就像这个符号，"我用手指画了一个符号，"酒里的这个越多，酒劲儿就越大。"

兰芬点了点头："看不见摸不着是什么呢？是吹过的风，是花里的香，还是口中的味道？"我看着她，忽然想起少年时，跟许谦在许家酒坊附近的小饭馆里聊天，许谦跟我说生物，说植物的种属，那时我完全不明白，那时我的表情就像现在的兰芬。

"兰芬，等娃生下来，你也去识字吧。"我忽然说道。

"我又不烤酒，识字干啥。"兰芬轻轻摇头。

"识了字，你就可以看书了，想看什么书就看什么书，这世上的书可多了，有讲故事的，有说道理的，又不都是教人烤酒的，你念了书，将来也可以给咱们娃讲故事、说道理。"

"真的？"兰芬抬起头，锃亮的眼望向我，眼神充满了向往。

"当然是真的。"我点点头，两人相视而笑。

没想到，兰芬在这之后真的同我一样，认真识字，偶尔叶苏来家里，兰芬还会找她请教化学知识。

光阴如箭，转瞬即逝，兰芬十月怀胎，我的孩子终于落地，六斤多重，是个大胖小子。我给儿子取名为桂志成，我希望他有志气，更希望他有志者事竟成。

我怕影响大家的工作，原本没打算请客，只叫了猴子他们几个来家里吃饭，可是不知道消息被谁走漏了，那一天的客人来了一拨又一拨。

邹胜利提着两箱吃食，重重放在地上，他说："师父，感谢您老人家这么多年的照顾，眼下您生了儿子，求您给个机会，让我跟这个孩子认个兄弟，我认您当干爸！"

自从我来以后，时常有意无意地就把邹胜利带在身边，刚开始时，邹胜利觉得这是我可怜他，没往心里去，但是时间久了，他感受到了我的诚意。刚开始他跟着我学手艺，教别的徒弟的时候，我大多让他们去看，但教邹胜利的时候要求更高，让他去闻、去尝、去摸。邹胜利知道，我这不是歧视他，是怕他以后眼睛会越来越不好使。

后来我又逼着他去学知识学文化，说是酒厂里设备多，工序也烦琐，一不小心就容易受伤，终归不适合他。再后来，一向不爱求人的我，还特意为邹胜利找了许谦，说胜利是战斗英雄，是因为打仗受的伤，请专卖局务必给他安排一个安全一点、轻省一点的岗位。

可邹胜利虽然是从战场上下来的，但没有立功受奖的记录，我连着跑了三个月，才为他争取下来了一个特殊照顾的名额，他这才被调到了烟草专卖局做档案管理的工作。自那以后，邹胜利就认定，我是他的大恩人。

我连忙扶他起来，可邹胜利说什么也要认孩子为弟弟，认我当干爸。

这时，叶苏竟挽着刘昌森的胳膊站了出来，这会儿刘昌森竟然神色泰然，不再如以往那般拧巴。

叶苏娇俏笑道："胜利哥，我可是先认志成为干儿子的，你可别跟我抢。"

猴子在一旁怪叫道："哟，这不是小刘吗？我一直以为你是光棍呢？怎么今天找到一个这么娇滴滴的媳妇？快给咱们介绍介绍。"

"去去去！猴子，你一边去。"兰芬笑骂道。

叶苏神情羞涩，笑道："谢谢桂生师傅，没有您做媒，我们哪有今天。"

"你们倒不必谢我，我也不过是替孩子干娘找个好对象罢了。"我打趣道。

刘昌森怪不好意思道："师父，待会我敬你和师娘一杯。"

邹胜利见众人注意力都放到刘昌森、叶苏这一对璧人身上，他的请求遭到忽视，反而急切地朝我喊起来。

我连忙说道："这怎么成，你这孩子怎么还整这一出，你认我为干爸，那不是搞封建师徒那一套了吗？这给外人听了，要怎么说咱俩呢？你快坐下吃点心吧。"

他见我不答应，立马急了，朗声道："您要是不让我认您为干爸，那便让您儿子认我当干爸，反正大家得做一家人！"在座的所有亲友都愣住了，没想明白这邹胜利整的是哪一出？

"您放心，孩子长大，我攒下钱，都给这孩子，您老不用忧心孩子上学的钱！"

这话气得猴子当时就往他胸口撑了两拳，嘴里笑闹着："你还想给师父的儿子做干爸，这是要和我们一辈儿啊。"

除了邹胜利，那天李万香和潘春生也来了，除了给我道喜，还一个劲儿地鞠躬低头，说要给我道歉："桂生师傅啊，之前是我们眼窝子浅，没看出来，用科学总结传统酿酒方法是大趋势，你别怪我们啊。"潘春生一向会说话，替李万香打头说道。

原来，就在醴泉酒厂派技术员进组之后没多久，全国酒类专卖局就发出统一号召，号召各地都要积极展开工作，进行传统酿酒方法的研究总结，醴泉酒厂还因领先政策而获得表彰，表彰的名单里，自然也有潘春生和李万香的名字。

"是啊，还是桂生师傅有远见，我们哪里比得了啊。"李万香憨憨笑着，跟着附和道。

"没有，没有，潘师傅和李师傅，你们别客气，我当时也没想那么多，碰巧了而已。"我也跟着笑。陈彪离开厂子以后，我特别难过，我甚至自责是自己害了陈彪，直到接到专卖局的统一号召，我内心才逐渐安定。

我们围着坐，说了许多客气话，眼见着到了饭点，我便留两人吃饭，两人起初不肯，后来看我是真心想留他俩，便没再推辞，他们一直想找机会跟我喝杯酒、谈谈心。

中国人的喜宴上从来不能少了酒，何况这是烤酒人家的喜宴，转眼间一坛子酒便见了底。

"桂生师傅，今天是你儿子满月，你可不能小气啊，这酒可得管够啊。"李万香顶着一张红彤彤的脸，笑得嘴咧咧，潮红色泛到了耳朵根子上。

"是啊，桂生师傅，别的不说，一样的料，一样的曲，一样的水，你酿的这酒，不知为什么就是比我们的要更香一些，回头我得好好把刘厂长的那份汇报看一看，看看我们到底哪里不如你了，你可不要小气了啊。"

我跟着笑了笑，也不知道潘春生指的"不要小气"，是指桌上的酒，还是小刘的那份汇报。

## 48　粮荒停工

　　志成出生后,技术改革的催促越发紧张,梁震翔多次往返外省开会学习,并且大刀阔斧地改革。

　　志成刚满一周岁的那天,梁震翔召开工人大会,询问道:"我最近连续前往多个省份参观学习,在西南地区,很多酒厂都有自己的陈年老窖,他们的窖池最早能追溯到明朝洪武年间,明清三百年的窖池有上百个,他们这些窖池里酿的酒,味道浓香醇厚,质量上乘,我看咱们酒厂比友厂差距不小,大家有没有什么办法,想想怎么样从窖池上下手,让咱们醴泉酒的味道好上一层楼。"

　　"厂长,您说的这些我们都知道,只是从窖池上下功夫,那可都是需要几百年的工夫,咱们在时间上没有人家的优势。再说了,咱们省本来也有很多陈年老窖,可是这些陈窖天然的缺陷便是难以移动,一旦移动便丧失原本的优势。我是从革命时期过来的,当年日本人和蒋匪不知道在咱们省轰炸过多少次,本来有的陈窖陈酒也遭破坏了,而西南地区因为相对偏僻,经历轰炸少,因此他们的窖池能得以保全,这是咱们所不具备的优势。"我解释道。

　　"难道没有办法吗？"梁震翔眉头紧皱。

　　"说实在的,咱们当年的老师傅也想过不少办法,比如,咱酒厂里面的上百个地缸,那都是方便携带,随时撤离用的，否则的话，一场轰炸下来，所有酒坊基本只能从头再来。"我无奈摊手。

"厂长，我觉得您说的话有道理，窖池是发酵的容器，它的变革关系到咱们酒厂味道的提升，请您给我一定的时间，我研究一番咱们厂的陈窖，说不定有办法。"刘昌森语气亢奋，上前请示道。

"好，小刘，你是副厂长，又是咱们厂里最好的技术员，你看有没有办法将现在的新窖变成老窖，只要努力想，总会有方法的，一定要把新窖陈化的时间缩短。"梁震翔道。

刘昌森接到任务后，便天天在储酒车间的泥窖里捣鼓不停，又是提取不同窖池的土壤，又是到处买书翻阅资料，忙得热火朝天，梁震翔甚至特批刘昌森外出学习三个月，与其他省份的友厂进行技术交流。

刘昌森回来的时候，我能感觉到他似乎苍老了不少，华发早生，但双眸依旧神采奕奕，在那天召开的领导班子会议上，他朗声道："不负大家所托，我通过摸索已经找到方法，怎样能够泥窖老熟，至少有七成把握。不过，这件事情风险很大，没有厂内各位领导的支持，怕是难以完成。"

"我相信你，有什么需要帮助的地方，你尽管说。"梁震翔兴奋道。

第二天，梁震翔要求所有人在储酒车间外集合，刘昌森当着大家的面，一锤接一锤砸了所有空置的地缸，所有人都看得目瞪口呆。

冯秋生道："刘昌森，你做什么，破坏咱们储酒的地缸？"

门外的老职工们七嘴八舌，一个个脸色难看至极，急得都要冲进去拦下刘昌森，等大家上前的时候，梁震翔也拿起锤头直接连砸三个地缸。

"所有人，给我把水泥窖砸了，这是提高咱们酒厂生产质量的一环！"梁震翔朗声道。

我在第四组威望极高，对大家都是呵护有加，基本是"一言堂"，除了少数刺头，其他人都会听我行动，眼下其他组无动于衷，我便开口说道："诸位，当初我将技术上交给刘昌森给厂里的时候，你们有没有拿到荣誉？如果你们相信我桂生，那么就一块儿跟着干，到时候咱们的酒味道变好了，省里一定少不了咱们的好处，咱们也给醴泉人争一口气，是不是？潘春生、李万香你们信不信我？"

潘春生与李万香对视一眼，咬咬牙道："算了，信你一次，都这么疯狂的话，咱们一起拼一把。"

这一年，醴泉花了半个月时间，砸掉了十分之一的地缸与水泥窖，刘昌森便开始他的人工老窖计划，他在酿酒车间的各个生产池口逐步试制人工窖泥，派人将牛血、猪血、烂水果、曲粉、各种度数的酒和有机营养盐拌入泥中观察，其后对土质、水质、窖泥配方进行了数百次试验。为了找到合适的土壤，我们在醴泉酒厂周边所有的乡镇进行了取样，将腐质丰富的黏土试制窖泥，并对渗入水中的窖泥进行化验分析。我们采取优质窖泥，加入新泥，加入菌类培养液，有效缩短窖泥成熟期，实现增产。

为了避免酿酒生产出现大面积减产，我们采取渐进式的改造，大量进行技术试验，选用微酸性的黄沙淤黏合土，用窖外腐殖培养的方法，逐步拆除水泥窖池，拆除地缸，增建一百个纯土泥新窖，砖铺土底窖也全部改为土泥窖。在取得初步改建经验后，第二年继续改造水泥池数十个，直至三年后砸掉两百个水泥窖池和其余地缸，使用新鲜泥土，采取预先腐败繁殖并发酵的方法新建泥窖，改建水泥池或新建大型泥质酿酒池，并利用原有的陈年老窖池作为培育新窖的"母窖"，继续新建酿酒池。

"培养老窖泥，可以使用曲粉、豆饼和黄水等东西。曲粉一旦入土，霉菌、酵母及细菌会有短暂的活动过程，升温之后便会死亡，逐渐转化为腐殖质，营养被土壤吸收；豆饼含磷也较多，能增加窖泥的有效作用，但用量不宜太大。发酵正常的泥窖黄水放入窖中也能产生诸多成香的前驱物。"

在刘昌森的指挥下，扬掀工人正在混合新的麦子和出过酒的麦子，这些麦子将被填入窖池，封上细腻的窖泥。又把取酒时舍弃的尾酒，一瓢瓢泼洒到封窖黄泥上，使之潮润而微熏。麦子发酵需要密闭空间，而窖泥沾酒微湿，可防止龟裂泄气，让窖泥中的微生物在密闭空间中充分交流。五年，十年，三十年，五十年，年轻的泥窖渐渐走向了成熟，仿佛流过的淮河水，在上游匆忙奔流时摆在外面的浪花四溅的喧腾都低下去了，平缓了，收敛了，丰满了，变成深沉的、暗底下充满许多回漩的中流。

刘昌森提醒道："新窖池不能酿酒，新窖池中的细菌总数不到老窖池的三分之一，必须经过长期养窖，才能把窖池培育出来。再好的池子如果不会养，终必功亏一篑。"

我忽然想起那些四百多年的老窖池，现在这些老古董的用处便更加突出，百年老窖中又掺了刚从田野收来的新鲜麦子。

新麦子带着土地的馨香，带着太阳的热量，带着那些在麦子上奔跑的风的声响，被重新填满了窖池。我们这些酒师用细腻的黄泥把新的麦子和老的麦子都密封在窖池中，阻断了光线与空气。它们在那封闭的空间中，在自己的时间中，分解，发酵，转化，就像酿成的美酒在我们幽暗的血管中明亮地轻声细语一样。麦子熟了，吸饱了数百年前就和时间互酿而成熟的窖泥的芳香。麦子熟了，在历经了几百年传承的精妙而神秘的酿酒工艺中成熟了。

在此之后，我们酿酒时，仿佛都能看见，每一粒麦子被碾压，内部碎裂成四至八瓣，外部却还保持着完整，被碾压过的麦子作为生力军被掺入之前那些已发酵蒸馏过的麦子中间，拌上酒曲，掺上清冽的玉仙泉水，在窖池里经过漫长的发酵，上到甑子里蒸馏，成为清冽的酒浆。麦子熟了，它在秋风中摇曳，仿佛吸饱了数百年前就与时间互酿而成熟的窖泥的芳香。我站在这片麦子地中，感受着每一粒麦子的饱满与生命的律动，它们在等待着，等待着被转化为另一种生命形态。

刘昌森对消化糖类、耐酒精度、菌类形态等进行了大量的检测，取得了上万个数据，发现了窖泥中栖息着一些嫌气性的杆菌和梭状菌，这些菌由于是芽孢菌属并具有耐热性，同时生长代谢耗能很低，所以能长期寄生于其中，最后利用老窖泥作为菌源，生产出优质的人工窖泥。

梁震翔工作务实严谨，有一股韧劲。每天八小时班以外的早晨与晚间，他都要到车间转一转，或与夜班工人交谈，了解其生活诸事；或摸一摸甑中的糟醅，掌握出酒率与质量情况，发现生产中的问题立刻给予解决。他平时不喜欢多批评人，要批评就令人心服口服，我们对他敬爱，只要他一声令下，便都会雷厉风行。我和刘昌森受其领导魅力感染，也对技术精益求精，对酿酒的每一道工序，我们都深入钻研，相互请教。夜间检查生产回家，又总是伏案阅读资料，总结成败得失。我和刘昌森多次参加各省的商品交易会，借机与同行交流技术经验。

当第九十九道新建泥窖建设完毕时，梁震翔深谋远虑，对醴泉的水质提出研究任务，他语切要点："向来听说咱们的玉仙泉水质甘甜，适合酿酒，可是究竟是什么原因让这玉仙泉水酿的酒更甘甜，恐怕也是需要研究一番。毕竟这泉水能用几十年，可万一枯竭了，我们也要保持咱们酒的味道稳定。"

"厂长说得对，酿酒的几大关键，水好、曲好、窖好、手法好，依我看，非但是玉仙泉，咱们醴泉镇附近的各种深井水、河水、浅滩水都要研究一番，看看哪个更适合酿酒。"自从梁震翔重视技术改革，加之上次泥窖人工老化技术的成功研发，让刘昌森备受重视，"士为知己者死"，他凡事冲锋在前。

梁震翔向上申请支援，得到批示，后来刘昌森联合省厅的岩矿测试中心对醴泉地区的泉水、浅滩水、河水和深井水等进行了采样分析研究。

后来刘昌森在醴泉地区水质报告中写道："泉水清，质地柔软，清洌甘爽，最适宜酿酒。深井水硬度低，也适合酿酒，较泉水次之。浅滩水、河水经沉淀过滤，水质也适宜酿酒，但水质偏硬，蒸馏出酒尾口感稍辣。"

这便解释清楚醴泉工艺酿出的酒香醇的原因，正是因为玉仙泉水硬度低碱性少。但因泉水并不是全年涌出，后来我们酿酒用水大部分都采取深井水，而不采取其他水，酒水味道便拔升不少。

梁震翔任职醴泉的第五年，因绩效突出，又在技术革新层面做出了巨大贡献，被调到省厅的酒类专卖局，主抓科学技术与传统工艺融合的工作，副厂长刘昌森接任了他的位置，担任醴泉酒厂的厂长兼党委书记。刘昌森终于等到这一天，从前他与叶苏在一起，生怕耽误叶苏的大好青春，两人还没结婚，但已经同居在一块，两人虽年纪相仿，但碍于师徒关系，仍怕厂里的闲言碎语，如今他已是厂长，便可不惧闲言，第二天便与叶苏领证结婚。我和兰芬替他高兴，厂里的人都向他道喜，双喜临门，愿他早生贵子。

而我乘青云之便，侥幸成为醴泉历史上第一个总工艺师，尤其是工人出身的身份，令我自豪。贺瑾瑜跟随我的脚步，也通过了技术员的考核，转岗到了技术部门。醴泉酒厂还一度扩建到了八个大组，足足八十架蒸甑，我的几个徒弟也都当上了烧班长，小虎、猴子甚至是大组长，但是突然爆发的粮食问题，又让这八十架蒸甑全部陷入了停滞状态。

苏北酒类专卖局直接不给我们调拨粮食，导致我们醴泉出现巨大的原材料短缺问题，所有人都停业在家，一片迷茫，而刘昌森刚刚上任不久，哪能料到会遭遇这样的事情？技术员出身的他，本就年轻经验不足，此时随着所有人陷入了漫长的绝望和钝痛当中。

"怎么？他们还是不肯给吗？"刘昌森眉头深锁，望着对面两鬓发白的老贺。老贺这时已经全面接管了采购部的工作，筹办原材料正是他职责范围内的事情。

"是啊，厂长，我说不动他们。"老贺叹了口气摇了摇头。

"我们这不是有介绍信吗,怎么能这样?"刘昌森叹气道。

"他们说,介绍信上只说我们有红粮的配额,准许我们购入粮食,但没有要求他们局必须把粮食卖给我们。眼下他们库里的粮食还不够自己省里用的,暂时不能给我们。"老贺答道。

"胡说八道,咱们买粮,从来都是用的这个介绍信,酒类专卖局又不是粮食局,不开这样的介绍信,难道还能直接下道命令,让黑河粮食局把粮食卖给我们吗?"刘昌森心里虽气,但是没有别的办法,厂领导们只能干瞪眼。

"要不我去试试?"一直没说话的我突然挺身而出。

"桂生师傅,您有办法?"刘昌森将头转向我。

"我也没什么办法,反正厂里现在没粮开工,待着也待着,不如去碰碰运气,我到了那边,好好求求人家,也没准我运气好,人家一高兴,就答应了呢。我如果不行,就换老贺再去,粮食在人家手里,咱们多求求人家呗。"

"这……"刘昌森面露难色,他是读书人的性子,多少有点好面子,在他心里,这一买一卖,只要手续齐全,就是正常的公务往来,凭什么还要求人呢?

我这些年看着这孩子一步一步走到厂长的位置,对他的性子极为了解,便接着说道:"刘厂长,您看,我难得主动请缨一回,您就让我试试呗。而且,我学徒的时候就听说北边的粮好,但是还从来都没见过,顺便考察考察北方的产粮基地怎么个好法?也为酒厂以后的生产打个基础。"

"好,那就辛苦桂生师傅一趟。"话到这份上,刘昌森不好再拒绝,亲自把我送上了长途汽车。

醴泉这个地方说大不大,说小不小,但因为道路难修,一直还没通火车,所以要去黑河,就得先乘长途汽车到省里,再坐渡轮过了大昌河,到了对岸,再转乘长途汽车或者火车,总而言之,整个路途异常波折。

志成年纪还小,还在长身体,家里能兑换到的细粮基本上都留给了他,我这次出门只让兰芬多烙了几个玉蜀黍饼子带着,反正来回也只是坐车,耗不了多少体力。

我在车上饿了就啃玉蜀黍饼子,渴了凉白开往肚里灌,一路颠簸,终于到了黑河。一下车,我没有休息,没有吃一顿饱饭,也没有直接赶往黑河粮食局,我顺着火车站旁边的小路一直走。

我终于来到了东北,这里是国家的粮仓,作为一个酿酒出身的人,粮食,也只有粮食,才是我心中日夜惦记的东西。所谓"好地长好粮,好粮酿好酒",我现在就站在祖国的粮仓上,岂能不赶紧俯下身子,去亲吻这久违的好粮?

我一路走进附近的庄稼地,放眼望去,大片大片的红高粱密密匝匝地向远方绵延,映红了天边。秋风起,望不到边的红高粱瞬间变成了波澜壮阔的红海。这壮观的景象彻底使我震惊,我的心早已随着翻滚的红海汹涌澎湃,怎么也按捺不住内心的激动。

"好家伙。"我站在地头上,捧了一抔土在手里。这土,跟我家里的也不一样,又黑又厚,油亮油亮的。当年许谦跟我说土壤、水质、植物的科种属等,我不能理解,但是后来我也学了不少相关的知识,已经完全能够明白他所说的意思了。

不过今天我又明白,纸上得来终觉浅,绝知此事要躬行。这书上看过跟亲身体验,还真不是一个感觉。就比如黑土地,这红高粱,你之前也都听说过,但当你真正站在黑黝黝的土地上,亲眼看见这遍野的红高粱,你会对粮食有更丰满的定义。

我在地头转悠半天,心里满是愉悦,这里较之我家,没有频繁的旱灾与水灾的轮番冲击,这里的粮食简直富足得让人忌妒,我想要的那点红粮,与这一眼望不到边的高粱相比,简直就是九牛一毛。

我来之前做足充分准备,提前问了老贺,知道他以前来黑河粮食局,都是到供销科找的供销科的刘科长,故而我这次多了个心眼,直接找人问了局长办公室的位置,想着直接找到局长,好好反映一下醴泉酒厂的困难,从根源解决问题。可我还没走到办公室的门口,原本满满的希望就破灭了。

黑河粮食局局长办公室的门口,早已挤满了操着各地口音的人,整个办公室被围得水泄不通,每个人都神色焦急,吵吵嚷嚷,比长途汽车站还要热闹。

这个说:"我们那儿人都快吃不上饭了,同志你得先给我们解决啊。"

那个说:"同志,您听我说,我们县遭了水灾,全县几乎颗粒无收,再没有粮怕是就要出人命了,您得先给我们安排啊。"

"各位同志,各位同志,大家都不要着急。"一个面色黝黑的中年男人被他们围在中央,他努力地探出半个头来,摇晃着手里的一张纸,扯着嗓子,才能勉强压过众人的声音,"大家都不要急,我们已经收到了《中央粮食调拨计划》,我们一定会按照计划,准时给大家调拨粮食的。"

我站在门口,把原来准备了一肚子的话全都咽了回去。我们厂再有困难，也没法跟人命相比啊，别的地方来要粮食救命，我来要粮食是要酿酒。这样的年月，连人都顾不上了，哪里还有粮食去酿酒啊？我甚至觉得自己很荒唐，在众人的吵嚷中，我不由自主地往后退，我实在张不开嘴。

唉，罢了罢了，还是回醴泉吧。我犹豫了半天，最终还是收拾了行李回醴泉去了。

回到醴泉的那一夜，我一夜未眠，不知道应该怎么和刘昌森交代。说谎吗？我大可以直接说个谎，就说自己费了好大力气，跟人家说尽了好话，但是人家依旧不肯把粮食调给我们。说谎应该没事的，老贺不是也去过了吗？他也没办成，即便我没办成，刘昌森应该也不会怪我。黑河那么远，刘昌森对我那么信任，即使说个谎应该也不会被发现的。

但是，这不是我的性格，一想到要说谎骗人，我就脚底发冷，一直冷到后脖颈子。直说吧，就说自己白跑了一趟，连句话都没跟人家说上，一粒粮食也没为厂里争取。可是这话我说不出口，我这半辈子，只要应了人的事儿，就从来没打过半点马虎眼，这还是头一次，连口都没开，就直接打了退堂鼓。

在床上折腾半宿，我实在是睡不着。我从床上爬起来，让兰芬找出了十元人民币和一斤全国粮票，这是我出发前从厂里支取的旅费，我决定个人承担这些花销，也算对厂里有个交代。

兰芬心里舍不得，攥着票子，摩挲了很久，实在忍不住问了一句："孩子爸，咱先欠着厂里不成吗？等日子好些了，咱再还上。"我叹了口气，兰芬一向是听我的，她今天这样，实在是因家里太困难了。

"兰芬！"我轻轻唤了一声，也没多做解释，兰芬终于不舍地将票子递到了我手里。

到了厂长办公室，我直接把票子放到了刘昌森的桌上："刘厂长，对不起，我没能完成任务。"

"桂生师傅，您这是做什么，这个任务有难度，我们大家都知道，您不用这样。"刘昌森说着，便要把票子塞回我手里，我连忙收回了手，怎么也不肯接。

"不是，厂长您听我说，我不只是没完成任务，而是根本就没开口。"我说完，刘昌森不解地望着我，想等待我继续说下去。刘昌森知道，这不是我的性格，我如果这样做，一定会有我的理由。

我接着说道："我到了黑河粮食局，发现等着他们粮食的，不止有我们，还有很多更困难的地区和同志，他们那里断粮很严重，再下去就要饿死人了，老百姓不喝酒没问题，但是不吃饭可不行啊。"

听完我的话，刘昌森沉默了一会儿，叹了口气，眼下粮食十分紧张，有的地方已经吃不上饭了，这个情况他也听说了。面对等粮救命的地区，酒厂自然不能和他们去抢，所以我这么做其实没有错。而且，就算我硬着头皮去求了粮食局的领导，估计结果也是一样的，难道黑河粮食局的领导还能放着人命不救，卖粮食给我们酿酒吗？

但是，原料的问题总得解决啊，想到这里，刘昌森不禁愁上心头。过了许久，才缓缓说道："桂生师傅，有个事情我想跟您商量一下。"

这个想法在刘昌森的脑子里已经盘旋了有些日子了。"我想用代用粮来酿酒,虽然现在薯类和玉米也不富裕,但是总比红粮要宽裕一些,眼下这种情况,依靠外省调集显然十分困难,还是得在咱们省内的主要作物上想办法。"

我听完低头,沉默许久才说道:"刘厂长,不是我泼冷水,代用粮酿酒咱们之前做过实验,厂里虽也能马上开工,但口感非常不好,就算酿出来,大家也怕是喝不习惯,甚至会坏了咱们厂的信誉。这事有前车之鉴,您不是不清楚。"

"我也知道代用粮酿酒口感不好,但至少它的酒精含量和其他各项数据,都是完全符合饮用标准的,也是准许售卖的。现在粮食有缺口,但产量指标依旧在那里,这也是没办法的办法了。"刘昌森有点着急了。

"我不是这个意思,只是咱们酿酒不是为了产量指标,如果酿出的酒口感太差,那样会得不偿失。"我答道。

"那您说怎么办?就一直停工停产下去?今年的任务指标怎么完成?"刘昌森情绪有激动,声音高了许多。

"我不是这意思,可就算再急,咱们也不能胡来啊。"我声音高了几分。

办公室里突然鸦雀无声,片刻之后,刘昌森忽然怒道:"行了,我不是跟您商量,这是厂里的决策,我是厂长,这事情得听我的,您尽快带领技术干部和产业干部开展工作吧,代用原料酿酒的口感不好,我们就解决口感问题,产量不高我们就解决产量问题,总之,粮食紧张一天,我们就用代用粮酿一天,紧张一年,我们就酿一年,有红薯就用红薯,有土豆就用土豆,有玉蜀黍就用玉蜀黍。"

我听完,怔怔地望着刘昌森,我不知道该说什么好,只能叹了口气,转身出了厂长办公室。

我在心里虽对刘昌森这决定抗拒,但在行动上,我还是用尽全力落实。我带着厂里的技术骨干和产业骨干,彻夜不眠不休地加班加点,想要研究出解决薯类原料酿出的酒口感和香味不佳的办法。

可是,研究工作持续了两个月仍然毫无进展,就在关键时刻,刘昌森派人给我送来了一份重要资料,资料上记录,先将红薯制成薯干,再添加一定的香氛物质,这样的酿造方法会有奇效。这份资料让我茅塞顿开,在新技术的指导下,以薯类为原料的第一批酒终于成功出炉了。

但是好景不长,粮食紧缺的情况进一步加剧,薯类已成为百姓日常生活的重要口粮,甚至有的地方已经开始吃树根啃树皮,醴泉酒厂不得不陷入了彻底停产。

停产之后,我们场内的粮食异常紧张,所有人都饿得前胸贴后背,我们厂里只能用红粮酿酒,那红粮都是硬磕磕,烧杯煮后,放点氯化钠直接下喉吃,一大堆吃下去,五天拉不出屎。饿了,我们就把酒糟淘出来,用盐稍微拌一下,做成饼来吃。最困难的时候,我在宿舍门口养了一只黄羽母鸡,这母鸡还是挺照顾我的,每天下一个双黄蛋。没想到,这母鸡天天在院子里溜达,结果让人知道,一早就给我把鸡蛋拿走了,兰芬可算是气坏了,我也只能安慰她说:"还好人家还算有良心,只偷鸡蛋,不偷母鸡啊。"听完我这话,志成和兰芬都逗乐了。

然而,车到山前必有路,在饿到前胸贴后背时,我总会遇到一些小惊喜。因为多年以来我从事重体力劳动,人到中年,身体大不如前,我每天早上都要到厂里四处溜达,有一天闲着跑到储酒车间探酒时，竟然看到不少泥窖上面长满了菌子，我一愣，想到到春天以后，泥窖的确会长蘑菇，但是正常年头都是有车间管理员打扫的，眼下这年头，自然无人打理关心，我实在饿坏了，想到家里还有兰芬和志成在挨饿，我便偷偷摘了一兜子的蘑菇带回宿舍。

我没想到，这蘑菇鲜美甘甜，异常美味，刚开始没有人敢吃，我就不怕，我就非要吃，没想到味道还不错。后来经常有人看见我每天两脚蹬着自行车到处转悠，后来叶苏注意到我的举动，她也摘了不少蘑菇，带回去炒给刘昌森吃，刘昌森吃了蘑菇，都觉得好，这时能吃到蘑菇，简直比第一次吃肉还香甜。

谁知，储酒车间有蘑菇可吃的消息没多久便传开了，有一天一个早晨，就给其他人采光了，他们把窖头踩得泥泞不堪，不少泥窖都有缺损，我看得心疼不已。

## 49　浴火涅槃

停产两个月后,刘昌森突然敲开了我的家门:"桂生师傅,您有空吗?我想和您聊聊。"刘昌森面色凝重,我隐隐有不祥的预感。

我应了一声,跟兰芬打了招呼,便同他一起出了门。两人一路走着,一路谁也没说话,一直走到了刘昌森的宿舍。

推门而入,叶苏跟我打招呼,两人宿舍的桌子上,早已摆好了一瓶醴泉大曲和一盘花生米,见成色是放了许久的。我饿了许多天,见了忍不住吞口水。

"桂生师傅,您请坐,咱俩喝两杯。"我坐下来,有些担忧地望向他。

"桂生师傅,我先跟您道个歉。"他给我倒了一杯酒,"之前我的话,说重了。"他是厂长,按理说我不会让他给自己倒酒,但是我隐约觉得他情绪有些不对,就没有拦他。

早在粮食紧缺发生不久,刘昌森便忙得焦头烂额。那时仓库的原料还有五成满,员工们还不知道工厂已入不敷出。刘昌森深知自己肩上的责任,早就为原料配额的事情,跑到酒类专卖局弯腰欠身请求过领导好多次。醴泉作为本市乃至本省规模最大、技术最好的酒厂,多少年来一直是重点培育对象,我们的红粮配额一直都是逐年增加,从未少过。但在不久前,配额第一次减少,而且是直接腰斩。这对为了响应增产号召刚购置八十架新蒸甑的醴泉酒厂来说，无疑是一个巨大的打击。

刘昌森满腔委屈，拜访专卖局的谢同志，但谢同志严肃道出了一个真相，这直接令他寝食难安——因多地遭受旱灾水灾，全国粮食产量锐减，中央宣布要全面缩减酿酒用粮。听到这消息后，刘昌森日夜焦灼，整夜整夜失眠脱发，他盯着天花板钩住的电风扇，头晕眼花，为整个醴泉往后的前途感到迷茫，更不知自己如何决断。他不甘于原地踏步，更不甘于任由灾难降临，一面四处寻找代用粮的酿制方案，一面四处求告请托。经过两三个月的不懈努力，几乎踏破了专卖局的门槛，才得到一张到黑河粮食局调粮的介绍信。但是他没想到，在全国缺粮的大势面前，介绍信根本起不到作用。贺青松连续跑了几趟，他也不知打了多少电话，依旧没有能解决粮食的问题。

万般无奈，他才不得不启动了代用粮方案。他的精神长期处于紧绷状态，后来被予以重任的我竟然也无功而返，他本来情绪暴躁难抑，便与我发生争吵，两头怒牛便犟在了一块。争吵过后，他一直后悔，不过因为事情实在多得焦头烂额，一直没有找到合适的机会与我好好谈谈那天的事情。

"没事，你是厂长，火烧眉毛的时候，烦心的事情多，我知道的，你可千万别往心里去。"我伸手去接他手里的酒瓶。我认识刘昌森也有些年头了，他是知识分子，聪明睿智，除了有点好面子，是个实实在在的好人。

"别，桂生师傅，您别客气，今天咱俩不论职位，您就当我还是那个技术员小刘。"刘昌森挡开了我的手，自己给自己倒了一杯，举起酒杯接着说，"我知道您不会怪我的，这些老师傅里啊，就属您人最厚道，脾气最好，而且胸怀也最宽，不然我做那份报告的时候怎么不找别人，只找您呢？但是不管您怪不怪我，我都要向您道歉，不然我心里不踏实。"刘昌森将杯子里的白酒一饮而尽。

我当即回敬一杯："小刘，不，刘厂长，你不必着急，你比我年轻，还有大好青春可等。等过两年粮食短缺过去了，老百姓都吃饱了饭，咱们就都能接着酿酒了。"

"是啊，等老百姓都不愁吃饭了，咱们再接着酿酒。"刘昌森和我碰了碰杯，将杯子里的酒一饮而尽。

闲话中，刘昌森关心志成，如今志成已经上学，培养了许多兴趣爱好，我不无懊恼道："这孩子不学无术，整天就爱画画。"

刘昌森眼中突然冒出光亮，连忙抚掌大笑："爱画画好啊，我小时候，总想成为画家。我最爱国画，曾经画过不少广州的山水，甚至被推荐参加画展，广州日报也刊登了我的作品，没想到，机缘巧合下，我的画得到了著名画家关山月的赏识，甚至提出要收我为徒。那年我才十六岁，心中的喜悦简直无以言表。"

"可以啊，昌森，你还有这技艺？"我知他话里有话，假装惊讶道。

"那都是过去了。命运似乎总爱开玩笑。我的家族是搞实业的，他们并不希望我将文艺作为终身事业。尽管家中不乏文艺爱好者，但家族的原则是不允许的。我虽是家中的宠儿，却也受到了这一原则的约束。我的母亲深知我倔强的性格，她并没有直接反对我学画，而是为我设了局。那年夏天，我收到了七姑病重的来信，她病中更加思念我。七姑在家族中有着极高的威望，我毫不犹豫地放下画笔，急急赶往顺德。在那里，我沉浸在与表弟游泳、摸鱼、捉泥鳅的快乐中，乐不思画。当我返回时，关山月老师已经离去，我与艺术的缘分就这样悄然结束了。"

"小刘，你的条件比我好多了，我家从小是贫农，根本读不起书，我所有的手艺都是靠血汗挣出来的……"我似乎喝醉了，打开话匣子，一股脑儿地说出我少年时的经历。在我绘声绘色的描述下，刘昌森沉醉其中。

"桂生师傅，你说得对，生活总要继续，我需要找到自己的方向，当初没从事艺术，却考上了广州轻工业学校读酿酒专业，渐渐地，我才发现，它同样需要创造力和对细节的专注，现在我已经将之奉为终身事业，现在我有叶苏在身边，醴泉就是我们的家，现在粮食短缺不过是暂时的，这个难题，我相信未来一定会迎刃而解。来！再喝一个！"

来之前，我便从兰芬那儿得知，叶苏怀上了昌森的孩子，叶苏是个好姑娘，她替我们在一旁倒酒，没有一句怨言，静静听着我们爷俩诉说。我和刘昌森这顿酒，一直喝，喝到天亮，我们的记忆如同电影胶卷，遭人一刀剪断，我只记得我们手拉手，说了许多掏心窝子的话。

第二天是阴天，我一路走回家里，倒头睡了一大觉，醒来时，天还是阴沉沉的。我和刘昌森本以为只要熬下去，便能迎来春暖花开，便能再次等到粮食酿酒。谁知，却迎来了数千天的噩梦绵绵，一场运动愈演愈烈，没过三个月，醴泉厂内"检举"成风，一场空前的浩劫悄然降临。

人们高喊着揪出藏在民间的走资派，挑出老鼠屎、坏蛀牙，抓出地主、富农、反革命分子、坏分子、右派分子的子女，必须让他们无处逃避。没想到，朴世仁原本只是个小鬼儿，忽然来了一阵阴风，竟成了阎王，这阎王搅得整个醴泉酒厂鸡飞狗跳。他每次打我眼前经过，我便会从心底升起一股恶寒。

当初上级停拨粮食时，我曾经听刘昌森跟我念过一句话："时来天地皆同力，运去英雄不自由。"谁料，这句话竟然应验到他自己身上。

朴世仁第一个扬起夺权的旗帜，直接在运动中给刘昌森扣上了帽子，夺走了刘昌森作为厂长兼党委书记的权力。多年以后，我仍然会想起刘昌森突然遭逢噩运的那天上午。阳光明媚，刘昌森正在工会礼堂台上宣读专卖局下发的有关运动的政策，没想到大家听完"地富反坏右"后，在台下议论纷纷。

台下有人高声喊道："厂长，地主、富农、反革命分子、右派分子我们都能理解，可坏分子是什么？这又怎么说？"

刘昌森道："违背党中央命令的便是坏分子。大家若是遇到这些人，我们大可以检举。"

"我要检举！"朴世仁突然从我身后起身，伙同十几个兄弟一块儿冲到台上。

"朴世仁，你干什么？"我喊道。

"各位，我要检举刘昌森，我看他不配当我们醴泉的厂长。你们看我手里是什么？"

一群人纷纷凑上前。这时传达室的小唐恭恭敬敬递给朴世仁两个信封，朴世仁手里接着这两个信封，朗声道："这是刘昌森私通走资派的铁证，多亏刘昌森让我们大家识字，我们这才发现,原来我们这位所谓的老党员、老厂长,早已叛离社会主义的道路。这两封信上盖了香港的邮戳,是从香港寄来的。没想到这个刘厂长还有海外关系,他的资本家叔叔和伯伯打算接他去香港,之后引渡到台湾岛,加入蒋介石的队伍,这种人还配当我们的厂长吗?"

叶苏挽着刘昌森的胳膊,脸色煞白,脾气极好的她也忍不住骂道:"姓朴的,你信口雌黄!昌森早就是党的儿子,绝不会做叛国叛党的事情!"

我反而望向小唐,难以置信,他是什么时候走近朴世仁的,看来这下要出大事了,这两封信应该是小唐扣押的,让朴世仁看见了,这下闯了大祸。

"不配!不配!"台下人纷纷凑到前面。大家早已因停止拨粮而生活惨淡,此刻在朴世仁的煽动下,更是群情激愤。

"朴世仁,我是厂长,你莫要在这里给我血口喷人,保卫处,把他给我架下去!"刘昌森怒道。但是保卫科的同志无动于衷。

"是不是血口喷人,保卫科的同志们早已知晓。好,今天我便在这里告诉大家,谁才是毛主席老人家说的坏分子。我要细说刘昌森的罪行——第一出生在广州的地主家庭,他是剥削咱们老百姓的封建地主!第二他有资本家叔叔伯伯,拥有广泛的海外关系,这些人还打算接他去香港和台湾,现在蒋介石努力策反腐蚀我们的党员,随时准备反攻大陆,你们说他去香港和台湾干什么?是不是反革命分子?是不是坏分子?第三他是书生,从小念了很多乱七八糟的怪书,知识分子书读得越多越反动,对党的政策不拥护,是不是右派分子?依我看,刘昌森要立刻下岗，关起来，送去处决！"

台下的人一哄而上，高喊着"下岗！下岗！""处决！处决！"任刘昌森这般铁铮铮的名字，挂在千万人的嘴唇上千磨万击后，也在呼吸的水蒸气里生了锈。

他们押着刘昌森，少不了拳打脚踢，我急忙冲上去拦住他们，高喊道："大家不要听信朴世仁的话，既然都把信读完了，送到专卖局去处理也好。"

朴世仁厉声道："证据确凿，你还有什么好狡辩的？龟腰子，你是不是也是反革命分子，你这么维护他？当干部的怎么就不能接受人民群众的检验？带走！"

我拉着泪流满面的叶苏，满腔怒意瞪着朴世仁。他朝我勾勾手指，满眼挑衅，嘴角不屑，押着刘昌森往县专卖局去。刘昌森自认问心无愧，并不反抗，只是最后回头看了我一眼，请我放心。

本以为县专卖局会秉公调查，可后来我才知道，这县专卖局早就被革命委员会夺了权，其中的领头便是朴世仁的侄子，他自然要帮助朴世仁好好"照看"刘昌森，没过几天刘昌森便被下放到后厂的劳动农场，厂里贴着大字报宣判刘昌森的黑反右身份。我心中悲喜交加，悲的是刘昌森这样的骨干都遭人陷害，喜的是下放地不远，后厂的劳动农场更是由贺青松负责，我立刻登门造访老贺，想要让他多照拂一二，谁知贺青松竟退回我的鸡蛋，拒绝我的好意。

刘昌森下放到后厂的那天，我和叶苏早早起床，刚走进车间，还未坐定，便听得呼天唤地的口号声滚滚而来，我急忙冲到门外一看，怔住了——刘昌森与挨批斗的人，胸前一律挂着大牌,低着尚未被砸烂的"狗头",在无数拳头与唾沫的汹涌中,步履艰难地朝我这边走来。

批斗的队伍开到车间门口站定,朴世仁面对大家,义愤填膺地历数了刘昌森等人的种种"反革命罪行"后,正式宣告:"即日起将他们押送到后厂强迫劳动,批倒批臭。贺青松,你记住,谁不老老实实改造,就坚决砸烂他的狗头!"

"放你娘的狗屁!"我心中暗骂道,"没有刘昌森这些人的苦心经营,酒厂会有今天这种规模?轮得到你这狗日的进厂来吆五喝六?尽他妈吃饱了撑的!"

贺青松听完朴世仁的话,脸上显得很坚决,拍拍胸脯说:"放心!我旧社会要饭出身,响当当的工人阶级。我坚决按毛主席革命路线办,决不对走资派讲半点客气!"

朴世仁拍拍贺青松的肩膀,不无赞赏道:"还是你老贺识时务,我们了解你呀!你可不是那种心慈手软的孬种呀!你可得好好整整这帮混蛋呀!"朴世仁让姜大文留下检查刘昌森的劳动改造,自己去其他地方进行运动,揪出走资派。

六个挂牌者抬起头来,默默望着贺青松,贺青松板着脸:"走资派听着,你们统统给我把牌子卸掉!"

姜大文提醒道:"贺师傅,不能这么干吧?"

贺青松斥道:"胡说!他们是来劳动改造的。一个个大牌子挡在胸口,腰都弯不下,怎么好好劳动?都给老子卸掉!牌子统统卸掉!"姜大文也不好说什么,只好给刘昌森等人卸下牌子,所有人都轻轻舒了口气。

工程师高上进说自己闹肚子,贺青松一听,随即发出第二道命令:"回去,休息四天!"

高上进担心道："他们查问起来……"

贺青松理直气壮："你把痢疾传给大家，我们还要不要抓革命促生产啦？天下不能由我，在这改造农场我自做主！你回去休息，歇好再来！"

余下所有人仍然逃离不了应有的劳动改造，我和叶苏注视着刘昌森默默走远。刘昌森酿酒的权利被剥夺了，我仿佛看到他被限制在劳动农场里搬运砖瓦、打扫道路、清洗厕所，而他的妻子正身怀六甲。夜深了，刘昌森只能孤灯一人，形影相吊。淮河水拍打着堤岸，发出阵阵的哀号，我心生不忍，刘昌森酿造的是一杯苦酒，一杯比黄连还苦的酒。

突然叶苏泪水如同珠子簌簌落地，她声嘶力竭地大喊道："昌森，孩子要叫什么？"

刘昌森并不回头，大声说道："无论男女，都叫刘浩然，浩然正气立天地。"我和叶苏哽咽着，望着他伟岸的背影渐渐远了。

过了一周，朴世仁已夺了厂长办公室的权，响应他县专卖局侄子的口号，成立了醴泉的革命委员会，由他担任主任。大家敢怒不敢言，他就任的第一天便拿我试刀，想要烧起新官上任的第一把火。

上任当天，朴世仁在工会会堂面对所有人严肃道："桂生家中可是有不少亩地，我看应该划成地主，至少是个富农，大家说对不对？"

猴子斜睨着他，戟指厉声道："朴世仁，你少作妖，我师父跟我一样是贫农，没有应该，更没有至少！你自己不相信，便下地去量。"

朴世仁怒道:"好啊。冯秋生,你现在带人去量!"

叶苏早对朴世仁恨之入骨,唾骂道:"你少假公济私,你现在不如解释解释,厂里的骡子为什么出现在你岳父的磨坊里?你这不是在剥削公家的骡子吗?"

"你……你血口喷人!姓叶的,我劝你少帮你那姘头说话!"朴世仁脸上一阵青一阵紫。

贺瑾瑜见两人轮番上阵,他更是火力全开:"别以为大家都服你,威风什么!当年你用独轮车借着木缝偷粮食,我师父仁慈,给你机会,没有当众揭发你,你这种坏分子现在倒是像狗一样,自以为翻身打主人便翻身了!"

台下不少人对朴世仁怨恨已久,他们突然想起那些年我为何突然要将独轮木板车改为双轮铁皮车,见朴世仁如此出丑,黑料频出,都哄笑起来,没想到这醴泉革命委员会的主任,竟然有如此行径。

我冷笑道:"朴世仁,我是贫农出身,有几亩地,那也是国家分的,你若是心怀不满,到中央告我去,我随时奉陪。我劝你,你莫要眼里容不下沙子!"

"果然,龟生,你带着你这帮龟子龟孙,集体污蔑我,你们就是在搞封建师徒关系,依我看现在没得跑了。"朴世仁破口大骂。

"大家都是穷苦出生,有什么好斗的,旧社会的苦,新社会的甜,我们这一代人最有体会。吃饱饭干活,多生产酒,多拿奖金,把日子过得更好,比什么都强。"

台下人全都盯着我,我确实矮小、驼背,但就像那被海浪常年冲刷的礁石——虽然不高,却有着坚韧的内核,即使在波

第五部分　折桂飘香

涛汹涌中，也不会失去坚硬的本质。大家听我说完，掌声响起了一大片。不过我没料到这只是一场风浪的间歇，更加猛烈的还在后面。朴世仁那些黑料，自然有人上报到县革命委员会，但他侄子一力平息，仿佛这些事情从未发生过。

刘昌森与叶苏的孩子降生于十月，是个男孩，我和兰芬往她宿舍送了不少补品，兰芬平时也会帮忙带带孩子，两家关系越发亲密，可我一想到刘昌森仍在劳动改造，孩子一出生便见不到父亲，心中便满是惭愧，在家里望着志成，总担心我会落得与刘昌森一般的命运。

有一天晚上，有四个臂戴红袖章的青年闯进我住的家属宿舍，当着兰芬的面架着我就要带走，志成见此阵仗惊慌啼哭，其中一个青年很是不耐烦，一巴掌扇了志成，兰芬前去阻止也被掀在地上，那青年还一脚踩碎了志成的木风车——那是志成生日时，我亲手做的。志成坐在地上，暴雨倾盆般啼哭，兰芬泪眼婆娑地盯着我，我见妻儿如此委屈却什么都做不了，一怒之下掀开架着我的两个人，抄起身下的凳子，便朝两人打去，谁知脖颈后突然遭一把刀背重重拍打一下，我感觉脖颈骨都要碎了，垂首倒地躺在血泊之中……

我猛地坐起，才发现周围一片漆黑，志成睡得迷糊，兰芬一同惊醒，倒是拍着我的背，原来我是做了噩梦。我平躺在床上，再也睡不着，往事如潮水般涌回。贺瑾瑜拜师时，曾给我磕头，莫不是也算大兴四旧？我曾经在关季春那里单独烧甑，这会不会被人说成走资呢？我申请将鼎源的一众徒弟招到醴泉想必早已遭人忌恨？一件件，一桩桩，思来想去，似乎都能给人举报，说我走资或是封建。我心如乱麻，越想越杂，直接一宿未眠。

风雨飘摇之时，人心惶惶。随着势头越来越猛，我每日惴惴不安，如今运动愈演愈烈，人人自危，好多次我都从噩梦中惊醒，如同一株被岁月压弯的稻穗，谦卑地低垂着头，脊背弯曲，仿佛承载着世间的所有重负。我渐渐怀疑，当初路是不是选错了，或许不该来醴泉酿酒、不该自学技术员。我每日反复回想往事，不敢漏掉一点一滴，一旦联想到可能跟"走旧走资走修"沾边的，我便整夜难眠。

贺瑾瑜经常找我聊天，劝慰安抚我。说来奇怪，这三年来，醴泉酒厂大会小会一场没落，该搞的运动一样没少，愣是没怎么耽误生产。唯一可怜的，便是厂里的技术员，这些正经念过书的，正是朴世仁强调要革命的对象，技术员隔三岔五就要被拉出来游街示众一番。今日批评张三，明日鞭挞李四，后日游行王五，改日再重新改造我，大家都吃了不少苦头，那场面看得我胆战心惊。每当朴世仁在台上跳着脚骂人，我就会想起刘昌森，他也是正经读过书的人，也不知道他在乡下的劳动农场那边是什么状况，反正人肯定受苦，只是不知他是否受得住。

本来我更担心许谦，但好在从四年前开始，许谦接连高升，先是升到了省里，后来又被调到了外贸局，负责出口创汇工作，不仅经常能到北京、上海开会，还去日本等资本主义国家考察调研，这原本是再好不过的事情，但在黑白颠倒的世界里，很多纯洁神圣都变成肮脏堕落，就连我们的县委书记和县长都被戴着高帽架着枷锁游街示众。沦为批斗对象的人，都要在街上自陈"罪行"，大喊："我对不起毛主席！对不起人民！

对不起党！"我虽历经艰辛，但仍挂念着许谦，运动爆发的四五年来，我都不曾收到他的信息。后来我才知道，原来在运动开始的头两年，许谦便到乡下蹲点，据说乡下的情况要比城里好一点，或许许谦能躲过这一劫。

时下人人都战战兢兢，面对亲朋好友的指责，你要点头默许，自陈忏悔，表明忠心。

那日，朴世仁闯进贺瑾瑜家中，将他羁押着送到工人会堂，要求全厂人员参加批斗大会。只见这个贼眉鼠眼的小人，嘚瑟脸色，抖擞精神，站在台上，朗声道："我听福溪镇来的王同志报告，如今咱们厂的技术员贺瑾瑜，原本是福溪镇的地主少爷，他家还开了私人酒坊，剥削着不少阶级兄弟，这么多年竟在我们眼皮子底下与我们称兄道弟，还混上了技术员总长的地位，大家说气不气人！"

"气人！气人！"他旁边的"狗腿子"齐声附议道，声势逼人。

"打倒地主少爷！打倒资本主义走狗！"朴世仁怂恿着众人。台下的人蜂拥而上，直接架起贺瑾瑜便走，中间少不了连殴带揍的。我看得心疼，却不敢上前。朴世仁依然免不了用挑衅般的眼神勾着我，仿佛只要我上去替贺瑾瑜申冤，他便将我一并打倒。我心中怒火中烧，也无可奈何，只得任凭小人猖獗。

接连三天，贺瑾瑜都在游行，戴着高帽，架着枷锁，酒厂贴满了关于他的大字报，食堂门口、宿舍楼下、生产车间到处都是批斗他的文字。原本办公室里的文员此刻已然成了朴世仁的笔杆子，助他为非作歹。我想帮贺瑾瑜申冤，但是又不知道该找谁,只能先去找老朋友贺青松,他家是贫农,一直以来兢兢业业,朴世仁根本挑不出毛病,他本来负责后勤,跟所有人都乐呵呵的。

"桂生师傅,我明白你的心情,但是现在的形势就是出身论,'老子英雄儿好汉,老子反动儿混蛋',瑾瑜的父亲确实是酒坊主,这是不争的事实。你现在非要帮他出头,不但帮不了他,没准还会连累你自己。"

我急道:"瑾瑜家以前是开酒坊的没错,可是后来他家那酒坊让人害了,关了门。那人诬陷瑾瑜他爸,说他'勾结共产党'。"

"等等,你是说,瑾瑜他爸是因为帮助共产党而遭到迫害?"贺青松眉头一挑。

"不是,那是个误会,是被人诬陷的……"我的话刚说一半,忽然看见贺青松对我大笑,我一拍脑袋,此时此刻不正是需要证明瑾瑜对党的忠诚吗?我旋即了然,跟着笑道:"没错,就是帮助共产党,因为帮助共产党被迫害的。"

"这便对了,谁说瑾瑜是走资派?他是最有党性的,他帮咱们共产党做了许多好事,不然怎么连他父亲都因此牺牲了呢?"

贺青松寻到福溪镇的工人,说了当年贺瑾瑜父亲因帮助共产党被迫害致死的事迹,贺瑾瑜很快被平了反。福溪镇不大,福泰酒坊因为"通共"被查封的事情很多人都知道,当地工作组没费太多时间,便将事情调查得水落石出,给贺瑾瑜平了反。不过这个平反并没有给他带来多少好处,只不过是把他从酒厂的牲口棚里放出来,依旧没有让他回厂里来上班。

那段日子，贺青松经常提醒我要多加小心，千万不能露出半点不满的迹象。荒烟蔓草的年代，黑变白，肮脏变纯洁，堕落变神圣，没人知道下一个倒霉的是谁，为什么而倒霉。

我们度日如年，盼望着长夜将尽，黎明突至，让曙光照拂在每一个渴望光明的孩子的脸上。我失眠时养成一个习惯，那便是盯着头顶钩住的风扇，一圈圈数着，却永远陷入这难以走出的迷宫，也养成一个爱好，那便是听鸡鸣，每天公鸡打鸣的声音，总能给我带来抚慰。

没想到，第一个给我惊喜的是许谦，他在乡下蛰伏已久，本无罪责的他，联合几个干过革命战争的老同志，一起动身，将所谓的革命委员会一举击溃。中央早已察觉这次运动南辕北辙的现状，然而尾大难掉，只能暗地里让人缓缓回调风气。

许谦并未回到专卖局，而是在上面的支持下，直接来到省轻工业厅任厅长。他大量平反冤假错案，一直关心着醴泉的事情，把本无过失的刘昌森复职了。

## 50 问鼎酒魁

玉仙泉前，曾有两棵橘树，笔直挺拔，需要两三个成人才能围抱。每棵橘树都结满了一串串的橘子，深秋霜降后就会成熟，黄澄澄，口味甘甜，志成这些孩子经常爬树攀折。早在运动爆发前的一个闷热的夏天，一棵橘树遭到雷劈电击，一时传言鼎沸，说这树已经成了精怪，遭天忌恨，被劈断了树干，烧焦了枝丫，但仍然矗立至今，好多年，黑黢黢的，丑模样惹人厌恶。没想到刘昌森复职前的半年，它竟然重新抽出新的嫩芽，夏天长出新的绿叶，虽秋日不曾结出果实，却已然算是赏心悦目，枯木逢春的奇景深深震撼着我。

橘树逢春后，我心中便种下了希望的种子，期待醴泉复兴的那天早日到来。

这年冬天，一个沧桑的中年男人忽然敲开了我家的门，我开门一看，这人好生眼熟，但又透露着陌生，打量许久，才察觉他竟然是刘昌森，他竟然从后厂的劳动农场回来了！

我一脸惊喜，正准备邀请他进门喝茶，没想到他却说道："桂生师傅，请你到寒舍一叙。"

我只好跟着他走。他已不再青春，背驼了，发白了，看得出来，这些年吃了不少苦。他领我到他宿舍，我进门一瞧，里面坐着五个人。我大感诧异，叶苏、猴子和小虎在倒是还好，关键是还有高上进和曲和平在。这两人的父辈早就被扣上右派的帽子，失去了技术员的身份，更不能参与任何生产，每日都被人押送着从事临时分派的散活儿，有时锄草，有时扫厕所，甚至在雪地里赤裸着上身推磨——要知道厂里原本是有骡子的，但这些骡子被厂里的两派瓜分了，声称是用来参加更重要的革命工作。一想到这里，我便冷笑，参加个屁更重要的工作！我好几次看见朴世仁赶着厂里的骡马车给他老丈人家里拉粮食。

刘昌森回来后，厂里两派依旧武斗不断，工厂的打扫工作，全由以叶苏为代表的技术员挑起，高上进和曲和平被骂成臭老九，戴着高帽，沦为底层。我许久未见他们两人了，自从运动开始，他俩不敢再走大路，尽量躲着人外出，行动如鼠，只从偏僻巷子绕行。

"刘厂长，您找我们何事？"我扫了高上进和曲和平两人一眼，便不忍地移开了目光，原来意气风发的两名青年，此刻却是目光呆滞，头发油得足以放满一锅来炒一炒热菜，短了腿的眼镜用绳子挂在耳上，人虽还在喘气，浑身却失了魂，透出一股死气。

"我们？"曲和平抬头，睁开死鱼般的眼，盯着我。他没想到，这时有人愿意和他称"我们"，一时间手足无措，哽咽道："桂生师傅，您还相信我们？"我点点头，曲和平双目潸然，泪水沾湿衣襟。

刘昌森走到窗边，四处打量，确认无误后，才拉上窗帘道："时间不多，咱们就不叙旧了，我有件事情要麻烦几位。"我们五人望向他，神色凝重，虽然不知是什么事，但刘昌森冒着如此风险将我们召集来，必然是非常重要的。

"全国评酒会议,诸位可知道?"刘昌森抬头,双眉紧蹙,声如绷紧的丝帛。我们点点头,全国评酒会议乃是全国最重要的评酒会,醴泉酒厂曾经送酒过去,参加过品评。不过那次正赶上增产运动的高峰,醴泉光注重产量,质量下降得一塌糊涂,老厂长章捷因此下马,我们非但没得奖,且被专卖局批评为"马尿酒厂"。我心思斗转,这事已过去多年,刘昌森旧事重提,究竟在想什么呢?

"昌森这次请大家来,是想请各位酿一批好酒,为评酒会提前做准备。"叶苏郑重道。

"厂长,这评酒会不是早就停了吗?"曲和平推了推断了腿的眼镜,满是不解。

"我是说以后,停得了一时,停不了一世。"刘昌森接着说道。

"以后的事儿,以后再说吧,厂里又没停产,库里不是没酒,何苦费劲?"刘昌森解释半天,猴子还是垂着眼皮,冷冷回应。

我叹了口气,猴子运气不好,当年刚刚提了烧班长,正是满腔干劲的时候,便遇上粮荒,好不容易粮荒过去了,又赶上这黑白颠倒的妖风。猴子一直脾气冲,跟朴世仁没少冲突,好在他没把柄,出身八辈贫农,朴世仁有心针对,也无处使力气,可他常年遭受挤对,朴世仁隔一天便要寻他一次麻烦,熬到手的烧班长也让他给搅黄了,从此猴子便愤世嫉俗,上班就是混混日子。

刘昌森瞥了猴子一眼,似乎早有预料,他并不责怪,笑道:"库里的确有酒,可库里的酒,你们喝吗?我那天尝了,简直比尿还难喝,我从没喝过这么难喝的酒。日子不好过,大家憋屈,两天一小会,三天一大会,咱们刚烧上甑,人就被叫走,这一甑冷一甑热,一甑松一甑紧,能酿出好酒?万一比赛恢复,咱们拿什么参加比赛?拿现在的酒?那等于砸了醴泉的招牌。因此,必须提早准备。"

"以后是什么时候?"高上进问道,眼里冒出光亮。

"难道有文件说要恢复评酒会了?这样的日子快要结束了?"我问道。

"我也不知道是什么时候。"刘昌森这话一出口,所有人都跟着叹气,一个个都像吃了苍蝇,脸色黄绿。

"但是,这一天迟早会来,正义总会回归,头顶总有青天,不管十年,还是二十年,总会过去的。我想,我们该提早准备。各位都是老师父老技术员,酒越陈越好,难道不懂?这时其他酒厂都在运动,绝无心思准备这些,如果我们预判先机,酿上几坛好酒,等到将来评酒会恢复,咱们不就赢定了吗?生活就是这样,日子越苦,咱们越得给自己整点盼头,不然怎么过下去呢?"

"日子越苦,越得给自己整点盼头?"我喃喃道,望着屋内的一盏油灯,心中燃起光亮。

刘昌森说得对,日子再差,也总会好起来的,从古至今,哪个种地劳作的活着不喝酒?只要等一切生产秩序恢复,我们照样会受重用,届时第一要务便是恢复生产,更需要加紧优化酿酒技术,产好酒,多产酒。

"我觉得厂长说得有道理,你们说呢?"我转向猴子和小虎,这些年,他们没少受冤枉,心中憋着一股狠劲,迟早要宣泄出来，若是借着这股狠劲来酿酒，便也能让他们心里好受些。

两人望向我，许久才缓缓说道："师父，您说啥就是啥，我们都听您的。"

等所有人各自回家后，刘昌森拉着我单独留下，他说："桂生师傅，感谢您对我们一家的照顾。"我没想到，他竟朝我深深地鞠躬。

刘昌森道："这些天，我询问苏儿，这些年是如何过来的，她始终不肯说，我找其他人打听才知道，您对我恩重如山。"

我眼泛泪光，一把拉起他，笑道："都过去了，还提这些干什么！"

其实自刘昌森劳改开始，叶苏便过得非常艰难，整日就擀点面条放酱油填饱肚子，连菜都不大买的。每年春节，眼看着别人放假休息，阖家团聚，叶苏仅一个人在家，谁也不敢跟刘昌森的家属亲近。我和兰芬探望她的时候，环堵萧然，家徒四壁，过年的东西都置办不起，我们不禁悲从中来，无论如何也要拉着她来我们家暂时吃一顿勉强丰盛的年夜饭。

叶苏白天经常遭其他人训斥，蜷缩在角落里喘气，然后出去下死力干活，她晚上回到十平方米的小屋，荧荧灯光下，唯一的一张绳床上横躺着刚出生的孩子，叶苏坐在小方桌边默默地把白天干活偷记下来的班组用曲量、温度、出酒率、优酒率等大量数据记录下来。

刘昌森的泪水夺眶而出，涕泪纵横，他突然单膝跪地拉着我的手，哽咽道："桂生师傅，我每天都很挂念你们，还记得有一天下雪的早上，我……我……我觉得我简直活不下去了！"

"真是傻孩子……再苦再累，也不能放弃媳妇跟孩子啊！"我听着他动容的话，也哽咽了。

"那天，我一大早就被押去推运料子。北风呜呜地号叫着，厚厚的积雪把天地染得惨白。我的帽子被刮掉十几米远，像只皮球骨碌碌地朝远处滚去。大大的雪粒一个劲地往我脖子里钻。我像一座冰雕，僵硬地立在冰天雪地之间。我凝望着这大地，这雪，心中忍不住又是一阵苦楚涌起。我仰望苍天，到处是纷纷扬扬的雪花，我感到绝望，感到自己是一个多余的人。我一步一步地向淮河岸边走去。宽广的淮河水自西向东，犹如一条巨龙卧伏在淮北大地上，在北风的淫威下，它不时发出阵阵的呻吟。我的确感到浩浩荡荡的杀气，可我不能就此屈服，我还有媳妇，我还有孩子，我想到曾经并肩作战的桂生师傅，一想到你们还在这世上等着我，我便多了一分活下去的勇气！我一定要等到真相大白的一天，完成当初我们在黄河岸边的诺言！"

"桂生师傅，当年在黄河堤坝上，你我都答应过梁厂长，非要把醴泉的马尿改过来不可，这些年，你我都付出了巨大的心血，在农场里好多个夜晚，我都在怀疑我当初留下是否正确，直到有一天，我在田垄上发现一株小杨树的树苗长在一处石缝中，我想一定是风吹着杨树的种子来到了咱们醴泉的这处石缝中，我想，这可不就是我吗？既然随风而至，落于石缝之中，一旦扎根，便只能深深地在原地往下钻，生在什么地方，生长环境如何，这些东西，半点不由人，我既然离不开醴泉，走也走不了，便发誓一定要把技术做好，要向这个世界证明，我来到这世界，不因意外自弃，而是在风停止的地方，长成参天大树！"

"好啊，说得好！我们要长成参天大树，让全国人都知道我们醴泉人是最有骨气的！尤其是你刘昌森！你要好好证明自己！"我听完之后，紧紧地抱住他。

在此次冬夜会晤的半年后，许谦担任省轻工业厅的书记，省内的革命委员会的斗争基本偃旗息鼓，大家意识到长期斗争对国民经济的伤害，原本的政府工作人员渐渐回到岗位，掌握权力，让各大工厂恢复生产，国民经济已然在缓慢恢复中。

后来许谦来到醴泉，宣布恢复刘昌森厂长兼党委书记的职位，由我担任副厂长。同时，他表示，省厅愿意支援醴泉酒厂建设，大量拨款，让醴泉利用冬春农闲，调动醴泉公社近万名民工，在原西沟的基础上开挖一条由南向北的引河，把淮河水引入厂内，从淮河运来的粮食、煤炭、稻壳在厂内装卸，销往外地的醴泉大曲可直接在厂内装船运出。也是在这一年，双喜临门，醴泉酒厂购买了第一辆卡车，用于陆路运输，从此我们醴泉酒便能更快地销售到全国各地。

借助省内的拨款，我们还改变直火式蒸馏为蒸汽式蒸馏，因为人工控制火候存在不稳定的问题，而蒸汽控制加热节奏，可以调节温度，在不同阶段酿出不同质量的酒。我们将甑桶、天锅、冷凝器等设备全面革新。

在恢复生产的过程中，我察觉到不少老师傅、老职工存在不少毛病，不服管教的事情总有出现，整个醴泉因为数年的内部斗争，人心不齐，上下意气之争的沉疴不断出现。炊事班总少不了偷工减料。夏天，我要求食堂提供免费的莲子汤与绿豆

第五部分　折桂飘香

汤解暑，一桶桶送到车间，其他汤里要有肉丝、鸡蛋、金针菇、豆腐等。没想到，不少人向我反映，说炊事员又偷工减料了，连着好几个晚上，喝的粥和汤越来越稀。我冲到汤桶旁，盛起来就喝——好家伙，不仅照得人影乱晃，味道还像刷锅水，难以下咽。第二天，我"哐"一声，将搪瓷碗猛地扣在炊事班桌上，工人们都目瞪口呆地看着发怒的我。自那天起，汤粥都熬得喷香黏稠。

我注意到醴泉厂内许多老工人都存在坏毛病，诸如基本不讲卫生——这些老大哥吃过饭，他擦嘴，拿工作服的衣袖就擦，连鼻涕油污一并擦了，更是随地吐痰，怎么说都不行，这样怎能保证酒厂的卫生环境，怎么保证不滋生蟑螂老鼠虫蚁呢？

我作为副厂长，下令规定所有人不能在上班期间抽烟，必须注意卫生环境。那些说不动的老工人，我直接呵斥道："你们要是再用衣袖擦鼻涕，那就把衣服全部改成呢子的，一天二十四小时穿着不准脱，有鼻涕，你就用衣袖擦！那些老是随地吐痰的，让你们三天到接待室去，有地毯，你得打扫卫生，看你敢不敢吐。"这些遭我训话的老大哥，一开始还改正不了，后来我的处罚力度上来，让他们到传达室做劳动，随地吐痰，吐两口以后，再也不敢了。

人到中老年，华发丛生，身体佝偻，早就不如从前，每天早上我都养成习惯，没事就喜欢踩个自行车全厂转转。那天，在距离一百米的地方，有三个男人围着聊天，一个男人竟然在抽烟，全厂区不准抽烟，但有烟瘾的人是很难受的。八十米远时，我就看见了，那人是姜大文，自行车踩过去，没抽烟的两个人一看见我,故意大声朝我喊道:"桂厂长,您来了!"姜大文已来不及收拾,直接把烟放在手心里头捏着。

我心中叹气,你不扔地上我也看到了,捏着,捏着,这烟在手里烧得不难受吗?我今天非要让你知道厂规不可违背,我心生一计,故意装作没看见姜大文抽烟,跟他们聊了聊食堂饭菜最近改得怎么样,姜大文坚持了三十秒,脸都憋红了。我实在不忍心,便直接说道:"你手里是什么?"

我没训他,我训他一顿,他没有面子,心里又反常,到时候又复发了,我拽过姜大文的手掰开来,他的粗手中赫然有个大水疱。我忙说:"你赶紧去医务室找护士来给处理一下,下次注意。"姜大文给我递了一个感激的眼神,灰溜溜地跑到医务室敷药去了,其余两人讪讪离开。

没想到,醴泉还没有等来生产力的完全恢复,竟然先等来一场出乎意料的洪水。醴泉镇虽说酒坊不少,却大都破旧不堪。当地人诙谐地说:"醴泉街,一条道,撒泡尿绕三绕。"东西两座山头,蒿草没膝,夜阑更深,山坳里不时就会传出一两声野狗的号叫,令人毛骨悚然。而这一次,恰逢夏秋之际,阴雨连绵,淮河水陡涨三尺,浑浊的河水冲堤决坝,凶神恶煞般涌进了街巷,醴泉街到处是一片黄汤。

而我们醴泉酒厂濒临洪泽湖和淮河边沿,属于湖河交界的地方,地势极高。当洪水冲上岸后,虽然根本没有淹没泥窖,但大量的浊水通过缝隙渗入泥窖之中。洪水经过,储酒容器中都渗满了水。要知道泥窖一泡水,它就漏,时间一长,基本报废。

那天早上,我踩着单车溜达时,发现储酒库里的陈酒都遭水泡过,我心急如焚,这些酒可都是未来要参加的全国评酒大会的精品酒,怎么能让一场洪水给毁了呢?

我心有不甘,也不知这酒水还能不能喝,抱着试一试的心态,我直接在进门的第一条泥窖边蹲了下来,窖中的泥泡了水,沾了我一脚的黄泥,我掬了一口酒直接下喉,入口甜正柔软,落口甘甜醇和,回味芬芳浓郁,一股绵柔醇厚、香甜清幽、富有暗劲的味道冲击我的喉头。

我一脸震惊,怎么回事,这遭洪水渗透的泥窖的酒,怎么味道比之前还好了许多呢?难道出现幻觉了?我将信将疑,走到最中间的一条泥窖,这里土表干燥,我用铲子挖开,又掬了一口下喉,毫无绵柔的口感,反倒仅仅透着一股醇厚的糯米香,甜味也并不显现。

难道遭洪水淹了还有好处?我感到触摸到什么不得了的秘密,但又一头雾水,连试了二十个不同的窖池或窖缸,竟然得出一个惊人的结论:所有遭洪水渗透过的窖池,其中的酒水,味道都呈现为绵柔醇厚的口感。

我虽然读了不少书,但对很多东西还是一知半解,我连忙请刘昌森来试试味,看看我的判断是否准确,刘昌森跟我一样,依次试了二十个不同的窖池窖缸,整个人都喝得晕乎乎的,我们两个都不抽烟,味蕾都是正常的,刘昌森试过后,惊讶道:"我发现泡过水的窖,只要不是泡得太厉害,出来的酒都绵柔醇厚。"

"那为什么泡点水的窖子酒会更好呢?"我疑惑道。

这些年工厂长时间罢工,但我并不荒废学习,很多时候我都偷偷躲在厂里的图书馆看书,那些被称为"毒草"的故事性图书早已清空,剩下的都是国内外的酿酒工艺图书,我白天没看完,晚上回去熬夜看,遵守跟兰芬从前的读书约定。早睡容易做噩梦,反而在读书中,我的心也跟着沉浸,心无旁骛,也不管各种纷杂,因此这几年学到诸多酿酒的专业术语,也不再同以往那般只会酿酒,却丝毫不知酿酒的原理,现在也能说出酿酒环节纰漏的道理来。但这一刻,我仍不知为何泡过一点水的窖,酒的味道会好上不少。

难道是酒曲、稻壳的混合物发酵不足?我和刘昌森斟酌再三,把渗水的几个窖池的发酵期从规定的十七天延长到四十五天。

延长之后,到了正该出窖上甑蒸酒的这天,浑黄的灯光下,我脱掉鞋子挽起裤管,赤脚踩到泥窖上。一掀掉封泥,一股浓烈的香气直往鼻孔里钻,嗅嗅,比往常又香又浓,越往下挖,香气越浓,是一种从未闻到过的浓香!我心中一动,把这几个窖池的酒糟单独馏酒。我守候在甑锅旁,看着出酒,用酒花杯接点尝尝,馥郁浓香,与众不同,我把这酒单独储存起来。

刘昌森兴奋道:"桂生师傅,咱们一定要好好研究一下这泡过水的窖子,这里面仿佛有什么了不得的东西,我回去拿厂里那台德国显微镜观察一番,说不定照着改改窖,咱们酒厂的味道便会好上许多!"

我还安排了四个储酒车间的工人帮我盯着观察。我在醴泉工作多年,对待每一名同志都用真心,很爱护他们,他们跟我感情非常好,一旦感觉到今天出窖味道不一样了,他们便想办法通知我,我经常跳到窖里面去看,取出水样给刘昌森到化验室研究。

"我用德国显微镜观察了,泡过水的窖中酒,都有种杆菌,跟坊间梭子一样的,我就翻微生物学的书,慢慢我知道了,这个是一种叫杆状芽孢杆菌。它起什么作用呢?"

"莫要卖关子了,快说。"我笑道。

"这芽孢杆菌是在泥土里,它稀释了泥土,有亲和力,它就可以吃到酸醇,进而排出高级脂肪酸,包括己酸和发酵醛,这些起作用,就变成己酸乙酯,形成浓香型的主体香。这种杆状芽孢杆菌有什么特点呢,在环境不好的情况下,不死的,会变成芽孢状态潜伏下来,可以潜伏几百年,但是一旦温度、水分、营养条件好起来,它便会复活,慢慢进行新陈代谢。我摸索以后,便想办法分离,要分离,便要恒温培养。芽孢杆菌是厌气性的,它不要空气的,要空气就不起作用。"

"可是我们醴泉晚上十点钟就没有电,你培养菌要电保温箱,那怎么办?"我问道。

"我已经想到一个好法子,咱们可以先试试看,不过需要大家一块配合。我们白天就借助电保温箱,晚上十点钟没电,我们就用煤油灯培养培养。采用化学办法,让培养室的氧气消耗殆尽,最终分离出来。"

"你想制造真空环境,满足它的厌气性,等到白天温度、水分、营养好了再复活?"

"桂生师傅,您说得太对了。想不到您现在连真空这词,都能学会,了不起。"

"昌森,你可莫要小瞧了我,你们年轻人在进步,我们老人家也不能止步不前,对不对?"我没好气地捶了捶他胸口。

接下来，我们经过三个月的努力，用这法子，晚上点煤油灯。一个箱子就巴掌大，木头做的，上面点一个煤油灯，我们调解煤油灯火力大小，维持里头的温度，培养温度有三级，一般培养得很低，芽孢杆菌要三十摄氏度。

我和小刘半夜轮班，要不断地去看温度，一晚上要起来几次调这个东西，我们都是壮着胆去的。就这样在一夜夜壮胆中，我们内心逐渐坚定丰富，我们想调特定的温度非常有难度，调高了这芽孢杆菌便被烧死了，半天就白费了。我们探索着醴泉的杆状芽孢杆菌，再加上一系列摸索，将适宜的温度、水分、pH值多少等一并算了出来。

我和刘昌森将这芽孢杆菌研究出来后，两个人累得躺在化验室的地板上，我望着头顶的灯，记忆突然如走马灯一般，从前的种种纷纷显现，尤其是我受过的荣誉与批评，我忽然想起一件事，随口问道："昌森，这芽孢杆菌是只有咱们这儿有吗？"

刘昌森蹙眉道："一般菌群都有特定的生产环境，芽孢杆菌虽然不一定只有咱们这儿有，但可能咱们这儿的水分、温度、泥土孕育的芽孢杆菌，最适合酿造绵柔醇厚的酒，就像人一样，不同人在不同山水中养着，呈现不同的气质和文化。"

我当即恍然大悟，脑海一个激灵，问道："你说咱们当初照搬青阳酿酒法，结果酒水味道发酸，是不是不只是因为气候，可能还因为土壤中的菌群两地不一致，导致咱们的酒跟他们永远不可能一个味道？"

刘昌森兴奋道："是啊，很有这种可能。桂生师傅，你这次又说到点子上了，看来想要酿好酒，这微分子生物学可不能不精通啊。"

事实证明,我们要冒着风险去做新一轮技术实验。在做技术实验的两个月里,我们精力有限,正常的酿酒时间减少,出酒量暂时性降低,然而我知道,如果一味固守传统,满足于正常的产酒指标,那么我们永远没有精力去革新技术,我们愿意承担风险,搏一搏技术改革的可能。

刘昌森与我每天在高压下工作,精神紧绷,每日遭上下两头骂,我们酿酒师基本上没有奖金,省厅的领导与醴泉的员工对我们做神秘的实验,耽误正常酿酒,自然有意见,刘昌森与我每天给大家做思想工作,灌输冲优夺名的自信感,并且看见我们新实验的绵柔新酒好喝,大家慢慢也就接受我们革新实验。

不过,我越是花时间在酿酒上,越是难顾及家中的兰芬与志成,这令兰芬越发焦躁不安。她一个人忙活家中的一切,偶尔还要上镇上做做工,补贴家用,也来不及管志成,孩子成绩越来越差,而我也整天神龙见首不见尾的,终于,火药桶亲在火星子上,兰芬跟我吵了一架。

那一天兰芬站在院子中间,怔怔地望着躺在地上的几只死鸡,一时没搞清发生了什么事。"这是怎么啦?"她俯下身去摸摸毛色依然光亮的小母鸡。这是几个月前她特意在卖鸡人的箩筐中精心挑选的,当时那金黄色毛茸茸的鸡雏逗惹得她破例耽搁了一段时间。

鸡嗉里空瘪瘪的。饿死的?她看看四周,地上连根菜叶都没有,她朝屋里大叫了一声:"鸡死了,你们都不晓得喂!"

志成从屋里跑出来,望望,怯怯地回答:"死了?你说你负责喂的。"

兰芬想起了自己是说过这话的，可怎么忘了呢，忘得这样一干二净？她无可奈何地摇了摇头。

那天我恰好回家取资料，跑到院子，觉得兰芬脾气不对劲，类似的事，已发生不止一次。那一回，家里来了个北京的客人，我独自接待，不知道兰芬上镇上做活，还以为她在家。

"兰芬，可以吃饭了吧？"我在东屋和客人谈话，时间已至中午，估摸着可以吃饭了，但踏进厨房不由得怔住了——饭锅搁在水池边，自来水龙头滴滴答答淌水。"人呢？兰芬，兰芬。"我只好自己下厨，过了两刻钟兰芬回来，歉疚地跟客人道歉。

这一次她有些愠怒："你们都是死人，家里的事，都是我操劳，你们一点事也不帮帮？"

"什么事不帮帮？"刚刚走进院子的我不经意地问了问。

"就是你什么事都不管！"兰芬终于找到了一个发泄口，把火气扑向我。

改进生产工艺的课题，是我的本职工作，除吃饭、睡觉外，我所有的时间都让资料、试验占据了，家务事完全顾不上。虽然试验必需的器材、经费得到了满足，但我和刘昌森都是忙得团团转，每天要挪只三五百斤重的酒坛，把它洗干净供试制用，虽然能临时找合同工帮忙，但自己还得跟着一块儿干，一只坛子对付下来就累得浑身散了架。

"都是为你干的。"她气呼呼地说。我一心忙着工作，带孩子、做家务、接待客人、补贴家用都让兰芬负责，她最近太忙了。

"怎么是为我干的呢？"我愣住了。

"就是为你干的！当初你找我来照顾你，为你生下志成……"

"我是为谁干的？"我觉得有些纳闷，把烟掐灭了，"当初？当初你答应的呀。"

说着气话的兰芬突然扭过身朝门外走去。出了院门，她捋了捋散乱的头发，恢复了一如往昔的面容。是的，当初是她答应跟我过好一生，照顾孩子与丈夫的，应允了的就只有义无反顾地干下去。

我望着兰芬悻悻而去的背影，惭愧又歉然，兰芬是个贤淑的妻子，我深深地敬重她。

刚到醴泉时，她怀着身孕，依然要做临时工，还要帮我劳动扫地。在我挨批斗回来后帮我拂尘掸灰。有人仇恨"牛鬼蛇神"，故意在我们窗下泼上粪便，臭气熏天，她噙着泪默默地认了……往事一桩桩、一幕幕浮现在眼前，我的眼眶也湿润了。

她下午回到家，径直走向厨房，而我直接从背后悄悄抱住她："兰芬，对不起，这段时间，是我辜负你了，你受苦了，我向你保证，以后再也不会出现今天的事情。也不会再让你生气！"

兰芬见我耷拉着耳朵，神情黯淡，她"扑哧"一笑："好啦，我已经气消了，桂生同志，你快去坐一会儿，你饿不饿？你不饿的话，等会儿志成回家都要喊饿。"

我已经为她做好了饭菜，于是直接掀开餐罩，露出一道白嫩嫩的豆腐羹，还有一碗山芋粉条，兰芬直接惊讶道："你这么忙，怎么还回家给我做饭，真是大太阳从西边出来了！"

"说什么呢，工作再忙，也要把媳妇和孩子伺候好不是？

兰芬，今天的事情是我不对，小鸡死了，我们再养几只，以后我会多抽出时间来陪陪你和志成。"

"好啊，有你这句话，我都不敢想象今晚这顿饭会有多香呢！"

这天夜里，我并没有立刻投入工作，而是陷入沉思。兰芬睡着了，窗外漆黑一片，流经窗前的淮河没有一丝声响，只有漂浮在水面上的木船闪着一星两星的灯光，河对岸的田野和白天清晰可见的小树林都隐匿不见。办公大楼后面是酒厂的生产区，灯光璀璨，酿酒车间的行车轰轰隆隆地开动，在深夜显得分外气势磅礴，有股震撼人心的力量。

二十几年的时间，我亲眼看见酒厂像一个孩子渐渐长大发育成人，这中间包容了多少人，花费了我与同事们的多少血汗。我揉揉眼睛，又一次俯下身去吻了吻睡熟的兰芬与志成，我的心血自然也离不开媳妇与孩子的陪伴，像这样的吵闹几乎在各家都发生，我虽努力顾及家庭，但难免还是会让家人们偶尔灰心，因此我能做的只能是尽全力工作，早点下班陪伴家人。

虽然技术革新有理，但毕竟国家调拨的政策，下达任务完不成，仍有挺大责任。我和刘昌森集结厂里的其他技术骨干开会，商谈人手与精力分散的情况下，如何赶上规定的产酒额度。

"说实话，咱们醴泉大曲目前问题不少，最主要的便是风味不稳。眼下，我们必须明确我们酒体的质量风格特色，做出差异化优势，才能够发挥自己的长处，确立与此匹配的酿造工艺。你们觉得最大的问题在哪里呢？"我郁闷道。

刘昌森举起烧杯，沉声道："我觉得，要确保风味稳定，必须保证酒体干净和酒味协调,所谓增香容易除杂难,酒体的净是比较难达到的,增香的同时往往会有杂味,产生损害酒体的气味,因此必须在'净'上做文章,不在'香'上争高下,降低酒液中的丁醇类物质,才能消除苦杂味。"

我盯着烧杯里的白酒,这杯酒的酒体异常纯净,香味逼人,我隔了十步依然能嗅到其中的柔香味。

"我最近看报纸,四川和贵州不少酒厂都已经引进极为先进的勾兑工艺,形成了自己浓香型的酒体风格,咱们或许可以试一试。"刘昌森拿起桌上的一张报纸,指了指。

"啥是勾兑?"我一边接过报纸,一边问道。

"这可是门大学问,关系到咱们的酒能否成为人们喜爱的佳酿。今天,我就给大家好好讲讲这勾兑的门道。咱们刚蒸馏出来的新酒,那叫一个烈,香气冲鼻,入口辣喉。为啥呢?因为里面有很多易挥发的杂质。一直以来,像桂生这般大师傅产酒都不可能次次是好酒,可咱们卖的是好酒的价,老百姓买了酒味不稳的酒能不骂吗?"

"咱们老祖宗酿酒可从没讲究什么勾兑,这酒不照样好喝吗?你这勾兑技术引入莫要沦为那青阳酿法般的笑柄!"猴子出声道。

我也不无担心:"多年前章捷因盲目引进青阳酿法,造成大批量出酒质量崩坏,原本信任我们的熟客纷纷投诉,导致整个醴泉酒的声誉严重受损,这勾兑若是像此前般盲目,你怕是免不了受牵连,到时候咱们评上名酒的希望恐怕更加渺茫了。"

贺瑾瑜皱紧眉头:"这件事还是从长计议比较好。"

刘昌森仿佛料到了我们的反应,他笑了笑:"我明白各位的担忧，青阳酿法是罔顾两地的环境差异，可这勾兑法只涉及度数调配，就像一百度的沸水和几度的冰水兑成几十度的温水一般，没有苛刻条件的限制。"

猴子仍有疑惑："水是水，酒是酒，那怎么能一样呢？"

"大家上过厂内的识字班，应该听过田忌赛马的故事吧？其实，咱们酿酒的勾兑工艺，也可以用来类比。这就像是用不同特色的酒，来达到最佳的调和效果。田忌用自己的上等马对对手的中等马，用自己的中等马对对手的下等马。这样，他就能赢得两场比赛。咱们勾兑酒的时候，也可以用这个思路。咱们的酒，要追求的是甜、绵、软、净、香这五个特点，就像是五种不同的马，每种都有它独特的优势。甜味是上等马，令人愉悦。咱们以甜味作为基础，让整个酒体的甜味更加明显；绵柔味是中等马，它能让酒体更加柔和，不那么刺激，绵柔足以平衡那些烈味强的酒；软味是下等马，它虽然可能不是最突出的，但能让整个酒体更加协调，减少刺激感。而纯净无邪的酒体，更是赢得比赛的关键，咱们要确保用来勾兑的每一滴酒都是干净的。香气，是酒的灵魂，它能让整个酒体更加丰富，更有层次感。"

"我似乎明白了。"我若有所思地盯着烧杯中缓缓流淌的酒液，其中仿佛万千奔马在缓奔慢跑，一切动作慢下来。

"咱们酒兑酒，要像田忌赛马一样，用不同度数、不同轮次、不同等级、不同储存容器和不同储存年份的酒进行勾兑。就像是在调配一支足球队，每个队员都有自己的位置和作用。以上等酒作为基础，它们就像是球队中的核心球员，能够带动整个团队的表现；以中等酒来平衡，它们就像是球队中的中坚力量，能够稳定整个团队的表现；下等劣酒则是用来充量的替补球员，虽然不是主力，但在关键时刻也能发挥作用。"

贺瑾瑜点点头："原来如此，勾兑就像是一场精心策划的比赛。你要了解每一种酒的特点，就像是了解每一匹马的优势。通过巧妙的搭配，让它们发挥出最大的效果。"

刘昌森称赞道："是的，瑾瑜还是悟得快。每一滴酒都有它的价值，关键是如何让它们在合适的位置上发挥作用。"

我终于恍然大悟："我支持刘昌森的想法，这次勾兑改革跟之前不一样，勾兑是酒酿好之后进行调配，这意味着酒水本身的味道已经成形，而勾兑要做的是将60分及格的水准普遍提升到80到90分，无论如何也不会浪费酒。我觉得可以试一试。"

"没关系，如果大家不放心的话，可以先小范围试，咱们目前只用一批试，等大家看到效果，再认可也不迟。"刘昌森道。

"我们也支持刘厂长，多少年来省里对我们寄予期望，可是我们没能拿一次名酒的荣誉报效省厅，凡事有风险，想要获奖就要试上一试，原地踏步可要不得，我们摸着石头过河，慢慢试，总会酿出咱们厂独特的好酒，到时候让那些闲言碎语都一边去。"高上进和曲和平也纷纷点头。

刘昌森见多数人都同意进行勾兑工艺革新，当下松了一口气，脸上浮现欣慰的笑容，立马先召开核心领导会议，花费一周的时间教会包括我在内的大师傅如何勾兑酒精，随后指导各组内的年轻学员学会这门技术。随后，我们立即让技术员和各组成员进行勾兑的实践操作，他们对于这一技术仍需要不断试错，进行深入理解，许多细节他们仍不明白。

"师祖，您和刘厂长说的，我们接的基酒分为上、中、下三等，可这上、中、下到底该怎么区分呢？"一个年轻的学员问道。我抬头一看，正是刚进厂的小技术员吴嘉浩，是贺瑾瑜收的徒弟，因此称呼我为师祖，这些年我们工厂停业，他还不曾明白接酒这技术的奥义。

"那你就要精进这接酒的手艺，它就像做菜要掌握火候。你瞧，蒸馏出的酒，头一段和尾一段，就像是带刺的玫瑰，虽然香，但杂质多。咱们得把这两段撇去，就像是去掉玫瑰的刺，留下中间那段最纯净、最醇厚的酒。每个段落的酒都有它独特的风味，但单独一段的酒，就像单独一种调料，味道总是单调的。只有把各段的酒混合在一起，才能调和出丰富、纯正的酒味。"我说。

"您说的我都懂，我这不是不见兔子不撒鹰，您快告诉我们这接酒的秘诀呗？"吴嘉浩笑嘻嘻道。

"接酒也有技巧，接酒的时候，咱们要像品茶一样，边尝边接。这不仅是为了安全，更是为了品质。尝一尝，感受酒的味道，这样才能准确地接出好酒。如同挑选水果，要挑那些成熟、甜美的，最后把它们分别装入小坛子和酒桶，以供品评。最重要的，还是看'花'辨酒度，咱们接酒，主要是看'花'。"贺瑾瑜在一旁补充道。如今他也是厂内首屈一指的技术员，见徒弟教导下一辈，我的心中也是莫名欣慰。

"花？啥是花？酒里也有花吗？"吴嘉浩纳闷道。

我用碗连续取了一甑酒，跟吴嘉浩这一辈年轻人解释道："酒液倒在器具里溅起的泡沫，就是咱们说的'花'。泡沫的大小、浓密程度,都是判断酒度的线索。第一等的是满花,泡沫大,像玉米粒或黄豆那么大,这酒的度数一般在七十度以上,是咱们的烈酒。第二等的是三分花,泡沫小一些,像高粱粒或绿豆那么大,度数在六十度以上。第三等的是平花,泡沫小,消失快,度数在四十八度左右,这酒就柔和多了。第四等的是边花,中心泡沫消失快,四周泡沫慢,这酒度数低,一般在四十度以下。第五等的也是最差的叫断花,泡沫很少,酒度很低,这就算是'酒尾',我们一般不用于成品酒。你们都知道了吗？"

贺瑾瑜拍拍吴嘉浩的肩膀,哈哈大笑:"你师祖说得不错,咱们接酒,基本上接到平花为止,像是钓鱼,要懂得收线,才能保证收获。每一滴酒,都要经过严格的筛选和品评,才能成为最终的成品。这接酒的技艺,不是一朝一夕就能掌握的,需要你用心去感受。酿酒需要有三心,信心、耐心、匠心,三者缺一不可,大家好好干。"

吴嘉浩等人认真听完我们的教导,便开始实践接酒,如此三天之后,不少基酒已然装在不同的陶缸中,已然贴好标签,区分出不同的味道与度数,等待我的下一步吩咐。

我召集好所有人,吩咐道:"勾兑好的酒,味道再好也不过是新酒,酿酒是时间的艺术,咱们得把这些新酒好好存起来,让它们经历一段时间的老熟。这个过程就像是让一个毛头小伙子成长为沉稳的中年人,需要时间的沉淀。

"发酵时间长的酒味甜,短的香味差,但发酵时间并非越长越好、越慢越好,过长的周期会导致发酵物质的酸败,控制在两个月到三个月以内。咱们醴泉酒厂的酒是低温发酵,八度左右的温度较为适宜。"

"原来如此,难怪每年的秋末与开春入窖的酒是全年最好的,这也是我们一年最忙碌的时刻,而最闲的是六月到九月,我们醴泉所有人,包括师父们,也只是减料、降酸、强化窖池管理等工作。"吴嘉浩赞叹道。

"不错,大家能明白低温发酵的用心就好,这新酒陈化的工作也疏忽不得,你们都要上点心。"吴嘉浩等人连忙称是。

为了防止技术改革耽误正常产酒,我们商定两套方案。首先,我们醴泉有十大车间,我们腾出五个车间,专门生产低温发酵的,另外五个车间专门提高出酒率,让技术员勾兑起来;其次,我们采用低温缓慢发酵的核心工艺,但不可能一年四季都有条件,春冬气温相对较低,低温发酵非常适合,夏秋两季醴泉也不停产,大干快上追求出酒率,如此便能将四季的气候优势发挥出最大效益,实现条件的最优化,以提高出酒率。

随后,我们紧锣密鼓地开展勾兑后新酒陈化的工作,多次实验改革后,我们酒水的味道猛然上升好几个台阶,醴泉酒水的绵柔风味逐渐稳固,赢得老百姓响亮的赞誉,醴泉仿佛又成为千年前的"酒都",外地来的客人纷纷"闻香下马",一尝此中佳酿。

厂里的不少员工因常年扬掀拌曲,腰肌劳损,自己会捣鼓一小罐药酒在家喝,我自己也时常让兰芬在宿舍存上一罐,每天小酌一杯。或许是久病成医,我得此灵感,与刘昌森、贺瑾瑜等人商议,利用本厂的酿酒工艺,结合科学技术,利用中草药汁研制新的酒型,最终研发出醴泉玉鳖大补酒、醴泉碧绿青酒两款新酒,没想到最初在醴泉镇售卖时,老百姓很是喜欢,我们便批量研发。

我们对水、曲、窖、菌、气候等各种细节研发到一定阶段，实在是再难提升酒水质量了，刘昌森召开领导班子会议，询问我们如何从其他方面提升我们醴泉的知名度。

我郑重说道："酒的品质暂时没法提高，酒包装上下点功夫，也许会有奇效呢？我看见书包上都有伟人的语录、向日葵、天安门等，那么酒包装上是否也可以有向日葵、南京长江大桥这类美景美物，想必大家也乐意收在家里，喝完了也能当装饰。"

刘昌森道："天啊，桂生师傅倒是提醒我了，我从小绘画，家里做过生意，幼时接触过不少陶瓷，平时在宿舍也会画一些图纸，我想我可以研究一些文化美景。"

我也不由得赞叹道："这倒是好主意，说干就干。"

我没想到，刘昌森的艺术天赋如此之高，不到一个月的时间，我们反复商量后，他创造出五大不同造型的酒瓶，刘昌森自己介绍道："我的家乡广州是海滨城市，咱们苏北也有淮河，这一款酒瓶在设计上，以水滴作为创意原点，瓶塞部分晶莹剔透，能激起老百姓保存的欲望。瓶体与陶瓷相似。"瓶身打好模子后，我们便进行批量生产，厂里也建好新的包装车间，也就是将酿好的酒进行灌装和包装的区域，没想到我们换上新包装后，醴泉酒的销量显著提升一成。

刚任副厂长时，我的工资也涨到八十块，兰芬早前便替我到醴泉镇上挑了好些布匹，做成新衣。又因为我经常要与刘昌森到县里省里开会，免不了要一番打扮，兰芬索性花了四十块，哟，那可是半个月工资，买了一双上好的皮鞋，这鞋我平时哪舍得穿,只要不是重要场合,我都自己掸干净灰尘,放在鞋盒里。在鞋子买了不久后,手巧的兰芬还为我量做了两套上好的中山装。这些日子,厂里的酒越来越好,厂里穿皮鞋的干部也多了,不光是刘昌森、贺青松这样的元老,连小虎、猴子这样的后辈也变得时髦,大家平时穿的衣服也不再是黑白灰,渐渐地,红黄蓝绿,各色各样,丰富起来。

当我们翻阅一座又一座技术高山时,醴泉乃至整个国家迎来转折点,全国上下一片欢腾,人们纷纷举杯庆祝。随着全国的庆祝活动,人们对醴泉大曲的需求量激增,调拨任务加重,这对酒厂的产量提出了更高的要求。为了迅速增加产量,酒厂在新开挖的厂内引河边用苇席临时搭建了简易的酿酒厂房,并新增了五口锅甑,加班加点地酿造醴泉大曲。原来的一天两班制已经不能满足生产需求,因此改为了三班制,南场、北场、中场都在高效运转。

原先出甑后的渣子降温由人工改为使用鼓风机,这样不仅提高了效率,也更加均匀和卫生。拌曲由人工改为使用穿堆机,基本上告别了"用水人工挑,馏酒烧土灶,出窖抬大筐,粉碎驴推磨,降温大锨扬"的原始酿酒方法。醴泉酒厂在酿酒南场对面建起了瓶酒包装室,建起了职工食堂,改善了工人的工作条件和生活环境。在酿酒南场西边新设两口锅甑,发酵池口近千条。

在春节期间,醴泉酒厂不仅在生产上取得了成绩,还举办了丰富多彩的文化活动,如大放花灯,宣传队自编自演的花挑、旱船、小毛驴等文艺节目在当地引起了轰动。通过这些措施,我们只花了两年时间便让醴泉大曲的年产量从2000吨猛增至3000吨，堪称奇迹。

当第三届全国评酒会重新召开时，我与刘昌森带着精挑细选的备赛酒，准备踏上前往辽海的征程。

出发前，我将刘昌森约到黄河堤坝上散心，坐在堤坝上，抚摸着堤坝上层层叠叠的石块，我笑道："昌森啊，你还记得我们当初跟梁厂长的约定吗？"

刘昌森没好气道："怎么不记得，就因为这事，我打算跟咱们这一行死磕到底，我就不信了，我还不能把马尿变成琼浆！怎么，桂生师傅难道没有信心？害怕无法实现当年的承诺？"

我道："谁没有信心？我非要拿下全国名酒才罢休！"

刘昌森："好啊，你是醴泉的副厂长，那可要说到做到，哈哈哈！"

对于他的调侃，我也是没好气地拍了拍他的肩膀，我们最终平静地坐在黄河堤坝上，默默凝视着远方，此次行程责任重大，不紧张是不可能的，但也只有尽力而为。

在岁月的长河中，黄河之水滚滚东流，那些泥沙与石块，随着水流，历经千山万水，最终汇聚成浩瀚的河床。在这漫长的旅途中，流水不断冲刷、淘洗，将那些轻盈的泥沙一一带走，而那些坚硬的石块，如同历史的见证者被沉淀下来，铸就了坚固的堤坝。有人随流水远走，有人并不随波逐流，而我和刘昌森，便是那黄河堤坝上淘洗剩下的石块，经历了时间的洗礼、岁月的沉淀，最终在历史的长河中择一地坚守，如同堤坝，抵御着风浪的侵袭，守护着醴泉的安宁。流水滔滔，冲刷不尽，石块的棱角被磨平，越发圆润，且坚硬而沉稳。我们都在在世事的磨砺中，或许失去了一些锐气，却也收获了更多的智慧与沉稳。黄河堤坝上的石块层层叠叠，相互依靠，共同构成了一道坚不可摧的防线。

回想起这些日子，我满是欣慰。为了追求最高的品质，我同大家耗费数千日夜，不能到外地去收购最好的粮食，便在现有的粮食中一箩一箩地筛，一捧一捧地拣，一定要选出最好的粮；做出的曲也一块块地精挑细选，把最好的曲单独存放，用来酿造专门的备赛酒；醴泉酒厂本来就有好泉水，但是这还不够，正所谓"好水酿好酒"，水质一定得过硬，曲和平、高上进等技术员，白天干完粗活，晚上就钻进技术室，反反复复实验，经过努力，终于找到了进一步过滤杂质提升水质的方法。到酿酒时，我一直守在甑边，从入甑到出甑，睁大眼睛盯着，每一甑酒都要亲自尝过，反复比较，选出品质最好的装坛深埋。

每存一坛好酒，我就在小本子上画上一道，最后整整画满了870个正字，4350坛酒，最后又从这4350坛酒中选出最好的三坛，灌装到定制的坚壁玻璃瓶，准备参加比赛。

我光品酒足足品鉴十天，每天喝得头晕眼花，可我幸福地沉醉其中，这酒水的绵柔之道，是我孕育数千个日夜酿出的醇厚之味，我一定要挑选出极品，以飨评委，彻底夺得名酒之号，让全国人都明白我们醴泉人的辛勤付出，让每个人都有机会喝上我们的酒水。

我每天都到车间转悠，偶尔到黄河堤坝散步，风在不远的淮河上方呼啸，夜半时分听起来像大海拍击堤岸的涛声。很少抽烟的我，点燃一支八分钱一包的劣质烟，捂着嘴重重地咳嗽。

想起当年的誓言，回宿舍的路上，我心情沉重，对未来依然迷茫，当路过一片高粱地时，我陷入沉思。一穗高粱有多重？轻的一两半，重的半斤；一穗高粱多少颗？一千到五千。三斤高粱一斤酒，那么，这些天品尝的每一杯醴泉大曲，几乎就是一穗沉甸甸的高粱了。且看那些满杯清冽的琥珀光，每一下晃动，都是时间发出的声响。轻嘬一口，或者一饮而尽，都是在时间中品咂人生百味。

出发前，刘昌森特意租来一辆汽车，打算用专车把酒送到评酒会上去。他原本打算自己押车，考虑到我年近六十，让我坐客车转火车北上，但我坚决不肯，这酒一定要自己押送才踏实，中间若是出了差错，数百人、数千个日夜的心血便付诸东流，这代价太大，我承受不起，我一定要跟酒瓶子待在一起，心里才踏实。刘昌森没办法，只能答应我，我们两人一起跟车。

醴泉离评酒地辽海距离遥远，足有五天路程，苏北一带常年非涝即旱，再加上这些年疏于修路，路上到处坑坑洼洼，一颠三簸，我心疼三瓶备赛酒，逼着刘昌森提早一周出发，一路上还不停地嘱咐司机师傅开慢一点，小心一点。

刘昌森见我忧心忡忡，也只能安慰我："桂生师傅，不妨事的，咱们的酒用两层棉衣包着，不知道裹得多结实，不会有事的。"

我前脚刚说完"知道"，后脚又对着司机师傅说道："师傅前面有个坑，你绕开些啊，莫要颠啊。"我一路提心吊胆，抵达辽海，总算把酒交到评审会手里，一颗悬着的心总算放下一半。

出发那天,我和刘昌森穿上新买的西服与皮鞋,我们精神抖擞,相视而笑。

辽海,紧邻着大海。人在城中走,极目远眺便能望见大海。我们交完了酒,刘昌森就带着我来到海边,想找个好馆子好好吃点东西,毕竟是第一次来辽海,一路上我都心事重重。

直到三杯酒下了肚,我才终于开口说道:"刘厂长,你说这品酒是咋评的?这喝酒嘛,一人一个口味,这评委要是不喜欢喝咱们的酒咋办啊?"

刘昌森这才明白,原来我在担心评酒会,他大笑道:"桂生师傅,您莫担心,全国评酒会,肯定不是一人说了算的,肯定是好多评委都参加啊。"

我叹了口气:"唉,也不知道他们是怎么个评法?万一跟咱们一组的都是好酒,却又只能选出一个,可怎么办呢?"

"桂生师傅,您别着急,咱们踏踏实实吃完这顿饭,一块去办公室打听打听,保准将评审规则问得明明白白的。"刘昌森又给我满了一杯酒。我们吃完,刘昌森让我先回招待所休息,这么多天,屁股练成铁腚,一坐便是十来个小时,肯定是累得不轻,但一想到评审规则的重要性,我哪里肯休息,一定要跟着他一起去。

我们到了评酒会办公室,仔细一打听才知道,原来一共有二十二名评审,其中十四名是通过考核选拔的,另外八名是特邀的,二十二个人都是既会酿酒又会品酒的大酒师,此外二十二名评审都是来自不同的地方,就是为了规避因为地域原因而产生的口味差异。其次,在评审期间,所有评审都不得食

第五部分  折桂飘香

用辛辣刺激、油腻食物，以保证味觉的敏感，就连评审现场的服务人员都不许使用任何带有气味的化妆品。

我们了解到，这次参赛的一共有一百零四款酒，这一百零四款酒会根据曲种和工艺的不同，分别编组进行初评。初评之后，会挑出佼佼者分散到各个不同的复评小组中，以保证每组整体的均衡，最后各个复评小组中的佼佼者，再进行终评，最终选出八款全国名酒。

"好，我没想到这评酒会想得还挺周到，这样一来，咱家的酒，肯定就不会受欺负了。"了解完这么细致周到的评酒规则，我悬着的心总算放下，我们站在评酒会办公室门口就聊了起来。

"我早就说，您肯定不用担心规则不公平的。桂生师傅，您觉着，咱们醴泉的酒能进入前八不？"刘昌森双目凝重道。

"这是全国比赛啊，西南那边一向产好酒，这次竞争一定很激烈。"我没有直接回答刘昌森的话，对于评酒大会，我心里有数，还好刘昌森想得远，数年前提前准备，多亏厂长果断决定，让我带着酒厂的骨干们昼夜苦干，这次我们有备而来，希望还是很大的。

"同志您好，我是西秦酒厂的秦天，你们也是来参加评酒会的吧？"我们正聊着，旁边凑上来一个中年人，自称秦天，四十多岁，皮肤黝黑发亮。

"是啊，我们是醴泉酒厂的，您也是来参加评比的？"刘昌森自我介绍，回敬一微笑。

"是啊，我也是来参赛的，您说说，这评酒会都停了多少年了，总算是重新开了。"秦天言语间怅然，这怅然我心里明白。

"是啊，从粮荒到现在，得十几年了吧。"刘昌森抬头，望着小楼墙上的爬山虎，绿油油地包满了红色的小楼，"不过，这不是又重新开了吗？开了就好啊。我曾经参观过你们那里，西秦的酒香跟大家的都不一样，好喝得很。你们那边怎么样，这几年没什么影响吧？"刘昌森问道。

"别提啦，我们的技术员早被打得七零八落的，早比不了你们南方，技术落后不少。我听说这次有的酒厂已经有无害技术实现增香，那酒一开瓶，真是香飘十里。"秦天语气哀伤，眼神中难掩沉痛之色。

"已经有无害技术实现增香？"我远非当初一窍不通的化学文盲，但我一直反对这种直接添加化学添加剂的方法。

"这位是厂里的大酒师吧？您好，您好。"秦天转向我，朝我伸出手。我笑脸相迎，两人紧握双手，互相寒暄。

我朝着他问道："您咋知道我是大师傅？"

"您不知道啊？这大酒师都有酒神爷罩着，脑袋上都顶着光圈呢！"秦天笑着说道。

我知秦天说的是玩笑话，却听他接着说道："开个玩笑，封建迷信要不得。我跟这位同志聊天，您一直不怎么说话，但是一听到技术，马上眼睛就亮了，所以我猜，您应该是厂里的大酒师。对了，我们几个酒厂的人约好了晚上一起吃饭，两位也一起来呗，我们都带了自己厂里的酒，大家交流交流。"

"行，反正都是在等消息，我们也没什么事情。"刘昌森应了下来。

到了晚上，刘昌森和我带着醴泉大曲，到了约好的饭店。进了饭店，我们有点傻眼了——原以为最多不过八九个人，大

第五部分　折桂飘香　　　　　　　　　　　　　　　　　575

家随意坐一坐,没想到,现场竟然有四五十人,足足坐满五张桌子,每张桌子上都摆着五六瓶各地不同的好酒。

秦天一看就是个会张罗的,四五十个人他竟然一多半都认识。大家相互介绍,推杯换盏,酒过三巡,我突然听见身后有人叫我,本以为是幻听,回身去看,竟然是张熟脸,却是多年不见的关季春。

"桂生师傅,好久不见啊,刚刚一喝那个醴泉大曲,我就猜到你也来了,果不其然,你真在这儿。来来来,我敬你一杯。"关季春举了举手里的酒杯,朝着我一饮而尽,我赶紧也回敬了一杯。

"东家。"故人重逢,我一时之间也不知该说些什么,旧时的称呼顺嘴就溜了出来。

"别,别,都什么年代了还叫东家,而且我现在也不是您的东家了啊,再见面,咱们就是故交旧友,要是念着往日情分,您叫我一声关大哥或者季春都行,或者叫我关同志也行。"关季春将酒杯放在桌子上,见我旁边的位子空着,便坐了下来。那原本是刘昌森的位子,此刻刘昌森正挨桌敬酒,说什么不把他们都喝服,就决不回来。

"桂生师傅,您这几年过得怎么样啊?"关季春看了看我,我原本就身量不高,上了些年纪,似乎比当年还更瘦小了一些,头发早已花白了,模样倒是没有大变。

"好,都好。"我点着头,忽然想起关季春的身份,前几年应该是被当作资本家,也不知道受没受苦,便跟着问道:"您也还好吧,前几年没受什么影响吧?"

"哎,那个年头,谁躲得过啊,不过我还好,没受什么大难。"他笑着答道，随即叹了一口气，"算了不说了，都过去了。对了，我现在是高滨酒厂的厂长，给您尝尝我们厂的酒，给我提提意见。"关季春给我斟满一杯，又把手里的酒瓶递到了我跟前。

我低头抿了一口，香味瞬间顶到了头顶，不禁皱了一下眉头，口中却还是说道："挺好，真香，好酒。"

关季春叹气道："桂生师傅，咱们都是老朋友啦，您的水平我知道，我是真心想听听您的意见，您就别拿这些场面话敷衍我了。"

我被他说中，有点尴尬地点头，跟着笑了笑："其实真的挺不错的，就是这香味有点太冲了，虽然酒是越香越好，但总也要讲究个平衡。"

"高啊，桂生师傅，高啊。"关季春听我说完，竖了竖拇指，"都让你说中啦，我光记得酒是越香越好，反倒忘了这平衡二字了。"关季春叹气，他经商多年，人脉自然更广，之前已有人跟他通气，他们的酒因为"暴香"而被扣了分。

我刚想安慰几句，就觉得背上让人拍了一下，回头去看，却是刘昌森，他左手拎着醴泉大曲，右手搭在我肩膀上，对着身前的四五人说道："这就是我们醴泉的大酒师，桂生师傅，这酒就是他酿的。"

刘昌森说完，转头对我说道："桂生师傅，他们喝了咱们醴泉的酒，都说咱们今年一定能拿奖，还说要拜你为师，不过，你可不能教给他们。"刘昌森铁定喝了不少，眼睛中星星频闪，脸色酡红，显然是醉意上涌不可遏制，摇摇晃晃，拍打着我的肩膀。

第五部分　折桂飘香

"刘厂长,你快别这么说,这酒是厂里的同事们一起酿的,各位师傅,我们厂长喝醉了,你们别听他的,我们的技术员有刘厂长本人,还有贺瑾瑜、高上进、曲和平,还有烧班的班长,他们叫……"我还没说完,就被人塞了一个酒杯到手里。

"都知道,我们都知道,桂生师傅,功劳是集体的,咱们都是酿酒的,一个人烧不起锅的道理,自然都是知道的,不过咱先不说这个了,您先尝尝我们厂的老窖酒,给我们提提意见。"

"桂生师傅,您尝尝我们这款酒。"

"还有我们的,我们的。"

"桂生师傅,您就算不尝他们的,也一定要尝尝我们的,有四十几种草药在酒曲里呢。"

我哭笑不得,一时间被众人团团围住,喝得头昏脑涨,回头再找关季春,却早已不见其踪影。

这一晚,我喝得畅快,也不知自己喝了多少,各式各样的酒,琼浆般入口,热乎乎地流淌进胃里,就像这个世界开了百花,满盈了芬芳。酿了一辈子的酒,也见识了各种名酒,就是喝得再不省人事,值得!

三天后,评审结果公布,我和刘昌森一早就等在了评审会的门口,紧张得像利刃刨削着身躯,煎熬而漫长。经过初评和复评,留下来的酒厂寥寥,赤水酒厂的李渡厂长坐得最为稳当,他们厂的酒从第一届评酒会就稳拿第一,一直以来独占鳌头,全国享誉盛名,周围的人都众星拱月般环绕着他,李渡正在跟人讨论,这次评酒会刚刚发布的四种香型的区别。

西秦的秦天也来了,他最是坐立不安,因为西秦酒按照香型来分，无法归入这四种香型中的任何一种。秦天听人说起这次的评审偏重于按照四种香型寻找最具代表性的酒品，自然担心西秦会在这上面吃亏。

"秦厂长，你也不要太担心了，不是说还有一种其他香型吗？西秦风味独特，一定没问题的。"我见他额头布满细密的汗珠，便跟着劝慰道。

"桂生师傅，你们醴泉浓香的特色明显，酒体纯净，味道绵柔香甜，今年的八强肯定是稳的，自然不用担心了，可我们西秦那可真是七上八下啊。"秦天答得虽然顺溜，但是明显心不在焉。

我们顶着大太阳，在评审办公室门口站了大约四个小时，众人终于等来了结果公布的时刻，一位老者迈出门来，我认得这位老者，他正是这次评酒大会的首席评酒员，他当即朗声宣布前三名为"赤水、川泸、山汾"这三类名酒，当即赤水、川泸、山汾的队伍里爆发热烈的掌声与喝彩，我的心仿佛被一只巨手狠狠攥住。

"八大名酒后面五位分别是极粮、蜀南春、古河贡酒、北海……"

我的手和刘昌森的手紧紧握在一块，两双手抓得青筋暴起，一双秸秆磨出的茧皮手，一双被化学品烧伤过的手，此刻都在等待这数千个日夜、无数心血滋养下的结果，究竟是否能够开出璀璨的花？

"以及……醴泉大曲，正式入选国家名酒！让我们把热烈的掌声送给他们！"

"好，好，太好了。"我声音颤抖，眼塘子泛红，已是一片

第五部分　折桂飘香

湿润,赶紧背身抹了几把,满头白发的刘昌森抱着我的肩膀,早已是泣不成声。

"当年答应梁震翔老厂长的承诺,我们做到了,桂生师傅,我们花了十几年,现在再也没有人骂我们酿的酒是马尿了,我们是八大名酒之一!八大名酒之一!"

评酒会的现场被掌声、喝彩声淹没了,欢呼声似要把屋顶掀开,一瞬间我感觉什么也听不到了,只想赶紧回去,一刻也不能耽误。

"刘厂长,我想今天下午就回醴泉,您看行吗?"我朝着刘昌森说道,声音哽咽。

"桂生师傅,明天还有颁奖会呢,您这么着急回去,是有什么事情吗?"刘昌森高兴过了头,目光越过我,往会场里面张望着。

"颁奖典礼有你在就成了,反正奖状又不会跑,谁去领都一样。"我没等刘昌森答话,已转身朝门口走去,"我先回去送信,早点把这个消息告诉他们。老曲、老高、瑾瑜他们,还有厂里的工人们,还在家里等着呢。"

刘昌森一颗心都扑在会场里,回过神时,我已走出门口,他赶紧跟上来,追着我劝了半天,可是我就是不肯,一定坚持要先回厂里。刘昌森劝不动,也就由我先行离开。刘昌森无法理解我,这么多年的努力,马上就是最激动的收获时刻,我怎么还走了呢。

我一路赶回招待所,马不停蹄地收拾行李,赶到火车站。一路上,我心里一直扑通扑通地跳着,跳得我承受不住,但是真是高兴,高兴得手足无措。一直到火车开动,我望着眼前一排排飞驰而过的房屋、绿树，眼泪一股股地淌了下来。

我忽然觉得，这一辈子都值了，全国八大名酒之一，全国八大名酒之一啊，是我们烤出来的，我得赶紧回去，告诉瑾瑜，告诉小虎，告诉曲和平，告诉高上进，告诉每一个和我一起工作的人，我们醴泉大曲是中国八大名酒之一。我跟他们说完，还得把这事儿去告诉兰芬和志成，再回趟老家，给爸妈上坟。

我揉了揉眼睛，一股子清香钻进鼻子，我低头望去，一个五六岁的小姑娘把一块雪白的手帕伸到面前："爷爷，你怎么哭了？是不舒服吗？"

我这才惊觉，我早已"老缩"，步履已然蹒跚，矮墩墩站在那里，面容也有变"狮子脸"的趋势。

"没事，爷爷没事，爷爷高兴。"我答道。

火车隆隆地开着，我望着窗外，我老了，我已是爷爷辈的人，若是母亲走的那年，我便有了娃，现在估计也早当爷爷了。不过志成还是挺争气的，书读得好，人有志气，本来已在厂里做了技术员，现在高考恢复，说要考大学，每天下班都看书补习到深夜。

我思绪澎湃，一辈子走过的路、经历的事，又清晰地浮现在眼前——幼时我家贫困，但父母给我无尽的温暖，我想到早逝的妹妹，父母费尽千辛万苦将我拉扯大，可惜他们临终也没有享到福，我想到在干爸酒坊当学徒的痛苦，想起了四处奔波酿酒的日日夜夜，如今在家等候的妻儿……漫漫人生路，只为酿酒来，这一路上的风风雨雨，汇聚到了今天这一刻，汇聚到这瓶国家名酒上。

我哽咽流泪,头晕目眩,强打精神,努力让自己恢复平静。我掐着指头算了一遍,大半辈子,跟过的东家、经理、厂长,也有两只手。关季春说的那句"桂生师傅,您手艺好,有挑东家的底气",我一直记在心里,能有这样气量的东家确实不多。后来我和许谦聊天,还说起过这件事,当时许谦还笑话我,说我的阶级观念根深蒂固,本来工人阶级就有选择工作的权利,这不是资本家的大度,更不是资本家的恩赐。

当时,我并未懂得许谦说的大道理,我懂酿酒的手艺,既然身在酿酒这一行,就要能下得了力气,吃得了苦,把自己的本事学精学透,让行家看得起你。这么多年,特别是醴泉等来了技术员刘昌森,作为老师傅,我带头学知识、学技术,只要是好的,我不懂的,我就带头学。今天,厂里同事和酿酒界的同行,都尊我一声大师傅,不知我已是否对得起这称呼?

火车跨过大昌河时,我思绪万千,我一生经历过不少危险,也一直为避险而四处颠簸,高粱地里救许谦、送粮食过大昌河,都算是主动冒险,想起那年送粮食过大昌河,至今后背发凉,但那时,我一刻也没犹豫,也正因为这热血和经历,我的人生才多了值得回味的光彩。

我回到醴泉,已是晚上八点多,我没有回家,而是直接去了厂房,我知道贺瑾瑜、猴子他们一定还在。天寒地冻的年月里,我们动弹不得,好不容易开了春,大家的力气都多得没处使一样,纷纷加班钻研酿酒技术。

我匆匆地走进了厂房,猴子眼尖,第一个看见了我,高声喊道:"师父,您老人家怎么提前回来了?您不是应该三天后才到吗?"

紧接着，贺瑾瑜他们都围了过来，神情凝重道："师父，我之前听刘厂长说，回来得越早，越是可能早早淘汰。"

高上进道："桂生师傅，您不必灰心，胜败乃常事，咱们再继续努力五年，总会评上八大名酒的……"

我看着他们，这些与我并肩作战的同事，他们的眼神中充满了期待和不安。我知道，他们以为我是带着失败的消息回来的。我深深地吸了一口气，然后以一种前所未有的坚定语气，大声宣布："不，你们都错了。我之所以提前回来，是因为我迫不及待地想要告诉你们——咱们醴泉，是全国八大名酒之一了！"

厂房内，灯光映照着每一张脸庞，我的话音落下，空气中的紧张和不安瞬间消散，取而代之的是一片死寂，仿佛所有人都在等待确认这不是一场梦。

小虎惊讶的表情凝固了，眼睛瞪大如铜铃，嘴巴微张，似乎不敢相信自己的耳朵。旋即他嘴角上扬，他跳着，大声欢呼："真的吗？我们真的做到了！"

贺瑾瑜眉头紧锁，眼神从担忧转为深深的疑惑，然后是难以掩饰的狂喜。他的手紧紧地握住我的肩膀，用力地摇晃着，仿佛要确认这不是幻觉："师父，这是真的吗？我们真的评上了？"

高上进的眼眶中闪烁着泪光，他的嘴唇微微颤抖，声音带着一丝哽咽："师父，这……这真是太好了，我们所有的努力都没有白费。"

随着欢呼声的爆发，厂房内的气氛变得热烈而欢快。工人们开始互相拥抱，有的拍着彼此的背，有的激动地跳起了舞。

有的人甚至拿起了酒杯，高高举起，向空中敬酒，庆祝这一刻的到来。

小虎激动地跑向酒桶，拿起一把木勺，舀起一勺新酿的酒，高声喊道："来，让我们为这一刻干杯！"他大笑，木勺中的酒液在灯光下闪烁着金色的光芒。

贺瑾瑜则走向我，他脸上洋溢着自豪和感激："师父，没有您的带领，我们不可能有今天。"他向我鞠躬，向我表示敬意和感激。

高上进则在一旁默默地擦拭着眼角的泪水，仿佛在用这种方式来平复自己激动的心情。

整个厂房内，每个人的脸上都写满了喜悦和自豪。我们无论是拥抱、跳跃，还是欢呼，都透露出一种难以言喻的兴奋和满足。这一刻，我们不仅是醴泉酒厂的员工，更是中国名酒这一荣誉的创造者和见证者。

# 尾 声

大涵師

多年以后，醴泉镇通往醴泉酒厂的主道上，有一条方砖铺成的石板路，一尘不染。七十岁的秋天，我再次踏上这条石板路，路两边种满了金灿灿的桂花树，一阵微风吹开了我头上帐幕似的树枝。阳光漏下来，躺在我头上肩上。我头顶温暖，而我生着老茧的坚硬的脚是冷的，觉得非常舒适。我步履蹒跚，走在桂香弥漫的路上，绕过玉仙泉，总会情不自禁抚摸那棵枯木逢春的橘树，再眺望一眼这玉仙泉，此时的泉水由石栏环绕，中央矗立着一座洁白的美人雕像，美人手中捧着一个玉瓶，瓶中一缕涓涓细流落入池塘，溅起一圈圈细密的水花。

"桂总工，您又来领退休金啊。"吴嘉浩从我身边经过，亲切地跟我打着招呼。

旁边的小年轻问道："师父，这是谁啊？看着有点眼熟。"

吴嘉浩不再年轻，多年阅历令他早已成为醴泉骨干，接过贺瑾瑜的大梁，他自己也带上了徒弟，他笑着回答："你不知道桂总工吗？他就是醴泉的大酒师，总工艺师桂生师傅啊，说起来，你算得上是他曾徒孙呢，咱们第一次入选全国八大名酒的醴泉大曲，就是他带队酿的。"

我乐呵呵地笑着走过，没想到志成一见到我，便迎了上来："爸爸，您怎么又来了，都跟您说了几回了，退休金我给您带回去不就行了。"

尾 声

"我闲着也是闲着，活动活动筋骨也是好的，你别管我了，我自己认得路。"我笑笑看着志成，我怎么也没想到，自己一家和醴泉的缘分这么深，儿子研究生毕业后，依然留在醴泉做酒师。

"算了，我还是陪您去吧。对了，下个月厂里就不发现金啦，退休工资就直接打到您的银行卡里了。"志成说道。

"啊？直接打卡里啊？那我以后不能再往厂里来了？好好的，打卡里做什么啊。"我轻叹道，眼神难掩怅然若失的忧郁。

"您年纪大了，把退休金打在您的卡里，这样您就不用来回跑了。"志成叹气道。

"行啦，我知道啦，我先去看看你贺叔、侯叔，看完他们，我再去领工资，我自己认识路，你快回去吧，上班时间，你怎么好意思就这么跑出来。"我眼瞅着已经到了会计部办公楼，便催促着志成。

"贺叔叔现在是厂长，不在车间办公，您要是找他，我带您去他的办公室。"志成指了指办公楼上的一扇窗户。

这我知道，贺瑾瑜早在三年前便接替了刘昌森的位置，刘昌森在醴泉获评八大名酒之一后，省轻工业厅三次发布调令，请他去轻工业厅任职，然而他坚持留下，与醴泉的老职工们一块儿奋斗。最终是我劝说他："小刘，你还是接受吧。省政府的舞台给你，咱醴泉虽然有名，但省内平台比醴泉平台大多了，在省内好好表现，到时候有机会回到广州，回老家工作。"他听了我的劝，怀着无限复杂的心绪找我喝了顿酒。金子到哪里都是金子，果不其然，他在省厅工作三年后，成功调职回到广州老家，他带着叶苏和孩子回到了广州，一家人和和美美地团聚。

一想到刘昌森早已离开，往事如潮水般涌来，那时我与技术员们争论不休，坚持传统酿酒方法的纯粹。我记得那些激烈的辩论，记得自己对技术员们的怀疑。然而，随着时间的流逝，我看到刘昌森的努力和创新，看到他对酿酒工艺的热爱和对品质的追求。

我闭上眼睛，深深呼吸着空气中的酒香，那是我一生的味道，是醴泉酒厂的灵魂。我的心中突然涌上一股暖流，我意识到，正是老师傅与技术员的思维碰撞，才让醴泉的传统得以延续和发展。传统并不是僵化不变的法则，而是一种活生生的精神，它需要随着时代的变化而不断演进。我和刘昌森几十年的工作，不仅仅是对传统的坚守，更是对传统的观察、敬畏、发扬、解构、重构和再次发扬。

我睁开眼睛，眼中闪烁着泪光，嘴角却挂着微笑。我看到了窗外的夕阳，那是一种结束，也是新的开始。即使自己退休了，醴泉酒厂的传统和精神将会继续在新一代酿酒师的手中传承下去。

我正想着，窗户里探出一个身影，声音洪亮，朝着楼下喊道："师父您来啦，我算着日子就差不多了，这两天一直等着您呢，您腿脚不好，别上来了，我这就下去，我正好要到生产线上去看看，您老受个累，陪我走一圈呗，顺便给我们提提意见。"

头发花白的贺瑾瑜从窗户外抽回身子，赶紧跑到楼下，呼哧带喘地站到我跟前，又转向志成，狠狠地瞪了他一眼："你啊，就是爱逗你爸着急，我们早就说好了吗，以后每个月都请

尾 声

师父回来指导一下。"说完转身,搀着我的臂膀往厂房的方向走去。

"师父,您看,自从您退休之后,我们醴泉酒厂可是发生了不少变化呢。我们按照您的教诲,对生产格局和厂区布局进行了一番优化。东半部,那里曾经是我们手工酿酒的地方,现在已经成为名优酒的专属车间,每一瓶酒都承载着我们对品质的坚持和对传统的敬畏。而西部,我们引入了现代化的机械化酿酒生产线,让它成了我们生产区域的心脏。市场对醴泉名优酒的需求日益增长,我们经过深思熟虑后决定,将这条生产线专门用来生产我们引以为傲的优质醴泉大曲。这一调整,不仅满足了市场的需求,还获得了巨大的成功。"

"好啊,你们做得很好。那天边白白的高塔是什么?"我指着远处,微笑道。

"那是热电站,在淮河边,我们建起了一座1500千瓦的热电站,它的建立为我们的生产提供了强有力的电力支持。旁边我们还建起了四幢制曲楼,这些设施的建设,让酒厂的生产更加高效,更加稳定。"贺瑾瑜扶着我,边走边说,语气自豪。

"下个月,咱们中央电视台还要来咱们厂拍电视呢,到时候让咱们厂,让其他地方都能学习,您老在家也能看见!"

吴嘉浩也忍不住道:"您再看身后,在南边的机械化厂房的后面,我们新建了高粱粉碎楼,与之配套的是一个能储存8000吨高粱的圆筒仓库,还有能储存100多万吨粮食的库房。这些设施的建成,不仅提高了我们的生产能力,也保证了原料的供应,让我们能够更加专注于酿酒工艺的每一个细节。师祖,我们会继续秉承您的技术,让醴泉酒厂的名字更加响亮,让醴泉的酒香飘得更远。"

没想到,我这徒孙说得也是如此在理,看着这群上进的年轻酒师,我异常欣慰。

一排排现代化的蒸甑矗立在无菌操作间里,我隔着玻璃看得出神。从装甑到出甑,每一个环节都有机器时时监测和精准把控,再也不需要我们这些大师傅用手摸、用鼻子闻、凭着经验干活了。当年陈彪最担心的现象,最终还是发生了,可我依然喜不自胜。

当年章捷问我,得什么样的大酒师才能同时照看一百架蒸甑,让每一甑都出好酒。我当时想也想不到,今天却亲眼看见了,许下宏愿,遂心如意。

我更是过上了许谦承诺的好日子,共产党带着老百姓艰苦奋斗,比我儿时能想到的锦衣玉食还要好,家家有酒喝、有肉吃,酒管够、肉管饱。家家的娃都能读书,厂里是成批的大学生、研究生了。

我一如既往地喜欢到厂里来,喜欢看厂里热火朝天的场面。我一点儿也不觉得累,我这一辈子为酒而来,因酒而大。我这一辈子,儿时如家乡的野高粱,挺着枯瘦的身躯,在贫瘠的土地上挣扎着生存,少时如同干爸酒坊里的曲块,虽经历了踩踏与挤压,但终究历练成了浓香之骨,而后又经战火淬炼和新生活的激荡,这沉甸甸的岁月,都融在了酒中,醇厚绵长而又回味无穷。

凭借几十代老窖人积累传承的经验,新酒刚出甑,需要掐头去尾,舍之;后出甑的,又过于迟缓平淡,亦弃去。要的,就是深厚绵长的中段。这中段,在戏剧是高潮;在人生,是如

尾 声　　　　　　　　　　　　　　　　　　　　　　*591*

交响乐一般华美主题的交织呈现。

如今我在一尊巨甑的尾巴，品过半杯中段新酒，好酒出来了，汩汩有声，注满了一只只鼓腹的陶罐。那陶罐的形状，多么像我们这些酒师酒到半酣时鼓腹而歌的模样啊！这时，千万不能以为粮食到酒的升华已然结束，不，那历经千年方才臻于圆满的工艺流程还要继续，还要推着我们去往新的地方。

如今，当一名醴泉人端起一杯酒，虽然同样是离乡去国的感慨，但再不是"浊酒一杯"，而是"泉香酒洌"了。我这一辈子，孩子的诞生是酒，故人相逢是酒；对于稼穑，播种是酒，收获是酒；我亲历战争，出征是酒，祝捷是酒。酒，风流蕴藉，与汗同在、与泪同在、与血同在，酒与创造同在。而在醴泉这片古老的土地上，摘一朵花，花醉得殷红，结一枝果，果醉得殷红，甚至插上一支铅笔，都能长得出一首酒歌——醴泉的每一块泥土都攥得出酒！

# 后 记

那是个什么样的梦境？不知是不是人过中年的一种精神气象，还是"少年生情，老而多情"的心灵映照，似乎随着年龄的增长，对于眼前的事情越是渐惰于遗忘，而对过去的情景历历在目。但那是真实的吗？已经距今很多年了，童时的回忆片段，一直断断续续地萦绕在我的脑海。草垛上沾着露水的麦秆香味，河沟两侧遍布粉紫色蓖麻盛开的淡黄小花，还有麻袋里稻壳的气味和阳光下扬起的灰尘……是在气候还比较温暾的夏末秋初，在早晚微凉，中午仍然酷热的十月一天，下午放学后，少年的我没有父母的找寻，听着漫天飞舞的麻雀声，看着刚竖立起来的电线杆上的电线，碧空、残云、细风、鸣叫，多么美妙的一幅画啊！那是我睡在洋河酒厂酿酒原粮仓库草垛里的一个梦境。

我们总是希望去做生命的拓荒者，在糊口温饱之余，能够成就一番事业，而大部分的时间让我们成为岁月的拾荒者。有感于从事新中国酿酒工业历史研究过程中的点滴所思——在新中国成立初期的三十年，新中国工业化的开端，以酿酒业为代表的食品轻工业是如何进行工业化转型的？通过查找政府馆藏档案资料，并在供职二十余年的酒厂档案馆创建企业级最高等级——五星级档案馆的契机，我了解到，档案资料看似庞杂充栋，但类型单一，貌丰实寡。通馆所藏记载了工业生产计划、调度指令、会议总结，还有属于不可细述，距今并不遥远的困厄年代的"特定语境"。岁月长河奔涌而下，以众多酿酒传统手工业者为样本群体，探索在大时代转型时期，旧有家庭观念、生活形态的瓦解和分化，新社会工人身份的转换带来心理认同的交织与反复，以及在生产技术与质量变革进程中，不同来源人群的观念冲突与妥协融合。凡此种种，所隐藏的一些人和事的微观形态究竟是怎么样的？如何"穿越迷雾"，"内窥还原"当时的社会生活与人性纠葛？观已至此，虽深感人是历史进程的唯一要素，也是书写记录的唯一线索，也不禁叹憾，这如山的档案，在时间的表盘中默默无言，即便有人拂去上面厚厚的尘埃，有时也未必能道出历史的奥秘。

　　回顾本书的创作历程，忝以为，虽以文学之名，却行史学之实。这是我的初衷来处，也是本意归处。史学研究就像酿酒一样，"耗粮千斤，换好酒一杯"，只有粮食种类多了，发酵时间充分了，才有基础条件进行考证研究与书写成文。史学论述的文体是质朴的，甚至是"笨拙"的，惴惴不安地盯着每一个标点符号或观点引述，以至于在页下标记注释时，需要精确到卷宗名称、档案时间、何处发行、印版页码，等等。而文学创作则可以上九天揽月，下五洋捉鳖，取舍随意，自如收放。触笔至此，不免惭愧，我既不是围绕酒诗词、酒考古、酒哲学等文化史的研究者，也不是专门从事工业微生物研究的食品科技从业者。如上文述及，我仅从事企业史、区域经济史与工业史方面的研究，出于自惭形秽的"半路出家"，经历过跌跌撞撞的数年研究，为防"孤证不立"，穷尽原始纸质档案、人物访谈专辑、来源不一的家族回忆录、各类报纸报告等几乎所有"信源"进行"立体史料"的整理。然殊不知，无用之用，方为大用。无用并不是没有实际的用途，而是除了"辅证"之用外，有了"意料之外，情理之中"更具价值的用途。如何焕发史料的"第二次生命"，实现文史注释与文学注脚的形神合并，我姑且班门弄斧，将其定义为"企业史的文学价值与功能"。

整体是由局部构成的，但局部的组合并不能构成整体。非虚构写作方式下的文本创作，更多看到的是时光的重影、人性的复杂、故事的叠加和行业及地区的变迁。理解柏格森在《物质与记忆》中所述"习惯记忆"和"自发记忆"相勾连，"自愿记忆"和"非自愿记忆"相呼应，所以我更愿意用"堆砌"一词来概括这本花费近四年时间完稿的史学研究"副产品"。我试图在历史中捡拾被遗忘的故事碎片，堆砌和还原出生活的本来面目。可宏大的愿望需要辛苦的探索才有可能实现，其中各种故事线索的加工、人物性格的塑造、情节冲突的设计、不同情景的递进等，个中滋味，翻腾难言。围绕着小说里若暗若明的酿酒工艺技术演变的故事主线，所有的铺垫与烘托都是"一棵藤上的七朵花"。文学作品与文史研究需要相互联系与串并组合，充分吸收史料，对大环境、小人物、多事件进行解构与重构。与此同时，这是对"传统"的理解。但我们"天然"对其尊重或敬畏吗？传统是什么？是守旧、古老、久远、破碎、拒绝改变，还是现代人在所谓"工匠"的倡议下，人为制造了昂贵？事实的真相却是先"畏"而后"敬"。似水年华总不是一直美好的，时事人物也不是一直被歌颂的。新中国成立初期酿酒行业建设经验的不足、认识片面与罔顾现实、失败的工艺改革、动荡的生产环境、数量与质量的关系混乱等，逼迫行业内的所有人理性思考，进而认识到只有敬畏传统，沿袭和传承技术，将酿酒的传统环节和操作方式重新进行拆解，使之定量化、标准化，形成现代工艺上的酿酒技术，这样才能真正地优化传统、发扬传统，才能从必然王国迈向自由王国。毋庸讳言，本书跨越1890年至1980年近百年时间段的四代人，参照了薛贵生、李万贵、许伯千、艾敬、梁邦昌、叶秀英、陈森辉、苏慧玉、黄德润、朱云等众多真实人物（未提到的其他人物在此致歉）的真实经历，其中的人与事、人与情无疑是曲折的、激荡的。

一个成熟的写作者不仅仅是总结一个时代，也需要更好地表达当下，或者尝试重新创造他的前辈。比如，艾略特在《传统与个人才能》中声称："一旦新的杰作被引入文化体系,它将重新绘制所有的界限,并迫使人们以不同的方式阅读过去。"又如,卢曼在《对现代的观察》中提道:"当代社会的问题不是维护遗产的问题,无论是在教育还是其他方面。更重要的是,不断创造他者。"

写作始终作为一种记忆工具,是一种书面交流的形式,正是记忆使得交流的事件成为精神传承的载体,可以使用"自我制造的记忆""积累的过去"来展现当前和未来,在不同的时空视野中回溯或前进。保持对生活的追问,故事里主人公和不同阶段出场的典型人物各有特色,有人选择出现在春日的沙尘里,有人选择消失在秋夜的阑珊处,时光像条河,人在河边,静静地流淌,不等人。如同建在淮河码头上的双沟酒厂和古黄河边上的洋河酒厂,总有一些深沉的时刻,让它们的余波停留在某个漩涡,久久不能平息。

感谢江苏洋河酒厂股份有限公司资助本书的出版。

感谢江苏洋河酒厂股份有限公司分管企业文化与品牌建设的领导——朱君昭鑫的关照与支持,是他带领共同怀揣书写梦想的人一起成就了本书。

感谢来自南京大学历史学院、文学院、江苏省历史学会、江苏省口述历史研究会、东南大学、上海大学、华东师范大学、中国人民大学、厦门大学等高校的张生教授、张光芒教授、李玉教授、李继锋教授、季中扬教授、廖大伟教授、贡华南教授、杨祥银教授、林枫教授等老师参加本书的创作审评会。

感谢双沟酒厂宣传部任建部长、定制销售公司陈跃经理、洋河档案馆胡茂龙馆长、酿造史研究中心顾萍助理研究员、扬州大学文学院研究生何芳成同学等提供的各项帮助。

限于学力与笔力,粗糙不堪卒视,诚恳期待方家踏勘赐教。

谨以此书致敬我的博士生涯。

薛化松

2025年元月于南京板桥